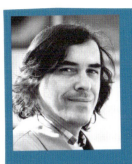

Mircea Cărtărescu wurde 1956 in Bukarest geboren und veröffentlicht seit 1978 Gedichte und Prosa. Zahlreiche Aufenthalte im Westen (u. a. in Berlin, Stuttgart, Wien). Sein Werk wird in viele Sprachen übersetzt. Bücher: u. a. *Nostalgia* (1997/2009), *Travestie* (2010) und bei Zsolnay die ersten beiden Bände der »Orbitor«-Trilogie, *Die Wissenden* (2007) und *Der Körper* (2011). Für *Der Körper* erhielt er 2012 den Internationalen Literaturpreis – Haus der Kulturen der Welt (Berlin) und 2013 den Spycher: Literaturpreis Leuk.

Ferdinand Leopold, geboren 1960 in Bukarest, lebt in Hamburg. Er übersetzte u. a. Emil Cioran und Mircea Eliade. Für die Übersetzung von *Die Flügel* wurde ihm das Zuger Übersetzerstipendium zuerkannt.

Mircea Cărtărescu

DIE FLÜGEL

ROMAN

Aus dem Rumänischen
von Ferdinand Leopold

Paul Zsolnay Verlag

Die Originalausgabe erschien erstmals 2007 unter dem
Titel *Orbitor. Aripa Dreaptă* im Verlag Humanitas, Bukarest.

Der Übersetzer dankt dem Verein Dialog-Werkstatt Zug
und dem Deutschen Übersetzerfonds Berlin
für die großzügige Unterstützung.

1 2 3 4 5   18 17 16 15 14

ISBN 978-3-552-05689-3
© Mircea Cărtărescu 2007
Alle Rechte der deutschsprachigen Ausgabe
© Paul Zsolnay Verlag Wien 2014
Satz: Eva Kaltenbrunner-Dorfinger, Wien
Druck und Bindung: GGP Media GmbH, Pößneck
Printed in Germany

»Marán athá!«
»Unser Herr ist gekommen!«
  Paulus, Die erste Epistel an die Korinther, 16, 22

TEIL I

Es war im Jahre des Herrn 1989. Die Menschen hörten von Kriegen und von Aufständen, doch sie ängstigten sich nicht, denn das alles musste sich ereignen. Es war wie in Noahs Tagen: Alle tranken, aßen, Männer und Frauen vermählten sich, wie sie es seit Nimrods, des berühmten Jägers, Zeiten getan hatten und wie es auch ihre Kinder tun sollten, so hofften sie, und ebenso ihre Kindeskinder, Jahrhunderte und Jahrtausende fürderhin. Keiner von ihnen würde altern und sterben, sein Geschlecht würde in alle Ewigkeit nicht erlöschen, der Mensch würde jedem Kataklysmus trotzen und ihn überwinden bis ans Ende der Zeit. Und wenn sich die Sonne in einen roten Giganten verwandelte und sich die ihr nächsten Planeten einen nach dem anderen einverleibte, würden die Menschen, die zu fliegen gelernt hatten, zu anderen Sternbildern auswandern, und dort würden sie weiterhin essen und trinken, heiraten und sich vermählen. Und wenn das ewig sich ausdehnende Weltall allmählich abkühlen sollte bis zum endgültigen Erlöschen, würden die Menschen durch Hyperräume und Wurmlöcher in Paralleluniversen übergehen, in noch in ihrer Kindheit steckende, durch darwinistische Evolution und Selektion entstandene Universen, um sie, die Unsterblichen, beherbergen zu können, damit sie weiterhin essen und trinken könnten. Es gab keine Elohim, die sagten: »So lasset nun ab von dem Menschen, der Odem in der Nase hat; denn für was ist er zu achten?«

Es hatte hie und da Erdbeben und Seuchen gegeben, die Menschen aber, die das Antlitz des Himmels deuten konnten und, wenn sie eine Wolke im Westen sahen, zu sagen wussten: »Morgen wird's regnen«, waren blind für diese Zeichen. Sie aßen weiterhin, tranken, verkauften, pflanzten an, bauten, wie sie es in Zeiten des Krieges getan hatten und auch in den Zeiten der Pest. Sie kauften Fotoapparate und Fahrräder, gingen ins Kino, redeten am Telefon, sahen fern, schrieben Bücher, die auch nach zehn Milliarden Jahren gelesen werden sollten, sogen den Duft des Morgenkaffees ein, lasen die Nachrichten in den Zeitungen, die sie breit vor den Augen entfalteten, um die Wirklichkeit nicht zu sehen.

Sie flatterten, verstümmelten Schmetterlingen gleich, mit einem einzigen Flügel in einem linkischen Vorwärts, das weder Flug war noch Kriechen. Denn sie bauten emsig eine Geschichte der Vergangenheit, ohne sich noch um eine der Zukunft zu kümmern. Propheten gab es nicht mehr, und diejenigen, die Propheten gesehen hatten, gab es nicht mehr. Sie schritten voran, ohne zu wissen, wohin, widersinnig, wie ein Tier, das alle Sinnesorgane am Hinterteil hätte und pausenlos die Schleimspur betrachtete, die es zurücklässt. Die Scherben der auf den Zementboden gefallenen Tasse erhoben sich von selbst, fügten sich wieder zusammen, und die Tasse setzte sich in ihrer Hand von neuem in eins. Die welken Blütenblätter der Schwertlilie in der Vase auf der Fensterbank leuchteten plötzlich auf, dehnten sich aus und wurden zart, tunkten sich in reinstes Violett und flogen zum Blattstiel, um den Blütenstand malerisch und sieghaft wiederherzustellen. Ein riesenhaftes Skotom verdeckte die Hälfte ihres Blickfelds: Die Vergangenheit war alles, die Zukunft nichts. Die Menschen gingen rückwärts, zu den Pyramiden und zu den Menhiren, zu den Gebärmüttern, aus denen sie geschlüpft waren, hin zu dem Punkt von unendlicher Masse und Dichte, vor dem es nicht einmal nichts gegeben hat.

So geschah es, wenn ein Blitz von einem Rand des Himmels bis zum anderen hin aufzuckte, die dunkle Halbkugel taghell erleuchtete und auf der in grellstem Licht stehenden Seite die Sonne noch übertraf, so dass er mit einem Mal die geschlängelten Flüsse und die Ozeane, die Fjorde und die Eiskappen an den Polen überirdisch aufglänzen ließ, dass sich die Tiere der Wälder in ihren Höhlen verkrochen, die Spinnen sich auf den Grund ihrer Weben zurückzogen und die Fische in den Abgrund hinuntertauchten; die Menschen aber, die wissen, dass der Sommer naht, wenn zart das Blatt des Mandelbaums sprießt, setzten sich ihre Sonnenbrillen auf und stiegen auf die Terrassen der Plattenbauten, schalteten ihre Sicherheitssysteme ein, glotzten mit offenen Mündern den Himmel an und kehrten zu guter Letzt achselzuckend zu ihren Geschäften zurück. Der Nasdaq-Index hat in jenen Tagen keinerlei ungewöhnliche Baisse verzeichnet. Die einen Augenblick zum Stillstand gekommenen Gabeln fanden ihren Weg zurück zum Mund, und die Paare, die sich eben in Betten mit zerwühlten Laken wälzten, hatten es, nach erschrockenem Innehalten, eilig, weiter nach dem verheißenen Orgasmus zu tasten.

Auch die Bukarester haben am Ende des schicksalhaften Jahres 1989, des letzten Jahres des Menschen auf Erden, den grellen, über den Himmel gespannten Blitz mit den langgezogenen und zitternden Verästelungen wie die Beine eines über die Welt gekrochenen Schlangenwesens gesehen. Er hat sich ihnen unmittelbar nach der Mittagsstunde gezeigt, an einem düsteren Tag Mitte Dezember, als er die Gebäude am Magheru-Boulevard, die armenische Kirche, das Victoria-Kaufhaus und das Zentralkomitee weiß färbte wie auf einer überbelichteten Fotografie. Eine Million dem Himmel zugewandter Gesichter, gequält und mit dunklen Ringen unter den Augen, ausgehungert und mit kariesbefallenen Zähnen, kaum sichtbar unter den Lammfellmützen und den Kopftüchern, bekamen eine grauenerregende Maske aufgesetzt, die sie einen Wimpernschlag lang in rachsüchtige Gespenster verwandelte, gekommen, ihr Blut zurückzufordern. In der Buzești-Straße vergaßen einige von der heftigen Entladung geblendete Fahrer die im Pflaster klaffenden Schlaglöcher und kippten in ihren verrosteten Dacias zur Seite. Dann verdüsterte sich die Stadt abermals, versank in ihrer Farbskala von Grautönen, in ihrem leichenhaften Aschgrau, das ihr tagtägliches Gesicht war. Um halb fünf herrschte völlige Dunkelheit. Die Lichter an den Masten am Rand der Chausseen hatten vergessen anzugehen, ebenso wie die Glühbirnen in den Häusern, in ganzen Stadtvierteln. Durch die Fenster der Arbeiterwohnblocks, der »Streichholzschachteln«, wie man sie nannte, sah man Männer und Frauen wie Schlafwandler um den goldenen Tropfen einer Kerze herumtappen. Von oben betrachtet schien Bukarest in jenen Augenblicken zwischen den Schneewolken hindurch wie ein weit ausgedehntes Dorf, sichtbar nur durch das schwache Schimmern der Talglampen. In Kriegszeiten hätten die Bomber es überflogen, ohne es zu bemerken. Stadt der Toten und der Nacht, der Trümmer und des Unglücks. Eine aschgraue, staubige Flechte, formlos über die endlose Bărăgan-Steppe gebreitet.

Um sieben Uhr abends, während, nach Westen ins verschneite Europa vorrückend, Wien, Paris und Rom und Stockholm und Lissabon von ebenso vielen in den Himmel geschossenen Feuerwerken nacheinander aufblitzten, während die Ströme der Automobile sich auf den Chausseen wie endlose Würmer dahinschlängelten, mit roten Lichtern in die eine Richtung und weiß strahlenden in die andere, während die Sendemasten und die überhohen Schlote der Wärmekraftwerke und die Reklametafeln der Motels und die Flutlichtanlagen an den Ecken der Fußballfelder den Kontinent in einen exzentrischen Flipper verwandelten, während die blinkenden Positionslichter der Flugzeuge das Licht der Sterne dämpften, war Bukarest gestorben und die Erinnerung daran von der Erdoberfläche getilgt. Nicht ein Stein auf dem anderen war davon übrig geblieben. Es war eine staunenswerte Landschaft, ein Sprichwort unter den Völkern, eine Ruine, in der sich Eule und Igel ihr Nest bauten. Doch wie in seiner großen Weisheit der Herr den Gelehrten die heiligen Dinge verborgen und sie den Kindlein enthüllt, wie er nicht in Jerusalem, sondern im verachteten Galiläa Menschengestalt anzunehmen beschloss, so ward auch diese unglückliche Stadt aus Beton und Rost auserkoren, vor allen anderen das Wunder zu sehen.

Denn in jener dunklen Stunde hörte der eisige Raureif auf, der den ganzen Tag lang herabgeschwebt war. Über der Stadt klarten die Himmel auf, und Sterne erschienen, funkelnd und duftend, als hätte sich ein Streifen des über den Herăstrău-See gespannten Sommerhimmels zwischen die über der Stadt zusammengeballten Wolken verirrt. Sodann löste sich aus den Sternen eine Erscheinung, die zunächst ein winziges Insekt zu sein schien, wie eine der kleinen Heuschrecken, die vor unseren Schritten im Gras hüpfen. Während sie sich mit großer Langsamkeit, gleichsam bedächtig, aus der Nacht herabsenkte, begannen die Einzelheiten jenes von einer inneren Strahlung matt erleuchteten Gegenstandes deutlicher erkennbar zu werden. Er hatte eine Gestalt wie die einer Qualle und war ebenso durchsichtig. Ein Gewölbe wie aus Saphir, an Reinheit wie der Kern des Himmels, beherbergte unter sich vier ultramarine Pfeiler, die sich auf den zweiten Blick als vier erstarrte Wesen erwiesen, mit ausgebreiteten Schwingen wie die des Albatros. Neben jedem Einzelnen war je ein mit Augen bedecktes Rad. Als das Wunderding herabgestiegen war und einige Hundert Meter über dem Hotel Intercontinental verharrte, konnten die auf dem leeren Platz vor dem ZK patrouillierenden Milizionäre sehen (und es ihren alarmierten Vorgesetzten melden), dass über dem Gewölbe aus durchscheinendem Saphir, wie eine Statue an der Spitze einer Basilika, ein Thron stand, aus derselben mineralischen, massigen, mit unverständlichen Zeichen und Arabesken verzierten Substanz gehauen. Auf dem Thron saß ein menschenähnliches Wesen in einem Gewand, das wie Kupfer gleißte. Um das Wesen her schimmerte ein Regenbogenlicht. Das mystische Gerät erzeugte tosenden Lärm wie das Getrampel großer Menschenmengen, ein Brausen wie das großer Wasser, dermaßen dröhnend und einstimmig, dass sich die Dreher, die Elektriker und die Kellnerinnen, die in engen und bedrückenden Zimmern einen schweren Schlaf schliefen, in Decken gewickelt wie etruskische Statuen, für einen Augenblick aufwachten, den Kopf vom Kissen hoben und horchten, bis das Brausen mit dem Sausen des Bluts in den Ohren verschmolz. Dann stürzten sie zurück in ihre Träume von Schweinekoteletts, Salamistangen und Zwetschkenknödeln, die Träume eines ausgehungerten Volkes. Nur ein dunkelhäutiges Kindchen war, irgendwo in der Rahova-Straße, aus dem Bett aufgesprungen und zur geborstenen, mit Klebestreifen zusammengehaltenen Fensterscheibe geeilt. Mit einer Hand hatte es den kalten Heizkörper ergriffen und, einen krummen Finger himmelwärts richtend, sich die Lunge aus dem Leib geschrien: »Vater mein! Vater mein! Wagen Gottes und Reiterheer!« Darauf folgten ungestüme Schläge an die pappdünne Wand der Einzimmerwohnung in einem Wohnblock Komfortklasse drei.

Schließlich blickten die über Nacht beim Auffüllen der Propangasflaschen, beim Metzger oder beim Käsehändler Schlange Stehenden, aneinandergedrängt, um nicht vor Kälte umzukommen, einen Augenblick zum Himmel hinauf, doch entweder der Schmerz im Nacken oder der verheerende Frost oder die Schicksalsergebenheit von Sträflingen, die man in ihren Augen gewahrte, beugte ihre Scheitel abermals tief zur Erde.

»Da ist was los in Timișoara«, sagt Mutter, indes sich auf der braunen Wölbung jedes Auges je ein glänzendes Fenster abzeichnet. Um die Pupillen herum weisen ihre Iriden ein verwickelt gewundenes Regenbogenschillern auf, Fasern in Ocker und Kaffeebraun, Zonen in Bernstein und Violett. Wenn eine durchs Schneewetter rudernde Taube das Küchenfenster einen Augenblick lang verdunkelt, legt sie auch einen Tropfen Schatten auf Mutters Augen. Und wenn sie sich mit ihren Korallenkrällchen auf das flaumbedeckte Geländer gesetzt hat, schält sich von ihrer unvermeidlich frostdurchschauerten Form eine Photonenschicht ab, die flatternd durch die Winterluft wandert und durch Mutters vom Alter ausgeblichene Wimpern einsinkt. Sie dringt durch die Pupillen und windet sich dort durch die Linse aus durchsichtigem Fleisch, die sich unvermittelt verdickt, um das Köpfchen mit den runden Augen und dem sonderbar grausigen Schnabel und das urplötzlich von einer Windbö zurückgeschlagene Gefieder der Flügel scharf einzufangen. Mutter legt Maiskörner in den losen Schnee am Geländer, so haben wir immer aschgraue Tauben auf dem Balkon.

    In das milchige Licht, das durch die Fensterscheibe zu uns sickert, mischt sich der Hauch eines zarten Rosa. Das kommt von der gigantischen Mauer der Dâmbovița-Mühle hinter dem Wohnblock. Die gelbliche Haut von Mutters Gesicht glänzt von den aus den Kochtöpfen aufsteigenden Dämpfen. Gott weiß, was ihr heute in die Töpfe zu geben gelungen ist. Wenn man sie danach fragt, antwortet sie immer mit einem Wort, das sie irgendwo beim Schlangestehen aufgeschnappt hat, dass sie nämlich immer Suppe mit vier Hendln koche: hendeln müsse sie Wasser, hendeln müsse sie Salz und hendeln und noch mehr hendeln ... Jeden Morgen verschwindet sie irgendwohin. Violett angelaufen kehrt sie heim, mit Schatten unter den Augen. Selbst wenn sie mit einer Tüte Hühnerkrallen und -hälsen nach Hause kommt, selbst wenn sie dieses Wunder fertiggebracht hat, blickt sie trotzdem wirr und missmutig um sich: Sie hat uns den Fraß gebracht, damit wir uns vollstopfen, was wissen wir schon davon, was dies Schlangestehen bedeutet, von fünf Uhr morgens bis ... »na, seht ihr, 's ist fast zwölf. Diese gottverfluchten Halunken, was denken die denn, was die Menschen essen sollen? Dies nicht, das nicht ... na, seht her, wofür ich angestanden hab, dass mir die Seele im Leib gefroren ist, verflucht sollen die sein, diese Elenden!« Und auf das Wachstuch kippt Mutter ein feuchtes Häufchen leichenblasser Hähnchenfüße mit verkrümmten Krallen, unterhalb der Keulen abgehackt, denn die Keulen sind für den Export ... Für diese reptilienartigen Schuppen schlagen sich die Leute tot. Ein andermal knallt sie uns ein großes wackelndes Stück Muntenia-Schinken auf den Tisch. Keiner weiß, woraus der besteht. Er bibbert wie Sülze. Darin findet man Fetzen wie Verbandsmull. Im Mund löst er sich in Knorpel und in etwas Mehliges auf. Man weiß nicht, ob er nach Benzin riecht, weil er im Lastwagen transportiert oder weil er aus wer weiß welchen Chemikalien hergestellt wurde. »Strafe sie Gott!« Mutter hört nicht mehr auf damit. Es hat sie fertiggemacht. Dem ist sie nicht mehr gewachsen. Und dabei geht es nicht mal um sie, darum, dass sie sich die Füße wundläuft, wenn sie hinrennt, um sich in all den Schlangen anzustellen, oder mit Eiszapfen an den Augenbrauen zurückkehrt, aber uns hat sie nichts Essbares mehr vorzusetzen, und das war doch ihre Aufgabe, seit sie auf der Welt ist. Das macht sie rasend. Einmal im Monat legt sie ein Stück Schafskäse, in patschnasses Papier gewickelt, auf den Teller. »Die haben Käse gebracht in die Halle bei Obor. Aber nur ein Stück haben sie hergegeben, und es hat den Leuten nicht einmal für den hohlen Zahn gereicht.« Wir sehen den Käse an wie ein Ding aus einer anderen Welt. Uns scheint er eine diffuse Aura um sich zu verbreiten. Fast läuft uns das Wasser im Mund zusammen. Er riecht etwas ranzig, doch was macht das schon? Das nimmt man nicht so genau! Es ist Käse und damit basta, Gott sei Dank gibt es welchen! Doch ich weiß nicht, was zum Teufel die reingetan haben. Wenn man die Gabel hineinsteckt, quietscht er. Er quietscht auch, wenn man hineinbeißt. Und er ist elastisch, als sei er aus Gummi. »Hast du ihn nicht etwa bei den Bauern geholt?«, sagt Vater manchmal, fern wie immer von allen und allem. Nie weiß man, woran er denkt. Er sagt irgendetwas, nur um etwas zu sagen. »Grad gestern hab ich gehört, dass sie einen geschnappt haben, der Käse mit Holzleim verkauft hat, halbe-halbe.« »Auch die Bauern sind gemein geworden, Liebling … Denen isses egal, dass die Menschen abkratzen, ihnen selber soll's gut gehen … Und wenn man bedenkt, dass Käse mit Tomaten früher das Essen der Armen war. Erinnerst du dich, Costel, erst vor etwa zehn Jahren, diese Möbelpacker: Grad hier, hinterm Wohnblock, haben sie einen Küchentisch hingestellt, ein paar Hocker, haben sich drum herum in den Schatten gesetzt, um zu essen. Aus Zeitungspapier packten sie Käse aus, gekochte Eier, die sie dort auf dem Tisch schälten, Tomaten holten sie raus, die großen und saftigen wie auf dem Land, eine Salamistange … Dann machten sie noch eine Dose mit Bohnen auf (wie sie das wohl, Gott vergib mir, so essen konnten, so kalt und abgestanden?) und … so hastig, als würden die Türken einfallen. Und wir sahen ihnen vom Balkon aus zu und sagten: Schau dir diese Rüpel an, diese Grobiane … Die essen so vor aller Leute Augen … Tja, iss jetzt auch so was wie die, wenn du kannst!«

Alle reden nur noch vom Essen. Sogar die Makkaroni mit Marmelade, die es nach dem Krieg gab, kommen ihnen heute köstlich vor. Und danach, etwa 1960, als die Selbstbedienungsläden aufkamen … Das war ihr Paradies gewesen. Und die überquellenden Läden mit Obst und Gemüse. Mutter hat vergessen, wie ihr die Arme bis zum Boden hingen vor so viel Schleppen mit ihren rosa Bastnetzen. Wie sie mir sagte: »Halt dich am Netz fest, Mircișor, pass auf, sonst wirst du von den Autos überfahren!« Und waren wir mit Ach und Krach zu Hause angelangt, kam es vor, dass der Aufzug nicht ging. Mutter weinte, während sie Stockwerk um Stockwerk hinaufstieg, die Einkaufsnetze schnitten ihr in die Hände (sie zeigte sie mir, aufgeschürft, als sie die Netze endlich vor der Tür absetzte: Sie konnte nicht einmal mehr den Schlüssel halten, um aufzuschließen, und bat mich, ihn ins Schloss zu stecken). Sie erinnerte sich nicht einmal mehr daran, wie verzweifelt sie gewesen war, als sie wie jeden Abend nachrechnete, wie viel Geld auch an jenem Tag wieder weg war. Ihre kindliche Handschrift mit den übertrieben gerundeten Kringeln, ihre Handschrift mit Bleistift, stark aufgedrückt, ohne Grammatik ... »So ist's auch heute weg, einfach so!« Und dabei klatscht sie die Handflächen mit gespreizten Fingern rasch aufeinander, bald auf der einen, bald auf der andern Seite. »Futsch ist's. Jeden Tag ein Hunderter! Einhundert Lei jeden Tag! Zum Weglaufen ist das, am liebsten würde ich abhauen ...« Stattdessen redet sie unaufhörlich mit einer Lust, die sie plötzlich jünger macht, als wäre sie tatsächlich dorthin zurückgekehrt, von ihrem gemeinsamen guten Leben zwanzig Jahre zuvor. Sie sitzt, verliest die weißen Bohnen auf dem Tisch (auch ich picke hin und wieder eine schrumpelige oder faule Bohne heraus und lege sie auf den Haufen mit Steinchen, verkrusteter Erde und schwarzen, hohlen oder abgeblätterten Bohnen. Die fetten und glänzenden wandern prasselnd in den Topf der Gerechten. Die unbrauchbaren nehmen den Weg zum Müll, dorthin, wo Heulen und Zähneknirschen ist) und erfüllt die Küche mit ihrer Stimme, die keine Stimme ist wie jede andere, denn ich nehme sie wahr, bevor ich sie höre, mit dem besonderen, für ihre Stimme in mir offenen Sinn. »Na, war das etwa wie heute? Dass der Mensch nichts zum Beißen hat? Damals gab's alles, erinnerst du dich, Herzchen? Wir standen nicht wie heute Schlange ab vier Uhr in der Früh, wo man ja doch nichts mehr kriegt. Wir gingen wie die hohen Herrschaften erst dann hin, wenn das Essen im Kühlschrank alle war. Erinnerst du dich, welche Konfitüren ich dir geholt hab, in den ovalen Gläsern, in denen ich jetzt das Schmalz aufbewahre, das von Opa? Aprikosen-, Himbeerkonfitüre, was immer man wollte. Ich hab dir auch dieses Zeug gekauft, das man in die Milch tat, wie hieß das gleich? Sündhaft teuer, aber man konnt's kriegen. Und was für Waffeln, was für Schokoladen! Ich hab's nie übers Herz gebracht, dir nicht wenigstens eine kleine Tafel Schokolade mitzubringen, zumindest eine dieser kleinen mit dem Jäger und Rotkäppchen drauf. Sobald ich zur Tür reinkam, hast du in meiner Handtasche gewühlt. Am Tag des Kindes[1] hab ich dir etwas Besseres gekauft, ›Dănuţ‹-Waffeln, die mit Kakaocreme ... Tja, wo soll man heute so was herholen für die armen Kinder? Mutter darf man heutzutage nicht sein ... Als du krank warst – Orangen, dort um die Ecke, im Obstladen. Man ist auch damals ein bisschen Schlange gestanden, stimmt, und manchmal kam einem ein Verkäufer unter, der einen übers Ohr haute, aber Hauptsache, es gab welche, oder? Wer hat denn noch in den letzten vier, fünf Jahren Orangen gesehen? Die Leute werden ganz vergessen, wie die heißen. Oder Kaffee. Als ich Vater geheiratet hab, trank man keinen Kaffee. Vielleicht die feinen Herren, die hohen Tiere, was weiß ich, die haben welchen getrunken. Aber wenn man zu jemandem auf Besuch ging, holte der nicht wie heute schnell Kognak und Kaffee raus. Er gab einem Konfitüre, so auf einem kleinen Teller, und ein Glas Wasser. Jetzt sind die Leute vornehm geworden, können nicht mehr ohne Kaffee. Nur gibt's keinen mehr. Ich wundere und frage mich, Liebling, woraus die die-

---

[1] Der Tag des Kindes wurde im sozialistischen Rumänien am 1. Juni gefeiert, zugleich Mircea Cărtărescus Geburtstag.

sen Malzkaffee machen: als wären Baumrindenstücke drin ... gemahlene Borke ... Und da heißt es: Mischkaffee. Wie einer meinte: Das hat mit Kaffee so viel zu tun wie ein Pferd mit einem Küken ... Jetzt trinken vielleicht nur die Ärzte echten Kaffee, denn alle bringen ihnen welchen mit. Wir bleiben beim Malzkaffee. Erinnerst du dich, wie ich dich nach Kaffee ausgeschickt hab, als du klein warst? War das damals etwa ein Problem? Hier hast du acht fünfzig, geh mal, Schatz, und hol hundert Gramm Kaffee. Ja, manchmal holten wir sogar bloß fünfzig Gramm ... Man hat ihn dort, vor deinen Augen, aus Bohnen gemahlen, und du stecktest die heiße Papiertüte in die Hosentasche, und wenn du zu Hause ankamst, war sie immer noch warm ... und duftete ... füllte das ganze Haus mit dem Duft! Als du noch kleiner warst, in Floreasca, hab ich Zichorien gekauft. Ich tat sie in die Milch. Sie sahen aus wie Drops, in einer Papiertüte waren so bröcklige Scheibchen, wie Erde, aber sie rochen nach Kaffee. Ich brach je eines dieser Scheibchen in drei, vier Stückchen und gab sie in die Milch, dann wurde sie so cremefarben. Das schmeckte gut. Ich gab dir auch welchen, denn damals gab's keinen Kakao. Ach, als wir hierhergezogen sind, in den Wohnblock, du warst fünf, waren die Leute zufrieden ... Wir kamen schlecht und recht mit einem einzigen Lohn aus ... Heute kann man auch, wenn man Geld hat, nichts damit anfangen. Damals sparten die etwas Bessergestellten, um sich ein Auto anzuschaffen ... Diese Ärmsten aßen nur Joghurt und häuften Pfennig um Pfennig an. Wie sagte Căciulescu?[2] Die Ärzte fragten ihn: Was hast du zu Mittag gegessen? Und er sagte: einen Tee. Und abends?, fragte der Doktor. Abends etwas Leichteres ... Leichter als Tee: ha-ha! So auch die mit ihren Autos: Joghurt und wieder Joghurt, bis er ihnen sauer wurde. Wir hatten gar nichts. Als wir heirateten, hat uns keiner was gegeben.

---

2 Horia Căciulescu, bekannter Komiker.

Wir standen beim Essen an, wie man damals sagte, das heißt, wir aßen der Reihe nach, denn wir hatten nur einen einzigen Löffel. Opa, geizig, du kennst ihn ja. Seine Leute haben mich nicht gemocht, weil ich aus Muntenien bin. Sie kamen nicht einmal zur Hochzeit. Zum Glück gab's da Vasilica, denn wir haben bei ihr gewohnt, bis wir eine Bleibe bei Ma'am Catana gefunden haben, sonst hätten wir unter der Brücke geschlafen ... Und dann ... O je, o je! Ein Kämmerlein mit Zementboden, ein Bett aus Brettern, das eines Nachts unter uns zusammengekracht ist, so gut war's, ein Kochherd, den man mit Holz heizte, das war alles. Ein Lautsprecher an der Wand. Du warst klein, in der Kinderkrippe konnte ich dich nicht lassen, denn du hast gebrüllt, bis du dunkelblau angelaufen bist (hast drei Wochen lang gebrüllt, von morgens an, als ich dich hinbrachte, bis ich dich nachmittags abholte), und ich hatte Angst, dich auch noch zu verlieren wie den Victoraș. Was hätten wir tun sollen? Vater ging in die ITB-Werkstätten arbeiten, ich blieb bei dir den ganzen Tag. Und alle Leute im Hof rückten dir auf die Pelle, denn du warst das einzige Kleinkind: Du wurdest von Arm zu Arm rumgereicht, alle küssten dich ab, dass sie dich fast erstickten. Erinnerst du dich noch an Coca, an Victorița, an Onkel Nicu Bă? Sie waren alle verrückt nach dir. Die Diebin, so lebte die: mal im Knast, mal auf freiem Fuß. Und wenn sie draußen war, nahm sie Arbeit an als Köchin in Kinderkrippen, Kindergärten ... Die war wild nach dir. ›Komm her, Mircișor, schau mal, was dir Victorița mitgebracht hat!‹ Und sie gab dir Rahatlokum und Kekse. Du warst ziemlich mager, wurdest dauernd krank. Halt auf Zementboden aufgewachsen, ist doch so ... Ich hatte einen gefunden, der eine Kuh hatte, auch in der Silistra-Straße, etwas weiter, gegen Ende. Vater gab ein Viertel seines Lohns aus, damit du jeden Tag frische Milch hattest, und das, obwohl du sie nicht trinken wolltest. Heikel warst du, dies schmeckte dir nicht, das nicht ... wie heute noch, gib's doch zu!«

Mutter lacht. Nicht nur in ihren Augen, auf ihrer ganzen glänzenden und dünnen Gesichtshaut spiegelt sich jetzt die Winterdämmerung: die Zitadelle aus Backstein, vom Schneegestöber angefressen, die Wipfel der Pappeln, nunmehr nackte Ruten, in zartes Glas gehüllt. Ich höre ihr zu und betrachte das Wachstuch der Tischdecke. In deren kaffeebraunen Quadraten schiebe ich mit dem Finger trockene Krümel hin und her, zwischen die weißen Bohnen verirrte Kornradensamen. Ich kann nur an eines denken: Erinnert sie sich? Weiß sie, wer sie gewesen ist? Wer sie ist? Gibt es irgendwo, hinter ihrem Zirbelauge, das zwischen ihren Brauen so deutlich zum Vorschein kommt, wenn sie glücklich ist, neuronale Inselchen, auf tausenderlei Art gedämpft, die mit Tausenden Stimmen die Geschichte Cedrics und der wunderbaren Diva Mioara Mironescu erzählen? Und wie es war, als Mutter mit einer entblößten Brust auf ihrem Serotoninthron in der Mitte der Welt das Kind mit der Bergkristallhaut in ihrem Schoß hielt und es allen Völkern aus allen Universen zeigte? Erinnerte sie sich noch daran, dass sie Maria war? Etwas sagte mir, dass ich, wenn ich geduldig Stunden um Stunden herumsuchte in ihrer scharlachroten Handtasche aus ihrer Fräuleinzeit, die zu einem Speicher vergilbter, zur Hälfte in Fetzen und Würmer verwandelter Sächelchen geworden war – alte Quittungen, elektrische Sicherungen, aus dem Umlauf gezogene Münzen, ein paar angeplatzte und auf der Rückseite mit Tintenstift beschriebene Schwarzweißfotos, das Gewerkschafts- und das Poliklinikbuch, der Wehrpass meines Vaters, der ihn als tauglich, nicht zur kämpfenden Truppe gehörend auswies, der abgegriffene, zerknitterte, nach abgelaufenen Arzneimitteln riechende Briefumschlag mit meinen Kinderzöpfchen, der andere Umschlag mit der scheußlichen Zahnprothese, die sie nie vertragen hatte –, dass ich schließlich in wer weiß welcher geheimen Falte voller Krümel und vertrockneter Fliegen auf den Mammuthaar-Ring der Sängerin aus dem

Bisquit stoßen würde, auf ein zusammengefaltetes Stückchen vom Flügel eines Riesenschmetterlings, an den Rändern angesengt, aber im Regenbogenhologramm seiner Schüppchen den Geruch von Marillen bewahrend und den gekelterter Trauben aus Tântava, wo einst eine andere Maria, Mutters Urgroßmutter, sich im Morgengrauen in eine Schmetterlingsfrau verwandelt hatte; auf eine Ampulle mit einer schillernden, strohgelben Flüssigkeit gleich der Rückenmarksflüssigkeit, auf deren bläulichem Glas ein sonderbares Wort stand: QUILIBREX ... Nach und nach hatten das Kreisen der Stunden, die Schleifscheibe aller Uhren der Welt ihren Leib kleiner, ihre Haare und Knochen dünner gemacht, ihre Brüste hängen lassen ... Mutter hatte sich mit Alter und Nachlässigkeit durchtränkt. Maria war zu Marioara geworden, wie Vater und die ganze Verwandtschaft sie rief, zu der Frau, die für alle sorgte und niemals für sich selbst, zu der verbannten, entthronten, vergesslichen Marioara. Deck den Tisch, räum den Tisch ab. Bring morgens alle auf Trab. Wasch, bügle, koch ihnen das Essen. Räum die im Haus rumliegenden Sachen auf. Fege, bring den Müll weg, erledige die Einkäufe. Schäl die Kartoffeln, spül das Geschirr. Tag für Tag, wieder und wieder, bis Ostern, bis Weihnachten, bis ans Ende des Lebens. Ohne ein »Dankeschön« von irgendjemandem, mit der einzigen Befriedigung, dass sie allen ein menschenwürdiges Leben in der Gesellschaft ermöglicht, dass sie nicht in Lumpen rumlaufen, dass sie 'ne Suppe auf dem Tisch haben. Der tägliche Fraß in diesen Zeiten, die schlimmer sind als im Krieg.

»Dann ist es auch uns etwas besser gegangen. Vater haben sie zur Journalistik geholt, zur Akademie ›Ștefan Gheorghiu‹. Er schrieb für die Wandzeitung, die aus seiner Werkstatt (erinnerst du dich, als ich dich hinbrachte, damit du Papa an der Drehbank siehst, und du, da warst du so zwei Jahre und etwas, hast auf 'ne Maschine gezeigt, auf der etwas geschrieben stand, und hast gesagt: ›Da teh Tockemich‹, denn du hast geglaubt, dass überall

›Trockenmilch‹ geschrieben steht wie auf deinen Dosen, und da ham sich die Schlosser alle halb totgelacht ...). Und was er da schrieb, hat wohl den Chefs gefallen, sie sagten, er is' ein blut junger Kerl, ein vielversprechender Junge, Sohn armer Bauern, wie's damals in den Akten hieß. Und so hat Vater zwei Jahre lang Journalistik gelernt und hat dann bei *Die rote Fahne* angefangen, mit gutem Gehalt, mit einem Wolga für Dienstfahrten ... Die bei der Zeitung haben ihm auch eine Wohnung gegeben, zuerst in einem Wohnblock in Floreasca, wo wir nur einige Monate geblieben sind, denn jemand hat uns bei der Miliz verpfiffen, weil ich an Teppichen arbeitete. Und der Webstuhl machte Lärm, da konnte man nichts machen. Man musste mit dem Weberkamm kräftig klopfen, damit die Wolle zwischen den Litzen fest zusammengedrückt wird. Ich arbeitete mehr am Vormittag, wenn die Leute zur Arbeit gingen, aber man hörte das trotzdem. Und da war eine Madame Gângu, die immer Streit vom Zaun brach, alle Welt hat sie gehasst deswegen. Die hat uns verpetzt. So habe ich mit den Teppichen aufgehört und bin zu Hause geblieben, um dich aufzuziehen. Aber dann sind wir in ein Wohnhaus umgezogen, auch in Floreasca, ganz in der Nähe der alten Wohnung. Das war in einer Straße, sie hieß Puccini, einer ruhigen Straße, durch die den ganzen Vormittag kaum ein Auto fuhr. Damals war Bukarest nicht so voller Autos wie jetzt. Am Ende der Straße gab es eine ganz große Abfallgrube mit Gras an den Rändern, da hatten sich die Zigeuner ihre armseligen Hütten gebaut ... Und es qualmte den ganzen lieben Tag lang, wie in einem Zigeunerlager halt ... Wenn der Wind von dort rüberwehte, hat's uns ordentlich eingeräuchert ... Erinnerst du dich, wenn ich dich dort spazieren führte, wie wir in die Bruchbude von dem Zigeuner reingingen, der Ohrringe und Ringe machte, und seine Tochter schlief mit dem Ferkel im Bett, und seine Mutter hatte lauter Goldmünzen in den Zöpfen, solche, die die Miliz beschlagnahmte, wenn sie sie damit erwischte. Vasilica und ich, wir hatten auch 'ne Goldmünze aus Omas Halskette, aber da hab ich mir gesagt: Was soll ich mit 'ner halben Münze? Und hab ihr meine Hälfte gegeben, als sie Onkel Ștefan geheiratet hat, damit sie sich Trauringe draus machen. Danach tat's mir leid, denn, sieh mal, ich und dein Vater haben bis heute keine, da schäm ich mich fast. Nun ja! In Floreasca haben wir etwa zwei Jahre gewohnt, in einem Haus, bevor wir hierher in die Ștefan-cel-Mare-Chaussee gezogen sind. Das war gut ... Das war gut! Zwar etwas eng und mit 'ner klitzekleinen Küche, nur Spüle und Kochplatte, nicht dran zu denken, dass man dort am Tisch sitzt, wir aßen im großen Zimmer, wo wir auch das Bett hatten. Und wir hatten noch 'n Zimmer, es war mehr deins, und das Badezimmer dazwischen, mit zwei Türen, die nach beiden Richtungen aufgingen. Das war nicht gut, denn wenn jemand auf die Toilette ging, wurde die ganze Wohnung verstunken. Und wir heizten mit Gas. Wem das wohl eingefallen ist, den Ofen zwischen den Zimmern, in der Wand, einzubauen, eine Hälfte hier, eine Hälfte drüben? Aber na ja, gut, dass er heizte. Und im Badezimmer hatten wir eine dieser kurzen Wannen, mit einem Sitz, so dass man sich nicht so richtig ausstrecken konnte. Ansonsten war's gut, es war schön, immer Frühling, alle Bäumchen vor dem Haus waren voller Blüten ... Du kamst rein durchs Fenster und gingst raus durchs Fenster, denn wir wohnten ja im Erdgeschoss. Hinter dem Haus hattest du einen Spielplatz mit Sandkasten, hast mit Nicki gespielt (erinnerst du dich noch an Nicki vom andern Hauseingang?), mit Helga, der Tochter von Frau Elenbogen, wo wir zum Fernsehen hingegangen sind, mit Aurica ... Den ganzen Tag lang seid ihr dort im Sand gehockt. Ich musste mir keine Sorgen um dich machen. Das Viertel war ruhig, Gott, es war wie im Paradies. Ich drückte dir einen Zettel und Geld in die Hand und schickte dich zum Bäcker oder zum Lebensmittelladen am Ende der Straße. Alle Verkäuferinnen kannten dich. ›Geben Sie mir, was hier draufsteht, und das

Restgeld!‹, sagtest du zu ihnen, und da schüttelten sie sich vor Lachen. Du warst kaum vier. Du warst so sauber, dass alle bloß staunten. Ich hab dich nur in Weiß gekleidet. Und wenn du im Sand spieltest, bist du dagehockt und hast nur mit einem Stöckchen rumgewühlt. Da sagte mir 'ne Nachbarin: Wie stellst du das an, meine Liebe, dass er immer so saubere Sachen anhat? Meiner saut sich furchtbar ein, ich wasch ihm die Sachen jeden Abend. Aber du warst mager, hast nichts essen wollen ... Jede Mahlzeit war 'ne Quälerei. Ich wusst nicht mehr, was in Gottes Namen ich dir denn noch vorsetzen soll ...«

»Warum sind wir aus Floreasca weggezogen?«, frage ich aufs Geratewohl, merke aber plötzlich auf, denn Mutter hält beim Verlesen der Bohnen inne. Sie steckt die Hand in den Topf und betrachtet ihre Finger, die im prasselnden Haufen auftauchen und verschwinden. Die großen, wasserschweren Flocken, die mit rasender Geschwindigkeit aus dem winterlichen Himmel taumeln, sind jetzt schmutzigrosa auf dem misslaunigen, immer dunkler werdenden Himmel, der anfängt, mit der Mühle in eins zu verschwimmen. Irgendwo, in weiter Ferne, dringt ein rotes, kaum sichtbares Lichtchen durch: Es ist der Stern auf der Turmspitze am Haus des Funkens. Ich stehe auf, öffne die Balkontür und verlasse gleichzeitig mit dem Dampf die überheizte Küche. Kälte und Feuchtigkeit lassen mich plötzlich schauern. Der Schnee fällt heftig, rosig-braun, ich zerschmelze in der Abenddämmerung, in Frost und Einsamkeit. Die Pappeln hinter dem Wohnblock stechen ihre Ruten in den Himmelsdunst, in jenen fernen Ort, von dem die Flocken kommen, schwarz am braunen Himmel, schmutzig-schillernd, wenn sie sich auf die Hunderten Backsteinfensterbänke unter den Fenstern der Mühle legen, auf ihre Frontgiebel einer halluzinatorischen Festung, in ihren riesigen leeren Hof. Schrittspuren kommen durch eine der Türen heraus, führen bis zur Mitte des Hofes und enden dort. Ringsum legt der Schnee sich langsam hin, zischt kaum hörbar im fahlen Licht einer einzigen Glühbirne. »Meine Welt«, flüstere ich, »die Welt, die mir gegeben worden ist.« Ich strecke die Hände aus, spüre den eisigen, wässrigen, süßlichen Kuss jeder einzelnen Flocke auf der Haut. Ich wende das Gesicht himmelwärts, so sehr, dass ich das Geländer mit jedem Knochenfortsatz der Wirbel spüre, die es berühren. Es schneit mir auf das Gesicht, auf meine geschlossenen Lider, ich spüre den Flaum des Schnees auf meiner Maske wachsen, in jener eirunden Zone, wo sich beinahe die ganze Menschheit in mir bündelt, so wie das Auge fast alles empfängt, was ein Mensch fühlt. Ich bin mein Gesicht, das Gesicht einer Spinne und eines Erzengels, einer Milbe, das Gesicht des Windes und des Donners und des Erdbebens. Mein Gesicht, das strahlt, ohne dass ich es weiß, und das ich mir nun mit dem milden Schleier des Schnees bedecke. Wenn ich spüre, dass mir Lippen und Wimpern erstarren und hinter ihnen die Schädelknochen aus dünnem Eis, mit Luftblasen da und dort, erhebe ich mich, schüttle die wassergetränkten Kristalle ab und trete wieder in den dunklen, um Mutter gesponnenen Kokon. Noch immer lässt sie durch die Finger die Bohnen gleiten, die jetzt in der olivfarbenen Finsternis der Küche wie Perlen glänzen, und betrachtet sehr aufmerksam einen Punkt auf dem Wachstuch, wo nichts ist. Eigentlich weiß ich, was sie tut, das habe ich auch getan, Tausende Male. Sie lässt ihre Augäpfel auseinanderstreben, leicht, über der beigen Oberfläche des Wachstuchs mit den kaffeebraunen Quadraten, blickt unaufmerksam, alles in allem blickt sie eigentlich nicht, sondern schaut, schaut, ohne zu blicken, auf die Quadrate, die zu wandern beginnen, gespensterhaft, das eine hin zum andern, bis sich die benachbarten Quadrate in Reihen, die sich von ihrer Ebene lösen, übereinanderlagern und das Wachstuch mit einem Mal zu einem Würfel aus Licht, aus leuchtender und tiefer Luft wird, in den die Reihen in einer spektralen, scharfen, mystischen und kristallenen Perspektive eintauchen, so dass du weißt, dass du nicht mehr ein Ding aus der Wirklichkeit betrachtest, sondern ein im Innersten deines Hinterhaupts, im Sehfeld deines Geistes hypnotisch glitzerndes Ding. Mit parallel gerichteten Augäpfeln wie jenen von Blinden siehst du dann dein Sehfeld, siehst du dein Sehen, lebst glücklich und meditativ deine reine, leuchtende, ins Endlose ausgedehnte Innerlichkeit des Geistes. Verstehst dann, wie du sähest, wenn du keine Augen hättest, wie sich der blinde und intelligente Kosmos selber sieht, der wie verdickter Honig in die Waben unserer Schädel rinnt. Nun herrscht fast vollkommene Dunkelheit, nur die blauen Blütenblätter des Gasherds erhellen schwach den Tisch, die uralte Anrichte mit einigen gesprungenen Tassen und Gläsern in der fensterlosen Vitrine, Mutter mit ihrem weichen und sich jedem Ordnen widersetzenden Haar. Wenn sie zu einer Taufe oder Hochzeit muss, geht auch sie zum Friseur, gibt eine Menge Geld aus für eine lächerliche Dauerwelle, mit Locken wie Krautwickelchen, doch andertags ist ihr Haar ebenso glatt, nichtssagend, ohne Eigenschaften. So legt sie es gewöhnlich um diese Lockenwickler, diese grässlichen Eisenteile mit schmuddeligen Gummibändern, die aber immerhin ein Fortschritt sind gegenüber den Lockenwicklern aus Papier von dazumal. Die mit schlechtester Druckerschwärze durchtränkten Zeitungen, »Der Funke«, »Das freie Rumänien«, »Der Volkssport« und »Die Information«, mit denen wir uns auch den Hintern abwischten, in die wir auch das Schulbrot einwickelten und die wir im Sommer vor die Fensterscheiben hängten, um sie, nahte der Herbst, vergilbt wieder abzunehmen, erreichten in Mutters Haar gleichsam eine Art Höhepunkt ihrer Allgegenwart, der Hunderten von Verwendungen, die man für sie hatte: Mit den Lockenwicklern im Haar wurde Mutter zu einer seltsamen Blume oder einer rätselhaften, phantastisch geschmückten Gottheit. Zu einem Kern der Papierwelt, in die sie eingetaucht war. In die Haarsträhnen gedreht und gewickelt, gaben die Zeitungsfetzen noch den Blick frei auf einen Staatsführer, ein Fußballerbein, einen Artikel über die Kollektivierung der Landwirtschaft. Eine Sichel verschränkt mit einem Hammer, ein fünfzackiger Stern, den kabbalistischen Schwarten entrissen (ja, Fulcanelli, das Pentagramm, das dich in seine Mitte sperrt), eine Kästchenreihe für Kreuzworträtsel. Nachdem sie sich die Haare gewaschen hatte, vertrödelte sie einen ganzen Vormittag lang damit, sich die Dinger ins Haar zu drehen. Wenn sie fertig war, wurden diese gleich den Zipfeln der mit Stanniol umwickelten Bonbons oder gleich der Telomerase, des Unsterblichkeitsmoleküls, feucht von ihrem Haar und hingen jämmerlich um ihre Kopfhaut, so weiß, als wachse ihr das Haar unmittelbar aus dem Schädelknochen. Das Wasser lief in Strömen hinter Mutters Ohren, an ihren Wangen, am Hals hinab, benetzte ihren Morgenrock aus Finette bis zwischen die Schulterblätter. Darauf steckte sie den Kopf in den Backofen und harrte in der heißen Luft des Gasbrenners aus, bis das Haar trocknete und sich die Lockenwickler so sehr aufblähten, dass sie fast das ganze Zimmer ausfüllten. Dann war Mutter schön. Sie betrachtete sich im Spiegel, strich mit der Hand über den riesigen Strauß aufgeblühter, raschelnder Zeitungen und beging, um es nicht bedauern zu müssen, dass sie sie abnahm, eine Verrücktheit: Sie trat aus unserer Wohnung, lief durch den stets eiskalten mattgrünen Flur der Villa und zeigte sich vor dem Eingangstor, unter den Nachmittagshimmeln voller Wolken und Schwermut. Dort stand sie wie ein aufgeplusterter Pfau minutenlang da, schaute nichts an, ließ sich nur anschauen und rannte rasch zurück, entsetzt über ihren Mut, denn sich jemandem mit Lockenwicklern im Haar zu zeigen war eine große Schande. Dann nahm sie sie ab und warf sie, einen aschgrauen Haufen, auf den Läufer im Zimmer. Auf dem Kopf hatte sie nun, wenigstens bis zum Abend, dieselben Krautwickel wie alle Frauen, die ich kannte, Krautwickel, die angeblich elegant unter den mit türkischen Mustern bedruckten Kopftüchern hervorlugten.

Und so saßen wir beim Licht des Gaslichts, das auf unseren Gesichtern flackerte wie jenes der Wandleuchte in Tântava, und Mutter kam wieder und wieder auf unser täglich Essen, das Schlangestehen, die Armut zurück. »Früher war ich immer darum besorgt, was ich euch noch zum Essen machen sollte, ich dachte, dass ich auch ein Frikassee zubereiten könnte, oder einen Pilaw, denn ihr würdet ja so viel Schweinefleisch satthaben ... Dann und wann kochte ich eine gesäuerte Meldensuppe, tat Joghurt rein ... Die schmeckte gut! Doch das gab's so einmal im Monat. Was, das war doch kein Problem? Man ging in die Halle bei Obor und fand auf einer Seite Fisch, auf der andern die Schlachterei mit ganzen Schweinehälften, die am Haken hingen, ich sehe sie noch vor mir, mit Schweineköpfen für die, die sie kaufen wollten (nur die Ärmeren nahmen welche) ... Die Schlachter hatten ihre Holzblöcke, da drauf haben sie die Rinderrippen mit dem Beil zerhackt, dass ihre Schürzen ganz blutig wurden. Man stellte sich da an, ließ sich den Platz in einer andern Schlange freihalten, und in einer Stunde hatte man seine Besorgungen erledigt. Nur Geld musste man haben! Wenn man Hackfleisch wollte, wurde es einem vor den Augen durch den Wolf gedreht. Wollte man Würstchen? Da gab's alle möglichen Sorten, auch frische (in echten Därmen, nicht in Plastik, wie sie das später machten), auch geräucherte, Dauerwurst, Bratwurst, was immer man wollte. O ja, das waren andere Zeiten. Heute schämt man sich, Liebes, noch jemanden als Gast zu empfangen. Die Leute gehen gar nicht mehr zu Besuch, denn sie wissen, dass man nichts vorgesetzt bekommen kann. Vor zehn, fünfzehn Jahren, als Vasilica und Onkel Ștefan oder die Patentante zu uns kamen, hab ich am Abend davor gekocht. Da servierte man erst mal 'ne Vorspeise, Schafskäse, Würstchen, Oliven, einen Leckerbissen (was gab's damals für einen Prager Schinken, was für ein Kaiserfleisch! Da leckte man sich die Finger ab!), ein paar gefüllte Eier, eine Țuica[3] vom Lande ... Danach kam die gesäuerte Suppe, denn die macht den Bauch voll. Man saß eine Weile, plauderte, dann hieß es laufen und den Braten aus dem Rohr holen. Ich kam ja gar nicht erst dazu, am Tisch zu sitzen, ich lief mit den Tellern hin und her ... Und der Wein? Wir kauften keinen, denn er war schlecht, der Neun-Lei-Wein, Wein aus Zaunlatten. Angeblich Murfatlar, Târnave, Dealu Mare ... Von wegen, die waren alle gleich. So machten wir selber zu Hause Wein, füllten ihn in Korbflaschen ab. Im Herbst gingen wir auf den Markt und kauften ein, zwei Säcke Gutedeltrauben, hellgrüne, zartbraune, wie's sich traf. Wir zerstampften sie in Kochtöpfen, und den Most gossen wir in Korbflaschen. Daraus wurde ein roter Schaumwein, den konnte man gut trinken. Davon hatten wir bis weit in den Sommer hinein ... Ich machte auch Sauerkirschlikör, doch der gelang mir nicht so gut. Und er schmeckte mir auch nicht besonders, machte mich schwindlig. Dann brachte ich Kuchen, Quarkkuchen, Apfelkuchen ... Hör zu, Vasilica, jetzt hab ich mich daran erinnert ... Als wir sie einmal besuchten. Sie sagt: ›Marioara, heute geb ich euch nur Suppe.‹ Sie wurde krebsrot vor Scham, doch dann lachte auch sie über die Dummheit, die sie gemacht hatte. Sie hatte daran gedacht, Krautwickel zu kochen, hatte das Hackfleisch genommen, es mit Reis, Brot zusammengeknetet, wie man das halt so macht, tja, alles war fertig, nur musste sie noch Sauerkohlkraut kaufen. So geht sie zu ihrem Markt in Dudești-Cioplea und – was ist los? Keine Spur von denen, die Sauerkohlkraut- und Weinblätter verkauften. Die waren an dem Tag nicht gekommen. Was soll sie tun, was soll sie tun? Sie hatte auch keine Zeit mehr, um etwas Fleisch für einen Braten zu kaufen, denn wir mussten ja jeden Augenblick kommen ... Na, was glaubst

---

3 Pflaumenschnaps.

du, ist ihr da in den Sinn gekommen? Sie hatte auf dem Herd ein bisschen Zellophan zum Abdecken der Einmachgläser, wenn sie Pflaumenmus machte. Sie hat also das Zellophan genommen, es in Stücke geschnitten und – ach du großer Gott, was es in deinem Garten nicht alles gibt! – die Fleischröllchen reingetan. Sie hat Kohlrouladen in Zellophan gemacht! Sie hat sie kochen lassen, und als sie hinschaute, war nur Wasser mit Hackfleisch im Topf, das Zellophan war total geschmolzen ...

Damals war's schön. Man nahm sich vor: Komm, lass uns morgen den und den besuchen. Die Leute hatten kein Telefon, man ging ganz spontan hin. Aber alle freuten sich, wenn man bei ihnen vorbeikam. Und sofort luden sie einen zum Essen ein, es ging nicht anders. Man konnte so lange sagen, wie man wollte, dass man gegessen, dass man keinen Hunger hatte, zuletzt ging man trotzdem vollgestopft weg. Und was für ein Kampf, wenn man vom Stuhl aufstand: Bleibt noch, bleibt noch, sonst werden wir böse ... Wenn's nach denen ging, konnte man überhaupt nicht mehr fort. Und es wurde Nacht, bis man sich schließlich in Bewegung setzte. Mein Gott, was waren da für Sterne in Dudești-Cioplea, bei meiner Schwester! Es war richtig stockfinster, nicht wie hier in der Stadt. Und eine Unzahl von Sternen am Himmel. Du bist zwischen mir und Vater gegangen, schläfrig, bis zur Haltestelle, wir warteten in dieser Öde auf die Straßenbahn (es war die Endstation: kein Haus in der Nähe, so weit das Auge reichte, nur diese alte verlassene Fabrik), und wir sahen von weitem, wie sie kam, langsam, auf ihrem Gleis schlingernd ... Sie war immer leer, nur der Fahrer und die Schaffnerin, die schlief, den Kopf auf ihrer Theke ... Du hast in meinen Armen geschlafen, eine geschlagene Stunde, bis wir zu Hause ankamen ... Ich trug dich ins Bett, zog dich aus, zog dir den Pyjama an, und du wurdest trotzdem nicht wach, so müde warst du. Kein Wunder, bei Vasilica bist du ja nur im Wipfel des Sauerkirschbaums gehockt. Oder auf dem Acker, mit den Kindern, da holet ihr die Hornissen aus den Löchern. Ach, Liebes, geh doch mal hin, wenn du kannst! Ich meine nicht zu Vasilica, s' ist meine Schwester, aber zu den andern, zu Ionel, zu Grigore, zur Patentante ... Oder bitte sie zu dir, wenn du's dir leisten kannst. Was sollst du ihnen anbieten? Die Brüder Petreuș?[4] Adidas-Sportschuhe? Malzkaffee? Sommersalami, auch die gibt's nur auf Bezugsschein, zweihundert Gramm im Monat. Die Eier, auf Bezugsschein. Das Brot? Ich hab gehört, dass es in manchen Gegenden auch auf Bezugsschein zu kriegen ist, bei uns nicht, aber man steht dafür Schlange, um etwas zu ergattern, bis einem schlecht wird. Ist uns nicht vorgestern das Brot ausgegangen? Da gnade uns Gott ... Und so verrohen die Leute: Man geht zu niemandem mehr hin, man bleibt zu Hause und ringt die Hände vor Ärger. Aber wie heißt es so schön, umsonst brichst du Streit vom Zaun, wenn du keinen Mumm hast ... Was soll man machen? Bei wem soll man sich beschweren? Früher gab's in jedem Lebensmittelladen ein fadengeheftetes Büchlein, es hieß ›Beschwerdebuch‹. Dort schrieb man rein, wenn man, wie's mir einmal passiert ist, einen Nagel in einer Dose Gemüseeintopf fand oder eine Fliege in einer Flasche Bier. Oder wenn die Verkäuferinnen einem unverschämt gekommen sind. Das hatte keine Folgen, doch man machte sich wenigstens Luft. Hier an der Ecke ist eine Verrückte gekommen, die eines Tages das Beschwerdebuch vollgeschrieben hat: Albernheiten, Weltuntergang ... halt lauter Spinnereien von der. Die Geschäftsführerin las es den Leuten vor, bekreuzigte sich und lachte. Doch seit einigen Jahren machen die nur noch Quatsch. Man sagt ja: Der Fisch beginnt am Kopf zu stinken. Ich weiß nicht, Liebes, reden wir leiser, damit uns keiner hört. Sie sind nicht mehr zu ertragen: er und sie, sie und er, überall, nur Schmeicheleien und Schweinereien ... Ich guck mir ja auch diese Sendungen für

---

4 Ștefan und Ion Petreuș, rumänische Volksmusiker.

Kinder an. Was sollen die sich noch angucken? Gibt es noch Mihaela? Danieluța und Splitterchen? Früher brachten sie noch Zeichentrickfilme, schöne Sendungen, mit Kapitän Wirbelsturm ... Ich guckte auch mit dir mit, die mochte ich gern ... Und Sonntagvormittag gab's Daktari, Der Planet der Giganten (der lief ungefähr vier Jahre, Sonntag für Sonntag, bis die Leute den überhatten), erinnerst du dich noch, der Hengst Fury, dieser Delphin ... Die Kinder mochten das. Du hocktest vor dem Fernseher, erinnerst du dich, nur im Unterhemdchen, auf dem Teppich, winters beim größten Frost. Was machte uns das schon aus? Die Heizkörper liefen auf Hochtouren, man konnte sie gar nicht anfassen. Gott gnade den Kinderchen, die jetzt auf die Welt gekommen sind. Womit soll man sie denn waschen? Wie soll man sie schlafen legen in dieser Kälte, denn, guck mal, wir sitzen den ganzen Tag lang in unseren Wintermänteln rum ... Diese Hundsgemeinen! Wenn man das im Fernsehen sieht, meint man, sie werden von allen Leuten geliebt. Die bringen nur noch solche Huldigungssendungen. Es ist zum Kotzen. Da stehen hübsche Kinder steif in Pionieruniform auf der Bühne und sagen bloß: ›Genoooosse Nicolae Ceaușescu, und so weiter, und so weiter, wir lieben dich so sehr ... Genooossin Elena Ceaușescu, liebevolle Mutter und Wissenschaftlerin ...‹ Von wegen Wissenschaftlerin, ich hab mehr Schulbildung als die. Von ihm ganz zu schweigen. Du kennst doch den Witz, wie ihr Haus Feuer fängt und sie hinauslaufen, und als das Feuer so richtig wütet, rennt er schnell ins Haus und kommt in Pantoffeln wieder raus. ›Aber, Liebling, ich weiß nicht‹, sagt sie, ›wieso du dein Leben wegen dieser Pantoffeln aufs Spiel setzt.‹ ›Wieso denn, hast du dein Diplom denn nicht auch mitgenommen?‹ Die Pantoffeln waren sein Diplom, das hat er als Beruf gelernt, das Schusterhandwerk. Deswegen, sagt man, lacht er auf Fotos so schief, das kommt von den Schusternägeln, die er im Mundwinkel hatte ... Das ist nicht zum Lachen, es ist zum Heulen, wehe uns, dass solche Leute über uns herrschen. Ach ... wenn Gott will und wir auch diesen Winter überstehen, kommen wir schon irgendwie zurecht. Du, Mircea, rede nicht mit andern über diese Dinge. Nicht einmal mit den besten Freunden. Du weißt nicht, wer hingeht und was sagt. Die wissen alles und können's kaum erwarten, dich bei irgendwas zu ertappen. Ich wär fast gestorben, als sie dich im Frühling mitgenommen haben. Du Ärmster, was haben wir damals alle durchgemacht ... Der arme Vater lief ganz baff herum, dann hat auch er gesehen, wozu die imstande sind. Er schmiss die Sachen durch die Gegend, hat seine Medaille ins Klo geworfen (die schöne mit der Vergenossenschaftung der Betriebe, mit der du gespielt hast, als du klein warst, erinnerst du dich, du hast sie auch in die Schule mitgenommen, und Porumbel hat sie dir gestohlen, aber die Lehrerin hat ihn erwischt und sie uns zurückgegeben) ... Mein Gott, hatte ich eine Angst ... Ich dachte sogar ... da siehst du, was einem in solchen Augenblicken durch den Kopf geht ... Ich dachte: Wenn diese Medaille unter die Erde gerät, durch die Rohre, und irgendwo stecken bleibt (sie war ziemlich groß und hatte auch so ein Stoffbändchen mit einer Sicherheitsnadel, damit man sie an die Brust heften kann) und die Kanalräumer sie in die Finger bekommen – früher nannten wir sie Scheißer – und zur Partei bringen? Wenn sie auch Vater mitnehmen? Und ich weinte, ich weinte den ganzen Tag. Nachts träumte ich nur von der Medaille, wie sie zwischen Kotklumpen und Dreck in den Abwasserkanälen vom Wasser weggespült wird ... Und in diesen Träumen – lach mich nicht aus – landete der Orden in Ceaușescus Badezimmer, plumpste vom Warmwasserhahn in die Badewanne, als er gerade badete. Und er sagte: ›Holt mir die Liste mit allen, die den Orden bekommen haben!‹ Und er hielt sie in der Hand, wendete sie mal auf die eine, mal auf die andere Seite ... Mal war die Medaille da, mal verwandelte sie sich in eine Goldmünze, so eine wie aus Mütterchens Halskette ... Träume! Unser

Glück war wieder der arme Ionel, genauso wie damals mit den Teppichen, in Floreasca. Er lief mit kleinen Aufmerksamkeiten zu seinen Chefs (denn auch die Securitate-Leute sind Menschen, sie trinken auch gerne einen echten Bohnenkaffee, rauchen ab und zu eine Kent, lesen hin und wieder ›Der Meistgeliebte unter den Erdbewohnern‹[5] ... nun ja, mancher verdaut den Hafen, ein anderer kaum das Mus ...), lief in die Psychiatrie, wo sich dich hingebracht haben. Er hat dir auch diese Seiten zurückgegeben, denn du wolltest ja nicht von den Irren weg, du hast nicht lockergelassen: die Seiten, die Seiten! Als ich eines Tages plötzlich sehe, dass Ionel mit einem großen, mit Bindfaden verschnürten Paket nach Hause kommt: ›Da ist das Manuskript, Marioara. Zum Glück hat er nichts über den Genossen oder die Partei geschrieben, sonst hätte ich ihn nicht rausholen können. Vier Kumpel haben sich die Köpfe über ihn zermartert, einer ist sogar Schriftsteller, denn bei uns gibt's auch solche; er hat ein paar Krimis geschrieben. Er hat zu mir gesagt: Der Junge ist durch den Wind, nicht von ungefähr ist er in der Psychiatrie gelandet. Da steht nichts Gefährliches drin. Nichts als Larifari, da geht's um Grüfte, um Gott, um irgendwelche Holländer ... Es lohnt sich nicht, uns die Köpfe über ihn zu zerbrechen, wir haben unsere eigenen Probleme.‹ Ist doch so, Liebling, ich hab auch am Anfang ein bisschen reingesehen und war böse mit dir: Wie konntest du nur so über uns schreiben, dass ich eine Zahnprothese, dass meine Hüfte ... Woher willst du wissen, was ich auf der Hüfte habe, was geht das die andern an? Wie oft hab ich dir nicht gesagt, Liebling, dass du nicht mehr alles schreiben sollst, was dir durch den Kopf geht, dass du schreiben sollst, was verlangt wird ... Vielleicht hätten sie inzwischen auch ein Buch von dir veröffentlicht, wie Nicușor vom andern Treppenhaus, oder dieser andere Schriftsteller in unsrem Wohnblock, der

---

5 Damals politisch umstrittener Roman des bekannten Schriftstellers Marin Preda.

beim Eingang Nummer sechs wohnt (Gott, wie hieß der gleich?) und der bei den Wohnblockversammlungen mir nichts, dir nichts aufsteht und sagt: Ich bin Schriftsteller, als würde ihn jemand fragen, was er ist ... Du hast nichts Besseres zu tun gehabt, als zu schreiben, dass Vater Damenstrümpfe auf dem Kopf trug. Na und? Das taten damals alle Männer; nachts legten sie sich mit Damenstrümpfen auf dem Kopf ins Bett, damit das zurückgestrichene Haar so bleibt, denn so trug man es damals: nach hinten gekämmt und mit Walnussöl eingeschmiert. Das ist gar keine Schande. Nur, warum musst du darüber schreiben? Schreib doch über etwas Schönes, bist ja kein dummer Junge und hast eine Menge Bücher gelesen. Schau mal, ein gutes Buch liest man zigmal, ohne sich zu langweilen. Mein Gott, wie schön ist ›Donauflut‹ oder die Sache mit Șuncărică und mit Ducu-Năucu Păr Cărunt ... wie die Diebe dasaßen und Ketten aus Teigwarenschneckchen machten, sie bemalten, auffädelten und sagten, es sind Perlen ... Oder ›Die Insel Tombuktu‹: Ganze Nachmittage saß ich mit dir unter der Decke und las dir daraus vor, bis ich heiser wurde und die Schrift nicht mehr sah, denn es wurde schon dunkel ... Mit den Wilden, die auf Palmblättern schreiben ... Ich hab's nicht geschafft, ›Mit vollen Segeln‹ anzufangen, das ist zu dick, ebenso ging's mir mit ›Die verfemten Könige‹. Aber von Geschichten kann ich nie genug bekommen. Das da, ›Rumänische Volksmärchen‹, ist wunderschön. Damit hast du ganz allein lesen gelernt. Ich seh dich noch vor mir: Du lagst da auf dem Kasten vom Bettsofa im Vorderzimmer, das Buch über dem Kopf. Als du ›Ileana Cosânzeana, in ihrem Zopf die Rose singt, neun Kaiser hören zu‹, das längste Märchen im Buch, zu Ende gelesen hattest, warst du außer dir vor Freude. Jetzt lese ich gar nicht mehr, ist mir noch nach Lesen zumute? Wenn ich mir doch den lieben langen Tag den Kopf zerbreche: Was werde ich euch morgen auf den Teller tun? Und wo soll ich bei diesem Schneesturm noch hingehen, um etwas zu ergattern, wenn ich höre, dass sie Joghurt haben, Eier, dass sie Rinderknochen gebracht haben? Für ein paar Hühnerkrallen laufen die Leute verzweifelt überallhin. Ob die wohl auch so was essen? Ob er ihr etwa sagt: Leana, geh und stell dich an, vielleicht ergatterst du noch ein Crevedia-Hühnchen ... Diesen Sommer gab's eine Ausstellung im Messepavillon. Als du klein warst, gingen wir oft hin, das war ja in der Nähe von Vaters Arbeit, beim Haus des Funkens. Erinnerst du dich, als es die ersten Plastikkugelschreiber gab? Die Leute kamen aus dem Staunen nicht mehr raus. Dort haben wir welche mitgenommen. Und als die Russen die Rakete brachten, mit der Gagarin geflogen war ... Wir haben auch ein Foto von dort, irgendwo in meiner alten Handtasche. Na, dieses Jahr haben sie wieder eine Ausstellung gemacht, mit vielen Firmen aus der ganzen Welt, mit Möbeln, mit Autos, mit allem Möglichen. Und da war, hörst du, Schatz, auch ein Pavillon mit Lebensmitteln. Also das, was wir für den Export produzieren. Dort durften die Leute nicht rein. Das glaub ich gern! Dort waren alle Leckerbissen von der Welt. Als die Ausstellung zu Ende war, haben sie Heftchen in die Mülltonnen geworfen, also ... diese Prospekte von allem, was dort ausgestellt worden war. Und da gab's Leute, die sie rausgeholt und klammheimlich den Passanten auf der Straße gegeben haben, sie haben sie auch in die Briefkästen gesteckt. Die hatten Mumm! Wenn man sie erwischt hätte, wer weiß, was ihnen passiert wär. Mir hat Madame Soare auch eines dieser Büchlein gezeigt. Groooßer Gott, was da alles drin war! Schau mal, ich muss heute noch schlucken. Was gab's da für einen Schinken, was für Würstchen, was für einen gepressten Schafskäse, ganze Laibe, Schatz, was für eine Leberpastete, von der guten, wie früher. Was gab's da nicht alles! Fette Hähnchen mit in Stanniol gewickelten Keulen, ihre Haut glänzte vor Fett, Edelschimmelkäse, wie man's nur in Filmen sieht (ich wusste nicht, dass man den auch bei uns macht), Wiener Würstchen, Schweinenacken nach Zigeunerart, so groß wie kleine Melonen, mit Bindfaden verschnürt ... Auf einer anderen Seite war Fisch zu sehen, Lachskaviar, geräucherter Hausenrücken, allerlei Spezialitäten, wer sich das alles wohl ausgedacht hat ... Dann gab's Weine, und in was für schönen Flaschen, mit vergoldeten Etiketten ... Säfte, Eis in großen Plastikschachteln. Und Schokolade, Schatz, alle möglichen Sorten, mit Creme gefüllte Bonbons ... Alles, alles, alles geht nach draußen, ins Ausland. Alles ist für den Export, damit er seine Schulden bezahlen kann, seine gottverfluchten Schulden! Ich würde sagen: Exportieren wir die doch auch, aber etwas soll auch dem armen Menschen bleiben, damit er sein Leben fristen kann. Doch davon wissen die nichts! Nichts, Schatz, die Hunde. Die machen uns die Tage bitter, bringen uns noch ins Grab, diese Halunken. So weit haben wir es gebracht, dass man in Rumänien verhungert, wo gibt's denn so was? Nicht einmal, als man beim Bojaren arbeitete (auch damals war's alles andere als gut), auch nicht im Krieg ist's schlimmer gewesen. Und in der großen Hungersnot, '48–'49, als die Moldauer kamen und alles, was sie hatten, für ein Stück Brot verkauften, war's auch nicht wie heute. Mein Gott, mein Gott, wo kommen wir noch hin ...«

Wie an jedem Abend beginnt sie zu weinen. Ich lege ihr nicht die Hand auf den Arm, streichle nicht ihr ungefüges Haar. Am nächsten Tag werde ich nicht im Morgengrauen aufstehen, um an ihrer Stelle Schlange zu stehen. Auch diesmal wird sie es sein, die mir das Futter in den Teller füllt. Ich werde die runzlige Haut der Hähnchenkrallen und -hälse in der Suppe essen, als wäre der gequälte Leib der Mutter selbst in der klaren Brühe zerstückelt. Wir alle machen allen das Leben zur Hölle, wir richten sie zugrunde. In meinem zerschlissenen Pyjama, von derselben Art wie jener, in dem ich fünfzehn Jahre zuvor auf dem Kasten des Bettsofas saß und durch das dreiflügelige Fenster meines Zimmers in der Ștefan-cel-Mare-Chaussee das Panorama von Bukarest betrachtete, den Fes über die Brauen gezogen und barfuß, stehe ich vom Stuhl auf, betrachte sie lange (eine in Kohle gezeichnete Ikone, verwildert vom Schmerz, nur die Spuren der Tränen glitzern im Licht der blauen Blütenblätter des Feuers auf dem Gasherd), höre, wie der Fahrstuhl in der Tiefe des Wohnblocks scheppert, wie durch die Ritzen der Balkontür der frostige Winterwind fährt. Ich gehe auf den Flur hinaus, trete ins Wohnzimmer, wo Vater in einem Winkel des dunklen Raumes gedankenverloren fernsieht, und gelange in mein Zimmer. Wie immer schließe ich die Tür hinter mir, die Tür zwischen mir und dem Weltall. Das Licht knipse ich nicht an. Die Dinge um mich sind schwarz und stumm: das Bett und der Kleiderschrank, der Tisch, der Stuhl. Sie sind latent, unerschaffen, so wie die Dinge sind, wenn niemand sie sieht. Nur wenn eine Trambahn vorbeidröhnt oder ein Auto mit eingeschalteten Scheinwerfern, gewinnen auch sie gespenstische Phosphoreszenz. Dann flitzen Streifen elektrisch blauen oder grünlichen Lichts und breiten sich an der Decke aus. Sie ziehen an meinem Manuskript vorüber, an Tausenden auf dem Tisch gestapelten Blättern, die obersten, letzten, flattern in der Luftwoge meines Vorbeigehens. Ich drücke die linke Handfläche darauf und spüre das tiefe, störrische Zucken der Arterien unter der Haut. Lebendig, lebendig und hyalitartig, durchscheinend in den Lichtstreifen, die durchs Zimmer sausen. Ich gehe ans Fenster und recke mich, stelle mich auf die Zehenspitzen, um mich auf den Bettsofakasten zu setzen. Ich lege meine nackten Fußsohlen auf den Heizkörper und presse sie dagegen, obgleich sein lackiertes Eisen jetzt eiskalt ist. Ich drücke meine Stirn gegen die Eisschicht der Fensterscheibe. Mein Atem beschlägt sie nach allen Seiten, zeichnet über dem ungestümen Schneefall draußen zwei zarte Schmetterlingsschwingen. Erst jetzt, hier, übermannt mich das Weinen, das verzweifelte Weinen des einsamsten Menschen auf Erden. Die Tränen, die meine Hornhäute überfluten, werden augenblicklich zu scharfkantigen Eiskrusten.

Ich schlafe, das Gesicht nach oben, träge wie die Statue eines Königs auf einem Grabmal. In der Tiefe meines Bettes ruht ein mit Lumpen umwickelter Kadaver. Darüber schwebt mein in Schlaf gesunkenes Gespenst. Ohne Inhalt und ohne Festigkeit, in gelbe Kreide gehauen. In Laken gewickelt, komme ich mir selbst so vor, als betrachtete ich mich aus der Höhe der Zimmerdecke, ein in Seidenfäden eingesponnener Kokon. Meine geschlossenen Lider sind die auf meinem Schädel hervortretenden Höcker des Traums. Jetzt bedecken sie mir beinahe das ganze Gesicht. Der Schatten der Wimpern läuft mir schräg über die Wangen, sooft die auf der Chaussee vorbeifahrenden Straßenbahnen bei der Berührung mit den feuchten Oberleitungen Funken schlagen. Die Augäpfel gleiten mir langsam unter die Lider, schimmern glasig unter den durchscheinenden Häutchen. Dann versinken sie in das zitternde Fleisch des Gehirns, wie ins Gehäuse zurückgezogene Schneckenfühler.

Hinter mir, eine eisige Ikonostase, das dreiflügelige Fenster meines Zimmers. Darauf ist das gigantische Panorama der Stadt gemalt, Kuppeln und Plattenbauten und Häuser und entlaubte Bäume, Umrisse von Zement und Beton und Kupfer, Türme aus Quecksilber, aus Schwefel und Kadmium, schräg gestreift vom endlosen Schneefall. Auf dem rechten Flügel des großen Altarbildes, an dem roten, von dunklen Flocken gefurchten Himmel, ist noch ein Schmetterling mit Flügeln aus Dampf zu sehen. Der eine Stunde zuvor vom Atem meiner Nüstern gezeichnete Schmetterling. Eigentlich ist das Fenster voller Dampffalter, Hunderte und Tausende kaum sichtbarer Schmetterlinge, die dennoch allesamt in perlweißem Licht glänzen. Es sind kleine Schmetterlinge, von meinem Atem, als wir soeben in den Wohnblock gezogen waren: Ich war fünf Jahre alt, und Vater hielt mich aufrecht auf der Fensterbank, damit ich das Hündchen im gegenüberliegenden Hof und die ferne Brotverkaufsstelle sehen konnte. Größere Schmetterlinge aus der Zeit, als ich mit heißem Atem stundenlang die gegenüberliegenden Fenster belauerte und hoffte, durch einen Schlitz zwischen den Vorhängen einen Schenkel oder eine entblößte Brust der Frauen zu sehen, die ständig Wäsche bügelten und die Kinder in jenen unergründlichen Innenräumen im Zaum hielten. Und immer ausgedehntere Schmetterlinge, die einen in die Umrisse der anderen hineinwachsend, die das Fenster mit einem vom Reif in Regenbogenfarben schillernden Gefieder erfüllen: Es sind diejenigen, die nicht von meiner Atmung, sondern von der Wärme meiner Hirnhälften gezeichnet wurden, den Keimblättern, zwischen denen quälend langsam der Same der Göttlichkeit wächst, mit ihren Leibern wie Eisstängel, mit ihren asymptotischen Flügeln, mit dem Wahnsinn ihrer Hüften-, Blüten- und Vulvenumrisse, mit der sich wiederholenden Traurigkeit der Pfauenaugen. Bis zum Morgengrauen war der Schirm, auf den der Schädel eines in Schlaf Versunkenen orthogonal projiziert wurde – als sähe man die Kuppel einer Basilika von oben –, vollkommen mit dicken Eisblumen bedeckt: übereinandergeschichtete, verworrene, verstreute und sich wieder versammelnde Schmetterlinge aus Schnee und Helligkeit. Und langsam zeichnete sich dort, am Ende meines gelähmten Leibes, der auf dem Katafalk in Laken lag, über dem unübersichtlichen Panorama der Stadt, sich mit ihm verbrüdernd, sich mit ihm vermengend, sich mit ihm durchtränkend (als wäre die Fensterscheibe zu einer unendlich elastischen Membran geworden, die jedes Zweiglein der nassen schwarzen Bäume jäh eingehüllt hatte und jeden Flecken Wand und jeden Ziegel des Dachs, ja sogar jede Schneeflocke, indem sie dieser in ihrer faserhaften und sich wiederholenden Geometrie folgte), eine andere Stadt ab, ganz und gar aus Schmetterlingsflügeln und -skeletten erbaut. Und im Zimmer senkt sich Kälte herab wie in einer Gruft, und durch die bereifte Scheibe bricht das gelbe Licht der Morgendämmerung. Auf dem Katafalk nimmt meine Statue präzise Umrisse an, aus fahlem Kaolin, aus Fayence. Und über mein ganzes Bett wird schräg das Licht des Fensters hingeworfen. Mein Bett ist jetzt ein unerhört bunter Insektenkasten. An den Umriss meines Gesichts und meines Leibes schmiegen sich Flügel und geringelte, behaarte Rümpfe. Dergleichen an den steifen Batist der Laken, an deren hervortretende Falten, so komplex, dass kein Topologe sie in nichtlinearen Gleichungen beschreiben könnte. Mein Bett ist ein in Ultramarin und Grün und Gelb und Schwarz, im Rot einer faulen Kirsche und dem eines sauren Apfelsinensafts rauschendes Fraktal. Aus Krümmungen und anmutigen Erweiterungen, aus vorquellenden Augen und Fühlern. Ich bin eine Kreidestatue, in einen Peplos aus Schmetterlingsflügeln gehüllt. Oder in einen einzigen gewaltigen Flügel. Ein Fötus in einer vielfarbigen Plazenta.

Dann schmiege ich mich in mein phantastisches Bettzeug und levitiere mit ihm zusammen hin zur Mitte des Gemachs. Verharre so, sonderbare Larve, zwischen Fußboden und Zimmerdecke schwebend, stärker und stärker vom kalten Feuer des Sonnenaufgangs beschienen. So findet mich Mutter vor, Tag für Tag, bei Anbruch des Morgens. Sie zieht mich wieder zum Bett hin, wie ein großes Papierknäuel, und wenn ich erneut auf meinem königlichen Grab ausgestreckt bin, die weiten Laken rings um mich, fährt sie mir mit ihren dürren Fingern durchs Haar. Und ich schlage die Augen auf und beginne zu träumen.

Sommernacht mit unruhigem Platanenrascheln, von warmen Windböen hergeweht. Die Platanen sind riesenhaft, zu beiden Seiten des Weges aufgereiht. Ihre Stämme tragen leichenfahle Lepraflecken. Den Weg entlang zieht sich der Kanal mit seinem schwarzen Wasser hin. Unter dem Licht der Glühbirnen blitzen auf dem Kamm der Wellen kleine Pyramiden auf wie Diamanten. Die Landschaft ist sehr weiträumig; wir sind auf einer Esplanade, die sich bis dorthin ausdehnt, wo sie mit der Nacht verschwimmt. Ich gehe voran auf dem Weg, der eine träge Kurve beschreibt, blicke mich um, hüte mich vor den gelben Hunden, die neben mir herlaufen, unhörbar, als berührten sie den Boden nicht. Die Häuser sind fern, in Schwärmen, wie Inseln auf der weitläufigen Hochebene. Der schwarze Wind weht mir durchs Haar, bricht jäh hinter den Bäumen hervor, hinter den Mauern. Denn ich bin in einem blassen Städtchen angekommen und streife dahin auf einem Pfad zwischen den seltsam hohen Häusern. Einen Augenblick bleibe ich unter dem offenen Fenster eines Hauses stehen: Man hört Radiomusik, man hört auch Stimmen, das Lachen eines Mädchens ... Ich drücke mein Ohr an die Mauer, vielleicht werde ich so die Worte derjenigen hören, die sich unsichtbar im erleuchteten Zimmer bewegen. Ich kann sie nicht verstehen, obgleich ich jeden Laut unterscheide, doch gewinne ich plötzlich Gewissheit, es sei richtig, dass ich diesen Weg nehmen musste. Zum ersten Mal weiß ich, in welche Richtung ich gehe, wenn ich auch nicht sagen könnte, wohin. Ich gehe weiter und gelange an einen menschenleeren Platz, schwach erleuchtet von einer einzigen, an der Spitze eines Mastes hängenden Glühbirne. Auf einer Seite steht ein Kirchlein, auf der andern ein großes Zelt aus rauem Leinentuch, in dem eine Feier oder eine Hochzeit stattzufinden scheint, doch ich suche nach dem Restaurant, und da ist es ja tatsächlich, mit weit geöffneten Türen. Es lädt einen gleichsam hinein. Ich trete ein, durch warme Windböen von hinten angestoßen. Die Säle sind hell erleuchtet und völlig menschenleer. Ich durchquere den ersten, schaue umher, zu den mit steifem weißem Batist gedeckten Tischen, zu dem blitzenden Silberbesteck, das einem die Augen verletzt, zu den Sofas aus rotem Plüsch, dem ebenfalls roten Teppich, der sich in der Ferne verliert. Ich nehme an, dass die Durchquerung des ersten Saals, an den Tausenden auf Gäste wartenden Tischen vorbei, während mich die wenigen, gleichmütigen Kellner anblickten, mehr als eine Stunde gedauert hat. Der zweite Saal ist ebenso weitläufig wie der erste, ein so langer Salon, dass sich die letzten Tische ineinander drängen und einen einzigen dichten weiß-roten Streifen bilden. Kein Gast an den Tischen, das Besteck verstrahlt sein Blinken für keinen einzigen Blick. Ich gehe langsam, ruhig, wie ein Wanderer, der weiß, dass er auf dem richtigen Weg ist. Es gibt vier identische Säle, die ineinander übergehen. Der letzte Kellner, in strahlend weißem Anzug, begleitet mich mit dem Blick seiner schwarzen Augen unter leicht gerunzelten Brauen. Ich trete wieder in die Nacht hinaus, betrachte eine Weile, wie auf der Fassade eines Hauses mit vielen Fenstern ein Kind hochklettert, es will von einem Fenster zu einem höher gelegenen gelangen. Es sind eine Menge Menschen versammelt unter der barocken Fassade voller Girlanden und rosa-orangefarbener Statuen. Das Kind hält sich an einem Gipsbändchen fest, an einer Locke im Haar einer Gorgone. Jetzt hängt es mit gegrätschten Beinen an der Fassade, regt sich nicht mehr, sein kleiner, fast nackter Leib ist ein neues Ornament. Hinter dem Bauwerk sieht man plötzlich eine Flamme, die den Himmel erleuchtet, und hört das Scheppern einer uralten Trambahn. Es ist just die, die ich nehmen muss, um zu Silvia zu kommen. Ich lasse das Kind zwischen Stukkatur und Ochsenaugen versteinen und gehe glücklich in einem schmalen Gässchen um das Gebäude herum, wo man den Nachtwind spürt, heiß wie unausgesetztes Tosen.

Es ist ein Boulevard mit unvorstellbar hohen Bauwerken zu beiden Seiten. Hier bin ich noch nie gewesen. Es sind Wohnblocks aus der Zwischenkriegszeit, die nach oben hin weiter und weiter zurück versetzte Terrassen aufweisen, bis sich auf der höchsten ein einfaches Häuschen mit einem schmiedeeisernen Zaun ringsherum erhebt. Es sind Reklamen, Tafeln mit Bildern, die ich nicht verstehe. Es sind die Mauerbrüstungen vom Haus des Funkens, wer weiß wie hierhergelangt, zwischen die allesamt aus durchscheinendem Marmor bestehenden Fassaden in diesem unbekannten Teil der Stadt. Ich finde die Haltestelle und warte dort, in der Ödnis (doch bin ich nicht in der Tunari-Straße? Mir ist, als spürte ich in der Nähe den runden Zeitungskiosk), und tatsächlich kommt der Trolleybus, beinahe ohne ein Geräusch von sich zu geben, durchschneidet die dunkle Luft mit seinen beiden Stangen, die an darübergespannten Drähten hängen. Ich steige ein, setze mich auf einen Sitz, und der Trolleybus fährt los. Diesen Augenblick habe ich irgendwann schon erlebt, sage ich mir. Eine überwältigende Gemütsbewegung erfasst mich. Ich sehe durchs Fenster, wie wir auf unbekannten Straßen dahingehen, zwischen Gebäuden, die schwach in die Nacht hinein schimmern. Wir betreten Plätze mit durchsichtigen Palästen und Springbrunnen, geschmückt mit Skulpturen seltsamer Wesen, die ich nicht wiedererkenne. Ein Stadtviertel nach dem andern mit alten Häusern, einige davon verfallen, zieht vor unseren Augen vorbei. Mehr und mehr krampft sich mir das Herz zusammen: Ich erkenne nichts mehr wieder. Die Bauwerke haben runde, glitzernde Fenster, haben Hochreliefs mit allegorischen Szenen. Auf den Brücken über den schwarzen Wassern gehen Menschen vorüber, in Gruppen, die mich erschrecken. An ihnen ist nichts Besonderes, und dennoch ist jeder von ihnen eine Bestie. Ich blicke ihnen nach, die Häuser rasen vorüber, jedes einzelne gestochen scharf gezeichnet, mit jeder bildnerisch hervortretenden Einzelheit, jedes Krüstchen Kalk ist sichtbar wie unter einer starken Lupe. Und jedes ist anders als die anderen. Doch die Häuserreihe bricht jäh ab, und wir tauchen in der Einöde unter. Ich steige an der Endstation aus, die Stadt hat längst aufgehört. Die Finsternis ist fast vollkommen. Der schwarze Wind bläst heftig, das Haar fällt mir in die Augen, meine Kleider flattern mir geräuschvoll am Leib. Ich kehre um, folge den Trolleybusdrähten. Einige gelbe Hunde mit Menschenaugen blicken mich von der Stelle aus an, wo sie zusammengekauert liegen, dann schließen sie wieder die Lider mit den fahlen Wimpern. Ich wandere lange dahin auf dem mit schwarzglänzenden, hallenden Steinplatten gepflasterten Weg, komme zu einem hohen und rasierklingendünnen falben Haus mit einem von schmiedeeisernen Stängeln gesäumten Eingang. Es ist die einzige Öffnung in der blinden, vollends abgeschiedenen Mauer, die sich in die Nacht erhebt. Über die ganze freistehende Brandmauer breitete, die gelbliche Unebenheit der Mauer fast täuschend nachahmend, ein großer Nachtfalter seine Flügel. Von Flügelspitze zu Flügelspitze mochte er etwa sieben Meter messen, und ebenso viele von oberhalb des Eingangs bis hin zu der Stelle, wo die Nacht anfing, zählte auch sein wurmförmiger Leib mit den befiederten Fühlern. Man konnte ihn sofort erkennen, denn er war eine zarte Verfärbung in den Abschattungen der Mauer, wie eine flimmernde Woge erhitzter Luft; als ich aber seine Umrisse erfasst hatte, wusste ich, und wieder verspürte ich eine Welle der Erregung und des Verlangens. Ich wusste, dass Silvia dort wohnte. Auch diesmal hatte ich den Weg nicht verfehlt. Ich sollte es wieder erfahren, wie auf so vielen Irrwegen durch die fremde Stadt, was ihr Dan der Verrückte ins Ohr geflüstert hatte, damals in der Eingangshalle des Wohnblocks, und warum sie ihm mit dem Ausdruck von ohnmächtiger Wut in ihren mädchenhaften Zügen ins Gesicht geschrien hatte: »NEIN!« Ich stand gegenüber dem Gebäude ohne Fenster, vielleicht waren auch sie von den Schwingen des riesigen Schuppenflüglers verdeckt. Ich wagte nicht einzutreten, wollte meine Spannung und Erregung möglichst verlängern. Die Fühler der großen Motte zitterten leicht, ihre Beinchen wirkten wie kaum wahrnehmbare Äderchen im Kalk der Brandmauer. Ich trat ein unter der flammengleich geblümten Markise mit Tausenden geringelten schmiedeeisernen Schlangen, die mir ihre Köpfe entgegenstreckten, und drehte leicht den runden Türgriff. Durch einen Korridor aus Kühle und Schatten trat ich in das Gebäude. Hier war die Luft eisig und in einem Kristallgefüge versteinert. Die Fensterscheiben der Eingangstür wurden auf das Bodenmosaik projiziert: klar umrissene Quadrate, mein Schatten über sie gebreitet. Nach dem Windesbrausen von draußen war die Stille derart überwältigend, dass ich mich einen Augenblick lang fragte, ob mir nicht die in den Felsen meines Schädels gegrabenen Windungen des Innenohrs gefroren waren. Auf dem Fußboden waren Pfützen und Scherben, über die ich vorsichtig stieg. Der Gang mit Türen und Verteilertafeln an den Wänden, die von allerlei Rohrleitungen durchzogen waren, schlampig mit derselben olivfarbenen Ölfarbe gestrichen, womit auch die Mauer beschmiert war, endete an einigen in der Finsternis kaum schimmernden Stufen, die zu einem uralten Fahrstuhl führten. Ich stieg sie hoch und versuchte den Aufzug zu rufen, doch reichte ich nicht bis zu dem Knopf auf der teerverschmierten Gittertür. In dem Abgrund, der durch die Maschen aus dickem Draht zu sehen war, hingen wie ekelerregende Gedärme dicke, mit Schmierfett bestrichene Kabel. Ich setzte mich auf die Treppe, den Kopf in die Hände gestützt: Es war mir nicht möglich, weiterzugehen. Ich war dort erstarrt wie eine dekorative Statue, von Gedanken und Willen entleert. Die Dunkelheit war so tief, dass ich keinerlei Unterschied fühlte, ob ich die Lider nun schloss oder aufschlug. »Er wohnt in tiefem Dunkel, in seinem goldgeglänzten Zedernkubus«, kam mir in den Sinn; diese Worte hatte Herman geflüstert. Ich schloss die Augen, um die immateriellen Phoneme, die wie Wassertropfen in einer unterirdischen Höhle auf meinen Geist trafen, deutlicher zu vernehmen. Aber ich hatte keine Lider mehr: Die Nacht draußen hatte mir den Schädel vollends überflutet. Mein Gehirn war eine Lagune der Nacht, in die einen Wimpernschlag lang seine Stimme getropft war, wobei sie seine Gegenwart umriss, neben mir, auf der Treppe zwischen dem siebten und dem achten Stockwerk, wo uns das transfinite Licht übergoss, das durch die vergitterten Fenster der Terrassentür gekommen war. Ich wusste nicht mehr, auf welcher Seite der Lider ich mich befand, so dass der Lichtsame, der fern in dem frostigen Schweigen zuckte, gleichermaßen ein Ding aus dieser Welt oder aber eine Einbildung meines Geistes sein konnte. Wie man die fahlen kleinen Sterne am Sommerhimmel nur aus dem Augenwinkel sieht – wenn man sie nämlich direkt betrachtet, verschlingt sie der blinde Fleck am Grund der Netzhaut –, so ging das Lichtchen im Gang aus und wieder an, je nach der seltsamen Bewegung meiner Augen und meines Gesichts an jenem erstarrten Ort. Als ich aufstand und ihm entgegenging, konnte ich nicht sagen, ob ich mich nicht etwa auf die falsche Tiefe des Spiegels zubewegte. Ich ging näher heran: Das Licht kam durch das Guckloch in einer der Türen, über dem undeutliche Buchstaben im unendlich matten Glimmern eines Messingtäfelchens standen. Ich drückte die Klinke nieder und betrat ein Zimmer ohne weitere Türen oder Fenster. Die Wände waren kaum beleuchtet von einer schwachen Glühbirne, die in ihrer an zwei runzeligen schwarzen Drähten schief von der Decke hängenden Fassung knisternd flackerte. Der Boden bestand aus groben, durchgescheuerten Dielen mit aschgrauen Stellen, wo die Holzfasern morsch waren. Und eben in der Mitte des Fußbodens befand sich, wie ich wohl wusste, die runde Öffnung, die zu Silvia führte. Ja, ich war schon dort gewesen, die Wendeltreppe, die sich unter der Erde verlor, so oft hinabgestiegen! Die Platanen, das Restaurant, die gelben Hunde, der Trolleybus und das Haus der Riesenmotte: Es war die wieder und wieder zurückgelegte Strecke, die zu Silvia führte. Und immer war es eine Mittsommernacht, mit denselben Böen warmen dunklen Windes. Und immer waren am Rand der Nachtfahrt mit dem Trolleybus Paläste. Hohe und gespenstische, mit von Standbildern starrenden Stirnseiten. Kuppeln und steinerne Eier ruhten auf den Dächern. Da waren runde Gauben unter den Gesimsen, die blinkten in der Beleuchtung der unbekannten und doch so vertrauten Stadt, im orangefarbenen Licht der Glühbirnen, die dem Gemäuer die Sanftheit von Marmor und Ranken verliehen. Jetzt wusste ich, dass Silvia nur eine Statue an einer Wegkreuzung war, eine allegorische Gestalt, die man richtig deuten musste, um noch weitergehen zu können auf den Pfaden der Welt und des Geistes, die identisch, aber inkongruent sind, wie zwei sphärische Dreiecke, deren Grundfläche auf dem größten Kreis liegt. So oft hatte meine Suche dort, vor ihr, aufgehört, als wäre sie die Antwort gewesen, so wie der Gläubige einem unbedeutenden Gott opfert, dem Gott eines Baumes oder eines Felsens, ohne je seine Augen zum blendenden Blitz des Gewölbes emporzuheben, dorthin, wo alle Sterne aus dem ganzen Weltall ihr ganzes Licht gemeinsam mit dem der Sonne einander zustrahlen, in einer Olbersschen Ekstase. Vielleicht auch hatte mich einstmals ein Wort oder eine unbestimmte Geste des Götzen unter diesem Spitzbogen zu einem anderen Ausgang hingeschickt als dem mit dem Leinenvorhang verdeckten, und von dort hin zu Orten des Schreckens jenseits meines Vermögens, die Erinnerung zurückzurufen.

Ich begann die Stufen des schmalen Wendeltreppchens mit dem eisernen Geländer hinunterzusteigen. Nach einigen Hundert überaus engen Windungen betrat ich schließlich den so vertrauten Korridor. Stets gelangte ich hier an, schwindlig von den Schneckengängen der Treppe. Immer drehte sich dieser Gang, der einen großen leeren Raum in der Mitte umlief, eine Zeitlang mit mir mit, langsam und taumelnd, bis er, allmählich, reglos blieb. Ringsum gab es weiße Wände mit Türen wie in einer Arztpraxis und armselige, unbequeme, mit kaffeebraunem Kunststoff bezogene Stühle, je vier oder fünf aneinandergeklebt, die Wände entlang. Wenn man ans Geländer trat, blickte man hin zu den höher und tiefer gelegenen, nicht enden wollenden Treppenabsätzen. Die darunterliegenden verloren sich in einem Abgrund, der einem den Magen zusammenkrampfte und ein Ächzen entlockte. Am Anfang war ich die Treppen hinuntergestiegen, die zu wieder anderen Absätzen führten, doch sie schienen alle gleich zu sein, vereinsamt und leer, man wusste nicht, wie sie beleuchtet waren, war doch keine einzige Lichtquelle auszumachen. Hinter manchen Türen hörte man ein Klirren und Surren, hinter anderen ein Seufzen und Stöhnen. Die meisten aber waren still wie die Mauern, an denen sie sich abzeichneten, so still, wie eine Welt nur sein kann, in der das Ohr nicht erfunden ist, in der das Gehör ebenso unbekannt ist wie der Vrol-Sinn in unserer Welt. Ich suchte nach jener uralten Szene, die ich niemals zu orten vermochte: Ich bin mit Mutter in einem dunklen Raum. Es ist der Wartesaal einer Institution. Wir sind die Einzigen, die noch nicht aufgerufen wurden. Eine dichte rötliche Abenddämmerung hüllt uns ein. Wir sitzen auf Rücken an Rücken befestigten Bänken in der Mitte des rechteckigen Saals. Wir warten, Mutter weiß vielleicht, worauf; mich beherrscht ein tiefes, quälendes Gefühl der Einsamkeit. Es wird immer dunkler, doch es ist ein warmes, hellbraunes Dunkel, mit dareingemischten glitzernden Strahlen ... Auf den durchschrittenen Treppenfluren hatte ich nichts gefunden, was dieser Erinnerung glich. Nachdem ich Tausende Stockwerke hinuntergestiegen war, setzte ich mich müde auf einen der braunen Stühle, die durchdringend nach Plastik und Schwamm rochen, und saß regungslos im einsamen Gang, betrachtete die Türen jenseits des Schlundes, wartete darauf, dass sich irgendeine öffnete und jemand Unbekannter und Schrecklicher an der Schwelle erschien, mich hineinrief ...

Vielleicht endete die Wendeltreppe durch einen unergründlichen Zufall gerade in Silvias Gang, man konnte aber glauben, dass in jedem Geschoss eine andere Silvia war und dass man, wenn man von ihr weg durch die mit Leinen verhangene Tür heraustrat, in einem immer anderen Bukarest anlangte, das identisch und dennoch verschieden war, so wie zwei Kristallkugeln identisch sein, aber nicht denselben Ort im Raum einnehmen können. Vielleicht ging ich immer in eine andere Stadt hinaus, in ein anderes Viertel, aus einer Unendlichkeit übereinanderliegender Städte, jede davon mit ihren Bäumen, Fenstern und Mädchen, völlig identisch, wobei jedes in demselben Augenblick dieselben Gesten vollzog, mehr noch, jedes Enzym in jeder Zelle jedes Lebewesens dieselbe Vermittlung derselben chemischen Reaktion in derselben Millionstelsekunde vollbrachte. Oder vielleicht unterschieden sich die wie die Trägergläser eines Mikroskops oder wie Pauspapierblättchen übereinanderliegenden Welten lediglich durch irgendeine Einzelheit: durch einen einzigen Fleck auf dem Pfötchen einer Katze, durch ein einziges Stöhnen einer sich selbst befriedigenden Frau, durch eine einzige Grüntönung einer Abenddämmerung über einem See in Sibirien, durch ein einziges Elektron, durch ein einziges Lächeln. Am liebsten jedoch stellte ich sie mir wie die eisigen Rahmen einer vierdimensionalen Welt vor, als Diapositive, auf denen man, in rascher Abfolge gesehen (wenn man vierundzwanzig Stockwerke in der Sekunde hinauf- oder hinabsteigen könnte), das Schauspiel der Hyperwelt hätte, so wie sie vielleicht die Gottheit sieht. Man könnte hintereinander Welten wahrnehmen, die sich entwickeln und sterben, und so wie wir in den auf Papier gezeichneten Panzerschrank einer zweidimensionalen Welt hineinsehen können, während die Wesen jener Welt ihren Blick an ihren aus einer einzigen Linie bestehenden Wänden haltmachen lassen, können wir vom unendlichen Ende einer Welt mit einer zusätzlichen Dimension in verschlossene Häuser, in Schädel, in Vaginen, in die feine Struktur des Raums auf der Planck-Skala blicken (und in sie eindringen). Wir würden alle Gedanken lesen, nichts bliebe uns verborgen. Wir wären mit einem Mal mitten unter den verdutzten Jüngern, wir verschwänden plötzlich aus mit armdicken Stangen und Ketten verriegelten Gefängnissen.

Die Schreie eines gefolterten Kindes, die hinter der ersten Tür hervordrangen, jagten mir längst keinen Schrecken mehr ein. Auch nicht das Wasserfalltosen hinter der nächsten Tür, auch nicht die Stimmen, wie aus einem Film im Fernsehen, hinter der dritten. Ich hatte an allen Klinken gerüttelt: Die Türen waren verschlossen und würden vielleicht ewig so bleiben. In jedem Zimmer waren vielleicht ein Opfer und ein Henker, die in einem endlosen Spiel des unerträglichen Schmerzes zusammenwirkten, einem Spiel der Spinne und der weißen, in der unumschränkten Macht des Ungeheuers gelähmten Motte. Ich wusste jetzt, die wievielte in der Reihe Silvias Tür war: Ich bog nach links und umrundete fast zur Hälfte den leeren Raum in der Mitte. Durch nichts unterschied sich die Tür, vor der ich stehen geblieben war, von allen anderen. Weiß, glänzend, nicht etwa weil sie von einer Glühbirne beleuchtet worden wäre, sondern weil sie selbst, wie alle Dinge aus der Umgebung, ein schmieriges Licht ausstrahlte, mit einer Klinke, die mit derselben Farbe aus der unvordenklichen und unwahrscheinlichen Zeit besprüht war, als die Tür, die Türen angestrichen worden waren. Ich drückte die Klinke und öffnete, nach innen, dort, wo mich das Mädchen erwartete, das ich seit der Kindheit nicht mehr gesehen hatte, das ich aber trotzdem ständig sah, auf meiner sich stets wiederholenden Reise (und welch magischer Einklang der Wörter: Kindheit, Reise; Wörter, die gleichsam dafür geschaffen sind, einander bis ins Endlose hinein zu ersetzen, wie ein Weberschiffchen, das diamantene Fäden aufspult), mit der immergleichen Strecke: die im Winde raschelnden Riesenplatanen, das leere und hell erleuchtete Restaurant, die Fahrt mit dem Trolleybus zwischen unbekannten und gespenstischen Gebäuden, das Haus mit der blinden Mauer und dem Jugendstileingang, die Wendeltreppe, die übereinanderliegenden Treppenabsätze, der Abgrund in der Mitte. Alles so scharf umrissen, eingeschraubt, eingepasst wie die Teile eines Getriebes, wie die Teile eines anatomischen Organs mit kaum geklärter Funktion, als zerlegte man einen Drachen oder ein Einhorn, betrachte dessen Herz, Lungen, Eingeweide und stieße unvermittelt auf ein Organ in Gestalt eines Seesterns oder des Buchstabens H, mit perlweißen Häutchen überzogen ...

Ich bin eingetreten, ich trat immer ein. Im fensterlosen Zimmer – denn wir befanden uns tief unter der Erde – stand nur ein Bett mit eisernem Kopf- und Fußende, ein Krankenhausbett gleichsam, mit gestärkten, etwas verschlissenen Laken (ein unleserliches Monogramm war mit rotem Faden an einer Ecke eingestickt), unter denen der Rand eines Wachstuchs auszumachen war. Eine weiß gestrichene Waage und ein ebenfalls weißer Metallschrank mit Vitrine, in der einige Dosen zur Aufbewahrung von Spritzen metallisch glänzten, bildeten die restliche Ausstattung. In Silvias Zimmer war noch etwas, ein wabernder Penicillingeruch, der von der dem Eingang gegenüberliegenden, mit verschlungenen Schimmelmizellen und -klümpchen überzogenen Wand herkam. Die anderen Wände waren fleckenlos, abstrakt und stumm, denn unser Auge ist derart beschaffen, dass es nicht auf Wände achtet. Vielleicht sah ich deshalb nie auf Anhieb den Ausgang aus dem Zimmer. Auf dem Bett schlief mit nach unten gekehrtem Gesicht, mit dem hageren

Leib, der sich durch das armselige, von hundert Mal Waschen und Trocknen in der Sonne ausgeblichene Kleid abzeichnete, mit über das Gesicht und das Kissen gebreitetem blondem schulterlangem Haar Silvia, das Mädchen, zu dem ich immer kam, um ihm eine einzige Frage zu stellen. In dem Zimmer, das aussah wie das einer Bezirkspoliklinik, eines von denen, wo es immer nach Kinderpisse riecht, war das Kleidchen, einst aus fleckenlosem Stoff mit roten Blumen, jetzt ein abgefärbter Blutfleck. Aus den Puffärmeln lugten die Arme des Mädchens, der eine unter den Leib gesteckt, der andere nachlässig aufs Kissen geworfen, mit auffallendem Kontrast zwischen den Außenseiten der Hand, wo die Haut dunkel war mit goldenen Härchen, und der Innenseite, von der Achselhöhle bis zum Unterarm totenbleich und von bläulichen Adern durchzogen. Eine Falte des Kleidchens gab bis nach oben hin den Blick auf den rechten Schenkel frei, auf die kleine Hinterbacke und einen Streifen des schief sitzenden gerippten Baumwollunterhöschens, auf dem kaum sichtbar kleine Tiere abgebildet waren. Immer war es so, jedes einzelne Haar, jede Knitterfalte des Kleidchens, jede bleiche Wimper stets in derselben Stellung, wie auf einer Fotografie, die ich Hunderte Male betrachtet hatte, ohne dass die Menschen darauf jemals blinzelten oder den Kopf wandten. Ich wäre zu Tode erschrocken gewesen, hätte ich sie einmal aufrecht sitzend vorgefunden, wie sie mich mit ihren blauen, sanften Augen eines vergrämten Kindes ansah. Silvia war die jüngere Tochter von Marian, Marțaganul, wie wir ihn nannten. Ihre Mutter war Verkäuferin in der Konditorei in der Tunari-Straße, neben dem Sodawassergeschäft und dem Eiskeller. Sie verkaufte eklige Kuchen mit rosa und mattgrüner Creme, überzogen mit einer Art wie Nasenschleim wirkender Glasur. Den ganzen Tag krochen die Fliegen darauf herum. Die Welt war damals eigentlich voller Fliegen, man sah sie zu Hunderten ertränkt in den Tellerchen mit »Fliegentot«, an den von den Decken hängenden Streifen kleben, in den Gebäuden der Post, der Sparkasse, des Finanzamts, der Miliz, in Polikliniken und Lebensmittelläden schwirren, mit ihren gleichen Rüsseln an Bonbons, Keksen, dem Schweiß der Leute, dem Gummi rund um die Fensterscheiben in den Straßenbahnen saugen ... Zehnmal am Tag wedelte Mutter sie mit einem Rock oder einem Hemd von Vater hinaus, doch durch die weit geöffneten Fenster flogen mehr herein als hinaus ... Auch Silvia und Marțaganul kamen jeden Tag zum Spielen hinter den Wohnblock, mit einem rosenfarbenen Kuchen mit einem Schokoladezipfel darüber, rissen einen riesenhaften Mund auf und stopften ihn in sich hinein, wobei sie sich die Wangen bis zu den Augen hinauf bekleckerten und sich die klebrigen Finger an den anderen Kindern abwischten ... Sie redeten unflätig und spuckten, keiner mochte sie, keiner beachtete sie. Und trotzdem war nicht Iolanda, die mit den Schleifen aus Batist in den Zöpfen, das schöne Mädchen in den neuen und schmucken Kleidchen, dem kein Junge, und wäre er noch so flegelhaft, Schweinereien zu sagen oder es an den Zöpfen zu ziehen oder ihm die Schöße des Kleidchens hochzuheben gewagt hätte, wie die Jungen es mit den anderen machten; nicht das glückliche und wohlgenährte Mädchen war die Auserwählte, sondern Silvia, die Tochter der Straße, die als Erwachsene eine verhärmte Arbeiterin bei den städtischen Grünanlagen werden, mit drei Kindern und ohne Mann zu Hause sein und schließlich, mit achtunddreißig, in einem schmuddeligen Krankenhaussaal an Bauchspeicheldrüsenentzündung sterben sollte ...

Das Mädchen träumte. Ganze Muskelgruppen an den Schenkeln, den Unterarmen, am schlanken Hals zuckten und erschauderten, bisweilen so heftig, dass das Metallbett leicht knarrend erbebte. Ich hatte mich aufs Bett gesetzt, ans Kopfende, und sie minutenlang schweigend betrachtet. Ihre Augen waren halb geöffnet, ließen unter den weißlichen Wimpern gelbliche Hornhäute wie bei Blinden erkennen. Ich fuhr ihr wie eh und je mit den Fingern durchs Haar, spürte ihren papierdünnen kleinen Schädel. Eine Szene blitzte mir durch den Sinn, die ich als Kind immer als grausig empfunden hatte. Es beeindruckte mich nicht allzu sehr, wenn Vater den Hals der lebenden Hühner durchschnitt, die wir bei den staatlichen Landwirtschaftsbetrieben kauften: Ich betrachtete alles recht teilnahmslos vom Balkon aus. Es machte mir sogar Spaß, wie das geköpfte Huhn herumhüpfte, das Gras und den Betonbehälter wie aus einem Springbrunnen mit Blut besprühte. Doch mir graute, wenn ich sah, wie zwei Stunden später Vater den Kopf des Huhns mit abgehacktem Schnabel, aber mit unversehrtem, vom Kochen ganz verrunzelten Kamm mit den Fingern aus der Suppe fischte, wie er ihn auf das Hackbrett legte und mit dem Messer entzweihieb und wie er dann zwischen den kaffeefarbenen Knochen des Schädels das nicht einmal kirschkerngroße Gehirn herauspickte. Er warf es sich in den Mund und schluckte es hinunter, zwinkerte mir zu und sagte verschmitzt: »Damit ich auch so gescheit werde wie dies Huhn ...«

Ich habe keine Geduld, weiter zu warten. Ich bin schrecklich erregt, mein Geschlecht ist aufgereckt und unangenehm feucht. »Silvia«, flüstere ich ihr zu, und mein Flüstern wird in dem unterirdischen Zimmer zu einem fürchterlichen Schrei, der zwischen den hell beleuchteten Wänden nachhallt. Die Glasregale in dem weiß gestrichenen Schrank klirren wie bei einem Erdbeben. In meine Ohren zurückgeschleudert, verletzt mein Flüstern mir die Trommelfelle. Silvia springt auf, schreit beinahe unhörbar, weicht zurück, bis sich ihr Rücken ans metallene Fußende drückt, und erhebt die Faust, bereit, mir ins Gesicht zu schlagen. Ihr Mund ist geöffnet und das Gesicht vor Grauen verzerrt. Das Licht blendet sie, ihr Traum kreist noch in ihrem Schädel, es wird noch etwas dauern, bis er durch die Rohrleitung der Wirbel in das Behältnis hinabsteigt, aus dem die Träume kommen, wie die Würzelchen der weißen Bohnen, die ich auf einem Streifen Mull über ein mit Wasser gefülltes Weckglas legte. Die Zotteln hängen ihr in die Augen, unter dem Kleidchen ist ihr Körper wie der eines kleinen Tieres mit goldener Haut. Sie sieht mich an mit ihren wässrigen Augen von einem Blau, wie es nur der Bukarester Himmel während der riesenhaften Sommer hat: staubig, sanft, leidenschaftslos und dennoch von unendlicher Sehnsucht. Sie entspannt sich, hockt sich auf die Knie, glättet die Schöße ihres Kleidchens, das jetzt geradezu wie die blutdurchtränkte Schürze eines Chirurgen wirkt. Sie lächelt. Sie hat mich wiedererkannt.

Mit einer seltsamen Stimme spricht sie zu mir, wie der einer erwachsenen Frau. Sie redet viel, lacht, lässt einen etwas schief über einen anderen gewachsenen Zahn sehen. Sie nimmt mich bei der Hand, und dann bemerke ich zum ersten Mal, dass ich Kinderhände habe, dass wir eigentlich gleichaltrig sind. An meinen Füßen sehe ich meine Sandalen aus Wildlederimitation über den gestreiften, staubstarrenden Socken. Ich sehe meine nackten Knie, die Bügelfalte meiner zerschlissenen kurzen Hose, mit der ich einstmals spielen ging. Silvia erzählt mir von ihren Freundinnen, von ihrem Bruder, eine Geschichte mit irgendwelchen gefundenen oder verlorenen Plastikperlen, vom »Gummizug« genannten Spiel, ich habe aber keine Geduld mehr, ihr zuzuhören. Ihr in die Augen zu schauen, wühlt mich auf, setzt mir zu. Von Schwindel erfasst neige ich mich zu ihrem Ohr und wispere ihr *jene Worte* zu, die mir pfeifend und abgehackt entfahren. Mein Atem glüht. Silvias Ohr ist warm, geschmeidig, durchscheinend. Mit meiner Zungenspitze berühre ich ihren Ohrring mit roten Steinchen wie die Körnchen einer Himbeere... Ich lasse meine flache Hand in ihre gerippte Unterhose gleiten und spüre mit dem Finger die Feuchte.

Und dann, mit flammenden Wangen, erhebe ich mich vom Kopfende des Bettes, glätte mir das Kleidchen und schreie dem braunhaarigen Jungen mit dem schmalen Gesicht, mit den aufgerissenen Augen, der mich erschöpft und flehend ansieht, entgegen: »NEIN!« Abermals werfe ich mich auf die Knie, nähere mein Gesicht dem seinen, bis ich es mit der Nase und dem Haar berühre, und brülle heiser: »Nein!« Ich sehe ihm zu, wie er vom Bett aufsteht, linkisch, mit krummen dünnen Beinen, wie er einen Augenblick zögert, wie er schließlich mit gesenktem Kopf durch die Türöffnung ohne Tür in der Wand hinausgeht, nur in eine geblümte Tagesdecke, einen Fetzen, gehüllt, wie der improvisierte Behang sich eine Zeitlang noch bewegt, unter seinen Falten die Jagdszene verbirgt und wieder enthüllt mit einem von Wölfen gehetzten Hirsch und einer malerischen Hütte in einer verschwommenen braunen Berglandschaft, derweil ich weiter schreie, was wir alle immer schreien, seitdem wir wissen, was Nacht und Verbrechen und Hass und Hölle und Zerstörung und Schmerz und Schrei und Wahnsinn bedeuten: nein.

Auf der Plattform, bei der Linde der Fürstin, gibt's eine Schlange vor der Bäckerei. Es mögen Hunderte Personen sein, darunter auch Frauen und sieben-, achtjährige Kinder. Es ist so kalt, dass Stein und Bein splittert. Alle haben ihre Einkaufstaschen auf dem Boden zwischen den Beinen abgestellt und die Hände in die Manteltaschen gesteckt. Wenn eine Bö des eisigen Nordostwinds hereinbricht, kehren sie ihr, klamm vor Kälte, den Rücken zu. Viele sind in braun gefärbte Schafpelze mit lederüberzogenen Knöpfen eingemummelt, die meisten jedoch tragen alte Stoffmäntel von der Farbe, wie sie die bröckligen Mauern der Umgebung zeigen. Auf dem Boden ist der von so vielen Füßen zerstampfte Schnee ein mit Papierfetzen, Spucke und Zigarettenstummeln vermischter Morast. Um sich zu wärmen, drängen sich die Menschen ineinander. Aber auch um keinen Fußbreit einzubüßen, sollte die Schlange, die inzwischen aus drei, vier Reihen besteht, endlich anfangen, sich in Bewegung zu setzen. Der Lastwagen mit den Brotkisten ist noch nicht angekommen, obwohl es schon zwölf ist: Der Verkehr stockt. Die Colentina-Chaussee ist fast völlig verstopft. Die Trolleybusse kommen zwischen den Schneewehen kaum voran, sie müssen so weit an den zugeschneiten, die ganze Spur neben dem Gehsteig einnehmenden Autos vorbeifahren, dass die zierlichen Hörnchen immer wieder von den Oberleitungen springen. Der Fahrer steigt fluchend aus und zieht an den Strängen am Heck des Trolleys, bis er mit Müh und Not die vereisten Kontaktrollen wieder an der Oberleitung einhängt. Dann schießt eine grüne Flamme hervor, und unter den Füßen der wie in einem Viehwaggon zusammengepferchten Fahrgäste beginnt der Boden zu beben.

Die Schlangestehenden sind schweigsamer und schauen gewichtiger als gewöhnlich. Nur ein Grüppchen Nachbarinnen schwätzt noch darüber, was man bei Lizeanu gebracht hat und was sie in der Tunari-Straße noch ergattert haben. Darüber, was sie zu Silvester kochen wollen. Was sie gehört haben, dass in der großen Nacht im Fernsehen kommen soll. Die Männer jedoch schweigen, wölben die Handfläche um die Zigarette, an der sie in dem Wahn ziehen, sich ein wenig zu wärmen, darauf bedacht, die vereiste Hülle der Hose, die sie anhaben, möglichst wenig zu berühren. Einige wenige, vor allem zwei, drei mit je einer Halbliterflasche Schnaps der Marke »Zwei blaue Augen« in der Hosentasche, nähern ihre Gesichter einander und blasen sich außer dem Alkohol- und Pflaumendunst Worte ins Gesicht, die sie aufwühlen, sie in ihren Augen plötzlich verantwortungsvoll und gewichtig erscheinen lassen. Doch bevor sie sagen, was sie auf dem Herzen haben, schauen sie sich immer um und haben auch allen Grund dazu: Die Schlangen sind durchsetzt mit Horchern, Ohrarbeitern, heißt es doch: »Mit Hammer, Amboss und Steigbügel verdien ich mir die Brötchen« ... Und was für Brötchen ... Die Leute machen Witze über sie, aber eigentlich haben alle Angst. Jetzt sind überall Patrouillen: Man sieht sie, zu fünft, zu sechst im Gänsemarsch gehend, vorbei an den leeren Lebensmittelgeschäften, den verstaubten Buchhandlungen, den trostlosen Restaurants, wo es nichts zu essen gibt, den Schlangen aschgrauer Menschen, aschgrau wie die Mauern der Arbeiterwohnblocks ohne Grünanlagen dazwischen, mit vom Aussatz zerfressenen Fassaden. Es sind Milizionäre, Soldaten von den Securitate-Truppen und patriotische Garden. Die Menschen tun so, als sähen sie sie nicht, beschimpfen sie aber halblaut: »Ihr verfluchten Schweine!« Vor allem die Schlangen, die Stadien, alle Orte, wo sich viele Leute versammeln, werden überwacht. Die Securitate-Leute sind allgegenwärtig. Unzählige Witze handeln von den Aschenbechern mit Mikrofonen, von den Jungs mit den blauen Augen, die sich scharenweise an den Schlangen anstellen und die Leute provozieren, indem sie sagen, dass es nicht gut sei, bis ihr Chef, auch er als einfacher Mann verkleidet, der darauf wartet, dass man Fleisch reinbringt, ihnen sagt: »Verteilt euch noch ein bisschen!« Viele Volkslieder werden gesungen, sentimental, näselnd, in der Art von Belone oder Golănescu, mit geändertem Text: »Wer klopft an dein Fenster des Nachts? 's ist die Securitate, hab keine Angst ...« Die Securitate-Leute scheinen überall zu sein, scheinen sogar zahlreicher als diejenigen, die nicht zur Securitate gehören ... Und wer gehört, wenn er aufrichtig in die eigene Seele schaut, nicht eigentlich auch ein wenig zur Securitate? Wer hat nicht seinen Arbeitskollegen in einer Parteisitzung verpetzt, nur so, aus reiner Dummheit, um auch einmal den Mund aufzumachen oder um sich hervorzutun, etwa dass derjenige einen Ausreiseantrag eingereicht habe, um das Land zu verlassen, dass er Valuta besitze, dass er seine Frau betrüge ... Wer hatte die Stärke, zu widerstehen, wenn der Securitate-Mann der Fabrik, der Schule, des staatlichen Landwirtschaftsbetriebs ihn aufforderte, kurze Berichte zu liefern? Aber keiner kann in seine Seele hineinschauen. Den Leuten kommt es so vor, als ob das nicht zähle, denn sie sind ja einfache Menschen, die auch leben müssen unter anderen Menschen ... Alle donnern und wettern gegen die Ärzte, die Geschenke annehmen, gegen die Lehrer, die Zensuren gegen kleine Aufmerksamkeiten verkaufen, aber keiner würde, da sei Gott vor, in die Poliklinik gehen ohne das Päckchen Kent oder die Tüte mit echtem Kaffee, denn sie sind ja auch nur Menschen, sie leben nicht im Wald. Jeder kommt mit dem, was er zum Tausch anzubieten hat: Den Schlachtern und den Lebensmittelverkäuferinnen geht's am besten. Selig die Klassenlehrerin mit zwei, drei Verkäuferinnen unter den Müttern: Ihr wird es an Käse oder Eiern nie mangeln. Aber auch die Arbeiter haben ihre Masche. Aus den Webereien kommen die Frauen mit unter den Röcken um die Taille gewickelten Handtüchern raus. Die Dreher schmuggeln Teile durchs Fabriktor ... und die Automechaniker, denen lacht das Glück: Man sieht sie, feist wie die Schweine, in ihren schmuddeligen Latzhosen, mit dicken Ringen wie Goldbeulen an den Fingern. Denen fehlt es an nichts. Wer etwas zum Tausch anzubieten hat, ist ein feiner Herr: Dessen Kinder erhalten Nachhilfeunterricht, um ins Sanitäter-Gymnasium aufgenommen zu werden, von der Gewerkschaft kriegt er Kuraufenthalte in Călimănești oder Herculane, wird unter die Ersten auf die Liste gesetzt, um vom Volksrat eine Wohnung zugeschanzt zu bekommen ... Er kommt zurecht. Wer nichts hat, die Hausfrauen, die Rentner, steht Schlange, vom Morgengrauen bis in die Nacht hinein. Die Leute geifern gegen die Securisten, aber im Wohnblock weiß man, dass der Junggeselle im dritten Stock Offizier des Innenministeriums ist, die Leute grüßen ihn im Treppenhaus und ziehen sich scheu in eine Ecke zurück, wenn sie gemeinsam mit ihm in den Fahrstuhl steigen. Von dem und jenem sind allerlei Geschichten in Umlauf: mal, dass er Freimaurer ist, mal, dass er und seine Kollegen schwul sind und deswegen so fest zusammenhalten – wie die Spartaner, Mensch! –, mal, dass er zur Sekte der Wissenden gehört, die angeblich die Welt beherrschen. Aber was reden die Menschen in den Schlangen nicht alles zusammen ... Die Securitate-Leute erkenne man, so hieß es, anhand bestimmter geheimnisvoller Zeichen, so wie die Außerirdischen in der Serie »The Invaders«, die samstags abends vor einigen Jahren lief, Menschengestalt annahmen, sich aber dadurch verrieten, dass sie den kleinen Finger der rechten Hand nicht krümmen konnten, sie hielten ihn stets ausgestreckt, so wie man in der Vorstadt die Kaffeetasse hält ... »Schaut auf ihre Beine, wenn ihr Hosenaufschlag hochrutscht: Wenn sie rasierte Beine haben, sind es Arschficker, deswegen nennt man sie ›Päderasten‹.« Fest stand, dass sie alle blaue Augen hatten, von der Farbe der Kragenspiegel an der Uniform des Innenministeriums, und »wenn einer mit rehbraunen Augen zu klug ist, um rausgeschmissen zu werden, dann zwingen sie ihn, blaue Kontaktlinsen zu tragen«. Wie gut es war zu wissen, dass Rămaru[6] nur blonde Frauen tötete! So auch die Securitate-Leute: Ihre blauen Augen schlossen neunzig Prozent der Rumänen aus, das heißt auch mich, auch Sie ...

Nun war's aber krass, es war nicht mehr auszuhalten. Gorbatschow hatte Onkel Ceașcă[7] auf den Mund geküsst, als er nach Bukarest gekommen war: der Todeskuss. Kein Wunder, beim letzten Kongress hatte der Durchgeknallte mit der Atombombe gedroht. In letzter Zeit hatte Onkel Nicu ganz und gar verrückt gespielt. Er gab den Leuten gar nichts mehr zu essen, alles ging für den Export weg, damit er seine Auslandsschulden zurückzahlen konnte. Für die Menschen plante er kolossale Kantinen, in die sie täglich kommen sollten, um den Saufraß zu essen, den er ihnen vorsetzte. Im Gemeinschaftskessel, so wie es nicht einmal Stalin den Russen zu geben gewagt hatte. Kein Stadtviertel in Bukarest, wo man nicht einen derartigen Betonklotz mit einer Kuppel obendrauf hingestellt hätte: die Zirkusse des Hungers, wie die Leute sie nannten. Aber das Haus des Volkes, aber der Boulevard Sieg des Sozialismus, nur Marmorblüten, mein Herr, nichts als Säulen und Bogen ... Aber am Dâmbovița-Uferdamm? Na, allein schon der schmiedeeiserne Zaun am Fluss entlang muss ein Vermögen gekostet haben. Und da drin? Was für Säle, was für Gänge, was für Decken aus buntem Glas sollen drinnen sein im Ungetüm, munkelt man! Was für Perserteppiche, Tausende Quadratmeter und dick, dass man bis zur Brust darin einsinkt. Was für Kronleuchter mit Hunderten Armen, mit Tausenden und Zigtausenden Kristallverzierungen! Und die Menschen verhungern ... »Die Nager«, wie er sie an-

---

[6] Im Bukarest der 1970er Jahre berüchtigter Serienmörder.
[7] Ceașcă, wörtl. Tasse, steht für Ceaușescu.

geblich genannt haben soll, als er mit seiner Präsidentenkarosse an einer Schlange vorbeifuhr: »Sieh mal, die Nager!« Trotzdem, man sagt, er sei ja anständig, aber Leana würde ihn zu Bösem anstiften. Er hat früher viel Gutes getan, den Donau-Schwarzmeer-Kanal, den Transfăgărășan[8] ... Bauvorhaben, die bleiben werden, mein Herr, man mag sagen, was man will, wie die Pyramiden. Oder die Metro. Wussten denn die Leute, was eine Metro war? Und siehe da, jetzt ist sie nützlich. Aber seitdem Leana, die Wissenschaftlerin von Weltruf, die Chemikerin mit Diplomen von allen Universitäten der Welt, die nicht reden kann und wie ein ungehobeltes Frauenzimmer auf Empfängen herumsteht, die Handtasche vor ihre Fotze hält, angefangen hat, die Parteihierarchie hochzuklettern (»Sue Ellen«, wie man sagt ...), seitdem man sie, die blöde Kuh, zum Vize-Premierminister und und und gemacht hat, seitdem ist alles auf den Kopf gestellt. Warum man wohl nicht die Hauptstadt nach Brașov verlegt hat? Die Schwachsinnige hat's nicht gewollt ...[9] Aber kennst du den? Warum ergreift die Genossin bei Kongressen nicht das Wort? Weil sie's vermeidet ...[10] Sie, diese Giftkröte, ist an allem schuld, was passiert, und diese blöden Weiber, die sie überall eingesetzt hat, damit es angeblich keine Diskriminierung gibt: Gâdea, Găinușa,[11] nur Namen dieser Art ... Lass nur, solche Leute wie Cioară oder Burtică[12] sind auch nicht viel besser, wenn's denn um Namen geht. Denn auch deren Name kommt von »ceauș«, einer von denen, die die Steuern und Ab-

---

8 Transfăgărășan, Trans-Fogarasch-Straße, die das Fogarasch-Massiv in den Südkarpaten überquert.
9 Wortspiel: Bei Brașov (deutsch: Kronstadt) gibt es eine Anhöhe namens *Tâmpa* (was auch *die Schwachsinnige* bedeuten kann). Der deutsche Name der Anhöhe: *die Zinne*.
10 Wortspiel: *evită* (sie vermeidet es) – *e vită* (sie ist eine Kuh, ein Rindvieh).
11 Gâdea, von *gâde* = Henker, Scharfrichter, Găinușa = kleine Henne, Hühnchen; damalige Ministerinnen.
12 Cioară (Krähe), Burtică (Bäuchlein), damalige Minister.

gaben eintrieben, die immer die Knute schwangen. Ceaușescu aus Scornicești. Was soll ich mir noch ausdenken, um den Leuten das Fell über die Ohren zu ziehen?

Ein Schauder, eine einmütige Bewegung wie bei Sergej Eisenstein, im vorderen Teil der Schlange, die man nicht sieht, denn sie befindet sich weit, weit weg, hinter der Ecke des Wohnblocks, überträgt sich in Blitzesschnelle, springt von einem Ranvier'schen Schnürring zum nächsten über, regt kaskadenartig die Kalium-Ionen an und lässt die Menge mit der animalischen Kraft entfesselter Wasser vorwärtsstürzen: Das Brot ist da! Jäh verkürzt sich die Schlange zu einem Drittel ihrer bisherigen Länge, verdickt sich wie ein Regenwurm, so dass die zuletzt Gekommenen, die eigentlich keinerlei Hoffnung darauf haben, etwas zu ergattern, dennoch bleiben, um ihr Gewissen zu beruhigen, rasch an der Reparaturwerkstatt für Feuerzeuge, am Möbelgeschäft mit zwei von Mäusen angenagten Sesseln in der Auslage vorbeigehen und in einen beklemmenden Gang treten, in dem eine derartige Zugluft herrscht, dass sie fortgeweht würden, stünden sie nicht so stark ineinander gekeilt. »Sie sollen nur je eines abgeben, damit's für alle reicht!«, schreit irgendein altes Mütterchen, das zwischen zwei, drei anderen Rentnern erdrückt wird. Der Unbeugsamkeit in ihren Augen ist man sonst nur noch in den russischen Partisanenfilmen begegnet. Die Falken der Schlangen. Viele haben sich das zum Beruf gemacht. Sie stehen für andere sogar eine ganze Nacht an, für fünfzehn, zwanzig Lei. Die können ohnehin nicht schlafen, haben keine Kinder, die zu Hause weinen. Alte Knochen, Arme, die ihnen bis zu den Knien herabhängen von dem vielen Schilfkörbe-Schleppen. Von morgens bis abends stehen sie bei der Apotheke an, von abends bis morgens beim Schlachter. Und so vergehen die letzten Lebensjahre angenehmer. In den Schlangen wechselt man wenigstens ein Wort miteinander ...

Vorläufig festigt sich die Schlange, denn der Laster lädt zu-

mindest eine Stunde lang aus: Bis die Verkäuferinnen die Brote
abzählen, bis sie den Papierkram erledigt haben, dies und das,
vergeht die Zeit. So wenden sich die Menschen, Nachbarn oder
Freunde, einander zu und setzen das Gespräch fort. Da ist was
los in Timișoara, heißt es. Die Leute sind auf die Straße gegangen, wie '87 in Brașov. Das hat man bei Radio Freies Europa gesagt. Vergiss es, Mann, die lügen ja auch wie eine amerikanische
Zeitung. Wer soll diesen Verrätern schon glauben? Na klar, kläffen die, dort lebt es sich gut, wo sie auch sind, stehen die nicht
Schlange von morgens bis abends. Die essen keine Salami aus
Soja. Und Schokolade mit Hobelspänen, falls man das überhaupt noch kriegt. Es stimmt, dass die Leute manchmal Radio
Freies Europa hören, vor allem junge Leute, aber nur so wegen
der Musik, wegen ... nicht wegen Politik. Es ist leicht, weit weg
zu sein und irgendwas zu sagen, dass es nicht gut ist ... Wenn ich
die, die ins Ausland fliehen, in die Finger kriegen könnt ... Der
Staat hat ihnen eine Schulbildung gegeben, hat sie ernährt, hat
einen Haufen Geld für sie ausgegeben, und jetzt hauen sie ab
aus dem Land, in dem sie geboren sind. Ich würde mein Land
nicht verlassen, auch wenn sie mich mit dem Messer schneiden. Was hab ich denn anderswo zu suchen? Hier bin ich geboren, hier bin ich aufgewachsen ... Und sei das Brot noch
so schlecht, nicht, Sie wissen, wie's heißt? In deinem Land
schmeckt's trotzdem recht. Na, liegt dort das Geld denn auf
der Straße? Es gibt auch dort genug Arme. Wenn die Rumänen
flüchten, was tun sie da? Sie dienen denen als Knechte. Wer ist
denn geflüchtet? Die Luder. Die, die den goldenen Hirsch gewonnen hat, die andere, die wie eine Betschwester aussieht, »Guten
Abend, Waldfee« ... Man sagt, die hat Drogen genommen, und
(im Flüsterton, mit einem Gesichtsausdruck überschäumender
Entrüstung) die hatte einen riesengroßen Hund, verstehen Sie?
Ja, ja, mit dem Hund, meine Liebe ... Die Welt ist total verkommen ... Hört doch auf damit, mit meinem Land ... Ihr verhun-

gert und stellt den Schwanz immer noch auf wie räudige Ziegen. Mein Land, mein Land ... Habt nicht genug von dem, was die euch einbläuen. Ich will euch sagen, wie's um unser schönes und reiches Land bestellt ist. Reich ist's, das stimmt, aber nicht für uns, wie einer sagte: »Unsere Berge tragen Gold, wir betteln von Tor zu Tor« ... Schau, wie das ist mit dem Land: Es heißt, der Spulwurm kriecht mit seinem Sohn aus einem Arsch voll Scheiße raus, um ihm zu zeigen, wie's draußen ist. Und da sagt sein Sohn: »Papa, was ist das blaue Ding über uns, das so schön leuchtet?« »Das, mein Sohn, ist der Himmel.« »Und, Papa, was ist das grüne Ding, das im Wind rauscht?« »Das, mein Sohn, ist das Gras.« »Und, Papa, was spür ich so süß und angenehm in der Nase?« »Es ist der Geruch der Blumen, mein Sohn.« Der kleine Spulwurm denkt eine Weile nach und sagt: »Aber, Papa, wenn es hier so schön ist, warum müssen wir denn in diesem behaarten Loch hausen, in diesem Scheißegestank, in dieser grauenvollen Finsternis?« Doch sein Vater schnauzt ihn an: »Mein Sohn, so darfst du nicht mehr reden! Das ist das Vaterland.«

Keiner lacht. Keiner reagiert. Das kennen wir. Danach geht er hin und zeigt dich an. Und da hockst du, Mann, im Knast, weil du über einen Witz gelacht hast. Doch das Geplapper über Timişoara kann nicht eingedämmt werden. Es versiegt da, entfacht sich wieder dort, denn das Mundwerk der Menschen ist lose. In Radio Freies Europa hat es geheißen, dass dieser ungarische Pfaffe, Tőkes, sich mit seinen Sektierern in einer Kirche verschanzt hat und dass die Ungarn eine Menschenkette darum gebildet haben. Die Securitate, die Miliz sind gekommen, haben sie verprügelt, aber die sind wiedergekommen. Man konnte ihnen nichts anhaben. Und danach sind die Menschen auf die Straße gegangen. Sie sind in die Innenstadt gelaufen und haben das Volksratsgebäude, das Rathaus gestürmt. Und haben die Porträts des Chefs abgehängt und in Brand gesteckt, haben die Werke des Genossen aus dem Bücherschrank geholt und aus dem Fenster geworfen ... Es ist ein Riesenspektakel, Mensch. Denen werden sie die Armee auf den Hals hetzen, in Timișoara wird man ein Blutbad anrichten ... Einen Scheißdreck werden die tun. Warum quasselt ihr so einen Stuss? Wie, hat man ihnen denn in Brașov die Armee auf den Hals gehetzt? Leben wir denn in der Zeit der Großgrundbesitzer und Fabrikanten? Ja, aber die Arbeiteranführer vom »Traktor«-Werk sind danach so ziemlich verschwunden, keiner weiß mehr was von denen. Wer weiß, wo ihre Gebeine verfaulen ... Du weißt, dass sie verschwunden sind. Bist du aber klug. Nein, Mann, in Timișoara ist was los, aber es ist nicht der Weltuntergang. Da sind ein paar Strolche rausgekommen, die nichts als Einbruch und Raub im Sinn haben. Das sind Hosenscheißer. Denen die Armee auf den Hals hetzen? Ha! Nur so, ihnen einen Maschinenpistolenlauf unter die Nase halten, und die scheißen sich in die Hose und zerstreuen sich in alle Winde wie die Rebhühner. Also, ich war ja '43, als ich mit ... Geh nach Haus, Opa, der Tod sucht wer weiß wo nach dir, und du bist hier und laberst dummes Zeug. Seht ihr denn nicht, was los ist? Seht ihr denn nicht, dass wir die Letzten sind, wir und die Albaner? In der Tschechei, in Polen, in der DDR ist es aus mit denen, nur bei uns setzt keiner diese Schweinehunde ab. Ich will euch sagen, was bei uns in der Fabrik »Weberschiffchen« los war. Da ist einer in die Parteisitzung gekommen, um uns zu bearbeiten. Er hat gemeint, dass der Kommunismus eine schwere Zeit in der Welt durchmacht, überall sind, wie er sagte ... reaktionäre Staatsstreiche in die Wege geleitet worden. Und so quatscht er weiter von den schwarzen Wolken, von der Verschwörung, dass alles aufhören und dass der Kommunismus siegen wird, wie der Genosse gesagt hat, wie ein Märchenprinz, als ein Meister von den Webstühlen (denn dort sind wir nur Frauen, aber die Chefs sind halt immer Männer, tja! Ob das auch im Jenseits so sein mag?) urplötzlich die Hand hebt und sie so hält. Der Typ bleibt mit offenem Mund stehen und fängt zu stottern an: »Ja, ja, sagen Sie, Genosse ...« Und dieser Verrückte steht auf (wir wissen ganz genau, was der so draufhat, jedes Mal, wenn er an einem jüngeren Mädchen vorbeigeht, steckt er ihr die Hand unter den Rock) und meint: »Genosse, ich hab das verstanden mit dem Kommunismus und mit den schwarzen Wolken. Aber ich möchte auch wissen ... das ist so eine persönliche Neugier ... Ich sag ja nicht, dass es bei uns so kommen wird, aber ... wenn's trotzdem passiert ... in welches Mauseloch werdet ihr euch wohl verkriechen?« Ihr hättet sehen sollen, wie der Saal verstummt ist. Keinen Mucks hat man gehört. Dem Kerl ist die Kinnlade runtergefallen, der ist schwarz angelaufen. Er hat noch was gestammelt und sich dann schnell verzogen. Ich weiß nicht, was da noch passieren wird, heute soll der Meister zur Parteistelle, aber er sagte, da geht er nicht hin, der Sekretär kann ihn mal ...

 Man beginnt das Brot zu verkaufen. Die Ersten nehmen je zehn, fünfzehn Laibe. Die hinten Stehenden brüllen, man solle weniger abgeben, damit alle noch was kriegen. Die Verkäuferin schreit, sie verkauft nichts mehr. Eine Kiste aus dem Stapel fällt zu Boden, die Brote kullern in den Morast. Nach vielem Verhandeln wird man sich einig, dass nur je zwei Brote abgegeben werden. »Die Zigeuner haben sich vorgedrängelt!«, schreit einer mit einer Bauernmütze. »Schmeißt die Zigeuner raus! Buuuh!« Die ganze Schlange brüllt und windet sich. Diejenigen, die etwas ergattert haben, gehen mit abgerissenen Mantelknöpfen, aber glücklich aus dem Gedränge hervor. Sie ziehen mit vollen Einkaufstaschen an der Schlange entlang, verfolgt von Hunderten Augen unter Mützen und Kopftüchern. Hatten die ein Glück. Aber da es um Brot geht, kommt die Schlange recht schnell voran, nicht wie bei Fleisch oder Käse. In höchstens drei Viertelstunden geht das Brot aus. Als Letztes werden die Ausschussbrote, mit grauen Klümpchen drauf, die krummen, geplatzten, schlammverschmierten verkauft. Auch die sind nicht zu verachten, denn der Bauch hat keine Fenster. Wir essen auch wie die aus Oltenien, sagt eine etwa vierzigjährige Hausfrau mit rotem Gesicht und gigantischen Hüften. Wisst ihr nicht, wie die in Oltenien essen, damit sie mehr haben? Sie nehmen eine große Schüssel, tun Hühnchen mit Knoblauchsoße rein und stellen eine Glasscheibe drauf. Und sie setzen sich an den Tisch und tunken die Polenta in die Scheibe. Und dann gehen sie schlafen, zufrieden darüber, dass sie Hühnchen mit Knoblauch gegessen haben. Gnade uns Gott!

Wie vorauszusehen war, hat nicht einmal ein Drittel der Leute in der Schlange etwas bekommen. »Hört her, die haben auch in der Fürstin-Ghica-Straße welches gebracht«, sagt ein Passant, er trägt pralle Einkaufsnetze, aus denen ein Fischschwanz lugt. »Aber wo haben Sie den Fisch gekriegt?« »In der Halle, aber der ist schon aus«, sagt der Mann. Die Schlange ist jäh zerstoben, die leer Ausgegangenen gehen zu anderen Brotverkaufsstellen oder sogar zum Tor der Brotfabrik. Eine Gruppe Säufer bleibt zurück, die, die von Timișoara geredet haben, die mit dem losen Mundwerk. Ihre Mäntel sind weiß vom Schnee, sie haben Schnee in den Haaren und Wimpern. Sie trinken, um sich ein wenig aufzuwärmen. Eine Art Nebel hat sich herabgesenkt, die Chaussee mit den Autos, die wie Gespenster durchs Schneegestöber vorbeihuschen, ist kaum noch zu sehen. Die Männer reden über Gott und die Welt. Wie das wäre, wenn. Wenn Onkel Ceașcă stürzt, ist's aus mit ihm. Die Leute lieben ihn nicht mehr, denn er gibt ihnen nichts mehr zu essen. Er baut Marmorkolosse, ach, würde er doch darunter begraben werden ... »Domus Aurea«, flüstert einer. »Was? Wie?« »Kaiser Nero.« »Der, der Rom in Brand gesteckt hat? Ich hab auch ›Quo vadis‹ gelesen ...« »Sogar der Kaiser Nero wusch sich mit Dero[13]«, fährt ein anderer dazwischen. »Nero hat Rom in Brand gesteckt, um

---

13 Dero (Detergent românesc), rumänisches Waschmittel.

eine riesige Fläche im Zentrum der Stadt frei zu bekommen. Dort hat er auch seinen Palast errichtet, die Domus Aurea. Er hieß so, weil er eine goldene Kuppel hatte, die sich mithilfe einer hydraulischen Vorrichtung langsam drehte. Der Palast stand inmitten noch nie dagewesener Gärten, mit Seen und Pavillons, mit einer kolossalen Statue von Nero selber, woher das Colosseum seinen Namen bekommen hat.« »Aber kennt ihr den? Sehr schnell stirbt man vom Biss der Kobra, noch schneller, wenn man fährt das Mobra!«[14] »Nachdem Nero gestorben war, wurden nach kaum einunddreißig Jahren Palast und Gärten zerstört. Von seinem dichterischen Werk ist nur ein einziger Vers geblieben. Dem es nicht an Anmut mangelt.« Und der Säufer, der all das gesagt hatte, als würde er aus einem Buch vorlesen, rezitierte ihn mit halb geöffneten Augen: »Colla Cytheriacae splendent agitata columbae ...« Wäre er nicht so seltsam und verkommen gewesen, so bucklig, dass er seinen Blick nicht von der Erde erheben konnte und stets unter den Brauen hervorschielte, man hätte gesagt, er habe die schönsten, unglaublichsten blauen Augen der Welt. Doch alles Übrige war unsäglich schmutzig und verbraucht. »Welch einen riesenhaften Künstler die Welt verliert, hat Nero gesagt, bevor er starb.« »Mann, bist du gescheit! Du bist gut, der Chef und Nero! Was hat der Schniedel mit der Unterpräfektur zu tun? Obwohl, weißt du, ein bisschen könntest du recht haben. Na, hat denn nicht auch Onkel Nicu ein Gedicht gemacht, als er die Hymne geändert hat? ›Rot, gelb und blau ist unsere Trikolore. Wie ein Gestirn steigt auf mein glorreich Volk.‹« »Die Völker«, beginnt ein anderer ihn nachzuäffen, »Liebe Genohsen und Froinde« ...« Kennt ihr den? Der Chef geht zu einem Arbeitsbesuch in eine Fabrik, und was sieht er da? Alle Arbeiter tragen amerikanische Jeans! Der Chef schäumt vor Wut. Der Direktor soll kommen! Was soll

---

14 Mobra (Motocicleta/Motoreta Brașov), kleines rumänisches Motorrad.

das heißen, Genosse? Doch der Direktor meint: ›Haben Sie denn nicht gesagt, sie sollen Latzhösli tragen?‹«[15]

Alle saufen sie, lassen die Schnapsflasche herumgehen, ziehen an einer Mărășeşti- oder einer Carpați-Zigarette ohne Filter, der Schnee weht sie zu, wie sie so dastehen, an die Fensterscheiben des Lebensmittelladens gelehnt. Die Auslagen sind vollkommen leer. Nur etwas weiter hinter sieht man noch ein paar Regale, auf denen kleine Gläser mit Eingemachtem stehen. Derjenige, der die Werbesprüche zum Besten gab, wirft noch ein paar in die Runde. »Wir haben Schuhe für Männer mit breiter Schnauze … Wir haben Strümpfe für Frauen mit Löchern.« Nun wendet sich das Gespräch von der Politik ab und den Frauen zu, ihren behaarten Löchern zwischen den Beinen, was man ihnen tun muss, um sie wahnsinnig zu machen … Während der eine zum ich weiß nicht wievielten Mal von den Rolllagerkügelchen erzählt, die er sich unter die Vorhaut gesteckt hat, wird demjenigen, der über Nero geredet hat, schlecht, und er lässt sich leicht in die Knie sinken, dann fällt er seitwärts in den Schnee. Er umklammert mit den Händen den Kopf, der jetzt entblößt und grau ist, denn der Fes ist ihm heruntergefallen und liegt wie ein Aufwischlappen in einer schmutzigen Pfütze. Er stöhnt laut und verdreht die Augen. Die anderen richten ihn eilig, erschrocken auf: Er ist auch vergangene Woche ohnmächtig geworden. »Lauft zur Chaussee, haltet ein Auto an«, sagt ihnen eine Frau, deren Brille ungewöhnlich viele Dioptrien hat. »Geht direkt zur Notfallklinik, damit er nicht hier stirbt, ohne Kerze, Gott behüte« … Rundherum haben sich alle möglichen Typen versammelt. Sogar die aus Milizionären, Securitate-Leuten und patriotischen Garden zusammengesetzte Patrouille ist ste-

---

[15] Wortspiel, das sich im Rumänischen darauf beruft, dass Ceaușescu statt *salopetele* (die Latzhosen, Arbeitshosen) das Wort fehlerhaft aussprach: *salopetetili* (= salopete Lee = Latzhosen der Marke Lee).

hen geblieben, die Kalaschnikows auf dem Rücken, und die Soldaten mit den Bauernburschengesichtern glotzen denjenigen an, dem jetzt rosiger Schaum aus dem Mund tritt. »Wer ist das, mein Lieber?« »Ich kenn den, das ist Herman vom Zirkus, aus dem Wohnblock mit dem Möbelladen. Er säuft, ist aber kein böser Mensch, macht keinen Krach, pöbelt die Leute nicht an. Schade um ihn, ein gebildeter Mann ...«

Während die Säufer den Kranken zur Chaussee tragen, wird ihr Platz sofort von einem Menschenmeer eingenommen, das augenblicklich, wie Quecksilber, aus zehn Richtungen gleichzeitig zusammengeströmt ist. Die ganze Plattform füllt sich wie bei Aufmärschen, denn man hört, dass an diesem Nachmittag im Lebensmittelladen Maismehl geliefert wird.

Auf der Rückseite wies der Vorhang zwischen Silvias Zimmer und der kleinen Wohnung in dem Haus in Floreasca, in dem Mircișors Eltern wohnten, ein sonderbares Flechtwerk aus Nerven und Blutgefäßen auf, ein gut durchblutetes Nervengeflecht, von dem, wie Lametta, die perlmuttsilbrigen Fädchen der in ihren Myelinhüllen isolierten Nerven ausgingen und sich dann verloren, indem sie wie Stromleitungen an den Wänden verliefen, unter den Möbeln, unter den Teppichen aus kunterbunten Flicken, um motorische Nervenendplatten, blutegelgleiche Bändchen zu bilden, an jeder Wand, an jeder Nippfigur auf der Anrichte (Marioaras »Hühnchen«, wie Costel sie nannte, der, wär's nach ihm gegangen, die ganze Population von Küken, Häschen, Puppen in Bourretteseidenkleidern und all diesen Trödelkram in Scherben geschlagen hätte, den seine Frau immer wieder auf dem Markt fand, denn es gab keinen Tag, an dem sie nicht mit einem »Hühnchen« nach Hause gekommen wäre, das sie dann, scheu und glücklich, bald auf den Tischläufer auf der Anrichte, bald auf den Wohnzimmertisch inmitten der Spiralwindungen ihrer Makrameetischdecken, bald Gott weiß wohin stellte, sogar ins Badezimmer, auf das Bord über dem Waschbecken), an jedem Bein der klapprigen Stühle. Alles war lebendig und vibrierte in jenem klaren, glitzernden Gesichtsfeld mit weit ausgespannten und tiefen blauen Himmeln, das Floreasca war.

Die Villa in der nach einem Komponisten benannten Straße war die letzte und rätselhafteste Kammer des Nautilus. Dort konnte Mircea, in seinem rückwärtigen Gang die eigene Wirbelsäule entlang, mit Halten bei jedem Mandala mit den Windblütenblättern jedes Chakra, vom Globus aus blendendem Feuer, der seinen Schädel kaum berührte, dem mystischen Sahasrāra –

wo jetzt, in diesem Augenblick, ein anderer Mircea Kringel mit dem Kugelschreiber bildet in der barocken Einsamkeit des Lustschlosses Solitude –, bis hin zur nahe dem Mastdarm und den Hoden zusammengerollten Kundalinī-Schlange, dort, wo die Zeit zum Feld und dann zur Materie wird, nur noch im Schlaf und im Traum eindringen. Selbst das U-förmige Haus in der Silistra-Straße war nicht schwerer zu erreichen. Bis er die Wegstrecke, die immer mit der heißen Sommernacht und dem Rauschen der Riesenplatanen begann, endlich gefunden hatte, war er durch unzählige andere Träume geirrt, die allesamt wie Zeigefinger auf Floreasca gerichtet waren, doch gleich den tausend Wegen eines Kristalllabyrinths an ganz andere Orte gelangten: Du siehst durch deren Wände die mystische Rose in der Mitte, kannst sie aber niemals erreichen, bis du dir nicht bewusst wirst, dass das Labyrinth selbst die Rose ist, dass seine funkelnden Quarzwände die eng ineinander gefalteten Blütenblätter sind, und dass dein Gang durch sein Inneres das Wunder ist. An jedem Punkt der Strecke hatte er in Hunderten Nächten den Weg verfehlt, und jeder derartige Traum hatte ihn zu einem Haus geführt, einem immer anderen, unbekannten und trotzdem verblüffend, atemberaubend vertrauten. Zumeist hatte sich Mircea verlaufen und war an dem kleinen Platz mit dem Kirchlein angelangt, das aus ARCO-Bauteilen zusammengefügt zu sein schien, am Restaurant mit den geöffneten Türen und dem Zelt aus Leinentuch, in dem tatsächlich eine Hochzeit stattfand. Fast immer war er in das Zelt getreten, weil ihn der Lärm darin anzog; als die Tischgäste ihn aber sahen, alle in Braun gekleidet, ihre Gesichter lagen im Schatten, schwiegen sie plötzlich, und Mircea ging auf die Braut zu, die am hintersten Tisch im Zelt saß, wurde von den zig Hochzeitsgästen feindselig angeblickt. Einen Bräutigam gab es nicht. Die Braut war allein, in einem Kleid aus weißer Seide, gelblich schimmernd im öligen Halbschatten. Als er vor ihr ankam, erhob sie sich sachte und sah ihn an wie eine Kellnerin, die kräftigen Arme an der Tischkante aufgestützt. Auf dem Teller, zwischen quecksilberglänzendem Messer und Gabel, befand sich nur eine Fischblase, blutig und perlmuttfarben. Die Frau hatte Ringe unter den Augen, war über das reife Alter hinaus, lächelte ihm aber mit den dick rotgeschminkten Lippen unzüchtig zu. Sie hatte ungewöhnlich üppige Brüste, der schwarze Spitzenrand ihres Büstenhalters war unter dem Ausschnitt des Kleides zu sehen, unter der dünnen Seide zeichneten sich ihre Brustwarzen ab. Mircea und die Frau sahen einander einen Augenblick lang in die Augen, sie begriff und entblößte sich mit zwei raschen Bewegungen bis zur Taille. Sie hatte eine milchweiße, fette und weiche Haut mit einigen durchscheinenden Muttermalen auf der glatten Oberfläche. Der Büstenhalter aus schwarzer Spitze stellte merkwürdige Szenen dar, die einer Schlacht, so schien es. Dann ließ die Braut den Kopf zur Erde sinken, verrenkte ihre Arme nach hinten, löste die Hafteln des Büstenhalters und schleuderte ihn auf den Fußboden. »Sieh her«, sagte sie, indes sie ihre Brüste mit den schemenhaften grünlichen Äderchen zwischen die Handflächen nahm und mit einer Art Liebe und Stolz die dunkelroten, mit kleinen weißlichen Flecken beperlten Warzenhöfe betrachtete. Jenes Scharlachrot, die rauen und dennoch weichen Brustknospen, schlug Mircea in den Bann, machte ihn seinen Weg vergessen. Er blieb dort, betrachtete die schweren weichen Kugeln auf den Handflächen der Frau, das Fleisch ihres Bauches, an den Hüften etwas breiter werdend, den Nabel tief in der Krümmung ihres Schoßes. »Sieh her«, sagte die Frau, »ich nenne sie Urim und Tummim.« »Urim«, wiederholte Mircea und berührte die rechte Brust. »Und Tummim«, wobei er unter den Fingern die Wärme der linken Brust spürte. Die Braut erlaubte ihm, ihre Brüste mit beiden Handflächen zu berühren, zog die Nadeln aus den Haaren und ließ sie ihre Schultern umhüllen. Die Hochzeitsgäste betrachteten gierig die Glanzlichter des geschmeidigen, kastanienbraunen Haares, das sich die Arme der Braut entlang elastisch lockte. »Willst du, dass ich dir jetzt auch das Allerheiligste zeige?«, wisperte sie ihm zu, doch kaum begann Mircea mit brennender Wollust wie in einer himmlischen Vision die animalische behaarte Scham zwischen den in Strümpfe von derselben schwarzen Spitze wie der Büstenhalter eingespannten Schenkeln zu erahnen, die gefräßige Spinne mit den blutroten Kieferfühlern, die ihn in ihrem dichten Netz aus weißer, ölig irisierender Seide belauerte, erklang plötzlich, kraftvoll und gebieterisch, die Kirchenglocke, und er erinnerte sich daran, dass er sofort zu fliegen beginnen würde, riss sich aus der Gegenwart der obszönen Frau, rannte durch den Gang zwischen den Tischen der Hochzeitsgäste und kam unter die Sterne, auf den schwach beleuchteten Platz.

Kaum war er aus dem Zelt getreten, begann er sich schon in die Lüfte zu erheben. Senkrecht, selig, in einer grellgelben Aureole, in einem Aufwallen von Photonen, das die Nacht erleuchtete. Hunderte Meter über dem kleinen Platz angelangt, der nur noch als ein verschwommener Punkt ausgebleichten Lichts zu erkennen war, sah Mircea die Stadt sich bis hin zum grenzenlosen Horizont ergießen, mit der Dâmbovița, die sich zwischen zyklopischen, bis zur Durchsichtigkeit angestrahlten Bauwerken dahinschlängelte, mit Bereichen tiefer Finsternis und Bereichen phosphoreszierenden Lichts, mit den bizarrsten, manieristischsten Kuppeln und Turmspitzen, mit je einem Ei aus durchscheinendem Stein an jeder Spitze der Festungen und Ministerien, mit einem erstaunlichen, wie glitzerndes Mehl darübergestreuten Sternenteppich.

Er flog mühelos, mit atropingeweiteten Pupillen, berauscht von dem Licht, das ihn umhüllte, stieg bis zur Stratosphäre hinauf und ließ sich dann bis auf die Höhe der Dächer herab, um sein Gesicht in den Erkern unter dem Kranzgesims der Universität zu erblicken (warum stand unter jedem einzelnen Gesims in gotischen Buchstaben Hardtmuth?), um seine Wange an die allegorischen Standbilder des Handels, der Künste oder der Landwirtschaft zu schmiegen, um zu sehen, wie sie sich dort, in schwindelerregender Höhe, beseelten auf ihren Postamenten zwischen den korinthischen Kapitellen, wie sie sich nach dem an ihnen vorbeischwebenden jungen Mann umwandten und sich dann verzweifelt an eine Stuckgirlande oder an ein Füllhorn klammerten, um nicht in den Abgrund zu stürzen ... Mirceas Flug zwischen den Kuppeln der Stadt weckte ein ganzes Statuenvolk auf: Die Atlanten unter den Balkonen wurden durchsichtig wie Röntgenaufnahmen, man sah ihre Rippen, Brust- und Darmbeine durch ihr Kristallfleisch, durch die von der Last angespannten Kristallmuskeln; die vollbusigen nackten Frauen, die unter Tausenden Vorwänden allüberall hingepflanzt waren, anderthalbmal größer als die Körperhöhe eines Mannes, reckten die Arme zum Himmel und gaben dabei den Blick frei auf die zarte Behaarung ihrer Achselhöhlen, angenehm nach Wärme und Schweiß riechend; die Stuck-Cherubim mit angeknabberten Nasen und abblätternden Wangen wurden für einige Augenblicke zu pausbäckigen, schläfrigen Kindern mit geröteter dünner Wangenhaut. Selbst die steinernen Fratzengesichter und Gorgonen, die irgendein altes Kaufmannshaus herausputzten, erwachten zum Leben an den irgendwie organisch gewordenen Mauern und pulsten langsam im Rhythmus der Arterien eines einmütig pochenden unterirdischen Herzens. Die Statuen der Stadt, ihre verzweifelten, stummen, untröstlichen Bewohner, von den mit Taubenkot bedeckten Staatsmännern an den Plätzen bis hin zu den monströsen Embryonen in den steinernen Eiern, warteten unendlich geduldig auf die Nächte, in denen Mirceas Flug sie für eine Viertelstunde beseelte. Dann stiegen sie im mystischen Licht seiner Photonenschleppe von Fassaden und Sockeln herunter, Männer und Frauen in Falten aus Stein, Kupfer oder krätzigem Stuck, umarmten sich, tragisch dreinschauend, wenn sie einander in Gruppen in den stillen und leeren Straßen begegneten, um sich hernach, in der Finsternis der Parks, einer grenzenlosen Ausschweifung, einer verzweifelten, nach Leben und Sex gierenden Unzüchtigkeit hinzugeben, einer Verschwendung mineralischen Samens, der aufs Gras und auf die Blätter der Gebüsche spritzte und in klaren Körnchen wie Pflaumenbaumharz kristallisierte, die die Kinder an den nächsten Morgen fanden und mit denen sie sich, zu Hause angekommen, in die Abstellkammer einschlossen, um zu sehen, wie sie im Dunkeln leuchteten.

Mircea flog, kreiste wahllos unter den Sternen, betrachtete durch die Fenster die unglücklichen Frauen, die Dichter und die Perversen, die sich noch nicht schlafen gelegt hatten, vollkommen frei, auch von seinem eigenen Körper, auch von seinem eigenen Suchen. Er wusste nicht mehr, warum er dort war, wie es gekommen war, dass er fliegen konnte, fragte sich nicht länger, wer er war. Irgendwie war er niemand mehr, denn er hatte kein Bewusstsein mehr, sondern lebte in einem weiten und fließenden Bewusstsein, sah nicht mehr, sondern wurde von allen Seiten zugleich gesehen, als flöge er im logischen Raum und im Sehfeld eines anderen. Und tatsächlich, als er bis hin zur Grenze des Horizonts flog, stieß Mircea in allen Richtungen auf dieselben undurchdringlichen Mauern aus Bein, die gigantischen Scheitel-, Schläfen- und Hinterhauptbeine mit den Zickzacknähten dazwischen, wie die Kuppel einer über den Sternen und den Galaxien errichteten Basilika: die Stadt.

Und immer, wenn er eine Zeitlang, verzaubert von seinen unerwarteten Kräften, dahinschwebte (denn wenn er sich einen Gegenstand wünschte, einen Apfel von einem Obst-und-Gemüse-Markt, ein Glöckchen von der Tür einer Apotheke, ein Buch vom Nachttisch eines Mädchens, das am offenen Fenster einer Mansarde die nächtliche Brise einatmete, genügte es, dass er seine Brauen zusammenzog und den inneren Blick auf das eigene Zirbelauge richtete, und jenes Ding zuckte von seiner Stelle auf und gelangte in immer schneller werdenden Sprüngen in seine Hände), fühlte er sich jäh von einer überwältigenden Vision ins Herz getroffen. Er sah stets ein Haus. *Sein* Haus, das Haus, das er seit so langer Zeit suchte. Das er liebte und von dem er träumte. Eine unmöglich auszudrückende Erregung, ein Unglück, süß, brennend, schmachtend und letzten Endes glücklich, glücklicher als alles, berauschte ihn und ließ ihn aufs Fliegen verzichten. Ja, so war's!, sagte er sich, so war es damals, so war das Haus, in dem er einst gelebt hatte, als sein Gehirn im Verhältnis zum Leib viel größer gewesen war als das heutige. Alles in ihm kannte jenes stets gesuchte Haus, sein Organismus war wie eine Chiffre dafür, seine Sohlen kannten den Fußboden, seine knöchernen Schnecken kannten die Ausrichtung jedes Zimmers. Dorthin, in die Tiefe, hatte er immer zurückkehren wollen!

Er stieg zur Erde herab und streifte durch die widerhallenden leeren Gässchen, vorbei an Mauern mit geschlossenen blauen Fensterläden, unter Balkonen mit bröckligem Stuck, der den Blick auf verrostendes Eisengerüst freigab. Er zögerte keinen Moment, etwas in ihm kannte den Weg, so wie er als Vierjähriger zur Brotverkaufsstelle an der Ecke hingehen und zur Verkäuferin sagen konnte: »Zwei Schwarzbrote und das Restgeld« ... Und bald gelangte er vor das Haus, das sich immer mit einem Mal, unerwartet, vor ihm erhob, zu ihm geneigt, bereit, ihn zu zerdrücken. Manchmal erschien es ihm auf einem grünenden Hügel, über Eck stehend wie der Bug eines Schiffs, mit blauen Mauern und schmalen Fenstern, mit einem Geländergang im ersten Geschoss, wartete darauf, dass er in seine kühlen Gänge eindrang, zwischen seine sonderbaren Bewohner, dass er die Wohnungstür suchte, dass er in rasender, aufwühlender Erregung den unterirdischen Saal mit den groben Fachwerkwänden betrat, wo er einst gewohnt hatte, wie ihm hier jetzt schien.

Dass er auf dem Lehmfußboden dahinging, dessen Dunst nach feuchter Erde in die Nüstern saugte, die dicken Beine der Maikäfer an den Wänden betrachtete, mit seinen Fingern die Stromkabel an der Mauer entlangfuhr, die zu einer Glühbirne in einem Maulkorb aus Draht führten. Dort, in der Mitte des Saals, spürte er immer, wie das gelbe Brüllen, das stärkste Brennen im eigenen Hippocampus, als hätte er in geschmolzenem Gold gekocht, ihm unwiderstehlich in den Hals stieg und wie die winzigen Muskeln eines jeden Haars auf seiner durchfrorenen Haut sich zusammenzogen, wenn er in einem dunklen Winkel auf einem einfachen Küchenstuhl eine Frau zu Gesicht bekam, die Mutter gewesen sein musste, und Mircea musste sich dann in einem Brüllen auflösen, wenn er ihr entstelltes Gesicht betrachtete, das dem von Menschenkindern so unähnlich sah. Ewig blieb er in der Sackgasse, mit jener Mutter, die nicht die seine war, als hätte er sich, geblendet von Ekstase und voller Sehnsucht, an die Brust einer riesenhaften Maulwurfsgrille geschmiegt.

Zu anderen Malen war das Haus scharlachrot, zeichnete sich vor dem pechschwarzen Himmel ab, hatte kindische Frontgiebel, abgeleckt von den Regenwolken, die ungewöhnlich schnell darüber hinzogen. Mircea stieg Stufen hinauf, die ihm bis zum Knie reichten, stieß Türen von gewaltiger Größe auf, Türen wie die eines Palastes oder einer Kathedrale, drang in geräumige, so sehr bekannte Vorhallen ein. Er hatte dort gelebt, zig und Hunderte Male war er durch jene seltsamen Orte gestreift, er kannte nur zu gut die Mattglastüren ganz hinten, den kaffeebraunen Streifen an den gestrichenen Wänden, den Petrosingeruch der Randleisten an den Mauern. Der Raum um ihn her lebte und war empfindlich, wie ein emotionales Feld; in einer seiner Richtungen empfand er Furcht, ohne zu wissen, warum, und Freude in einer anderen. Auf eine bestimmte Tür konnte er nicht zugehen, als würde die braune Luft zwischen ihm und ihrer Zarge immer dichter und fester. In diesem Haus fühlte Mircea Tausende Nuancen der Furcht, der Unruhe, des Grauens und der Panik, gemischt mit der erstaunten Lust, dort zu sein, das Haus wiedergefunden zu haben. Mit der Scheu, mit der man sich in einen Tempel begibt, trat er in ein riesiges Zimmer mit rosa gestrichener Decke, mit Möbeln, die ihm so vertraut waren, mit einem Tisch, mit blendend weißem Batist bedeckt. An dem Tisch saßen ein unbekannter Mann und eine unbekannte Frau mit Gesichtern, die ihn schreckten. Er ging von dort hinaus; in einem engen, aber unglaublich hohen Gang wie ein Fahrstuhlschacht fand er auf einem Tischchen (er hat es Hunderte Male gefunden) einen Glassturz, unter dem das blaue Schlüsselchen lag mit einem Schmetterling an dem einen Ende, wie die Schlüsselchen bei Spielzeugautos oder bei Puppen mit einer Vorrichtung zum Aufziehen. Ewig blieb er da, das Schlüsselchen in der Faust, in einer anderen Sackgasse des Labyrinths, der mit seinen Bergkristallmauern die Rose bildete.

Mircea erinnerte sich auch an andere Häuser, die er alle mit der Qual eines verheerenden Orgasmus entdeckt hatte, allesamt real bis in die feinsten Einzelheiten hinein, wie die armseligen Trugbilder aus Beton und Ziegelsteinen, in denen wir leben, niemals sein können. Niemals hatte er etwas mit dem süßen Leiden geliebt, mit dem er jene Häuser entdeckte, die allesamt »das Haus, in dem er irgendwann seine Kindheit verbracht hatte« waren. Manches Mal erschien es ihm wie ein gigantischer und barocker Palast, doch mit papierenen Wänden, andere Male war es ein quaderförmiges, vom Vollmond überwältigtes Einfamilienhaus, an dessen Stirnseite ein grüner Buchstabe stand: R. In der Tiefe eines anderen war ein sehr langer Saal mit glänzendem, blankpoliertem Parkettboden, aber die magische Kammer war über ihm. Mircea klappte eine Falltür in der Decke auf und betrat schaudernd jenen Raum, dessen Einrichtung rot, krapprot angestrichen war. Die um den Tisch stehenden Stühle mit gebogenen Lehnen (die Tischdecke war mit ebenfalls blutroten Pfingstrosen bedruckt), die Serviertische und die Anrichten, alles war von fließendem, zuckendem Purpur ... Und all jene fleischfressenden Blumen, und andere und andere jede Nacht, befanden sich »in Floreasca«, als hätte eine Neuronenschicht seines Geistes so geheißen, so wie andere Insula Reili, Vicq-d'Azyr-Bündel oder Wernicke-Zentrum hießen. Und das nicht nur im Gehirn, sondern auch in den Gelenken, in der Spannung einiger Muskelgruppen, in manchen Fingerstellungen (die in feinstofflichen *Mudrās* das ganze Verzeichnis unserer Herzbeklemmungen kodifizieren), in den trägen Bewegungen der Eingeweide war ein Tropfen von Floreasca aufgelöst, vom »Dort«, vom »Haus der Kindheit«, von der »nach einem Komponisten benannten Straße«. Die gelbe Katze, die unter der Badewanne hervorgeschossen war, Ciacanica, den er nie hatte Bewegungen ausführen lassen können, die Seiten von »Saltans Geschichte«, die der Wind auf der Fensterbank durchblätterte, der sich auf der Tür ausbreitende blutrote Farbfleck, die mit dem Farbroller in jenem schrecklichen Kackbraun gestrichenen Wände, all das war ausgebreitet im ganzen Leib Mirceas, der sich mit den Wirbeln und den Gedärmen erinnerte, mit den Schulterblättern und den Sehnerven träumte und mit fluoreszierenden Serotoningüssen weinte. In jede dieser Häuser-Fallen war, für immer, ein Kind eingesperrt, das seine Augen hatte ...

»Mirrrcea!« Der kleine Junge rannte schreiend hinter dem Vorhang der Abstellkammer hervor, wo er sich versteckt hatte, damit die »Steckdose mit Äuglein« ihn nicht finden konnte; aber dort war es noch schlimmer gewesen, denn es war immer dunkel, und es roch nach dem Leder der Armeestiefel von Vater und nach Hanfleinen von einem Sack voll schmutziger Wäsche, und dort war noch eine Stoffpuppe, die einen plötzlich in die Arme schloss und einem mit den mit Kopierstift auf das kreisrunde Gesicht gezeichneten Zähnen tief in den Finger biss, bis Blut floss. Und dann musstest du zum Onkel Doktor gehen, der dir eine Injektion gab mit einer Spritze so groß wie du. Trotzdem, obwohl ihm vor der Stoffpuppe himmelangst war, mehr noch als vor der Steckdose mit Äuglein, versteckte Mircea sich manchmal in der Abstellkammer, weil dort, nur dort die Dunkelheit so tief war, dass er, auf den Haufen Plunder hingefläzt, kleine grüne Kreise vor den Augen zu sehen begann, Sternchen, die in der Nacht glitzerten und tanzten und nach und nach miteinander verschmolzen, und dann sah das Kind Dinge, die sich komisch und auf unerwartete Weise bewegten, kämpfende Männchen, Hündchen und Häuser, und Türme, und viele Leute an einer Trambahnhaltestelle, und einen Teller voller kleingeschnittener, mit Zucker bestreuter Erdbeeren. Er musste nur dortbleiben, ohne an irgendetwas zu denken, und zu gucken wie in den Fernseher von Tante Elenbogen. Schließlich nahmen jene grünlichen Zeichnungen, die sich ineinander verwandelten, wieder die Gestalt der mit Kopierstift bemalten Stoffpuppe an, und abermals musste er davonrennen, sich die Kehle aus dem Hals schreien und eine dünne Blutspur hinterlassen. Nun war er durchs Haus gerannt, trampelnd wie ein kleiner Roboter, bis er, nachdem er zweimal in ein falsches Zimmer gelangt war, endlich auf seine Mutter stieß, im Bett, wo sie in ihrem Nachthemd aus orangefarbenem Finette ein Buch las. Am Anfang hatte das Haus sehr viele Zimmer gehabt, durch die er verzweifelt irrte, ohne dass es ihm je glückte, dorthin zu kommen, wo er wollte. Wenn er dachte, er würde ins Badezimmer gelangen, trat er ins Zimmer der Eltern. Wollte er von der Fensterbank auf die Straße hinunterspringen, landete er in der Küche. Die unsagbar langen und verworrenen Gänge mit den über die Dielen aus grobem, kaffeebraun gestrichenem Holz gebreiteten Läufern waren in den vielen Tagen, die sie dort wohnten, allmählich auf zwei geschrumpft, ebenso wie die Zimmer, wenn man Küche, Abstellkammer und Badezimmer nicht mitzählte. Und da war noch etwas: Die Zimmer rauschten nicht mehr. Am Anfang vollführten die Mauern ein Geräusch wie das tiefe Knurren eines Tieres, wie das Tosen großer Wasser. Und sie neigten sich ihm entgegen, von ihrer unglaublichen Höhe herab, schauten grimmig drein und herrschten ihn an. Die Gänge wankten, wenn er sie entlanglief, und ihm wurde schwindlig, als würde er auf schmalen und schwankenden Stegen über Schluchten gehen.

Jetzt hatten sie sich beruhigt, und abgesehen von dem Umstand, dass sie, ebenso wie die Stühle und der Tisch, schrecklich groß waren und dass der kleine Junge die an der Decke hängenden, mit vergilbten Zeitungen bedeckten Glühbirnen kaum sehen konnte, so hoch erhoben sie sich über den windschiefen Wänden, konnte das Haus nunmehr mit einiger Zuversicht bewohnt werden. Um einen Ort zu zähmen, musste man ihn mit den Füßen feststampfen, ihn wiederholt mit den Händchen berühren, ihn manchmal riechen oder an ihm lecken. Das Haus war jetzt zahm, obgleich es bisweilen noch aufzuckte, knurrend wie ein aus dem Schlaf gerissener Hund; machte man aber die Tür auf, dann musste man sich an Mutters Hand festhalten. Um sie und um Vater herum bildete sich je ein Lichtkreis, wohin sie auch gingen. Einige Male hatten sie die Trambahn genommen und waren durch fremde und böse Orte gefahren, aber auch in der Tram hatte jener goldene Kreis die Sitze, die Scheiben und einen Teil der Fahrgäste beglänzt, indem er sein lindes, beruhigendes Licht auch über den Schädel des kleinen Jungen mit dem kastanienbraunen Haar warf, der immer allein auf dem hölzernen Sitz, breit wie ein Thron, sitzen und seine Lippen an das staubige Fenster pressen wollte.

Er hatte sich aufs Bett geworfen, über seine Mutter, drückte ihr das Buch aufs Gesicht platt, stützte sein Knie auf ihren Bauch, so dass sie ächzen musste. Die Frau wurde jedoch nicht ärgerlich, sondern nahm ihn neben sich auf, wobei sie ihm über das ganze Gesicht zulächelte: Ich fress dich gleich auf, Liebling! Sie begannen mit ihren üblichen Spielen, wobei sich Mircea kaputtlachte: Kitzeln unter den Rippen und an der Fußsohle, vorgetäuschte Bisse an Brust und Bäuchlein, vor denen er sich schreiend und mit den Beinen strampelnd verteidigte, wollüstiges Kneifen in die nackten Schenkelchen ... »So, so, so fress ich dich auf ...«, drohte ihm Mutter, wälzte sich mit ihm herum, gluckste mit ihm, feuerrot, mit zerstrubbelten Haaren. Sie rauften, lachten, schubsten sich, bis die Sache ernst wurde und ein kraftvoll geschleudertes Bein ihr ans Kinn schlug oder ein Fingerchen sie ins Auge traf. »Siehst du, nach Lachen kommt Weinen«, und so geschah es manchmal. In der zügellosen Lust, sich in den zerknitterten Laken zu wälzen, schlug das Kind über die Stränge, wollte nicht mehr zur Ruhe kommen. Es ergriff ganze Strähnen aus dem Haar der Mutter, und seine zusammengekrampften Fäustchen ließen sich nur noch mit Gewalt aufkriegen. Oder es scheuerte ihr eine Ohrfeige übers Gesicht, dass sie vor Schmerz aufschreien musste. Dann, nachdem sie ihn vielmals beschworen hatte, endlich Ruhe zu geben, kriegte er Haue. Wenn er das Brennen der Schläge auf dem Hintern spürte, konnte er es nicht glauben. Sie spielten doch so schön!

Einen Augenblick blieb er fassungslos liegen, verschwitzt und krebsrot, dann fing er an, wie ein abgestochenes Tier zu brüllen, so herzzerreißend, dass Mutter nicht mehr wusste, wie sie ihn beruhigen, wie ihn liebkosen sollte, was sie ihm noch vorsingen und ins Ohr zwitschern konnte, um ihn bloß wieder heiter zu sehen. »Verzeih Mama, Mama wollt' dich nicht schlagen«, stammelte die Frau, wiegte ihn in den Armen und lenkte ihn mit, diesmal friedlicheren, Spielen ab. »Durch den Salon stolziert die Dame mit dem Schopf«, sang sie halblaut wie bei einem Zauberspruch, fuhr ihm mit dem Finger um sein noch tränennasses Gesichtchen, und dann blieb der Finger mit dem unlackierten Nagel auf dem Näschen stehen: »Und drückt auf den Knopf: klingeling!« Jedes Mal, wenn sie auf den Knopf drückte, der wegen der Tränen jetzt voll Rotz war, sagte Mutter wieder so lustig »Klingeling!«, dass der Junge nachgab, wobei er hin und wieder schallendes Gelächter, das ihm mit Gewalt entrissen wurde, in sein Greinen mischte. Bei den Worten »Kakerlake, Kakerlake, wo gehst du hin?« konnte er nicht mehr an sich halten, sondern versöhnte sich schlagartig mit seiner Mama und fing wieder an zu kichern, als wäre nichts geschehen: »Zu Mircică, um ihn aufzufressen«, gab die Kakerlake zur Antwort, die zaudernd am Bein entlangkroch, dann höher zum Bäuchlein hinaufkrabbelte. »Und wo wirst du zubeißen?« Das Kind, das wusste, was nun kommen würde, duckte sich, schützte die Brust mit gespreizten Fingern, doch Mutter fand stets die schwache Stelle: einen enthüllten Streifen Bauch mit vorspringendem Nabel, eine kleine nackte Schulter, einen molligen Schenkel, ein durchsichtiges Hälschen, verschwitzt vor lauter Anstrengung, und stürzte sich mit der Schnelligkeit eines Raubinsekts auf die wehrlose Stelle: »Hier, hier, hier, hier!« Der kleine Junge schüttelte sich vor Lachen und Angst, dann kauerte er neben der riesenhaften Frau und befeuchtete mit seinem Mund eine Falte ihres Nachthemds.

Später begann Mutter ihm aus ihrem Buch vorzulesen, aus den rötlichen Seiten, die schön rochen und aus denen manchmal einen Wimpernschlag lang ein klitzekleiner Bücherskorpion, der sich vom Leim der Bindung und von Zellulose ernährte, auftauchte, das Blatt rasch überquerte und sich wieder in der Dicke des Buches verlor. Doch das Kind hatte nicht die Geduld, jenen Geschichten über große Männer, über Reisen ins Herz Schwarzafrikas, über die Insel Tombuktu und deren ebenholzschwarze Einwohner zuzuhören. Es wälzte sich einige Minuten lang hin und her und kam dann wie so oft zu der Frage zurück, mit der es die Mutter andauernd piesackte: »Wie war ich, als ich klein war?« Er lauschte stets mit grenzenloser Lust, während sein Blick zum Fenster hinausschweifte, den Geschichten über die Silistra-Straße, über das U-förmige Haus, über das Hündchen Gioni, über die in den Gitterkäfigen gehaltenen Truthähne, denen Mircișor, das Herz des Herzens jener Welt gefrorener Morgendämmerungen und jubelnder Sonne, immer wieder vorsang, um sie aufgeplustert und vor Entrüstung gurgeln zu sehen: »Ätsch, Perlen hast du keine so rot wie meine!« Während er der Leitlinie von Mutters Stimme folgte, verließ Mircea die Wirklichkeit und war von neuem dort, stieg wieder die Holztreppen des Hauses hinauf, wandelte durch den Geländergang im Obergeschoss, schaute der Reihe nach in alle Räume, deren Türen offen standen, voller unrasierter Männer in Unterhemden und Frauen in geblümten, schmuddeligen Morgenmänteln, die ständig mit dem Holzlöffel in den Kochtöpfen auf dem Feuer rührten ... Nachdem er einen langen, gefährlichen Weg zurückgelegt hatte, gelangte er in die Nähe des Zimmers von Onkel Nicu Bă, wo in einem an die Wand genagelten Käfig ein paar Zeisige saßen, dann ging er zum anderen Flügel, wo er sich nicht mehr sattsehen konnte an dem über ein Meter langen Schiff, das mit seinen gestärkten Segeln auf einer Kiste dahinfuhr, in der einmal Apfelsinen gewesen waren, und schließlich stieg er die symmetrische Treppe am entgegengesetzten Ende des Geländergangs hinunter, wo auf einer von der Sonne erhitzten Steinstufe ewig der alte Catana hockte mit seinem bis zur Taille reichenden, tabakvergilbten Bart, der ebenso verworren und zerfasert war wie die Wolken über dem Haus. Obwohl er diese Worte Hunderte Male gehört hatte, war der kleine Junge immer noch gierig danach und starb vor Freude, sooft er sie hörte. »Erinnerst du dich, Mircişor, wie du dich auch neben ihn hingesetzt und ihn jeden Morgen gefragt hast (wie ich dir beigebracht hatte): Du bist ja alt, Väterchen, doch wie lebst du mit dem Mütterchen? Worauf er immer sagte: Wie Hund und Katz ...« Mutter hielt inne, als wollte sie jene Arbeiterwelt deutlicher sehen, buntscheckig, phantastisch beleuchtet von ihrer perlweißen Junge-Frauen-Haut, eine Welt, in die sie zwei begnadete Sonntagskinder gesetzt hatte, doch mit einem von ihnen war ihr kein Glück beschieden gewesen ... Die beiden Säuglinge hatten am Scheideweg des U-förmigen Hauses in der Silistra-Straße je ein Täubchen, eine Rose und ein Kopftuch hinterlassen ... »Wer von uns als Erster zurückkehrt, soll sich das ansehen, was der andere hinterlassen hat: Wenn das Täubchen kränkelt und keine Körner will, wenn die Rose welk ist und das Kopftuch zerschlissen, bedeutet dies, Bruder, dass du hinfort allein bist auf der Welt ...« Sie erzählte dann, mehr für sich selbst, weiter: wie sie Mircişor bis zum Alter von einem Jahr immer im Bett gehalten hatte, denn der Fußboden war eiskalter Zement; wie sie ihn zwischen Kissen legte, »wie die hohen Herrschaften«. Wie sie ihm die Illustrationen in Büchern zeigte, wie sie sie ihm erläuterte: »Das ist der Onkel, das ist die Tante, schau mal, da ist auch 'ne Katze ...«, wobei sie eine grenzenlose Freude vorgab, wenn sie die Seite umblätterte und dort den Zerstückler Foltea oder Onkel Stiopa den Milizionär fand. Sie sagte ihm Gedichte auf, die für das Kind magisch waren, denn die Wörter zogen, getragen und unausweichlich, einander an, so dass man sie sich für immer merkte: »Da kommt die Ente vom Teich, da stellt sich das Schwanzfederchen auf, da steigt die Ente ins Neeeestchen und legt ein Eeeeichen, damit Mircișor es isst!« Das Kind war völlig von Mutters Stimme abhängig, die nun wie ein geschmeidiger Seidenfaden schimmerte, während das Zimmer ringsum zu einem farbigen, wirren und bedeutungslosen Nebel wurde. Sie waren in seinen Fingern, erinnerte es sich, in seinen Lidern und Lippen, die Bilder und die Gerüche, die Windhauche und die Stimmen von damals. Es erlebte den Jubel jener Vormittage wieder, wenn es, bloß in Unterhöschen, in den Hof voller Menschen hinaustrat, das einzige Kindchen in der Nachbarschaft, und wenn es, erstickt von Küssen und Liebkosungen, von Arm zu Arm gereicht wurde. Es sah noch die rauen Gesichter, die geschwärzten Finger von Drehern und Müllmännern, das violett gefärbte Haar irgendeiner Prostituierten, die Goldzähne der nilpferddicken Zigeunerinnen. Es spürte, stärker denn alles andere, den schwindlig machenden Duft der rosigen Oleanderbüsche, der sich in der verzauberten Vorstadt seiner Erinnerung mit dem Dampf der Suppen und dem unerträglichen, sauer-holzigen Gestank der tabakbefleckten Finger mischte.

Das Kind sah auch sich selber, strahlend und festgefügt, vollkommen in jeder Einzelheit, in seinem Kniegelenk und in der Verschlingung der Gedärme, im zarten Schatten der Rippen und in der faserigen Beschaffenheit der Wimpern, im runzeligen »Nippel« und in den Eierchen im Skrotum mit der sichtbaren Naht in der Mitte. Manchmal erblickte es sein Gesicht in dem Spiegel, den sein Vater an den Vormittagen in den Hof brachte, um sich zu rasieren. Er hängte ihn an das Drahtnetz des Käfigs, wo neben einem Truthahn, wer weiß wie, auch ein Pfau und eine Pfauenhenne aufgetaucht waren, mit metallblauen, grünlich schimmernden Hälsen und Schwänzen und in eine Hakenarabeske gehefteten Augen. In diesem alten Spiegel, der Feuer über die Mitte des Hauses warf und irgendeinen Mieter blendete, sah man zwei aneinanderklebende Gesichter, die bis zu den Ohren grinsten: ein von einer Kinnbacke bis zur anderen eingeseifter Vater mit einer Schaumschnauze, aus der nur der rote Mund wie der eines Clowns hervortrat, und ein kleiner Junge mit schwarzen Augen, sehr blass, ebenfalls voller Schaum auf der Nase und den Ohren. So war er, anders konnte er nicht sein, so zeigten ihn auch die beiden Fotos, die damals gemacht wurden: ein großer Kinderkopf mit schulterlangem Haar, mit einer Stirnlocke, die vorn von einer Spange festgehalten wurde, ein kleiner Leib mit geschmeidiger Haut in einem gehäkelten Anzug, mit nackten Beinen von den Oberschenkeln bis zu den abgestoßenen Schühchen. Der Gesichtsausdruck eines soeben aus dem Schlaf geweckten, unzufriedenen und bekümmerten Kindes. Freilich: Der Onkel Fotograf war weißgekleidet wie ein Arzt und zielte mit einem unbekannten Gerät auf ihn, das ihm ungeahnten Schaden zufügen konnte ... Immer blieben jene Mircişors, »als er klein war«, hinter ihm zurück, schälten sich von ihm ab, gleichzeitig mit dem hin und wieder erfolgenden Abschälen der umliegenden Welt: Die Häuser schälten sich ab, wenn sie von einem ins andere umzogen (er hatte bei Tante Vasilica gewohnt, dann in der Silistra-Straße, dann im Wohnblock in Floreasca und jetzt in dem Wohnhaus, einige Straßen weiter), der Sommer schälte sich ab und wich dem Herbst, der ebenfalls seine kupferne Haut abzog, um dem zarten Spross des Winters Platz zu machen, die Sonne schuppte sich jeden Abend ab, um aus ihrer aufgeplatzten Haut den leuchtenden Stein des Mondes zum Vorschein zu bringen ... Jedes Mal löste sich mit ihnen auch ein spukhafter Mircişor ab, papierleicht, vom Wind fortgetragen und ins Reich der Erinnerung gestoßen. Das Kind konnte diese spukhaften Mircişors steuern und gegen den Wind wenden, als hielte es in der Faust die Fäden unzähliger Drachen in Gestalt eines Mircişor, die einen weiten und tiefen Himmel erfüllten, auf dessen Wölbung nur zwei, drei flaumige Wolken schwebten.

Mutter erzählte ihm, vergaß sich und ihr Jüngelchen, wie angezogen vom Wrack eines versunkenen, von Steinkorallen überwachsenen Schiffes, wo ihr in einer furchtbaren Katastrophe ertrunkener Leib geblieben war, von Fischen angepickt, vom Salz angefressen und dennoch strahlender denn je, denn durch die ovalen Löcher ihres Darmbeinschmetterlings schlüpften nun die durchscheinenden Quallen der Tiefsee, und auf ihrem Schädel hatten sich die Seeanemonen festgesetzt mit ihren langen, wogenden, fadenförmigen Fangarmen wie von Strömungen durcheinandergewirbelte Haare. Für sie war der buntscheckige Hof in der Silistra-Straße tatsächlich ein solch großartiges Schiff gewesen, dazu vorbestimmt, zu versinken, wie alle Tage, die gewesen sind und nie wieder sein werden. Der Junge hörte ihr zu mit ins Leere starrenden Augen, umso aufmerksamer in seiner Träumerei, als er alle winzigen Einzelheiten kannte, die Mutter zu einer glanzvollen Saga wandelte: wie er unter dem Tisch saß, wo er sich geborgen fühlte, und wie er dem sehr jungen Mann mit rabenschwarzem Haar, den er nur an den Abenden und Sonntagen sah, in einem Akt höchster Kühnheit, der ihn im Bewusstsein des eigenen Mutes berauschte, zurief: Dummian! Blödmann!; wie Onkel Nicu Bă ihn auf eine Spazierfahrt mit dem Fahrrad mitgenommen hatte und wie Mircișor, der auf dem oberen Rahmenrohr saß, zusammen mit dem Onkel hingefallen war; wie er in einen großen Topf Bohnensuppe, der zum Abkühlen auf die Schwelle gestellt war, Pipi gemacht hatte, an einem Sommertag, als sie ihn splitternackt zu Hause gelassen hatten, und wie sie sich nicht entschließen konnten, ihr für zwei Tage bestimmtes Essen wegen eines Kinderspritzers wegzuwerfen (an dieser Stelle fügte Vater stets hinzu, dass seine Mutter, die Oma aus Budinț, eines Tages eine in einem Milchkrug ertrunkene Maus gefunden und, ohne mit der Wimper zu zucken, deren Fellchen ausgewrungen und die Milch seelenruhig getrunken hatte ...); wie er ein Glöckchen in einem Teich vor dem Haus verloren und dann geweint hatte, bis er Fieber bekam und sie den Rettungswagen holen mussten; wie die Zimmerdecke über dem alten Koffer, in dem er eine Minute zuvor gespielt hatte, heruntergestürzt war; er war beim Ruf der Mutter herausgekrochen, sie hatte ihn allerdings gar nicht gerufen und sich an einer anderen Stelle des Hauses befunden; wie das Bett eines Nachts unter ihnen zusammengekracht war; wie die Eltern freudestrahlend Mircișor aus seinem Nachmittagsschlaf geweckt und ihn gefragt hatten, ob er wolle, dass sein Papa Journalist werde, und er in Tränen ausgebrochen war, denn für ihn waren die Journalisten die Zerlumpten und Säufer, die Zeitungen verkauften; wie er zum ersten Mal aus dem Hof hinausgegangen war, auf die schlammige Straße, um mit »Mia-die-Mirabelle-leck-die-Kelle« und mit dessen Bruder zu spielen; wie er sich das Händchen am Kohlebügeleisen verbrannt hatte, für ihn das Schreckenerregendste, was man sich überhaupt vorstellen konnte ...

Das Kind erinnerte sich auch an andere bunte Bilder (denn so waren sie: Fotos, Fotos ohne Bezug zueinander, wer weiß warum aufbewahrte Momentaufnahmen von dem riesenhaften Wesen, das in uns lebt, oder eher von dem Wesen, das uns von allen Seiten her umgibt wie ein mit uns schwangerer Engel, dessen Aufgabe es ist, uns endlich auf die Welt zu bringen, auf eine neue Erde, unter einen neuen Himmel), von denen Mutter ihm niemals erzählte. Eines Tages hatte er sie groß, weiß und völlig ausgezogen auf dem Bett ausgestreckt liegen gesehen. Er hatte sich ihr genähert und mit dem Finger ihren scharlachroten Lupusfleck an der Hüfte berührt, jenen krankhaften Schmetterling, dessen rechte Flügelspitze sich im Gewirr ihres Schamhaars verlor. Mutter hatte ihm zugeflüstert, er solle hinausgehen, mit Gioni spielen, weil Vater sie einreiben müsse. Und dann hatte er den Mann mit dem immer grünlichen Bartwuchs gesehen, mit dem zurückgestrichenen Haar und den unglaublich schwarzen Augen, der, nackt bis zur Taille, im Türrahmen stand und einen großen Schatten ins Zimmer warf. Er wusste nicht, was er bei ihm gesehen hatte, das ihn so sehr erschreckte, aber danach hatte er geraume Zeit davon geträumt, dass sein Vater sich Mutter näherte mit einem Fotoapparat wie dem des Onkels, der im Hof Fotos von ihm gemacht hatte, und dass er ihr die eisige Linse des Objektivs an den Bauch klebte, sie dazu brachte, zu schreien, laut und oft zu schreien, bis der Schrei in einem Todesstöhnen verklang. Und er erinnerte sich noch so deutlich daran, wie er im Bett lag, in dem engen Zimmer, in das kaum noch ein Tisch passte – auf dem das Bügeleisen thronte –, und wie Mutter einen großen Spiegel vor ihn hielt, in dem er sich erblickte und sich selber zulächelte. Jahre sollten vergehen, bis er verstand, dass es kein Spiegel gewesen war, sondern dass er seinem Bruder Victoraș zulächelte, der identisch, aber nicht deckungsgleich mit ihm war, wie die rechte und die linke Hand, wie zwei sphärische Dreiecke, die nur dann genau übereinandergelegt werden könnten, wenn man das eine in die vierte Dimension wenden, es aus dem Kerker unserer grässlichen Welt mit Fußboden aus Raum und Wänden aus Zeit herausziehen würde. Identisch, aber entgegengesetzt, identisch in der unendlichen Dichte der Welt, aber entgegengesetzt in jedem ihrer Augenblicke, sollten die Zwillinge im düsteren Paradies der Kosmologie einander suchen, im Aschgrau der Menschenwelt und in der leuchtenden Hölle der Quantenmechanik, um sich in der Welten blendenden, erschaffenden und zerstörenden Flamme aufzulösen, von der ein Funke auch in die Tiefe des Nusskerns unseres Geistes eingepflanzt ist ...

Doch dann stand Mutter auf, um nach ihrer Wäsche zu sehen, die sie zum Einweichen in die Waschschüssel gelegt hatte, und Mircișor folgte ihr barfuß in das Badezimmer mit den zwei Türen, kletterte auf den Klodeckel und begann sein »R« zu üben, seine neueste und glorreichste Entdeckung. Seit einigen Tagen konnte er das »R« aussprechen, so dass der Işa von früher, der dann Mircea wurde, sich nun in einen furchteinflößenden Krieger namens »Mirrrcea« gewandelt hatte, der das »R« immerfort wie eine Klappermühle rollte, bis ihm die Zunge erlahmte. Er sprach alles mit »R« aus, ob es nun passte oder nicht, sagte hartnäckig »Mirch«, »Röffel«, »Richt«, trotz der genervten Berichtigungen seines Vaters, der Wert darauf legte, dass sein Sohn richtig sprach. »Scheib, Mami, scheib!«, forderte das Kind die Mutter auf, ihm »eine Pferd und ein Buh« zu zeichnen, worauf ihn der Vater jedes Mal scharf beäugte und zu ihm sagte: »*Ein* Pferd und *eine* Kuh, Dummerchen. Was ist denn so schwer dran?« Am ärgerlichsten war er, wenn das Kind statt »Kopf« »Pfok« sagte. »Junge, sprich mir nach: Kopf.« Und Mircişor, die Augen auf des Vaters Augen gerichtet: »Pfok!« »Junge, sieh mich an und sprich mir nach: k!« Mircea wiederholte: »k«; »k«; »o«; »o«; »pf«; »pf«. »Na schön, jetzt sag: Kopf«. »Pfok«, sagte der Junge heiter, worauf er einen Knuff auf den Nacken kassierte. »Lass ihn nur, Costel, er wird schon gut sprechen«, sagte Marioara und nahm ihren Jungen in die Arme. »Kinder sind so, einige sprechen früher, andere schwerer, doch schließlich sprechen sie alle gut.«

Mutter füllte fast das ganze Badezimmer aus mit ihrem hageren Leib mit den hängenden Brüsten, nun in einen Morgenmantel mit fliederfarbenen Blumen gehüllt. Die ganze Zeit wusch sie irgendetwas im Waschbecken oder in der Waschschüssel aus grünlichem Blech, auf die das Kind, wenn es sie zum Trocknen mit der Unterseite nach oben gestellt vorfand, so heftig trommelte, dass es die Toten im Grab auferweckte. Für Mircişor hatte das Badezimmer viele Anziehungspunkte, es war gewissermaßen wie der Hintern eines Menschen, stets bedeckt, stets zum Schämen, geheimnisvoll und aufreizend. Es gab drei

Porzellangefäße dort, bereit, den seltsamen Unrat aufzunehmen, den die Menschen von sich oder aus sich abwerfen. Am »Wascheck« schlugen ihn die »Wasserhennen«, wie die Seinen sie nannten, in ihren Bann: Den lieben langen Tag lang hätte er daran herumgedreht, geschaut, wie das Wasser durch die Rohrleitung kam, verwirbelt und gewunden wie eine Schraube, und wie es mit diesem Furzgeräusch im Loch darunter verschwand. Wenn er unbeaufsichtigt blieb, bespritzte er sich, dass das Unterhemdchen und sogar die Unterhose pitschnass wurde, denn vom Klodeckel aus kam er leicht an die »Wasserhennen« heran. Er wusste, dass er Dresche beziehen würde, doch das würde ein andermal sein, nicht in dem Augenblick, in dem er das Wasser mit den Fingern verteilte, mit dümmlichem Lachen zusah, wie es sich bis zu den Ellbogen ausbreitete, sein Unterhemd aufweichte und ihm, kalt und rieselnd, an den Beinen hinunterlief; und dann war es eine noch größere Freude, mit den Socken reinzutreten und es, plitsch-platsch, in die ganze Wohnung zu tragen. Merkwürdiger war die Badewanne, eine der dürftigsten, mit einem Sitz, wo man sich nicht ausstrecken konnte. Wenn er badete, stieg er in die Vertiefung, in die die Erwachsenen nur ihre Füße stellten. An die dortigen Wasserhähne durfte er nicht herangehen, und die mochte er auch nicht, denn einer war eiskalt und der andere brühend heiß; daraus kam das kochende Wasser aus dem großen Zylinder oberhalb der Wanne, unter dem man, wenn man ein Türchen öffnete, das Feuer mit unerhörter Wut tosen sah. Das Türchen durfte er nicht öffnen, sonst wäre ebenso wie bei den Steckdosen das Feuer herausgeschossen und hätte ihn verbrannt, und er wäre gestorben. Jedes Mal, wenn sie ihn badete, goss Mutter einen Tropfen einer violetten Flüssigkeit, die seltsam roch, in die Wanne. Das ganze Wasser wurde dann malvenfarben, als hätte jemand (wie ihm Vater dies einmal vorgemacht hatte) die Spitze eines Kopierstifts hineingeworfen. In jenem fliederfarbenen Wasser badete

Mircișor, in jenem Wasser, das nach ... Achselhöhle, nach Fisch, nach Aprikose roch, nicht übel, sondern angenehm. Er leckte sich manchmal den Handrücken ab und roch dann die Haut, auf der der Speichel trocknete. Er mochte ihren säuerlichen und irgendwie schambesetzten Geruch. Er mochte gerne seine Finger auf den Hintern legen und dann daran riechen. Das durfte er keinem sagen, selbstverständlich, alle forderten ihn auf, an einem Blümchen zu riechen, nicht aber an Benzin, schmutziger Wäsche oder an der Hand, nachdem er sie zum Piephahn geführt hatte. Manche Gerüche, selbst wenn angenehm, waren ihm ganz und gar verboten. Ebenso erlaubte ihm Mutter nicht, in der Badewanne ein Spiel zu spielen, das ihm sehr interessant vorgekommen war (und das er lange insgeheim fortgesetzt hatte): In einem Zustand der Träumerei und Selbstvergessenheit rollte er sich die Haut des Piephahns nach innen, bis der Nippel so klein wie ein Nabel wurde, und dann zog er die von der Hitze des Wassers geweitete Haut über den Eierchen darüber. Dann hatte er nichts mehr zwischen den Beinen, war glatt wie eine Puppe, außer einer leichten Schwellung, die er, zufrieden mit einer solchen Leistung, betrachtete. Mutter hatte ihn sehr scharf gerügt, als er es ihr gezeigt hatte, er hatte wohl gedacht, das würde auch sie freuen, wie sein Pimmelchen verschwunden war. Ebenso sollte er ihr während der ganzen Kindheit alle Schweinigeleien, alle Witze und Lieder mit Dummheiten erzählen, die er von anderen Kindern hörte, wobei er stets hoffte, dass sie auch ihr gefallen würden, und jedes Mal musste er es ausbaden. Unbegreiflich, dass ihn die Eltern zu einigen Genüssen ermutigten und ihm andere, ebenso interessante, verboten. Niemals erklärten sie ihm etwas, immer schrien sie ihn an: Du darfst nicht auf den Tisch steigen, du darfst dir keinen Sand auf den Kopf streuen, du darfst nicht an der Fensterscheibe lecken, du darfst dies nicht, du darfst das nicht ... So bildete sich eine eigenartige Grenze zwischen den

Dingen heraus, die Tag um Tag durch Schreie und Mäkeleien gefestigt wurde, obgleich das Kind immer versuchte, die Welten wieder zu vermischen, denn es konnte die despotischen Gesetze, denen es unterworfen war, nicht begreifen. Für Mircișor waren alle Freuden gleich: Ein muffiger und dreckiger Aufwischlappen roch genauso interessant wie eine Nelke. Ein aus der Nase gepulter »Kackarotz«, teils durchsichtig, teils trocken, war es wegen seiner einzigartigen Beschaffenheit ebenso wert, vorgezeigt zu werden wie jede Nippfigur auf dem Tischläufer. In großer Heimlichkeit hatte sich der Junge weiterhin aller Seiten seiner Welt erfreut, wobei er die rote Linie zwischen ihnen hartnäckig außer Acht ließ, die im Übrigen, so glaubte er, auch anders hätte gezogen werden können, jedenfalls zwischen Dingen und Taten. Auch konnte er sich vorstellen, dass die Grenze genau dort war, wo sie die Eltern gezogen hatten (und jeden Augenblick verstärkten), dies aber verkehrt herum: dass sie ihm zustimmend zulächeln würden, wenn sie sähen, dass er auf den Läufern Pipi machte, und ihn schelten oder gar verhauen, wenn er artig am Tisch säße ... Deshalb zog ihn vielleicht, mehr als das Waschbecken und die Badewanne, das Porzellan-Klosett im Badezimmer an, mit Brille und Deckel aus Holz.

Dort machten seine Eltern Aa und Pipi, so wie er es im Töpfchen tat. Manchmal setzte Mutter auch ihn auf die Brille, hielt ihn aber fest, denn sie war zu breit für seinen kleinen Popo. Dann strullte er los. Es war sehr angenehm, Pipi zu machen. Man fühlte es warm durch den Piephahn laufen, und wenn man nach unten zwischen die Beine schaute, sah man es, gelblich und glitzernd, kräftig in das Wasser am Grund des Keramikbeckens rinnen. Aa zu machen war auf dem Klosett nicht so angenehm, denn da schliefen einem die Beine ein, und wenn einen Mutter festhielt, hatte man immer Angst, dass sie einen fallen ließ und man in den Ausguss gespült wurde. Dann wäre er durch viele verschlungene Rohrleitungen hindurchgeglitten, neben anderen ins Klo gefallenen Kindern, bis er an ein Meer von Aa und Pipi gelangt wäre, wo er lange, lange Zeit geblieben wäre. Hinzu kam, dass ein Aa, wenn es aus dem Hintern herauskam, platschend ins Wasser plumpste und das Wasser ihm die Pobacken und Eierchen bespritzte, was ihm gar nicht gefiel. Dann riss Mutter eine Zeitung ab und wischte seinen Hintern ab, und auch das gefiel ihm nicht, denn das raue Papier voller Druckerschwärze verletzte ihm immer den kleinen Popo. Aber alle Leute wischten sich mit Zeitungen ab, es war besser, als sich mit der Hand abzuwischen und es dann an die Wände zu schmieren wie die Zigeuner. So zog Mircişor den großen und bauchigen Topf vor, auf den sie ihn gewöhnlich setzten.

Erst seit sehr kurzem wusste er, dass Mutter keinen Piephahn hatte. Als er klein war, hatte er geglaubt, sowohl Mutter als auch Vater hätten einen. Jetzt wusste er, dass nur Vater einen besaß, obwohl er ihn nie wirklich gesehen, sondern lediglich beobachtet hatte, dass er etwas Geschwollenes in der Unterhose hatte, denn Vater trug im Sommer (und in Floreasca war die ganze Zeit Sommer) nichts als seine ihm bis zu den Knien reichende Unterhose aus weißem Leinen. Mutter sah er nicht in Unterhosen – und als er sie, in der Silistra-Straße, völlig entblößt gesehen hatte, war er zu klein gewesen, um sich dessen bewusst zu sein –, aber er wusste, dass sie keinen Piephahn hatte, weil ... Dagegen hatte sie Brüste, während Vater keine besaß. Damit hatte sie ihm zu saugen gegeben, als er noch ein Säugling gewesen war. Mutter entkleidete sich vor ihm nicht mehr ganz, doch sie zog ihren Büstenhalter in seiner Gegenwart an und aus, ohne ihm Beachtung zu schenken, sie gab ihm nur dann eins auf die Finger, wenn er, belustigt über die ungewöhnlich breiten Warzenhöfe um die Brustknospen, sie mit den Fingern zu berühren versuchte. Dann kehrte ihm die Frau den Rücken, was ebenso ergötzlich war, denn auf dem mit Muttermalen übersäten Rücken sah man ihre Wirbel wie eine Reihe kleiner weißer Brüstchen. Mutter machte auch Pipi, aber nicht durch ein Würmchen wie das seine, sondern durch Vöglein. Die Mädchen hatten Vöglein, und wenn sie groß wuchsen, wurden sie Frauen. Die Frauen hatten ebenfalls Vöglein. Das durfte keiner wissen, es war das größte Geheimnis.

Im Allgemeinen, das hatte der kleine Junge mit Verwunderung herausgefunden, war der obere Teil des Leibes gut und der untere Teil böse. Oben hatte er Haar, das voller Locken war und das Mutter bisweilen zu Zöpfchen flocht, die Augen, mit denen er sah, die Ohren, mit denen er hörte ... Als er klein war, glaubte er, dass ihn niemand mehr sehen konnte, wenn er die Augen schloss. Jetzt wusste er, dass dem nicht so war. Dinge und Menschen verschwanden nicht, wenn er sie nicht mehr sah, sie waren weiterhin dort, obwohl er sich nicht vorstellen konnte, wie sie waren, wenn sie keine Form, Farbe, Härte oder Flaumigkeit mehr besaßen. Wie sie wohl waren, wenn er die Augen schloss? Vielleicht irgendwelche Wichte, vor denen er sich fürchtete. Seine Äuglein beleuchteten die Welt, vielleicht sprachen deswegen alle so schön von den Augen. Doch auch der Mund hatte einen guten Namen, obschon weniger als die Augen. Denn wenn aus den Augen Tränen flossen, schrie niemand, niemand empfand Ekel, ja, Mutter küsste sie ihm manchmal, doch es war vielleicht die einzige Sache, die aus seinem Leib herauskam und nicht eklig war. Das Mündchen war schön, das sagten alle, nur spucken, das war nicht schön. Das Spucken war etwas sehr Ekliges, obwohl die Leute Spucke im Mund hatten. Und dass dir der Rotz lief, war eklig. Du durftest ihn nicht mit der Zunge auflecken oder am Ärmel abwischen. Dafür hattest du ein Taschentüchlein, das nach Wärme und Kohlen roch, vom Bügeln. Doch außer diesen Dingen waren Kopf, Hände, Brust und Bäuchlein gut und schön. Vom Nabel abwärts jedoch begann das, was wirklich eklig und zum Schämen war: der Piephahn, die Eierchen, der Hintern vor allem. Da waren irgendwelche Löcher, durch die Pipi und Aa herauskamen, deswegen musste man sich schämen, sie vorzuzeigen. Und eben deswegen war das Badezimmer irgendwie anders als die übrige Wohnung, als wäre es deren Hintern. Zudem hatte es Löcher, durch die der Schmutz von den Händen, vom Leib sowie das Aa und Pipi der im Haus Wohnenden hinausgingen. Die drei Gefäße aus weißem Porzellan wurden jedoch von Mutter überaus sauber gehalten, die sie immer putzte, wie sie übrigens auch ihm den Hintern wusch.

Ihr Badezimmer hatte zwei Türen. Die eine führte ins Zimmer der Eltern, das von einem Bett mit verschossener Bettwäsche beinahe vollständig ausgefüllt wurde und sich fast immer in großer Unordnung befand, denn Mircișor wickelte sich ständig in Laken ein, riss sie von der Matratze, zerknitterte sie unter sich, hüpfte im Bett über Kissen und Decken herum ... An der andern Seite war das Fenster: Vom Bett gelangte man leicht zur Fensterbank, von wo aus man, wenn das Fenster offen stand, geradewegs hinuntersteigen konnte auf die sonnendurchflutete stille Straße voller grellgelber Forsythiensträucher und Hecken, und vor allem überdeckt vom strahlendsten und tiefsten Sommerhimmel, den man sich vorstellen konnte. Damals wusste das Kind noch nicht, dass in Floreasca immer Sommer herrschte, ein Sommer mit eiskalten, fröhlichen und strahlenden Morgen, mit spukhaften und unter einer einmütigen Sonne erstarrten Nachmittagen und mit rosenroten Abenden, denn das ganze Viertel war bereits seit den fünfziger Jahren mit einer großen Halbkugel aus Glas überdeckt. Das war eine der Bedingungen gewesen, welche die Alliierten stellten, als sie die Länder im Osten an Russland abgetreten hatten: Ihr werdet dort alles zerstören, bewahrt aber wenigstens einige Inseln, die Jahrzehnte später daran erinnern sollen, dass ihr einst zur Gnade und zum Zauber der freien Welt gehört habt. Solche über die Landkarte Osteuropas, von der DDR bis nach Bulgarien und zu den baltischen Ländern, verstreute Kuppeln konnten, wie blitzende Stecknadelköpfe, von den ersten Kosmonauten aus dem Weltall beobachtet werden; diese berichteten verblüfft – obwohl die Amerikaner alte und anheimelnde, vom Rhein bis zur Wolga verstreute Viertel in den durch nach Osten vordringende deutsche Divisionen, dann in den durch nach Westen voranstürmende russische und schließlich in den durch englische und amerikanische Geschwader, die Bombenteppiche abwarfen, zertrümmerten Städten vollkommen aufs Geratewohl überdacht hatten –, dass die leuchtenden Kuppeln von der Umlaufbahn aus die deutlich sichtbaren Buchstaben eines Wortes bildeten:

ORBITOR

Der Glassturz über Floreasca war das i-Tüpfelchen, das die rumänische Securitate, als sie Zugang zu den Dokumenten hatte, auf jede erdenkliche Weise kommentiert, theosophisch, anthroposophisch, psychoanalytisch, geostrategisch und militärisch ausgelegt und zu guter Letzt in einer versiegelten Akte vergraben hatte, damit sich auch andere den Kopf darüber zerbrechen sollten. Tatsache ist, dass das Kind, die Beinchen an der kalkrauen Mauer der Villa baumelnd, stundenlang dort auf der Fensterbank saß und die von der Sonne erwärmten Seiten des Buches über Saltan durchblätterte, während der duftende, pollenbeladene Wind in seinen weichen, kupferfarbenen und im gleißenden Licht glühenden Haaren spielte. Gegenüber stand ein anderes Haus, niedrig und gelb, weiter oben in der Straße gab es ein paar grüne Kühlschränke, die wer weiß wer dahin geworfen hatte, dann kam der Drahtzaun eines Gymnasiums. Etwas entfernt war die Grube der Zigeuner. Weiter unten in der Straße, auf der fast nie Autos vorüberfuhren, am Ende der bewohnten Welt, gab es den Lebensmitteladen und die Brotverkaufsstelle. Wenn du noch weiter gingst – wo du nur noch von Mutter am Händchen gehalten atmen konntest, als erfolge der

Austausch von Gasen dort, zwischen den fest aneinandergedrückten Handflächen, durch die ineinandergeschlungenen Linien des Lebens, des Schicksals und des Glücks –, fandest du nach einigen Windungen durch Gässchen, die mit dem heimatlichen identisch waren, die Poliklinik mit ihrem eisigen Schatten und den Arztzimmern, aus denen stets Säuglingsgequake zu hören war. Mircișor hatte gespürt, wie er, weiter und weiter nach allen Richtungen in die Welt voranschreitend, sie mit seinen Schritten aufblähte, ihr Fülle, Festigkeit und Sicherheit verlieh, als wäre die Welt am Anfang runzelig gewesen, mit aneinanderklebenden Wänden wie ein Gummihandschuh, in den man kräftig hineinpusten musste, um zu sehen, wie sich jeder einzelne Finger aus der knausrigen und klebrigen Knospe entfaltete. Am Anfang hatte er das Haus aufgebläht, dann war er darangegangen, die noch ungeborenen Orte darum her in einen Stern aufzuspannen und zu glätten. Zweifellos hatten die Poliklinik oder der Lebensmittelladen oder auch das Gymnasium oder die Grube der Zigeuner nicht tatsächlich Wirklichkeit besessen, bevor er dort angelangt war, um sie zu sehen, ihren Geruch zu spüren, um sie auf irgendeine Weise aufzubauen. Das Kind fühlte sich geängstigt, wenn es daran dachte, dass es noch zusammengeschrumpfte Dinge wie dunkle Knoten gab, die auf es warteten, damit es sie in der ganzen Weite ihrer Rauminhalte entfalte. In ihrer Mitte hatte jede Welt je einen kleinen Jungen, der sie nach und nach immer weiter beleuchten sollte, je größer er wurde. Doch gab es auch dunkle Welten voller Häuflein weicher Finsternis, denn dort war noch gar kein Junge geboren worden. Und wieder kam Mircișor auf die Frage zurück, mit der er den Eltern andauernd in den Ohren lag: Wie sind die Dinge, wenn sie niemand sieht?

Die andere Tür des Badezimmers führte in sein Zimmer, einen schmalen Raum ohne Fenster. Sollte es eines gehabt haben, dann würde sich Mircea niemals so daran erinnern, wie er sich an die mit dem Farbroller getünchten Wände – kackbraune Pilzchen – erinnerte, an sein Bettchen mit dem aschgrauen Laken, als wäre es ein einziges großes, über die nach Pipi riechende Matratze gebreitetes Rußblättchen, und an die sehr schwache, von der Decke hängende Glühbirne, die nicht einmal wie im anderen Zimmer mit einer alten und halb verkokelten Zeitung abgedeckt war. Vom Bettchen bis zur Wand blieb ein so geringer Raum, dass nur ein Vorleger hineinpasste, auf dem er gewöhnlich spielte; dagegen war die Zimmerdecke unerhört hoch oben, war vielleicht über beide Stockwerke der Villa gespannt. Außer dem Bett gab es im Zimmer nur noch eine große Truhe voller Spielzeug, eigentlich eine ehemalige Anrichte aus einer unvollständigen Esszimmereinrichtung. Gerade wegen der Spielzeugflut, die ihm damals überraschend zugefallen war, sollte das Kind niemals den ersten, den tatsächlich ersten Abend vergessen, an dem es in dem neuen Haus angekommen war. Die Eltern hatten die Wohnung mit einer Familie getauscht, die ein Mädchen gehabt und dem neuen Herrn des Zimmers einen ganzen Sack voll Spielsachen überlassen hatte, die meisten davon alt und kaputt, schmutzig, seltsam ... Es war ein geheimnisvoller, zauberischer Abend gewesen: Im braunen Licht, das von sehr, sehr weit oben kam, waren Mutter und Vater plötzlich gealtert, hatten schwarze Ringe unter den Augen, und ihre Nasen warfen spitze Schatten auf ihre Lippen und ihr Kinn. Ihre Augen und Zähne glänzten schwach, die Worte kamen ihnen filzig, flüsternd aus dem Mund und verstreuten sich sofort in den teerschwarzen Winkeln des Zimmers. Vater hielt den Sack aufrecht, und Mutter holte daraus Stück für Stück jene Götzen des Schreckens und der Dunkelheit. Die meisten Puppen waren aus Stoff (bei Tageslicht sollten sie sich als schmutzgetränkt herausstellen), die Kleidchen hatte man ihnen ausgezogen, ihre aus mit Gips überzogener Pappe bestehenden Köpfe waren scheußlich, schartig. Einige hatten Augen, die sich schlossen, wenn man sie auf den Rücken legte, und dann sagten sie auch »Mama«, oder mochten es einmal gesagt haben, denn jetzt waren die Augen verdreht und zeigten das Weiße wie in den Augen der Blinden, und der Laut, den die Vorrichtung in der Brust hervorbrachte, schien eher ein Schmerzensschrei, ein verzweifelter Hilferuf. Was für ein Mädchen mochte es gewesen sein, das seine Puppen derart gequält hatte? Auf diejenige mit dem Gesicht aus Stoff und Haaren aus wirrem Garn hatte es mit Kopierstift ein Grinsen gezeichnet, dass sich einem die Haare sträubten. Die blauen, in der Fabrik bemalten Augen waren überkritzelt worden, wutschnaubend, mit derselben fliederfarbenen Spitze. Zwei erbärmliche Plüschteddybären zeigten das Stroh in ihrem Leib durch mehr Wunden, als ein im Krieg gefallener Soldat haben konnte. Der eine hatte keine Beine mehr, ein anderer war an den vorderen Pfötchen mit einem groben Kunststoffkabel stramm gefesselt. Nacheinander kamen aus dem Sack zerlegte Blechfrösche heraus, zuerst die Gehäuse mit hervorquellenden Augen, sodann das Getriebe, wie kleine Kutschen voller Zahnräder; Pferdchen mit ausgerupfter Mähne, vereinzelte Beine und Köpfe, ARCO-Bauteile: rote und blaue Quader, ein grüner Kegel, Dreiecke aus unbemaltem Holz ... dann Stückchen aus dem »Schneewittchen«-Puzzle: ein Teil eines Arms mit einem Viertel eines Blumenstraußes, ein völlig unidentifzierbares Bruchstück, wohl ein Knie und ein Vogelkopf, das schwachsinnige Gesicht eines Zwergs ... noch eine über das ganze Gesicht bekritzelte Puppe und schließlich die Gestalt, die sein Vater, sobald er sie aus dem Sack herausgeholt hatte, Ciacanica genannt hatte, ein komischer Name, der Mircișor Schauer einjagte. Es war eine Art Clown mit großen, traurigen, sternenartigen Augen, andererseits aber mit einem roten Mund, der sich von einem Ohr zum anderen zog, wie eine Wunde, in der das lebende Fleisch sichtbar wurde. Im Unterschied zu den anderen war diese Puppe ein Junge und trug ein Hemd und eine

Hose aus einem seidigen, geblümten Stoff, der im Unterschied zu den anderen Puppen seltsam gut erhalten war. Zudem war auf dem Gesicht Ciacanicas keine Bleistiftspur zu sehen. Die Puppe war sehr weich, hatte lediglich einen Hauch Füllung, dagegen spürte man beim Betasten ein scharf abgegrenztes Dreieck in der Brust. Nach mehreren Handgriffen hatte ihn Vater dort gepresst, und plötzlich hatte der Clown eine Verbeugung gemacht! Doch dafür musste man kräftige Finger haben, Mircişor war es nie gelungen, so stark er ihn auch an der Brust gedrückt hatte. Nach einigen Tagen hatte er ihm, stutzig geworden, die geblümten Gewänder ausgezogen und den schmächtigen Leib aus weißem Leinen, das sich beim Betasten gestärkt anfühlte, enthüllt. Dann sah er, dass das verrückte Mädchen auch den Clown nicht in Ruhe gelassen hatte. Mit sichtlicher Wut hatte es ihm zwischen den Beinen ein zerfranstes Loch gerissen, einen Stich mit der Schere oder mit dem Bleistift versetzt. Jene Wunde beeindruckte Mircişor so stark, dass er fühlte, wie sich mit heftigem Schmerz die eigenen Eierchen zusammenzogen, als hätte jenes böse Mädchen hineingestochen. Am Ende, als sich auf dem Vorleger ein unförmiger Haufen von Blechteilen und Stofffetzen und Spielsachen türmte, hatte Mutter noch einmal den Arm bis zur Schulter in den Sack gesteckt und von dessen Boden eine anthrazitschwarze, untertassengroße Spinne mit gespreizten Beinen herausgeholt, die sie an einem Bein festhielt. Auf dem Rücken hatte die Spinne einige feuerrote Punkte. Mutter warf sie schnell, wobei sie auch den Sack fallen ließ, in eine Ecke des Zimmers, wo das Tier im Schatten verschmolz. Dann war die Spinne wer weiß wohin gelaufen, denn der Junge sollte sie nie wieder sehen. Damals war er zu Tode erschrocken, so dass man ihn von Arm zu Arm reichen musste, um sein Kreischen zu beruhigen. Vergebens hatten sie versucht, ihn in sein Bettchen zu legen: Niemals hatte er, solange sie in der Villa in Floreasca wohnten, in seinem Zimmer geschlafen, sondern nur im Bett der Eltern, zwischen ihnen. Wenn sie ihn zwingen wollten, in dem Zimmer mit den Puppen zu schlafen (einmal sperrten sie ihn dort ein), brüllte er, bis er blau anlief, bis sich alle Nachbarn an der Tür versammelten, bis die Miliz anrückte, von wer weiß wem gerufen. So blieb, wenngleich die Wohnung so klein war, ein Zimmer zudem ungenutzt. Nur tagsüber, bei weit geöffneter Tür, spielte Mircişor ab und zu dort, baute auf dem vielfarbigen Vorleger Häuser aus ARCO-Bauteilen zusammen. Aus den merkwürdig ausgeschnittenen Puzzleteilchen – die auf der Rückseite ein Blumenmuster hatten – setzte er noch das ewige Bild »Schneewittchen« zusammen, das er nach einer Weile sogar umgekehrt zusammenfügen konnte, allein nach der Form der Teile, ohne sich noch an der Zeichnung zu orientieren. Doch die Puppen waren für immer in der Truhe eingeschlossen geblieben. Wenn es sehr still war, hörte er sie dort tuscheln und murren, und dann rannte er rasch in die Küche, in Mutters Arme, deren Schweiß vom dicken Dampf der ständig auf dem Herd brodelnden Töpfe nach Zwiebeln und Tomatenmark roch.

Seine Eltern hatten nach Kräften versucht, Mircişors Zimmer bewohnbar zu machen, aber was sie auch tun mochten, es sah nach wie vor aus wie ein schmaler und widersinnig hoher Schrank. Eines Tages hatten sie zwei Maler kommen lassen, zwei etwa siebzehn-, achtzehnjährige Kerle, um die Aschenwände mit einer neuen, leuchtenderen Farbe streichen zu lassen, doch das endete in einer Katastrophe, denn die Jungs in ihren kalkbespritzten Latzhosen und bis zu den Brauen gezogenen Baskenmützen hatten sich als hoffnungslose Stümper erwiesen. Das Kind sah mit großer Freude zu, wie die Anstreicher das Zimmer ausräumten, wie das Bett, in dem es nie geschlafen hatte, und die Puppentruhe ebenso wie der Vorleger vom Boden verschwanden, wie alte Zeitungen sich jetzt über den ganzen Fußboden breiteten. Es war in das völlig leere Zimmer getreten und hatte ihrem tiefen Rascheln gelauscht. Jetzt war es noch unheimlicher. An den Wänden waren die Spuren von längst verschwundenen Möbeln zu sehen, von Bildern, die irgendwann hoch oben hingehängt worden waren, in einer Höhe, die der hochgewachsenste Mensch nicht erreichen konnte, in jenem Rauchfang, der in den Himmel stieg. Tags darauf hatten die Jungs den Spritzkessel und den Kalk gebracht und die Wände mit einer feuchten, gelblichen Schicht besprüht, die nach etwas Rohem roch. Sie waren auf eine zu einem A gespreizte Stehleiter gestiegen und hatten begonnen, die Wände mit dem Gummi-Farbroller, auf dem eine Art Pilzchen plastisch hervortraten, zu streichen. Der Farbroller war in Farbe getaucht worden, so dass das Muster sich an den Wänden von oben bis unten wiederholte, die immergleiche Aufeinanderfolge zweier Pilzchen, eines größeren und eines kleineren, und eines einzigen großen Pilzes, der aus dem ebenfalls unbeholfen gezeichneten Gras lugte. Sie hatten sie allesamt braun gemalt, in einem trüben Dunkelbraun, als hätte eine dicke Feuchtigkeitsschicht die Wände befallen. Die auf dem Boden ausgebreiteten Zeitungen waren derart schmutzig geworden, dass man vor so vielen kalkigen Fußsohlenspuren weder Schrift noch Fotos sah. Die Anstreicher scherzten mit dem kleinen Jungen, sangen aus vollem Hals Volkslieder, die damals im Rundfunk zu hören waren; zu guter Letzt zeigten sie ihr wahres Gesicht. Einer von ihnen, hoch oben auf der Leiter, hatte angefangen, mit ihr wie auf Stelzen die Wände entlangzugehen, schwenkte seinen Farbeimer hin und her und tat so, als würde er stürzen. Er wirkte wie ein riesenhafter Mensch, den Kopf gegen die Zimmerdecke gedrückt. Schallend lachend ging der Junge den gigantischen Beinen, welche die Zeitungen auf dem Fußboden mitschleppten, aus dem Weg, blickte hinauf, bis ihm der Nacken steif wurde, trat mit dem Fuß auf den Gummischlauch des Spritzkessels ... Alle vergnügten sich köstlich. Das Zimmer war fast fertig, sie mussten nur noch den Streifen ziehen, sehr hoch oben, eine Handbreit von der Decke. Was den

Streifen betraf, hatte Vater sich, wie es damals Mode war, für Blut entschieden. Alle paar Jahre, man weiß nicht, wie und woher, kam irgendeine neue Idee darüber auf, wie das Anstreichen eines Hauses auszusehen hätte. Bald mischte man dem Kalk zerstoßenen Glimmer bei, der dann an den Wänden glitzerte, bald zog man den Streifen nicht an den Wänden, sondern an der Decke wie einen Gürtel ringsum, und dann malte man in jenen Fries Früchte, Blumen oder Tiere wie in den Heften der kleinen Schulkinder, bald hing von der Decke eine Fülle von Stuckzapfen herab wie in den Tropfsteinhöhlen. In jenem Jahr hatte sich in Floreasca die Mode des Blutstreifens verbreitet. Dieser Streifen, von dem man annahm, dass er die Räume und die Menschen darin vor allem Unglück schützen werde, wurde am letzten Anstreichtag mit einem besonderen Zeremoniell gezogen. Zunächst wurde die »Farbe« ausgewählt. Gewöhnlich kam das Blut von einem Huhn. Für das ganze Haus brauchte man nicht mehr als zwei, drei Hühner, aus deren abgeschnittenen Hälsen sich das Blut in ein Glas ergoss. Doch die Betuchteren benutzten Schafs- oder Schweinsblut, das war dickflüssiger und dunkler und hatte größere Heilkraft. Nicht wenige bezahlten teuer für ein Tässchen Elefanten-, Seehund- oder Tigerblut vom Zirkus, denn man munkelte, dass großer Segen sich über das derart geschmückte Haus senken werde. Die armen Tiere waren sanftmütig und blutleer geworden. Beim Staatszirkus und beim Zoologischen Garten hatte man Maßnahmen ergriffen, man hatte Parteisitzungen abgehalten, in denen die Tierpfleger fundamentale Selbstkritik geübt hatten, aber die Korruption nicht eindämmen können. Denn einer, hieß es, hatte seine Streifen mit Delphinblut gezogen, und drei Wochen darauf hatte er im Lotto einen Wartburg gewonnen, ein anderer war in dem Jahr von Knochenkrebs genesen, in dem er den Streifen mit Giraffenblut gezogen hatte, noch einer wiederum war zum Geschäftsführer eines Gemüseladens ernannt worden, nachdem er Nashornblut eingesetzt hatte. Selbstverständlich waren Hochstapler auf den Plan getreten, die einem auf dem Trödelmarkt in Zeitungspapier eingewickelte Fläschchen mit Blut von Drachen, Einhörnern, Basilisken und Wunder welch anderen Tieren feilgeboten und auch Käufer dafür gefunden hatten. Es fiel nicht schwer, sich vorzustellen, wie beharrlich in den Schlangen geflüstert wurde, dass in den Ministerien, in der Parteiversorgungszentrale, im Gebäude des Zentralkomitees und sogar im Haus des Funkens der Streifen nur mit Menschenblut gezogen werde, frisch entnommen von Spendern, die danach auch eine unentgeltliche Mahlzeit bekämen. Nicht von ungefähr sah man in der Stadt Plakate, die die Menschen aufforderten, zu den Blutabnahmestellen zu gehen ... Doch der einfache Mann zerbrach sich über so etwas nicht den Kopf. Die konnten ihm gestohlen bleiben. Er holte die Anstreicher, die am Ende ihrer Arbeit auf die Leiter stiegen, eine in Kalk getauchte Schnur spannten, daran zupften, damit sie eine gerade Linie auf der Wand hinterließ, und dann zogen sie mit einem hölzernen Metermaß und einem Pinsel den Unheil abwehrenden Streifen mit hell leuchtendem Blut. Unterdessen kam der Priester an, begleitet vom Kirchendiener und einer Rotte Bettler. In seinen allerheiligsten Gewändern und der mit Goldfaden und Perlen bestickten Stola schwang er den Weihrauchkessel und sang, dann schlug er das große, mit Silber beschlagene Buch mit zarten Opalen an den Ecken der Seite auf, wo über das Unheil gesprochen wurde, das zu der Zeit des Moses über Ägypten hereingebrochen war, als Gott dem Pharao das Herz versteinert hatte, auf dass er das Volk Israel nicht in die Wüste ziehen lasse. Die letzte und fürchterlichste Plage, nach den Wellen von Heuschrecken, Fröschen, Wanzen und Hundsfliegen, nach der Verfinsterung der Sonne und der Verwandlung der Wasser in Blut, war der Tod der Erstgeborenen der Ägypter, von der Erstgeburt der Eselin in der Krippe bis hin zum Erstgeborenen des Pharao. Aber keiner von den Söhnen des heiligen Volkes war gestorben: »Am zehnten Tage dieses Monats nehme jeder Hausvater ein Lamm, je ein Lamm für ein Haus ... Und sie sollen von seinem Blut nehmen und beide Pfosten an der Tür und die obere Schwelle damit bestreichen an den Häusern, in denen sie's essen ... Dann aber soll das Blut euer Zeichen sein an den Häusern, in denen ihr seid: Wo ich das Blut sehe, will ich an euch vorübergehen, und die Plage soll euch nicht widerfahren, die das Verderben bringt, wenn ich Ägyptenland schlage.«

Freilich, bei ihnen zu Hause konnte von einem Popen keine Rede sein; sie empfingen ihn nicht einmal dann, wenn er mit der Taufe kam. Der Vater des Jungen hasste die Popen, er meinte, sie seien alle Schmarotzer. So mussten die Anstreicher bloß mit Mircișor vorliebnehmen als Zeugen ihrer Bemühungen, aber vor allem ihres hirnverbrannten Geplänkels. Denn kaum war der eine mit dem Einmachglas »Farbe« aus der Küche (wo in Töpfen die Spenderhühner kochten) gekommen, schon hatte der andere, der an die Spitze der Leiter hochgeklettert war, mit seinen Possen angefangen. Er jonglierte mit dem Pinsel, warf ihn hinter dem Rücken hoch und fing ihn wieder auf, durchmaß das Zimmer und ließ es unter seinen gewaltigen Schritten erbeben, schnitt vor dem Kind allerlei Fratzen. Nachdem er dem anderen das Glas aus der Hand gerissen hatte, täuschte der Anstreicher finster dreinschauend vor, dass er aus dem mit beiden Händen gehaltenen Kelch trinke ... Dann ereignete sich das Unheil: Der Bengel geriet mit einem Mal aus dem Gleichgewicht, drehte sich verzweifelt, um nicht mitsamt der Stehleiter zu stürzen, und während das Glas ihm aus den Händen fiel, heftig gegen die Tür knallte, in Tausende Scherben zersprang und das Blut überallhin verspritzte, neigte sich die Leiter zur Seite und blieb gegen eine Wand gestützt stehen, der erschrockene Anstreicher daran hängend. Mutter war aus der Küche angerannt gekommen und hatte zu schreien begonnen, als sie das Blut auf der Tür, auf dem Fußboden und an den Wänden verteilt sah und ihr Kind in eine Mauer gedrückt, kreidebleich, ebenfalls von oben bis unten mit Blut besprützt.

Damals hatte Mircișor gesehen, wie die Lockenwickler der Mutter – denn gerade trocknete sie ihr Haar an der Hitze des Herds – sich wie ein rasendes Schlangengewirr aufbauschten. Sie hatte die Maler angebrüllt, sie sollten aus ihrem Haus abhauen und sich nie wieder blicken lassen; dann hatte sie sich auf das Kind gestürzt, es in die Arme genommen und sofort in die Badewanne gesteckt, wahnsinnig vor Angst, dass es Vater so sehen könnte, von Scherben zerschnitten, hatte es abgeduscht und das ganze Blut abgewaschen, das nun gurgelnd in den Abfluss rann, um, so stellte Mircișor sich vor, wer weiß welche Untergrundwesen zu beseelen, die geduldig auf den Lebensquell warteten. Denn das Leben des Leibes war im Blut. Tief in der Erde befanden sich vielleicht Lebern und Nieren, Fettschichten und Rückenmark, die, sooft sich ein Kind in den Finger schnitt, ihm das durch die Adern der Entwässerungsrohrleitungen abgeflossene Blut gierig aufsaugten. Und dann schlugen grauenerregende Wesen in der Dunkelheit die Lider auf. Der nassen Kleider entblößt, hatte sein kleiner Leib nur eine einzige Wunde, am Gelenk der linken Hand, deren Narbe er zeitlebens tragen sollte. Der Halbmond vernarbten Gewebes sollte ihm sogar von Nutzen sein, denn nur wenn er an ihn dachte, ihn mit dem Geist auf der Haut der Hand ortete, als wäre es keine wirkliche Wunde gewesen, sondern eine aus glitzerndem Kristall zwischen zwei Gehirnwindungen, erfuhr das Kind, welches seine linke Hand war, welches die linke Richtung in der Welt, die sich bis dahin symmetrisch um es herumgedreht hatte. Später sollte es davon überzeugt sein, dass es, hätte es jenes Erinnerungszeichen nicht gehabt, den Unterschied zwischen Rechts und Links schlicht und ergreifend nicht gegeben hätte, dass es sich den linken Handschuh über die rechte Hand gestreift, den rechten Schuh in den linken Fuß gesteckt haben würde, und wenn es den Finger der rechten Hand zum Spiegel ausgestreckt hätte, um denjenigen seines Zwillings zu berühren (zwischen den Spitzen blieb stets eine winzige Synapse, in die sich die mit Neurotransmittern gefüllten Bläschen ergossen), ein Spiel, mit dem es wieder und wieder begann – oftmals küsste es sich im Spiegel oder presste seinen ganzen nackten Leib, wenn es aus der Badewanne stieg, an den Leib seines Zwillings in der Tiefe –, jenseits des eisigen Glases dem ganzen Zeigefinger der rechten Hand begegnet wäre. Irgendwie hatte seine Wunde die Asymmetrie seines kleinen Leibes und der Welt erfunden.

Die Blutflecke im Zimmer des Kindes hatten jedoch nicht weggewischt werden können. Wie Landkarten eines Traumlandes breiteten sie sich auf der Tür und wie immer entlegenere Inseln an den beiden Wänden in der Nähe aus. Wie viel Grausiges hatte sich an jenem verfluchten Ort versammelt! Die Puppen, die in ihrer Truhe seufzten und stöhnten, die verschimmelte Wandfarbe wie jene einer Gruft, dann das Blut, das sich hochrot darüber ausbreitete ... Es war, als bekäme jenes Zimmer mehr und mehr ein Eigenleben, das sich im Schatten aufblähte, sich vom Moder und den Schwefelblumen wer weiß welcher anderen Welt ernährte. Während er zwischen seinen Eltern in dem auch nachts hellen Zimmer schlief – denn die Leiber der Eltern leuchteten schwach, beruhigend, warfen ihre Auren wie zwei feine Deckchen über das Kind –, reiste Mircișor oft in das andere Zimmer. Er erhob sich vom Bett, schritt über den Leib der Mutter, die der Seite der Badezimmerwand zu schlief, öffnete die Badezimmertür und schlappte mit den nackten Söhlchen auf dem Mosaik zwischen den drei ungleichen und in verschiedenen Höhen angebrachten Fayencebecken. Wenn er die Tür hinter sich schloss, wurde es völlig dunkel. Er setzte sich auf den Klodeckel und blieb Minuten, Stunden, Ewigkeiten lang in völliger Finsternis reglos sitzen. Es war so süß, sich in der Finsternis aufzulösen. Wenn du Finsternis wärst, ohne Grenzen, ohne Erinnerungen, Finsternis drinnen und draußen, dann hättest du gefühlt, wie zufällig, wie nutzlos, wie improvisiert die Welt war, wo jedes Ding, jede Geschichte, jede Form und jeder Gedanke auch anders hätte sein können, oder auch nicht hätte sein können. In jenen Augenblicken des Traums liebte das Kind die vollkommene, aseptische Dunkelheit, in ihrem Kern dermaßen rein, dass man sie eigentlich nicht vom allumfassenden, blendenden Licht des Seins unterscheiden konnte. Denn hier war das Auge, das Organ, das uns vom Licht erzählt und es in der grobstofflichen Sprache der Empfindungen trivialisiert, vollkommen ausgeschlossen. Nicht um *jenes* Licht ging es und nicht um *jene* Dunkelheit. Sondern um die blendende Finsternis, um das Tiefenlicht der Seelenblinden, jener, die sich nicht vorstellen können, wie das Sehen ist. Oder um die Art und Weise, wie ein Toter das Licht und die Finsternis wahrnimmt. Oder einen Stein, oder ein Ungeborenes. Der kleine Junge badete im Dunkel, ließ es ins Innere und außerhalb seines Leibes, seines Lebens, seines Geistes, seines Schicksals fließen. Sehr spät riss er sich aus jenem Zustand uferloser Lust heraus und setzte seine Reise fort. Er öffnete die gegenüberliegende Tür und befand sich im Flur, trat auf den weichen Teppich aus nun farbentleerten Flicken. Scharf und schräg fiel Mondlicht auf eine Wand. Er öffnete die Tür seines Zimmers und blieb an der Schwelle stehen, die Augen weit geöffnet, bereit, dem Unerträglichen zu trotzen.

Was ist los? Was, *Herrgott* nochmal, ist los? Vierzigtausend Tote in Timișoara? Panzer? Automatische Feuerwaffen gegen die Demonstranten? Der Volksrat im Zentrum zerstört durch Kanonenschüsse? Generale beauftragt, die Stadt dem Erdboden gleichzumachen? Die Nachbarn verstecken sich nicht mehr, »Freies Europa« schallt durch alle Mauern. Es ist eine aufgeregte, exaltierte Stimme, als kommentiere sie ein Fußballspiel. Wenn man hinausgeht, riecht es nach Schießpulver, nach Eberhoden. Vierzigtausend Tote! Im Schnee verspritztes Blut. Der jähe Einschlag von Panzergranaten in den Mauern. Zertrümmerte Schaufenster. Junge Menschen schreien und tanzen, werfen die Arme gen Himmel. Dann stürzen sie zu Boden, von Maschinengewehren niedergemäht, von Raupenketten überrollt. Die Überlebenden flüchten, ziehen ein zerfetztes Bein nach, tappen mit blutunterlaufenen Augen, schreien »Mama!«. Ein junges Mädchen geht mit einer Blume in der Hand einer Festung auf Raupenketten entgegen. Die Ausstiegsluke geht auf, ein fast jugendlicher Panzerfahrer reckt den Kopf und brüllt ihr entgegen: »Hau ab! Geh zur Seite!« Er springt aus dem Geschützturm und stößt sie aus dem Weg der unbarmherzigen Kolonne von Panzerfahrzeugen (am Ende des Films werden sie heiraten ...).

»Was sind uns, mein Herz, Fluten von Blut?« Was ist Timișoara für mich, was habe ich mit alldem zu tun? Ich habe nie verstanden, was das anzügliche Gekritzel an einer Wand soll, das Geschichte genannt wird. Gesetze, Revolutionen, Kriege, Feldzüge. Aber ein einziger Buchstabe aus meinem Manuskript ist wirklicher als all dies. Der Vogel, der über das Schlachtfeld fliegt, weiß nicht, was Stalingrad bedeutet. Die Wanze am Leib des Soldaten kennt den grässlichen Schmerz durch die Kugel in den Eingeweiden nicht. Wir leben unter der schweren Erde der Jahrtausende, blitzen einen Wimpernschlag lang in der ewigen Finsternis auf, von niemandem betrachtet, von niemandem gekannt. Eine Million Menschen, in Stücke gerissen, vergast und verkohlt in einer einzigen Schlacht: In den Dörfern Ceylons hat man nichts von ihnen gehört. Ein Jahrhundert später wird niemand etwas wissen, und selbst wenn sie es wissen werden, werden die jungen Menschen sagen: Das ist nicht unser Problem. Wir blicken der Zukunft entgegen. Über dem ganzen Leiden in der Welt haben immer dieselben gleichmütigen Sterne geleuchtet.

Man kann nicht den Zahnschmerz eines anderen fühlen, ebenso wenig seine Liebe, seine Langeweile. Ich stecke in meinem eigenen Leiden fest. Man brüllt im Todeskampf, aber auch ein gemaltes Antlitz, auch eine Skulptur können dieselbe gepeinigte Fratze haben. Leidet denn ein in Stein gehauener Kopf, der brüllt? Ist hier etwas *Wirkliches*? Wenn ich einen Passanten auf der Straße, einen in Stoff gehüllten biologischen Organismus betrachtete, wollte ich so oft in verzweifelter Vergewaltigung sein wahres Gesicht enthüllen, ihm die Zellanhäufungen herunterreißen: die Gesichtshaut, die Augen, den Schädel und die Kiefer, ihm die Hirnhälften brutal aufbrechen, um dort, befreit von so viel gequetschtem und zitterndem Fleisch, *sein* Sehfeld, *sein* Schwindelgefühl in den knöchernen Schnecken zu finden, sein »Bitter«, sein »Gelb«, die Erinnerung an *seinen* ersten Schultag. Ich wollte sie in die Hand nehmen wie durchsichtige Drops, sie wie die Kleider eines anderen anprobieren, die Sehzentren in seinem Hinterhaupt sehen, mit seinen bewimperten Spiralen hören, die auf verschiedene Frequenzen reagieren wie Messingrohre … Ich wollte, dass mir seine Zähne wehtaten, ich wollte seine Frau lieben, mir mit seiner ihm eigentümlichen Handbewegung durchs Haar streichen. Wollte an seinem Tod sterben, dass die Erinnerung an *ihn* vom Erdboden verschwinde ... Doch vielleicht werde ich nichts von alldem finden, sondern nur Trugbilder von ihm, Puppen, die die Augen schließen und »Mama« sagen, Farben, die das menschliche Gesicht nachahmen, Traum- oder Romangestalten, so abgerundet und leer, Magdeburger Halbkugeln, zusammengehalten durch den überwältigenden Druck des eigenen Geistes. Meines Geistes, der an den Gelenken schlottert.

Ich gehe bei Schneefall auf die Chaussee hinaus. Nicht einmal das reine Licht des Schnees rettet die Stadt vor ihrer grausigen Luft. Die Menschen frieren sich in ihren Wohnungen zu Tode. Die Heizkörper sind zu Eisklötzen gefroren, dauernd platzen die Rohrleitungen auf. Die niemals neu gestrichenen Fassaden sind vom Regen und der Hitze der Sommer zerfressen. Tausende identischer Wohnblocks, deren Eisenteile an den Balkonen verrostet sind, mit senkrechten, zehn Stockwerke langen Rissen, durch die man hindurchgehen kann, mit Reihen von Unterhosen, die auf behelfsmäßigen Leinen zum Trocknen aufgehängt sind. Die Menschen in schweren, vom vielen Tragen zerschlissenen Kleidern wandeln hin und her, versuchen, noch einmal zu atmen, noch einmal zu essen ... ihren täglichen Fraß. Ich gehe dahin, die Hände in den Taschen, gesenkten Hauptes, die glitzernden Flocken verheddern sich in meinen Wimpern, stechen mir in die Augen, fallen mir den Nacken hinunter, verwandeln sich dort in Bächlein eisigen Wassers. Ich komme an der Haltestelle an, an der Tunari-Straße, wo ich über eine halbe Stunde auf den Trolleybus warte. In dieser Zeit sehe ich drei Patrouillen von Armee, Miliz und patriotischen Garden. Die Läufe der Kalaschnikows können es kaum erwarten, heißzulaufen. In den krummen Magazinen sind glänzende, ölige, scharfe Patronen mit kupfernen Spitzen. Seltsam, die mit der Waffe auf dem Rücken im Gänsemarsch Dahintrottenden scheinen erschrockener zu sein als die Passanten. »In welches Mauseloch werdet ihr euch verkriechen?« Der Trolleybus rollt wie in einem Leichenzug durch die Schneewogen heran. Wir drängen uns, Brust an Brust, in das überfüllte Fahrzeug, die Gesichter einen Zentimeter voneinander entfernt, in jenem Gestank nach nassem Schaf, der aus den Jacken und Mänteln und russischen Mützen der Menschen aufsteigt. Wir atmen unseren schweren Atem, spüren die Form der ineinander gequetschten Leiber. Der Bus fährt los, schleppt uns schwerfällig durch die Straßenschächte. Stadt der Asche, Stadt der Trümmer! Überbleibsel eines Atombombenangriffs, der vier Jahrzehnte lang in Zeitlupe abgelaufen ist ... Und die Menschen sind kontaminiert, die Haare fallen ihnen aus, auf der Haut wachsen ihnen Pilze, ihre Augen werden von Star getrübt ... Wenn eine Frau mit den Einkaufsnetzen vorbeigeht, drehen sich im Trolleybus alle Augen plötzlich nach ihr um. Ob sie Fleisch in die Dorobanți-Straße gebracht haben? Die Mägen beginnen zu knurren, und wenn man in die Schädel wie durch runde Gefäße aus Jenaer Glas sehen könnte, würde man braun gebratene, mit Knoblauchscheibchen gespickte Steaks sehen, marinierte Frikadellen in würziger dicker Soße auf einem Bett aus Kartoffelpüree, Schnitzel in knusprigem Paniermehl, saftig wie auf den Faltblättern in der Ausstellung. Früher fand man noch an einem, irgendeinem Kiosk Käsepasteten, Käsekuchen, Pilz- oder Fleischtäschchen, damit jemand, der unterwegs war, etwas essen konnte, wenn er mal Hunger hatte ... Krapfen mit Puderzucker darauf ... Jetzt gibt's nichts mehr. Die Gedärme kleben einem am Rückgrat.

Im Trolleybus redet man, tuschelt man, vor allem dann, wenn er sich in Bewegung setzt und die Worte durch Geräusch überdeckt werden können. Die Unbekannten, Männer und Frauen, genötigt, einander in die Augen zu schauen und im Gedränge fast einander die Lippen zu berühren. Sie flüstern immer ein einziges Wort, das in der Luft an Festigkeit gewinnt, wie jenes endlose »bitte schön, danke schön« der Deutschen, die einander die Ziegelsteine reichten. Timișoara, Timișoara. Vierzigtausend

Tote. Die Porträts des Chefs angezündet, seine rot gebundenen Bücher vor den Buchhandlungen in Haufen zusammengeworfen und Menschen, die darauf pissen. Trikoloren, aus denen das Wappen herausgeschnitten wurde. Zurückgeblieben ist ein großes Loch, durch das man die Soldaten der Securitate-Truppen mit den durchsichtigen Schutzschilden und die Panzer sieht. Das Wappen der Sozialistischen Republik Rumänien: der Ährenkranz, der rote Stern des Kommunismus, eine Landschaft mit Bergen, Tannenwäldern, ein still dahinfließender Fluss, ein Bohrturm. Woiwoden um den Genossen versammelt, mit dreifarbiger Schärpe über der Brust und zepterartiger Keule in der Hand. Er und sie zwischen Kindern, Tauben und blühenden Apfelbaumzweigen. Er mit ausgestreckter Hand zwischen Arbeitern und Bauern, ihnen den Weg weisend, ihnen wertvolle Anleitungen gebend. Hält einen Kelch Cotnari-Wein, mit Stefan dem Großen höchstpersönlich anstoßend. Und zu Silvester, gegen halb zwölf bis zu der Stunde, in welcher der Uhrzeiger nervös der Mitternacht entgegenzuckt: »Liebe Genohsen und Froinde ...« Es gibt Tausende Verhaftete in Timișoara, flüstert eine Frau mit sauerkirschrotem Kopftuch, man schlägt sie, man foltert sie. Man wirft sie bei lebendigem Leib, nackt und mit Stacheldraht gefesselt, auf die Brachen, bei achtzehn Grad unter null. Man hat Hunderte Tote gefunden, in einer Sporthalle aufgereiht, mit der Zigarette verbrannt und mit ausgestochenen Augen, fügt ein altes Männchen mit rotem Gesicht hinzu. Mein Gott, was für eine Grausamkeit! Wer soll so was getan haben? Wer konnte diese Menschen so sehr hassen? Wieso wer? Die Milizionäre! Die Securitate! Da gibt's so viele Sadisten unter denen, so wahr wir leben. Auch seinen Vater würde so einer in Stücke schneiden. Sie haben auch eine aufgeschlitzte Frau gefunden, der haben sie das Kind aus dem Bauch herausgerissen und es ihr auf die Brust gelegt. Beide waren zugeschnürt und in der Winterkälte gefroren. Der Frau hat man den Bauch mit

Packschnur zugenäht. Das sind Ungeheuer, keine Menschen. Die Stadt ist vollkommen abgesperrt, keiner kommt rein, keiner kommt raus. Ceaușescu möchte angeblich mit den Demonstranten reden, irgendeinen seiner Minister dorthin schicken, wie er es im Jiu-Tal getan hat, aber Leana lässt ihn nicht. Die blöde Kuh will Flugzeuge hinschicken, die Bomben abwerfen sollen. Damit man nichts mehr von Timișoara hört. Großer Gott, was mit uns noch geschehen wird? Die junge Fettleibige will sich bekreuzigen, kann ihre Hände aber nicht aus dem Gedränge herausziehen. Dann bekreuzigt sie sich mit der Zunge, fast leckt sie meine Wange ...

Der Trolleybus kommt immer mühsamer voran, es schneit heftig, die Autos am Wegrand sind eirunde Formen wie Gräber, unerträglich weiß. In den Haltestellen finden wahre Schlachten statt. Um auszusteigen, drängeln sich die Leute zwischen den anderen durch, reißen sich die Jackenknöpfe ab, verlieren ihre Mützen. Sie brüllen und stoßen sich, versuchen sich einen Weg zu bahnen zwischen den noch Zahlreicheren, noch Verzweifelteren, die einsteigen wollen. Sie stehen im Schneesturm wie Trauben auf der Plattform, der Bus kann nicht losfahren, die Menschen brüllen: »Steigt ab! Steigt ab!« Doch wie sollen sie es übers Herz bringen, abzusteigen, wenn sie eine Stunde lang an der Haltestelle gewartet haben und der nächste Trolleybus ebenfalls erst in einer Stunde kommt? Ich werde von allen Seiten her gepackt, kann mich an nichts festhalten, schütze nur meinen Brustkorb mit den Händen, damit er nicht wie ein Drahtkäfig zerdrückt wird. Ich erhebe mich im Geist über den Trolleybus, sehe ihn von oben wie einen schwerfälligen Käfer auf einer Chaussee vorankriechen, deren Umrisse nicht mehr zu sehen sind. Ich steige noch höher hinauf, über die Stadt, die sich wie ein Aussatz über die geduldige Haut der Erde breitet, durchfliege die dicke Wolkenschicht und befinde mich auf einmal in strahlend blauer, von einer prächtigen und brodelnden Sonne erleuchteter Himmelshöhe. Der Planet ist in Schneewolken gehüllt, kein Flecken Erde ist zu sehen. Ich steige höher und höher auf, bis ich ihn sehe, kugelrund und kristallen vor dem Hintergrund der tiefen, sternenbesäten Nacht. Sehr nah schimmert der Mond matt, spukhaft. Bald wird die Erde zu einem Staubkorn, verloren in der ewigen Brownschen Bewegung anderer Körner, die Galaxie wird in ihren Umrissen erkennbar, ein Kreisel aus goldenem Gas mit geronnenem und süßem Kern, damit auch sie sich in ihrem Schwarm im Sagittarius und anderen Schwärmen und Superschwärmen verliert, indem sie in der Form unseres Verstandes Waben- und Streuungsmuster, fraktalische Ablagerungen von leuchtendem Hühnermist, von Sternenmehl in dem Raum mit elf Dimensionen beschreibt, von denen sieben straff auf der Planck-Skala gewickelt sind. Und plötzlich wird einem, wenn man noch höher auf der gigantischen Skala der Holonen steigt, Welten in Welten, Welten von Welten aus zerstäubtem Licht, Lichtkörner, die aus Lichtkörnern bestehen und Lichtkörner bilden, die inflationäre Glocke unserer Welt geoffenbart, alles nur heiliger Geist und feuriger Wind, erschaffen mit dem einzigen Zweck, mich zu gebären, am Ende einer fünfzehn Milliarden Jahre währenden, verblüffend genau gesteuerten Explosion. Denn ich bin die zweite Stufe der Welt, die mich in ihrem Mittelpunkt hat, bin Explosion in der Explosion, eierstockartige Expansion in der kosmischen, wie ein ringsum geblümtes Kleid ausgedehnten Expansion. Bald steige ich noch höher auf. Jetzt halte ich das Glöcklein mit seinem umgebogenen Rand in ewiger Expansion in meiner rechten Hand. Ich spiele damit, lasse es frisch und kristallklar läuten: »Kling!« Darum herum gibt es, wie in einem Meer voller Quallen, andere Glocken, Billionen, die mir Gesicht und Brust beleuchten. Dann löse ich mich in einer goldenen Ruhe auf, verschwinde in das Gewebe des Raums, der Zeit und meines Geistes, in den Branen und Strings der Ewigkeit.

Ich zucke zusammen, als die zig Fahrgäste alle plötzlich zu schreien beginnen. Der Trolleybus ist jäh erbebt, auf dem Dach hat man einen kräftigen Schlag gehört, das Fahrzeug ist stecken geblieben und weigert sich, weiterzufahren. »Maaaaaaaaann!«, schreit einer wie ein Irrer, »was machst du, setzt du uns jetzt auf die Straße? Gott möge einem drei schöne Wagen vors Tor stellen: Rettungs-, Leichen-, Feuerwehrwagen!« Der Chef ist ausgestiegen, er flucht und drängelt sich durch die Menschen; schließlich geht er in einen Tabakladen und überlässt den Bus sich selbst. Alle steigen aus, ziehen ihre Mützen tief ins Gesicht und steuern die nächste Haltestelle an. Viele verzichten auf den Trolleybus und gehen zu Fuß auf den Straßenbahngleisen, über die ein heftiger Wind Schnee weht. Auch ich steige aus, als Letzter, und gehe dann etwa eine Dreiviertelstunde gebeugt, die Augen auf den Boden gerichtet, durchs Schneegestöber. Der Wind, der von der Seite her bläst, zerrt mich mit sich, stößt mich gegen Mauern und Schaufenster. Ich sehe nichts als meine eigenen Füße, spüre nichts als mein eigenes Keuchen, das mir den Schnurrbart befeuchtet, dessen Haare augenblicklich gefrieren. Vierzigtausend Tote, als wäre ein einziger nicht schon übergenug. Eine Million Tote mit von Senfgas verbrannten Lungen. In Öl gekochte Ketzer, langsam in den brodelnden Kessel getaucht. Verräter, bis zur Körpermitte in der Erde begraben, gezwungen, zuzusehen, wie der Traktor auf seinen Raupenketten langsam auf sie zufährt, um sie dem Erdboden gleichzumachen. Nackte, lebendige Körper, wahnsinnig vor Grauen, in Gruben mit Löwen geworfen, mit ausgehungerten Ratten, Skorpionen, Spinnen ... Menschen, vom Krebs zerfressen, zerquetscht in Autounfällen, abgestürzt mit Flugzeugen, minutenlang fallend und wissend, dass sie keine Aussicht auf Rettung haben. Generationen über Generationen, die altern und sterben. Kein Überlebender. Die alles verschlingende Zeit, die keine Gefangenen macht, unbarmherziger als jedes Konzentrationslager. All das auf einem Staubkorn in Brownscher Bewegung durchs unausdenkbare Weltall. Wo finden hier Auserwähltheit und Erlösung Platz? Wer sollte gerade dich, deine Knochen- und Muskelarchitektur, nicht anders als die von Bakterien, von Milben, auserwählen? Wie sollte man eine Alge oder einen Madenwurm erlösen? Wie sollte dir die Mikrobe, wenn du sie durchs Mikroskop betrachtest, jemals sagen: »Gott, hilf meinem Unglauben«? Und dennoch sage ich das wieder und wieder, in den Nächten, bevor ich einschlafe, während ich mein von Sternen erfülltes Fenster betrachte. Keimfreie, gleichmütige Sterne, von uns geschieden durch die Leere zwischen dem armen Lazarus und dem reichen Lazarus, durch die der Wassertropfen des Mitleids und des Glaubens, die Träne in den Augen dessen, der alle Gräuel der Welt erleidet, nicht mehr wandern kann.

Es dämmert, der Schnee wird rosig-braun, der Himmel ist ebenso düster wie die Erde, doch zwischen ihnen ist ein Streifen diffusen Lichts geblieben. Ein baufälliges Haus, in dem Zigeuner Obdach gefunden haben (man sieht ein Zigeunerkind, das seine Nase gegen ein erleuchtetes Fenster im Obergeschoss presst), erhebt sich einsam wie ein Bergfried auf dem Feld am Stadtrand. Ich erinnere mich dunkel daran, dass in seiner Nähe der Weg zum Krankenhaus führte. Ich hatte mir immer so sehr gewünscht, durch das verrostete, weit geöffnete Tor einzutreten, in den Gang einzudringen und dann die schmalen Treppen zwischen den engen, feuchten Wänden hinaufzusteigen. Oben anzulangen, im Dämmerlicht, in einer Diele mit auf den Boden gebreiteten Zeitungen, hin und her geweht von der durch die zerbrochenen Fenster hereinströmenden, glitzernde Schneesternchen mit sich führenden Zugluft. Nach geraumer Zeit hätte ich dann die Tür des einzigen bewohnten Zimmers aufgestoßen und hätte sie dort gesehen, ihre gelben Augen auf mich geheftet, einen Menschenpolypen, warm und gesegnet, bereit, mich in die Intimität seines einsamen Traums aufzunehmen.

Zwanzig Hände mit Silberringen mir entgegengestreckt, nackte Brüste, um die Warzen herum tätowiert, rotzige Kinder, auf eine mottenzerfressene Decke geworfen, eine alte Konservendose, aus der sie nacheinander mit Zinnlöffeln aßen. Dort hätte ich mit ihnen den Rest meines Lebens verbracht, beleuchtet von ihren traurigen Augen wie denen eines geprügelten Hundes, hätte gelernt, Ringe aus uralten Münzen zu schmieden, mit den Köpfen unbekannter Kaiser. Sie wussten nicht, was Geschichte ist, verstanden die Siege und die Gemetzel nicht. Erwarteten keine Erlösung und kannten in ihrer Sprache, so greifbar wie ein Brett oder eine Zange, keine Wörter für gestern, für morgen, für Engel und für Ideen. Sie schliefen, wenn sie müde wurden, zusammengedrängt auf ihren mit Teppichen ausgelegten Sitzbänken, und wenn sie Hunger hatten, gingen sie hinaus, um etwas Essbares in die Finger zu bekommen. Wenn ein Bursche und ein Mädel sich ineinander krampften, schauten alle ringsum zu, berührten sie und rochen an ihnen, betasteten ihre lustgeschwellte Stutenvulva und seine schwarzen geriefelten Hoden, unausgesetzt zwischen den weißen Schenkeln der Zigeunerin pumpend. Doch das baufällige Haus, nunmehr rosig in der Abenddämmerung, ist mir ebenso unberührbar wie das himmlische Jerusalem, und ich lasse es zurück auf dem Weg, der endlos lang zum Krankenhaus führt. Ringsum gibt's nichts mehr, nur auf den bereits abgelagerten Schichten knisternder Schneefall, nur das Geräusch meiner in die Haufen lockerer Kristalle einsinkenden Schritte. Jedes fünfzackige Eissternchen besitzt dreigeteilte Seiten. Auf jedem mittleren Drittel jeder Seite bildet sich ein weiterer fünfzackiger Stern, jeder mit einer dreigeteilten Seite. Und auf jedem ihrer mittleren Drittel bildet sich ein weiterer fünfzackiger Stern, und so ins Unendliche. Und aus diesen spitzigen und glitzernden, niemandem gehörenden Gebilden setzt sich der weiche, nasse Schnee eines Feldes am Stadtrand von Bukarest zusammen.

Jäh und unerwartet, es sind keine hundert Schritte mehr bis dahin, tritt das Gebäude des Krankenhauses aus dem Nebel hervor. Es wird bloß von den fahlen Fenstern der Krankensäle erhellt. Man geht ins Zimmer des Bereitschaftsdienstes, tritt sich das Schuhwerk ab, schüttelt sich den aufgeschichteten Schnee ab. Man sagt einen Namen: Herman. Obschon du ihn im Flüsterton ausgesprochen hast, schallt das Wort wie ein unerträgliches Brüllen in deine Ohren zurück. Du erinnerst dich in einem Aufblitzen an ihn, wie er an der Türschwelle stand, in der dünnen Luft des siebten Stockwerks, verklärt, seinen Morgenmantel um den Leib gewickelt wie ein flüssiger Spiegel, in dem die Gesichter der Kinder einander in erschreckenden Anamorphosen berührten, aus denen wie in einem kunterbunten Kaleidoskop ineinander verschmolzene Bilder tropften: Kathedralen, Reptilien, sonderbare Vorrichtungen, Sonnen, Mädchen, schreiend in den Qualen einer Hölle, die langsam in Paradiesesbilder überging. Und die Züge seines engelgleichen und dennoch grausamen Antlitzes lösten sich im blendendsten Licht auf. Niemals hatte er sich ihm später so gezeigt, auch nicht, als sie ganze Nachmittage lang auf den Treppen des Wohnblocks saßen, zwischen dem siebten und dem achten Stockwerk, im Licht, das durch die auf die Terrasse führende Glastür fiel, auch nicht, als Mircea ihn in seinem Bett schlafen ließ, in seinem Kämmerlein oben im Wohnblock in der Uranus-Straße, nachdem er ihn immer betrunkener, immer kränker, unglaublich gealtert in diesen Jahren, vom Sockel des Standbilds von C. A. Rosetti aufgesammelt hatte, wo Herman mit anderen Säufern aus der Gegend, die aus der Kneipe »Izvor«[16] kamen, sein Dasein fristete. »So entstellt war sein Aussehen, mehr als das irgendeines Mannes, und seine Gestalt mehr als die der Menschenkinder«, flüstere ich mir zu, während ich auf den mit öli-

---

16 Izvor = Quelle.

ger Olivfarbe angestrichenen Korridoren dahingehe, »verachtet und von den Menschen verlassen, ein Mann der Schmerzen und mit Leiden vertraut.« Ich gehe vorbei an den Krankensälen mit Männern in blauen Pyjamas, unter denen die Unterhemden hervorlugen, an Sälen mit auf Metallbetten liegenden Frauen in getupften Morgenmänteln. Die meisten Frauen haben kahlgeschorene Schädel mit seltsamen Zeichen wie japanische Ideogramme, auf ihrer glänzenden Oberfläche blau und scharlachrot bemalt. Viele habe krumme, grob genähte Narben, Spuren einer jüngst vorgenommenen Trepanation. Bösartig gewordene Teile aus der kostbarsten Substanz der Welt wurden ihnen extrahiert oder zerstört durch Injektionen mit Alkohol, durch weißglühende Elektroden oder, im Gegenteil, durch Schockgefrieren. Wie sie mit den Löffelchen in den Joghurtgläsern wühlen, wie sie im Dämmerlicht des Saals die Zeitung lesen, wie sie darniederliegen, eingemummelt in ihre ewigen Morgenmäntel aus gemeinem Tuch, scheinen sie keine Menschen zu sein, sondern Kranke in einer derart seit Ewigkeiten erstarrten Welt, die endlos dauern wird, einen einzigen endlosen Augenblick. Denn wer denkt, wenn er einen Stuhl betrachtet, daran, dass dieser nur eine Phase der Substanz im ewigen Werden ist, dass er einst ein Baumstamm war, der seinerseits ein Samen war? Die Kranken in den Sälen der Neurochirurgie waren niemals Kinder und Jugendliche gewesen und würden nicht zerfallende, in ihen Särgen unerträglich stinkende Kadaver werden. Sie waren schlicht und einfach Kranke und würden es immer bleiben, im gesegneten Licht des Geistes.

Herman fand ich in einem weit entfernten Krankenzimmer, am Ende eines Flurs von mindestens einem Kilometer Länge, da und dort schwach beleuchtet von Glühbirnen in metallenen Maulkörben. In jenem Gang gab es keine Türen, die Wände waren glatt, bis zur halben Höhe im einmütigen, trüben Dunkelgrün aller Polikliniken, Bezirkskliniken und Spitäler gestrichen, trostlose Orte voller wartender Menschen. In regelmäßigen Abständen befanden sich auch hier aneinander befestigte Stühle, mit dem immergleichen Wachstuch bezogen. Ich setzte mich auf einen in der Mitte des Korridors, um einen Augenblick die menschlichste aller Traurigkeiten, die es gibt, zu spüren: jene, in einem Krankenhausflur vor einer leeren Wand zu warten.

In der Kammer stand ein einziges Bett, in dem er schlief, das Gesicht zur Wand gekehrt, so dass unter der Decke nur sein vor sehr kurzer Zeit sorgfältig rasierter Schädel hervorlugte, der vermittels eines seltsamen Netzes von grünen, rosa und leuchtend blauen Linien in Vierecke verschiedener Größe eingeteilt war. Bis der bizarrste Arzt, der mir jemals begegnet war, erschien, hatte ich Zeit, mich dem Bett zu nähern, vor jenem gleichsam gehäkelten Schädel in die Knie zu sinken und mich in dem Labyrinth aus ausgeklügelt tätowierten Linien auf dessen Krümmung zu verlieren, das hinter den behaarten Ohren anfing und sich bis zum tragisch gebrochenen Nacken hinzog, als wäre der kleine Phallus des Axis aus dem Mandala der Begattung mit dem Atlas entgleist und hätte Hermans Stirn tief zur Erde geneigt. Da gab es gerade Linien, die wie Startbahnen in die Ferne verliefen, und es gab unerklärliche Dreiecke. Auch gab es Zeichnungen von magischer Klarheit, einen Affen mit spiralförmig gewundenem Schwanz, eine auf einem Faden herabschwebende Spinne und vor allem einen großen Vogel, der seine röhrenartigen Schwingen über das Hinterhaupt breitete, als wären es den zarten Elfenbeinglobus des Schädels haltende Finger. Ich gewahrte auch die Instrumente, die die unbegreiflichen Zeichnungen auf Hermans Kopfhaut eingeritzt hatten: Auf dem runden Metallhocker neben dem Bett lag ein helles Köfferchen, gleichsam aus durchscheinendem Bein, mit gefältelter weißer Seide gepolstert. In den Mulden dieses schimmernden Bettes befanden sich Instrumente mit Griffen aus mattem Metall und mit gleißenden Aufsatzstücken in Form von Nadeln, Zangen,

Pinzetten und Sägen, sehr viel monströser zusammengestellt als die Folterwerkzeuge des Zahnarztes und als jene aus dem Werkzeugkasten des Foltermeisters, die ja oft dieselben sind, denn aus ihnen quillt, wie reines Licht, der lebendige Schmerz, der in großen Abständen aus unserem trockenen Leib aufblüht. Ich richtete mich wieder auf, und erst dann sah ich, dass unter der Decke des großen Kranken eine Unzahl Drähte herauskamen, die in eine dicke Leitung aus aschgrauem Kunststoff mündeten. Diese schlängelte sich träge auf dem Boden dahin und verlor sich hinter einem Vorhang aus mit Kautschuk überzogenem Leinen. Ich schob den Vorhang zur Seite und fand einen anderen Raum, vollgestopft mit Apparaturen, die in jenem Augenblick nicht in Betrieb waren. Mehrere medizinische Monitore, postkartenklein, waren ausgeschaltet. Die Leitung drang in einen metallenen Schlitz im massiven Körper ein, auf dem die nunmehr erstarrten Schalthebel, Monitore, die leuchtenden Anzeiger, Glasglocken, die Zylinder mit Bälgen im Innern angebracht waren. Die Stille war wattiert und tief. Jeder Gegenstand, den ich berührte, schrie, verletzte mir die Trommelfelle. Als sich meine Schuhsohle vom Mosaikboden löste und schmutzige Lachen vom in den Vertiefungen des Gummis festsitzenden Schnee hinterließ, riss gleichsam eine Kruste, langsam und quälend, von einer bluttriefenden Wunde ab.

Ich wusste seit einigen Monaten, dass sich Herman schlecht fühlte. Alles hatte im Frühjahr begonnen, als er verhaftet und verhört worden war. Damals, in dem engen, hohen, brunnenschachtgleichen Zimmer, projizierte man von sehr weit oben ein goldenes Licht über seinen gekrümmten Leib, während ihm ein Mann in Schwarz, ein Namenloser, der sein Nachbar oder Schwager hätte sein können, nun aber das Recht über sein Leben und seinen Tod hatte, was ihn erschreckend wie einen Erzengel wirken ließ, einen Stapel mit Kugelschreiber beschriebener Seiten zeigte und ihm mit eintöniger Stimme daraus vorlas;

damals, in jenem Zimmer, in dem er auf einem Bretterkreuz hätte hochgezogen werden können, ohne dass jemand seine Blutträmen und seinen Todeskampf gekannt hätte, hatte er die ersten Stöße erlebt, den ersten Sturz auf den eisigen Fußboden, wo ihm die Zuckungen den Schädel ruckartig gegen den Zementboden knallten. Er war geschlagen, ja sogar grausam geschlagen worden, das Trommelfell im linken Ohr war infolge einer kräftigen Ohrfeige geplatzt, aber Herman (er hatte es mir so viele Male unter seltsamem Lächeln gesagt) verknüpfte seine epileptischen Anfälle nicht mit diesen Folterungen. »Das ist was anderes«, sagte er mir immer, »der Keim kommt anderswoher.« »Es ist gut«, sagte er mir. »Mach dir keine Sorgen. Es gibt Krankheiten zum Tode und Krankheiten zum Leben. Groteske Krankheiten und anmutige Krankheiten. Und vor allem gibt es Krankheiten, die einem gegeben werden, damit sie eine himmlische Gabe begleiten, und die, so schwer sie auch zu ertragen sein mögen, durch sie erhellt sind.«

Als sich jemand in Hermans Krankenzimmer räusperte, zuckte ich heftig zusammen, als wäre ich dabei ertappt worden, wie ich etwas Abscheuliches und Unerlaubtes tat. Von einem Schauder ergriffen, drehte ich mich jäh um und sah ihn. Ich hatte ihn schon einmal gesehen. Einst hatte ich einen Traum gehabt, in dem auch er erschienen war, ein junger Mann in einem weißen Gewand, mit einem schönen und trotzdem nichtmenschlichen Gesicht. Damals war mir auf der Haut, genau unterhalb des Brustbeins, ein großer himbeerfarbener Fleck aufgetaucht, dessen Staubfäden begonnen hatten, sich wie die Finger eines Kinderhändchens zum Nabel hin auszudehnen, wobei der Mittelfinger ihn schließlich auch erreicht hatte. Da ich nie zum Arzt gehe, denn mir graut vor dem Augenblick, in dem meine Krankheit einen Namen bekommt und dadurch ihre Bösartigkeit zehnfach verstärkt, sammelt sich der Schrecken in mir an, bis er über die Ufer tritt und alles um sich her besudelt.

Dann wälze ich mich ganze Nächte lang, in mein vor Schweiß klatschnasses Laken gewickelt, stöhnend, manchmal brüllend wie ein bei lebendigem Leibe gehäutetes Tier. Gegen Morgen schlafe ich ein, um von Chirurgen zu träumen, die mir den Kopf von den Schultern trennen und ihn auf das falbe Wachstuch eines Operationstisches stellen. Aber in dem Traum aus jener Nacht reiste ich mit einem Segelschiff auf einem dunklen Meer. Darüber schwebten neun gewaltige Blutmonde. Sehr weit entfernt sah man einen mit Palästen beladenen Berg. Ich landete an einer Sandbank und ging auf die ersten Bauwerke zu, die am Fuß des Berges auftauchten. Es waren Kristallpaläste, künstlich und leer. Ich schritt durch einige Portale und fand mich auf einem Platz mit einem Springbrunnen in der Mitte wieder. Er wurde beiderseits von zwei weißgewandeten Männern bewacht, von zwei schönen und gewissermaßen nichtmenschlichen Jünglingen, denn derjenige, der sie gebildet, hatte allzu viel Virtuosität an den Tag gelegt, wie ein Bildhauer, der seine Statuen so lange poliert, bis deren Züge eine unpersönliche Süße erhalten. Ich trat näher heran, und einer von ihnen sagte mir in einem merkwürdigen Tonfall von zurückhaltender Ironie, wie wenn man zu einem Kind spricht und vortäuscht, dass man es sehr ernst nimmt: »Diesmal ist dir verziehen worden. Kehre heim, deine Krankheit wird geheilt.« Und so war es geschehen. Der Arzt, der nun vor mir stand, von Angesicht zu Angesicht, hätte einer der beiden sein können, trotz des sehr banalen Namens, der mit rotem Faden auf der Brusttasche des Hemdes aufgestickt war. Er blickte mich mit blauen, fragenden Augen an, und so sagte ich ihm, dass ich der Nachbar und der einzige dem Kranken Nahestehende sei, und so sei ich gekommen ... Ich wisse, dass es nicht die rechte Uhrzeit sei, aber ich hätte mich beeilt zu kommen, sobald ich davon erfahren hätte ... Der junge Mann sah mich noch einmal an, schweigend und unpersönlich, dann beugte er sich über das Elfenbeinköfferchen und begann unter Geklirr zwischen den Instrumenten darin herumzukramen. Schließlich nahm er eine Art Spritze heraus, die statt der Gradeinteilung auf dem Glaszylinder unverständliche Hieroglyphen aufwies. Er zog eine gelbe, ölige Flüssigkeit in sie auf und schritt auf das Bett zu. Er stach die Nadel ein, nicht in den Leib meines armen Freundes, sondern in einen der dicken Drähte, die unter der Decke herauskamen. »Jetzt werden wir ihn mit allergrößter Klarheit sehen können«, murmelte der Doktor, der nunmehr einer zu sein schien, der von einem Film so begeistert ist, dass er ihn nur gemeinsam mit einem andern sehen kann, der seine Inbrunst teilt. Er ging auf den Vorhang zu, schob ihn zur Seite und setzte mit dem Drehen eines einzigen Schalters die ganze Anlage im Nebenzimmer in Gang. »Ja, erst jetzt werden wir ihn klar sehen.« Dann packte er mich am rechten Handgelenk und zerrte mich vor das Bett. »Knien Sie nieder!«, zischte er mich an, und auch er hockte sich, auf ein Knie gestützt, vor den vielfarbigen rasierten Schädel des nach wie vor mit dem Gesicht zur Wand Schlafenden. »Ich praktiziere seit sechzehn Jahren Gehirnchirurgie, bin einem derartigen Fall, einem derartigen Wunder aber noch nie begegnet. Ich habe hühnereigroße Meningiome extrahiert, Karzinome groß wie eine Orange. Ich habe Tumoren gesehen, die die Kranken sanftmütig wie Heilige machten oder, im Gegenteil, zügellos und ohne jede Scham. Ich habe runde und perlmuttfarbene Tumoren wie Perlen herausoperiert (eine ehemalige Geliebte von mir hat bei einer Abendgesellschaft eine Kette aus bösartigen Geweben um den Hals getragen), himmelblaue Tumoren wie der Türkis, scharlachrot wie die Rubine ... Zu Hause habe ich in Glaszylindern Tumoren in Form eines Hasen, eines Herzchens, eines Eichenblatts und sogar, was äußerst selten vorkommt, in Form von Buchstaben. Wissen Sie, dass es mir gelungen ist, das Wort GEHIRN mit Melanomen in Buchstabenform zusammenzusetzen? Das habe ich vor drei Jahren beim balkanischen Kongress für Gehirnchirurgie vorgestellt. Es war ein Triumph. Doch sehen Sie, was wir hier haben! Das ist einmalig, ist magisch, ist unvorstellbar!«

Das Licht im Raum wurde bis zu einem warmen Braun mit samtigen Sepiaschatten gedämpft. Erst dann wurde mir bewusst, dass mir dessen Quelle unbekannt war, denn im Krankenzimmer war keine Glühbirne zu sehen. Der Schädel Hermans nahm einen matten Hautglanz an, die Zeichnungen wurden diffus, und die Reliefs – die Grate der Scheitelbeine, der kleine Hinterhauptbeinfortsatz – zeigten allmählich die Sanftheit einer hügeligen Landschaft. Alles spielte sich von nun an mit hypnotischer Langsamkeit ab. Wange an Wange, unhörbar atmend, sahen der Doktor und ich, wie zunächst die Haut des Schädels gelblich wurde, Abschattung um Abschattung, in unendlichen Abstufungen, als hätte sich eine Hautschicht nach der anderen auf dessen Oberfläche in Schuppen abgelöst, Schichten um Schichten von Tätowierung, Sebum, Schweißdrüsen und Haarwürzelchen, Golgi-Korpuskel und violette Kapillaren mit sich führend. Jenes gespenstische Gelblich wurde dann klar, wie eine milchige Substanz, und bald bedeckte eine Haut aus weichem Glas den Schädel, der mit einem Mal in allen seinen Einzelheiten sichtbar wurde wie durch eine funkelnde Lupe. Man konnte die Porosität der Knochen gewahren, ihren löcherkorallenartigen Kalk, die Zickzackkommissuren, die glatt geschliffene Krümmung gleich einem Stein, der seit Jahrtausenden die Wasserströmung über sich erträgt, des auf unseren Schultern aufgeführten Gewölbes, der phantastischen, von unserem Blut errichteten Kathedrale, so wie das Blut der Schnecke aus demselben schwammartigen Kaolin die asymptotische Spirale des Gehäuses aufbaut. Jenseits der in kaffeebraunem Halbschatten zerschmolzenen Krümmung von Hermans Schädel konnten wir den Gesichtsfelsen erkennen, die rechte Höhlung, in der das kugelrunde Auge unter dem völlig durchsichtigen Lid peinlich genau wie auf einer anatomischen Tafel gezeichnet war, das rechte Jochbein und einen Teil des Kiefers. Unter der Haut aus dünnem Glas gaben die Muskeln, durchscheinend wie die Organe der Quallen, überall den Blick frei auf unsere innere Koralle.

»Schauen Sie jetzt«, flüsterte der Arzt, lustverklärt. Er hatte mich beim Arm gepackt und drückte mich schmerzhaft, doch obwohl ich zu Hause, als ich mich entkleidet und meinen Pyjama angezogen hatte, um mich auf das Manuskript zu stürzen, in das ich hier, jetzt, während der Morgen graut, diese Buchstaben, die nichts sagen *können* – dieses unlesbare Buch, dieses Buch –, schreibe, violette Fingerabdrücke gesehen hatte, hatte ich in jenen Augenblicken nur für das Sinn, was mit dem Schädel Hermans geschah, für das Wunder jenseits der Wörter, das sich mir mit der Langsamkeit eines wirbellosen, peristaltischen Organismus enthüllte. Selbst unter dem Faltenwurf der Decke konnte ich jetzt, mit elektrischem Blau gesäumt, den Schmetterling des Siebbeins gewahren, der mit seinen Cherubflügeln die Schädelbasis stützte, wie ein Atlas, der die platonische Sphäre der Erde auf dem Rücken trug. »Ich preise dich, Herr«, kamen mir die uralten Worte in den Sinn, »denn du hast an die Basis jedes unserer Schädel einen Schmetterling gelegt, uns zum Ansporn und zum Trost ...« Doch nach und nach verblasste auch jener spukhafte Umriss und erlosch schließlich.

Ein schrilles Pfeifen, ein an- und abschwellendes Glissando wie der Ton einer Sirene, begann in dem Zimmer mit medizinischer Ausrüstung hörbar zu werden, in der Stille, die bis dahin vollkommen gewesen war wie die eines Planeten, in dem das Ohr nicht erschaffen worden ist. Bei den ersten Böen dieses *gelben* Schalls begann auch der Schädel sich aufzulösen. Langsamer noch als die Kopfschwarte, quälend zu verfolgen wie das Vorrücken des Stundenzeigers auf dem Zifferblatt. Zunächst hätte man denken können, dass sich einem die Augen vernebelten: Die Kommissuren waren nicht mehr so deutlich sichtbar, die Porosität der Knochen verschwommen. Doch in dem Maße, in dem die Minuten und bald die Stunden verstrichen, wurde der runde Flussstein milchig, dann trübte sich seine Milch wie mit wirbelnden Wasserfäden verdünnt. Durch sie ausgewaschen, wurde der Schädel dünner, durchscheinend wie der Fingernagel, wie die durchscheinende Substanz des Horns. Durch das Elfenbeintor kamen die lügnerischen Träume heraus, doch nun war das Tor aus Horn, und wir sollten endlich den wahren, von den Göttern gesandten Traum erkennen, das blendende Orama.[17]

Bald verdeckten nur noch die dickeren Teile des Schädels, zerschmelzende Schatten, das Wunder. Großflächig waren die Knochen ganz und gar kristallartig geworden, gaben den Blick frei auf die Dura mater, purpurrot wie ein Stück Seidenpapier, das die Apfelsinen mit dem Etikett »Jaffa« einhüllt. Ich hatte erwartet, eines leichenfahlen, groben Fetzens ansichtig zu werden, wie er in den mit Spiritus gefüllten Gläsern in Naturhistorischen Museen aussah, aber die Dura mater im Kristallschädel Hermans schäumte vor Leben und Blut. Sie war lebendig, pulste durch die arterielle Zuckung von Millionen Kapillargefäßen, war reich innerviert, und vor allem hatte sie eine sonderbare, weibliche Zartheit in ihrer runden Geste des Behütens, Ernährens und Besänftigens. »Wo haben Sie schon so was gesehen?«, kicherte selig der Doktor wie ein Kind, das ein anderes mit einer unlösbaren Scharade auf die Probe stellt.

Als der Schädel völlig durchsichtig wurde, nunmehr nur durch Spiegelungen, Glitzern und kleine Regenbogenspiele im Halbschatten sichtbar, blieb die Hirnhaut eine Zeitlang greifbar wie nichts auf der Welt, materieller als die Wirklichkeit selbst,

---

17 τὸ ὅρᾱμα (*tò hórāma*, n.), das Sehen, Gesichtssinn; das Gesehene: Anblick, Erscheinung, Vision; Gestalt.

wie ein Bild von unendlich hoher Auflösung. Man sah sie nicht (nicht einmal so, wie nur das Auge eines Kindes die Dinge sehen kann), sondern sie war *zu sehen,* sie war in der idealen Substanz des Sehfeldes gebildet und wäre auch in Abwesenheit jedes Auges, das sie hätte sehen können, genauso sichtbar gewesen. Sie war daselbst, und in ihrem dicken und geschmeidigen Löschpapier war etwas eingepackt, das langsam pulste, im selben Rhythmus wie das immer stärker, reicher werdende Ohrensausen gleich einem Chor von Millionen Stimmen. Es war ein Lobgesang, die Vereinigung eines Engelheeres, eine Feuerwerkerei der Stimmen von Mädchen, die nach Leibeskräften schrien wie in höchstem Entzücken oder in schaurigen Qualen: Hosianna!

Ich wusste nicht, ob es Klang war oder Flamme, wütendes und verheerendes Feuer. Wir versuchten, dessen unfassbares Anwachsen zu ertragen, indem wir weiterhin das unserem Geist dargebotene Schauspiel betrachteten. Denn in der Hölle von herrgöttlichen Schreien, von Kehlen, die Tropfen zerschmolzenen Goldes bluteten, von in Brand gesteckten Stimmbändern, von zu Boden geschmetterten, der Nacht gleichgemachten Schnecken des inneren Ohres hatte das Nährgewebe begonnen, sich aufzulösen. Wie die Kopfschwarte, wie der Schädel auch entfaltete sich vor unseren Blicken das Hirnhautpaket blumenhaft und vielfarbig; dann verblassten seine Blütenblätter. Ich begann das monströse und zauberische Ding in Hermans Schädel zu erahnen, und dann sah ich es, immer deutlicher, unabweislicher, dichter, schwerer, anrührender und wahrer. Es schien in der welken Luft zu schweben, einige Zentimeter von dem Kissen entfernt, auf dem sich der Kopf des großen Kranken ausruhte.

Einmal im Monat versprühte Vater Lindan. Das war auf eine gewisse Art ein feierlicher Tag, der rechtzeitig angekündigt wurde. Alle Hausbewohner, aber insbesondere Vater nahmen bereits am Morgen eine Art grimmigen Gesichtsausdruck an, als zögen sie in den Krieg. Und auf eine gewisse Art taten sie das ja auch, denn die Menschen kämpften in Büchern gegeneinander oder mit Unholden und Drachen, die es in Wirklichkeit gar nicht gab (weder den Kinderschreck noch die Gespenster, noch Gott, und auch die Heiligen gab es nicht), aber in der realen Welt kämpften sie gegen Fliegen, Mücken und Flöhe, die aus dem Staub entstanden. Und obgleich Mutter jeden Tag den Staub im Haus fegte, wimmelten sie überall, »hol sie der Teufel!« Mircişor bissen die Flöhe manchmal so sehr, dass er voller Bläschen war, aber es war eine Schande zu sagen, dass man Flöhe habe, man musste sagen, man habe einen »Nesselausschlag«. Dann kratzte er sich mit den Zahnrädchen eines Blechfrosches, die er ihrem Gehäuse entnommen hatte. Oder mit den metallenen Blütenblättern des »Mädchens vom Lorbeerbaum«, eines Gummipüppchens, das aus den Blütenblättern hervorkam, wenn man auf einen Kolben drückte. Auch die Mücken stachen ihn, und die Fliegen krabbelten ihm auf den Lippen und den Händen herum und kitzelten ihn. Am Kopf hatten sie eine Art Rüsselchen. Und ihre Bäuche waren voll und blass, und am Schwanz hatten sie einen schwarzen Punkt. Dort kam eine Art Würmchen heraus. Manchmal flogen die Fliegen zu zweit, übereinander sitzend. Es waren Mama und ihr Junges, hatte ihm Mutter erklärt, aber warum war dann das Junge manchmal größer als seine Mama? Drei-, viermal am Tag machte Mutter die Fenster weit auf und jagte die Fliegen mit einem Handtuch hinaus, aber viele kamen wieder herein. Dann wurde Mutter wütend und legte sich mit geöffneten Händen auf die Lauer. Und wenn sich eine Fliege auf den Tisch oder auf die Wand setzte, zack! zerdrückte sie sie zwischen den Handflächen. Danach ging sie, um sich das Blut, die Gedärme und die Beinchen der Fliege, die auf der Handfläche geblieben waren, wegzuwaschen. Außer Fliegen, Mücken und Flöhen (die Mircea eher aus Tântava mitbrachte) gab es da noch die Mikroben, aber die waren so klein, dass man sie gar nicht sehen konnte. Gott und die Heiligen waren auch nicht zu sehen, niemand hatte sie jemals zu Gesicht bekommen, aber nicht, weil sie sehr klein waren. Es war schwer zu verstehen, warum es die Mikroben, die wie die Heiligen unsichtbar waren, trotzdem gab, wohingegen die Heiligen oder die Muttergottes nicht. Wenn dir eine Scheibe Schmalzbrot auf den Boden fiel, durftest du sie nicht mehr essen, denn darauf krabbelten die Mikroben herum. Und wenn du sie in den Mund stecktest, krochen dir die Mikroben auf die Zunge und begannen hineinzubeißen. Sie bissen dir auch in den Magen, wenn du schlucktest. Mircișor war nicht besonders artig, und obwohl er Angst vor den Mikroben hatte, aß er Maulbeeren vom Boden und presste seinen Mund gegen das Gestänge in der Straßenbahn, leckte an den Scheiben ... Dann spürte er die Beinchen der Mikroben und ihre spitzen Zähne auf seiner Zunge ... Er streckte die Zunge heraus, so weit er konnte, und betrachtete ihre Spitze. Er sah, wie sie dort ausgelassen herumhüpften.

Vater ging an diesem Tag nicht zur Arbeit, denn Lindan sprühte er immer sonntags. Gleich nachdem sie gefrühstückt hatten, erhob er sich wortlos vom Tisch und ging, Mircișor hinter ihm her, in die Abstellkammer, wo er den Werkzeugkasten hatte. Das war ein Schuhkarton, eingerissen und furchtbar dreckig, in dem Vater sein Werkzeug aufbewahrte, mit dem auch Mircișor manchmal spielen durfte. Und dies Werkzeug sah so aus: Hammer, Rohrzange, zwei Feilen, so armselig, dass man sie gar nicht anfassen mochte, ein zerbrochenes Metallsägeblatt und etwas Schmirgelpapier. Und ein bisschen Draht, einige Nägel und Schrauben. Dort bewahrte er auch das Insektengiftsprühgerät auf, mit dem das Kind jedoch nicht spielen und an dem es vor allem nicht lecken durfte, obschon es ihm sehr gut gefiel, denn es war golden, und auf dem Fässchen war eine rote Blume abgebildet und stand etwas gedruckt. Unter dem Gedruckten war noch ein Totenkopf gezeichnet. Aber die Lindanpumpe roch nach dem Sprühmittel, das ein Fliegengift war, so stark, dass man sie nicht anfassen wollte. Irgendwo, ganz oben, auf einem Bord, an das das Kind nicht heranreichte, bewahrten sie das Sprühmittel auf. Es war in einer großen Flasche mit einer Maisspindel statt eines Korkens. Vater nahm sie und begann die Flüssigkeit sorgfältig in das Fässchen der Pumpe zu gießen, wobei er das Kind anschrie, es solle da weggehen. Dann setzte er den Metallverschluss wieder auf. Wie merkwürdig sein Papa war, der noch immer den aus einem von Mutters Nylonstrümpfen gefertigten Fes auf dem Kopf trug, um seine zurückgestrichenen Haare fest an den Kopf gepresst zu halten, und der sich jetzt noch ein Kopftuch über Nase und Mund band, wie die Banditen. Wie heroisch er aussah, wie Saltan in Mircișors auf der Fensterbank vom Wind umgeblätterten Buch, wie er nun, die gefüllte Pumpe in der Hand, entschlossen in den Kampf in Mircișors Zimmer zog. Mutter lehnte sich einen Augenblick an ihn, als nehme sie für immer Abschied, sagte »sei vorsichtig« und begleitete ihn liebevoll mit den Blicken. »Papi, Papi, sei vorsichtig!«, rief auch der kleine Junge, wobei ihm das Herz in die Hose rutschte. Würde sein Papi zurechtkommen? Würde er siegen? Hinter der geschlossenen Tür vernahm er das ferne Schlachtengeräusch: das Zischen der Pumpe, das gereizte Summen der Fliegen, das Sirren der Mücken, das Piepsen der Flöhe, das dumpfe Knurren der Mikroben. Er stellte sich seinen Papi wie einen schrecklichen und rächenden Gott vor, der die Pumpe nach den vier Himmelsrichtungen schwang und die großen geflügelten Wesen, die um ihn schwärmten, erschlug. Er sah, wie die Fliegen erstickten, fluchten, ihn mit ihren rasiermesserscharfen Krallen zu kratzen, ihn mit den behaarten Rüsseln auszusaugen versuchten. Die Mücken umschwirrten ihn wie Mauersegler, setzten sich auf seinen Rücken, stachen durch seinen gestreiften Schlafanzug die Nadeln an ihren winzigen Köpfen, aber Vater drehte sich, sobald er das spürte, jäh um und blies ihnen einen tödlichen Strahl Insektenvernichtungsmittel ins Gesicht, und die Mücken stürzten ab und zerschmetterten sich auf dem Zementboden die Köpfe. Am schlimmsten waren die Mikroben. Schwarz, behaart, mit je zwölf Beinen, kamen sie Vater bis zum Knie. Das Kämmerlein war gefüllt mit ihnen wie mit einem knisternden Pelz, aus dem die schrecklich spitzen Reißzähne und die Hunderten Äuglein (jede Mikrobe hatte je sieben) blitzten. Aber Vater tanzte über ihnen, vollführte Pirouetten und rasche Sprünge, nahm ihnen das Augenlicht mit dem Goldglanz der Pumpe und anschließend, grimmig dreinschauend und den Kolben immer ruckartiger drückend, stieß er sie, deren Beine nach oben ragten, auf dem Fußboden um und spritzte ihr grünes Blut an die Wände. Immer wieder war im Getöse der Schlacht ein »Verflucht nochmal« und »verdammte Scheiße« zu hören, und dann zuckte das Kind, das Ohr an die Tür gepresst, vor Freude auf, denn es wusste, dass sein Vater noch am Leben war. Es blickte zur Mutter auf, die ebenfalls mit an die Tür gepresstem Ohr lauschte, und beide lächelten einander glücklich zu. Nach geraumer Zeit wurde an der Tür gerüttelt, sie wichen erschrocken zurück; rot wie ein gekochter Krebs, mit blutunterlaufenen Augen, nach Chemikalien riechend, durchquerte Vater wankend den kleinen Flur, ohne sie eines Blickes zu würdigen, und ließ sich unter einem Schwall von Flüchen keuchend auf den nächstbesten Stuhl im Speisezimmer fallen. In der rechten, an der Lehne gekreuzigten Hand hielt er noch die grünlich blutende Pumpe mit dem erschlafften Stängel und dem zum

Boden hängenden Fässchen. Dann hustete er eine Viertelstunde lang, dass man dachte, er spucke seine Lungen aus.

Mircișor durfte nicht sofort ins Zimmer, doch nach etwa zwei Stunden (während Vater auch das Speisezimmer von Ungeheuern säuberte, indem er sie mit dem Gift in der Pumpe besprühte) konnte er auf einen Teppich treten, auf dem die Fliegen sich noch im Todeskampf wanden, sich auf zwei Beinchen voranstießen, um in ihrer Chitinhülle umzukippen. Dann blieben sie so liegen, zitterten zart mit den Beinspitzen und reckten gleichsam flehend ihre Rüsselchen. Siegesgewiss warf Papi zu guter Letzt die giftstinkenden Klamotten ab, nahm sich das Taschentuch vom Gesicht und den Strumpf vom Kopf und blieb nur in seiner Unterhose aus weißem Leinen, im Stil von »Dynamo Moskau«, wie er zu sagen pflegte; dann ragte in der Mitte des Speisezimmers, es gleichsam mit seinen samtigen Augen erhellend, der schönste Mann der Welt auf, athletisch und braunhaarig, siegreich und unerschrocken, dessen Filmschauspielergesicht im grünlichen Schatten des Bartes, in der Sanftheit der Backenknochen, in der geistesabwesenden Schwermut des Blickes etwas vom Schicksal Witold Czartoryskis bewahrte, des polnischen Adligen, seines ungekannten Ahnen. Vor allem Vaters Haare waren erstaunlich schön: Jedes einzelne Haar von blauem Schwarz war dick wie jene im Schweif der Pferde, und wenn er es glatt zurückkämmte, satt mit Walnussöl bestrich, füllte es sich mit Glanz und Widerschein wie ein Spiegel aus schwarzem, blankpoliertem Stein. Vater ging ins Badezimmer und rief nach einer Weile nach Mutter, sie möge kommen und ihm den Rücken waschen. Wenn Mutter die Tür zum Badezimmer aufmachte, sah Mircișor durch die dicken Dampfschwaden Vaters Leib in der Badewanne und das Loch unter der Wanne, wo damals die Katze rausgeschossen war, und dann sagte ihm Mutter: »Geh nach draußen spielen«, und sie schloss sich mit Vater ins Badezimmer ein. Papi war sechsundzwanzig Jahre alt,

Mami dreißig und er nur vier. So musste er antworten, wenn ihn jemand fragte, wie alt er sei: »Ich bin vier Jahre alt.«

Er ging ins Zimmer der Eltern, kletterte aufs ungemachte Bett und von dort hinauf zum stets geöffneten Fenster, das ein duftendes Licht über die Laken warf. Die Tage in Floreasca waren unvergleichlich schön. Das Kind blieb einen Augenblick auf der warmen Fensterbank sitzen, betrachtete das weiße Haus ohne Dach, wo Marilena wohnte, die in Blüte stehenden Robinien, deren wohlriechende Trauben er gierig aß, sooft ihm Mutter eine vom Baum abriss, und die Forsythiensträucher mit ihren sternförmigen Blüten, so gelb, dass sie einem noch vor Augen standen, lange nachdem man sie angesehen hatte. Ebenso gelb war nur noch der dicke Pollen inmitten der roten Lilien, die Mutter auf der anderen Fensterbank hielt. Wenn man seine Nase in sie hineinsteckte, zog man sie mit gelbem Staub überzogen wieder heraus, der einen zum Niesen brachte.

In der Ferne, über den weißen, gleißenden Wolken oberhalb des Gymnasiums, sah man die Regenbogenwirkung des Kristallgewölbes, das Floreasca überspannte. Das Kind drehte sich um, ließ seine Beinchen unter dem Fenster ins Leere über die kalkraue Wand der Villa baumeln – am Anfang hatte es sich lange Kratzer an den Schenkeln zugezogen, denn es trug seine berühmte gelbe »Spielhose« mit einem Entlein auf dem Latz, aber schließlich hatte es gelernt, hinunterzusteigen, ohne sich zu verletzen – und bald war es unten, auf dem schmalen Pfad zwischen Haus und Rosenbeet. Der Sommer war glutheiß, geräumig wie ein Hangar, die Rosen waren höher als er und färbten den Schatten rosa, die Stille war erfüllt vom Summen der Bienen und Hummeln. Wenn er sich hätte sehen können (wie Mircea ihn sieht, wenn er fieberhaft an seinem lebendigen und opalartigen Manuskript schreibt, mit dem Kugelschreiber Buchstabe um Buchstabe zeichnet, die sofort Mizellen in die behaarte Dicke der Seiten ausstreuen und sich durch Synapsen mit Tausenden Endknöpfen mit allen anderen Buchstaben verknüpfen, die in autoresonanten Schichten und Gruppen angeordnet sind, damit die Seiten zu guter Letzt nur der ernährende und unterstützende Kulturträger eines dreidimensionalen Buchstabennetzes seien, das wie ein blauer und nachdenklicher Schwamm in der Luft blitzt; und wie ihn der andere Mircea sah, in seiner Einsiedelei von Solitude, der Ersterem über die Schulter blickte und seinerseits mit dem Kugelschreiber Buchstaben in sein Heft mit blauem Umschlag kritzelte; und wie er sie alle umfasste, die Lebenden und die Toten, die Wirklichen und die Virtuellen und die Chreodischen und die aus Wind und die aus Feuer, Mircea der Wahre, derjenige, der nicht schrieb, sondern eine fraktalische Welt in ein glasiges neuronales Fleisch hieb), hätte Mircișor dann kein Kind gesehen, sondern eine Art optische Täuschung, eine Form aus Schatten, Schmetterlingen und Blumen, ein Kaleidoskop in bunten Sandälchen, eine vollkommene Tarnung, ein völliges Verschmelzen in die farbige Tiefe des Sommers und der Erinnerung. Er ging unter den Rosen und Robinien und Hecken dahin, und alle färbten seine Augen violett und lila und rosa und tiefgrün, sein Haar in der Farbe der Rebenranke. Er ging nach hinten, wo es einen weiträumigen Hof gab mit einem Spielplatz voller Sand. Die Robinien bildeten dort einen ganzen, von Blumen strotzenden Wald. Um sie her war die Luft gallertartig, bot Widerstand, so dass es dem Jungen kaum gestattet war, bis zum Spielplatz vorzudringen. Von dort sah er die Rückseite der Villa, die seltsamerweise zum Hof hin keine Mauer hatte. Vielleicht hatte man sie längst abgerissen oder vielleicht hatte es sie nie gegeben. Vom Hof aus konnte man den lieben langen Tag die Nachbarn in Schlafanzügen oder gar in Unterhosen sehen, wie sie sich ziellos in ihren Kästchen herumbewegten, kochten, sich küssten, ihre Hausaufgaben machten ... Abends ließ das Licht des Vollmonds ihre Nachthemden durchscheinend werden. Die Kinder der Nachbarn, sogar die derjenigen im ersten Stock, balgten sich in ihren schattigen Kammern eine Zeitlang, und mit einem Mal taten sie einen großen Sprung ins Leere und landeten mitsamt Schaufelchen, Eimerchen und Dreirädern auf dem feuchten Sand des Spielplatzes. Oberhalb der etwa zehn Zimmer, in die man ungestört hineinsehen konnte, befand sich das spitze Ziegeldach, das sich auf dem Himmelsblau schön abzeichnete.

In der Mitte der Welt war ein Haus. In der Mitte des Hauses war eine Mutter. In der Mitte der Mutter war er gewesen, und die Erinnerung an jene seligen Monate zog ihn noch immer dorthin, mit der Kraft einer Million weicher und geschmeidiger Arme. In dem eigenartigen Tempel des Hauses in Floreasca befand sich ein einziges, gigantisches Standbild einer Göttin. Doch wie viel Rätselhaftigkeit um sie her! Denn es war eine Göttin der Liebe und des Todes, der Verzückung und des endlosen Grauens. Mircişor kreiste eine Weile auf dem Spielplatz herum, doch stets, gleich dem Mond, dem Haus und der Mutter zugewandt. Er langweilte sich bald, und dann ging er auf die andere Seite, wobei er das Gebäude umrundete und vorne durch die Schwingtür eintrat, die zur Eingangshalle führte. Dort herrschte tiefer Schatten. Ein grüner, feierlicher, eisiger Schatten. Die olivfarben gestrichenen Wände wiesen Unregelmäßigkeiten auf, die man genauer hätte betrachten können, wäre das Grauen nicht gewesen: eine Schalttafel, ein paar Rohre, die die Wände entlang verliefen, ein hölzerner Informationskasten mit vergilbten, mit Stecknadeln angehefteten Papieren, eine braune Reihe Briefkästen. Auf der einen Seite der Eingangshalle führten einige Stufen hinunter, und dort befand sich die Tür zu einer Einzimmerwohnung. Auf der gegenüberliegenden Seite begann die Treppe, die zum Obergeschoss führte. Wenn es allein war, verspürte das Kind den Drang, so schnell wie möglich vor die Tür ihrer Wohnung zu rennen, mit den Fäusten daran zu pochen, bis Mutter ihm aufmachen würde, doch zuweilen trieb es etwas immer weiter in das Herz jenes Hauses hinein, das sich in alle Dimensionen seines Geistes auszudehnen schien. Es blieb, seine Angst hinunterschluckend, vor dem Schaltkasten stehen, auf den das Zeichen des Blitzes gezeichnet war. Er roch nach Verbotenem, nach Drohung. »Mircişor, Herzchen, du darfst nicht an die Steckdosen, du darfst nicht an den Strom! Steck ja dein Händchen da nicht rein!« Die Stimme der Mutter klang ihm in den Ohren, wenn er eine Steckdose auch nur sah. Steckdosen waren sehr böse. Aus ihnen kam, wenn man die Hand darauf legte, Feuer heraus, und das brannte dich ganz, ganz, ganz schlimm. Vor allem aus der Steckdose mit Äuglein. Das war eine Steckdose aus schwarzem Ebonit, größer als die anderen im Haus, in die Vater niemals einen Stecker hineintat. Sie befand sich an der Wand des kleinen Flurs vor seinem Zimmer, und wenn es da vorbeiging, machte das Kind erschrocken einen großen Bogen darum, die Augen fest zugedrückt, denn die Äuglein der Steckdose riefen es zu ihr, forderten es auf, eine Stricknadel hineinzustecken, um zu sehen, was geschehen würde. Vor einiger Zeit, während Mutter einen Stapel Wäsche bügelte, war er darangegangen, eine Burg aus ARCO-Bauteilen zu errichten; während er den blauen Kegel auf die höchste Spitze setzte, fühlte er sich plötzlich aufmerksam beobachtet. Es war die Steckdose mit Äuglein, die ihn von der Wand aus belauerte, ihre tiefen Löcher hatten je einen Punkt brennenden Lichts bekommen. Jetzt waren es wirkliche, kugelige, glitzernde Augen, Spinnenaugen, als wäre die große schwarze Spinne, die Vater auf dem Boden des Spielzeugsacks gefunden hatte, dort, in der Steckdose, untergeschlüpft und blicke ihn durch deren Löcher böse an. Er war jäh aufgesprungen, hatte seine Burg umgerissen und war zu Vaters Werkzeugkasten gelaufen. Daraus hatte er zwei lange Nägel, fast so lang wie sein Vorderarm, herausgeholt, war damit in den Flur gerannt und hatte sie jäh, bis zum Kopf, in die Augen der Bestie hineingestoßen, die urplötzlich schreckenerregend aufschrie, wie ein Mensch schreien würde, dem man die Augen aus den Höhlen reißt. Das Kind spürte, wie es mit unglaublicher Kraft in die Luft gerissen, gedreht und gegen eine Wand geschleudert wurde, doch nicht vom Strom, wie man hätte glauben können, sondern von seiner Mutter, denn zuletzt sah es nur noch das von Grauen entstellte Gesicht der Mutter, die ihn schreiend und stöhnend, von Tränen und Speichel durchtränkt, in den Armen hielt. Abends, bei Tisch, sahen ihn die Eltern an wie ein Wunder, denn, hätte es nicht den Stromausfall im Stadtteil gegeben, der einen Augenblick vor dem Zeitpunkt, in dem das Kind die Nägel in die Steckdose gesteckt hatte, angefangen und bis zum Mittag angehalten hatte, sie hätten jetzt einen kleinen verkohlten Leichnam betrauert. »Gott, vergib uns«, stammelte Mutter in einem fort, und Vater, die Füße auf den Stuhl gestellt, in Unterhosen, blickte wütend auf den Teller, steif und fest entschlossen, nicht zu verstehen.

Was ihn aber in der Eingangshalle der Villa, jener geräumigen Gruft, am stärksten anzog, war die zum Obergeschoss führende Treppe. Die Eingangshalle wies in der Mitte eine große Öffnung auf; warf man den Kopf zurück, sah man um sie herum den Ring des Stockwerks sich im Nebel verlieren und noch höher als er, in unglaublicher Höhe, die bemalte Kuppel der Decke und deren runde Gaube, durch die milchiges Licht sickerte. Auf die Kuppel waren in kräftigen Kontrastfarben allegorische Szenen gemalt, die das Kind nicht verstand, ein Gewühl von Wolken und nackten Leibern, von geflügelten, im Dämmerlicht dahinrasenden Streitwagen und von großen, fahlen und melancholischen Ruinen. Das ganze Gewölbe war beherrscht vom gewaltigen Leib einer nackten Frau, in perspektivischer Verkürzung gemalt, so dass man das Haupt und die Brüste, verkürzt durch die Fluchtlinien, nur spärlich gewahrte, während ihre Schenkel sich siegreich, fleischig und mit leichten Streifen versehen entfalteten. An deren Verbindungsstelle, dort, wo

Mircișor wusste, dass das Vöglein sein musste, befand sich die große kreisrunde Gaube, durch die hin und wieder Spatzen und Mauersegler in die Halle eindrangen.

Allein in der Weite der Eingangshalle, begann der kleine Junge zögernd die ihm bis zum Knie reichenden Stufen emporzusteigen. Seine Schritte hallten in der eisigen Luft wider, seit einiger Zeit konnte er auch seinen Atem hören. Wie sonderbar, dass sich die Welt nicht nur waagerecht, auf der Erdoberfläche ausdehnte, wohin einen die Wege und die Straßenbahnen führten, von der Villa in der Mitte bis hin zu den fernen Gegenden, wo Tante Vasilica oder die Patentante wohnten. Sehr früh hatte Mircișor entdeckt, dass die wahren Wege hinauf und hinunter führten. Denn wenn man sich auf der Erde ausdehnte, erfasste man ihre Formen und Farben und Gerüche und ihre Herrlichkeit, aber nur wenn man hinauf- und hinabstieg, begriff man ihren erschütternden und verborgenen Sinn. Wenn er hinaufstieg, gelangte Mircișor immer unter das bemalte Gewölbe seines zarten kleinen Schädels; wenn er hinabstieg, irrte er im Labyrinth seiner Eingeweide umher. Er in der Mitte der Villa, die Villa in der Mitte von Floreasca, Floreasca in der Mitte der Welt wie in einem Spiel, eingeschlossen in eine Diamantkugel, die er zwischen seinen Handflächen gehalten, mit der Wärme seiner kleinen Finger erwärmt hätte.

Das obere Geschoss war das mit den kleinen Mädchen. Denn dort, unter dem grell bemalten Gewölbe, herrschte ein Licht von Milch und Nebel, die Umrisse der Mädchen waren weich und ihre Wangen aus Porzellan. Darauf kondensierte jener schwere Nebel in Wasserperlen, und ihre Kleider waren feucht. Die Wohnungstüren waren gewaltig und glänzend wie Grabsteine. Sie wurden nie geöffnet. Ringsum umgab die Decke die ovale Öffnung in der Mitte, ohne Geländer, so dass Mircișor zu jenem scharfen Rand, von dem aus man in der Tiefe die Eingangshalle im Erdgeschoss mit der Tür seiner Eltern sah, wegen des Wirbels nicht gelangen konnte, der seine Eingeweide erfasste und sie wie eine Pranke drückte. Doch gerade dort saßen die Mädchen auf Matten mit ihren Puppen, die sie mit dem Löffelchen fütterten. Sobald sein Scheitel mit dem glänzenden kurzen Haar oberhalb der Geschossdecke erschien, während er langsam die Stufen der Treppe hinaufstieg, drehten sich die Augen aller Mädchen nach ihm um wie ein Fischschwarm mit verblüffend synchronen Bewegungen. Die Münder der Mädchen, kräftig mit Rouge geschminkt auf ihren weißen und glänzenden Gesichtern, rundeten sich zu einem O mit zahllosen Streifen und Ritzen. Sie erhoben sich auf die Knie und lockten ihn mit ihren Porzellanarmen, die aus ihren Ärmelchen aus gefälteltem Leinen herausschauten. Ihre Kleider waren mit dem Nebel vermischt und bildeten zusammen einen rosigen, seidigen, blümchengesprenkelten Schaum. Der kleine Junge wusste, dass es nicht gut war, bei ihnen zu bleiben, und dennoch verharrte er stundenlang dort, ganze Nachmittage lang, ließ sich von den Mädchen herumwälzen, kosen und verwöhnen. Er hätte weniger über ihre zarten Leiber gestaunt, hätten sie Schlangenschuppen oder drei Augen auf der Stirn gehabt oder hätten unter ihren Kleidchen mit Fell bedeckte Löwenbeine herausgeguckt. Doch sie schienen ebenso zu sein wie er, selbst wenn sie um einige Jahre älter waren, selbst wenn sie die Buchstaben kannten und Feen zeichnen konnten. Sie hatten hellbraune Locken, ebenso wie er, Blumen und Quasten waren darangesteckt, sie hatten keine Brüstchen, ebenso wie er, bis auf zwei scharlachrote Flecken auf der Brust, und sie sprachen mit ebenso hoher Stimme wie er. Aber sie hatten keinen Piephahn zwischen den Beinen, das hatte er genau gesehen, und daher wusste er, dass auch seine Mutter keinen hatte, denn die Mädchen drehten und wälzten sich auf ihren Matten, enthüllten ihre Beine und sogar ihre Bäuche, und in ihren nebelfeuchten Unterhöschen war nichts, nur eine kleine Welle gerippter Baumwolle, als wäre sie in eine Hautfalte geschlüpft. Durch jene Falte unter dem Bauch machten sie wahrscheinlich auch Pipi. Seltsam war, dass aufgrund der Tatsache, dass sie keinen Piephahn hatten, sich noch weitere Dinge ergaben, die ihm unsagbar seltsam vorkamen: Sie trugen Kleidchen, was er nicht durfte, und sie hatten auch Ringe in den Ohren. Zu Hause stahlen sie die Lippenstifte ihrer Mütter und trugen sie dick auf ihre Lippen auf. Sie stibitzten auch Nagellackfläschchen und lackierten sich Finger- und Zehennägel. Sie brachten Perlenketten mit und legten sie um ihre durchscheinenden Hälschen. Eines Tages hatten sie auch ihn zum Mädchen gemacht. Sie hatten ihn mit hundert Porzellanarmen umschlungen, ihn splitternackt ausgezogen (Mircişor glaubte, sie würden voller Bewunderung für sein Zipfelchen sein, doch sie hatten kaum einen belustigten Blick darauf geworfen) und ihm ein bedrucktes Kleidchen übergezogen, das einem der Mädchen zu klein geworden war. Sie hatten ihm Clips an die Ohren gesteckt, groß, rosig angehaucht und rund wie Bonbons, und dann hatten sie sich darangemacht, ihn zu schminken, ihm die Lippen wie die einer Puppe rot anzumalen, derweil er greinte und halbherzig versuchte, sich der Umklammerung zu entringen. Sie hatten ihm jedes Nägelchen scharlachrot angemalt und ihm Armreife um die Handgelenke gelegt. Dann hatten sie lange zusammen gespielt, die Mädchen nannten ihn Mircica und kugelten sich vor Lachen. Aber er lachte nicht. Er stand aufrecht, war von einem schrecklichen Gefühl der Unsicherheit und Gefahr erfasst, als hätte ihn eine Spinne, so groß wie er, zwischen ihren Fängen ergriffen und ihn langsam in Seidenfäden einzuspinnen begonnen. Er war auf die andere Seite übergewechselt, sah die Welt plötzlich von der anderen Seite. Niemand würde jemals wissen, wie die Welt von einem Menschen gesehen wird, denn es gab nicht Menschen, sondern nur Männer und Frauen. Für jeden war der andere furchteinflößend und schreckenerregend, denn er glich ihm, ohne ihm zu gleichen, und je geringer der Unterschied war, desto mehr geriet man in Panik, desto beunruhigter und verblüffter war man. Dort, zwischen den Boinen, fing alles an, doch jene brutale Linie ging eigentlich durch zwei Welten, die fast gleich und trotzdem unrettbar fremd waren, wie jene Zeichnungen, in denen man Unterschiede erraten muss. Wenn er ein Mädchen betrachtete, blickte Mircișor in einen unsagbar seltsamen Spiegel, in dem rechts rechts und links links blieb, aber der Piephahn zum Vögelchen wurde und die Hose zum Kleidchen und das kurzgeschorene Haar zu Locken bis zum halben Rücken. Und so wie der rechte Handschuh auch für die linke Hand gebraucht werden konnte, bloß in die vierte Dimension gewendet, gab es vielleicht irgendwo eine Wendung der Welt, des Traums oder des Geistes, und wenn man durch sie hindurchging, wandelte man sich vom Mann zur Frau, ein ebenso erhebender Gestaltwandel wie derjenige der Raupe, die zu einem geflügelten Wesen wird in der Chrysalide, in der Raum, Zeit und alle anderen Wahngebilde zusammenspielen.

Nach den bei den Mädchen zugebrachten Stunden kehrte der Junge beschämt und schaudernd heim, wie immer, wenn er etwas sehr, sehr Böses getan hatte: wenn er einen metallischgrünen Käfer mit der Sohle des Sandälchens zertrat oder eine Schnecke zu Boden schmetterte, bis man durch das in Scherben geschlagene Häuschen ihr gemartertes schleimiges Fleisch sah. Nach solchen Taten rannte er weg, mit Gänsehaut auf den Armen, als könnten sich die so grauenhaft zerdrückten Lebewesen auf magische und erbarmungslose Weise an ihm rächen. Ebenso erfüllten ihn die Spiele der Mädchen mit entsetzter und schuldbewusster Lust, etwa das Herausstrecken der Zunge; denn sie sprangen dort, am Rand ihrer Schlucht, plötzlich auf ihn zu und streckten, sich auf die Arme stützend und ihre Hälse reckend, plötzlich lange, fleischige Zungen heraus, dermaßen rot, als würden sie immer nur Erdbeeren und Sauerkirschen essen, mit den Papillen und den speichelglänzenden bläulichen

Äderchen unter der Zunge, und verharrten so, wie ein Tableau vivant, einige Minuten lang mit geblähten Hälsen von der Anstrengung, die Zunge möglichst weit herauszustrecken, mit glasklaren Augen wie jene ausgestopfter Tiere. Oder das Hüpfspiel, bei dem jedes Mädchen an die Kante des Treppenabsatzes ging, in die Hocke ging und plötzlich über die Leere in der Mitte sprang, mit wehendem Kleidchen, und am Ende eines riesigen und verrückten Satzes auf der gegenüberliegenden Seite landete, wo in der olivfarbenen Luft andere Türen von Grabeswohnungen glänzten. Oder das Hinunterspucken vom Obergeschoss, bei dem die Mädchen gemeinsam auf dem schwindelerregenden Kreis gingen und mit geschlossenen Augen eine Zeitlang nur an Süßigkeiten dachten, an Backwerk, Savarins, Marzipan und die Milchschokolade »Zwerg«, pastellfarbene Gelees und Spiralen mit Creme, bis ihnen das Wasser im Mund zusammenlief. Dann gossen es alle plötzlich aus, in dünnen, klaren und hyalitartigen Strahlen, die sich ununterbrochen, geschmeidig bis zum Erdgeschoss erstreckten, magisch blitzend im dicken Strahl der Gaube am Scheitel der Kuppel ...

Immer rannte er von den Mädchen hinunter und blickte zurück, um zu sehen, ob sie ihm nicht folgten, um ihn mit ihren Zungen, die länger waren als seine Handfläche, zu erhaschen. Er stemmte sich gegen die Tür seiner Wohnung und hämmerte mit den Fäusten, bis ihm Mutter aufmachte und ihn am Ohr bis ins Badezimmer zerrte, wo sie ihm den Lippenstift und andere Schweinereien abwusch, ihm den Hintern versohlte und aus Leibeskräften schrie: »Die Galle soll dir platzen, dass du nicht einmal ruhig bist! Lass nur, eines Tags zeig's ich diesen Eselinnen, dass sie mich nicht vergessen und nicht mehr ihren Spott mit dir treiben, du dummes Kind!« Dann fing auch er an zu brüllen, wälzte sich auf dem Fußboden und wickelte sich in die Flickenteppiche ein, bis er blau anlief, nicht so sehr, weil ihm der versohlte Hintern oder die von der Mutter langgezogenen Ohren wehtaten, sondern weil er sich bis auf den Grund seines Herzens schuldig fühlte und weil die Scham sich nicht anders bereinigen ließ. »Warte du nur, bis Vater nach Hause kommt, da kannst du was erleben, du hast mir das Leben sauer gemacht, dass ich am liebsten weglaufen und nicht wiederkommen würde ...« Doch nach einer Weile endete das wie immer, rot angelaufen und verschwitzt von der Anstrengung, lagen sie sich in den Armen, lachten Tränen und blickten einander selig in die Augen. Sie warfen sich ins zerwühlte Bett, Mutter drehte und wälzte ihn herum, hob ihn mit den Füßen in die Luft und warf ihn seitwärts, täuschte vor, dass sie ihn außerhalb des Bettrands fallen ließe, um ihn alsdann zu retten und sein gelocktes Köpfchen wieder aufs Kissen zu betten. Anschließend las sie ihm Geschichten mit schwarzen Menschen und mit Hexenmeistern aus der »Insel Tombuktu« vor, und er verharrte mit ins Leere starrenden Augen, an Mutters Lippen hängend, in einer Welt, die mit einem Mal die Umrisse von geschmolzenem Gold und Schatten annahm.

In Hermans Hirnschale lag zusammengekauert ein Kind. Ein großer, schwerer Fötus, den Kopf zur Schädelbasis gewandt, bereit zur Geburt. Es nahm beinahe das ganze Innere der Knochenhöhlung ein, die durchsichtig wie Kristall geworden war. Eine Nabelschnur verband das Kind mit einer dünnen Gehirnschicht, die ihm noch als Plazenta diente und die ebenfalls durchscheinend geworden war. Nur der kleine, geschmeidige und gesunde, mit einem zarten Wollhaarflaum wie einem Fell aus Seidenfäden überzogene Leib, auf dessen Kopf bereits goldene Härchen wuchsen, war gut zu sehen, real wie jeder Gegenstand aus der physikalischen Welt, und warf einen Schatten auf das Kissen, von dem ihn einige Zentimeter trennten. Die Fingerchen und die noch dünneren Ohren ließen ein rötliches Licht durchfließen, aber sonst war seine Haut schön und glatt, gut gespannt über den Rücken mit unwahrscheinlich kleinen Schulterblättern und mit unter einer sanften Schicht Fettgewebe kaum sichtbaren Wirbelfortsätzen. Die Gesichtszüge, sofern man sie erkennen konnte (denn der Kopf, so groß wie ein großer Apfel, war zu den Knien gewandt), waren scharf umrissen: ovale Lider mit den bereits pigmentierten Wimpernwürzelchen, die Nase mit zarten Nüstern und der Mund mit vollen, gleichsam gezeichneten Lippen. Es war ein schönes Kind, ein kräftiges Kerlchen, bereit, die Welt zu erben. Seine Lider bewegten sich leicht, wenn unter ihnen sehr langsam die harten Schwellungen der künftigen durchsichtigen Hornhäute hin und her glitten. Zusammengekauert in seinem Knochenschoß träumte das Kind.

»Ist das nicht verblüffend?«, flüsterte der Doktor, streckte die Hand zu Hermans Kopf hin und klopfte mit dem Fingernagel leicht auf den durchsichtigen Schädel, wie man gegen das Glas der Aquarien klopft. »Und ist es nicht ein Wunder, dass der Patient noch lebt? Ich habe Kranke gesehen, denen eine Hirnhälfte extrahiert wurde und die man, zumindest auf den ersten Blick, für völlig normale Menschen gehalten hätte. Aber hier hat dieser niedliche Tumor, wie Sie sehen, den ganzen Hohlraum eingenommen. Er ist nur noch in die sechs Hirnrindenschichten gehüllt, das sind allerdings die an Verbindungen reichsten, die denkende graue Substanz. Aber auch die frisst er von Tag zu Tag auf, so wie er in den vergangenen Monaten alles verschlungen hat, die basalen Kerne, den roten Fleck, den Hippocampus und den Nucleus amygdalae, den Thalamus und den Hypothalamus, die sensorischen und die motorischen Zonen, eine Menge lebenswichtiger Zentren, ohne die der Mensch schlicht und ergreifend nicht überleben kann. Und trotzdem war dieser alkoholkranke Vagabund immerzu auf den Beinen, hat sein Pennerleben gepflegt, ohne sich zu fragen, wie er, Herrgott nochmal, gehen kann, wie sein Herz schlägt, und wie er schlucken kann, und wie er atmet, und wie er Stuhldrang hat, wenn er keine Nervenzentren mehr hat, die das alles möglich machen. In zwei, drei Wochen werden wir, die Neurochirurgen, nichts mehr machen können, wir werden den Geburtshelfer holen müssen. Denn dieser Racker muss bereits etwa drei Kilo wiegen und wird nicht mehr lange warten. Jetzt schon schlägt er mit den Fersen auf die Hirnhaut ein, dass er unser EEG in ein Seismogramm verwandelt!«

Ich war Millionen Kilometer unter der Erde. Eigentlich war die Erde unendlich, einförmig und dicht, und in ihrer ganzen unermesslichen Ausdehnung gab es nur eine Unvollkommenheit, wie eine Blase in einer dicken Glasscheibe, eine einzige in der ganzen endlosen Materie: Hermans Krankenzimmer, in dem wir kniend den goldhaarigen Fötus betrachteten. Wir waren eine festgefrorene Einstellung im dreidimensionalen Film der Welt, ein Kästchen hellbraunen Lichts in der Nacht ohne

Grenzen und ohne Ende. Wir fristeten unser Leben unterirdisch, wie fahle und blinde Insekten mit langen, zarten Härchen, die in ihrer Umgebung unausgesetzt nach der unwahrscheinlichen Öffnung eines Tunnels tasten, den Ausgang zu einer unmöglichen Erlösung. Denn auch wenn wir einen Ausgang aus unserer Hohlwelt fänden (Hörbiger hatte recht: Wir leben in einer Höhle, tief in den endlosen Felsen der Nacht gehauen, von der Mitte aus von der Eierstocksonne beleuchtet), würde er nicht, könnte er nicht zu einem offenen Raum von leuchtendem Himmelblau hinführen, in dem wir nach so viel Gedränge und Nacht selig flögen, sondern hin zu einem Bündel verzweigter Tunnel, Spalten um die kleine Höhle, in der wir, nach lebenslanger Reise, unsere Gebeine unterwegs hinterließen, nur einen Millimeter von unserer Welt entfernt. Oder wir drängen in eine andere Höhle ein, mit anderen Paradiesen und anderen Göttern, in einen ebenso unbedeutenden Riss im Granit der Ewigkeit. Ach, Herman, wenn das Königreich des himmlischen Jerusalem, nach dem wir alle wie die Blinden tappen, wenngleich es nicht weit von jedem von uns entfernt ist, nur eine weitere Aushöhlung in der Nacht wäre, Tausende Male prächtiger und gleichwohl ebenso bedeutungslos im Kern der Dunkelheit? Wenn das Licht, nach dem wir streben, tiefe Finsternis wäre gegen das wahre Licht?

»Als er zum ersten Mal zu uns kam und wir die ersten Untersuchungen machten, war ich davon überzeugt, dass er ein banales Melanom hat. Es befand sich allerdings an einer seltsamen Stelle, just im Mittelpunkt des Gehirns, mitten im Faserbündel der Varolio-Brücke, und war nicht größer als eine Kirsche. Völlig inoperabel selbstverständlich, ein trauriger Fall, einer von denen, die wir von Zeit zu Zeit hereinbekommen, um in herzzerreißenden Schreien zu enden, in entlegenen Krankenzimmern. Weder die klassischen noch die stereotaktischen Techniken konnten angewendet werden. Wir waren einen Schritt vor der

Chemotherapie und hätten damit begonnen, hätten wir nicht ein merkwürdiges Pulsieren des Tumors beobachtet, als schlüge in seinem Zentrum ganz rasch ein winziges Herz. Großer Gott, das ist ja tatsächlich ein Herzschlag, sagte uns die Anästhesistin, so beginnt dort, im Uterus ... Dann haben wir ihn nach Hause geschickt, das war zu atypisch für uns, und zudem hatten wir ernsthaften Platzmangel: Eine Zeitlang haben wir die Kranken sogar zu zweit in ein Bett gelegt. Aber einen Monat später haben sie ihn wieder zurückgebracht, nachdem er in einer Straßenbahn gestürzt war. Wir schauten uns das Bild auf den Monitoren an und konnten es nicht glauben: Es war klar, dass sich jetzt ein Wunder ereignete, dass es in diesem gebrechlichen Schädel mit dem schmutzigen Haar gar keinen Tumor gab, sondern einen Fötus, einen drei Monate alten Fötus mit sichtbarem großem und dunklem Auge und scharf umrissenen Gliedmaßenknospen. Dieser Mann sollte in einem halben Jahr ein Kind aus seinem Hirnschoß gebären. Es war ein himmlisches Zeichen, eine furchtbare Vorahnung. Bald wimmelte es in unserem Krankenhaus von Securitate-Leuten. Wir haben ihn in das entfernteste Zimmer verlegt. Hier haben sie eine Apparatur hingestellt, von der wir nicht einmal wussten, dass es sie gibt (wir haben sie von Inversions-Gentechnik und von unterirdischen Basen, irgendwo in der Nähe des Baikalsees, reden hören), eine neue und erstaunliche Technologie, die sie uns unter großer Geheimhaltung zu gebrauchen beibrachten. Wir haben den Verhören beigewohnt und so erfahren, dass dieser Herman eine alte Bekanntschaft von denen war. Er war bereits wegen eines Gemäldes inhaftiert worden, und wegen eines Manuskripts ...« An dieser Stelle sah mir der Doktor unvermittelt in die Augen: »*Deines* Manuskripts, Mircea.«

Ich zuckte schaudernd zusammen, als der Doktor meinen Namen aussprach. Erschrocken sah ich ihm in die Augen. Er hatte von Anfang an gewusst, wer ich war, er stammte aus derselben Geschichte, die Filamente blauer Kugelschreiberpaste der Wörter »Doktor« und »Mircea« (und Herman, und Gott, und der Albino und Maarten) hatten sich wie gleißende Ranken verflochten auf dem Gittergewebe derselben Seiten des Manuskripts, meines unlesbaren Manuskripts, dessentwegen Herman verhaftet worden war. »Erst dann habe ich erfahren, dass der Bettler am Rand der Brücke der Pfeiler war, um den die Sterne kreisen. Ich habe begriffen, dass es ohne Herman die Sekte nicht gegeben hätte, ich habe gewusst, dass er die Stimme war, die in der Wüste rief: Bereitet die Wege des Herrn! Und jetzt haben wir seinen gemarterten Kopf auf dem Kissen wie auf einer silbernen Schale. Die Securitate-Leute rückten in Schwärmen an, suchten ihn des Nachts heim, fraßen ihm die Luft weg, erfüllten das Krankenzimmer mit dem Gestank ihres Schweißes. Sie wollten sehen, sich überzeugen, sie schauten wie im Zirkus oder bei einer Peepshow in den durchsichtigen Schädel, durch den man noch die Zunge und die Ohrspeicheldrüse gewahrte, und oben, unter dem Gewölbe, das Kindchen, breits so groß wie ein Pfirsich, in seinem neuronalen Bettchen schlummernd. Herman saß am Bettrand, vor ihnen, wobei ihm das dicke Kabel am Leib hing wie der Schwanz eines vorgeschichtlichen Reptils, den kahlrasierten durchscheinenden Schädel zum Boden gesenkt, auf ihre halluzinierenden Fragen mit denselben immer und immer wiederholten Sätzen antwortend, mit befangenem Lächeln, als habe er, wieder und wieder, den Quell seines Unglücks und des Wunders, das sich ereignete, neu entdeckt. ›Soile war hier, sie war hier, als wir gestirnter Himmel gespielt haben ... als das Licht ausgegangen ist ... als mir ihr Sternensperma in den Schädel gedrungen ist ...‹ Und die Securitate-Beamten gerieten immer heftiger ins Schwitzen, schrieben jedes Mal jedes Wort auf, unterstrichen stets den Namen Soile und fügten ihm Fragezeichen hinzu. ›Der hält sich wacker‹, hörte ich sie auf dem Flur zueinander sagen, als sie weggingen, dann sagten sie noch etwas über elektrische Zangen und über das Einklemmen der Fingernägel im Türspalt. Sie waren davon überzeugt, dass Herman zu einer geheimen Verschwörung gehörte, die klare politische und äußerst gefährliche Ziele verfolgte: Umsturz des sozialistischen Systems auf Veranlassung ausländischer Agenten. Sie gestatteten uns nicht, ihn länger als eine Woche hierzubehalten, er musste frei sein, damit sie ihn beschatten konnten, damit er sie zur konspirativen Wohnung führte, die sie irgendwo im Stadtteil Pajura vermuteten ...«

Plötzlich herrschte völlige und eisige Finsternis. »Die Halunken«, hörte ich die Stimme des Arztes neben mir, »die haben wieder den Strom abgestellt. Du hast keine Ahnung, wie viele Kranke vorzeitig sterben wegen dieses Schwachsinns mit dem Stromsparen. Die Föten in den Brutkästen, die Patienten am Dialysegerät, an der eisernen Lunge, auf der Intensivstation ... Bleib einen Augenblick stehen, beweg dich absolut nicht ...« Die Stimme des Doktors entfernte sich, etwas Metallisches wurde auf den Boden geschleudert, der Doktor begann zu fluchen, dann fuhr er mit klarer Stimme fort in jener völligen und verwirrenden sensoriellen Deprivation: »Stell dir vor, du bist in der OP, einer OP am Gehirn ... Leben und Tod sind eine Sache von Millimetern ... Der Patient ist bereits trepaniert worden, und du wühlst mit deinen Instrumenten in seinem Schädel herum. Und just wenn du dich fragst, wie viele Kubikmillimeter zu entfernen sind, geht das Licht aus ... Großer Gott, alle Systeme, die ihn am Leben erhalten, brechen zusammen ... Die Monitore gehen aus ... Er, der Ärmste, weiß von nichts, aber stell dir unsere Panik vor, die Panik der Leute im OP-Trakt! Er stirbt uns unter den Händen, und da ist nichts zu machen ... Die Schwestern fangen an zu schreien, wir lassen jede Vorsicht fahren, werfen das Skalpell auf den Boden und brüllen wie die Wahnsinnigen: Macht Licht, macht Licht, ihr gottverdammten Scheißkerle! ... Wie viele Frauen sind nicht im Taschenlampenlicht und sogar bei Kerzenschein niedergekommen ... Und weißt du, wie viel die Halunken sparen um den Preis dieses unfassbaren Leids? Alles, was die Bevölkerung verbraucht, beträgt zwei Prozent von ... Wo zum Teufel ist die Schalttafel? Wir haben Gott sei Dank einen eigenen Stromgenerator, den haben uns ebenfalls diese Kerle in Lederjacken mitgebracht ... Also, nur zwei Prozent vom Verbrauch der Industrie. Na, und wie viel von diesen zwei Prozent macht der Verbrauch in den Krankenhäusern aus? Wie viel spart man um den Preis einer Frau, die auf dem Entbindungsbett stirbt? Oder um den eines Nierenkranken, dessen Dialyse unterbrochen wird? Weißt du, was mit denen geschieht? Das ist kein Scherz, es ist wie in Auschwitz, mein Freund. Es gibt nur ein paar Apparate in ganz Bukarest. Zugang dazu findet man nur durch besondere Protektion und Vitamin B. Die Armen krepieren. Aber auch unter den anderen krepieren genug ... aha, da ist er ja ... denn sie teilen sie nach Alter ein. Die über Vierzigjährigen haben kein Recht mehr auf Dialyse ... Verdammt, nie finde ich dieses Kläppchen auf Anhieb ... Es sind Todeskandidaten. Und mit den Rettungswagen sieht's genauso aus: Bist du über siebzig? Der Rettungswagen kommt nicht mehr, leb wohl, du hast ausgelebt, hast ausgedient ...«

Das Licht erfüllte das Krankenzimmer ebenso jäh, so wunderbar wie die Finsternis davor. Übergangslos und gedächtnislos. Nun war ich allein mit Herman. Der Doktor hantierte immerfort an den Schaltern seiner Schalttafel herum, der Pfeifton erklang neuerlich, doch völlig anders und ungewöhnlich, wie eine rückwärts gesungene Melodie, und ich konnte sehen, wie, viel schneller als im Vorgang des Durchsichtigwerdens, die Gewebeschichten um das Kind herum undurchsichtig wurden, ihre Beschaffenheit wieder geradezu greifbar wurde (das dicke Löschpapier der Hirnhaut, die raue Porosität der Schädelknochen, die glänzende, wundervoll tätowierte Kopfschwarte), so dass in weniger als zehn Minuten der große Kranke wieder da war, schlafend, das Gesicht zur Wand, wobei ihm ein Büschel grauen Haars aus dem rechten Ohr ragte. Das Surren wurde jäh abgeschnitten, und der Doktor kam ins Zimmer zurück. »In diesem Augenblick ist ganz Bukarest in Dunkelheit getaucht. Wenn ein Flugzeug darüber fliegt, merkt es nicht, dass es die Hauptstadt eines europäischen Landes überflogen hat. Wie es im Witz heißt: Wenn es auch noch ein bisschen Essen gäbe, wäre es wie in der Kriegszeit. Übrigens, weißt du, warum die Rumänen die gottesfürchtigsten Menschen der Welt sind? Weil sie den ganzen Tag lang fasten, abends Kerzen anzünden und sonntags zum Dienst gehen ... das heißt zur Arbeit, du verstehst ...«

Ich hatte es jedoch nicht eilig, ihn zu verstehen, denn Herman begann ausgerechnet in diesem Augenblick, sich im Bett hin und her zu drehen, und dann setzte er sich auf. Der Arzt stürzte herbei, um ihn zu stützen und vor allem, um sich zu vergewissern, dass sich die an seine Haut gehefteten Elektroden, deren kunterbunte Drähte unter dem Jackensaum des Pyjamas herauskamen, um in die aschgraue Leitung einzumünden, während des Schlafs nicht gelöst hatten. Die Wirbelsäule des Schmerzensmannes war zwischen den Schultern in rechtem Winkel gebrochen, so dass seine Augen stets unverwandt zum Fußboden schauten. Sein einst schönes, von durchdringend blauen Augen erleuchtetes Gesicht war nun das eines alten Penners, unrasiert und mit Augenschatten und bitterem Zug um den Mund. Er saß lange am Bettrand, den Kopf auf die Handflächen gestützt, er hielt ihn wie einen schweren und kostbaren Gegenstand, der nicht zu seinem Körper gehörte, wie einen mit heiligem Blut gefüllten Kelch. Der Arzt hatte einen Arm über Hermans Schultern gelegt und hing wie ein großer weißer Flügel an ihm. Abermals hatte ich das Gefühl, wir seien tief unter der Erde, in einer unverständlichen allegorischen Szene arrangiert. Und dann hörte ich das Rufen. Es war nicht Hermans Stimme, obgleich er die Lippen bewegt hatte, ohne seinen Blick von dem kalten

Mosaik des Fußbodens abzuwenden. Es war keine menschliche Stimme. Es war die Stimme, die der im Tempel schlafende Zacharias gehört hatte, als er mitten im Traum beim Namen gerufen wurde, als hätte jemand ein Steinchen in ein dunkles Becken geworfen. Und urplötzlich eine goldene Woge, ohne Vokale und ohne Konsonanten, ohne die Klangfarbe irgendeines Kehlkopfs, ohne winzige, zwischen Zunge und Gaumen zerdrückte Speichelbläschen. Kein Geräusch, kein Laut, sondern reiner, leuchtender, triumphierender Begriff, der vom Mittelpunkt des Geistes ausging und das Weltall erschütterte. Ich hörte mich in einem ins Gehirn geträufelten Flüsterton beim Namen gerufen: Mircea. Schläfe an Schläfe geschmiegt, betrachteten mich nun Herman und der Arzt mit identischen, unmöglich blauen Augen. Ich hörte nichts, und dennoch erhellten mir die Wörter ohne Syntax und Morphologie, Welle um Welle, das Verständnis. Sei bereit, verstand ich. Die Zeit ist nahe, verstand ich. Victor naht, und sein Brüllen ist das eines wilden Tieres. Victor, der Töter. Die Spinne, die ewig, ewig, ewig den weißen Schmetterling in Seide einspinnt und ihn dann, lebendig und mit flammenden Augen, in ihr Höllenloch schleift. »Vergib mir, Herr«, flüsterte auch ich, aber der Augenblick war vergangen und der Krankenbesuch abgelaufen, und Herman blickte mich jetzt mit trüben Augen an, ohne irgendein Zeichen des Erkennens von sich zu geben. Dann warf er sich auf eine Seite ins Bett und fing an zu stöhnen, den Kopf zwischen den Handflächen. »Wir dürfen ihn nicht ermüden«, sagte der Doktor noch zu mir, mir einen unzweideutigen Blick zuwerfend. Ich ging im endlosen Gang zurück, verlief mich in Krankensälen, und als ich durch die Tür des Krankenhauses hinaustrat, überwältigte mich entsetzliche Kälte. Ein Schneesturm tobte. Es war dunkel, aber am Himmelsrand dehnte sich zwischen Kalk- und Aschewohnblocks ein orangefarbener Streif. Der Morgen graute.

»Hast du gehört, Herzchen, was da los ist? Sei vorsichtig, geh in diesen Tagen keinesfalls raus, denn da ist der Teufel los! Hab ich mit eigenen Augen im Fernsehen gesehen. Der Verrückte hat die Leute zu einer Kundgebung versammelt, ein Menschenmeer mit Fahnen und Transparenten, und das bei diesem Frost ... als würden die Leute beim Schlangestehen nicht steif genug werden ... Ein Glück, dass es nicht mehr schneit und die Sonne scheint ... Und der hat, Liebling, angefangen, so mit der Hand zu fuchteln und mit heiserer Stimme ich weiß nicht was zu sagen, so Zeugs, dass es gut ist, dass es gut sein wird, und so redet er und redet, bis etwas passiert ist, die Menschen haben zu schreien angefangen, aber nicht ›Ceaușescu PCR‹ oder ›Ceaușescu und das Volk‹ wie früher. Nein, sie schrien und zappelten, regten sich auf, mir ist, als hätte ich Geknalle gehört ... Und siehe da, der Alte ist so mit offenem Mund stehen geblieben und starrte nur so in die Menge. Er wusste nicht, was los ist. Er hat angefangen, mit dem Finger aufs Mikrofon zu klopfen ... Hallo, hallo, sagte er ... Da ist einer gekommen, hat ihm was ins Ohr geflüstert, doch er war wie weggetreten ... Und hör mal, was er danach gesagt hat, da hätt ich ihm den Hals umdrehen können. So ängstlich ich bin, hab ich doch angefangen, ihn anzuschreien, dort in seinem Fernseher, hab ihn nach Strich und Faden beschimpft. Hör dir mal an, womit der Schweinekerl uns die Augen ausstechen will: Hundert Lei will er uns noch zum Lohn draufgeben, ich weiß nicht, welche Zulage ... Dass aber die Menschen nichts zu essen haben, daran denkt er nicht, gottverdammter Trottel, er nicht und Leana nicht! So was hat es in Rumänien ja noch nie gegeben, dass die Menschen verhungern, dass man den Kindern nichts vorzusetzen hat ... Und pass auf, Liebes, die Leute haben angefangen, ihn auszubuhen, ganz furchtlos, ich konnte gut hören, wie sie wie beim Fußball schrien: Buuuuuh! Buuuuuh! Ich glaub, dass er das auch gehört hat, denn plötzlich hat sich sein Gesicht so geändert, in seinen verdutzten Augen hat man das Alter gesehen; dann ist noch einer gekommen und hat ihm gesagt, er soll weggehen, aber er konnt es immer noch nicht glauben ... Er glaubt, dass die Menschen ihn lieben, der Lump ... Das hättest du sehen müssen, wie der so dastand und um sich sah, ein erbärmlicher Greis mit Schafsfellmütze ... dass man sich direkt fragt, wie konnte dieser Schuster so viele Leute für dumm verkaufen, wie konnte er so vielen Menschen Angst einjagen ... Schließlich ist er weggegangen, und sie haben die Sendung plötzlich unterbrochen, als hätten sie, wie das früher war, eine ›technische Störung‹. In der ersten Zeit lief der Fernseher ja nicht sehr lange, das Programm war kurz, und an einem Tag (dienstags, glaub ich) gab's noch eine Pause. Und dauernd unterbrachen sie die Sendungen und auf dem Bildschirm tauchten diese Wörter auf: Technische Störung. Erinnerst du dich noch an unsern alten Fernseher, ›Rubin 102‹? Er hatte einen Bildschirm so groß wie eine Neujahrskarte. Da guckten wir fern. Damals gab's was zu sehen, Varietés, mit Căciulescu, mit Puiu Călinescu, es gab echte, ernste Schlagersängerinnen, Pompilia Stoian, Doina Badea, die beim Erdbeben gestorben ist ... Und da ging's nicht, Schatz, nur um die Partei, mit dem Vaterland und mit Ceaușescu wie heute. Ungefähr ab dann, als man Sendungen in Farbe gebracht hat, hat auch die Sauerei angefangen, denn damals, am Anfang, hieß es, ›teilweise in Farbe‹, und da gab es einen Witz, dass es teilweise in Farbe ist, weil der Genosse und Leana in Farbe sind und alles Übrige in Schwarzweiß ... Seitdem sind sie alle verblödet. Früher hat man noch gelacht, sich amüsiert, jetzt gibt's nichts davon. Mircișor, mir hat Frau Rădăuceanu gesagt, heute Abend sollen wir nicht rausgehn, denn es ist Revolution. Da kommt ab und zu einer aus dem Zentrum und sagt, es ist der Teufel los.

Die Menschen drängen sich auf den Straßen, und sie schreien gegen Ceaușescu. Großer Gott, müssen die einen Mut haben ... Gott bewahre, dass der Verrückte nicht die Armee auf sie hetzt, wehe den armen jungen Menschen ... der ist ja zu allem fähig. Leana soll gesagt haben, dass sie Timișoara dem Erdboden gleichmachen werden, mit Flugzeugen ... mit Bomben ... Dazu ist sie fähig, die alte Hexe. Denn nur sie ist an allem schuld, sie und die Dummheit in ihrem Kopf. ›Liebende Mutter, Wissenschaftlerin von Weltruf‹ ... Ich hab mehr Schulbildung als die, diese böse, dumme Oltenierin! Gheorghiu-Dej war wenigstens aus der Moldau, weicher, besonnener, aber seit diese beiden Oltenier gekommen sind, ist das Leben ganz unmöglich geworden. Am Anfang war's zwar gut, da gab's alles. Aber danach ist es denen zu Kopf gestiegen, sie bilden sich ein, sie sind von wer weiß welch fürstlichem Geblüt, und wir andern sind ihre Knechte. Kennst du die Geschichte? Onkel Nicu und Leana schlafen in ihrem Bett, und auf einmal fängt Leana an, im Schlaf zu reden: ›Majestät ... Majestät!‹ Und Onkel Nicu freut sich, dass Leana ihm das sagt, aber sie stammelt weiter: ›Majestät, gibt's noch Staaten, in denen wir nicht gewesen sind?‹ Und dann fängt er an, im Schlaf zu reden: ›Lady, Lady ...‹ Und Leana bläht sich auf vor Stolz, dass er sie Lady nennt. Doch er spricht weiter: ›Die spüren wir schon auf ...‹[18] Denn so war's ja auch, dieser Verrückte ist zu all den Schwarzen in Afrika gereist, in der Hoffnung, dass sie ihm was von ihren Reichtümern abgeben. Nur waren das lauter Kannibalen. Kaum war ein Staatschef tot, aß ihm der, der nach ihm kam, die Leber auf, damit er seine Kräfte erbt, heißt es. In der Tele-Enzyklopädie wurden sie auch gezeigt: splitternackt, wie sie ihre Mutter geboren hat, nur vorne mit ein paar Blättern. Das sind glückliche Menschen, die brauchen

---

18 Unübersetzbare Wortspiele: *maiestate – mai e state?* (Majestät – gibt's noch Staaten?); *Ledi* = Lady – *le dibuim noi* (Lady – wir spüren sie schon auf).

keine Kleider, die brauchen nichts. Das Essen vom Baum, die ganze Nacht lang Singen und Tanzen ... Ist das ein Leben, Mensch! Errinnerst du dich, dass ich dir, als du klein warst, aus ›Die Insel Tombuktu‹ vorgelesen hab, das mit diesen Wilden? Tja, an denen hatte der Genosse einen Narren gefressen. Er brachte immer wieder einen von denen nach Bukarest und holte die Leute auf die Straße, damit sie schreien: ›Ceaușescu, Bokassa!‹ Und was hat er schließlich davon gehabt? Nichts und wieder nichts. Die Königin von England hat ihn mitgenommen und in der Kalesche spazieren gefahren. Das hat er davon gehabt, als hätte Andruță[19] in seinem Scornicești nicht die Pferde vor den Wagen spannen und ihn herumkutschieren können, solange er wollte, wenn ihm danach gewesen wär. Das ist denen zu Kopf gestiegen, er hat angefangen zu glauben, dass er wie Stefan der Große, wie Michael der Tapfere ist, so 'n Woiwode oder Fürst ... Und er hat auch 'n Palast gebaut – das Haus des Volkes (angeblich ist dort auch die Kette am Wasserkasten im Klo aus Gold), und hat einen Streitkolben, mit dem er auf allen Fotos zu sehen ist ... Im Alter hat er den Verstand verloren. Der Teufel soll ihn holen, er mag sich auch Hörner anstecken, wenn er will, auch Federn in den Arsch, wenn man unsereins auch noch leben lässt. Warum sollen die alle Leckerbissen haben und wir Hunger leiden? Sie sollen wie die Könige leben, und wir sollen zu Hause vor Kälte sterben (dann heißt es: ›Zieht euch doch noch einen Pullover über‹ – der Niederträchtige!) und die Salami auf Lebensmittelkarte kriegen ... Und was für eine Salami ... was die da reintun, Soja, weiß der Teufel was, in die Mortadella tun die vollgekacktes Klopapier rein, heißt es ... Weh uns ... Weh uns Hungerleidern, so kann man ja nicht mehr leben. Wenn du ihnen zuhörst, ist alles wunderbar, bei uns ist es am besten, sie denken den ganzen Tag an das Glück des Volkes ... Es herrscht

---

19 Ceaușescus Vater.

Kommuniiiiiismus, es herrscht Gleichheeeeeit ... Das heißt, ich bin gleich mit Madame Leana, ich lauf auch im Leopardenpelz rum, esse auch Ananas und Kaviar, reise auch in der ganzen Welt rum wie sie! Wo bin ich schon mein Lebtag gewesen? In Tântava und in Bukarest. Und zweimal an anderen Orten: in Oradea und in Govora, das war's. Ich sag ja nichts, wenn ich nicht auch im Ausland gewesen bin, dort liegt das Geld ja auch nicht auf der Straße. Wohin soll man gehen? Wenigstens mein Land sollt ich kennenlernen. Aber ich hab mir so sehr gewünscht, Mircea, auch einmal mit dem Flugzeug zu reisen, zwischen den Wolken zu fliegen. Früher konnte man das Flugzeug von Băneasa nehmen, da gab's Rundflüge: Man wurde ein, zwei Stunden über der Stadt rumgeflogen, und dann kam man runter. Mein Leben lang wollte ich mit einem dieser Flugzeuge fliegen ... Aber woher das Geld nehmen? Wir mussten zu dritt mit einem Lohn auskommen, und die Möbel kauften wir mit einem Betriebsdarlehen, auf Raten und wieder Raten ... Und dann habt ihr auch Kleider gebraucht, denn ihr seid ja in Gesellschaft gegangen, du in die Schule, Vater zur Zeitung ... Ich konnte zu Hause drei Fetzen tragen, doch zumindest Vater sollte gut aussehen, so sein wie seine Kollegen. Eine Sache hab ich an ihm nicht gemocht: dass er irgendwann auch damit angefangen hat, sich Snagov-Zigaretten zu kaufen, in diesen roten Päckchen für zwölf Lei. Da hab ich ihm den Kopf gewaschen. Hör mal gut zu, Mann, du siehst, dass ich alles aufgegeben hab, damit wir was zum Beißen haben, und du spielst den feinen Herrn? Willst du denn mit Matei und mit Verendeanu mithalten, die den lieben langen Tag beim Kognak sitzen, die Autos haben, sich nicht, wie man sagt, um Kind und Kegel kümmern müssen, und deren Frauen arbeiten, nicht wie ich, die den ganzen Tag hinter dem Kleinen herläuft ... Dann hat er klein beigegeben, ist wieder auf Carpați umgestiegen, aber ich fand noch ab und zu ein Päckchen Snagov in seiner Aktentasche versteckt ...«

Mutter hat tiefe Ringe unter den rehbraunen Augen, deren Farbe viel heller ist als bei Vater. Wenn ich mich an sie als junge Frau erinnere, schnürt sich mir das Herz zusammen. Das Weltall altert, verschrumpelt und muss vergehen, aber ich kann es nicht hinnehmen, dass Mutter altert, es ist zu ungerecht, zu dumm. Auch sie spürt diesen astralen Sadismus, die Zeit in ihrer unumkehrbaren Ausdehnung, die Menschen auseinanderreißt, Fotografien nachdunkelt, Liebe und Leben und Jugend und Hoffnung zerstört und vor allem uns von uns selbst entfernt, sie von Maria entfremdet, dem Mädchen aus dem Lichtstreifen ihres Morgenrots, als ob wir alle, die einst über die Engel richten werden, hier, auf der Erde, einen umgekehrten Gestaltwandel lebten: Aus trägen Schuppenflüglern, die an der Schwelle unserer Jugend über Iridiummeere segeln, verwandeln wir uns in Raupen, in Regenwürmer, in blinde Würmer, in Tausendfüßler und Skolopender, sondern aus unserer alten, besiegten Haut, aus den tausend Wunden an unserem widerwärtigen Leib ohnmächtigen Schleim ab. Schmetterlinge mit Kinderaugen auf den kolossalen Schwingen, teilen wir unseren Flug mit den Wolken und mit der Göttlichkeit, bis diese unsere Schwingen plötzlich in der Luft Feuer fangen, brandig werden von der Reibung mit den Dingen, und von alldem bleibt der Leib übrig, der auf der Erde kriecht, schwer an seinen Hunderten Segmenten voll perlmuttfarbener Eier trägt, den peinigenden Korpuskeln der Erinnerung. Ein Bandwurm wie ein Film mit Hunderten und Tausenden Einstellungen, immer sepiadunkler, mit immer mehr Kratzern, je weiter er sich von dem Skolex mit Saugnäpfen und Fängen entfernt, der uns noch fest in der Wirklichkeit verankert hält. Auf ihrem an einer Ecke aufgeplatzten Jugendfoto mit den Briefmarkenzacken am Rand der vergilbten Emulsion ist Mutter blendend jung und schön. Sie steht kerzengerade und lächelt, Ironie und Kühnheit im Blick, im Hof des Hauses in der Silistra-Straße. Ihre biederen

Schuhe drücken das emporgeschossene Gras mit den winzigen Blümchen zwischen den würfelförmigen Steinen nieder, mit denen der Hof gepflastert ist. Der junge Leib in Bluse und Rock ist schlank, rein und jungfräulich, ebenso ihre wunderbar geschwungenen Lippen, das schmale Gesicht und die leuchtend rehbraunen Augen, das Einzige, das nicht gealtert ist im Gesicht meiner Mutter, die jetzt in der Küche steht, das Wachstuch anstarrt und mir erzählt. Damals, sogar noch auf diesem verwischten Foto sieht man's, wuchsen ihr aus den Schultern eine Million goldene Arme. Auf den kastanienbraunen Locken trug sie einen Kronreif, besetzt mit einer Million Brillanten, jeder von ihnen ein Weltall mit einer Milliarde Galaxien. Jetzt sind die Sonnen erloschen, die Arme vertrocknet, und Mutter ist eine betagte Frau.

»Als die Kommunisten gekommen sind, waren wir jung, was wussten wir schon? Für Leute wie uns, die vom Land kamen, sich hundserbärmlich abgerackert haben, war das eine gute Änderung. Denn auch mit den Bojaren kam man nicht zurande. Oder mit den Brotherren: Man arbeitete, bis man sich die Lungen ausspuckte, vom Morgengrauen bis in die Nacht. War ich denn nicht auch Gesellin? Und da sind die gekommen und haben uns gesagt: Aus und vorbei, von nun an seid ihr die Herren. Wir werden mit den Königen, den Popen Schluss machen, wir werden alle gleich sein und werden mit Ertrag arbeiten. Da kamen auch diese Filme raus, ach, waren die schön, Liebling, ›Das Tal erschallt‹, ›Liebe bei null Grad‹ mit dem jungen Iurie Darie ... (Wie's wohl in der Seele dieser Schauspieler ausschauen mag, wenn sie sich jetzt in alten Filmen wiedersehen, jung und schön?) Und in diesen Filmen hieß es, wir sollten fröhlich arbeiten, denn das taten wir ja von nun an für uns. Und sie steckten uns den ganzen Tag in Sitzungen, wo sie auf uns einredeten – als ob uns das kümmerte, was sie da sagten! Wir wussten, wir waren kleine Leute, wir überließen es anderen, sich den Kopf über

Politik zu zerbrechen. Wir Mädchen hatten, wie Mädchen eben, nur Filme im Kopf, Jungs ... Die da redeten am roten Tisch, wir machten ihnen schöne Augen ... Wie sagte doch Onkel Ștefan, dass einer dieser Propagandisten vom Land in einer Sitzung gesagt hatte (ich sag's jetzt wie er, ganz direkt): ›Genossen, bis jetzt haben uns alle auf den Kopf geschissen. Nunmehr haben auch wir einen Mund!‹ Und ha, ha, ha, so etwa war das auch, denn wenn eine von uns Arbeiterinnen das Wort ergreifen sollte, schrieben sie uns auf einem Zettel auf, was wir sagen mussten. Ansonsten war die Arbeit wie beim Brotherrn, ja, noch schlimmer, denn jetzt mussten wir den Plan übererfüllen, wir waren verpflichtet, miteinander zu wetteifern, die beste Weberin, der beste Dreher ... Und es war nach dem Krieg, Hungersnot, Elend. Schön war's nur, wenn wir zum Aufmarsch gingen, vor allem am 1. Mai und am 7. November, mit roten Fahnen mit Hammer und Sichel. Wir sangen die ›Internationale‹, schwenkten Fähnchen, wir hatten auch Papierblumen ... Wir kamen bis zur offiziellen Tribüne, wo die Staatsführer, die Generale waren ... Die Blaskapelle spielte auf, es war sehr schön in diesen Jahren, wenn es nicht regnete. Etwa zweimal habe ich auch den Genossen Gheorghe Gheorghiu-Dej gesehen, mit grauem Überzieher, grauem Hut, er winkte uns zu ... Und neben ihm stand ein ratzekahler, komischer Mann, der Genosse Chivu Stoica. Ansonsten kannte ich nur den Weg von ›Donca Simo‹ bis nach Hause, wo ich mit Schwesterchen Vasilica in Sankt Georg wohnte (damals fuhr die Straßenbahn vor der Universität, und von dort aus ging ich zu Fuß), und bis zum Kino ›Verbrüderung der Völker‹, wo man diese russischen Kriegsfilme gab, die mir nicht gefielen, aber auch ein paar komische. Was hab ich gelacht bei ›Alle Welt lacht, singt und tanzt‹, als das Schwein besoffen auf dem Tablett aufgetaucht ist, den Apfel im Maul ... Tja, das war mein Leben. Was anderes kannten wir nicht, und wir waren jung. Was kümmerte es uns? Wir wuschen uns den Kopf in einem Waschtrog und gingen mit nassen Haaren, ohne Kopfbedeckung hinaus, winters bei Schneesturm. Kaum dass wir dünne Strümpfe unter dem Rock anzogen ... Ich zerbrach mir nicht den Kopf über die Partei, über Politik ... Aber nachdem ich Vater geheiratet hatte, erklärte er mir einiges, er hat alles geglaubt, der Ärmste, was die ihm eingebläut haben. Er schrieb für die Wandzeitung, bei ITB, er war auch etwas bei der Gewerkschaft ... Als wir uns kennengelernt haben, hat er mir sein rotes UTM-Buch[20] gezeigt (er sprach in seinem Banater Dialekt: ›Schau mal, isch bin UTM-Mitglied‹ ...), mit einem lächerlichen Foto, daran erinner ich mich, dass ich losprustete: Er hatte eine Baskenmütze auf dem Kopf, bis über die Augenbrauen gezogen, wie die Traktorfahrer. Er war noch keine zwanzig ... In den ersten Monaten unsres Zusammenseins, erinner ich mich, machte ich das Essen, und er saß auf dem Stuhl, die Beine unter den Hintern gelegt, und erzählte dauernd von ihren Sitzungen, über die Sowjetunion, in der angeblich Milch und Honig flossen (ach was, die Russen, die kannte ich ja schon, ich wusste, wozu die fähig sind), über die Arbeiterpartei, die Reaktionäre, die Popen ... die amerikanischen Imperialisten ... Er hat mir aus Zeitungen vorgelesen, später auch seine Artikel in der *Roten Fahne*, denn dann haben sie ihn zur Zeitung geholt. Ich sagte nur hin und wieder ›ja?‹, ›aha!‹ oder ›das heißt?‹, damit er sieht, dass ich aufmerksam bin, aber eigentlich dachte ich an meine Sachen: was ich noch kochen soll, wann ich die Wäsche waschen soll ... Jetzt weiß Gott, was noch kommen mag. Ich fürchte, sie werden die Armee auf sie hetzen, auf die armen Kinder. Ich bin im Vorderzimmer und hab das Fenster aufgemacht, und mir ist, als hörte man was aus dem Zentrum, eine Art Brausen, mir ist, als hörte ich auch Schüsse. Da sei Gott vor! Und angenommen, sie setzen den ab, was wird dann sein? Wird's besser sein? Von wegen! Wer weiß, welchen

---

20 Union der Arbeiterjugend.

Gauner die noch einsetzen. Ist doch Jacke wie Hose. Nur sollten sie den Menschen auch was zu essen geben, ansonsten können die alle machen, was sie wollen. Denn jetzt wird keiner diesen Vorwand haben, dass wir nämlich unsere Auslandsschulden abbezahlen müssen; angeblich sind sie ja abbezahlt. Wenigstens brüstet sich der Alte damit. Wie viele Waggons voll Käse und Fleisch haben wir in all den Jahren den Russen und der ganzen Welt geschickt! Wenn ich so viel Geld hätte ... Ich hab gehört, sie wollen Nicușor[21] einsetzen, der wird uns wohl mit Haut und Haaren verkaufen, auch unsere Knochen, denn was andres gibt's nicht mehr zu verkaufen. Ein Taugenichts, die Leute erzählen, er hat sich mit allen Schlampen zusammengetan, feiert Tag und Nacht durch. Was soll's, der Kronprinz, reicher Leute Kind ... Von mir aus können die auch den Leibhaftigen, Gott vergib mir, einsetzen, nur sollen auch wir's etwas besser haben. Denn auch Ceaușescu wird ja nicht ewig leben, auch wenn sie ihn nicht jetzt absetzen. Wenn sogar Vater angefangen hat, über ihn zu schimpfen ... Erinnerst du dich, wie froh er damals, '65, war, als sie im Fernsehen angekündigt haben, dass nach Dej Genosse Nicolae Ceaușescu kommen wird? ›Sehr gut‹, sagte er, ›er ist jung, fünfundvierzig Jahre alt, es wird gut!‹ Und so war's auch, Liebes, warum soll man das nicht sagen, es war gut, solange du zur Schule gingst, den Menschen begann es gut zu gehen. Doch er ist alt geworden, verkalkt, die Hexe ist ihm auf den Kopf gestiegen, und er hat mit seinen blöden Ideen angefangen, mit der Rückzahlung der Schulden, mit dem Haus des Volkes, damit, wie gescheit die beiden sind, und jetzt tragen sie die Nase so hoch, dass keiner mehr an sie rankommt. Vater, der Ärmste, wird so rot im Gesicht, wenn er von denen hört, dass ich Angst hab, er kriegt einen Schlaganfall. Ich sag ihm immer, Costel, Costel, sprich leiser, die Nachbarn können uns hören. ›Sollen sie

---

21 Ceaușescus jüngster Sohn, der als sein Nachfolger galt.

mich doch hören‹, brüllt er, ›das ist ja kein Kommunismus mehr, auch kein Sozialismus, das ist nichts mehr! Die, ihr niederträchtiger Clan hat seine Tatzen auf das ganze Land gelegt. Sie haben die edlen Ideale des Sozialismus verraten!‹ Und flucht vor sich hin, du weißt, wie Vater durchdreht, wenn ihm die Zigaretten ausgehen oder wenn er auf eine Reißzwecke tritt: Gottverdammte Diebe! Diktatoren! Faschisten! Zum Glück sind die Nachbarn auch nicht grade besser, sogar der Offizier von unten brüllt manchmal, wenn er ihn im Fernsehen reden hört von den ›Völkern‹ und den ›Froinden‹. Vater sagt immer, dass der Kommunismus gut ist, dass aber der Chef ihn nicht richtig anzuwenden wusste. Sieh mal, sagt er, Gorbatschow, ein kluger Kopf, versucht noch was zu tun, die Diktatoren nach und nach abzusetzen, die sich überall an die Spitze gesetzt haben. Unglücklicherweise haben sich jene Länder dem Kapitalismus zugewandt, haben sich völlig entfernt vom Ideal der Menschheit, von unserer goldenen Zukunft. Von unsrer Auweia-Zukunft, besser gesagt, wie die Spaßvögel sagen, wenn man sie fragt, ob ihr Trauring aus Gold ist: Er ist aus Auweia ... Na ja, was soll's ? Auch wenn er ein ruhiger Mensch zu sein scheint, so dass man meint, man spürt gar nicht, dass er im Zimmer ist, so setzt doch das, was passiert, Vater sehr zu. Er hat auch Angst, dass es, Gott bewahre, wie '56 in Ungarn ausgeht, als man die Aktivisten und Securisten an den Strommasten aufgehängt hat ... Auch wenn er sich nur um seine Zeitung gekümmert hat, um die Landwirtschaft ... Aber wer weiß? Wenn eine Revolution kommt, kann's vorkommen, dass es irgendeinem durch den Kopf schießt: Knallen wir doch alle Parteimitglieder ab. Auch bei uns in Tântava ist so was passiert, nach dem Krieg, als sie die Kollektivierung eingeführt haben. Das ging ja nicht nach ihnen! Wer die Ackerböden nicht zurückgeben wollte, den haben sie zum Krüppel geprügelt. Danach haben sie jedenfalls allen die Pferde genommen und sie am Graben erschossen. Auch Opa haben sie sie weggenommen. Er hatte keinen Ackerboden abzugeben, aber er hatte zwei schöne Pferde, Braune, und einen neuen Wagen. So ist ihm nur noch der Wagen in der Scheune geblieben, du hast den ganzen Tag darin gespielt, als du klein warst ...«

Mutter schweigt. Wenn sie auf Tântava zu sprechen kommt, beginnen ihre Worte zu gären wie Buttermilch. Ohne es zu merken, fällt sie in ihre Mundart zurück, in deren naive Modulationen, in deren komische Grammatikfehler. Die ganze Tünche der Bukarester Jahre zerschmilzt wie der rote Überzug einer Vitamin-B-Kapsel, färbt ihr Lippen und Gaumen, verändert ihren Gesichtsausdruck und ihre Gesten. Sie ist wieder das Bauernmädchen vom Lande mit langen Zöpfen, die Maid, die im engen Klassenzimmer der Dorfschule sang: »Lass uns eins sagen, einer ist der Mond. Lass uns eins sagen, damit zwei werden. Zwei Hände hat das Kind, einer ist der Mond ...« Die Worte werden langsamer und deutlicher, bis sie ihr ganz und gar im Mund stehen bleiben, wie ein runder Stein, der zwischen Zunge und Gaumen der Gnade levitiert in einem Augenblick, in dem der Raum zur Zeit wird und entschwindet, und dann fangen sie an, rückwärts zu fließen, zu Kehlkopf, Stimmbändern und Luftröhre. Die rückwärts gesprochenen Wörter dringen gleich einer sonderbaren Melodie in die Lungen, verzweigen sich in die immer enger werdenden gewellten Röhrchen, münden in die Lungenbläschen und lösen sich im Blut auf, und dann sträuben sich die Haare auf Mutters Armen, und ihre Augen werden feucht, und in den plötzlich geweiteten Pupillen und über den rehbraunen Iriden breitet sich unvermittelt das Bild eines Dorfhauses aus, mit einem Birnbaum voller mehliger Birnen, mit einem Kettenhund und vielen Quittenbäumen und vielen Mirabellenbäumen, mit einem Backofen aus Lehm mit einer handgroßen Glasscheibe. Mutter ist dann ganz Tântava, der Ort auf der Erde, an den sie sich Nacht um Nacht hinträumt und dessen Sprache sie sprechen wird, bis sie stirbt.

Wir gehen beide ins Vorderzimmer, durchschreiten das in Dunkel getauchte Haus. Vater sitzt vor dem Fernseher, überwuchert von Algen und Steinkorallen, mit seinem einst blauschwarzen, jetzt völlig grauen Haar, das in der Zugluft des Zimmers weht. Die aschgrauen, durchscheinenden Fische schwimmen langsam im trüben Wasser, ziehen einen Streifen an Ausscheidungen nach. Gehäkelte Deckchen und Tischläufer schweben verwickelt über dem Tisch, die Stühle wanken, mit Muschelnestern überkrustet. Kaum können wir unsere Füße schleppen durch den dicken Sand auf dem Fußboden voller Würmer und ungestalten verrosteten Eisenstücken. Wir schieben uns leicht voran und steigen im gallertartigen Wasser auf, schwimmen zwischen Fußboden und Decke, die Kleider bald am Leibe klebend, bald gebauscht wie Quallenglocken, dringen durch die morsche Tür, die in Tausende Splitter zerbirst, in den kleinen Flur und gelangen in mein Zimmer, vor das dreiflügelige Fenster, das auf die Ștefan-cel-Mare-Chaussee blickt. Wir schwimmen langsam im grünlichen Licht des Dämmers, zwischen den Seiten meines Manuskripts, die nun zusammengerollt mit vom Wasser verwischter Schrift durchs ganze Zimmer torkeln, und schweben durch das auf der rechten Seite geöffnete Fenster hinaus, über die versunkene Stadt. Langsam rudern wir mit den Händen über den kupfernen Kuppeln, drehen uns unter dem Sternenteppich, der, das wissen wir jetzt, lediglich das Blitzen der Wellen darüber ist. Dann beginnen sich die kolossalen Bauwerke mit Säulen und Kapitellen, die Ministerien und die Hotels, die Universitäten und die Geschäfte, dichtbesiedelt vom Statuenvolk, bewohnt von Krabben und Fischschwärmen, wie Sand aufzulösen. Sie stürzen ein wie Babylon und Alexandrien, wie Uruk und Avalon, bis kein Stein mehr auf dem andern bleibt. In ihrem billigen, über den Sanddünen flatternden Kleid zwischen Sprotten und Pfeilhechten vor mir her schwimmend, wendet Mutter den Kopf, blickt mich mit ihren großen Seehundaugen an und gibt mir das Zeichen, ihr zu folgen. Mit zwei kräftigen Armbewegungen steigt sie senkrecht auf und stürzt sich plötzlich, mit immer irrsinniger werdender Geschwindigkeit, auf den Kreis geschmolzenen, flackernden Goldes darüber. Bald verliert sie sich in überweltlichem Licht.

Mircişor stand auf der in Mondlicht getauchten Schwelle seines Zimmers. Durch die jetzt sperrangelweit geöffnete Tür sah er die teerschwarzen Blutflecke an den Wänden, die Landkarten mit den Fjorden, Halbinseln und Eilanden eines höllischen Erdteils bildeten. Und jede Halbinsel hatte, wenn man sie genauer betrachtete, wieder andere kleinere Halbinseln und so weiter, bis ins Unendliche. Wie viel Kälte durch die Poren der Betonwände kommen konnte! Wie viel Wahnsinn die lebendigen Augen der Puppen mit Köpfen aus glasierter Pappe bergen konnten, die wer weiß wie aus ihrer Truhe ausgebrochen waren und in den Ecken verstreut lagen! Die Spinne war nicht zu sehen, doch auf eine gewisse Art war sie überall, aufgelöst im Schatten der großen Gruft. Man konnte die Achselhöhlen ihrer acht oder achtzigtausend Beine riechen, ihr giftiger schwarzer Flaum drang einem in die Lungen. Die Stille ließ einen vor Staunen versteinern. Die Fußsöhlchen des Kindes in seinem mit kleinen Elefanten verzierten Pyjama waren so fest gegen den kalten Zement des kleinen Flurs gepresst, als wären sie Saugnäpfe und als würde er an der Decke hängen, den Kopf nach unten. Das Mondlicht war klar, blau, blasenziehend, er spürte es auf der rechten Wange wie einen Spritzer medizinischen Alkohols, doch roch es seltsam, schwach, nach Mandeln. Das Kind drang in sein eigenes Grab ein, ins einsame Kenotaph seines Geistes. Bis zu dem an die Wand gerückten Bett waren es nur drei Schritte, doch so, wie es lediglich einige Zentimeter aus Stahl zwischen dir und dem Schatz im Panzerschrank gibt. Niemals hätte er sie durchschreiten können. So oft hatte er sich vorgestellt, wie er auf dem harten Bett in seinem Zimmer ausgestreckt lag, eine Puppe aus kaltem Fleisch. Totes Kind, bedeckt mit weißen Lilien mit klebrigem Mark. Pollen regneten über ihn, über seine weit geöffneten Augen, über die papierweißen Lippen, über die bläulichen, ins Laken gekrampften kleinen Fingernägel. Fahle Flügel drangen unter seinem Leib heraus und hingen in Fetzen und löchrig zum Fußboden hinab. Tot sein, niemals irgendetwas spüren.

Er ging bis zur Mitte des Zimmers vor, auf dem tagsüber kunterbunten, während der Nacht graueren oder schwärzeren, aus dunklen Streifen bestehenden Teppich. Die Puppen versuchten ihm mit ihren Tiefseefischzähnen in den Knöchel zu beißen, und Ciacanica stieß einen Todesschrei aus, als die Fußsohle des Kindes ihm aus Versehen auf die Brust trat. Der Junge hob ihn vom Fußboden auf und drückte ihn an die Brust, denn er war letztlich sein einziger Verbündeter. Gemeinsam fiel es ihnen leichter, in die Kanäle da unten hinabzusteigen. Mircișor steckte seine Hand in das Loch zwischen Ciacanicas Beinen, dort, wo das böse Mädchen ihm eine tiefe Wunde gerissen hatte, nachdem sie ihm, vielleicht zuerst, den Piephahn mit der Schere abgeschnitten hatte, und jetzt handhabte er ihn wie eine über seine Finger gestülpte Marionette. Sein Zeigefinger drang ihm in den Kopf, spürte dort sein feuchtes Gehirn, Daumen und Mittelfinger gingen in jene Ciacanicas hinein, und nun tat er alles, was der Junge wollte. Aber alle Mädchen und alle Frauen hatten ein Loch zwischen den Beinen, das ihr Vöglein war. Vielleicht zeigten sie es deswegen niemals (und man durfte auch nicht darüber reden), weil sie Angst hatten, dass jemand an jener Stelle seinen Arm bis zum Ellbogen in sie hineinsteckte und mit ihnen zu hantieren anfing, begann, ihre Hände zu bewegen und ihre Köpfe nach allen Seiten zu drehen wie bei sehr großen Puppen. Denn wenn du erlöst bist, musst du große Angst haben, dann lebst du nicht mehr selbst, sondern ein anderer lebt in dir und macht mit dir, was er will. Und du fühlst und siehst alles, hast aber keinerlei Macht; so muss es auch grauenhaft sein, in einem dicken Spinnengewebe gefangen zu sein und zu merken, wie die Spinne kommt, um dich auszusaugen, und du kannst nichts tun, als ihr zuzusehen ... Vielleicht lebten die Frauen immerzu mit dieser Angst, dass ihnen eine Schlange ins Vöglein hineinkroch, oder dass ihre Männer des Nachts, wenn sie schliefen, ihre Hände in sie hineinsteckten und anfingen, sie sachte zu bewegen ... Und wenn einige von ihnen ein Kind im Bauch haben, kann's nicht sein, dass sie sich davor fürchten, dass jemand es ihnen durch jenes Loch stehlen könnte? Dass er es da herausholt, wenn's noch klein ist wie ein Kunststoffmännchen, und es zu seinem Kind macht ... Wie sehr würde die Mama weinen, die ohne Kind im Bauch erwacht ...

An der rechten Wand gab es eine Stelle, die dem Jungen seit langem aufgefallen war, denn dort passten die Pilzchen an den Wänden, in eintönigen, verschimmelten Bahnen bis zur Decke hin aufgereiht, nicht zusammen. Es war eine Linie, wo je eine Huthälfte etwas steiler als die andere abfiel, und das war nicht gleich zu erkennen, aber Mircişor hatte an vielen Nachmittagen nichts anderes zu tun, als mit dem Finger die Umrisse der Blutflecke zu verfolgen und die Wände zu betrachten, die seinen jungen Augen in beinahe unendlicher Auflösungsschärfe erschienen, so dass die Tropfen dunkelgrüner Farbe nicht nur vollkommen deutlich zu sehen waren, sondern das Kind in jedem Klumpen auch schwammartige Hohlräume mit äußerst unregelmäßigen Wänden sah, an die Milbenschwärme geheftet waren, mit gelblich-durchscheinendem Körper, langen Härchen und Mundstücken aus Gallert, mit einer Art Stümpfen wie die von Verstümmelten anstelle der Beine und mit Haufen von Eiern, durch die geringelte Dicke des Hinterleibs sichtbar, mit offenen Poren in ihrer Haut aus weichem Glas, ausgekleidet mit Zellen in unablässiger Peristaltik, deren rötliche Kerne die schmierigen Chromosomenpäckchen enthielten, die aus DNS-Ketten zusammengesetzt waren – wie sehr das Kind seinen Spaß hatte an den Spiralen wie aus Papier – und ihrerseits wiederum aus Purin- und Pyrimidinbasen in unablässigem Wechsel bestanden ... Es folgte eine riesenhafte Schlucht, die Mircişors scharfer Blick in einem Augenblick durchmaß, und dann gewahrte man die gigantischen Kerngefüge, wie bauchige Sterne, umschwirrt von der statischen Elektronenwolke, in der jedes einzelne Elektron unschwer zu erkennen war, denn da sie identisch waren, waren alle eigentlich ein Einziges. Das Auge drang zwischen Neutrinos und Quarks durch, unterschied erheitert Narq, Parq und Larq, Farben und Geschmäcker, damit sich dann ein neuer schwarzer Schlund auch dort auftat, am Grunde der Lichter, deutlich wie eine Mauer aus Goldbarren auf der Planck-Skala, damit man die Raumkörnchen und Zeitperlen erspähe, die nicht einmal der scharfsichtigste Blick der Welt, der Blick der Embryonen, der Engel und der Toten, jemals wird ausweiden können. Dann riss sich der Junge aus dieser Konzentration des Blicks heraus, wie eine Mücke ihre Nadel aus dem Fleisch zieht, und erwachte wieder vor der mit Pilzchen gestrichenen Wand, auf der sich deutlich eine Tür von Mircişors Größe abzeichnete, so breit, dass die schmalen Knabenschultern mühelos hindurchpassten. Jetzt wusste er nur allzu gut, was in den Gedärmen der Villa war, obgleich es nicht immer dasselbe war; doch am Anfang, als er zum ersten Mal mit beiden Handflächen das an der Wand verschwommen sich abzeichnende Türchen aufgestoßen hatte, das er geraume Zeit nicht bemerkt hatte, war er von einem düsteren Schauder durchzuckt, von einer Übelkeit erfasst worden, gleich der einige Monate zuvor erlebten, als sie alle drei nachts durch Stöhnen und Schreie wach wurden, die nur dumpf zu hören und dennoch im Haus, sehr nahe waren. Mutter erwachte als Erste: »Costel, was ist das? Hast du das gehört?« Und schließlich standen alle auf, zündeten das Licht an, Mircişor fing an zu greinen ... Vater erhob sich und suchte im ganzen Haus, den Hammer in der Hand, denn sie befürchteten, dass ein Dieb eingedrungen sein könnte, um etwas zu stehlen. Aber da war niemand. Sie legten sich wieder schlafen, doch als sie eben einschlummerten, brach abermals einer jener Schreie hervor, unmenschlich und offenbar trotzdem der Kehle eines Menschen, einer geängstigten Frau entfahren. Das machten sie etwa eine Woche lang durch, waren erschrocken und unausgeschlafen, bis Vater, während er auf dem Klosett saß, bemerkte, woher der Laut kam. Es war ein kalter Morgen mit klarem und grimmigem Licht. Die Badezimmertür stand offen, die durch die Blätter der vor dem Fenster stehenden Rosen gefilterte Helligkeit drang bis ins Badezimmer und ließ die drei Porzellanbecken aufschimmern. »Es kommt von unter der Badewanne, ich hab's deutlich gehört«, sagte Vater zu Mutter, die ihn in ihrem fliederfarbenen Morgenmantel, wieder mit Lockenwicklern auf dem Kopf, verdutzt ansah, während Kotgeruch das ganze Haus erfüllte. »Geh und hol mir Meißel und Hammer.« Nachdem er sich geraume Zeit abgemüht hatte, denn es war Zement, hatte Vater unter der Badewanne ein Loch gebrochen, das immer breiter wurde. Das ganze Badezimmer war mit Zementstaub erfüllt, in den der kleine Junge freudig und barfuß trat, um ihn dann auf Läufern und auf dem Fußboden zu verteilen. Als das Loch so breit war wie der Kopf eines Menschen, zündete Vater ein Streichholz an und steckte den Kopf hinein, um zu sehen, ob dort etwas war. Und da war etwas, denn Vater wich jäh zur Seite, riss seine Hand aus dem Loch, aus einem Finger rann Blut. »Gottverfluchte Scheiße!«, brüllte er mehr erschrocken als wütend, und in diesem Augenblick schoss etwas aus dem Loch, was dem Kind eine orangefarbene Flamme zu sein schien. Es war eine Katze, groß und knochendürr, vor Hunger wild geworden, mit fletschenden Zähnen und glühenden Augen. Sie war vor etwa zehn Tagen durch den Lüftungsschacht in den Hohlraum unter der Badewanne gefallen und hatte nicht mehr herausgekonnt. Sie hatte kein Wasser getrunken und die ganze Zeit nichts gefressen. Mit struppigem Fell, verzweifelt heulend, blieb sie unter dem Bett, wo Mutter ihr ein Tellerchen mit Milch hinstellte. Etwa zehnmal goss sie Milch nach, denn die Katze leckte alles im Nu auf, murrend und die Reißzähne fletschend. Sie war leuchtend orangefarben, dass einem die Augen wehtaten, wenn man sie im Licht sah. Immer wenn er vor dem Türchen in der mit Pilzchen gestrichenen Wand stand, erwartete Mircişor, dass von dort ein solches feuriges Raubtier hervorschießen werde, das ihn auf einmal verschlingen würde, wie die schlimmen Kinder, die sich an der Steckdose zu schaffen machen. Doch das geschah nicht. Er stieß das Türchen auf und fand sich an einem kellerähnlichen kalten und trockenen Ort wieder, die Wände aus gewöhnlichem, rauem Zement, hie und da mit Teer befleckt. Der vollkommen leere Ort war gut beleuchtet: Eine Glühbirne mit einem Schutzschirm drumherum, damit sie nicht gestohlen wurde, ergoss ihre Strahlen von der Decke. Der Fußboden bestand aus demselben groben Beton mit den Stücken aus verrostetem Armierungseisen, die da und dort herausragten, und alles war von einer Schuttschicht überzogen. Weder Türen noch Fenster, nur eine metallene Treppe mit Geländer, die zum Kellergeschoss der Villa hinunterführte. Mircişor hatte von seinem Vater gehört, dass die Villa ein Kellergeschoss hatte, doch hatte er geglaubt, dass es die Einzimmerwohnung der alten Frau sei, die einige Stufen weiter unterhalb des Treppenabsatzes im Erdgeschoss in einer Art Grube hauste, wo Mircea hin und wieder mit den gleichaltrigen Jungs spielte. Einmal hatte sich die Tür geöffnet, und eine Greisin hatte ihn hineingerufen; das Kind hatte sich sehr erschrocken, denn jenes Zimmer mit einer mit Decken überhäuften Sitzbank im Hintergrund, mit einem Tisch, auf dem ewig ein mit der Spitze nach oben gestelltes Kohlebügeleisen stand, und mit einem Kochherd an der Seite war ausgerechnet das Zimmer, in dem er in der Silistra-Straße gewohnt hatte; es war ihm nicht nur ähnlich, nein, es war ebenjenes. Das ging so weit, dass unter dem Bett die

Ecke des Büchleins »Onkel Stiopa der Milizionär« hervorlugte, aus dem ihm Mutter so oft vorgelesen hatte, als sie ihn »wie die feinen Herren« zwischen die Kissen bettete. Durch die Tür kam ein kräftiger Luftzug, der dem Kind Haarsträhnen hochwehte, und jene Luft roch bis zum Erbrechen nach Rosenlorbeerbäumen, nach Rosenlorbeerbäumen und Mehlschwitze, der Geruch des magischen, U-förmigen Hauses, des Hauses seiner Kindheit in der Silistra-Straße. Der Junge hatte gewusst, dass er, wäre er dort eingetreten, wieder klein gewesen wäre, nur ein Jahr alt, aber auch, dass weder seine Mutter noch sein Vater erschienen wären, sondern dass er für immer in den Armen jener sehr, sehr alten Frau geblieben wäre, die ihre Zähne hinter sich, in der Tiefe ihres Lebenswaldes ausgestreut hatte, um den Weg zurück finden zu können.

Doch das war nicht das Kellergeschoss. Stufe um Stufe um Stufe stieg er die Eisentreppen hinunter, die zu hoch für seine Beine waren, bis er in die Maschinenhalle gelangte. Dort waren die Maschinen, die die Wirklichkeit webten. In dem Maße, in dem sich die Dinge abnutzten, webten sie aus einem spinnfadendünnen Stoff rasch Flicken, Notbehelfe, Ersatzteile dafür. Zunächst waren die Formen schemenhaft und durchscheinend, doch wenn sie in die Welt, in die scharfe Luft der Häuser, der Straßen, des blauen Himmels gehoben wurden, blieben sie über den in immerwährendem Schwund begriffenen Gegenständen kleben, und langsam, langsam wurden sie undurchlässig, bunt und fest wie Blech, wie Sand, wie die Haut der Wangen, wie der Flaum auf der Brust der Vögel. Wenn ein Blatt vom Baum abfiel, stellten es jene schmierigen schwarzen Maschinen mit einer Menge Zahnrädern, Ritzeln, Hebeln, Malteserkreuzen und Zahnstangen, glotzäugigen Linsen und fingerdünnen Kolben sofort wieder her, zuerst wie eine grüne Knospe unter der Achsel des Baumes, dann wie ein zusammengekrampftes Händchen, schließlich glatt und von Adern durchzogen. Wenn sich das Lächeln im Gesicht der Verkäuferin aus dem Brotladen verwischte, erzeugten die Maschinen rasch ein anderes, das Mircișor im Halbschatten des Kellergeschosses glitzern sah, bevor es hinaufstieg, wie eine Feder von den großen Lüftern im Fußboden fortgeweht, und sich erneut auf das Gesicht und die Augen der zwischen den heißen, soeben aus dem Backofen geholten Weißbroten und geflochtenen Wecken stehenden Frau legte. Wenn ein Gebäude abgerissen wurde, wenn der Zahnarzt jemandem einen Zahn zog, wenn ein alter Mann schrumpfte, wenn Mircișor ein Jäckchen zu klein wurde, zeichneten jene Maschinenarme alle diese Dinge mit präzisen, unpersönlichen und magischen Bewegungen in der Luft nach, ergänzten, glichen sie aus, erhoben und kosten sie mit der kalten und wirksamen Zärtlichkeit des Insekts, das zwischen den scharfen Kiefern seine Puppen von einer unterirdischen Kammer zur andern sachte spazieren führt. Es gab unzählige solcher Maschinen. Das Kind ging zwischen ihnen so hin und her, wie sich seine Mutter in der Donca-Simo-Weberei um acht Webstühle gleichzeitig gekümmert hatte, wobei sie zwischen ihnen hin und her sauste, die gerissenen Litzen verknüpfte, die Spulen auf die Halter setzte, in dem milchigen Licht, das durch die Glasscheiben der Werkstatt kam. Alle Maschinen, hatte er bemerkt, zogen ihre Substanz, jenen klebrigen Stoff, den sie in Fäden webten, aus einem einzigen großen Kristallbehälter, einer Halbkugel, größer als alles andere, was der kleine Junge bis dahin gesehen hatte, außer dem riesenhaften Gewölbe, unter dem das in ewigen Sommer getauchte Stadtviertel Floreasca untergebracht war. Das Kind in dem mit kleinen Elefanten bedruckten Schlafanzug ging barfuß auf dem warmen Mosaik dahin, zwischen Getrieben, die zehnmal höher waren als es und den ganzen weiten und schwach beleuchteten Raum vibrieren ließen. Nach einer verschlungenen, immer wieder durch unerwartete Verflechtungen zwischen den Maschinen versperrten Wegstrecke – Transmissionsriemen, Laufbänder und vor allem Kabel, wie der Schlauch ihrer Dusche in Metallspiralen gewickelt – gelangte es neben die große durchsichtige Kuppel, in der die perlmuttsilbrige, regenbogengleiche Substanz rauschte, aus der die Welt gebildet wurde. Städte, Straßenbahnen, Menschen, Wolken – alles, alles, was man an der Oberfläche der Erde sah (Mircişor selber konnte sehen, wie jede von seiner dünnen Oberhaut abgeschuppte Schicht sofort durch einen spukhaften Schleier lebendiger Zellen ersetzt wurde), ja sogar die Maschinen selbst, die ebenfalls der Korrosion in der toxischen Umgebung der Zeit ausgesetzt waren, und die sich unausgesetzt wiederherstellten, indem sie sich untereinander blankpolierten und umgestalteten – alles war aus jenem honigseimigen, zu glänzenden Fäden gezogenen Perlmutt gebildet. Sehr viel später sollte das Kind erfahren, dass es dennoch zwei Dinge auf der Welt gab, die nicht wiederhergestellt werden konnten, weil sie, von allem Anfang an, aus jenem Perlmutt selber geschaffen waren: die Neuronen und die Spermien, die Wirkstoffe des Raums und der Zeit, die animalischen und die vegetativen Engel unseres Lebens. Wenn sie alterten und starben, erwartete sie weder Ersetzung noch Instandsetzung, noch Prothese, noch Erlösung. Deren Ziel war ein Einziges, Gott oder die mystische Eizelle, ein und dasselbe, lediglich unterschieden durch den erwählten Weg hin zum ewigen Palast, dem Königreich, zu dem wir alle zurückzukehren trachten. Und ihre Herrlichkeit war die Auflösung in jenem zerstörenden Licht.

Als es an die Kristallwand gelangte, die sich beim Berühren lauwarm anfühlte, ging das Kind an ihr entlang, betrachtete seine undeutliche Spiegelung in der gekrümmten Scheibe, bis es am Ende eines endlosen Weges in dem Bereich ankam, von dem die Kanäle ausgingen. Es gab drei Kanäle, zunächst schmaler, wie Wasser führende Rutschbahnen, dann immer breiter, die sich auch der großen Halbkugel nach wölbten, unter der Decke eindrangen und so zu erkennen gaben, dass die Kristallkugel ganz war, vollkommen sphärisch, jedoch eine verborgene Seite hatte, die einen Viertelkilometer tief unter der Erde versank. In den Kanälen floss grünes, leichtes, aufgewühltes Wasser, das Tausende im schwachen Licht wie prächtige Bergkristalle glänzende Kräuselungen bildete. Der kleine Junge zog seinen Pyjama aus und verblieb nackt, anrührend klein und anmutig in der unsagbaren Erhabenheit jenes Saals. Er befühlte das Wasser mit dem Finger, obschon er wusste, dass es wegen der Berührung mit der großen Kugel warm sei, und anschließend setzte er sich rittlings auf die sanfte Rinne wie in einem Muschelinneren. Er ließ sich gleichzeitig mit dem Wasser in den unbekannten Raum darunter hinabgleiten, Windung um Windung um das Wunderbehältnis herum, während er den rauen Felsen zu seiner Rechten betrachtete; darin waren Jaspis- und Porphyradern eingesenkt, in die kleine Höhlen voller durchsichtiger blinder Insekten gegraben waren.

Wenn er sich für den ersten Kanal entschied, den von der riesigen Quarzkugel am weitesten entfernten, ließ er sich vom Wasser tragen, das in ein immer breiter werdendes Bett floss, bis es zu einem trüben Strom wurde, der sich unter den entzündeten Wolken eines ewigen Sonnenuntergangs dahinwälzte. Er schwamm mühelos in dem immateriellen, gasförmigen Wasser, welches das Kind auch atmen konnte, so dass es nicht selten unter die Oberfläche der Wellen tauchte, um am nackten Leib das aus der Tiefe aufsteigende Licht zu empfangen. Denn unter seinem Bauch und seinen Schenkeln breitete sich eine weitläufige versunkene Stadt, märchenhaft beleuchtet, mit Turmspitzen und Gewölben aus Kupfer, mit über den vergilbten Fassaden oben aufgestellten Steineiern. Seinen Kopf aus dem Wasser reckend, seine mit Glyzerin beladenen Haare schüttelnd, kam der Junge unglaublich schnell durch die Wasser des Stromes voran, bis er an eines seiner Ufer gelangte, an eine Kanalöffnung, durch deren Tunnel er gleichzeitig mit einem dünnen Zweig des großen Stroms hinunterglitt. Der Kanal war verschlungen, an seinem Ufer gab es einige grobe Kabelstränge, von denen hin und wieder eine Glühbirne mit Drahtschirm herabhing. Nach stundenlangem Schwimmen durch den gelbwandigen, einer gekrümmten Weltwurzel gleichenden Kanal gelangte Mircişor an ein dampfendes Schwimmbecken, wo in dunkelgrünem Licht zig nackte, knochendürre Männer mit welker gelber Haut schwammen (vielmehr standen sie, die Füße im Wasser, auf der rechteckigen Einfassung, in einem engen, luftlosen, im giftigen Dampf fast unsichtbaren Raum). Die meisten hatten Glatzen und auf ihren ältlichen Körpern die Spuren grausiger Wunden, mit Packschnur zusammengenähte Narben, Eingeweidebrüche so groß wie ein Kinderkopf, bis auf den Boden herabhängende, von Elephantiasis aufgeblähte Hoden. Dem Kind graute es vor ihren traurigen Augen, vor den Stümpfen der fehlenden Gliedmaßen, vor dem schwefelhaltigen Wasser, in dem sie aneinandergedrückt standen, mit geweiteten Augen um sich blickend, als wären sie gewärtig, jeden Augenblick von den blinden, an den Wänden des Schwimmbeckens wimmelnden Insekten erhascht zu werden. Nachdem das Kind in ihre menschenstarrende Enge eingedrungen war, wurde die Grotte versiegelt, und es gab keinerlei Hoffnung mehr, wie es nie eine gegeben hatte: Äonen um Äonen würden sie dortbleiben, nackt und leidend, vergebens darauf wartend, dass die Wasser von einem Engel getrübt würden, der aus der Höhe herabgestiegen war, um sie zu befreien und zu heilen. Und immer geschah es also. Einer der Männer löste sich aus dem wirbelnden Dampf und kam auf ihn zu. Vielleicht lächelte er ihm sogar zu, aber das Lächeln konnte man im tragisch zum Boden verdrehten Antlitz des verkrüppelten Menschen nicht sehen, dessen blaue Augen ihn verstohlen betrachteten. Mit unsagbarer Sanftmut holte er den Jungen, ihn unter den Achseln hochhebend, aus dem Wasser und nahm ihn dann beim Händchen, um ihn zur gegenüberliegenden Seite des Tunnels, durch den das Kind gekommen war, zu geleiten. Alle Männer im Saal kamen aus dem Wasser, erhoben sich und verfolgten sie mit den Blicken, und der eine zeigte sie dem andern mit den wenigen Fingern, die an ihren aussatzbefallenen Händen übrig geblieben waren. Sie wichen zur Seite in einer Art mystischer Ehrfurcht, denn dem Kindchen mit den schwarzen Augen im leichenfahlen Gesicht verdankten sie die wilde Seligkeit zu leben, und sei es auch beladen mit Krankheiten, durchsetzt von Parasiten, verstümmelt und ohnmächtig, und sei es in dem zwiefachen, schrecklichen Gefängnis eines hermetischen Schwimmbeckens und einer noch kryptischeren Manuskriptseite.

Derjenige mit dem wie von der Pranke eines Löwen oder eines Engels gebrochenen Hals trug das Kind zu einer Schwingtür mit bläulich gestrichener Holzzarge, blieb an der Schwelle stehen und ließ das verschwitzte Händchen los. Der kleine Junge stieß die Tür auf und trat unter einen Herbsthimmel hinaus. Es war ein enger Raum zwischen aschgrauen Wohnblocks, eine Art asphaltierter Innenhof. An einer Seite gab es einen Zaun aus Betonfertigbauteilen, jenseits dessen man zwischen rundblättrigen Robinien ein gewaltiges Backsteingebäude sah, mit Giebeln und Türmen wie bei einem Märchenschloss. Die »Mühle Dâmbovița«, dachte das Kind, froh darüber, dass es sie wiedererkannt hatte, wie ihm auch mit Staunen und Freude die anderen Dinge ringsum deutlicher wurden: die Grube, die Brücke darüber, der Metallthron auf seinem Sockel aus massivem Zement, das Umspannwerk, bedeckt mit bunten Kreidebuchstaben, und vor allem die Kinder, die bei seiner Ankunft mit dem Bockspringen aufgehört und sich freudig um ihn geschart hatten. Alle waren sie da, Silvia und Iolanda, Lumpă und sein Bruder Mirel, Vova und Paul Smirnoff, Dan der Verrückte und Marțaganul. Es war der verzauberte Ort vom Treppenhaus eins, eingehüllt in den rauen Duft der Fiktion. Und immer stieg

Mircişor, der jetzt wusste, wer er war und was die Kinder von ihm wollten, auf den Thron aus verrostetem Eisen und fing an, ihnen eine Geschichte zu erzählen. Diesmal war es weder eine über den Recken im Tigerfell[22] noch die von den elf Schwänen, noch die Geschichte des Prinzen Saltan aus dem Buch von der Fensterbank der Villa in Floreasca. Es war eine Geschichte, die jedoch alle erfasste, wie sie jetzt auch die Kinder erfasste, wie einen der Schlaf erfasst, eine Geschichte, die sie die Spiele, die Raufereien vergessen ließ und auch ihre Eltern, die auf dem Balkon darüber in Unterhemden und Morgenmänteln eine Zigarette rauchten, in die Weite blickten, zu den Türmen am Haus des Funkens, die noch hinter der Pappelreihe sichtbar waren. Es war die Geschichte vom Land Tikitan.

In anderen Nächten entschied sich Mircişor für den mittleren Kanal und glitt ihn entlang, zusammen mit dem leichten und aufgewühlten Wasser, auf das er mit seinen Händchen gepatscht hatte, bis es sich in einen Wassersturz von krummen und glänzenden Tropfen zerstreute, bis sich das schwere Euter der Kristallkugel irgendwo darüber verlor. Er sah es noch eine Zeitlang über den Windungen des Kanals schweben wie einen schwermütigen Planeten, so dass das Kind danach in der Dunkelheit verschwand. Jetzt glitt es mit erschreckender Geschwindigkeit durch einen Tunnel mit Wänden so scharlachrot, als wären sie aus der mit Wollust abgerissenen Kruste an seinen Knien gebildet, wenn er hingefallen war und sich aufgeschürft hatte. Und das Wasser wurde allmählich rötlich, und seit einer Weile gewahrte man durch ihre durchsichtigen, schleimigen Strömungen rote und weiße Blutkörperchen, Stränge von Fetten und Zuckern, Antikörper mit tastenden Pseudopodien. Nach oftmali-

---

22 Anspielung auf Šotha Rusthaveli, »Der Mann im Panther-[Tiger-]fell«, das georgische Nationalepos von ritterlicher Liebe, Vasallentreue und Tapferkeit (12./13. Jahrhundert).

gem Zusammenkringeln zwischen den Wänden aus lebendem Fleisch und geschmeidigem Knorpel gelangte er an ein stilles Gestade, bestreut mit großen Knochengerüsten unmöglicher Wesen. Verblüfft und voll dunkler Freude ging das Kind zwischen ihnen hindurch. Es wusste, dass sich auch in seinem Körperchen unaufhörlich Knochen aufbauten, die ihn trugen, wie eine innere Koralle, auf der das ungestalte Fleisch höher und höher, hin zum Licht klettert. Ablagerung um Ablagerung hatte es seinen Schädel abgesondert, nicht anders als die Schnecke ihre Spirale aus asymptotischem Stein bildet, damit das weiche Tier seines Geistes dort wohne. Aber es wusste nicht, wie sich die Knochen des Fötus im Leib seiner Mutter herausgebildet hatten, noch konnte er auch nur ein Haar vom Kopf eines Menschen erschaffen. Wie konnte sein armer Hochmut der Macht des Leviathan die Stirn bieten? Er schritt durch die zertrümmerten organischen Denkmale, ruhte sich auf Wirbeln aus, die so hoch waren wie er, kauerte sich in Augenhöhlen, in die er vollkommen hineinpasste, als wäre er selbst deren längst verdampftes Auge ... Er trat in die Grotte eines riesenhaften Felsens, stieg durch Malachitblüten und Quarzigel hinab bis in den großen Saal eines unterirdischen Mausoleums. Es war eine versunkene Kathedrale, doch um wie viel melancholischer! Allenthalben gab es kolossalische Grabmale aus grünem und rotem marmorartigem Stein, zum Hochglanz eines Spiegels geschliffen. Da gab es kannelierte Säulen, viele zerbröckelt und hingestürzt auf den Fußboden mit dem geometrischen Mosaik, leicht und ebenfalls glatt geschliffen und so weiträumig, dass man seine Krümmung sah, die derjenigen der Erde folgte. Auf den riesigen Sarkophagen aus Porphyr und Granit standen durchscheinende Statuen, die Onyxkreuze oder Bernsteinsphären stützten und das Kind verfolgten mit ihren blinden Augen, mit ihren gekräuselten, mit Verachtung befrachteten Lippen. Große Gemälde in barocken Rahmen stellten menschliche Knochengerüste dar mit Streifen verdorrten Fleisches, die noch daran hingen, mit Spuren sich sträubenden Haares im Nacken der kahlen Schädel; die Gerippe bestürmten hochrote, nackte und entsetzte Frauen, warfen sie auf baldachinüberdachte Betten und vergewaltigten sie voller Wildheit, derweil sie ihnen triumphierend die halbvolle Sanduhr zeigten, wobei sie zu fünft oder zu sechst über eine einzige herfielen wie ein Rudel Wölfe, das ein Reh eingekreist hat. Andere Malereien waren erfüllt von Dämmerlicht, in dem, durchscheinend wie Zucker, verlassene antike Bauwerke, Tempel und Bäder mit dreieckigen Giebeln und runden Fenstern in Trümmer gingen. Auf ihren Bodenplatten aus zyklopischem Stein bildeten kleine Gruppen von Menschen in unbekannten Gewändern lächerliche Umzüge wie von Pflanzenflöhen. Denn das bescheidenste Gewölbe, die niedrigste Decke an den alabasternen Pilastern waren hundertmal höher als sie. Darüber steigerten verzerrte, unwirkliche, manieristische Wolken bis zur Verzweiflung die Einsamkeit.

In die gigantische, eisige Katakombe drang aus unermesslicher Höhe das Licht in schrägen grünen Strahlen, so dass der kleine Junge zur Hälfte in einen milchigen und grausamen Schimmer getaucht war, zur Hälfte in tiefem Schatten stand. Schlurfend ging er, von Kühle durchschauert, wochenlang dahin, bis an der Sichtgrenze der Funke erschien, den er erwartet hatte, seitdem er den Fuß in die Krypta gesetzt hatte. Das Licht von blendender Weiße wuchs wie ein Diamant, bis es Umriss gewann: ein Kristallsarg in der Mitte des Saals voller Gräber und Standbilder. Als er in dessen Nähe gelangte, erkannte der Junge die Kristallwände und den Deckel eines Grabes von regenbogenhaftem, unirdischem Glanz. Darin pulste, wie in einer durchscheinenden Chrysalide, das einzig Lebendige in dem Schiff der gigantischen Kathedrale: ein feuchter, fahler Kokon mit zusammengefalteten, kaum angedeuteten Gliedern, mit seltsamen Riefelungen und Fortsätzen, mit Krusten, gleichsam aus beschlagenem Glas, über den trüben Schwellungen der Augen, die sich noch keinen Weg durch ein muschelfußähnlich hyalitartiges Fleisch gebahnt hatten. Die sich bereits abzeichnenden Mundwerkzeuge der menschengroßen Nymphe waren spiralförmig wie eine kleine Uhrfeder, die runzeligen fahlen Flügel waren unter dem Umriss der lebenden Mumie im Kristallsarg kaum auszumachen. Das Kind berührte die harten und kalten Wände mit den Händchen, betrachtete staunend die langsamen peristaltischen Bewegungen unter der Molluskenhaut der Nymphe, die schlafwandlerische Unruhe ihres Kopfes mit den gewaltigen Augenschwellungen, und ging dann weiter, zum gegenüberliegenden Ende der Katakombe. Mit aller Kraft drückend, stieß Mircea eine Tür aus geschnitztem Mahagoni auf, die zehnmal höher war als er, und fand sich in einem anderen Saal des Museums wieder, in dem die Ausstellungsstücke in den Schaukästen, ausgestopfte Tiere mit Glasaugen, farblose Schlangen in Gläsern mit Formalin, Insekten und Schildkröten, aber vor allem gewaltige Schuppenflügler auferstanden waren und die gläsernen Habitate der Dioramen zerschlagen hatten; jetzt nahten sie wie ein Meer von Fellen, Federn und Chitin, bereit, ihn einzukreisen und in Stücke zu reißen. Doch das Gewimmel und Gebrüll der entfesselten Fauna ängstigten ihn nicht so sehr wie die Tatsache, dass ... er einen Mädchenleib hatte, dass er durch die Augen eines jungen Mädchens blickte, und blitzartig kam ihm alles wieder in den Sinn: Es war Andrei, der unglückliche und schizoide, in Gina verliebte Jüngling, mit dem er Saal um Saal das völlig leere Antipa-Museum durchstreift hatte, wobei sie einander bei den Händen hielten wie Adam und Eva in ihrem Paradies, den Tieren eigenartige, lateinische Namen gaben und sich dann zum ersten Mal liebten, mitten in dem Garten voller Glaskästen und Exponate. Und er erinnerte sich daran, wie sie, die Liebenden, nachdem sie sich voneinander gelöst hatten, einander in die Augen geschaut hatten, und wie er sie in den rehbraunen Augen, seinen eigenen Augen, gesehen hatte, und so hatte er erfahren, dass er gewandelt, in Gina verlagert worden war und sie in ihn, und dass er jetzt hatte, was er sich immer gewünscht hatte, ihre Lippen, ihre Brüste, ihre Hüften, ihre Schamlippen, doch nicht auf die Art und Weise, wie er sie sich gewünscht hatte, denn er hatte sie mit seinem sich ausdehnenden, vor Liebe und Sehnsucht wahnsinnigen Geist ganz ausgefüllt. Und nun flüchtete er vor der Horde der auferstandenen Tiere, die versuchten, ihn (sie) in den engen Sälen des alten Naturkundemuseums einzukreisen. Als die Mandibeln der Gottesanbeterinnen und die Kieferfühler der Taranteln und die Backenzähne der Hyänen und die Krallen der Ameisenbären sein Kleid schon erfasst und zerfetzt hatten, war es Mircișor-Andrei-Gina, dem, der die Flügel der Schmetterlinge ins Gesicht geschlagen hatten, gelungen, durch das Eingangstor hinauszulaufen und es vor der vielgestaltigen Woge lebender Flut ins Schloss zu donnern. Nun fand er sich auf dem Victoria-Platz wieder, nachts, im schwachen, orangefarbenen Licht einiger ferner Laternenmasten. Nur selten fuhr ein vereinzeltes Auto vorbei. Weit entfernt, vor dem Ministerrat, schwatzten unhörbar zwei Milizionäre. Er stieg die Stufen des Museums hinunter und bog nach links, zur Kiseleff-Chaussee ein, in seinen hochhackigen Schühchen linkisch dahinstaksend. Die Nacht war mild, durchweht von warmen Windstößen. Das lange, gelockte Haar von der Farbe des Eichenholzes fiel ihm in Strähnen über die Schultern. Er fragte sich, ob er in Richtung Floreasca, Ștefan-cel-Mare-Chaussee oder Armenische Straße gehen sollte, ob er Kind, Mann oder Frau sei, ob er träume, sich erinnere oder wach sei. Mitten auf dem leeren Platz blieb er stehen, wie eine allegorische Statue, die das Zögern darstellt.

Aber der kleine Junge hatte sich jetzt für den dritten Dendriten entschieden, den Kanal, welcher der mit jenem seltsamen Sperma gefüllten Quarzsphäre am nächsten, gleichsam elektrostatisch an sie festgeklebt war, denn es war der Kanal, der der bauchigen Biegung des großen Athanor am getreuesten folgte. Er ließ sich in die Rinne gleiten, sie war gefüllt mit demselben leichten grünen Wasser, das seinen zarten kleinen Leib lauwarm umgab. Er stieg in Kreisen mit immer geringer werdendem Durchmesser hinab, drang tiefer und tiefer hin zur Mitte der Erde, wie einst der Florentiner sich entlang dem phantastischen Leib Satans einen Weg gebahnt hatte, indem er auf dessen Haut wie ein Parasit dahinkroch, dessen Gehirn, Herz und Lungen betrachtete, das Zwerchfell durchquerte, in dem, wie in einem Spiegel, »hinab« zu »hinauf« wurde, und entlang dem Gekröse, der Leber und der teerschwarzen Hoden aufstieg zu den Sternen, die das menschliche Auge noch nie gesehen hatte. Doch hatte Mircișor keinen Wegweiser, im Gegenteil, er war selbst eine Art größeres Brüderchen Ciacanicas, der in seinen Armen fröstelte, mit patschnassem Leib, und der kleine Junge drehte ihm hin und wieder den Kopf, damit er die wunderbaren Orte sehe, an denen sie vorbeikamen.

Denn an der tiefsten Stelle der Umgehung der Perlmuttsphäre, dort, wo deren schwerer Bauch sich in einem einzigen Punkt verdichtete, eine Singularität gleich dem Urknall, von dem ein endliches, aber grenzenloses Weltall seinen Ausgang genommen hat, das sich in einer imaginären, lotrecht zu der von den Uhren angezeigten Zeit entwickelt, löste sich die Rinne, auf der Mircișor glitt, von dem Bündel ab und drang jäh in den umliegenden Felsen ein, wie ein Gehörgang in die dicke Schädelwand. In den Clownaugen der vom Händchen des Jungen belebten Puppe spiegelten sich nun phantastische Bilder einer Welt von dermaßen trauriger Schönheit, dass sie nur das Nacht- und Vakuumgehirn in einem Kopf aus glasierter Pappe ertragen konnte. Mit geschlossenen Augen glitt Mircișor die fliederfarbene Rutschbahn hinab, aber durch die Transparenz seines rechten Arms hindurch konnte man, wie durch Schneckenfühler, lange dunkle Sehnerven sehen, die bis zu seinem Zeigefinger und seinem Mittelfinger reichten, wo sie sich, schwarz aufblitzend, in den gewellteten Pupillen der Puppe öffneten, durch deren Augen das Kind jetzt die Bilder einer fabelhaften Welt einsaugte.

Es waren Fraktale, grün wie Heuschrecken, purpurrot wie Sonnenuntergänge, azurblau wie die Himmelstiefe, golden wie Wespen, fließend und blühend, spiralförmig und schwindelerregend; sie jagten gleichzeitig mit dem Kind den aderglatten, biegsamen Tunnel hinab. Pfauenschweife und Schmetterlingsschwingen und Schneeflocken und norwegische Gestade und Sonnenaufgänge von Caspar David Friedrich dehnten sich an den Wänden aus, tauchten ineinander ein, fraßen ihre Farben und Durchsichtigkeiten und Spiegelungen in einer allumfassenden Homothetie. Sie entsprangen in der Mitte von Engelschören und gingen in heldenhaften, widersinnigen und vergessenen Schlachten unter. Sie strecken Arme aus, die sich in Armen entfalteten, die sich in Armen entfalteten. Sie wogten wie die berauschenden Würmer der Abgründe, mit Krapp, Mennige und Azur ausgemalt. Sie spielten in einem Spiegeldreieck mit körnigen Smaragdscherben. Sie öffneten die Blütenblätter einer indigofarbenen Iris, die sich in Giftschlangen verwandelten, die sich in Schmetterlinge verwandelten. Fleischige Vulven zwischen weit geöffneten Schenkeln zerschmolzen in spiralig eingedrehte Farnkrautköpfchen, und diese in Wolken, die über in Brand gesteckten Städten zerfaserten und sich wieder neu bildeten ...

Der ganze Leib des Kindes war nun mit Fraktalen tätowiert, floss über vor Tränen und Schönheit. Über sein Gesicht glitten mannigfarbige Spinnen, Anbetungen der Könige, karminrote Korallenschatten. Es war eine unerträgliche Folter, denn er hätte sich gewünscht, dass jedes Bild für immer erstarrte wie die Ekstase des Haschischessers, wie die Seligkeit des Samenergusses. Doch die Schönheit verging, die Blütenblätter der Welt verwelkten, und das rohe Grün eines Grashalms konnte weder durch das massige Gold eines Hethiterhelms ersetzt werden noch durch die Lippen einer Kurtisane ...

Der Tunnel endete in einem Robinienhain mit Blütentrauben zwischen den Reihen runder Blätter. Es war eine Sommernacht mit einem riesigen Mond am Himmel. Große, stille Fledermäuse zuckten auf vor der orangenen Scheibe und über der verlassenen Schule. Nana war noch beklommenen Herzens wegen der süßen Qual des Durchgangs durch den Tunnel, aber die an den Zöpfen festgehaltene Zizi schien sich an nichts mehr zu erinnern. Die unkrautüberwucherten Trümmer der Schule mit ihren Fenstern in längst herausgerissenen Rahmen schimmerten matt durch einige heil gebliebene Fensterscheiben. Das kleine Mädchen betrat die durch in der Mauer klaffende Löcher mit gespenstischer Bläue erleuchtete Eingangshalle der Schule. Es ging den leeren Gang entlang, an dem sich die sperrangelweit geöffneten Türen der Klassenräume reihten und den Blick auf die in tiefem Schatten ertränkten Tafeln, Bänke und Katheder freigaben. Es hörte bereits das Murmeln seiner Freundinnen, irgendwo, weit weg, am Ende des endlosen Ganges. Auf dem Fußboden lagen zerknüllte Klassenarbeiten, korrigiert mit roter Tinte, die nun im Mondlicht schwarz wie Teer war. Es roch nach Urin und abgestandenen Fäkalien. Die Fledermäuse drangen durch die Fenster ein, fiepsten kaum vernehmlich; als sie sich im Flug Nana allzu sehr annäherten und sich in ihren Haaren zu verheddern drohten, wehrte sich das Mädchen mit der Puppe, mit der es wütend herumfuchtelte.

Feuerschein, prasselndes Flammengeräusch brachen durch die Tür eines Klassenraums, und das Mädchen erkannte die Stimmen Adas und Carminas, Garoafas, Puias, Balenas und vor allem die liebe Stimme Esters wieder. Es drückte Zizi an die Brust und wusste bereits, dass die Puppe nicht mehr zu retten sei, spürte den Geruch verbrannten Stoffs, verkohlter glasierter Pappe in der Nase. Es hielt inne, zupfte sein Kleidchen zurecht, hob das Kinn und trat in den Klassenraum, in dessen Mitte ein purpurroter Scheiterhaufen loderte ...

Mircişor wusste nicht, was diese Träume bedeuteten, erinnerte sich morgens nicht an sie, wenn er allein im zerwühlten breiten Bett erwachte, und rannte zu seiner Mutter in die Küche. Er nahm nicht die unzähligen Sensoren wahr, die hinter den Möbeln versteckt, in einer Nippfigur verborgen waren, die runde Augen hinter der den Vorhang tragenden Leiste aufrissen, Golgi-Korpuskel in der dicken Epidermis des Fußbodens wanden und Sekunde um Sekunde den Blutzucker, den Arteriendruck, die elektrische Aktivität in seinem Kindergehirn maßen, seine Bewegungen des nächsten Augenblicks in die Luft zeichneten und somit vorwegnahmen, Voraussagen über seine Gedanken, seine Absichten, Wünsche, Ängste und Freuden trafen. Er wusste nicht, dass die kastanienbraunen Haare allesamt abgezählt waren und dass kein einziges in der Zugluft im Zimmer erzitterte (auf dem offenen Fenster blätterte sich das Buch über Saltan im grün-blau-goldenen Licht des Sommers von allein um), ohne dass seine räumlichen Wandlungen in verwickelte Logarithmentabellen übertragen würden, eingezeichnet in Koordinatensysteme, in denen das glänzende und rehbraune Härchen vereinzelt flatterte. Ja, jedes einzelne seiner Haare war abgezählt, und wenn sich sein kleiner vierjähriger Leib noch schlaftrunken auf der Suche nach der Mutter bewegte, auf den braun gestrichenen Brettern dahinschlappte und über die Vorleger stolperte, wölbte sich eine Aura zart um ihn, gleich zwei behutsamen Handflächen, die eine Kerzenflamme vor dem Wind schützen. Man wachte über ihn, wies ihm den Weg, räumte die Hindernisse vor ihm weg, gewöhnte ihn an Disziplin, zu seinem Besten; es gab Leiden und Unzufriedenheit, doch vor allem wurde er, von allen Seiten gleichzeitig, von einem weiten und klaren Sehfeld betrachtet, aus dem sein Leib einen funkelnden Rauminhalt herausbrach. Und Seh- bedeutete hier Schrift-, denn die Vorherbestimmung ist stets an einen Blick und eine Schrift gebunden, ein Auge, das schreibt, und ein Manuskript, das weit sieht, das sich daran erinnert, was sein wird. Das Kind bewegte sich in seiner besonnten Welt, die seine Bäckchen in eisiges und fröhliches Frühlicht tauchte, doch gleichzeitig war es für immer erstarrt in einem Manuskript mit Seiten, die es, übereinandergeschichtet wie Diapositive, in der Zeit errichteten, indem sie jede seiner Mudrās, jede kodifizierte Haltung seines Geistes, seiner Arme und seiner Gedanken versteinerten. Es ist unmöglich, seine Hand aus der Gebärde, die man gestern vollzogen hat, zurückzuziehen, so wie dem Insekt im Bernstein und demjenigen, der aus einem alten Foto lächelt, ein Zittern der Fühler, ein Schrei der Verzweiflung nicht mehr gestattet sind.

 Ich schreibe im vorderen Zimmer der Wohnung in der Ștefan-cel-Mare-Chaussee. Im Schädel habe ich ein zerknülltes, hineingestopftes Manuskript, geschrieben mit Billionen aschgrauen Buchstaben. Ich versuche es auf den weißen Seiten genau so wiederzugeben. Ich verstehe nicht, was darin steht, ich schreibe wie ein zurückgebliebenes Kind die gelockte Form der Axonen, die Projektionen des Hypothalamus auf der Großhirnrinde ab. Rechts von der noch jungfräulichen Seite, die ich zu besudeln beginne, hat sich mein Manuskript zwischen Mutters roten Lilien fast bis an die Decke erhoben. Das Fundament dieses irrsinnigen Babel ist vergilbt und morsch. Papierskorpione und Ohrenkriecher zeigen sich zwischen den zerknitterten, von Kugelschreibertinte befleckten Blättern, sie nagen daran, bilden Höhlen und Tunnel in deren Felsen, verleiben sich dem Manuskript ein, erscheinen zwischen den Personen ... Ich weiß nicht mehr, wann ich lebe und wann ich schreibe. Wenn ich auf der Straße gehe, wird mir urplötzlich bewusst, dass ich in einer Straße bin, die es im wirklichen Bukarest nicht gibt, dass es die Straße ist, die von mir am Tag zuvor in diesem unlesbaren Buch beschrieben wurde, in diesem Buch ... Wenn ich schreibe, beginnt der Schnee wieder auf das dreigeteilte Fenster meines Zimmers zu fallen, verwischt den stumpfen Wohnblock auf der gegenüberliegenden Straßenseite, belädt die Bäume am Rand der Chaussee. Und dann weiß ich, so wie man in manchen Träumen zu verstehen beginnt, dass man träumt, dass dies nur dann möglich ist, wenn es noch ein Manuskript gibt, einen Hypertext, der mein Manuskript mit der Schrift, welche die Geschichte webt, beide nicht deckungsgleich, obgleich identisch, wie die sphärischen Dreiecke, die niemals übereinandergelegt werden können ... Ich lasse den Satz unvollendet, erhebe mich vom Tisch aus gelblichem Holz und gehe, siehe da, vom Manuskript zur Schrift über. Auf dem rechten Fügel des Triptychons erblickt man undeutlich die Herrlichkeit Gottes, sehr hoch oben, zwischen den ungeordneten Wolken, erstarrt wie eine Schlupfwespe. Ich gehe zum Spiegel und betrachte mich in diesem zweiten Zimmer, das sich ins Glas hinein vertieft. Die Asymmetrie meiner Augen und meines Mundes verstören mich. Meine Augen sind tief und tragisch umrändert, das rechte rehbraun und blitzend unter einer schön geschwungenen Braue, das linke verengt und glanzlos im schwärzlichen Gesicht wie dem eines byzantinischen Heiligen. Ich bin hier, in dem Zimmer mit einem Stuhl, einem Tisch und einem Bett, in quälender Einsamkeit. Endlos lange blicke ich mir in die Augen, durchdringe so oft den Spiegel, um mich auch von der anderen Richtung zu sehen, dass ich nicht mehr weiß, auf welcher Seite des von Fliegendreck und Staub befleckten Glases ich stehen geblieben bin. Ich breche in hysterisches, untröstliches Weinen aus. Plötzlich überwältigt mich das grenzenlose Unglück meines Lebens. Ich sollte hierbleiben, in diesem Zimmer, mein Buch schreiben, bis zum Ende, den ganzen Saft meines Leibes darein einfließen lassen, die Buchstaben mit Galle und

Lymphe und Sperma und Blut und Urin und Tränen und Spucke zeichnen, bis ich knochendürr, leichenfahl und zusammengekrümmt wäre wie eine vertrocknete, in ihrem glücklosen Netz verhungerte Spinne. So würden sie mich eines Tages finden, den Kopf auf das vergilbte, in einen Haufen bröckliger Erde verwandelte Manuskript gelegt ...

Ich bleibe vor dem riesenhaften Fenster stehen, auf das Du Bukarest mit Deinem eigenen Finger gezeichnet hast (denn diese Zeilen schreibst Du, diese Zeilen, in denen Du mich zwingst, vor dem verschneiten Bukarest am Fenster stehen zu bleiben und den Wohnblock zu sehen, den Du mir in den Brennpunkt des Sehens setzt, und die Tränen zu weinen, die Du mir über die Wange rinnen lässt, wenn Du in Deiner Hyperwelt schreibst, »er weint«), betrachte das so fremdartige Fluggerät am Himmel, umkleidet mit seinem Regenbogenlichthof, und schreie ihm die Worte entgegen, die Du mir zu schreien gabst, die ich immer schreien werde, auf derselben Seite in demselben Buch, sooft es von einer Hand aufgeschlagen und von einem Auge betrachtet werden wird: »Herr, komm!«

TEIL II

Auf der Terrasse des Wohnblocks in der Ștefan-cel-Mare-Chaussee, jenseits der Tür mit dem verrosteten Vorhängeschloss, durch deren Glasscheibe ein transfinites Licht drang, erhoben sich zwei Bronzesäulen, Jachin und Boas genannt, welche die Flüsterstimme der Herrgöttlichkeit auffingen. Ihre Kapitelle in Gestalt von Lilienblüten waren mit einem Netz von Kettchen und Granatäpfeln verziert, die meisterhaft gegossen und so lange glattpoliert worden waren, dass sie auf den Giebel der Dâmbovița-Mühle, der höher aufragte als der Wohnblock und die Wolken durchstieß, Feuer warfen. Mircea, der niemals auf der Terrasse gewesen war (denn es war unvorstellbar), konnte sie mittelbar in den Blicken irgendeines Müllers sehen, der einen Wimpernschlag lang den Kopf aus den mehlgeweißten Fenstern herausstreckte und sich den angewinkelten Arm vor die Augen führte, geblendet vom Blitzen der Bronzespiegelchen. Ebenfalls auf der Terrasse, von der aus man einst das überwältigende Panorama des über Hügel hingegossenen Bukarest gesehen hatte, die alten Häuser mit Ziegeldächern, vermengt mit den Bäumen, und in der Ferne, unter den von innen erleuchteten, gleichsam sommerlichen Wolken, die hohen, zwischen den Kriegen errichteten Gebäude mit unheimlichen blinden, mit Reklamen von anrührender Naivität bemalten Umfassungsmauern, gab es noch, sagte Herman, ein Bronzemeer, gestützt auf den Rücken von zwölf ehernen Stieren. Das große Gefäß war rund und gefüllt mit schwarzem Wasser. Herman betonte das vorletzte Wort, während er dem neben ihm auf den Betontreppen zwischen dem siebten und dem achten Stockwerk stehenden Kind in die Augen schaute, als versuchte er ihm etwas zu vermitteln, das die Worte ihm nicht sagen konnten, und gewissermaßen gelang ihm das sogar, denn jedes Mal erwachte in der

Tiefe von Mirceas Geist in jenem Augenblick dieselbe Erinnerung an einen Traum. Es war in einem Park, die letzten Strahlen der Dämmerung waren eben erloschen. Herabgesenkt hatte sich eine traurige und trockene, nicht vollkommene Dunkelheit, eine Luft von Grabesasche, durch die jemand, man wusste nicht, wer, ein Wesen, durch dessen Augen man hindurchsehen konnte, sich langsam voranbewegte, wobei es den dunklen Ballungen der dichten Gebüsche und der geometrisch geschnittenen Hecken auswich. Es gelangte zu einem weitläufigen leeren Platz, in dessen Mitte sich ein rechteckiges Becken befand, kaum sichtbar im spärlichen Licht. Das Wasser im Becken war still und schwarz, ein Spiegel, der nichts reflektierte. Mircea stand da, im Dunkel, neben dem Steinbecken, von tiefer, unerträglicher Wehmut überwältigt. In dem Bronzemeer auf der Terrasse gab es dasselbe Wasser, nicht das gleiche, sondern dasselbe, dasselbe wie in seinem Traum. Die Säulen, sagte Herman, ihn verstohlen anblickend, seihten den Äther wie die gefiederten Fühler der Schmetterlinge, fingen die Pheromone der Herrgöttlichkeit auf. Die Botschaften aus der Höhe kamen selten und zufällig, im Raum und in der Zeit verdünnt, mit Kubikkilometern und Jahrhunderten um sie her, drangen gleich den Neutrinos durch die dichte Masse der Erde hindurch, von Bleimauern ungehindert, von Magneten in ihrer Bahn nicht abgelenkt, durchstießen Herzen, Gedärme und Nieren, deren komplizierte Moleküle sie nicht unterscheiden konnten, denn nur der Geist zählte, das Fleisch war zu nichts nütze. Selbst das Gehirn, mit dem die Menschen sich brüsteten, war Fleisch, kaffeebraun-aschgraues Fleisch, zu raschem Zerfall bestimmt. Das Wort stieg bisweilen unter die Menschen herab, sein verblüffend flüchtiger Duft ergoss sich über bewohnte Täler und Großstädte und Dörfer und Höhlen, doch weder das Fleisch noch der Geist hielten es in ihren Netzen fest, so wie wir nicht den Geruch des Schmetterlingsweibchens spüren und nicht unterhalb des Rot und oberhalb des Violett sehen. So wie man nicht hören kann, hat man im Schädelfels nicht die zarte Schnecke des Innenohrs, so kann man nicht erlöst werden, wenn man das Erlösungsorgan nicht in sich hat wie das Schmetterlingsmännchen seine gefiederten Fühler. Man muss für die Erlösung gebaut sein, wie man für das Gehen und für die Begattung gebaut ist, und dadurch ist man bereits mit dem Erbauer geeint, so wie das Licht mit dem von ihm in unserem Fleisch gebauten Auge geeint ist und wie der Geschmack der Erdbeere mit den Papillen auf der Zunge geeint ist. »Aber«, sagte Herman an jenen Nachmittagen, an denen wir stundenlang zusammensaßen, vom Halbschatten entwirklicht und beim apokalyptischen Geräusch des Fahrstuhls zusammenzuckend, »obwohl du nicht erlöst werden kannst, wenn du nicht bereits für die Erlösung geschaffen bist, bedeutet die Tatsache, dass du das Organ besitzt, das die Gegenwart des Wortes erspürt, nicht, dass du schon erlöst bist, sondern sie ist nur ein Beweis dafür, dass es die Erlösung gibt. Du kannst vorherbestimmt und trotzdem nicht auserkoren sein, wie die Jungfrauen mit fruchtbaren Eierstöcken, die von keinem Mann begehrt werden, wie eine auf dem Feld wunderbar geöffnete Löwenmaulblüte in einer Welt ohne Bienen. Du kannst wissen, dass es den Auszug gibt, dass es das Reich gibt, dass aber du, der du dafür geschaffen bist, herrlich in deinen Hochzeitsgewändern, die Berufung dennoch nicht empfangen wirst. Du magst Prophet sein in Zeiten, in denen Visionen selten sind, so selten, dass dich keine einzige aus deinem Bett reißt, um dich zwischen die Wolken zu werfen, so wie deine schmachtenden Trommelfelle in einer Welt der ewigen Stille verwelken würden.

Jeder von uns hat das Sinnesorgan für Gott. Klarer oder getrübter, zerstreuter oder aufmerksamer ausgerichtet. Zwar nehmen wir ihn nicht ganz wahr, in seiner ganzen ungestümen Erhabenheit, sondern nur so viel uns gegeben ist, so wie wir vom elektromagnetischen Spektrum lediglich einen winzigen Abschnitt wahrnehmen. Wir sind blind für die Infrageburt und den Ultratod. Unser Leben ist das Stückchen Wunder, das uns gegeben wird, ist das Loch in der Mauer, durch das wir als transzendentale Voyeure in den Garten der Lüste blicken. Von der Amöbe mit einem einzigen lichtempfindlichen Fleck bis hin zum Engel mit Blicken, die Gegenstände durchdringen und Gedanken lesen – der Engel, ganz, lichtempfindlich, mit Retinenhaut und -flügeln –, betrachten wir alle den erstarrten Tanz der Herrgöttlichkeit, das allumfassende, ewige Schauspiel, einen Augenblick lang von unseren Augen erleuchtet. Unser Leben, das Wunder, dass wir auf der Welt sind, dass wir denken, dass wir schlucken, dass wir ausspritzen, dass wir ausscheiden, dass wir uns in der Frühlingssonne wärmen, dass wir Schmerz empfinden und in Qualen brüllen, dass wir träumen und uns etwas vorstellen, ist unser großes Sinnesorgan, dem gegenüber geöffnet, der es erbaut hat, indem Er es unserem Fleisch einprägte. Wir sind Bereiche von Gott, Pixel von Gott, bunte Schüppchen auf einem Schmetterlingsflügel, so weit ausgedehnt wie das Weltall, der im Innern seines eigenen Umrisses flattert ...«

Herman hat jetzt in seinem Schädel ein zusammengekauertes Kind, schwer und mit schimmernder Haut. Einen Monat zuvor hat es sich gedreht, den Kopf nach unten, und nun wartet es, im Schlaf auffahrend, auf die Geburt. Es gibt schreckliche Zeiten, apokalyptische Zeiten. Heute Nacht habe ich sterbende Menschen gesehen. Heute habe ich glückliche und dennoch von ihrem unerträglichen Glück auch gequälte Menschen gesehen, als brüllten sie in der Hölle. Ich sage mir immer: Was hab ich mit alldem zu tun? Was sind mir Fluten von Blut? Ich versuche nach Kräften, meinem Manuskript nicht zu gestatten, ein Tagebuch zu werden, wie ich ihm von Anfang an nicht gestattet habe, Literatur zu sein. Ich will weiterhin über meine inneren Höhlen schreiben, über meine Halluzinationen, die wahrer sind als die Welt, über Desiderio Monsù, den zweiköpfigen

Maler der Trümmer, über Cedric und über Maarten und über
den polnischen Adligen und über Statuen und über die Wissenden, doch dieser Tage ist die Halluzination übergeflossen und
hat die Welt erfüllt, und mir fällt es immer schwerer zu wissen,
auf welcher Seite jedes Blattes meines Manuskripts ich mich
befinde, als wäre jedes Blatt ein Spiegel, auf dessen Oberfläche
zwei Welten aufeinandertreffen, die ebenso berechtigt sind, sich
»wirklich« zu nennen. In der wirklichen Welt hat sich, siehe,
über dem in Winter eingehüllten Bukarest die Herrlichkeit des
Herrn gezeigt, gleich der von Hesekiel am Flusse Kebar gesehenen. Mit einem gewöhnlichen Fernglas kann man dessen Einzelheiten erbicken, wie sie erstarrt zwischen den Wolken steht:
die Cherubim mit vier Antlitzen und Hufen gleichwie die von
Kälbern, doch aus poliertem Kupfer, die in andere Räder grei-
fenden Räder, voller Augen auf Felgen und Speichen, das sa-
phirgleiche Gewölbe, »wie der Kern des Himmels an Reinheit«,
und darüber, auf dem kaiserlichen Thron, »saß einer, der aussah
wie ein Mensch«, umstrahlt von Regenbogenglanz. Wie sollte
man denn nicht darüber schreiben, wie sollte man Vasili und
Monsieur Monsù nicht auftreten lassen zwischen den fahlen,
sich von Papier ernährenden Insekten und sein Heft nicht zu
einem Tagebuch umwandeln, zu einem täglichen Tagebuch, einem Tagebuch, das von dem durchtränkt ist, was ich bis heute
am meisten verabscheut habe: von dem Gewebe aus Chaos und
Pest und Volksmengen und Königen und Sinnlosigkeit und Unglück, das da heißt Geschichte, Geschichte, Geschichte. Ich
hatte weder Kindheit noch Jugend, habe nichts von dem verstanden, was in der Welt vor sich ging, habe immer geglaubt,
dass ich das ganze Leben lang ein einsames Ungeheuer sein
würde, ohne Frau, ohne Heim, ohne einen Stein, darauf ich
mein Haupt hinlegen kann, vom Schicksal bestimmt, Jahre um
Jahre an einem unlesbaren und endlosen Buch zu schreiben,
das aber eines Tages das Weltall ersetzen würde. Und nun bin

ich bis zum Hals unter den schmutzigen Röcken der Geschichte versunken, brülle mit den Menschenmengen, recke die Fäuste zum Himmel (wo das himmlische Gefährt die ganze Nacht über dem Wahnsinn in der Victoria-Straße geleuchtet hat), ereifere mich über das, von dem ich bis heute geglaubt hatte, dass es lediglich eine unglückliche Abfolge sinnloser Verbrechen ist: eine Revolution, die Vertreibung eines Tyrannen, die Ergreifung der Macht durch eine tausendköpfige Hydra. Doch ich war heute Morgen auf dem Platz des Palastes, vor dem Zentralkomitee, und da waren eine Million Menschen, und ich habe gesehen, wie der weiße Hubschrauber mit seiner Präsidentenfracht von der Terrasse abhob, und habe geschrien, ich, der Verwitwete, der Finstere, der Untröstliche, ich Aleph hoch Aleph und Gott hoch Gott, gleichzeitig mit einer Million Menschen, die nach achtzig Jahren allesamt, ohne Ausnahme, tot sein werden, und dann kann ich das Manuskript nicht mehr daran hindern, Tagebuch zu sein, Tagebuch mit durchsichtigen Blättern, als schriebe ich auf beiden Seiten gleichzeitig einen vieldimensionalen Text, wie man auf einem Möbius-Band mit einer Wirklichkeitsseite und einer Traumseite schreibt, die mit jedem Buchstaben ineinanderfließen und dergestalt die Hyperrealität dieser Welt und dieses Buchs, dieses Gehirns und dieses Geschlechtsteils, dieses Raums und dieser Zeit konstruieren.

Gestern Morgen erwachte ich mit Hermans Worten im Sinn. Seit über zwanzig Jahren hatte ich nicht mehr daran gedacht, obgleich sie, wie alles andere, die ganze Zeit über in meinem Geist gewesen waren, in Kammern mit weichen Schlössern aus Fleisch von der Farbe des Geschröts gesperrt, an leeren Gängen entlang aufgereiht. Jachin und Boas, flüsterte ich mir zu, als ich den Schlaf noch nicht ganz abgeschüttelt hatte, und sprang aus dem Bett, weil ich sie sehen musste, obwohl ich wusste, dass sie immer dort gewesen waren; ich hatte sie so deutlich gesehen, wie ich das unter meinem Schädel hingegossene, wie unter einem strahlenden Himmel daliegende Bukarest betrachtete. Damals zeigte sich mir die Stadt als ein Modell mit unzähligen Kristallbauten, exzentrisch und bunt gemischt: Kaufmannshäuser neben kubistischen Wohnblocks aus der Zwischenkriegszeit, »Streichholzschachteln« in den Arbeitergettos neben Kirchen und Palästen, an einem Rand das Haus des Funkens mit seinen spitzen Türmen, die Zirkusse des Hungers, verstreut in den Stadtvierteln, und in der Mitte wie ein kolossalisches Mausoleum das Haus des Volkes, ein in Nebel gehülltes Wahnbild, Domus Aurea, die sich auf ihren Kugellagern aus Gold und Kristall nach der Sonne dreht. Und in der ganzen weißlichen, namenlosen und glasigen Weite nur einige lebendige Häuser in leuchtenden Farben, mit Dächern aus porösen Ziegeln und gelb, blassrosa getünchten Wänden, mit von blauem Papier bedeckten Fensterscheiben, mit dem morschen Holz der Fensterrahmen, mit den Schatten der Pappeln und Robinien und Rosenlorbeerbäume, die ihre Fassaden sprenkelten. Lebendige Orte in einem toten Modell, lebendige Düfte (Spülicht, Nelken, malvenfarbene, an den Zäunen hochkletternde Trichterwinden): das U-förmige Haus in der Silistra-Straße, der Wohnblock in Floreasca, die Villa in demselben Viertel unter dem funkelnden Gewölbe aus Plexiglas, das die Benommenheit des ewigen Sommers bewahrte, der Wohnblock in der Ștefan-cel-Mare-Chaussee, geschmiegt an die in einen namenlosen Kristallblock gehauene Burg der Allgemeinen Direktion der Miliz. Ich zog mich an und trat hinaus in den lichtdurchfluteten Frost der Frühe, überquerte die Chaussee, wie ich es einst tat, um in der Verkaufsstelle neben dem Hof von Onkel Cățelu ein Brot zu kaufen, betrat das erste Treppenhaus des gegenüberliegenden Wohnblocks, jenes, der mir die Stadt gestohlen hatte, und fuhr mit dem Aufzug bis zur Terrasse hinauf, von wo ich über die Chaussee hinweg meinen Wohnblock betrachtet hatte. Obschon ich wusste, dass ich dort war, konnte ich nicht umhin, vor

Staunen aufzuschreien: Auch auf der Burg der Miliz mit ihren Spielzeugzinnen waren Antennen, parabolische und treppenförmige, übereinander greifend, doch in der Mitte unseres Wohnblocks befanden sich, wie zwei Schornsteine auf einem Überseedampfer, tatsächlich die Bronzesäulen, und man sah deutlich das Becken mit dem umgebogenen Rand in der Sonne glitzern, gestützt auf den Rücken der kupfernen Stiere. Neben den wie vereinzelte Häuschen auf der Terrasse angeordneten Einzimmerwohnungen waren Kinderwagen und Schürhaken aus demselben glänzenden Kupfer, verziert mit Rankenwerk und sonderbaren Höckern. Im Übrigen hatte der ganze Wohnblock sein Aussehen verändert: Jetzt verstrahlte er ein goldenes, mildes, kaum sichtbares Licht, das ausging von Mauern und Fenstern, von den Schaufenstern des Möbelgeschäfts und der Fernsehreparaturwerkstatt im Erdgeschoss, so dass die Gänge, in denen sich die Treppenhäuser des Wohnblocks befanden, noch tiefer und geheimnisvoller wirkten.

Ich ging nach Hause, aß im Speisezimmer mit meinen Eltern die gesäuerte Suppe und das tägliche Kartoffelgulasch und schrieb danach in meinem düsteren Zimmer noch einige Seiten. Als ich spürte, dass sich mein Geist vor so viel Halluzination und Unglück ausrenkte, ging ich in die Küche, wo Mutter müde auf einem schmierigen alten Stuhl saß. Sie erzählte mir viel von ihrer Jugend, von den Sitzungen in der Donca-Simo-Weberei, von der Revolution, die auch in Bukarest ausgebrochen schien, so wie sie bei »Freies Europa« sagten, dass die aufständischen Temesvarer geschrien hätten: »Heut in Timișoara, morgen im ganzen Land!« Sie langweilte mit ihren Aufrufen zur Vorsicht, wie sie es während meiner ganzen Kindheit getan hatte: »Wenn du brav bist, werden dich alle lieben, dir Spielzeug und Bonbons geben ...« Sei so wie all die andern, damit keiner etwas Schlechtes über dich sagen kann, damit du ihr und Vater keine Schande machst. »Wir sind kleine Leute, Mircea, Politik geht uns nichts an ...« Vierzigtausend Tote in Timișoara. Waggons beladen mit Toten, nackt und mit Stacheldraht gefesselt, von Wundmalen viehischer Folter gezeichnet, kommen in Bukarest an, um eingeäschert zu werden. Und wir, kleine Leute, gleich den Ameisen an den Baumstämmen, blind für alles, was zwei Zentimeter außerhalb der harten schwarzen Leiber ist. Unser zwei Zentimeter dickes Leben. Damals ist etwas mit mir geschehen: Ich sah Mutter zu, wie sie in der Küche, bis zur Brust eingetaucht, gleichzeitig mit der Mühle und mit dem Winter und mit den Tauben, in den dichten Wassern meines Manuskripts schwamm, und mit einem Mal fragte ich mich, ob nicht etwa auch die Welt eine Form von Wirklichkeit sei, vielleicht ebenso in sich stimmig wie die Fiktion, ob nicht etwa auch das Leben ebenso wahr sei wie die Träume ... Ich betrachtete meine Hände, die ich immer für eine optische Täuschung gehalten hatte, so wie man im Blickfeld seine Nase und die Wimpern schemenhaft gewahrt: Sie lagen fest aufgestützt auf dem Wachstuch mit den kaffeebraunen Vierecken. Eine kleine Ader pulste neben der Wurzel des Mittelfingers. Ich wusste, dass ich meinen Augen gestatten musste, die Schönheit und das Unglück zu sehen, meinem Herzen erlauben musste, in Fluten von Blut zu versinken.

   Ich ging in die Stadt, und während ich in Richtung Dorobanți-Straße an den Schneewehen vorbeiging, dachte ich abermals an Hermans Worte, die ich einst aufgesogen hatte, ohne sie verstehen zu können: wie wir tief unter der Erde, jenseits des Polarkreises, Kapseln für die Zukunft eingraben, die etwas von unserem jetzigen Leben enthalten: Damenschuhe, eine zusammengefaltete Zeitung, einen Transistor auf drei Drahtbeinchen, ein eingerolltes Stück eines entwickelten Films. Eine Weile irrte ich mit kältegeröteten Händen durch die stille Stadt, kam ins Zentrum und sah die Busse mit Soldaten – blaue Kragenspiegel: die Truppen des Innenministeriums –, die in Richtung Platz des Palastes, des Zentralkomitees rasten, wo Ceaușescu eine Rede gehalten hatte, saß zum Umfallen müde auf einer Bank, bis der Abend hereinbrach. Ich sah, wie der Himmel gelbgrünlich, dann blutrot, wie der rosige Schnee aschgrau wurde. Die Kretzulescu-Kirche, scharlachrot wie eine Wunde, zeichnete sich scharf vor dem im Westen noch leuchtenden Himmel ab. Ich bin dreiunddreißig Jahre alt und habe keinen einzigen Freund. Einsame Spaziergänge, an jedem Tag meines Lebens. Ferne Passanten, durch mich hindurchsehende Frauen, argwöhnische Milizionäre, Dacias mit verbeultem Blech, staubbedeckt, wer weiß wohin jagend ... Ich hatte es nicht eilig, zu Hause anzukommen, bei meinem Manuskript, monströs wie ein Spinnennest, gewoben aus meinem glisternden Speichel. Ich saß auf der Bank, in Dämmer getaucht, spürte die bittere Seligkeit zu leben. Ich stellte mir den nackten Arm einer geliebten Frau vor, über den man die Hand gleiten lässt bis zur weichen und nach Moschus duftenden Achselhöhle, das seidige Haar eines Kindes. Tanzte schwerelos gemeinsam mit ihnen durch Nächte und Tage; Unwandelbare in einer unwandelbaren Welt, hießen wir den Augenblick stillstehen. Wir Innerweltlichen vermengten unsere Gebärden und Gedanken, den Geruch der Haut und die Locken des Haares, in einem lichterfüllten Haus, in dem die Rohre nicht platzten und die Wandfarbe nicht alt wurde. Derselbe endlos wiederholte Tag, mit einer Frau und einem Kind, in einer kugelrunden Perle, behütet von lächelnden Göttern, die es nicht gibt ...

Als ich aufstand, war es Nacht geworden. Vereinzelte Schneesternchen fielen, blitzten einen Lidschlag lang im orangefarbenen, knauserigen Licht der Leuchtstofflampen auf. Ich steuerte auf das Hotel Athenée Palace zu, von dem her dumpfe Geräusche kamen, plötzlich von einer Windbö belebt. Es waren Schreie, deutlicher zu hören, je näher ich kam, wie aus einem vollen Stadion, wo ein hitziges Spiel ausgetragen wird. Mir war sogar, als hörte ich das Lied der Schlachtenbummler vom

Dynamo-Stadion, wie es sommers durchs geöffnete Balkonfenster zu uns herdrang an den Sonntagnachmittagen, an denen wir »Planet der Giganten« guckten: »Olé-olé-olé-olé ...«, gefolgt von einhelligen Ausbrüchen, einem allgemeinen Brüllen, das die Luft wie ein Düsenflugzeug zusammenpresste und die Schockwelle unserem Wohnblock entgegentrug: Tooooor! »Da ist die Hölle los«, sagte ich mir, erinnerte mich an und lächelte über Mutters Sorge und rannte am Palast vorbei zur schmalen Schlucht der Victoria-Straße, wo im heftigen Helldunkel unter denselben orangeroten Glühbirnen Hunderte junger Menschen singend und skandierend irrsinnige allegorische Bilder formten und auflösten. Unmittelbar vor dem Hotel warteten zwei leichte Panzer darauf, in Aktion zu treten. Ein Kordon von Schutzschildträgern dämmte die buntscheckige Woge der Demonstranten ein, vorläufig ohne einzugreifen. Auf den Gehsteigen und an den Fenstern der alten, durch die Luftverschmutzung geschwärzten Wohnblocks standen Hunderte Gaffer, die den Rufen der auf der Fahrbahn Dahinmarschierenden, ihren Aufforderungen, sich ihnen anzuschließen, ungerührt zuhörten. »Nur keine Bange, Ceaușescu herrscht nicht mehr lange!«, skandierten sie, fuchtelten mit den Armen, freudetrunken, und drückten sich aneinander, um ein einziges, unbesiegbares Wesen zu bilden. Von einem Balkon aus filmte jemand mit einer großen und veralteten Betacam-Kamera. »Was sind uns, mein Herz, Fluten von Blut?« Rasch überquerte ich die Straße, ausgerechnet an den leichten eckigen Panzern vorbei, die nun schwarz wie Teer wirkten, und ging zwischen zwei Schutzschildträgern mit den Gesichtern verängstigter Kinder durch. Ich fand mich in der Mitte der Bärtigen und der Mädchen wieder, die, mit rot angelaufenen Wangen und herausfordernd, dieselbe Hymne sangen, denselben pathetischen Irrsinn in den Blicken: »Olé, olé, olé, olé, Ceaușescu ist passé!« »Gut so, Alter«, rief mir ein braunhäutiger Bärtiger mit einer von der Kälte geröteten Glatze zu, worauf er einstimmig mit den anderen wieder zu schreien begann: »Kommt mit uns! Kommt mit uns!« Ich spürte einen unbekannten Rausch in mir aufsteigen und begann mit allen um mich herum mitzubrüllen, mit geballter Faust in die Luft zu schlagen: »Nieder mit Ceaușescu! Nieder, nieder, nieder!« in der für Chaos und Wahnsinn bereiten Nacht.

Der Securitate-Oberst der Reserve Ion Stănilă befand sich ebenfalls an Ort und Stelle, obgleich ein ungeübtes Auge ihn in der Menschenmenge nur schwer ausgemacht hätte. Welchen Verdacht hätte denn ein altes Mütterchen auf dem Bürgersteig erwecken können, das vor einer Auslage mit kopflosen Schaufensterpuppen mit einer alten Leica drauflosknipste, einfach so, aufs Geratewohl, um den Enkeln zu zeigen, wie es bei einer Revolution zuging? Klick, und auf dem Film prägte sich das Gesicht irgendeines der etwa dreihundert ungestümen jungen Menschen ein, die wie aus einem Munde brüllten. Klick, und auch ein Brillenträger mit schief aufgesetzter Pelzmütze gesellte sich ihm jenseites der alten, zuverlässigen Linse zu wie ein treuer Hund. Klick, und ein barhäuptiges Mädchen, Dampf ausblasend aus dem Mund, der gerade etwas schrie, wurde ebenfalls in einer langen Reihe von Personen auf den Film gebannt, jede einzelne in ihr 35-Millimeter-Format eingeschlossen, so wie die Ärmsten, Tür an Tür, dann auch in Jilava[23] sitzen würden ... Der Oberst war kein böser Mensch, aber Dienst war Dienst, und letzten Endes fotografierte er sie ja nur, während die auf das schmutzige Geschäft spezialisierten Kollegen, die erst am frühen Morgen mit ihrem Tagewerk beginnen sollten, ihnen auch die bei den Müttern gesaugte Milch auspressen würden. Manchmal kamen ihn, eigentlich von seiner Ehefrau eingeladen, die hin und wieder von Langeweile befallen wurde, die Jungs von den Untersuchungen und Verhören besuchen, die »Bergleute«, wie man sie noch nannte, denn sie arbeiteten nur in unterirdischen Sälen; dann hätte man erleben müssen, welch hitzige Fachgespräche Vereștiuc und Manea über der Schüssel

---

23 Berüchtigtes Gefängnis für politische Häftlinge.

mit Fleischklößchensuppe führten, wie sie die Vor- und Nachteile der argentinischen Methode der elektrischen Zange, der vietnamesischen mit der Blutfontäne oder der einheimischen, primitiven, aber magisch wirkungsvollen des Einklemmens der Fingerkuppen in den Türspalt gegeneinander abwogen. »Die Klößchen sind köstlich, Frau Emilia, sie zergehen einem auf der Zunge«, und dann, im selben Satz: »aber ich weiche ab von Gonçalves und Tellier, die '58 nachwiesen, dass die Hodenhülle im Bereich der Nebenhoden weniger empfindlich ist. Meine Forschungen an sechzehn Versuchspersonen, mit einer Überlebensrate von ...« Und Manea, der an einem eingelegten gegrillten Paprika mümmelte, wobei ihm der Essig an den Mundwinkeln herabtropfte: »Doch es ist nicht weniger wahr, dass Wei zufolge der elektrische Widerstand des Skrotums eine paradoxe Eigenschaft aufweist ...« Und abermals »im Lichte der jüngsten Forschungen« ... »beispielsweise« ... »andererseits« ... Vereștiuc war ein Gelehrter mit schlanken Fingern, der Fachzeitschriften bezog, ein Virtuose des reinen Schmerzes, unter dessen Händen, wie ein gut gestimmtes Klavier, der Leib des Gefolterten in Griegschen Kaskaden die schweren Bässe der mit sandgefüllten Säckchen durchgeführten Schläge in die Nieren ertönen ließ, die schrillen Töne der mit dem Bohrer durchlöcherten Zähne, die gedämpften Zusammenklänge der Hiebe in die Hoden oder das Stakkato des Herausreißens einzelner Haare aus dem Schnurrbart, der Achselhöhle oder gar der zarten Afterhärchen mit der Pinzette. Ionel, einem Jungen vom Lande, wurde bei diesen mit Pedanterien gespickten Gesprächen speiübel, aber seine Frau, die auch mit fünfzig ebenso brünstig und verstiegen wie in ihrer Jugend geblieben war, erregte die Unterhaltung über Hoden (niemals »Eier«, denn die beiden waren ernsthafte Wissenschaftler, angesehene Verfasser von Lehrbüchern auf dem Gebiet), zerquetschte, mit der Zigarette versengte oder mit dem Bleistift so lange geschlagene, bis sie schwarz wurden, erregten

Gespräche über vor der Folter von Kolonnen von Soldaten vergewaltigte Frauen aufs höchste; so folgte, nachdem die Gäste gegangen waren, eine unerhörte Ausschweifung, welcher der arme Rentner mit jedem Tag weniger gewachsen war. Kaum hatte Ionel das Geschirr gespült, schon fiel Genossin Emilia vom Parteibüro über ihn her, in ihrer Reizwäsche mit rosa Spitze, mit ihrer von Sommersprossen übersäten, durch die Maschen der Netzstrümpfe sichtbaren Haut, mit nun hängenden Brüsten, einem Bäuchlein und einigen Dehnungsstreifen, doch in allerhöchstem Grade verfickt. Und mir nichts, dir nichts zerrte sie ihn wie eine Spinne ins Schlafzimmer, wo der Wirbel und der Irrsinn losgingen. Großer Gott, welch eine Vorstellungskraft seine kleine, bis auf die Zähne geschminkte Jüdin mit ihren Tressenhaaren hatte: Kaum dass ihr ein paar davon ergraut waren! Dem Mütterchen mit der Leica erwachte, sogar in der Kälte der Nacht, das alte Glied, als es sich an die Vorgänge der vergangenen Nacht erinnerte: Ester war Securitate-Angehörige, war nach Timișoara geschickt worden, um die Gesammelten Werke des Genossen in Sicherheit zu bringen, bevor die Strolche sie ins Feuer warfen. Schleicht sich durch die Revolutionäre – junge muskelbepackte Männer, dunkelhäutig, unbarmherzig – in das Gebäude des Volksrates ein und fängt an, in den verstaubten Bücherschränken die gesammelten, in rotes Leinen gebundenen Werke zusammenzufischen und sie unter ihrem Rock in einem eigens dafür vorgesehenen Beutelchen zu verstecken. Doch mit einem Mal werden die Türen gegen die Wand geknallt, und es erscheinen etwa fünfzehn ...»Sind's nicht etwas zu viele?« (Ionel, unter der gesteppten Decke von kundiger Hand gerieben.) »*Fünf*zehn, hab ich gesagt, und unterbrich mich nicht!« ... etwa fünfzehn Revolutionäre mit Trikoloren, aus denen sie das Wappen herausgeschnitten haben ... versucht, sich zu verstecken, aber sie entdecken sie, stürzen sich auf sie, befingern sie und finden zwischen ihren Beinen die Dokumente des XIV. Parteikongresses! Jetzt gibt's kein Entrinnen mehr. Sie reißen ihr die Kleider vom Leibe, legen sie mit der Brust auf den mit rotem Stoff bespannten Schreibtisch und dann ... ah, aah ... bis in den Abend hinein ... und die ganze Nacht hindurch ... und dann ging's von vorne los ... »Liebster, gib's mir ... ich bitte dich, ich fleh dich an, gib's mir auch in den Arsch ... aaaah! aaaaaaah!« Völlig verrückt das Weib, doch so war sie immer gewesen: sie hieß sie bald »Sieg Heil« schreien, bald »Venceremos!«, manchmal sangen sie gemeinsam »Bandiera rossa«, ein andermal »Stolze legionäre Jugend«[24] ... Entscheidend war, dass sie von vielen genommen wurde, von möglichst vielen Männern, seien es Ustascha-Angehörige, Kommunisten, Peronisten oder Tschetschenen, und tief und gründlich für ihre zahlreichen ideologischen Unklarheiten bestraft wurde ... Zugegeben, einem solchen Weib konnte ein einziger Mann nicht genügen, und Ionel überraschte sie (im Laufe der Jahre hatte er sie vierundachtzigmal auf frischer Tat ertappt) hin und wieder mit einem Taugenichts, sogar im Ehebett, doch hatte er sich zu guter Letzt damit abgefunden, denn wie heißt es doch: Was ist besser, eine Torte mit anderen zu teilen oder ein Stück Scheiße allein zu essen? Nur musste er jetzt unbedingt etwas tun, um die Erektion loszuwerden. Es war sehr unangenehm, denn um der psychologischen Wahrheit seiner Verkleidungen willen vernachlässigte der Oberst auch gemeinhin unsichtbare Einzelheiten nicht; außer der enzianblau gefärbten Perücke und der Brille mit dicker Schildpattfassung, dem Mantel aus Leopardenfellimitat und den bis zu den Hüften reichenden Stiefeln (die weiblichen Requisiten lieh er sich gewöhnlich von seinen Kolleginnen, den sogenannten Liftgirls und Kammermädchen vom Interconti) hatte es Ionel angebracht gefunden, in jener verhängnisvollen

---

24 Lied der rechtsgerichteten, ultranationalistischen Bewegung »Legion Erzengel Michael« oder »Eiserne Garde« in den 1930er Jahren.

Nacht auch ein Damenunterhöschen mit Schleifchen und Spitzen zu tragen, aus dem über die Hälfte seines noch rüstigen Stängels herausguckte, und sein Bauch fühlte sich feucht an. Vergebens führte sich der Oberst die in einer solchen Situation typischen Bilder vor Augen: wie er Madame Leana bumste oder Weibsbilder wie Gâdea oder Găinuşă, aber es hörte trotzdem nicht auf, und die Wirksamkeit des Rollenspiels ließ nach. Vor lauter Verzweiflung griff er dann auf eine Geheimwaffe zurück, die, obgleich sie niemals fehlschlug, auch furchterregende Nebenwirkungen zeitigte. Er dachte an die ungarische Revolution von '56, an die Tausenden von Aktivisten und Staatssicherheitsleuten, die an den Laternenpfählen von Budapest aufgehängt wurden und dort, an den Masten, hängen blieben, bis die sowjetischen Panzer angerollt kamen und die befreundeten Soldaten der Roten Armee sie herunterholten, wobei sie sich wegen des Gestanks der Leichen mit den blau angelaufenen Zungen die Nasen zuhielten. Unter der Perücke wurde sein Haar steifer als der Ständer in der Unterhose, der augenblicklich erschlaffte und – als Nebenwirkung – mindestens eine Woche lang so bleiben sollte. Aber mit seinen neunundfünfzig Jahren durfte sich der Oberst auch einmal eine Verschnaufpause gönnen ...

Er war seit zehn Jahren in Rente, doch sowohl aus finanziellen Gründen als auch, weil er sich zwischen seinen vier Wänden langweilte, diente Ionel dann und wann dem Vaterland mit irgendeinem Auftrag, der ihm zwar nicht viel einbrachte, aber wenigstens seine Knochen etwas gelenkiger machte. Es waren nicht mehr die ruhmreichen Zeiten von einst, der Glanz an seinen vergoldeten Uniformknöpfen und an den Orden war dahin. Das wahre Leben war in den sechziger und siebziger Jahren gewesen, jetzt hatte sich das Blatt abermals gewendet, und das ganze Land versank wieder in der Scheiße wie unter Gheorghiu-Dej. Die Schreckensherrschaft war zurückgekehrt, wenngleich der jetzige Minister, Iulică Vlad, beileibe nicht die bis zum Boden herabhängenden Eier von Drăghici hatte. Das war ein ganzer Kerl gewesen, auch Ionel hatte ihn einige Male gesehen: Der verließ sich nicht auf die Raufbolde, er legte selber mit Hand an, wo es am schwersten war, gleich unseren Woiwoden, die sich mit dem Schwert oder mit der Streitaxt in der Hand, im bloßen Hemd und mit wehendem Haar, in die hitzigste Schlacht stürzten. Er entriss die Geständnisse mit der lässigen Eleganz, mit der manche Zahnärzte kariesbefallene Backenzähne ausreißen. Und wo es nichts zu gestehen gab, riss er sie trotzdem aus, denn der Grundsatz der rumänischen Securitate war, dass sich die ganze Bevölkerung unablässig gegen die sozialistische Ordnung verschwöre. Dennoch hatten Ionel, einem friedliebenden Menschen, der sozusagen straks aus dem Kuhstall kam, weder Blut noch Gebrüll und nicht einmal die erregenden Verkrümmungen der mit dem Schweißbrenner angebrutzelten Leiber gefallen. Auch seine Vorgesetzten hatten gesehen, wie wenig Mumm er in den Knochen hatte, und ihm die niederen Tätigkeiten zugeteilt: Beschattungen, Verkleidungen, das Köfferchen mit Pomaden und falschen Schnurrbärten, die Brüste aus Sockenknäueln, der künstliche Buckel; damit hatte er sich vierzig Jahre lang herumgeschlagen, so dass seine Gesichtshaut von Poren übersät war wie die von Frauen, Clowns und Varietéschauspielern. Ja, es hätte nicht viel gefehlt und er wäre auch in die Gefängnisse geschickt, unter die tätowierten Arschficker eingeschleust worden, Gott behüte, um ihnen wer weiß welche süß ins Ohr gesäuselten Geheimnisse zu entreißen, derweil seine Rosette ... Man hielt ihn für so dumm und für einen solchen Waschlappen, dass er längst einen roten Stöpsel im Hintern getragen hätte, hätte ihn nicht Genossin Ester (später Emilia) vom Parteibüro der Hauptstadt Bukarest, die wie eine gute Fee über ihn wachte, wieder und wieder aus allen Schlamasseln herausgeholt. Denn einmal im Leben hatte auch er für seine Zukunft zu sorgen gewusst: als er sie zur Frau genommen hatte, indem er in seinem Dorf den »Henne« genannten Hochzeitstanz aufführte, während den Burschen die Spucke im Mund zusammenlief nach der Braut mit Schleier und Jasminkranz, krebsrot und mit gesenkten Lidern; gegen Morgen raubten sie sie, während der Brautvater den Schwiegersohn in der Schubkarre spazieren fuhr, und brachten sie in den hintersten Winkel des Gartens, um herauszufinden, wie sehr sie die Würde der Jungfräulichkeit verdiente. Um nicht viele Worte zu machen: Sein Eheweib mochte kein Ausbund von Tugend im Bett oder auf dem Feld sein, doch in seiner beruflichen Laufbahn hatte sie ihm makellose Treue gehalten, ihm nicht nur dabei geholfen, wegen seiner zahllosen Patzer, Schludrigkeiten und Spinnereien nicht vors Kriegsgericht gezerrt zu werden, sondern dabei auch langsam, langsam, unmerklich aufzurücken, vom Leutnant zum Oberleutnant befördert zu werden, danach zum Major (trotz der Begebenheit mit der Spinnenfrau, die der Laufbahn eines jeden ein Ende gesetzt hätte), zum Oberstleutnant, und zu guter Letzt als ordentlicher Oberst in den Ruhestand zu gehen mit satter Rente und einer Menge Zeit, um im Hof eines stattlichen Hauses Zinnien und Pfingstrosen zu züchten. Und dies alles nur, so brüstete er sich, weil er verwanzte Aschenbecher in Bars hinstellte, jungen Mähnenträgern auf dem Magheru-Boulevard die Haare schnitt und Wische wälzte mit lächerlichen Denunziationen, dass nämlich Soundso gesagt habe, wir seien ein Land von Dieben, und Soundso den Witz mit dem Genossen und Gina Lollobrigida erzählt und Soundso Rechtschreibfehler in einem Spruchband an der Wand gemacht habe. Sie würden ihn also für nichts und wieder nichts hängen, sollten, Gott bewahre, diese Gammler, die so laut brüllten, dass ihm die Trommelfelle platzten, Onkel Ceașcă stürzen ... Bei diesem Gedanken zitterten ihm die Hände in den Häkelhandschuhen, die nicht wärmten, und das Foto von dem Glatzkopf, der soeben aus Leibeskräften »Frei-heit! Frei-heit!« brüllte, sollte sich als unbrauchbar erweisen.

Nur dass der Chef nicht einfach so stürzen würde, weil eine Handvoll hitziger Kinder Krach schlug. Selbst wenn ihn die Armee und das Innenministerium (das ja auch seine Armee hatte, fast genauso groß wie die andere, mit Antiterrortruppen und Funkabteilungen und Lastwagen und Hubschraubern und allem Drum und Dran) nicht schützen sollte, er war ja der Oberste Befehlshaber – der wäre auch Metropolit an der Stelle von Teoctist geworden, wenn ihm die Ideologie das gestattet hätte –, standen Onkel Nicu auch andere Geheimwaffen zur Verfügung. Tja, was ist mit den elternlosen Kindern in den Heimen? Hatte man ihnen denn nicht von Kindesbeinen an gesagt, dass ihr Vater Ceaușescu sei und ihre Mutter – Madame Leana? Wurden sie denn nicht wie Wolfshunde darauf abgerichtet, jeden in Stücke zu reißen, der den geliebten Eltern Böses angetan hätte? Dankten sie denn nicht vor jeder Mahlzeit, strammstehend und dem Boulevard des Frühlings[25] zugewandt, der Partei und dem Generalsekretär für die Suppe in der Schüssel? Aus diesen Waisen, Jugendlichen ohne Vater und ohne Mutter, im wörtlichen und im übertragenen Sinn, hatte der Genosse seine Leibwachen gebildet. Man sah sie, schwarz gekleidet, mit vorschriftsmäßig geschnittenen Haaren und blassen Gesichtern, mit glühendem Fanatismus in den Augen, bereit, sich überall, wo sich ihr geliebtes Väterchen befand, mit geschwellter Brust jedem Attentäter entgegenzuwerfen. Es gab Schlachtreihen von Tausenden Waisenkindern, bis an die Zähne bewaffnet und zu allem bereit, ebenso schreckenerregend wie die Frauenarmee, Deutsche aus der DDR, die den großen Freund des Genossen, Gaddafi, verteidigten. Jeder von ihnen zog je einen dicklichen Rottweiler auf, ihren einzigen Freund auf der Welt, den er einige Jahre behielt und dem er alle Grausamkeiten beibrachte,

---

25 Bulevardul Primăverii, Prachtstraße im Norden von Bukarest, Residenz Ceaușescus und hoher Partei- und Staatsfunktionäre.

bis dem Hund, einer von den Nazis durch dämonische genetische Manipulationen gezüchteten Rasse, das Gehirn verfaulte und er sich in schauderhaften Qualen wälzte. Dann erschossen sie ihn eigenhändig mit der Kugel, die dem Welpen bereits bei seiner Geburt um den Hals gehängt worden war. Selbstverständlich waren in der Waisenarmee alle ausnahmslos schwul, was sie wie die Spartaner zusammenschweißte. Und wenn selbst die schwarzen Phalangen den Gammlern nicht die Stirn böten, würde Onkel Ceașcă trotzdem nicht stürzen, denn (und nun stellte der innere Monolog des Obersten den Ton einige Stufen leiser) die Securitate, die ihn verteidigte, war keine einfache Einrichtung des Staates, wie etwa, sagen wir mal, die CIA oder der KGB, sondern eine mystische chiliastische Bruderschaft. Die »blauäugigen Jungs« waren eine eigenartige Rasse, verwandt mit den Tröpfen am Fuße der Fogarasch-Berge und mit den Sanftmütigen, die bereits seit den Zeiten des mythischen Decaeneus ihre geheimen Kräfte in den Dienst des rumänischen Volkes gestellt hatten, das als das edelste aller Völker der Erde galt (hatte denn nicht Herodot selbst gesagt, dass die Daker die mannhaftesten und gerechtesten unter den Thrakern seien?). Im vergangenen Jahrhundert hatten die rumänischen Gelehrten, wahre Söhne dieses messianischen Volkes, bewiesen, dass die Helden und Götter der antiken Welt ausschließlich in dakischen Gefilden geweilt hatten. Dass der Berg Olymp eigentlich der Ceahlău war und der Parnass, zuweilen auch Musaios genannt wegen seiner Fracht an hochroten Leibern mit Leier, zweifellos mit Busaios, der Stadt Buzău unserer Tage, gleichzusetzen war. Sogar der Name des ruhmreichen Königs Decebalus kam vom mystischen Deke-Balloi (zehn Hoden), ein Zeichen von Kraft und Unerschrockenheit. Seit damals hatte die Bruderschaft der blauäugigen Jungs die Rumänen ins Herz der Berge geführt, in unermessliche unterirdische Höhlen, wo Kristalle mit Zauberkräften wuchsen, die nirgendwo sonst auf der Erde zu finden waren, so dass Rumänien eigentlich das geheime Kraftzentrum des Planeten und vielleicht des Weltalls war. Jeder vaterlandsliebende Führer des rumänischen Volkes wurde, wenn er den Thron bestieg, in die Mysterien der Regenbogenkristalle eingeweiht, die ihm die Kraft und die Weisheit verliehen, seine Herde zum Neuen Jerusalem zu leiten, das der Kommunismus war. Zu der langen Reihe von Märtyrern und Hohepriestern gehörten alle jene, die zur Erbauung des sittenlosen Pöbels in den Spielfilmen des Goldenen Zeitalters dargestellt worden waren, in »Die Daker«, in »Die Säule«, in »Michael der Tapfere«, in »Der Streitkolben mit drei Siegeln«.[26] Hier sprachen die Könige des alten Dakien und die späteren Woiwoden wie in den Dokumenten der rumänischen KP, und dies nicht etwa wegen der Unbeholfenheit der Drehbücher, die von den kommunistischen Kulturapparatschiks ideologisch verbrämt wurden, wie man im Radio Freies Europa sagte, so wie auch die Statisten, die dakische Krieger oder moldauische Freibauern darstellten, nicht versehentlich ihre Armbanduhren ums Handgelenk vergessen hatten. Alles war bis zu den letzten Einzelheiten durchdacht, die Filme waren voller Anspielungen und Sinnbilder für die Eingeweihten. Die Tatsache, dass auf dem Höhepunkt der Schlacht zwischen den Dakern und den römischen Legionären Telegrafenmasten und Schornsteine von Wärmekraftwerken am Horizont zu sehen waren, symbolisierte die unzerstörbare Verbindung zwischen Vergangenheit und Gegenwart, beide gleichermaßen durchzogen vom roten Faden der Einweihung in den National-Securismus. Diesen Namen, hatte Ionel gehört, hatten die Hohepriester (von der zwanzigsten Einweihungsstufe an) der ursprünglichen kommunistischen Lehre in den Gefilden der Miorița gegeben. Es stimmt zwar, dass das alte Mütterchen mit dem enzianblauen, aus der mottenzerfressenen Kappe heraus-

---

26 Historienfilme der 1960er und 1970er Jahre.

guckenden Haar, gebeugt unter den Böen des eisigen Windes in der Victoria-Straße, ertaubt durch den Radau Hunderter Demonstranten, seit Jahrzehnten lediglich ein Amtsdiener der Sekte war, also erst auf der zweiten Stufe der Leiter, die sich am goldenen Himmelsrand verlor, wo der mythische und unsichtbare Korutz, der Hohepriester in jenem Jahr, den Dienst versah, aber wie in dem Witz mit den sieben Zwergen, die übereinander geklettert waren, um durchs Fenster zu sehen, was Schneewittchen und der Königssohn in der Hochzeitsnacht taten (»Und nun, Schneewittchen, werde ich dir machen, was dir noch niemand jemals gemacht hat«, sagt der Prinz, und die Zwerge geben einander von oben nach unten weiter: »Er fickt sie in die Ohren, er fickt sie in die Ohren, er fickt sie in die Ohren« ...), erhaschte auch er gelegentlich ein Bruchstück, bald von hier, bald von da, der ewigen Wahrheiten. Es war genug, um die mysteriösen Fäden zu verstehen, welche die Ermordung des Schafhirten am Paradiesesrand, wo man die Hochzeit mit der Weltbraut feierte, mit dem Märtyrertod Brâncoveanus und des Woiwoden Johannes des Tapferen und dem ruhmreichen Schicksal Onkel Ceașcăs verbanden, der vielleicht ausersehen war, größer als alle Blutzeugen zusammen zu werden, so wie die bliblische Reihe der Propheten von Jesus Christus, dem Sohn Gottes, gekrönt wird. So war der Chef auch in dieser Hinsicht abgeschirmt. Kein einziges Haar auf dem Kopf würde ihm gekrümmt werden, gefeit durch die Kraft der Regenbogenkristalle, wie er war ...

 Die Reihe der Gedanken, die sich unter der Perücke des alten Mütterchens abspulte, wurde plötzlich von einem dumpfen Dröhnen unterbrochen, es klang wie bei der Parade der Panzer am 23. August. Die Schutzschildträger, die bis dahin reglos wie Puppen dagestanden hatten und sich vor Angst in die Hosen machten (jämmerliche Rekruten von wer weiß welcher Einheit, verloren in der tiefsten Bărăgan-Steppe, die während des Wehrdienstes so drangsaliert wurden, dass ihnen das Gehirn durch die Nase herausspritzte, die kilometerweit mit aufgesetzter Gasmaske herumgejagt, durch Bohnenfelder geschleift, bei eisigem Nordostwind in Friedhöfen zu Boden geworfen wurden, die Aborte mit der Zahnbürste säubern mussten, angehalten wurden, sich in sieben Sekunden anzuziehen, ihre Pritsche so zu machen, dass eine aufs Laken geworfene Münze zehn Zentimeter hochsprang, ihre Kalaschnikows, in deren Lauf »Drachen« hausten, stundenlang zu reinigen), ohne denen zu antworten, die ihnen ins Gesicht brüllten: »Ihr Verbrecher! Warum verteidigt ihr den Diktator, den Schuster, den Elenden?« oder, dazu überredet, den durchsichtigen Schutzschild und den Gummiknüppel niederzulegen und sich ihnen anzuschließen, »denn wir sind alle Brüder, Jungs!«: Auf ein Signal wichen diese jetzt zur Seite, und die beiden leichten Panzer rollten bedrohlich heran, bogen um die Ecke des Hotels. Sie hielten an mit ihren abgeschnittenen, bootartigen Schnauzen und mit den kurzen Maschinengewehrläufen, auf die geschlossene Gruppe der jungen Menschen gerichtet, die ihnen Arm in Arm, in langen Reihen, mit einem wahnwitzigen und herausfordernden Mut die Stirn boten. Langsam rollten sie über die aus weißem Metall notdürftig aufgeschichteten Barrikaden mit Blumenkästen, in denen noch der Schnee von vor zwei Tagen lag und die wie Pappschachteln unter den Raupenketten der gepanzerten Fahrzeuge zerquetscht wurden. Ein Offizier mit Sprachrohr fing an, rau und bellend zu reden, wobei sich die Worte im Wind verloren, als die Böen ihm entgegenwehten, oder unerträglich dröhnten, wenn der Wind drehte: »Bürger, verlasst den Bereich! Ich befehle euch auseinanderzugehen! Wir haben Schießbefehl! Verlasst den Bereich!« Und dann senkte er das Gerät aus orangefarbenem Plastik und wandte sich nur an die vor ihm Stehenden: »Mensch, geht nach Hause, stürzt euch nicht ins Unglück! Wir haben den Befehl zu schießen, ehrlich ... Jungs, wir haben auch Kinder wie ihr, verleitet uns nicht zur Sünde ...« Doch seine Worte gingen unter in einem Orkan von Gebrüll, der wieder auffallend an das bedrohliche Dröhnen eines Stadions erinnerte: »Buuuuuuh! Buuuuuuh! Nieder mit Cea-u-șes-cu! Nieder! Nieder! Nieder!« und lauter und lauter: »Frei-heit! Frei-heit!«

Die Leute auf dem Bürgersteig – lange unschlüssig darüber, ob sie sich den Reihen der Demonstranten anschließen oder sich zwischen zwei Stühle setzen sollten, damit sie im Notfall sagen konnten: »Moment mal, Mann, ich hab nur zugeschaut«, sich aber, wenn das Blatt sich wendete, in die Brust werfen würden, dass sie dabei gewesen waren – schlichen einer nach dem andern in die Seitenstraßen, so dass die Revolutionäre nur die Schutzschildträger, die leichten Panzer und drei, vier Kollegen von Ionel als Zuschauer hatten; diese waren als Nutten, Bettler, Kriegsversehrte und Gott weiß was verkleidet und filmten unter schwierigen Umständen, aus der Hüfte, aus der mit Löchern versehenen Handtasche, zwischen zwei Knöpfen der Mäntel hindurch, die in den Schultern viel schmaler waren als passend oder im Gegenteil so weit, dass zwei Mann Platz gefunden hätten. Ionel fand in einem Eingang des Hotels Unterschlupf: Er wusste, dass damit nicht zu spaßen war. Die Rekruten waren bloß mit ihren Schlagstöcken bewaffnet, da mussten aber die Sondertruppen erscheinen, wie in Timișoara, und die waren zu allem fähig. Die leichten Panzer waren bereits im Meer von Menschen stecken geblieben, die sie zurückzuschieben versuchten, mit den Handflächen auf die khakifarbene Panzerung schlugen, auf die Kettenblenden kletterten ... »Gestern in Ti-mi-șoa-ra«, fing einer mit vor Anstrengung angeschwollenen Halssehnen zu zetern an. »Heu-te im gan-zen Land!«, antworteten ihm die Umstehenden, und die Losung verbreitete sich blitzartig in der ganzen Gruppe. Klick, der Oberst knipste den Krakeeler, prägte sich auch dessen Gesicht als das eines der Anführer des Aufstandes ein. Es fiel schwer, sie voneinander zu unterscheiden, waren doch fast alle bärtig, fast alle um die dreißig, die Generation, die, statt den Sozialismus aufzubauen, mit der Musik der Langhaarigen aus dem Westen aufgewachsen war, jener Beatles, denen die Haare in die Augen fielen und die wie die Verrückten brüllten und glaubten, dass alles, was glänzt, Gold ist. Umsonst waren sie in den Schulen kommunistisch und atheistisch erzogen worden, umsonst hatte man ihnen gesagt, dass das Fortschreiten der Menschheit in Richtung Kommunismus gesetzmäßig und unumkehrbar sei, umsonst hatten alle Zeitungen Rubriken mit »Tatsachen aus der Welt des Kapitals«, wo über das Ausmaß der Armut in Amerika, die verheerenden Auswirkungen der Drogen, die Unmenge an Obdachlosen, über Arbeitslosigkeit und Verbrechen berichtet wurde ... Sie krochen trotzdem diesen unseligen Kapitalisten den ganzen Tag in den Arsch, ahmten sie in allem nach, ihre bestialische Musik, die frivolen Tänze, die Höhlenmenschenmoden mit den schmierigen Zotteln, die ihnen bis zur Taille hingen, mit Nietenhosen, Trenchcoats im Stil vom Malagamba[27], Backenbärten à la Aurelian Andreescu.[28] Was der Mensch macht, das macht auch der Affe, wie man so sagt ... Von den Mädchen ganz zu schweigen: Miniröcke bis zu den Fotzen, BHs Fehlanzeige, eine Generation von Verkommenen, Zuchtlosen, Verwirrten. Wie viele Mähnen hatte er nicht mit der Schere abgeschnitten, und zwar gehässig, wenn er die Milizpatrouillen auf dem Magheru-Boulevard begleitete, wie viele Miniröcke hatte er nicht zwischen den Beinen durchtrennt, dass die Mädchen in die Treppenhäuser der Wohnblocks rannten, damit die Menge sie nicht auspfiff ... Wären sie seine Kinder gewesen, hätte er ihnen die Hucke vollgehauen! Gut, dass Gott (wie der Atheist sagt) ihm in dieser Welt, die aus den Fugen geraten war, keine Kinder be-

---

27 Sergiu Malagamba (1913–1978), rumänischer Schlagzeuger und Komponist, prägte in den 1940er Jahren einen Modestil mit knöchellangen schwarzen Trenchcoats.
28 Aurelian Andreescu (1942–1978), rumänischer Schlagersänger.

schert hatte. Man sah sie, großer Gott, gegen die Wände gelehnt, mit Gitarren, abgespielten Schallplatten, mit diesen coolen Sonnenbrillen ... Wann immer er an einer solchen Gruppe vorbeiging, konnte er nicht an sich halten und rief ihnen zu: »An die Arbeit! An die Drehbank, ihr verfluchten Schmarotzer!«, worauf sie ihn ansahen, als wollten sie ihn anspucken ... Und diese Typen, die Jugendlichen, die den Eltern ständig auf der Tasche lagen, immerzu die Zigarette im Maul und den Kognak vor der Nase, diese Typen spielten jetzt verrückt, erhoben sich gegen das Regime, das sie ernährt, gekleidet hatte und sie in den dreißig Jahren, seitdem sie ausgeschlüpft waren, in Schulen hatte ausbilden lassen. Lumpen, Verräter, Halunken ... Doch wart's ab, denen werden wir schon die Revolution austreiben. Wenn die nicht alle ins Kittchen und vors Kriegsgericht wandern, will ich Hans heißen! Schon an diesem Morgen werden die in Jilava landen und nach ihren Müttern schreien und sich in die Hose scheißen wegen so vieler Faustschläge und Fußtritte in die Fresse!

Klick! Noch ein Gesicht, das ihm ... von irgendwoher bekannt vorkam, obwohl ... er ihn seit langem nicht gesehen hatte ... Das alte Mütterchen vergaß einen Augenblick die fortgeschrittene Kyphose, die ihm die Wirbelsäule verkrümmte, richtete tapfer seinen Oberkörper auf und stellte sich auf die Zehenspitzen, um den jungen Mann mit dem aschfahlen schmalen Gesicht, den dunklen Augen und dem schütteren, faserigen Schnurrbart besser zu sehen, der inmitten des Aufruhrs der Demonstranten fremd zu sein schien und gleichsam aus einem anderen Film, als wäre er die einzige schwarzweiße, in ein gespenstisch in Farbtönen von Urin, Zyan und geronnenem Blut gemaltes Gruppenbild geratene Silhouette. Donnerwetter, das war ja Mircea, Marioaras Junge! Da bestand keinerlei Zweifel, so jämmerlich, wie er wirkte, wie seine Kleider an ihm wie an einem Haken hingen, das konnte kein anderer sein. Das Gesicht, leicht asymmetrisch unter der Pelzmütze, trug das Siegel der Schizophrenie;

ja, sosehr es ihm um Marioara leidtat, seine ehemalige Nachbarin (süße Nachbarin, süße Nachbarin, wie es im Lied hieß ...) in der Silistra-Straße, das war ihr Sohn, ein Wahnsinniger, ein Sonderling, der den ganzen Tag nichts anderes tat, als an einer Art blödsinnigem und unlesbarem Roman zu schmieren. Wäre er, der Oberst, nicht gewesen, dann wäre der liebe Mircișor (und vielleicht auch sein Papa und seine Mama) jetzt in der Klapsmühle, in Valea Mărului[29] oder im Kittchen gelandet. Denn in der besseren und gerechteren Welt, die in unserem Vaterland geschaffen wurde, war niemand sein eigener Herr, um das Blaue vom Himmel zu Papier zu bringen. Selbst die Gedichte über den Genossen und Leana wurden nicht einfach so geschrieben, von jedermann, wie's ihm gerade in den Sinn kam, sondern bei zuverlässigen Genossen Schriftstellern in Auftrag gegeben, die sie nach guten und von Gott höchstpersönlich (Dumitru Popescu[30], ein großer Journalist, was immer man auch einwenden mag!) genehmigten Richtlinien fertigten wie dereinst die Heiligenbilder. Was, durfte man etwa den heiligen Sisoes[31] als feist darstellen? Man wusste, wie es sich geziemte, jeden zu malen, mit zweigeteiltem oder rundem, schwarzem oder grauem Bart, mit dem Heiligenschein über dem Scheitel oder kokett über ein Ohr gezogen ... Genauso mussten in jedem Gedicht bestimmte Wörter in einer bestimmten Steigerung vorkommen. Onkel Ceașcă war »Meistersteuermann«, so wie Achilles schnellfüßig war. Lenuța war »Wissenschaftlerin von Weltruhm und liebe Mutter«. Man durfte nicht etwa von sich aus schreiben, dass sie gescheit oder schön oder ficklustig oder weiß der Teufel was sei ... Zu Hause hatte auch er (denn man hatte es im Dienst an sie verteilt) ein

---

29 An diesem Ort gab es eine psychiatrische Klinik.
30 Dumitru Popescu, genannt Dumnezeu = Gott (geb. 1928), Politiker, Journalist, Schriftsteller, Dichter, Chef-Ideologe.
31 Altvater Sisoes von Theben (4. Jahrhundert), ein Schüler des großen Makarios (um 300–390) in der Sketis.

»Huldigungs«-Buch, eine ordentliche Schwarte von etwa tausend Seiten, bebildert mit den Porträts des Chefs vor himmelblauem Hintergrund, gemalt von dem berühmten B. Sălașa[32] und gespickt mit Gedichten, tief empfunden vom Fettwanst (wie, zum Kuckuck, heißt der gleich?[33]), vom Strohmann des Genossen Barbu[34] und von hundert anderen Zwergen, allesamt mit Steuermännern und Genies der Karpaten und menschlichen Menschen und liebenden Müttern, aber schön gemacht, mein Herr, mit geschickt gedrechselten Reimen, nicht holterdiepolter wie »Mutters Hündchen fragen barsch, wer küsst uns noch mal den Arsch!« oder diese blöden Liedchen, die man von den Kindern hörte, bevor ihnen eine Maulschelle verpasst wurde und sie beigebracht bekamen, sie nicht mehr lauthals auf der Straße aufzusagen: »Wer fährt mit der Fähre? Ceaușescu und die Megäre. Wer fährt mit dem Kahn? Ceaușescu und sein Clan« ... Nein, dieser Mircea war ein Fall für sich. Nach Meinung des Obersten Stănilă hätte er nicht frei herumlaufen dürfen. Er war verrückt, der Ärmste. Die arme Marioara, der bekümmerte Costică (ein prima Kerl, gebildet und überhaupt nicht hochnäsig), dass die mit einem solchen Jungen gesegnet sind ... Wie oft hatten sie nicht versucht, ihm die Augen zu öffnen, wie oft hatten sie nicht zu ihm gesagt: »Junge, schade um deinen klugen Kopf, um die gelesenen Bücher! Du schreibst doch nur Schwachsinn. Siehst du denn nicht, wie man in der Welt lebt? Schreib doch, was sich gehört, was verlangt wird, sonst verpasst du noch den Anschluss ...« Costică wusch ihm hin und wieder den Kopf, schloss sich mit ihm in einem Zimmer ein und hielt so auf der Stelle eine Parteisitzung mit ihm ab. Er fasste ihn hart an und sah ihm dabei in die Augen: »Sag mal,

---

32 B. Sălașa, Anspielung auf den Maler und Zeichentrickfilmer Sabin Bălașa (1932–2008).
33 Gemeint ist wohl der Schriftsteller und Journalist Corneliu Vadim Tudor.
34 Eugen Barbu, Journalist und Schriftsteller.

was hast du vor? Was hast du vor? Was steckt in deinem hohlen Kopf drin? Sprich! Nun, sag schon, ich tu dir nichts: Welche Flausen hast du dir wieder in den Kopf gesetzt?« Und so ging's stundenlang weiter, ohne irgendein Ergebnis, denn der Bengel machte ja doch nur, was er wollte! Zweimal hatten sie ihm das Spielzeug beschlagnahmt (den Stapel unglaublich dreckiger und zerknitterter Seiten, in den er sich vergrub, dass man nicht einmal mehr seinen Scheitel sah, dort, im Hinterzimmer in der Ștefan-cel-Mare-Chaussee, denn sie waren auch einige Male bei Costică und Marioara zu Besuch gewesen, und der Lümmel hatte sich nicht einmal herbeigelassen, zu erscheinen, um ihm »guten Tag« oder »kannst mich mal« zu sagen. Er hatte hineingehen müssen, in das Zimmer mit einem riesenhaften Fenster, von dem aus man Bukarest bis hin zum Horizont sehen konnte. Und dort sah er ihn, zusammengekrümmt und reglos wie eine Tarantel in ihrem Terrarium im Antipa-Museum, schreibend und schreibend und schreibend, und wenn er ihm eine Hand auf die Schulter legte, zuckte er zusammen, als hätte der Schlag ihn getroffen). Doch was tut man nicht alles leuchtenden und rehbraunen Augen zuliebe, die man in der Jugend geliebt hat … Marioara hatte eine gute Wahl getroffen, Costel war ein sehr ernsthafter Kerl, auch er war, wie Ionel, vom Pflugsterz bis in die Führungsschicht aufgestiegen, die erste beschuhte Generation, wie es hieß, die unmittelbar in den Gängen im Haus des Funkens landete, mit einer Wolga-Limousine für Dienstreisen und einer Sekretärin, der er die Artikel diktierte. Zu Hause hatte der Oberst ein Foto, das ihm sehr gefiel, sie beide in vertauschten Kleidern; Ionel hatte nur die Hose der Offiziersuniform anbehalten und war in die Jacke von Costels Anzug geschlüpft, und Costel, fesch in der Uniformjacke, trug seine Anzugshose. Beide waren sie jung, blickten zuversichtlich in die Kamera. Soldaten der neuen Welt, die leider unterwegs stecken geblieben war. Aber so viele Unvollkommenheiten, Fehler und sogar Verbrechen es auch gegeben haben mochte, der Kommunismus blieb die größte Idee der Menschheit. Was machte es, wenn die Gegenwart beschissen war, wenn Millionen Menschen unter Stalin gestorben waren? Es reichte, eine große Idee zu haben und zu warten, sogar hundert Jahre lang: Sie würde ja doch triumphieren. Mao hatte recht, der gesagt haben sollte: »Drei Millionen Menschen sind gestorben. Na und? Hat der Jangtse-Strom deswegen seinen Lauf geändert?« Sie mögen ja gestorben sein, aber es geht doch darum: Sieht man die Große Mauer vom Mond aus oder sieht man sie nicht? Das zählte: die Pyramiden, der Koloss von Rhodos, der Louvre, das Haus des Volkes … Wird denn je einer danach fragen, wie viele Unglückliche vom Gerüst gestürzt sein mochten? Was zählt, ist, dass das Pentagon dagegen eine schäbige Hütte ist. Sosehr die ihn jetzt hassen, der Chef wird trotzdem in die Geschichte eingehen, da kann man sagen, was man will … Während diese Schnösel, die da brüllen wie am Spieß, nur hinter Gitter kommen werden, die armen Tröpfe, ja, die können sich noch glücklich schätzen, wenn sie nicht vorm Exekutionskommando landen.

Doch Blut ist dicker als Wasser. Es tat ihm leid um Mircea, der unschuldig im Zuchthaus landen würde. Ein armer Traumwandler, er mag sich auch unterwegs verlaufen haben (denn er streunte wie ein Dussel herum und stieß dabei gegen alle Pfosten) und ist unter Nichtsnutzen, unter Habenichtsen gelandet. Besser hätten sie ihn in die Klapsmühle gesteckt, im Frühjahr, als sie ihn ungefähr einen Monat lang in Gewahrsam genommen hatten, um ihn allen möglichen Untersuchungen zu unterziehen. Nur hatte Ionel Marioara angelogen, als er ihr gesagt hatte, er habe ihn durch seine Beziehungen aus dem Schlamassel herausgeholt. In Wirklichkeit war der Junge unter höchst geheimen Bedingungen von irgendeiner wissenschaftlichen Kommission untersucht worden, anscheinend waren mit ihm … böse Dinge vorgegangen, von großer Bedeutung, weiß der Teufel …

Die stotterten da so was daher, aber wer soll die verstehn? Tatsache ist, es gab keine Schläge, keine zugeschwollenen Augen, keine ausgerissenen Fingernägel, gar nix. Er kam da so unversehrt raus, wie ihn seine Mutter (Verzeihung, Marioara) zur Welt gebracht hatte, und sogar den Stapel Blätter hatten die ihm gegeben, damit er zusah, wie er selber damit fertigwurde, nachdem sie jede einzelne Seite sorgfältig fotografiert hatten. Teufel auch, und wenn (denk ich jetzt) trotzdem etwas an diesem Verrückten dran ist, wenn es in diesem seinem Gefasel wer weiß welchen Geheimcode gäbe? Vielleicht schreibt er da »Möhre«, spricht es »Kartoffel« aus und versteht darunter »Aubergine« oder weiß der Teufel was ... Oder man muss jeden dritten Buchstaben lesen oder von hinten nach vorne ... Ach was, der ist verrückt! Seh ihn sich einer mal an, wie einsam der ist, selbst in der Menge, wie sehr er auch schreit, halbherzig, so wie er auch ganz traumverloren die junge Frau küsst, die ihn einen Augenblick zuvor auf die Wangen geküsst hat ... Der Oberst spulte den Film um eine Einstellung zurück und schoss rasch ein anderes Foto darüber. Vielleicht kommt der Arme davon, vielleicht hat der Kollege, der vom Obergeschoss aus filmt, ihn nicht eingefangen, immerhin ist der Winkel, aus dem er dreht, ziemlich ungünstig, von weit oben und schräg, nur schwer lassen sich identifizierbare Gesichter erfassen.

Ein Frost, verdammt, dass die Steine bersten. Und ein glasklarer Himmel mit Sternen, wie im Sommer über den modernen Bauwerken aus der Zwischenkriegszeit verstreut. Und das Ungetüm dazwischen, von dem keiner weiß, was zum Kuckuck das wohl sein mag: diese grün-bläuliche Kuppel mit dem Piloten auf dem Stuhl an der Spitze ... Die Kampfhubschrauber hatten es umkreist, ihn aufgefordert, herunterzusteigen, vergebens. Es hatte eine Art Feld um sich her, eine Art Wellen, die nichts durchließen, kein Geschoss, keine Rakete ... Es stand seit einigen Tagen am Himmel, unsinnig, wie in dem alten Gedicht: »Viele Sterne sind am Himmel, dem blauen, sie gehn alle unter im Morgengrauen, nur einer, der der dümmste ist, ganz oben auf unsrer Werkhalle sitzt.« Nun ja, von mir aus soll's ruhig da rumhängen. Das Mütterchen mit dem alten Fotoapparat schleppte sich fröstelnd und humpelnd zum Offizier mit dem Sprachrohr, der die Schutzschildträger befehligte und dem gegenüber die Alte sich von Anfang an ausgewiesen hatte: »Wie sieht's aus, Genosse Major?« »Genosse Oberst, ich melde ...« »Nun, Major, lassen Sie rühren. Wie sieht's denn so aus? Was geht vor sich?« »Weiß man nicht, da herrscht Chaos. Sehn Sie doch selber: In den Funkgeräten sagen die einen dies, die anderen was anderes ... Welchen Befehlen soll man da folgen? Es sieht ganz bös aus. Man weiß nicht, wie die Münze fällt. Vorläufig tun wir unsre Pflicht, denn Befehle werden nicht besprochen, sondern befolgt. Aus denen machen wir Hackfleisch. Aber es sind viele, sehn Sie mal, immer berichtet die Miliz und die Armee: eine Gruppe Demonstranten da, eine andere auf dem Magheru-Boulevard, eine andere weiß der Geier wo, etwa fünfzehn geschlossene Gruppen, Mann. Die haben Barrikaden in der ganzen Innenstadt errichtet ... beim Restaurant Budapest, auf dem Platz des Palastes ... Die sind wohl lebensmüde, diese Scheißschwachköpfe, denen sind allerlei Ideen zu Kopfe gestiegen. Verdammte Brillenträger und Bärtige, die glauben, sie sind gescheiter als alle andern ...« Der Offizier brüllte noch einmal ins Sprachrohr: »Ich befehle euch zum letzten Mal: Verlasst den Bereich! Geht nach Hause! Wir haben Order, die öffentliche Ruhe mit allen Mitteln wiederherzustellen. Ich wiederhole: mit allen Mitteln!« Das alte Mütterchen drehte und wandte sich unruhig. Sie gierte nach einer Zigarette, doch das ging nicht. Die jungen Menschen schlugen einen Krach wie noch nie, die Innenstadt tobte. Jetzt brüllten sie den Schildträgern ins Gesicht: »Buuuuh! Buuuuh! Ceaușescus Wachhunde! Scheißkerle!«, und sie rammten sogar hin und wieder die Kunststoffschilde. Einstweilen jedoch hatten die Soldaten den Befehl, auf Provokationen nicht zu antworten. »In Timișoara wurde geschossen, Genosse Oberst. Die Armee hat geschossen, auch die Miliz hat geschossen, man hat die Grundausrüstung benutzt. Man hat auch mit Knallkörpern geworfen. So lauteten die Befehle, was hätten sie tun sollen? Wir schießen auch, wir haben keine Angst vor diesen Schlappschwänzen, aber ... Genosse Oberst, verzeihen Sie ... was ist, wenn das Blatt sich wendet? Wer werden dann die Verbrecher sein? Das lässt uns keine Ruhe. Eine Scheißsituation, in die wir da reingeschlittert sind ... Im Radio Freies Europa hat es geheißen (nicht, dass ich das hör, aber das haben mir andere erzählt), dass Maisbrei nicht explodiert. Und siehe da, er ist explodiert, mein Herr, er ist, Sakrament nochmal, explodiert!« Der Major brach in ein fürchterliches Gefluche aus, brüllte die Schimpfworte den jungen Leuten in der ersten Reihe ins Gesicht, die sich bei den Händen hielten und sangen. Diese Rotzlöffel, die wussten gar nicht, wie viel Leid und Unruhe sie in die Seelen der ehrlichen Militärs brachten. Denn nur das war würdevoll und unbestechlich in diesem Land der Speichellecker geblieben: die Armee, mein Herr. Die Zivilisten? Sehen Sie sich die mal an: ein Haufen von Flegeln, von Pottsäuen. Längst wär alles vor die Hunde gegangen, wenn die Armee nicht gewesen wäre. Sie verteidigte die Landesgrenzen, sonst wären die Ungarn und die Russen längst die Herren hier im Land, sie wachte über die nationale Souveränität und schützte die Errungenschaften des Sozialismus. Sie errichtete die großen Bauvorhaben – denn da kann man sagen, was man will, der Donau-Schwarzmeer-Kanal oder der Transfăgărășan, das waren Leistungen, Mann, das war kein Pappenstiel –, mit ihrer Hilfe brachte man die Ernte auf den Feldern ein. Mit dem armen Soldaten im Strafbataillon, der während des Wehrdienstes gepiesackt wurde, dass er nicht mehr wusste, wie er hieß. Er schoss mit dem Gewehr dreimal pro Jahr und sechs Monaten, ansonsten packte er Tag für Tag

Lasten auf seinen Rücken, auf Baustellen, auf dem Feld, wo halt Not am Mann war. Der Major kannte in seinem, übrigens äußerst derben Wortschatz kein schlimmeres Schimpfwort als das zerschmetternde »Ihr Zivilisten! Ihr dreckigen Zivilisten!«, das er nur in äußerstem Zorn den Rekruten entgegenschleuderte, die Gewehr bei Fuß vor ihm strammstanden.

Das Walkie-Talkie fing an zu krächzen, kaum hörbar im allgemeinen Krach, und eine Donald-Duck-Stimme quäkte dem Major ins Ohr: »Hallo, Weißbuche ... Weißbuche, bist du da?« Die Armee hatte einen Botaniker verpflichtet, um Hunderten von Einheiten Codenamen zu geben, nach dem Vorbild des Films »Eiche, äußerster Notfall«, so dass man auf verblüffende Namen stoßen konnte wie etwa »Vogelbeerbaum«, »Tamariske«, »Lärche«, »Mirabellenbaum« oder »Bonsai«, ganz zu schweigen von »Hahnenfuß«, »Schmuckkörbchen«, »Stachelwarziger Stäubling« oder »Purpurrote Taubnessel«, Parolen, die aus lauter Verlegenheit ausgegeben wurden, als die mobilen Einheiten mehr und mehr geworden waren. »Ja, Fliegenpilz, ich hör dich ...« Auch die enzianblaue Perücke näherte sich dem Gerät. »Bildet eine Schlachtordnung. Kesselt die Demonstranten auf beiden Seiten ein, in Richtung Hotel București. Keiner darf raus. Die Panzer sollen in die Luft schießen. Passt auf, Mann, dass die nicht unsere Leute in den oberen Stockwerken treffen, ihr wisst ja, wer in der Victoria-Straße steht ... Wir schicken euch Spezialtruppen von der Militäreinheit 0835 ... Ich geh auf Empfang!« Auch der Major brüllte ins Gerät: »Fliegenpilz, ich melde: Verstanden! Wir kesseln die Demonstranten ein. Ich geb an die Panzerfahrer weiter, sie sollen Schüsse in die Luft abfeuern. Ende.« »Weißbuche, leg sofort mit Verhaftungen los, sobald die Einsatzwagen mit Verstärkung kommen, verstanden?« »Jawoll, verstanden: Wir legen mit Verhaftungen los, wenn die Einsatzwagen eintreffen.«

Der Oberst konnte nun die Mission als erfüllt betrachten:

vier Filmrollen voll mit den Fressen der Krakeeler. Starr von der bitteren Kälte der Dezembernacht steckte er die Kamera in die Handtasche, gab dem Major die Hand und hinkte in Richtung Platz. In der Luft roch es nach Krieg, nach Schießpulver, obwohl noch keine Kugel abgefeuert worden war, wenigstens in jenem Teil von Bukarest nicht. Die unheimliche orangefarbene Beleuchtung färbte das Kunstmuseum, die Universitätsbibliothek und den Sitz der Securitate an der Ecke in tiefes Erdbraun. Der leere Platz war unermesslich und atmete eine schwer zu ertragende Spannung. Weiter unten wurde das Zentralkomitee der Partei von Miliz und Armee bewacht. Einige Laster mit Planen waren nachlässig auf dem Platz unter dem Balkon geparkt, zwischen den noch schneebedeckten Tannen. Hin und wieder wehten Windböen das mit Eisnadeln gemischte Gedröhn von der Victoria-Straße herbei. Was suchte zu dieser späten Nachtstunde eine kokette Oma mit Häkelhandschuhen in der unheimlichen Landschaft des leeren Platzes? Keiner hätte das sagen können. Vielleicht ging sie zu irgendeiner Schlange, denn in diesen schrecklichen Tagen waren die Schlangen ebenso lang wie eh und je, oder vielleicht litt sie an Schlaflosigkeit und ging wehmütig an den Orten spazieren, wo sie vor dem Krieg mit dem Reifen gelaufen war ... Die ersten Schüsse erreichten sie etwa an der Kretzulescu-Kirche, wie dumpfe, ferne Knalle. Ein durch den Wind in zig Schallbündel zersplittertes Brüllen folgte ihnen, während die bucklige Alte den Kopf tief zwischen die Schultern steckte und neben der Kirche in Richtung Palast-Platz einbog.

»Die Schmetterlinge«, sagte Herman, in der Tiefe der Zeit neben Mircea stehend, wenn auch immer gespenstischer zur Gegenwart hin verlängert wie ein seltsamer fotografischer Effekt. Der Sommernachmittag warf nur ein Pseudopodium diffusen Lichts in den schmalen weißen Raum zwischen dem siebten und dem achten Stockwerk, doch der Junge fühlte sich dennoch mit Sonnenlicht übergossen, als wären die Geschossdecke des Wohnblocks und alle darüberliegenden Baulichkeiten, der Fahrstuhlschacht, Hermans Einzimmerwohnung, die Wände und Türen, plötzlich zu schweren, durchsichtigen Kristallprismen geworden. Als er in der ersten Klasse war, hatte es die ersten Lineale aus durchsichtigem Plastik gegeben, die zwar nicht mehr eingeritzt und mit Tinte tätowiert werden konnten wie die hölzernen, dagegen aber ihre eigene starke Magie hatten, nämlich die des Lichts. Alle durch sie betrachteten Dinge wurden von einem flüssigen, zitternden Regenbogen umwoben, mit den reinsten Farben, die das Kind sich vorstellen konnte. Alles hatte eine Aura: die Lehrerin, die Mitschüler in ihren kleinkarierten Schürzen, die am unteren Rand der Tafel aufgereihten Häschen. Und wenn sich die Lehrerin über ein Kind beugte, um die Kringel in den Reihen von H-Buchstaben zu berichten, verschmolzen die sie umgebenden Regenbogen zu einem einzigen, mit dem Purpur, dem Grün, dem Violett und dem Orange, die in der staubigen Luft des Klassenraums lebendig pulsten. Mircea wusste sehr wohl, dass die Auren immer dort gewesen waren, dass jedes Lebewesen und jeder Gegenstand von einem Regenbogen umstrahlt war und dass das Lineal wie ein Fenster war, durch das man sah, wie sie wirklich waren. Ja, unsere Haut leuchtete, unsere Augen gleißten, die Gliedmaßen strömten durchsonnten Tau aus, aus unseren

Achselhöhlen schossen Strahlen hervor. So waren wir wirklich, und so würden wir immer bleiben. Ebenso fühlte sich Mircea den ganzen Sommer lang, der auf das Ereignis mit dem Flaschenzug und dem Eimer folgte, in dem die Kinder durch den schwindelerregenden Schacht in Eingang eins himmelwärts gestiegen waren, dort, zwischen dem siebten und dem achten Stockwerk, neben Herman, in Brand gesetzt, von einem transfiniten Licht geweißt wie auf einer überbelichteten Fotografie. An den Vormittagen spielte er hinter dem Wohnblock, wo sich einst das Labyrinth der Entwässerungsgräben erstreckt hatte. Nun waren die Rohre abgedichtet, und jene unterirdische und vorgeschichtliche Ebene, auf der die Kinder mit furchteinflößenden Masken vor den Gesichtern das schreckliche Hexenspießen gespielt hatten, war in der Tiefe wie eine archäologische Schicht geblieben, wie eine nicht in Erscheinung tretende und verworrene Ebene des Geistes, als wäre die Bukarester Landschaft zwischen dem Wohnblock und der Mühle tatsächlich eine Gehirnschicht des Kindes, unter der andere Konstellationen von Nervenzellen schwach schimmerten und darauf warteten, irgendwann aufgerissen zu werden, darauf, dass ihre neusteinzeitlichen Scherben, die zerrissenen Perlenketten und die Bronzebeile in den Schaukästen irgendeines düsteren Museums der Sehnsucht ausgestellt würden. Irgendwann würde auch die Oberflächenschicht, wo die Kinder Fußball mit Knöpfen spielten oder sich gegen die Mauern lehnten und lachten, von Erde bedeckt sein. Irgendwann würden die zerbrechlichen kleinen, noch mit Tuch umwickelten Knochengerüste von Silvia, Marțaganul, Mimi, Lumpă, Dan dem Verrückten, kaffeebraun und durch die Last der Erde verrenkt, sorgsam an die Oberfläche gehoben werden. Und die melancholischen Trümmer der Dâmbovița-Mühle und des Wohnblocks 15 würden, riesenhaft und zerbrechlich wie Stücke kariesbefallener Backenzähne, jenen Teil der Stadt und der Welt überragen. Bis auch die

Trümmer in Trümmer fallen würden und sich Staub über den Staub legen würde.

Doch die Kinder wussten nicht, welches Drama sich mit ihren Leibern abspielen, wie bald sie mit Alter und Verfall geschmückt werden würden. Wie sie an den Fingern karmische Ringe tragen würden, Krankheiten und unerträgliche Schmerzen, wie der Infarkt einen blutroten Mantel um ihre Schultern breiten würde. Durch die Dicke der Zeit sahen sie nicht die schwere Krone des Krebses, die ihnen auf die Schläfen drücken würde, das Halsband der Autounfälle, den Orden der Trunkenheit und der Verzweiflung, der ihnen an die knochendürre Brust geheftete Orden. Noch waren sie nie aus dem Schlaf erwacht, schweißgebadet, stöhnend und vor Grauen brüllend bei dem Gedanken, dass sie eines Tages sterben würden und dann niemals mehr sein, denn sie würden verschwunden sein, solange die Ewigkeit währte. Sie würden nicht mehr denken und fühlen, denn ihr Leben war ein Funke in einer endlosen Nacht gewesen, der besser nicht entzündet worden wäre, besser nicht entzündet worden wäre … Sie besaßen lange Jahrzehnte, und die Zeit stand einstweilen still in einem ewigen Morgen, an dem sie lebendig und zart, mit durchscheinend-rötlichen Armen, bei der »Wächterin zehn-zehn« hintereinander herrannten, sich bei der »Blinden Kuh« versteckten, beim Fußball holzten, beim »Bockspringen« und »Brückenbauen« kreuzlahm wurden, Witze erzählten, spuckten, lachten und sich beschimpften und rauften, ohne sich darum zu scheren, dass sie auf einem Staubkörnchen in einem grenzenlosen Kolloid lebten, das untergehen würde in einem Meer von Augenblicken, Jahren, Jahrtausenden, Zeitaltern, Äonen, Yugas und Kalpas …

Mircea wusste nicht, dass jener Sommer, ewig und vergänglich zugleich, ewigvergänglich und vergänglichewig, der Lichtmittelpunkt seines Lebens bleiben sollte, mit Vormittagen, gefiltert durch das Laubwerk der Kastanien im Zirkuspark, und

Nachmittagen, an denen er beinahe täglich Herman zuhörte. Seitdem dieser ihn davor gerettet hatte, acht Stockwerke tief abzustürzen, indem er um den Preis blutender Handflächen das Seil, das mit unerhörter Geschwindigkeit frei auf dem Asphalt abrollte, während am anderen Ende des Flaschenzuges der Eimer mit dem vor Entsetzen erstarrten Kind durch den Betonschacht und an den Fenstern vorbei hinabsauste, war Herman, der sich den Kindern im Frühjahr verklärt und strahlend wie ein Gott gezeigt hatte, dem so unbedeutenden, so schmächtigen und einsamen Kind sehr nahegekommen, das eher den Spielen der anderen beiwohnte, als dass es sich daran beteiligte. Gegen vier Uhr nachmittags, wenn der vor Hitze erschlaffte Wohnblock in tiefem Schlaf lag, ging Mircea hinaus, zum Erstaunen der Eltern, die wussten, dass er menschenscheu und eher bereit war, ihnen den ganzen Tag auf der Pelle zu hocken. Seine Mutter atmete zwei, drei Stunden auf, nachdem sie den ganzen Vormittag in der Küche gerackert hatte. Und Vater kam nie vor fünf Uhr, und ihm schien ohnehin alles egal. Sobald Mircea durch die Tür hinaustrat, schaute er zunächst hinter das grob bemalte Glastürchen, auf dem Hydrant stand, denn er wusste, dass der Wohnblock weiterhin großzügig mit ihm sein würde, wenigstens bis er vierzehn Jahre alt und kein Kind mehr war; tatsächlich fand er dort noch jeden Tag die merkwürdigen Früchte, die der Wohnblock nur für ihn trug, denn nur er allein kannte das Geheimnis der Türchen in ihrem Stockwerk. Jeden Tag fand er dort etwas anderes: ein rotes Modellauto aus Metall, mit Türen und Kühlerhaube, die sich öffnen ließen, eine Waffel mit unbekanntem Namen, in buntes Glanzpapier gewickelt, einen rosa Buntstift, eine saftige Birne, deren Stiel unmittelbar aus der Mauer herauswuchs, so dass er die Frucht wie vom Baum abpflücken konnte, ein Päckchen »Possenreißer«-Spielkarten, bei dem auf jeder Karte ein Mann oder eine Frau in Volkstracht gezeichnet war. Manchmal jedoch knallte er das

Türchen entsetzt zu, denn drinnen krümmte ein riesenhafter Tausendfüßler seinen harten Leib, oder es platzte ein Ei, so groß wie der Innenraum jener Nische, und durch den Spalt lief eine Blutspur herab ... Dann stieg er die Treppen hinauf, vorbei an den phantastischen, fremdartigen, geometrischen und menschenleeren Landschaften des siebten und achten Stockwerks, und kam ganz oben an, im achten, wo sich zwischen dem Fahrstuhlschacht und der Tür mit dem vergitterten Fenster die Tür von Hermans Einzimmerwohnung befand.

»Die Schmetterlinge«, sagte Herman, und tatsächlich erschien, sooft der Junge an der Tür klingelte, an der Schwelle ein bestrickender Schmetterling, mannshoch, mit phosphoreszierenden, hervorquellenden und in Millionen Sechsecke geteilten Augen, mit einem dünnen und durchscheinenden Rüssel, der zusammengerollt war wie eine Uhrfeder und ebenso vibrierte. Ein Wassertropfen, groß und blinkend, hing die meiste Zeit daran. Der behaarte Unterleib war in Flügel gewickelt, und die Flügel stellten die Welt dar: mit ihrem gestirnten Wahnsinn, mit ihren aufwühlenden Farben, vom Perlweiß des Wurms in der Aprikose zum dunklen Violett der Supernovae, von der Rose der Polarnächte zum schmutzigen Gelb der in Trümmern liegenden Städte, vom eisigen Grün der Seen in Salzbergwerken zum feuchten Rehbraun der Augen des Pantokrators. Die blendende Vision währte einige Augenblicke, bis Mircea in der verheerenden Regenbogenexplosion an der Türschwelle den tief gebeugten Umriss seines damals noch unwahrscheinlich jungen Freundes, seine himmelblauen Augen und an der Stelle der phantastischen Flügel seinen gewöhnlichen Kimono, den er zu Hause immerzu trug, auszumachen begann. Zudem erkannte er hinter ihm den Schimmer einer absonderlichen Architektur, als wäre die ganze hintere Wand der Einzimmerwohnung durchsichtig, und man gewahre durch sie hindurch Bauwerke aus einer anderen Welt, beladen von Sonnenuntergang und Statuen ... Aber Herman zog die Tür rasch hinter sich zu (seine Mutter, mit der er zusammenwohnte, sollte bis zuletzt ein immaterielles Wesen wie die Luft bleiben: Jemand räusperte sich dann und wann hinter der Sperrholztür, auf der nichts stand), streichelte den Jungen, der ihn besuchte, zerstreut über den Scheitel, und Tag um Tag, als wäre der ganze Sommer ein einziger tiefer, geräumiger Tag, stiegen sie gemeinsam die wenigen Stufen hinunter, die zu dem weißen, nichtssagenden Raum führten zwischen dem siebten Stockwerk, wo die letzte Tür des Fahrstuhls war, und dem letzten Geschoss, über das sich das warme goldene Licht des Nachmittags ergoss. Sie setzten sich auf die Stufen unter den Fenstern, die sich irgendwo weit oben befanden, und Herman begann, nachdem er eine Weile geschwiegen hatte (bisweilen schwieg er stundenlang, bis ans Ende des Tages, und Mircea ging niemals ärmer, enttäuschter oder trauriger fort als an diesen Tagen: Dann lauschte er dem Schweigen, durchtränkt vom tiefen und fernen Dröhnen der Dâmbovița-Mühle, mit dem Rascheln der Pappelflocken, die sich neben dem Betonzaun aufhäuften, mit dem Lachen von Kindern hinter dem Wohnblock oder in irgendeiner weit entfernten Wohnung, einem reichen, zerknitterten Schweigen mit einem verwickelten Gewebe wie das eines Perserteppichs), Herman begann zu reden, während er das Mosaik des Fußbodens betrachtete – in dessen Steinchen Mircea bizarre Szenerien, immer andere, sah, denn sein Gehirn lechzte nach Geschichten, und wie die Paranoiker entdeckte er im zufälligen Gewebe der Dinge und der Augenblicke erschreckende Bedeutungen, listige Kabalen, diffuse Drohungen –, im Grunde für sich zu reden, über Dinge, denen das Kind nur selten irgendeinen vertrauten Sinn abzugewinnen vermochte, die aber in seinem dünnen Schädel für ihn dennoch klar klangen, als wäre sein Schädel eine Glocke, die zuzeiten in eine seltsame Resonanz mit jener eintönigen und trotzdem leidenschaftlichen Stimme trat. Mircea verstand, nicht die Wörter oder deren Sinn, sondern die Modulationen der Stimme, deren somatische Aufladung, so wie man das Holz des Fagotts oder das Kupfer des Waldhorns versteht. Es war, als hätte ihm Herman nicht seine so bizarren Gedanken und Ideen übermittelt, sondern eine weitläufige und eingehende Tafel seines Stimmapparats, seiner Luftröhre, seines Kehlkopfs, seiner Stimmbänder, seiner Zunge und seiner Zähne und Lippen, als hätte er sich selbst dem Kind als Klangnahrung dargeboten, seinen gebrochenen Leib als Brot, dort, in jenem Raum, in den kein Mensch seinen Fuß gesetzt hatte. Die Botschaft waren nicht die Wörter, es war der Bote selber, so wie der Engel, noch bevor er etwas zu dem Mädchen in der Lehmkammer gesprochen hatte, bereits bedeutete: »Freue dich, Maria!« Am Ende des Sommers war das Kind in die Schule zurückgekehrt, und eine andere Geschichte, eine andere Erdkunde, ja sogar eine andere Mathematik hatten den Platz der Hermanschen Räume eingenommen, so wie sich über die gewaltige und rätselhafte Vorgeschichte die Schicht der Schrift gelegt hatte, die in ihrem Weg alles vereinfachte, verfälschte und abstumpfte (denn die Weisheit des Menschen ist in den Augen Gottes Nichtigkeit), und über die inneren Abgründe – das dünne Eis der Vernunft. Und Herman mit seinen eintönigen und leidenschaftlichen Reden, die keinen anderen Inhalt hatten als das immer wieder wiederholte: Schlafe! des Hypnotiseurs, war im Mittepunkt von Mirceas Schädel geblieben, ein Genius des Abgrunds, in seine Hirnsubstanz selbst geprägt, denn die neuronalen Pflänzchen, die Herman bedeuteten, waren gewachsen und hatten sich verflochten, damals, in jenem Sommer, in der Energie der schwermütigen, über sie gebeugten Sonne: der ewige Schädel, die ewige Welt des großen Gebeugten. Er war dortgeblieben, jahrzehntelang vergessen wie der in einem Fass eingeschlossene Unhold im verbotenen Zimmer des Märchenpalastes. Mircea war schließlich in die Lehmkammer eingetreten, und nun betrachtete er erstarrt, wie die

Eisenreifen einer nach dem anderen zersprangen. Bald würde das Fass ganz und gar zersplittern.

Vielleicht haben sich im Ākāśa, dem All-Gedächtnis, das die Welt *ist,* jenseits ihres Fließens von der Vergangenheit in die Zukunft (denn eigentlich sind wir ein dichter Gegenstand, bereits in seiner Ganzheit gegenwärtig, der an einem Ende die befruchtete Eizelle und am anderen eine Leiche hat, und die Welt ist ein bereits in seiner Ganzheit gegenwärtiger Gegenstand mit einem Punkt grellen Lichts an dem einen Ende und absoluter Kälte an dem anderen; in Wirklichkeit sind wir alle gealtert, gestorben und wiederauferstanden und haben unsere Erlösung erlangt), Hermans Worte unangetastet und ewig erhalten, unberührt von Staub, unverdorben durch das Stammeln der Leere. Doch sollte Mircea die meisten von ihnen vergessen, ohne es allzu sehr zu bedauern, denn im Grunde hatte sich etwas von Herman auf ihn übertragen, so wie man, wenn man ein Buch liest, ein Gewebe ins Gehirn verpflanzt erhält, ein Implantat vom Geist dessen, der es geschrieben hat. Aber die wenigen Aussprüche, die er sich gemerkt hatte, bewahrte er wie sonderbare und dunkle Reliquien auf, wie ein andersgestaltiges Beinhaus, an das man nicht unbedingt glaubt, für das man jedoch Achtung und Ehrfurcht empfindet, so wie man in der Mauervertiefung einer Kathedrale den mumifizierten, in Silber gefassten Arm des Schutzpatrons küsst. Seit langem hatte Mircea geplant, in sein endloses Manuskript ein Insektarium von Wörtern und Visionen einzufügen, samtig und dunkel gleich den großen Nachtfaltern, Hermans rätselhafte Worte, doch hatte ihn das irrsinnige Chaos der Geschichte erfasst und drehte und wirbelte ihn nun in alle Winde. Die Zeit war kürzer geworden; Mircea blickte jetzt immer öfter zum Himmel hinauf, und nur an den späten Abenden, wenn die Einsamkeit schmerzend wurde wie ein bei lebendigem Leibe Gehäutetwerden, stand er noch aus dem Bett auf, um mit dem Kugelschreiber geschriebene Zeichen auf die Seite des von der

Handschrift des vorangehenden Blattes bereits geprägten Blattes zu streuen. Oft überraschte ihn so das Frühlicht.

»Die Schmetterlinge«, sagte Herman. »Nicht der Vogel, sondern der Schmetterling ist für die Griechen und ihre Vorgänger das Sinnbild der Seele und der Ewigkeit gewesen. Ohne sein symmetrisches und fremdartiges Bild (denn die Insekten, die ebenso DNS, Proteine und Überleben sind wie wir auch, sind gleichwohl für unseren Geist das Ungeheuerlichste und das Faszinierendste, denn sie sind Mechanismen aus Fleisch, Nerven, Vakuolen, Stacheln und Mundstücken, die außerhalb jedes Bewusstseins wirken) würden wir die Logik der Auferstehung niemals begriffen haben und todsicher die Tatsache übersehen, dass wir eine unsterbliche Seele haben. Der Schmetterling hat die menschliche Seele erfunden. Er ist uns gegeben worden als lebendiges und vollkommenes Symbol unseres Soseins auf dieser Erde, wo Milch, Honig, Blut und Harn fließen. Wir hätten niemals gewusst, dass wir hienieden, in der Welt von Farben und Gerüchen, Raupen sind, materiezersetzende Kanäle, Verdauungskanäle mit Blicken. Wir kriechen auf der Ebene der Wirklichkeit, denn wir können uns keine andere vorstellen, wir bewegen uns auf unserem Zweig vorwärts, hin zu immer anderen Blätterbündeln, wir schlucken deren strukturierte Substanz und lassen eine Spur amorpher Substanz zurück, und das ist alles, sagen die allermeisten, jene, die blind sind für das aus der Zukunft kommende Licht. Das ist alles, Selbststrukturierung, Selbstgenerierung, Selbstselektion, totale, blinde Immanenz, Wimmeln in den himmlisch-höllischen Pfuhlen der Geschichte. Kein anderer Sinn als schlicht und ergreifend das Leben, keinerlei Hoffnung: Die Mauer, gegen die wir stoßen, ist von unendlicher Dicke. Trinken wir und essen wir, denn morgen sterben wir. Und wir werden reichlich sterben, wir werden weidlich sterben, sardanapalisch. Es wird eine schrankenlose Orgie des Todes sein, ein spurloses Verschwinden. Der Verdauungstrakt, der peristaltisch kriecht, mit Augen, die nur einen Zentimeter weit sehen, mit Geschlechtsteilen, die nur eine Altersstufe weit sehen, wird in die Erde aufgesogen werden, von Ameisen zerhackt und von Bakterien zersetzt, bis sein weiches Gebäu zu Staub und zum Staub des Staubes zerfällt.

Wir sind Raupen, doch gerade dadurch wissen wir, dass wir Schmetterlinge sein werden. Der behaarte und geringelte Wurm, vollkommen blind für die Zukunft, versteht nicht, dass alles in ihm danach strebt und drängt, so wie wir als Kinder nicht verstehen, wie wir als Erwachsene denken werden, denn Verstehen ist unsere Sache nicht, sondern die unserer Knochen und Drüsen, der Logik und des Gedankenmeers, in dem wir einer Qualle gleich pulsieren. Es kommt eine Zeit, da die große Raupe nicht mehr trinkt und nicht mehr frisst. Eine dämmrige Sehnsucht umhüllt sie, eine umgekehrte Sehnsucht, nicht auf die Vergangenheit gerichtet, sondern auf die Zukunft, von der sie ihre seltsame Blindheit trennt. Weitsichtig und visionär fängt sie plötzlich an, die funkelnde Flüssigkeit abzusondern, aus der sie ihren Sarg baut, den Quarzfaden, der sie lebendig einmauert, bis die Kristallkiste ganz ist und man in ihrem Innern ein ungestaltes Wesen gewahrt, aus Milch und Häutchen, mit gewaltigen geschlossenen Lidern und Knospen, bei denen man mitnichten ahnen kann, was aus ihnen hervorgehen wird.

Ohne das Bild des Schmetterlings hätten wir nie gewusst, dass unser Grab eine Chrysalide ist. Wir hätten nicht geahnt, dass das Formlose und das Chaos unserer Leben im Innern den Samen einer magischen Symmetrie tragen. Grüfte, Sarkophage, Mausoleen! Immer sich vom Dämmer abhebend, immer für Stätten der Fäulnis gehalten, doch immer von uns errichtet, mit der Sturheit von Insekten, statt dass wir unsere Leiber auf Brachen werfen. Die großen Chrysaliden aus Gizeh, die großen tönernen Armeen in den Chrysaliden Chinas, die Chrysalidenfelder am Rand der Städte. Die gigantische, gelatineartige Chrysalide des Ozeans mit ihren in Sirenen-Männer verwandelten Toten ...

Im Bardo-Zustand der Chrysalide wird die Raupe zur Nymphe. Rätselhaft und schweigsam, düster und orakelhaft wie nichts anderes in der Welt. Denn sie ist kein Lebewesen mehr, sondern eine Symmetrieachse, die Spiegelkante aus amorphem Glas. Hier verwandelt sich der Unterleib in einen Flügel, das Fleisch in Geist, das Waagrechte ins Lotrechte, das Wirkliche der Sinne ins Wirkliche jenseits der Sinne, das Leben in Ultra-Leben. Wenn wir dem Grab entgegenblicken, längs unseres Lebens und jenseits seiner, gewahren wir nur eine immerwährende Nacht; es ist, als blickten wir in einen bei einer Totenwacht verhüllten Spiegel und als hielten wir den Trauerflor für unser wahres Antlitz. Der Schmetterling sagt uns, dass erst jenseits des Grabes Glanz und Herrlichkeit unseres wahren Wesens sind.

Doch ist es kein waagrechtes Jenseits, als Verlängerung des Zweiges und der Ausscheidungsspur, sondern eines in rechtem Winkel, senkrecht zur Wirklichkeit. Feucht aus der Chrysalide geschlüpft, mit zerknitterten Schwingen wie zwei aschgraue Knäuel, wie unsere Hirnhälften, die wir dereinst ausbreiten und über die wir uns erheben werden, hängt der Schmetterling eine Weile an seiner Kristallhaut, pumpt das Fluidum seines neuen Bluts in die Flügel, bis sich diese riesenhaft ausbreiten, regenbogenfarbig, wie die Gefäße einer waagrechten Sanduhr – denn seine Zeit steht hinfort lotrecht zur Geschichte und zum Schicksal –, über einen neuen Himmel und eine neue Erde; und zu guter Letzt erhebt er sich prophetisch in die von der Raupe, die er gewesen ist, niemals geahnte Dimension, indem er das berückende Wahnbild des Daseins zerreißt.

Wir sind Raupen und werden zu Schmetterlingen, dies ist unsre ganze Geschichte, unser ganzer Sinn in der Welt, in einem einzigen Bild der Vorsehung, das jeder mit dem Verstand, dem Herzen oder mit dem Labyrinth seiner Eingeweide verstehen kann. Wir sind metamorphosenbegabte Wesen, bereits für die Erlösung geschaffen. Wir wissen, dass morgen die Sonne aufgehen wird, und das bedeutet, dass sich uns die zage knospenden Sinnesorgane für die Zukunft bereits geöffnet haben, denn wie könnten wir sonst wagen, dies zu glauben? Wenn zart das Blatt des Mandelbaums sprießt, begreifen wir, dass der Frühling naht. Wenn wir eine Wolke im Westen sehen, sagen wir uns: ›Morgen wird's regnen.‹ Es sind die ersten Kennzeichen unserer visionären Natur. Ganz werden wir nur dann sein, wenn wir die Zukunft ebenso deutlich sehen werden wie die Vergangenheit und wenn wir verstehen, dass beide eins sind, wenn wir uns jeden Augenblick über die Wirklichkeit erheben werden, majestätisch flatternd mit den beiden von Adern und aufleuchtenden Bildern gleichermaßen durchzogenen Flügeln, der Vergangenheit und der Zukunft. Dann werden wir sein, was wir immer gewesen sind, Künder, Seher und Zeugen des Wunders, das sich nicht in der Welt zeigt, des Mirakels, dass die Welt da ist ... Dann werden wir unser inflationäres Weltall zwischen den Fingern halten wie eine goldene Glocke, deren süßen Klang wir zuweilen mit endloser Sehnsucht einsaugen werden: kling!«

Herman stand auf, fuhr mir mit den Fingern durchs Haar, wie beim ersten Mal, als ich ihn im eben erst eingebauten Fahrstuhl gesehen hatte, und stieg ohne ein Wort die Stufen zu seiner Junggesellenwohnung hinauf. Ich band mir den Schnürsenkel vom Tennisschuh, mit dem ich die ganze Zeit gespielt hatte, während ich meinem größeren Freund zugehört hatte, und ging ebenfalls ins Haus, gerade rechtzeitig, um die Aktenmappe von Vater, der eben gekommen war, auf dem Tisch vorzufinden und aus ihr die Zeitungen herauszuholen, um nachzusehen (das war alles, was man zwischen den retuschierten Fotos des Genossen lesen konnte), gegen wen Dynamo am nächsten Sonntag spielen würde.

»Frei-heit, Frei-heit!«, brüllten die dreihundert jungen Leute in der Kälte, der Dunkelheit und Trostlosigkeit der tiefen Talschlucht namens Victoria-Straße, als ohne jede Vorwarnung die beiden leichten Panzer die ersten Feuerstöße aus ihren Bordmaschinengewehren abgaben. Ihre jähen Flammen ließen einen Augenblick die chaotische Erregung der schwere Winterkleidung tragenden Leiber zu einem leichenfahlen Gemälde erstarren: blutleere Gespenster, glitzernde Augen, Münder, so weit aufgerissen, dass man am Grunde des Gaumens das Zäpfchen sah, an die Kleider anderer sich krampfende Hände, Frauenmähnen, aufgelöst in der umgebenden Luft, die sie in Brand steckten. Und der weißliche Atem von dreihundert Mündern, der versteinert zum Himmel aufstieg, ihn beschlug wie das Spiegelchen, an die Lippen des Sterbenden geführt, der selber seine eigene Losung hinausschrie: »Wir sind lebendig, wir sind noch lebendig!« Beinah augenblicklich brach der Lärm aus, der sich in den Fensterscheiben des Bierlokals mit den Faltenvorhängen, in den Travertinplatten der Wohnblocks aus der Zwischenkriegszeit brach, die Trommelfelle bluten und das Gekröse zusammenschrumpfen ließ. Schrille Schreie der Mädchen, fürchterliche Verwirrung, der Versuch, zurückzurennen, in Richtung Victoria-Platz, Rempeln gegen die Kunststoffschutzschilde, der dumpfe Schmerz der Gummiknüppel, die auf den Kopf, den Rücken niedersausen, auf den Boden gefallene, zertretene Mützen, die Flucht zurück, einige stürzen, klammern sich verzweifelt an die andern. Der gewaltige Druck der Rettung suchenden Leiber, die choatisch bald an der einen, bald an einer anderen Stelle der elastischen Menge drücken, wie in einem Kinosaal, der in Flammen aufgegangen ist, wie bei der Schlange vor einem Laden, wo man Fleisch gebracht hat. Ein Mädchen verlor das Bewusstsein und wurde auf den Bürgersteig geschleift. Ein bebrillter Mann schrie aus Leibeskräften: »Bleibt stehen, man schießt in die Luft!«, doch gerade da schossen weitere Flammen aus den Mündungen der Maschinengewehre, die, erst jetzt hatten manche die Muße, dies zu beobachten, auf den Himmel gerichtet waren, als wollten sie den dort, weit oberhalb der Geschichte, zwischen den Sternen wartenden Feuerwagen abschießen. »Habt keine Angst, man schießt in die Luft!«, brüllte er abermals, und die Umstehenden wiederholten, in immer weiter werdenden Kreisen, seine Worte: »Habt keine Angst! Die dürfen nicht auf Menschen schießen!«, bis sich die jungen Menschen umgruppierten; einer von ihnen, ein Bärtiger mit stierhafter Stirn, der bis dahin auch den Ton der Schreie und Lieder angegeben hatte, brüllte plötzlich, rot angelaufen und heiser, los: »Nur keine Bange, Cea-u-șes-cu herrscht nicht mehr lange!«, ohne zu jener Zeit zu wissen, dass dies die stärkste, die belebendste, die am meisten Hoffnung gebende Losung jener Dezembertage bleiben würde. Bald war die große Gruppe erneut vereint, bot erneut den Schutzschildträgern die Stirn, hielt sich bei den Händen, fühlte sich erneut unbesiegbar, schrie einstimmig, zigtausendmal, den Soldaten ins Gesicht, die Kampfposition eingenommen hatten und drohend die Schlagstöcke schwangen: »Nur keine Bange, Ceaușescu herrscht nicht mehr lange! Nur keine Bange, Ceaușescu herrscht nicht mehr lange!« Waren nur eine Stunde zuvor (als Mircea sich den Demonstranten angeschlossen hatte) die Soldaten unbeteiligt dagestanden, ins Leere blickend, hatten sich darauf beschränkt, sich mit dem Schild gegen die Stöße der Verwegeneren zu verteidigen, schlugen sie nun erbarmungslos auf jeden ein, der näher kam, so dass sich zwischen ihnen und den Demonstranten ein Korridor von einigen Metern gebildet hatte, in dem vereinzelt Vorfälle stattfanden, die sich weder in Verhaftungen noch in ernsteren Misshandlungen niederschlugen. Daran gewöhnt, Befehlen blind zu gehorchen, erlaubten sich die Schildträger weder Denken noch Fühlen, denn die Offiziere hatten ihnen gesagt, sie würden sie beim geringsten Zeichen der Verbrüderung mit den Strolchen eigenhändig erschießen. Und sie hätten Wort gehalten. Nur wenige Tage zuvor hatte in der Militäreinheit 7432 Băneasa ein Oberstleutnant beim Abschreiten der Front einen Soldaten erschossen, da dieser sich geweigert hatte, den Befehl: »Hinlegen! Robben!« auszuführen, den er ihm erteilt hatte, aufgebracht darüber, dass dem Soldaten am Mantel ein Knopf fehlte. Die Militäreinheiten arbeiteten mit eingeplanten Verlusten: Jedes Jahr starben sowohl beim Verteidigungs- als auch beim Innenministerium rund zehn Soldaten in jeder Einheit; entweder sie begingen im Wachdienst Selbstmord, wenn sie Kriegsmunition im Magazin hatten, oder sie kriegten wie durch Zufall bei den nächtlichen Schießübungen eine Kugel zwischen die Schultern, oder sie wurden – seltener, das ist wahr – von irgendwelchen rohen Offizieren erschossen. Viele Jungen vom Land ertrugen »die Nöte und Entbehrungen des Soldatenlebens«, wie man sagte, ganz einfach nicht: Die warfen die Kalaschnikow aufs Feld und machten sich auf den Weg ins Heimatdorf, versuchten nicht einmal, sich zu verstecken. Das war natürlich: Sie hatten ja im Kuhstall gestanden, seitdem sie dreijährige Knirpse gewesen waren, und hatten genug schwere Schläge auf den Nacken verabreicht bekommen, vom Vater, von den größeren Brüdern und anderen, doch hatte sie keiner jemals einen langen Tag im glühend heißen Sommer stillstehen lassen, keiner hatte sie mit aufgesetzter Gummimaske durch den Schlamm geschleift. Keiner hatte sie gedemütigt, sie monatelang »gefickt«, wie sie sagten, und sie angebrüllt: »Soldat, hol die Hände aus der Hosentasche, sonst frisst der Schwanz dir die Nägel!« Man hatte nicht »Hosenscheißer«, »elende Milchbärte« zu ihnen gesagt und sie zum Gespött gemacht, indem man ihnen unter den Schlafsaalfenstern das Lied sang: »Die Trompete schmettert Alarm hinaus, die Rekruten nehmen gleich Reißaus. Die Kurzfristler[35], die gehn im Schritt, nur siebzig kommen da noch mit!«

Eine halbe Stunde lang blieb alles unverändert. Dann und wann sagte das Sprachrohr sein Gedicht auf, das fortan die Menschen nicht mehr aufrief, sich zu zerstreuen, denn die Falle war zugeschnappt, sondern lediglich, die Schildträger nicht herauszufordern; das Walkie-Talkie am Koppel des Majors quiekte unentwegt irgendetwas, die leichten Panzer rollten langsam voran und gaben noch einige Feuerstöße in die Luft ab, wenn's ihnen gerade einfiel. Die Menge sang und tanzte auf der Stelle, um sich zu wärmen, schrie Losungen und umarmte sich, dadurch ermutigt, dass nichts Schlimmes zu geschehen schien. Sogar das Mädchen, das ohnmächtig geworden war, stand wieder in der Reihe, gleich neben Mircea, irgendwo im ersten Drittel der Demonstrantengruppe. Es war wahrscheinlich eine Studentin von höchstens zweiundzwanzig Jahren, in einem koketten Mäntelchen aus schwarzem Stoff und mit einem bunten Tuch um den Hals. Sie war braunhaarig, unter der Pelzmützchen gewahrte man ihre an die Ohrläppchen gehefteten Ohrringe: zwei kleine Perlen auf je einem vergoldeten Blättchen. Sie hatte ihn auf die Wangen geküsst, als sie beschlossen hatte, sich den Demonstranten anzuschließen, und nun hielt sie ihn mit einer Art Zärtlichkeit am Arm fest. Auf der anderen Seite, seine rechte Hand schmerzhaft drückend, stand ein fast zwei Meter großer Hüne, barhäuptig, glatzköpfig und bärtig, er hieß Călin, und vor ihm schrie aus Leibeskräften Florin, ein Typ, den er irgendwo schon mal gesehen hatte (»Komm, Alter, bravo, komm mit uns! Kennen wir uns nicht von irgendwoher? Warst du nicht beim Literaturkreis ›Der Mond‹?«), und tatsächlich von

---

35 Soldaten, die nur einen sechsmonatigen Wehrdienst ableisteten (weil sie zum Studium zugelassen waren oder studiert hatten), während der reguläre Wehrdienst achtzehn Monate betrug.

dort kannte er ihn. Vor einigen Jahren hatte ihn Herman in die Schitu-Măgureanu-Straße geführt, in das letzte Stockwerk eines Gebäudes, das gefährlich erzitterte, sooft eine Straßenbahn die Steigung am Cișmigiu-Garten hinauffuhr. Dort hatte man eine Sitzung des Literaturkreises abgehalten, und Mircea hatte die jungen Dichter kennengelernt, über die alle Welt sprach, ein paar Bengels in Bluejeans, die sich die Dichtung reinlöffelten, sarkastisch, ironisch und hirnverbrannt, die nicht ahnten, wie eifrig zwei, drei ihrer Kollegen alles in ihre Notizblöcke aufschrieben und mit versteckten Kassettenrekordern aufzeichneten, was dort, in völliger innerer Freiheit, besprochen wurde. So dass die damals von Florin vorgelesenen Verse vor zig Personen, denen gleichsam wie auf einer riesenhaften Rutschbahn der Magen in den Hals glitt und sich die Haare auf den Armen sträubten, eine viel größere Zuhörerschaft hatten, als er erwartet hatte: »Wie lange noch, Catilina, wirst du erscheinen auf der ersten Seite der Friedhöfe?« Dann sah er noch Sandu, der ein Gedicht über Arschkriecher und Wichser vorgelesen hatte, Nino, mit seinem erschreckenden »Man sieht die Erde. Nichts geschieht, dum-dum, die Entwaffneten schlagen sich selber, mit der Faust, eine Kugel in die Schläfe«, Cărtărescu, hochaufgeschossen und rothaarig, mit Bürstenfrisur, der die Alexandriner eines Epos »über einen Diktator und eine Revolution« hersagte, Madi mit den vollen Lippen und den traurigen Augen, Traian mit den spitzen Schuhen und dem Musketierspitzbart, die ihn berühmt gemacht hatten, er las etwas über »eintausend Schlingen für einhundert Hälse ...« Am Ende war einer, Gaius mit Namen, aufgestanden und hatte um die Erlaubnis gebeten, ebenfalls ein kurzes Gedicht vorzutragen, und als der Mentor, der berühmte Nichi[36], ihm dies mit seiner pergamentdünnen Stimme erlaubte, hatte der junge Mann in der Grabes-

---

36 Der Dichter Nichita Stănescu (1933–1983).

stille nur das aufgesagt: »Wacht auf, Verdammte dieser Erde, die stets man noch zum Hunger zwingt!« Darauf brach ein unerhörter Beifallssturm los, gleichsam die höchste Befreiung. Wer unter den Anwesenden hätte sich jemals vorgestellt, dass sie einmal dazu kommen würden, Versen aus der »Internationale« begeistert Beifall zu klatschen? Nichi war dann – das hatte ihm Herman gesagt, der es wiederum von einem Studenten, einem Alkoholiker, wusste – zum Parteibüro der Universität gerufen worden, wo ihm Genossin Stănilă (die insgeheim eine Schwäche hatte für den schönen, wie ein Hollywood-Schauspieler aussehenden Mann, der den Literaturkreis »Der Mond« leitete) das Stenogramm der Lesungen und Diskussionen vorgelegt und ihn in inquisitorischem Tonfall gefragt hatte: »Wieso gestatten Sie, Genosse Professor, derart ordinäre Provokationen im Literaturkreis, den Sie leiten?« Und Nichi hatte ihr mit seinem verschmitzten Lächeln geantwortet: »Aber Frau Emilia, was wünschen Sie sich denn mehr, als dass unsere Studenten der ›Internationale‹ applaudieren? Bringen Sie ihnen das nicht bei allen Propagandasitzungen bei?« »Nennen Sie mich nicht Frau Emilia, Genosse, wir sind hier nicht im Café. Und wegen der Verse müssen Sie wissen, dass auch wir nicht dumm sind, wir wissen auch, wer die Verdammten dieser Erde sind, die man stets zum Hunger zwingt ...« Bald nach dem denkwürdigen Abend war der Literaturkreis »Der Mond« wegen Subversivität aufgelöst worden. Für diejenigen, die vorgelesen hatten, sollten dicke Securitate-Akten angelegt werden.

Mircea war widerwillig zum Literaturkreis gekommen, Herman hatte ihn fast mit Gewalt hingeschleppt. Wenngleich er schrieb, und er hatte bis dahin Tausende Seiten geschrieben, hatte er doch immer gefühlt, dass nicht in Gedichten oder Romanen die Wahrheit gesucht werden müsse, dass nicht das der Weg war. Gewiss, in seinen jungen Jahren hatte auch er Literatur verfasst, hatte auch er geglaubt, dass die Welt nur dazu da sei, damit ein schöner Vers geschrieben werde[37], hatte er von dem Roman geträumt, der das Weltall ersetzen werde. Er hatte verzweifelte Liebesgedichte für niemanden geschrieben, schwärmerische Allegorien, hatte frei gesungen vom Tod, von Zypressen und Höllen. Doch vor allem hatte er von Büchern, ganzen Büchern geträumt, auf denen sein Name geschrieben stand, bei denen er sich aber nicht erinnerte, wann er sie geschrieben hatte. Eines Nachts hatte er von einem ganzen Buch mit Erzählungen geträumt, mit anmutigen, unerwarteten, hinreißenden Sujets, ergreifend bis zum heiligen Grauen und zur Ohnmacht, einem in seiner Handschrift geschriebenen Buch, in dem er die ganze Nacht lang fieberhaft gelesen hatte. Im Morgengrauen war er erschüttert vom Bett aufgestanden, war zu dem ganz mit bereiften Eisblüten bedeckten Fenster gegangen und hatte seine Stirn auf ihren barocken Schnee gestützt, im befremdlichen Licht des winterlichen Morgengrauens. Und so war er wiedererwacht, stehend, neben dem Fenster, hinter ihm das Zimmer, in dem er aus seinem Heft mit Erzählungen gelesen hatte, wie ein Bild im Spiegel bis in die Einzelheiten identisch mit demjenigen in seinem Traum, und nur eine Rose fehlte im Strauß, eine Rose mit tätowierten Blütenblättern: Das Heft war nirgendwo mehr, der Handlungsablauf der Erzählungen und ihre merkwürdigen Gestalten waren verschwunden, so wie sich Zucker in Wasser auflöst. Wochenlang hatte er versucht, sich wenigstens an eine der Erzählungen zu erinnern, wenigstens an einige Sätze, die ihn verblüfft und ihm in jener Nacht das reinste Heroin eingespritzt hatten. Er erinnerte sich an Wogen von Mitleid, Widerspiegelungen von Traurigkeit, Blitze der Freude, aber an kein einziges Wort. »Der Papierteufel«, war ihm sehr viel später jäh in den Sinn gekommen, während er allein in der Küche aß, und die-

---

37 Anspielung auf einen berühmten Ausspruch Mallarmés: »Au fond, voyez-vous, *me dit le maître en me serrant la main,* le monde est fait pour aboutir à un beau livre.«

ser Satz, der nicht im Manuskript gestanden hatte, überwältigte ihn jäh wie eine Offenbarung. Hätte er sich jemals an das mit dem Kugelschreiber gezeichnete Buchstabenfleisch jener verlorenen Schrift erinnert, würde er sie »Der Papierteufel« genannt haben, und sie wäre sein erstes veröffentlichtes Buch gewesen. Aber Mircea sollte nichts veröffentlichen, niemals. Er wollte keine Ausgänge auf der unendlich dicken Mauer seines Schädels zeichnen, sondern ihn zerschmettern und die Welt mit einer Milliarde von Milliarden Dimensionen erfüllen. Sein Manuskript war denkbar verschieden von einem Roman: Es war ein Buch. Es konnte nicht gelesen werden, wie man einen Stein oder eine Wolke nicht lesen kann. Er schrieb es nicht mit Kugelschreibertinte, sondern mit dem Mark seines Rückens, das täglich, Millimeter um Millimeter, in den Wirbelbogen abnahm. Die Buchstaben seines Buches waren Neuronen, die Kapitel Reflexbogen, die Personen hatten alle sein Gesicht und seine Stimme, schreckenerregend wie die eines Erzengels, selbsttätig wie die einer Ringelwurmlarve. Seine Seiten waren keine Texte, sondern eine Sammlung von Texturen der Dinge in der Welt: der harte, schmierige Spiegel der Kugellagerkugel, das körnige Rosa des Segeltuchs im Dämmerlicht, die eisige Dichte der Luft in einer Kathedrale, die feuchte und gekräuselte Weichheit der Schamlippen, die Zartheit des Aronstab-Stängels ... Sein Schreiben erbrach und ejakulierte, verdaute und sah, rang mit dem Tode und sonderte Galle ab, dachte und defäkierte, weil er schrieb, wie andere lebten, und nichts von der Herrlichkeit und der Schändlichkeit des Lebens war ihm fremd.

In der Gruppe war noch Ion, ebenfalls bärtig wie Călin, verklärt auch er vor Begeisterung. »Habt keine Angst, Brüder!«, schrie er, glücklich darüber, dass er endlich, nach grauen Jahrzehnten, Leib vom Leib der Geschichte war. Ein Hubschrauber flog über sie, sehr tief, nur einige Meter von den Dächern entfernt. Das Gebrüll seiner Propellerflügel übertönte eine gute

Minute lang alle anderen Geräusche, und so bekräftigte er in jenem Teil der Innenstadt eine Art paradoxen Schweigens, ein weißes und unentschlüsselbares Geräusch. In jener ohrenbetäubenden Stille fiel das Mädchen zu Boden. Sie glitt an Mircea hinunter, der Druck an seinem Arm ließ nach, und noch bevor es jemand bemerkt hatte, lag sie erneut auf den Boden hingestreckt, wie damals, als die Maschinengewehre der leichten Panzer zum ersten Mal geschossen hatten. Mircea beugte sich über sie, und plötzlich versagten ihm die Beine den Dienst. Er ging in die Knie und blieb so im schlammigen Schnee, betrachtete das weite, blutgluckernde Loch zwischen den Augen derjenigen, die einen Augenblick zuvor unhörbar neben ihm geschrien hatte. Jetzt war sie eine schaurige Maske mit weit aufgerissenen Augen, und der Mund zeigte einen nichtmenschlichen Ausdruck. Das Blut lief ihr über die linke Augenhöhle und verschwand im Haar, das im Lichtschuss des Scheinwerfers eines der leichten Panzer schwarz leuchtete. Mircea konnte nicht sprechen. Die Umstehenden mussten ihn aufrichten und stürzten sich sofort über den Leib des Mädchens, das keinen Namen hatte: Sie hatte ihn genannt, doch hatten sie ihn auf der Stelle vergessen. »Brüder, es wird geschossen! Großer Gott, sie ist tot!«, brüllte der Brillenträger in der hinteren Reihe. »Bringt sie an den Rand! Wer hat geschossen? Woher wurde geschossen?« Es war klar, weder die Schildträger noch die leichten Panzer hatten geschossen. »Man hat aus nächster Nähe geschossen, von hinten! Es schießt einer unter uns, Brüder«, war eine andere jammernde, angstheisere Stimme zu hören.

Einer von euch ist ein Teufel!, blitzte es Mircea durch den Kopf, und rasch überwältigten ihn andere, albern zusammengemischte Gedankenbilder. Er erinnerte sich in derselben Sekunde, die nicht enden wollte, an das Capgras-Syndrom: Der Ehemann beginnt allmählich zu verstehen, dass seine Ehefrau nicht mehr sie selber ist, dass sie durch jemanden ersetzt wurde, der ihr vollkommen ähnlich ist, der ihn aber ausspäht und ihm ein furchtbares Schicksal verkündet. Gewöhnlich tötet der Kranke seinen Partner, und erst dann wird seine Anomalie entdeckt (doch wenn das eben doch so ist, hatte sich Mircea immer gefragt, als er über dieses Syndrom las? Was ist, wenn die Partner mancher Menschen wirklich durch grausige Doppelgänger ersetzt wurden?). Einer der Demonstranten war ein düsterer, bewaffneter Fremder, der soeben, aus nächster Nähe, kaltblütig getötet hatte. Hatte er die Waffe in der Hosentasche gehalten und durch den Stoff geschossen, wie in den Kinofilmen? Das schien nicht so zu sein. Um das erschossene Mädchen hatte sich ein Kreis gebildet, jemand hatte sie hochgehoben und mit dem Gesicht nach unten umgedreht, so dass man nun im nassen Haar, am Hinterkopf, das Einschussloch der Kugel sah, und es war offensichtlich, dass aus einer Entfernung von einer Handbreit geschossen worden war, leicht von unten nach oben, wahrscheinlich mit einer Pistole, einer Tokarew-Pistole vielleicht. Sie nahmen sie auf die Arme und legten sie auf den Bürgersteig. Wie viele Tote würden neben ihr liegen, die Gesichter wie das ihre mit einem Mantel bedeckt (der Bärtige mit der gewölbten Stirn hatte seinen ausgezogen und blieb nur im Pullover), bis zum ersten Frührot des Morgens?

Es war unwirklich. Sie alle hatten jetzt, da sie sich in Todesgefahr befanden, da sie gesehen hatten, wie leicht man stirbt, jenes Empfinden eines passiven Traums, eines Balletts ohne Musik, von Filmsequenzen, die vor dem geistigen Auge vorbeiziehen, ein Empfinden, das dich beschleicht, wenn du vor Taten stehst, die nicht geschehen können, wenn du das Messer vor deinen Augen schwingen siehst und weißt – und etwas in dir nimmt dies mit befremdlichster Gelassenheit hin –, dass es dir im nächsten Augenblick in den Leib gerammt wird; wenn du vom Obergeschoss stürzt und weißt und es mit der Unschuld eines Kindes hinnimmst, dass jeder deiner Knochen auf dem Asphalt zersplittern, dass deine Haut aufplatzen und das Blut spritzen wird; wenn du ertrinkst und dich ein großes, durchs trübe Wasser gefiltertes Licht empfängt und jemand in dir im Flüsterton sagt: »Jetzt werde ich sterben« ... In der fast völligen Finsternis, die nur von den hysterischen Scheinwerfern der leichten Panzer aufgebrochen wurde, konnte es jeder sein. In dem unausgesetzten Hin- und Herwogen der Demonstrantengruppe konnte der hinter dir einen Augenblick später ganz woanders sein. Jetzt hielten sich die jungen Menschen beim Arm in langen Reihen fest und konnten es nicht lassen, Minute um Minute jäh zurückzuschauen, wobei sie erwarteten, den auf ihr von kaltem Schweiß bedecktes Gesicht gerichteten Lauf einer schwach in der Nacht schimmernden Pistole zu sehen. »Maaaann!«, brüllte ein kräftiger Kerl in einer Lederjacke, »wenn ich dich kriege, schneid ich dich mit der Rasierklinge in Scheibchen, duuuu! Ich zieh dir das Fell ab, du dreckiger Securist!« (Doch was, wenn er selber es war?) Mircea spürte, sehr viel krampfhafter denn zuvor, die Drangsal der neben ihm Stehenden. »Brüder, lasst uns bis morgen früh durchhalten!«, brüllte eine andere Stimme, sehr weit hinten. »Nieder mit Ceaușescu! Nieder mit dem Diktator! Nieder mit der Securitate!« »Nieder, nieder, nieder!«, fingen wieder alle an zu schreien, abgehackt, sich zu den Kordons der Schildträger zurückwendend, die nun viel friedlicher wirkten, denn ihre Gesichter waren zu sehen, während das des Mörders verborgen war.

Vom Platz her drang nun ein Dröhnen, als rolle ein Lastwagenkonvoi heran. Und tatsächlich, es waren zwei Militärlaster mit Planen und zwei schwarze Einsatzwagen zum Gefangenentransport mit Drahtflechtwerk an den Fensterscheiben. Sie fuhren mit hoher Geschwindigkeit und Fernlicht heran und bremsten knirschend hinter der Mauer der Schildträger. Beinah im selben Augenblick sprangen etwa zwei Dutzend Riesenkerle in Schwarz heraus. Der Offizier brüllte etwas ins Sprachrohr, und die Spezialtruppen stürzten sich schweigend auf die Demonstranten, packten sie und schleiften sie zu den Einsatzwagen. Das Chaos war grenzenlos. Die jungen Menschen warfen sich auf den Boden, krampften sich ineinander, hielten aus Leibeskräften stand, pitschnass vom Straßenschlamm, und die Typen in Schwarz warfen sie wie Stücke aus einem Puzzle der Verzweiflung auseinander. Sie zerrten sie an einer Hand oder an einem Fuß fort, schlugen ihnen grausam ins Gesicht, nahmen je drei, vier gewaltsam hoch und schleuderten sie wie Sandsäcke drunter und drüber in die Einsatzwagen. Einige junge Männer kletterten auf die prismenförmigen Schnauzen der Panzer, hielten sich dort sogar an den glühenden Scheinwerfern und den Läufen der Maschinengewehre fest und trampelten mit den groben Schnürschuhen auf die Antiterrortruppen ein. Einer der leichten Panzer raste nach vorn, unmöglich zu begreifen, warum, und fuhr voll in einige Protestler hinein, die auf den Asphalt gestoßen wurden. Grauenhaftes Todesbrüllen war zu hören. Die Hälfte eines Männerkörpers lag jetzt unter den Raupenketten. Das Blut war ihm aus dem Mund geschossen. Einem anderen wurde der Fuß erfasst und zerquetscht. Einer der Soldaten ließ den Kunststoffschutzschild zu Boden fallen, seine Glotzaugen starrten auf den Panzer, der stehen geblieben war und sich nun langsam zurückzog. Die darauf Gekletterten schlugen auf die faustdicken Panzerglasscheiben ein: »Was hast du getan, du Verbrecher, du Elender? Du bringst Menschen um, du Lump? Setz zurück, setz zurück, verflucht nochmal ...« Geruch von Blut und Kot verbreitete sich über den halluzinatorischen Schauplatz, von oben betrachtet von kalten, gleichmütigen Sternen. Drei Millionen Menschen sind gestorben? Na und? Hat der Jangtse-Strom deswegen seinen Lauf geändert? Mircea kam sich vor wie in einem Kriegsfilm, mehr noch, beim nächtlichen Dreh von Schlachtenszenen. Es war unwirklich, Tod und Todeskampf konnten in der erschaffenen Welt nicht da sein, das weiß man, um in einem schönen Vers zu gipfeln. Für jemanden, einen Schritt von ihm entfernt, war bereits die Apokalypse eingetreten, jemand neben ihm hatte einen von den Raupenketten zermalmten Leib und ein anderer ein zersplittertes Schienbein, ein zertrümmertes Knie und brüllte, bis er in Ohnmacht sank. Doch wie kann uns der Zahn eines anderen schmerzen, und wie können wir wissen, ob der Brüllende, dem die Augen aus den Höhlen treten, nicht ein Schauspieler ist oder ein Simulant? Wie kann ich deinen Schmerz fühlen, und wie kann ich dein Gelb sehen? Wie kann ich wissen, dass du nicht ein Traum meines Geistes bist, du, dem ein heftiger Stiefeltritt ins Gesicht die Zähne zermalmt hat? Es war unwirklich, viel unschärfer, viel kulissenhafter und fahler als jeder Buchstabe in seinem Manuskript. Deshalb wand er sich nicht einmal krampfhaft, noch klammerte er sich an anderen fest, als ein Kerl mit schwarzem Schnurrbart und leeren Augen ihn packte und, vielleicht erstaunt darüber, wie leicht das war, zur klaffenden Heckklappe des Einsatzwagens schleifte. Kaum sichtbar in dessen samtenem Dunkel, betrachteten ihn von den seitlichen Bänken her, die Gesichtsknochen zeichneten sich durch ihre Haut ab, die zuvor Verhafteten. Sie halfen ihm auf und pferchten auch ihn auf die Ecke einer Bank. Niemand sprach, alle stellten sich furchtbare Folterszenen vor. Nun war er auf dem Weg des Todes, und jedes Trugbild des Geistes konnte mit einem Mal Wirklichkeit werden. Ihnen würden sich die grausamen umschlungenen Götter zeigen, die ihnen Schädel voll Blut reichten. Sie dachten an die langen Sandsäckchen, welche die inneren Organe zerschmettern, ohne irgendein Zeichen auf der Haut zurückzulassen, sie dachten an unter Stiefeltritten zertrümmerte Rippen, Unterkiefer und Augenbrauenbogen. Sie dachten an unter die Fingernägel gestoßene Stecknadeln, an abgeschnittene Brustwarzen und an langsam zerquetschte Hoden. Wenn Ceaşcă nicht stürzte ... wenn die Securitate ... würden sie nach Jahren oder

Jahrzehnten entlassen, mit zerfressener Gesundheit, mit einem zerstörten Leben ... oder die Exekutionskommandos ... vierzigtausend Tote in Timişoara ... die tote Frau, der man den Fötus aus dem Leib gerissen hatte ... nackte Tote, violett angelaufen, mit Stacheldraht gefesselt, aufgereiht im Schnee ... Adrenalinwellen trockneten ihnen die Haut, Zähne klapperten, Augäpfel sanken in die Höhlen ... Bald ein Mädchen mit verlorener Mütze und wirrem Haar, bald ein herumtappender Brillenloser landeten dann und wann krachend auf dem matt glänzenden Fußboden. Abermals wurden alle Geräusche in Stille verwandelt von den Propellerflügeln eines Hubschraubers, der mit einem blendenden Scheinwerfer durch die Innenstadt fegte. Und jäh, Minuten, Stunden oder Jahrhunderte später, wurde die Tür zugeknallt, man hörte Kommandos, und der Einsatzwagen fuhr los ins Unbekannte. Die bemalten Fenster ließen nur manchmal ein wenig milchiges Licht durch. Ein Mädchen brach in hysterische Weinkrämpfe aus. Die einzigen noch tätigen und beherrschenden Sinnesorgane waren die halbkreisrunden Kanäle aus dem Schläfenbeinfelsen, jene, die Kurven und Beschleunigung erfassten. Zuweilen vernahmen sie etwas, was sich nach Schreien und Schüssen anhörte. »Die Jungs halten durch«, sagte jemand, aber keiner antwortete. Müdigkeit und Hunger, sie hatten furchtbar zugenommen in den Leibern, die bis dahin wie die Derwische nichts gespürt hatten, überwogen nun die Angst. Ohne einen einzigen Gedanken oder mit so vielen Gedanken, denn deren Gesamtheit ergab ein weißes Rauschen, lagen sie auf den Bänken, bei jeder Kurve gegen die metallenen Wände geschleudert, bis der Weg schnurgerade wurde und durch die Scheiben kein Licht mehr hereindrang.

Die rumänische Revolution, ein Mädchen von zehn Meter Höhe mit Brüsten, die durch eine mit farbigem Baumwollgarn bestickte Trachtenbluse durchschimmerten, einer Halskette mit Maria-Theresien-Talern, die Hüften umfasst von einem Rock aus Rohseide mit einem Schurz vorne und einem hinten (die Tracht aus dem Kreis Argeș, so scheint's)[38], schritt hoheitsvoll auf dem Boulevard 1848 einher. Ihre schwarzen Haare flatterten in den morgendlichen kohlenmonoxidgeschwängerten Brisen. Hätte er ihr edles, zwischen den eklektizistischen, bröckelnden, vergilbten Bauwerken aufragendes Kameenprofil gesehen, so hätte der auf irgendeinem Balkon in der Ferne stehende Betrachter einen Wimpernschlag lang geglaubt, eine zyklopische Statue ziere die Springbrunnen auf dem Boulevard Sieg des Sozialismus oder solle sogar über dem Haus des Volkes aufgestellt werden, als allegorische Verkörperung der dakisch-römischen Abstammung oder als herausfordernde Nachbildung der Freiheitsstatue aus dem Reich der Sklaverei: Denn auch das Haus des Volkes konnte ja, wenigstens hinsichtlich des Rauminhalts, als das größte Gebäude der Welt gelten und das Pentagon zum Gespött machen ... Im nächsten Augenblick jedoch hätte er sich die Augen gerieben, hätte er die Gebärden der marmornen und gleichwohl lebendigen Arme der Riesenfrau beobachtet, mit denen sie die Arbeiterkolonnen anspornte, ihr zu folgen, ebenso wie den Glanz in ihren brombeerfarbenen, mandelförmigen und schön bebrauten Augen, den Augen eines rumänischen Mädchens, wie es auf der Welt kein zweites gab. Er hätte sich gekniffen, weil er zu träumen glaubte, doch nein, es war nicht das

---

38 Vgl. Constantin Daniel Rosenthals (1820–1851) berühmtes Gemälde »Das revolutionäre Rumänien«, Bukarest, Nationales Kunstmuseum.

Chaos des Unterbewussten, das Tag und Nacht nur an das eine denkt: Wenn's ein Traum war, dann war es der Traum mit offenen Augen der tapferen rumänischen Nation, die, siehe da, ebenfalls, wenn auch später als andere, die Stunde des Erwachens erlebt hatte. Der Maisbrei war endlich explodiert, und aus seiner goldenen Kruste war das wunderschöne Mädchen mit dreifarbigen Schleifchen im Haar herausgetreten, so wie bei den Festen der tollen Jahre zwischen Sektkühlern, Papierschlangen und Maschinengewehrgeknatter ein Mädchen im Badeanzug aus einer Riesentorte hervorkam. Es konnte kein Zweifel mehr daran bestehen, es war die Revolution, und der Typ auf dem Balkon, der nicht wusste, dass er einige Minuten zuvor sekundär, aus einem kleinlichen Erzählbedürfnis heraus, geboren worden war, ging plötzlich wieder in die Wohnung zurück, stolperte über die Pyjamahose, die er augenblicklich ausziehen wollte, blieb nackt, mit einem beileibe nicht schmeichelhaften, sich über die nicht der Rede werten Paraphernalien ergießenden Bäuchlein, dann zog er sich in großer Eile ein paar Klamotten über und stürzte, sich noch ankleidend, zur Tür hinaus, denn er konnte doch nicht der einzige Skeptiker mitten im nationalen Rausch bleiben. Verfolgen wir ihn denn, wenn wir ihn schon erfunden haben, durch einige Gässchen mit heruntergekommenen Bojarenhäusern, beglüht von der Sonne eines ungewöhnlich warmen Wintertages, folgen wir seinen Fußstapfen mit großer Vorsicht, damit wir ihm nicht auf die losen Schnürsenkel treten. Auf dem Weg zum Boulevard bückte er sich und hob einen feuchten blauen Kragenspiegel auf, abgelöst von wer weiß welchem Kragen eines Offiziers des Innenministeriums. Begeistert steckte er ihn in die Hosentasche, mit dem Hintergedanken, ihn später seinen Enkeln zu zeigen, falls er je welche haben sollte, und ihnen vorzulügen, auf dem Höhepunkt der Ereignisse habe er ihn selber einem Soldaten entrissen und ihm zuvor noch eine Tracht Prügel verabreicht. Als er auf den Boulevard kam, neben einigen armseligen Schaufenstern mit Schreibwaren, wurde unsere Person, ebenso virtuell wie Pi-Mesonen, von einer gewaltigen Explosion von Volksfreude überrascht, deren Widerhall er bis dahin kaum wahrgenommen hatte, wie das dumpfe Brausen im Dynamo- oder Ghencea-Stadion, wenn ein Spieler im Strafraum ein Foul beging. Es war ein Menschenstrom wie am 23. August, er floss durch den Cañon der Kaufmannshäuser mit abgebröckeltem und vergilbtem Putz; die plumpen Balkone waren voller Leute, die klatschten, die Faust zum matten Winterhimmel reckten oder – am öftesten – eine bis dahin nie beobachtete Gebärde machten, denn die Bukarester hatten sie höchstens mit einem einzigen Finger vollzogen, dem mittleren, bald auf die Himmelshöhe gerichtet, bald auf irgendein zartes weibliches Wesen in einer vorbeisausenden Straßenbahn, bald, und das am öftesten, auf den eigenen Mund, was keineswegs das allgemeingültige Zeichen »ich hab Hunger« bedeutete, sondern andeuten sollte, dass die beflissene junge Dame, ihre mit Seminarunterlagen prallgefüllte Mappe auf den Knien, die einen Lidschlag lang durchs Fenster des Trolleybusses zu sehen war, eigentlich eine kaiserliche Hure sei, die sich des schmutzigen Oralsex befleißige – zwei gespreizte Finger, wie bei den Kindern, die sich Hörner aufsetzen, wenn sie aufs Foto gebannt werden. Mit pathetisch geschwellten Muskeln, die Adern auf der abgeschuppten Stirn knapp vor dem Bersten, verfolgten die die Balkone stützenden Atlanten mit den Augen – lebendig, grün oder blau auf ihren bärtigen Stuckantlitzen – die Arbeiterkolonnen, und die Maskaronen mit grausigen Gorgonengesichtern schüttelten die Schlangen in ihren Haaren, die sich wie Smaragdranken drehten und wanden; kaum konnten sie es erwarten, mit ihren blutroten Orchideenmäulern ein Opfer mit über die Augen gestülpter russischer Mütze zu erschnappen. Einmal von der Menge verschluckt, zerstreute sich unsere nur eine Nanosekunde lang lebendige Gestalt in dem vor latenter

Energie brodelnden Vakuum der weißen Seite, der alles entspringt, damit alles wieder in sein Grab zurückkehrt. Übrig bleibt uns noch, den großartigen Aufmarsch zu schildern, und zu diesem Zweck werden wir einen Augenblick lang in den Himmel aufsteigen, um die Stadt besser sehen zu können, die heute Feiertagskleider trägt. Junge aus Bukarest, einem Schafhirtennest, so wurde Mircea von seinem Vater geneckt, der auf den sagenhaften Bucur anspielte, den in den Nebeln der Vlăsia-Wälder verlorenen Stadtgründer, denjenigen, der am schlammigen Wasser des Bucureștioara-Flusses die erste Schafhürde errichtet hatte oder in der Nähe der Dâmbovița mit ihrem süßen Wasser. Zur Zeit Vlads des Pfählers, der nicht Dracula, sondern ein tapferer und gerechter Fürst gewesen war, allerdings mit kleinen Eigenheiten, die, das weiß man, den Geist eines jeden Genius begleiten (es war eine Ehrensache für jeden Rumänen, die beleidigende Verwechslung auszuräumen), hatte sich der Marktflecken Bukarest zwischen den von wildem Getier wimmelnden Wäldern ausgedehnt und mit schönen Kirchen geschmückt, die zum Dank für den in den Schlachten errungenen Sieg des Fürsten mit den riesenhaften, strahlenden Augen und dem Schnurrbart über einer gewaltigen feuchten Unterlippe errichtet wurden. Nach jeder Schlacht wurden die Gefangenen, Türken, Tataren oder Rumänen aus einem andern Land, einer äußerst heiklen Behandlung unterzogen. Mithilfe besonderer Holzhämmerchen ward ihnen, Millimeter um Millimeter, ein Pfahl in den Damm zwischen After und äußeren Geschlechtsteilen – und nicht in den After, wie irredentistische Historiker mit offenkundiger Böswilligkeit zu verstehen gaben – getrieben, wobei dessen Spitze haarscharf in den Raum zwischen dem Rumpfgerüst und dem die inneren Organe umhüllenden Bauchfell eindrang, ohne ein Häutchen zu zerreißen und ohne ein Organ zu verletzen, bis der Pfahl durch den Rücken, links oder rechts der Wirbelsäule, austrat. Dann wurde der dieser Behandlung Unterzogene, lebend und (beinahe) unversehrt, gut einige Tage lang in dieser malerischen Stellung aufgerichtet, die gegenüber der altmodischen Kreuzigung augenscheinliche Vorteile aufwies. Wenn sich genügend derartige menschliche Artefakte angesammelt hatten, um dichten Schatten zu spenden (etwa zwanzigtausend, befand man, reichten aus), setzte sich der Fürst darunter an die Tafel ins Grüne und stieß mit seinem goldenen, mit Saphiren und Rubinen besetzten Kelch nach links und nach rechts auf das Wohl seiner Lieben an. Der Gestank der auf den Pfählen Aufgespießten, gut Abgehangenen mit von Vögeln herausgepickten Augen tat dem Herrscher wohl wie der salzige Seewind. Alle Bürger des kleinen walachischen Vaterlandes hatten an einem Tropfen von der Herrlichkeit des berühmten Fürsten teil, denn bei allen Brunnen trank man Wasser aus sehr ähnlichen Goldkelchen, die auf den Brunnenkranz gestellt wurden, ohne Kette und ohne Wache, denn den überführten Dieben wurden die Gliedmaßen (nicht unbedingt nur die am Diebstahl beteiligten) durchbohrt; wenn sie hernach dabei ertappt wurden, wie sie an den Brücken bettelten, sammelte man sie in einer Karawanserei ein, bewirtete sie reichlich aus fürstlichem Erbarmen und steckte sie dann in Brand, was für manchen Geschmack ein überaus belustigendes Schauspiel war. An den Hof des gerühmten Fürsten kamen oftmals Sendboten aus den fernsten Himmelsstrichen und brachten Gaben, würdig der Königin von Saba. Gewöhnlich wurden sie von albanischen Söldnern in Sänften wieder fortgetragen, denn auf eigenen Beinen zu gehen fällt schwerer, wenn der Turban mit einem Dutzend großer Schreinernägel gründlich am Schädel befestigt ist. Die nationalen Dichter und Maler wetteiferten darin, die Vornehmheit und moralische Lehre derartiger Begebenheiten zu schildern.

Die Stadt war um die Türme der Metropolitankirche herum erbaut worden, hatte sich auf die Hügel der Umgebung ausgedehnt, sich in die melancholischen Kupferstiche ausländischer Reisender gewandelt, die Pulks von Häusern darstellten, vom Hirtenamt je einer kuppelgekrönten Kirche betreut, und darüber eine riesige, am Himmel entfaltete und steif flatternde Fahne, auf der in den seltsamsten Schreibweisen BUKAREST, BUCAREST, BUKREŞ oder anderswie geschrieben stand. Um 1800 hatte die Stadt Fürstenhöfe, schwerfällige Bojarenhäuser, zwischen welchen sich weitläufige Gärten und unkrautüberwucherte Brachflächen, Karawansereien und morastige Wege, ausgedehnte Vorstädte mit Geranien vor den ochsenblasenbespannten Fenstern ausbreiteten, entblößte Weiber, die im Fluss badeten, in den auch das Spülicht ausgekippt wurde und wo an ihrer öffentlichen Nacktheit Enten und Hechte vorüberglitten, Phanarioten mit gigantischen birnenförmigen Kopfbedeckungen, nach Knoblauch stinkende Bauern, das Tragjoch auf den Schultern, barbusige Zigeunerinnen, Planwagen, die auf kuhmistbedeckten Fahrwegen nur mühsam vorwärtskamen, dicker Qualm aus baufälligen Schornsteinen, über blinde Grenzmauern kreisende Störche, Erdhütten, eingestürzt über den ausgehungerten Nackedeis, die mit dem Zipfel im Dreck spielten. Der Colţea-Turm, schwerfällig wie eine Lehmzikkurat und ebenso brüchig, erhob sich damals in eine Höhe von etwa siebzig Metern über dem Marktflecken mit den verschlungenen Gässchen und zerfetzte die düsteren Wolken, die sich, träge Segelschiffe, über der Bărăgan-Steppe wiegten.

Von dieser Stadt war jetzt nur noch das übrig geblieben, was die Einheimischen »historische Innenstadt« nannten: drei mal vier Gässchen mit schaurig verfallenen Häusern und herausgebrochenen Pflastersteinen, mit Brachflächen, auf die Kühlschrankgehäuse, tote Katzen und stinkende Lappen geworfen wurden. An scheibenlosen Fenstern mit herausgerissenen Rahmen zeigte sich dann und wann der zerzauste Kopf eines Zigeunerkindes, und Zigeunerinnen mit geblümten Röcken kippten

Waschschüsseln mit Schmutzwasser über die Fußgänger in der Leipziger Straße, die sich drängten, um billige Schuhe zu kaufen oder ihr Feuerzeug in elenden Marktbuden nachzufüllen. Die Flappe eines Greises mit morschen und gelb gewordenen Backenzähnen und mit Zahnfleisch, das ist die historische Innenstadt, die wir in unserem Montgolfieren-Aufflug als Erstes sehen, ein Modell der Trümmer und des Jammers.

Um sie her war Klein-Paris erstanden und um Klein-Paris das Belgien des Orients. Um 1900 unternahm das Königreich Rumänien große Anstrengungen zur Modernisierung. Neuklassische Bauwerke wurden errichtet, mit Säulen, mit Architraven und Frontgiebeln voller Göttinnen des Rechts, der Landwirtschaft und der Industrie; auf ihre Sockel waren die großen Männer der Nation gestiegen, denen vollbusige Musen mit ehernen Fettpolstern um die Hüften die Schreibfeder entgegenstreckten. Man hatte Gleise ausgelegt, auf denen schwankende Pferdebahnen rollten, man hatte Boulevard-Schneisen geschlagen, die nach Ihren Durchlauchten benannt wurden, denn wir hatten nun eine deutsche, unmittelbar dem Gotha entstiegene Dynastie aus dem Hause Hohenzollern-Sigmaringen, nämlich Carol von Hopp-ein-Zoll, Sieg'-beim-Ringen, wie die nicht an das adlige Herunterpurzeln deutscher Vokabeln gewöhnten Bauern ihn nannten, so wie sie Jahrzehnte zuvor bei ihrer Fron über die Großtaten von »Na, Bolzen-Ion«, den Kaiser der Franzosen, geredet hatten. Die Universität, die Grandhotels vom »Bullefahr«, das Restaurant und Kaffeehaus Capşa, die den Equipagen auf der Kiseleff-Chaussee hinterherknatternden Automobile – alles das wäre der zärtlichen Spitznamen, der schmeichelhaften Vergleiche mit den Gegenden der zivilisierten Welt würdig, wäre es nicht unterschiedslos mit der vorangehenden Stadt vermischt worden, denn die Viehmärkte, die Mostschenken und die Schulterjochträger, die Vorstädte mit den Hundefängern und ihren verrufenen Liebschaften, die Müllwühler und Aasfresser, die als Knechte bei den feinen Herrschaften gedungenen zwölfjährigen Kinder und die syphilisverseuchten Straßendirnen im Steinkreuz-Viertel[39] waren ebenso augenfällig wie die Paläste mit Säulengängen und Statuen von Pake[40], der die Metropole an der Dâmbovița umgestaltet hatte. Der Duft nach Moussaka, gegrillten Hackfleischröllchen und Sauerkrautwickeln stieg wie eine byzantinische Deesis über die neue Lichtstadt empor und brachte beide auf einen gemeinsamen, wollüstig gewürzten Nenner: Größe und Schändlichkeit.

Wir steigen noch höher hinauf in unserem gestreiften Heißluftballon, und unser Blick erfasst das Bukarest der Zwischenkriegszeit oder nach dem Großen Krieg, wie man ihn damals nannte, denn das wackere kleine Volk war wie 1877 wieder ins Feuer der Gefechte geraten, die es eins nach dem andern verlor, trotz der Wunder an Tapferkeit von Mărășești, Mărăști und Oituz, als unsere Soldaten, nur in langen Unterhosen, gegen die durch das Tragen der vorschriftsmäßigen Uniform begünstigten Deutschen gekämpft hatten. Seltsam jedoch, nach dem völligen militärischen Misserfolg hatten sich Staatsgebiet und Bevölkerung des jungen Königreichs über Nacht verdoppelt, und demzufolge wandelte es der Ehrgeiz an nach politischer, wirtschaftlicher und vor allem intellektueller Vormachtstellung gegenüber unseren bulgarischen Nachbarn mit ihren wohlbekannten Stiernacken. Moderne, Liberalismus, Avantgarde, die eckige Architektur des internationalen Stils, all das hatten wir im Überfluss, und unser Flug über die Stadt beweist, dass wir es noch haben, und zwar in recht leidlichem Zustand, die wenigen beim Erdbeben eingestürzten Wohnblocks ausgenommen. Es

---

39 Crucea de Piatră, »Steinkreuz«, in der Vorkriegszeit berüchtigtes Bukarester Stadtviertel, in dem Prostitution getrieben wurde.
40 Em. Protopescu-Pake, vom 15. Juni 1888 bis zum 17. Dezember 1891 Bürgermeister von Bukarest.

ist eine einsturzgefährdete Stadt mit verrosteten Wasserleitungen, mit Feuchtigkeit in den Wänden, unbesiegbar wie eine barbarische Nation, mit Innenräumen, die nach Alter und Krankheit riechen. Bewohnt ist sie von einer vielfältigen Auswahl an Mitgliedern der Nomenklatura, der Securitate, von Künstlern des Volkes, Geschäftsführern staatlicher Landwirtschaftsbetriebe, Schlagersängerinnen und Dichtern der neuen Zeiten, eine Fauna, die bei der Verstaatlichung die alte ersetzt hatte, als das Natterngezücht der bürgerlich-gutsherrlichen Herrschaft verjagt worden war. Von riesenhaften Hainbuchen beschattete Villenviertel haben überlebt, doch auch sie, ungepflegt, mit abblätterndem Putz, vollgestellt mit schäbigen Möbeln, wurden nach und nach zerfressen, bis sie zu unheimlichen großen Häusern verfielen, in deren Höfen mit verrosteten Zäunen je ein Dacia auf Holzklötzen stand.

Doch wenn die Altstadt allmählich verrottete und sich mit einem fröhlichen und nichtzahlenden Nomadenvolk füllte, so ist die neue bereits in Trümmern erstanden. Jenseits des Ringes, auf dem die Straßenbahn 26 träge dahingleitet, voller gipserner Schaufensterpuppen, die Einkaufsnetze mit wattegefülltem Brot tragen, erstrecken sich die Arbeiterviertel, die nach 1950 in immer stärker beschleunigtem Rhythmus für die Werktätigen hochgezogen wurden, ein Beweis dafür, wie viel Fürsorge die Partei der Arbeiterklasse dem Menschen angedeihen ließ. Etliche Hektar mit Wohnblocks, allesamt von einer Mutter und einem Vater gebaut, Streichholzschachteln, in denen man keinen Platz hat, sich umzudrehen, Betonzellen mit Decken, die über einem einzustürzen und einen bei lebendigem Leib zu zerdrücken drohen. Wohnblocks über Wohnblocks, eine Handbreit voneinander entfernt, mit verschlüsselten, codeartigen Namen wie die elektronischen Bauteile auf einer Platine, Wohnblocks mit überquellenden, nach Haushaltsabfällen stinkenden Müllschluckern, mit Rohrleitungen aus giftigem

Blei, die zu den Wasserhähnen führen, mit radioaktivem Blei im allgegenwärtigen Porenbeton. Geflügelkombinate für Menschen, aschgraue Vernichtungslager, wo die Wangen einfallen und die Haut verwelkt. Tausende, Zigtausende Arbeiterwohnblocks mit papierdünnen Wänden, durch die man das Rülpsen, Fluchen, Ächzen und Stöhnen der Nachbarn hört, Wohnblocks, wo im Winter das Wasser in den Heizkörpern gefriert und sie sprengt, wo einem im Sommer das Gehirn vor Siedehitze dampft. Hunderttausende Wohnblocks mit verrosteten und verbogenen Briefkästen in der Eingangshalle, mit von Analphabeten verschmierten Wartungs- und Instandhaltungsplänen, mit dem Gestank von saurer Suppe und gekochtem Kohl im Treppenhaus, mit schweinischen Kritzeleien und Zeichnungen an allen Wänden, bevölkert von einem Haufen, der nichts als Dienst und Zuhause kennt, von zahnlosen Frauen, behaarten Männern in Unterhemden, von psychopathischen Kindern, die hinterm Wohnblock Hexenspießen spielen, zwischen Dacias und Oltcits. Mit der Zeit sind auch diese Trümmer weiter zerbröckelt. Seit Jahrzehnten nicht gestrichen, ein seit Jahr und Tag nicht eingeschlagener Nagel. Die Platten der Fertigbauteile sind zerbrochen, und das Eisen der Armierung kommt zum Vorschein, wo man's am wenigsten erwartet. Die Geländer der Balkone sind rostzerfressen, die Risse in den Mauern so breit, dass man die Faust durchstecken kann. Auf allen Balkonen hängen Reihen von Unterhosen zum Trocknen, Stangen von Sommersalami, zersplitterte Blumenkästen aus Kunststoff, in denen ein Katzenjunges in Ermangelung der Blumen scharrt, und von der Existenz alles dessen scheinen die Leute nichts zu wissen. Wohnblocks, aus denen es kein Entkommen gibt, denn man ist in Nordkorea, und der Genosse Kim in kaukasischer Spielart wacht über das Glück der Allgemeinheit. Die Viertel Primăverii, Cotroceni, Floreasca unter seiner gewaltigen Glaskuppel, Mântuleasa sind die unauffälligen Flicken der städtischen Welt, die uns sowohl das Lächeln als auch die Spottlust auf den Lippen gefrieren lassen.

Fröhlich haben wir das Kapitel begonnen, doch gestehen wir, dass wir traurig geworden sind. Auch wir hatten genug davon: ein Leben lang im Wohnblock leben, von Getto zu Getto, in Nautiluskammern mit bescheidenem Geldbeutel (leerem Geldbeutel), mit einem dementsprechenden Schicksal: Geburt, Arbeit, Tod, das einzig und allein die statistisch unmögliche (aber das Weltall ist statistisch unmöglich) Begegnung mit Herman vereitelt hat. Der Sämann ist hinausgegangen, um seine Flur zu besäen, doch der Same ist auf Fertigbaubeton gefallen, denn nichts anderes war in der Nähe. Wie sollte denn eine Sonnenblume oder eine Orchidee daraus sprießen? Was würden die Engel am Ende der Zeiten von Millionen in Arbeiterheime und in Junggesellenwohnungen Komfortklasse vier hingeworfenen Samen zu ernten haben? Wird die Erlösung inmitten der Küchenschaben kommen? Wird der Engel im Flur neben dem Müllschlucker stehen, seine Flügel mit Ragoutresten besudeln und mit Triangel- und Glockenspielstimme sprechen: du ja, du nicht, du ja, du nicht ...?

Aber die Träne trocknet rasch auf der Wange, denn wir haben eine Sache zu Ende zu führen. Nun ja, dies beobachten wir jetzt, an diesem warmen Vormittag des 22. Dezember, in einer Höhe, von der aus wir die ganze Stadt überblicken bis hin zur Ringstraße, wo der Verkehr mühsam und langsam vorankommt: Von überallher, vom Rand der Megalopolis, von den Industrieanlagen in der Nähe der Wärmekraftwerke und der Straßenbahnendstationen, ergießen sich, im Schatten der Wassertürme und der verlassenen Fabriken dahinströmend, endlose Kolonnen von Bürgern in Richtung Stadtzentrum wie die Strahlen einer zentripetalen Sonne. Unmöglich, dass es keine Koordinierung gibt: Aus Pipera, von den 23.-August-, den Neue-Zeiten-Werken und aus Dămăroaia sind die Kolonnen gleichsam in der Reihenfolge ihrer Entfernung vom Stadtzentrum losgezogen, und sie bewegen sich gemessen, als würden sie sich (telepathisch?) miteinander verständigen. Erhöhen wir die Bildauflösung, so sehen wir den Strom im Siegeszug durch die Reihen zehnstöckiger Wohnblocks fließen, von deren Balkonen aus zahllose Menschen winken, wie bei der Parade. Zwar mangelt es an künstlichen Blumen, Porträts und Transparenten der PCR, stattdessen werden genügend dreifarbige Fahnen mit sorgfältig entferntem Wappen geschwungen, so wie dies spontan, so scheint es, im ganzen Land geschehen ist. Fortwährend schwellen die Kolonnen an, speisen sich aus der Bevölkerung der Wohnblocks, in denen nur die Hausfrauen und die kleinen Kinder zurückbleiben, denn Weihnachten steht vor der Tür, und man kann doch nicht die Kochtöpfe gerade jetzt auf dem Herd stehen lassen, auch wenn die Welt zusammenbricht. Als wir, als Deus ex machina, wieder die Ebene der Straße erreichen, wird unser Blick über die allgemeine Begeisterung und die lautstarken Umarmungen hinaus (»Mann, Bruder«, sollte jemand später erzählen, »was war das für ein Tag! Wenn einer von mir das Hemd verlangt hätte, ich hätt's ihm gegeben!«), auf einige merkwürdige Einzelheiten gelenkt: Auf dem Boulevard steht an allen Mauern in derselben riesigen, kackbraunen Schrift NIEDER MIT DEM SCHUSTER und sogar NIEDER MIT CEAUȘESCU. Dann gibt es allerorten Kommandos von Milizionären, die in ihren Wintermänteln und Schirmmützen am Rande stehen, die Leute mit wirrem Gesichtsausdruck anglotzen, als wären sie die Milizionäre in den Witzen, die den Kopf ins Klo stecken, weil sie gehört haben, dass man sich nach der Rasur mit Eau de Toilette einreibt, und die vor dem Fahrstuhl, auf dem »Aufzug für vier Personen« steht, warten, damit noch drei Typen auftauchen und sie endlich hochfahren können. Jene mit kugelrundem Kopf, auf dem eine einzige Windung zu sehen ist, die sich am Ende als Streifen an der Schirmmütze erweist ...

Ohne die Angst von früher ziehen die Menschen an ihnen vorbei, gaffen, grinsen (ihr verdammten Mistkerle, jetzt hat auch euer letztes Stündlein geschlagen!) und gehen weiter mit der Menge, ohne zu wissen, wohin und was noch geschehen wird. Sie brüllen dieselben Losungen wie die jungen Leute vergangene Nacht: »Olé, olé, olé, olé, Ceaușescu ist passé!« und »Kommt mit uns!« und »Frei-heit, Frei-heit!«, doch es gibt auch feine Unterschiede: Da wird nicht mehr gestorben, da wird nicht mehr geschlagen, da wird nicht mehr verhaftet. Der Hauptboulevard, der zur Universität führt, ist nun zu eng für die Riesenkolonne. Man geht langsam wie beim Ausgang aus den Kinosälen, tritt dem Vordermann auf die Fersen. Doch das ist nichts gegen den gigantischen Wirbel am Universitätsplatz, der umzingelt ist durch Kordons von Milizionären, die auf die Stufen zum Nationaltheater gestiegen sind. Hier sind die aus allen Stadtvierteln hergekommenen Kolonnen zusammengeströmt, und anschließend begibt sich die Menschenflut, nach einigen Augenblicken der Orientierungslosigkeit, spontan, so scheint's, von neuem auf den Magheru-Boulevard. Auf Zehenspitzen stehend, sieht ein Mädel vom Gymnasium in der Ferne das Heck eines Panzers, auf den eine Menge Leute mit Fahnen und mit von hundert Händen gleichzeitig gezeigten Victoryzeichen geklettert ist. Von einer Eingebung durchblitzt kreischt sie aus voller Kehle: »Die Armee ist mit uns!« Die Losung erhöht jäh die Temperatur um zig Grad. Den ganzen Boulevard entlang wird endlos skandiert: »Die Armee ist mit uns! Die Armee ist mit uns!« Es scheint mehrere solcher mit Menschen überladener Panzer zu geben, die langsam durch den Irrsinn des Boulevards voranrollen, gleich den allegorischen Festwagen von ehedem, auf denen die Sportler Pyramiden bildeten und die Weberinnen an Webstühlen arbeiteten und wo Statistiken mit spannenhohen Lettern die Errungenschaften des letzten Fünfjahresplans aufzeigten. Vor den Panzern befindet sich auch ein

Militärwagen mit zwei Megafontrichtern auf dem Dach. Jemand spricht klar und deutlich, wobei er dieselben Sätze wiederholt, die zwischen den Mauern der Luxushotels widerhallen wie jenes »Rechts ranfahren!«, das den offiziellen Kolonnen in ihrem gespenstischen Gleiten vorangegangen war. Wer war der weise, verantwortungsvolle und allmächtige Gott, der aus dem gepanzerten Fahrzeug zur Volksmenge sprach? Wer hatte die überwältigende Aufgabe auf sich genommen, die Massen in die Freiheit zu führen? Niemand fragte danach; es musste vielleicht so sein, so wie man sich in einem Traum nicht darüber wundert, dass man nackt auf der Straße herumläuft. Und in weiter Ferne, getaucht ins orangegelbe Licht der Frühe, rasselte die rumänische Revolution mit ihren über der Brust hängenden Talerketten dahin, sie reichte bis zum dritten Stockwerk der Gebäude und war trotzdem äußerst weiblich, so dass einige Rüpel aus der Gegend wiederholt versuchten, ihr unter den Rock zu gucken, wogte mit ihrer Gestalt, ermutigte die Bürger, den Weg der ruhmreichen Geschichte des Volkes einzuschlagen. Im flach einfallenden Licht sind die Stickereien und Verzierungen der Trachtenbluse mit Farbe gesättigt, gewinnen feierlichen Ausdruck. Der untertassengroße Flitter auf dem Schurz gleißt malvenfarben, wirft trügerische Reflexe über die Schaufenster des Scala-Kinos und der Sadoveanu-Buchhandlung.

Mit einem recht wohlfeilen, aber effektvollen kinematografischen Verfahren (denn kein wahrer Künstler verkennt die phantastische Kraft des Klischees) fahren wir mit dem Kameraauge über den seltsamen Menschenstrom, in dem sich so viele Erinnerungen überschneiden – das Herausströmen der hitzigen Fans aus dem Dynamo-Stadion mit den Fahnen, die aus den Fenstern der Straßenbahnen flattern, die Ștefan-cel-Mare-Chaussee überrannt von olivfarbenen Bengeln und betäubt vom Skandieren: »Dy-na-mo, ja, ja, Dy-na-mo!«, die riesigen Schlangen vor dem Fleischerladen beim Obor-Markt, über den die

Statue des Bauern von 1907[41] mit der himmelwärts gereckten Faust einen schaurigen Schatten wirft wie bei de Chirico, die Aufmärsche am 23. August und am 1. Mai –, tun so, als würden wir zögern, und zu guter Letzt, unter den Hunderten runder und exaltierter Gesichter mit dem Himmel zu geöffneten Mündern stellen wir das Objektiv plötzlich auf ein einzelnes scharf, das scheinbar mit jedem anderen identisch ist, so wie uns die Gesichter der Ameisen miteinander identisch zu sein scheinen und wie die Katze vor dreihundert Jahren mit der heutigen identisch ist. Drei Viertel von dem, was wir sehen, sind Gesichter. Der obere Teil des Verdauungstrakts, wo die Analysatoren gebündelt sind, rings ums Gehirn, wie Tautropfen auf einer Blüte. So wie im unteren Teil die Geschlechtsteile sind, denn wir sind bipolare Symmetrien: oben die Verbindung zum Raum, unten die Verbindung zur Zeit. Im Gehirn haben wir neurale Syteme, die auf das Wiedererkennen von Gesichtern spezialisiert sind. Wir unterscheiden Heuschreckengesichter nicht, aber das menschliche Gesicht, vielleicht ebenso anonym für wunderbarere, über uns gebeugte unsichtbare Wesen (»denn der Herr sieht die Person nicht an«), erreicht für uns eine äußerst hohe Auflösung und ebenso viel Bedeutung. Als verzerrter, anamorphotisch über unsere Gehirnhälften ausgedehnter Homunkulus sind wir zu drei Vierteln unsere Gesichter, an denen das flimmernde Schwänzlein der Leiber hängt. Führe dein Gesicht an die Augen eines Säuglings heran, und er lebt auf. Es muss gar kein Gesicht sein: Ein Blatt Papier, auf dem zwei Augen gezeichnet sind, genügt, um bei ihm ein Lächeln auszulösen. Vielleicht lächeln auch wir auf diese Weise einer Maske zu, die wir für die Gottheit halten, wobei wir uns damit trösten, dass dies jedenfalls besser ist als die Prosopagnosie, von der so viele befallen zu sein scheinen ...

41 1907 gab es einen großen Bauernaufstand.

Es ist Mirceas Gesicht, blasser und eingefallener noch als gewöhnlich, mit vor Schlaflosigkeit glänzenden Augen, mit geplatzter und geschwollener Unterlippe; es ist Mircea, von der Menschenwoge in die Klamm der Onești-Straße gespült, wo die Kolonne nach links eingebogen ist, an den Schaufenstern der Galerie Orizont vorbeischeuernd und sich, wie sich nun zeigt, auf den großen offenen Platz vor dem Zentralkomitee zubewegend, wo achtzehn Stunden zuvor die verhängnisvolle Versammlung stattgefunden hat. Die gleißende, für Fotografien ungeeignete Sonne des Wintermorgens überbelichtet ihm Backenknochen, Stirne und Adamsapfel, vertieft ihm dagegen die Augenhöhlen. Zeitgleich mit der Menge drängt er vorwärts, wie die Samenfäden bei einem stürmischen Samenerguss zwischen den muskulösen Scheidenwänden dahingleiten, auf die noch unsichtbare Eizelle zu, die ihnen – das wissen nur wir – in einer kolossalen Eustachischen Röhre hoheitsvoll entgegenkommt.

Mircea ist zum Umfallen müde, halluziniert vor Hunger. Eigentlich schläft er fast im Stehen, von der Menge mitgeschleift, jedenfalls taucht er oft minutenlang unter die wie das Meer im Abendrot glitzernde Oberfläche des Bewusstseins. Schwimmend steigt er, mit langsamen Bewegungen, während sein Haar eines Sirenen-Mannes in den kalten Strömungen flattert, zu den phantastischen versunkenen Städten seines Geistes hinab, mengt die Winter und die Sommer, die Sonne und die Sterne, die Erinnerungen und die Wünsche in Fraktale und in Fraktale von Fraktalen. Und stets findet er dort in der Tiefe dasselbe Schauspiel wieder, ohnmächtig machend und irrsinnig, mit denselben beiden, für immer in denselben Graben der Hölle eingeschlossenen Lebewesen: Spinne und Schmetterling, Henker und Opfer, die einander herausfordern und verwunden und sich wieder erholen und sich wieder zerfleischen, unter der Erde, woher kein Brüllen mehr heraufdringt. Der weiße

Schmetterling mit flaumigen Flügeln und glühenden Augen, der im schmutzigen Netz zappelt, mit einem noch freien Flügel, der die olivfarbene Luft mit Millionen Schüppchen erfüllt, und die Spinne, die auf ihren unbesiegbaren anthrazitschwarzen Hebeln auf ihn zurennt, ihn wie einen Kokon mit ihrem glitzernden Geifer umwickelt. Und dann verflüssigtes Fleisch und verflüssigte Organe aus dem lebendigen, gelähmten und mit Bewusstsein versehenen Leib saugt, der außerstande ist, wenigstens zu schreien. Manchmal war die unterirdische Kammer – vielleicht die einzige im All – sein Zimmer in Floreasca, wo er nie geschlafen hatte. Andere Male, am Grunde der Traumtäler, im vierten Stadium, in dem der rätselhafteste Geisteszustand, der REM-Schlaf, seinen Schweif wie ein Pfau auffächert, befand Mircea sich wieder in dem psychiatrischen Gefängnis, wo er im Frühjahr, als man ihm Piperidinmonohydrochlorid gespritzt hatte, zig und zig Nachtstunden im Fieber phantasiert hatte vor den Rorschach-Tafeln und deren schrecklichen zufallsbedingten Tintenschuppenflüglern mit ihrer Kraft, aus dem Gehirn animalische Ängste und engelhafte Zartgefühle, Scham und Hass und Prophetie herauszuziehen. Mit jenen vollkommen symmetrischen Flügeln aus geronnenem Blut und kristallisiertem Urin vermischten sich auch die fürchterlichen Hiebe in jener Nacht in Jilava, die über den Mund niedersausenden Handrücken in der Zelle, in die drei Männer geworfen wurden, die vor die Augen gehaltene Taschenlampe, der nach Knoblauch stinkende Hass des Verhörenden: »Verfickte Scheiße, du spielst dich also auf, wie? Gehst auf die Straße, wie? Ich piss deiner Mutter in den Mund, du Scheißer! Ich geb euch Revolution, ihr werdet es noch bereuen, dass euch die Säue geworfen haben, die euch in die Welt geschmissen haben!« Und der sechzehnjährige Junge, der bis zum Tagesanbruch die ganze Zeit geweint hatte, in einer Ecke der Zelle, auf den Zementboden geworfen, brüllte immer wieder: »Die knallen uns ab, Mama, die knallen uns ab!« Und der andere, einer der Bärtigen, mit einem so gewaltig breiten Rücken, als wäre er einer der Stuckatlanten unter den Balkonen der Altstadt, der wortlos die Schläge über sich ergehen ließ, denn ihn hatten sie, gereizt durch seine athletische Statur, mit den Füßen getreten und ihm Finger und Rippen gebrochen. Dann hatte der gute Securitate-Mann die Bühne betreten, mit falschen Regenbogenflügeln am Rücken, trug ihre Personalien in irgendwelche Formulare ein, neigte sein Ohr, um etwas zu hören, was einem Mund mit blutender Zunge und zerbrochenen Zähnen entfuhr, schützte den Hosenaufschlag vor dem physiologischen Elend in der Zelle und hielt mit dem Mitleideifer eines Christenmenschen eine salbungsvolle Ansprache: »He, Jungs, Mann, in welche Scheiße habt ihr euch da reingeritten? Habt ihr denn das nötig gehabt, euch jetzt den Hals zu brechen, wenn ihr ja euer Auskommen im Leben finden müsst? Mann, ich kapier nicht, was in euren Köpfen vorgeht. Was für 'ne Scheiße mag wohl da drüben sein, dass euch der Mund danach wässert, dass ihr in Containern erstickt und in der Donau ersauft, um dahin zu gelangen? Ist's denn nicht besser, dass du in deinem Land bleibst, wo du geboren bist, das dir kostenlose Ausbildung gegeben, das dich gekleidet und einen Menschen aus dir gemacht hat? Was fehlt euch denn, Mann? Kostenlose Polikliniken, niedrige Mieten und Nebenkosten, Betriebsdarlehen, damit man sich auch mal Möbel kaufen kann, einen Kühlschrank ... Was hat euch denn gefehlt, Kinder, dass ihr auf die Straße geht und so 'n Affentheater macht? Essen? Na, ich seh, du bist kräftig wie ein Bär. Wisst ihr denn, Jungs, dass Amerika das Land der Fettleibigen ist, dass die zum Erbrechen vollgefressen sind mit allen möglichen Garnelen und Schnecken und ekligem Zeug? Habt ihr gesehn, wie die in ›Mondo Cane‹ Käfer gegessen haben? Glaubt ihr, die lügen, Mann? Das ist auch nicht gut. Und auch Verschwendung soll nicht sein. Denn die denken gar nicht an diese knochendürren Kinder in Biafra, auf die sich die Fliegen setzen wie auf Kadaver. Wisst ihr, wie die Amerikaner essen? Sie essen die Hälfte von einem Glas Marmelade und schmeißen den Rest dann weg. Ist's denn nicht schade drum? Ist's nicht besser, wir sparen, wie der Genosse Ceaușescu sagt? Es stimmt, wir geben Essen für den Export weg, Käse, Fleisch, das ist aber nicht die Schuld der Staats- und Parteiführung. Habt ihr denn keinen Grips im Kopf? Seht ihr nicht, wie uns die Kapitalisten die Eier schleifen? Was sollen wir tun? Der Genosse wollte, dass es gut ist, hat Chemiekombinate, Ölraffinerien, den Kanal gebaut, das Auto Dacia, aus gutem Blech, nicht aus Pappe wie der Trabi. Bis vor zehn Jahren habt ihr ihm die Füße geküsst, eure Eltern haben euch in Watte gepackt wie kleine Prinzen. Wolltest du Schokoloade? Bitte, Schokolade. Wolltest du einen Saft? Hier ist der Saft. Natürlich, aus Orangen. Cico-cico, Orangen im Glas. Nicht chemischer Dreck wie Coca-Cola. Und Heizung? War's nicht warm in den Wohnungen? Bei mir waren die Kleinen den ganzen Winter über in Unterhemdchen, krabbelten auf dem Fußboden, verbrannten sich an den Heizkörpern. Jetzt ist's nicht mehr so, geb ich zu, fickt aber den Genossen nicht damit, denn schuld dran sind immer noch die Kapitalisten. Konnte der Genosse etwa die weltweite Ölkrise von '79 voraussehen? War er denn 'ne Wahrsagerin? Das hat uns den Rest gegeben, nicht unsre Fehler. Oder der Kanal. Ist Genosse Ceaușescu dran schuld, dass die Deutschen ihren Abschnitt nicht mehr fertiggestellt haben, an der Elbe oder wo immer? Er wollte eine Großtat vollbringen, zum Wohle des Volkes, damit die Menschen was zu essen haben. Doch seht ihr nicht, Hühnerhirne, die ihr seid, dass wir von Feinden umzingelt sind? Dass alle auf unsere Reichtümer aus sind? Dass uns alle Steine in den Weg legen? Na, wem sollte schon das rumänische Wunder passen? Den Ungarn? Den Russen? Wenn der Genosse nicht gewesen wär, säßen wir längst in der Scheiße: die Russen im Land (na gut, Gheorghiu-Dej hat sie rausgeschmissen, aber der Chef hat seine Linie verfolgt: Nichteinmischung in die inneren Angelegenheiten), Siebenbürgen bei den Ungarn ... Da wären wir auf der Strecke geblieben, mit einem Staatsgebiet so groß wie 'ne Stecknadel ... Was sollen diese durchgedrehten jungen Menschen da schon kapieren? Die wissen, wie die Bietels[42] heißen, aber die rumänischen Woiwoden kennen die nicht. Denen stinkt alles Rumänische. Man erkläre denen was über Vaterland, Volk und Pflicht: Man redet gegen eine Wand. Sie grinsen einem ins Gesicht, sind angeblich gescheiter. Ihr erbärmlichen Nestbeschmutzer und Landesverräter ...

Denkt doch mal ein bisschen nach: Was hättet ihr an der Stelle des Genossen getan? Den Stahl und die Chemikalien und die Traktoren haben wir zu teuer gemacht, denn da war ja keine Rede von Energiekrise, als wir das geplant haben, damals gab's Energie in Hülle und Fülle. Aber das Kilowatt ist in den Himmel gestiegen. Und dann hat man gemerkt, dass man Milliarden in Hallen und Schmelzöfen und Schlote gesteckt hat, die man jetzt auseinandernimmt und stückweise zum Preis von Alteisen verscherbelt. Hätten wir denn nicht ARO-Geländewagen, Phosphate und Nitrate, Erdölanlagen verkaufen sollen? Wer soll sie uns jetzt noch abkaufen, wenn die andern sie dreimal leichter und billiger machen? Und wovon sollen wir dann leben? Von der Leichtindustrie. Da sind wir nun gelandet, denn wenn wir eine Ahnung gehabt hätten, hätten wir nur das gemacht. Fleisch, Käse, Textilien. Unterhosen, Mann, so weit sind wir gekommen, dass wir so was exportieren, verfluchter Schlamassel. Und den Käse der Miorița[43], denn immer ist's das Schaf, das Ärmste, das mehr Mitleid mit dem rumänischen Volk hat.

Kapiert ihr denn jetzt? Oder verdreht ihr wieder alles? Wir

---

42 = Beatles.
43 »Miorița«, das weissagende Lämmchen, Titel und Protagonistin der berühmtesten rumänischen Volksballade, die als Nationalmythos gilt.

geben zwar Essen für den Export weg, aber da bleibt noch was für die Bevölkerung über, denn sonst wärt ihr ja gar nicht mehr hier, so fett, dass euch die Schwarte platzt. Wir geben euch, so viel ihr braucht, nicht, dass ihr euch vollstopft, und mit der Valuta von den Exporten errichten wir Großbauwerke, Monumente, die den Jahrhunderten trotzen sollen, denn keiner fragt mehr danach, was die wohl gegessen haben, die die Pyramiden oder den Tadsch Mahal erbaut haben. Den Transfăgărășan sieht man vom Mond aus, und ihr meckert, dass ihr keine Salami am Tag habt, um euch die Därme vollzustopfen? Das Haus des Volkes ist größer als das Pentagon. Welcher Woiwod hat denn so was gemacht? Der König? Kann man das Peleș-Schloss mit dem Haus des Volkes vergleichen? Ihr seid da gar nicht rein, habt nicht gesehen, was für Kronleuchter, was für Marmor, was für Ebenholzschnitzereien ... Dagegen ist das Peleș Pfuscherei, das sag ich euch, denn ich war drin. Man guckt da nach oben zu den Decken hoch, dass man sich den Hals verrenkt und sich nicht mehr sattsieht ...

Die meinen aber: Es gibt keine Freiheit. Wir können nicht frei heraus sagen, was wir denken. Ach, dies Denken! Vielleicht, wie sie's einer Nutte besorgen sollen oder wie sie ihre Haare zerraufen, damit sie aussehen wie diese Arschficker, die Rockmusik singen. Andere Gedanken gehen euch da nicht mehr durch den Kopf, glaub ich. Sag doch, Junge, was du willst, halt ich dich denn davon ab? Näh ich dir den Mund zu, damit du's nicht sagst? Nur sollen's keine gehässigen Sachen gegen die Parteiführung sein, gegen den Genossen, gegen unsre sozialistische Gesellschaftsordnung. Sag alles, was du willst, dass dir die Kinnbacken wehtun von so viel Reden, aber sei ein ganzer Mensch, ein Patriot, ein guter Rumäne, sonst ab in die Klapsmühle oder in den Knast mit dir, denn ein fauler Apfel genügt, um all die guten zu verderben. Überall ist das so. Was glaubt ihr denn, darf etwa ein Engländer auf der Straße schreien: ›Ich scheiß auf die Königin von England‹? Oder ein Amerikaner: ›Ich kack auf das Weiße Haus‹? Das mag irgendein Verrückter schreien, aber dann muss er das ausbaden. Den elektrischen Stuhl, mein Junge, denn auch dort kannst du nicht tun und lassen, was du willst! Ich hab mit einem Informanten von mir gesprochen, einem Mummelgreis, einem ehemaligen Legionär (denn damit hab ihn geschnappt und hab ihn fest im Griff: Der Alte quatscht, dass ihm die Augen aus dem Kopf rausspringen), und der sagte mir: ›Mein Herr, ich hab in Deutschland studiert, zu Hitlers Zeit. Und ich sage Ihnen, Ehrenwort, wenn man ein anständiger Mensch war und nicht sagte, was man nicht sollte, tat einem keiner was zuleide ...‹ Na klar, was soll die Gestapo gegen einen haben, wenn man seiner Beschäftigung nachging? Tja, Junge, schließ dein Studium ab, schreib deine Gedichte mit Blümchen und Vögelchen, geh auch in eine Kneipe, trink in Maßen, hol dir mal ein Mädchen mit auf die Bude ... Glaubst du, wir verhaften dich deswegen? Davon kann keine Rede sein, wir sagen dir sogar ›Wohl bekomm's‹! Aber kommentier mir bloß nicht die Politik der Partei, denn du bist ein Stück Scheiße mit Hut, hast keinen blassen Schimmer, was auf der Welt los ist. Ihr glaubt, dass die Securitate-Beamten Verbrecher, Unmenschen sind, dass wir nichts anderes tun, als euch windelweich zu prügeln? Sagt mir doch, wo auf der Welt gibt's denn keine Staatssicherheit? Was ist denn die CIA für 'n Scheiß? Das ist ein Staat im Staat, und vielleicht wisst ihr's nicht, aber die haben Kennedy umgebracht ... Wen hat denn unsere Securitate umgebracht, Mann? Vielleicht in den fünfziger Jahren zwei, drei Banditen in den Bergen. Aber sonst wüsste ich nicht. Die rumänische Securitate, müsst ihr wissen, gehört dem Volk und kommt aus dem Volk. Und sie muss zum Wohl des Volkes über alles Bescheid wissen, was sich regt. Keine Bange, wir bringen keine Mikrofone an, um zu lauschen, wie ihr eure Frauen im Schlafzimmer fickt. Und wir stecken nicht einen Haufen Geld in Informantennetzwerke rein, damit die uns ›Rotkäppchen‹ oder die ›Geiß mit den drei Zicklein‹ erzählen. Wir wissen, wer die Feinde des Volkes sind, die, die dem Popen Calciu und Monica Lovinescu an den Lippen hängen, die, die wie ihr auf die Straße gehen, um Blödsinn zu brüllen. Na ja, was man sich eingebrockt hat, das muss man auch auslöffeln ...

Denkst du, ich verhafte dich, weil du einen Witz mit Onkel Nicu erzählt hast? Ich verhafte dich nicht, mein Junge, denn ich hab Wichtigeres zu tun. Aber ich komm zu dir und sage dir: Da ist die Aufzeichnung. Was ziehst du vor: dass ich dich ins Kittchen stecke zu den Arschfickern, damit die dir deine Rosette aufreißen, oder dass du mir ein paar Berichte machst über das, was bei dir im Betrieb geredet wird, und zwar unter konspirativem Namen, dass kein Schwein je was drüber erfährt? So gehen wir jetzt vor, wir haben da unsere Methoden. Und bis jetzt hab ich noch nie erlebt, dass einer die Arschficker vorzieht, nicht einmal die, die ich wegen Homosexualität schnappte. Diese, unter uns gesagt, würd ich alle vergasen, gottverdammte Arschstecher, die Schande des rumänischen Volkes! Das Gesetz ist zu mild mit denen, wenn es ihnen nur ein paar Jahre Haft aufbrummt ... He-he-he, da ist mir übrigens ein Witz eingefallen ... und der Teufel soll mich holen, wenn dieser Witz nicht zu euch passt, dass man meint, der, der ihn erfunden hat, hat ihn auf euch gemünzt. Da schießt also eine Armee von Samenfäden aus einem Prügel, und die marschieren putzmunter und wacker durch einen langen und dunklen Tunnel. Sie können es kaum erwarten, tiefer in die Fotze der Tussi zu kommen, um dort ihr Geschäft zu erledigen. Wie jedes Heer haben auch sie einen Späher vorgeschickt, damit er sieht, was da los ist. Nach einer Weile kehrt der Kundschafter zurück und schreit: ›Brüder, wir sind verloren! Wir sind auf Scheiße gestoßen!‹ He-he, so geht's auch euch mit eurer Revolution. So sieht's aus, wenn man die Rechnung ohne den Wirt macht ...

Und nun, Jungs, da ihr doch auf eine Scheiße gestoßen seid, so groß wie das Haus des Volkes, seid so nett und sagt mir, wie die andern heißen, die heut Nacht mit euch waren. Ich denk nicht, dass ihr sie alle kennt, doch zumindest so ein paar Namen, damit wir auch erfahren, wer unsre Helden sind, damit wir nicht dumm sterben. Ich schlag euch nicht, traktier euch nicht mit Fußtritten. Ist nicht mein Stil. Ihr habt das Recht zu schweigen, wie in den amerikanischen Filmen. Denn den Arschfickern läuft der Speichel schon im Mund zusammen vor lauter Sehnsucht nach euch, jungfräulich und schön, wie ihr seid ... Ich geb euch eine Stunde zum Überlegen, zum Erinnern, und komme wieder ...«

Von hinten sahen seine Flügel zerfasert aus wie jene bei Fra Angelico, wie die Läufer von einst in Floreasca oder wie stinkende Lappen zum Aufwischen des Fußbodens. Der Securitate-Mann zeigte sich nie wieder, war in wer weiß welches Schlangenloch verschwunden, und die drei blutüberströmten Jungen waren ganz einfach ohne ein Wort herausgeholt worden, und man hatte ihnen einen Weg vor der Haftanstalt gezeigt, der sich auf dem blendenden, beschneiten Feld dahinschlängelte. Das Licht der Morgendämmerung, polarisiert, gedreht wie in einer Kristallkugel, verschmolz nun in Mirceas Geist im Bardo-Zustand mit dem Glanz und dem Lärm des gigantischen Platzes vor dem Zentralkomitee, auf dem eine Million Menschen nicht nur die ovale, kopfsteingepflasterte Oberfläche ausgefüllt hatte, sondern gleichsam die ganze reine und eisige Luft der Frühe, in der eine Dunstglocke uns daran erinnert, dass wir uns in Bukarest befinden. Nur wenig von dem gigantisch über den Platz gewölbten Himmel, fest gestützt auf die Kretzulescu-Buchhandlung, den in ein Kunstmuseum umgewandelten Königspalast, die Universitätsbibliothek und das grausige, geheimnisvolle Gebäude des Zentralkomitees, gewahrte man wegen der vielen zum Victoryzeichen gespreizten Finger, wegen der vielen

Trikoloren mit herausgeschnittenem Wappen, wegen der vielen Türme pazifistischer, mit begeisterten Menschen beladener Panzer. Die Megafone des gepanzerten Fahrzeugs krächzten etwas Unverständliches, aber sehr Überzeugendes, und die Revolution war endlich vor dem ZK angekommen und stützte ihre Brüste, deren Knospen aus dem bestickten Hemd hervorlugten, auf den Balkon des Vaterlandes. Das bedauernswerte Mädchen schlotterte vor Kälte, hielt die Schultern mit den Händen umschlungen und rieb sich die Arme, indes das Pygmäenvolk um sie her auf die Ziertannen in der Umgebung kletterte, auf die Neonlaternen und auf jede höhere Einfassungsmauer, um Zeuge zu sein, um den Enkelkindern etwas zu erzählen zu haben an den fernen und friedlichen Winterabenden im Reich der Freiheit, wenn es Rumänien gut gehen und ein jeder Rumäne gedeihen würde ...

    Fortgetragen vom Strom, fand sich auch Mircea vor dem Präsidentenbalkon wieder, von dem aus am Tag zuvor der gebrechliche Greis mit der über die Brauen gezogenen Astrachanmütze, Leana neben sich, der Menge fünfzig Lei mehr Lohn versprochen und mit seinen erloschenen Augen eines alten Bauern die üblichen Hurrarufe erwartet hatte. Von dem Ort aus, an dem er sich befand, konnte Mircea die Rocksäume der rumänischen Revolution berühren, und aus dem Antrieb eines ängstlichen Kindes heraus ergriff er sogar das raue, mit Kreuzchen aus farbigem Baumwollgarn bestickte Leinen des Schurzes mit der geballten Faust. Der Fuß der Riesenfrau steckte in einem koketten Bundschühchen aus feinem Leder, und als der Wind mit einem Mal die Schöße des Schurzes hochflattern ließ, konnten die Umstehenden deutlich die schwarzen Netzstrümpfe und das gekräuselte feuerrote Strumpfband sehen, das den Oberschenkel des eindrucksvollen Rumänenmädchens umspannte, so dass sich auf dem Platz, so weiträumig, dass man seine Krümmung gewahrte, die sich eng an die Erdkrümmung schmiegte, eine einmütige Erektion verbreitete. Welchen der leidenschaftlichen Bräutigame würde die Ballkönigin erwählen? Mit welchen Russen und Türken würde sie abseits tanzen, in einer Orgie der Freiheit, wie man sie seit 1848 nicht mehr erlebt hatte? Wenn sie sich gepaart haben, reißen sich die Ameisen die Flügel aus und gehen zu irdischeren Dingen über. Würde es jetzt auch so sein? Fast möchten wir's nicht glauben, denn die Arbeiterschaft in den Industrieanlagen ist noch berauscht von Glück und Liebe, zeigt noch die Hörner mit Millionen kräftiger Hände, die geübt sind im Umgang mit schweren Stücken, mit Rohren und Richtwerten in den Werkhallen des Landes. Jeder hofft, dass er der Auserwählte ist, jeder hat einen Marschallstab in der Hose, aufgereizt vom hehren Tag der Hochzeit mit der Geschichte. Und die Revolution, die mit ihrer Goldmünzenkette rasselt, kommt ihnen entgegen, unterwirft sich dem Willen des Volkes: Sie lässt ihren Blick über die Menge schweifen und fängt mit einem Mal an, mit lächelnder Sicherheit ihre Freier auszuwählen, als hätte sie sie seit eh und je gekannt. Sie beugt sich leicht über die wimmelnde Masse, streckt den Arm aus und fasst zart zwischen zwei mit Ringen beladenen Fingern je einen Demonstranten, hebt ihn in die Höhe ihres Gesichts, drückt ihm ein kokettes Küsschen auf den Scheitel und setzt ihn sachte auf dem Balkon ab. Befreit vom Druck, rückt sich die Mannsperson die Kleider zurecht, rotwangig vor Erregung, und nimmt darauf eine verantwortungsvolle und ernsthafte Haltung ein, wobei sein Blick über das Menschenmeer zu ihren Füßen hingleitet. Jetzt fühlt er sich auf der Höhe der Revolution, der Lage, des Augenblicks, in dem wir vor den Augen Europas Feingefühl beweisen müssen ... Das riesenhafte Bauernmädchen neigt sich wieder über die Menge (Mircea spürt einen Wimpernschlag lang, wie das rabenschwarze Haar ihm die Wangen peitscht, wie in seiner Kindheit, als er auf dem Bock des Wagens in Tântava saß und die Pferde ihm hin und wieder mit den Schweifen übers Gesicht fegten), die Menschen schauen ihr wieder zwischen die Brüste, gelegentlich schlägt ein Taler, groß wie ein Lastwagenrad, jemanden k.o., doch das beschwingte Rumänenmädchen geht beharrlich seinem Auftrag nach: Sie hebt einen weiteren Revolutionär auf den Balkon hinauf, dann noch einen und noch einen; zu guter Letzt bilden etwa dreißig Menschen in schwarzen Mänteln die vollzählige Mannschaft. Rien ne va plus. Die Frau zieht sich bescheiden in einen Winkel zurück, lauscht im Einklang mit der endlosen Versammlung den Reden der Auserwählten. Auch wir ziehen uns rücksichtsvoll aus dem verschneiten Cubiculum zurück, in dem das Hochzeitsmysterium feierlich begangen wird, das nicht so weltumspannend ist wie die Vermählung des moldauischen Schafhirten von ehedem[44], aber zweifelsohne ebenso voll glückverheißender Folgen für das Schicksal des Volkes. Wir sehen gerade noch einen weißen Hubschrauber mit den Präsidenteninsignien, der vom Dach des Zentralkomitees emporsteigt und ein riesiges Spruchband nach sich zieht, auf dem mit angeblich »rumänischen« Zierbuchstaben, wie auf dem Etikett der Zwetschkenschnapsflaschen »Zwei blaue Augen«, geschrieben steht: WIR BEGEGNEN UNS SCHON NOCH … Die Revolution streckt sich noch hinter ihm her, versucht ihn wie eine Fliege in der Faust zu zerdrücken, doch das rundliche weiße Gerät gleitet ihr durch die Finger und entfernt sich, über Hunderte blinder Mauern, über Dächer mit verrosteten Spitzen und Kuppeln, entlaubte Hainbuchen, verfallene Stadien, baufällige Industrieanlagen, verschneite Feld- und Waldflecken in Richtung auf die verlassene und nicht fertiggestellte Mauer einer Provinzkaserne, vor der bereits, Gewehr bei Fuß, das Exekutionskommando wartet.

---

44 In der Volksballade »Miorița«.

»Die Telomerase«, sagte Herman, und Mircea, der neben ihm auf den kühlen Stufen zwischen dem siebten und dem achten Stockwerk saß, fast aufgelöst in dem durch das Fenster der versperrten Tür von der Terrasse her dringenden Licht, dachte noch an Mona, die Schwester der D-Dur-Sinfonie, die er um ein Stückchen von der bunten Kreide gebeten hatte, mit der sie auf dem Asphalt mörderische Königinnen zeichnete, und sie hatte ihm den Rücken zugewandt und jäh ihr Kleidchen gelüpft, das das schief auf einem jungenhaften Hintern sitzende Höschen enthüllte, klatschte mit der Handfläche darauf und rief ihm hasserfüllt zu: »Willst du nicht, dass ich dir das gebe?«, und selbst wenn der Junge diese Erniedrigung und die Glut der Tränen in den Augen nicht gespürt hätte, wäre er trotzdem nicht stumm vor Staunen geblieben, denn für ihn war die Te-lo-me-ra-se nichts als ein seltsames Wort, wie jene, die man fürs Galgenmännchenspiel erfand oder wie die unmöglichen Namen, die manche Leute angeblich wirklich hatten; Karakonstantinopoloweskowitsch beispielsweise, schwor Jean vom Siebten, und andere Albernheiten. Denn wollte man ihm Glauben schenken, dann hieß der italienische Botschafter Maficchio di Matrazzo, die Botschafterin der Sowjetunion Natascha Komrowafsowatschinkaja und die von China Fo tsu eng ... Die Te-lo-me-ra-se, fünf Steinchen wie Backenzähnchen, von Herman auf das Mosaik des kleinen Flurs hingeworfen, hüpften mit einem zarten Pfeifen nach allen Seiten und blieben dann reglos liegen, wie in einem Spiel, bei dem man die Zukunft wahrsagen kann. Mircea wusste nicht – und selbst wenn er es gewusst hätte, es hätte ihn nicht allzu sehr gekümmert, denn sein Geist hatte dem Wunder noch nicht entsagt, und seine Thymusdrüse unter dem Brustbein hatte sich noch nicht zurückgebildet –, dass jene winzige biologische Struktur an den Chromosomenenden, etliche Male in sich eingedreht wie das Stanniol an den Enden der Neujahrsbonbons, erst Jahrzehnte später entdeckt werden sollte, als die neuen Elektronenmikroskope Einzelheiten des molekularen Granulums der Zelle zutage brachten. Aber Herman befand sich stets zwischen zwei gewaltigen Flügeln, war eine stets unbewegte Axis zwischen den Gesichtern der Welt. Er war der Körper des Schmetterlings, die Sehnervenkreuzung, die Glasoberfläche des Spiegels, der Rücken des aufgeschlagenen Buches, der Pons Varolii und der Zeiger des jetzigen Augenblicks. Wie wir im Sehzentrum des Hinterhaupts das Bild aus dem rechten Auge mit dem aus dem linken zusammenfügen, so erinnerte sich Herman an die Zukunft und sagte die Vergangenheit voraus in einem Bild der Welt, in dem alles schon geschehen war. Das Buch war bereits vollständig geschrieben, doch für den Leser, der sich in dessen Mitte befand, waren die rechten Seiten, wenngleich mit Buchstaben bedeckt, die mit den bereits durchlaufenen identisch waren, rätselhaft, beunruhigend und heilig, als wären sie in einem uralten Hieroglyphenalphabet geschrieben. Die Blendung in der Zukunft, dieses erbliche Skotom, das uns der Hälfte des Zeitfeldes beraubte, machte uns in den Augen der Gesunden, wie es die Engel oder Herman sind, ebenso des Mitleids, vielleicht auch des belustigten Staunens würdig wie jene seltsamen, von Gehirnverletzungen betroffenen Kranken, denen der rechte oder der linke Teil der Welt fehlt und die von jedem Gericht nur die Hälfte verzehren und nur ihren halben Leib ankleiden. Welche Schädigung, des Gehirns oder des Schicksals, beraubt uns der Zukunft? Zweifellos etwas in der Art der Telomerase, hätte Herman gesagt, für den Vergangenheit und Zukunft, Wachzustand und Traum, Gedächtnis und Hellsichtigkeit, Wirkliches und Virtuelles, der linke Flügel und der rechte Flügel der ewigen Schmetterlinge unseres Geistes stets in einer androgynen, überwältigenden Vision verschmolzen, mit dem Wackelpudding in unseren Schädeln nicht zu begreifen, so wie die Ganglien des Regenwurms nicht mit Logarithmentabellen umgehen können. Mit nur zwei Schwingen konnte der Schmetterling sich in die Lüfte erheben, lotrecht zum Weltall, als löste er sich von einer Wand los und ruderte durch die dunkle Abendluft. Ein viel besserer Weg ist die Liebe, hat jemand gesagt, aber die Liebe selbst ist die Umarmung zweier verkrüppelter Wesen, jedes mit nur einem Flügel, dem seines Geschlechts, und dann der Flug durch eine goldene Luft, denn am Zusammenfluss von Weiblichem und Männlichem entspringt die Zeit, die vierte Dimension. »Die Telomerase. Spitze DNS-Spiralen in den Endabschnitten der Chromosomen. Allüberall gegenwärtig, in allen unseren Zellen außer den Neuronen, den einzigen, die sich nie teilen. Bei jeder Zellteilung – und es sind nur achtzig im Laufe eines Menschenlebens, vom ursprünglichen Ei bis hin zum erwachsenen Organismus, der aus Milliarden Zellen besteht, alle durch die unerhörte Doppelungskraft aus dem ersten Ei entsprungen, so wie wir bis hin zum Mond gelangen, wenn wir ein Blatt Papier nur fünfzigmal falten, und alle Ernten der Welt übertreffen, wenn wir ein Samenkorn ins erste Feld des Schachbretts legen, zwei Körner ins zweite, vier ins dritte, acht ins vierte – verliert die Telomerase eine Windung ihres in sich gedrehten Moleküls, und die Zelle ist Alter und Tod eine Drehung näher. Gemäß dem schrecklichen Metronom der Telomerase beginnen wir von der ersten Teilung der befruchteten Eizelle an zu altern, und danach wird, in achtzig Abschnitten, der Tod in uns geboren und wächst, wenn wir abnehmen, erhebt seine Stimme, wenn die unsrige rau und brüchig wird. Als Kinder haben wir bereits einen in unserem Bauch kauernden Zwilling, der sich seinen Weg bahnt, indem er die lebenden Gewebe mit den Zähnen zerreißt, den lebenswichtigen Organen listig aus dem Weg geht, bis er uns auf dem Sterbebett siegreich ersetzt: ›Lasst doch ab ihr vom Menschen, in dessen

Nasen bloß ein Hauch ist!‹ In uns tragen wir, und zwar in jedem Genbündel einer jeden Zelle, das Todesurteil, unser Grab ist achtzig Schritte weit von uns entfernt, und seitdem wir eine bloße Zellknospe waren, eilen wir ihm entgegen mit der possierlichen Aufgeregtheit der Schildkrötchen, die, kaum dem Ei entschlüpft, meerwärts streben.

Aber ist denn die Sonne für uns nicht auch eine gigantische Telomerasespirale? Unser Leben wird mit jeder Drehung um sie verkürzt. Und das Leben des Menschen beträgt siebzig Jahre, und das der Kräftigsten achtzig, wird dort gesagt. Mit jeder Umdrehung im Sonnenkarussell werden unsere Knochen zerbrechlicher, löst sich uns Fleisch vom Gerippe ab, dampfig wie der Flaum des Löwenzahns. Räder in Rädern, Uhren in Uhren, Spiralen in Spiralen, und wir, gekreuzigt inmitten dieses Foltergeräts, strömen über von Tränen und Blut ... Wer hat uns zwischen Telomerase und Sonne gestellt, auf halber Entfernung zwischen Atomen und Sternen, eine weitere Symmetrie, andere Flügel, mit denen wir hin zur Mitte der Rose mit einer Unendlichkeit von Blütenblättern rudern? Wir haben im Körper ebenso viele Atome, wie es Gestirne im All gibt, als wären wir ein Vergrößerungsglas, oder wie der Thalamus zwischen unserem Leib und unserer Gehirnseele vermittelt ...«

Herman hatte geschwiegen und plötzlich seinen Kopf mit den damals so jugendlichen Zügen gewandt, und ich blickte ihn unter Kinderaugenbrauen an. Ein schwacher Alkoholgeruch wehte von ihm herüber, und Mircea erinnerte sich an den ersten Tag, an dem er ihm begegnet war, als sie gemeinsam mit dem Aufzug hinaufgefahren waren und der große Bucklige seinen Scheitel gestreichelt hatte. Doch erst vor einer Stunde hatte Mona ihm das Hinterteil gezeigt und ihm kein einziges Stückchen von der rosa oder blauen Kreide gegeben, damit auch er einen Panzer mit auf die Mühle gerichtetem Rohr zeichnen konnte. Tränen waren seinen Augen entquollen, solange er, gedankenverloren, Herman zugehört hatte, und erst jetzt hatte sein großer Freund sie gesehen und wischte sie ihm linkisch aus den nassen Wimpern und von den Wangen. Alter und Tod waren für Alte und Tote. Für das Kind waren es die unerhört tiefen Himmel jener Sommer, Jeans Witze, Lumpăs Gebrüll, das Rufen der Mutter vom Balkon, jeden Abend, wie ein Widerhall der Dunkelheit. Noch wuchs er, inmitten von Zusammenbruch und Unglück, seine Telomerase hatte eine unendliche Anzahl von Windungen, seine Sonne würde niemals erlöschen, und der Sternenstaub aus dem endlosen Weltall haftete an seinen tränenfeuchten Wimpern. Äonen sollten noch vergehen, bis die fürchterliche Tafel Nummer fünf aus Rorschachs (*Hermann* Rorschachs) Insektensammlung sich entlang seinem ganzen Leben ausdehnen sollte, ihn die Geburt mit dem linken Flügel und der Tod mit dem rechten Flügel berühren und über den tränenden Engel, mit dem Polygon und seinem magischen Quadrat, unerträglich schreien sollte.

»Die Telomerase, das Enzym des Alters und des Todes, ist der Pfahl, den der Herr in mein Fleisch getrieben hat, denn seine Kraft vervollkommnet sich in der Schwachheit ...«, sagte Herman noch und ließ wieder seinen Kopf auf unnatürliche Weise zur Brust niedersinken, drückte gleich einem Fötus seine Stirn ans Brustbein und presste sie dort platt, als hätte er in jenem Augenblick, in dem das Licht bereits rosig wurde, das verwirklichen wollen, wovon Mystiker und Propheten immer geträumt haben: das Einssein von Hirn und Herz.

»Komm, Liebes, schau mal, da gibt's Revolution im Fernsehn!«, sagt Mutter, sobald ich zur Tür hereinkomme, spätabends, nachdem ich von der Kundgebung weggegangen (»Liebe Leute, eine Panzerkolonne aus Ploiești rollt auf uns zu!« hatte jemand vom Balkon ins Sprachrohr geschrien, und die Menschen waren auseinandergestoben, wie damals, als sie erfahren hatten, dass es in der Verkaufsstelle kein Brot mehr gab) und durch die Straßen der Stadt hin und her gewandert bin, zwischen Gruppen von Menschen, die gleichzeitig sprachen, dann in stillen Straßen, zwischen vergilbten, widersinnig verzierten Häusern, bei denen die Kanten der Simse und die Schöpfe der zersplitterten Engelchen noch von einer fingerbreiten Schicht schmutzigen Schnees bedeckt sind.

Vater, wie immer in das blaue Licht des Bildschirms getaucht, sagt mir aus seiner Ecke »'n Abend« und zeigt mir wortlos, was im Fernsehen geschieht. Ich bin es nicht gewohnt, in dieses Aquarium zu blicken, denn die Welt hat meine Haut als Grenze, und niemand kann mir etwas Neues sagen. Ohne zur Tür hinauszugehen, reise ich bis in die fernsten Gebiete meiner Wirbel, ohne durchs Fenster zu sehen, schaue ich bis in die Tiefe meiner Nieren ... Auf dem Bildschirm zeigt sich ein dramatisches Helldunkel wie auf den Gemälden der Romantiker: ein langer und äußerst unregelmäßig beleuchteter Balkon, ein paar verkrampfte Gesichter, unbeugsam wie jene der Rotarmisten in den russischen Kriegsfilmen. Die Kundgebung vor dem ZK hat also erneut begonnen. Jemand spricht an den Mikrofonen, eng flankiert von anderen Personen, die ihn gleichsam mit ihren Leibern schützen wollen. »Der Deibel hat sie geholt, die sind wir los«, sagt Mutter, die zusieht, die Hände in die Hüften gestemmt. »Mal sehn, was jetzt kommt, aber schlimmer geht's ja nicht mehr. Sie haben früher was gezeigt mit ein paar Leuten, die beim Fernsehn gesprochen haben, in einem Büro, sie haben gesagt, dass Ceaușescu geflüchtet ist, dass alles gut wird. Da kam auch ein General und hat gesagt, dass die Armee an der Seite des Volkes steht. Mein Gooott, diese gemeinen Hunde sind wir los, wer hätt' das gedacht, Liebling? Dann kam auch ein Milizionär, und er sagte, auch sie sind mit dem Volk und freuen sich auch, dass wir den Diktator los sind. Und die sollen ab jetzt nicht mehr Miliz heißen, sondern Polizei. Und viele, viele, einer nach dem andern, denn wenn's keinen Wachposten mehr am Tor gibt, kann jeder rein ... Da sind in der Direktübertragung auch alle möglichen Spinner reingegangen, auch ein Pope, und die haben alle 'n Kreuz geschlagen, schau mal, Liebling, so, vor aller Augen ... Das hab ich seit meiner Jugend nicht mehr erlebt, denn mit der Kirche hatten wir ja ... Ah, ich hab auch den Caramitru gesehn, den Schauspieler ... Und jetzt läuft 'ne große Kundgebung auf dem Platz des Palastes, ich dachte, du bist auch da. Liebes, mach da nicht mit, man weiß ja nicht, wie's ausgeht. Bleib lieber zu Hause, man kann's ja auch im Fernsehn sehr gut sehn ...«

Ich setze mich neben Vater, zwei bläuliche Masken mit Dunkelheit anstelle der Augen. Das Licht flackert wie die Flamme eines seltsamen Feuers. Jemand spricht auf dem Balkon, liest etwas von einem Blatt ab, aber ich verstehe nicht, es ist eine fremde und ferne Sprache. Mehr sagen mir das Blinken der Nippsachen im Glasschrank (Mutters »Hühnchen«, schön auf ihren gehäkelten Deckchen aufgereiht), der Spiegel mit schiefen Lichtbrechungen, in dem die Gesichter im Dunkel des Speisezimmers schwimmen, das dumpfe Dröhnen der Dâmbovița-Mühle, die selbst jetzt ihre Arbeit nicht eingestellt hat, tief im Dezember. Das uringelbe, knauserige und verschwörerische Licht der wenigen Glühbirnen am Platz des Palastes schlägt kreuz und quer auf Mauerstücke ein, nun bleich wie die Haut der Eidechsen, auf leichenfahle Gesichter, auf die Metallstangen von Mikrofonen, prallt von ihnen zurück, nachdem bestimmte Wellenlängen von Hüten, von Mänteln, von einer umherschwebenden Schneeflocke im den Mündern der Sprechenden entfahrenden Dampf aufgesaugt wurden, reist in Billionen paralleler Reihen sich paarweise, in Doppelspiralen wie die der DNS-Moleküle drehender Photonen, die das durchscheinende, flüchtige, spukhafte, *unabwendbare* Bild der Dinge mit sich tragen, deren Nachthemdchen, deren Reizwäsche, den Lichtüberwurf alles Daseienden; dringt in die glotzenden Linsen der Filmkameras, verdichtet und verdünnt sich in verschiedenen Refraktionsmedien, wandelt sich in elektrische Signale um, geht durch ein Labyrinth von Transistoren und Dioden, eine Miniaturanlage zur Verarbeitung von Licht oder Information, bleibt sich stets gleich, wird verstärkt und in die Luft ausgesandt, durchfährt *unausweichlich* die Luft mit ihren nächtlichen Wirbeln, in die sich Verzweiflung und Sterne mischen (man weiß nicht, woher der Wind kommt und wohin er geht: So ist auch der Geist Gottes), macht an den blinden, abbröckelnden Grenzmauern der zwischen den Kriegen errichteten Wohnblocks halt, an den entlaubten, nassen schwarzen Ruten der Pappeln, an dem sich auf leere Plätze herabsenkenden Nebel, an Nacht und Nebel[45], an den porösen, feuchten Ziegeln der Dächer, am gemeißelten Haar der allegorischen Statuen, die ruhelos bereits ihre Stuckfinger und ihre um den Caduceus geflochtenen Schlangen bewegen, spüren, dass auch ihre Stunde schlägt, um sich schließlich, durchscheinendes und unausweichliches Licht vom Hertzschen Licht, in den Spinnweben Tausender Antennen auf den Dächern der Arbeiterwohnblocks zu verfangen. Als Mircea nicht älter als drei Jahre war und Mutter ihn bei einer warmen und parfümierten Nachbarin im Stock-

---

45 Nacht und Nebel, im Original deutsch.

werk unter ihnen in Floreasca ließ, zeigte diese ihm, während sie ihn auf dem Schoß hielt und sein Köpfchen an ihre weichen Brüste drückte, die großer waren als sein Schädel, ein riesenhaftes Zauberbuch mit steifen Seiten aus rosenroter Pappe, und dort waren Wohnblocks abgebildet, mit den kleinen Vierecken der dunklen Fenster und einer Unzahl Antennen auf den Dächern, und darüber schwang auf einer kleinen Feder ein runder, kupferfarbener, aus einer anderen Pappe ausgeschnittener Mond hin und her, und dieser Mond hatte ein menschliches Gesicht und lächelte ... Das Signal wurde in einer glänzenden kleinen Ebonitdose entschlüsselt, dann stieg es durch ein Kabel, das drei Stockwerke auf der Fläche des Wohnblocks durchlief, hinunter und kam auf ihren Balkon, verfing sich in Mutters Weckgläsern mit Eingelegtem und drang durch ein Bohrloch im Fensterrahmen in ihr Speisezimmer, in dem es ebenso eisig war wie draußen, wo auch sie alle drei, in Pullovern und Lammfellwesten, Dampf ausströmten, wenn sie sprachen, ebenso wie die Redner auf dem Balkon des Vaterlandes. Das Antennenkabel wurde durch einen Bananenstecker an die Muffe aus dicker grauer Pappe hinter dem Fernseher gekoppelt, und dann irrte das unabwendbare Fluidum wieder durch einen mehrgeschossigen Wald staubüberzogener Röhren, auf denen etwas auf Russisch geschrieben stand. Unser Fernseher ging oft kaputt, immer brannte irgendeine Röhre durch oder lockerte sich irgendein Kontakt, und dann kam der Techniker mit seiner Tasche, vollgepackt mit aufgewickeltem Zinndraht, so weich, dass man ihn zwischen den Fingern kneten konnte, mit schmutzigen Ersatzteilen, vaselinegeschmierten Schrauben, geschwärzten Zangen und einem klobigen Lötkolben mit an einer Ecke gesprungenem Ebonitgriff. Er stellte den Fernseher auf den Tisch und nahm ihm die hintere Abdeckung ab, wobei er Tausende und Abertausende von Schrauben mit Unterlegscheiben aus brauner Pappe herausdrehte. War die Abdeckung einmal abgenommen, enthüllte sich unseren Augen eine sonderbare, berückende Stadt wie auf einem fernen Planeten aus meiner Sammlung von »Sciencefiction-Erzählungen«. Terrassen und Esplanaden, gespickt mit Gebäuden aus rauchgrauem Glas, ein jedes fest verankert auf seinem Sockel. Glitzernde Kuppeln, Netzwerke unterirdischer Kabelverbindungen, Keramikpfeiler, auf denen der Farbcode glänzte, komplizierte Vorrichtungen mit Ferritkern, Kunststoffteile, die sich mit einem Klicken zusammenfügten, eine unergründliche und ferne Architektur, eingelassen in kaffeebraune Platten aus Presspappe. Und im Zentrum dieser verworrenen Stadt ein riesenhafter Bauch aus dickem Glas, stahlgrau gefärbt, mit rätselhaften Inschriften bedeckt; am hinteren Ende hatte er eine durchsichtige Kanone, in deren Fleisch man Strukturen aus gleißender Metallfolie ausmachte: die Kathodenstrahlröhre, Vakuumbehältnis, Schnittstelle zwischen unserer Welt und einer anderen, kalten technologischen Zivilisation, uninteressiert an den blassen Larven, die sie, ein gleichgültiger Begleiteffekt, in blaues Licht tauchte. Was an dem einen Ende freies und trauriges Licht gewesen war, kam aus der Kanone des Bildschirms als Flut gespenstischer Elektronen heraus, die in geraden Reihen von Punkten auf die vordere Glasscheibe projiziert wurden; sie gingen an und aus und fügten die Gesichter und Stimmen und Grimassen und Gebärden und die Mauern aus gelbem Stein und das auf einem mehrere Kilometer entfernten Platz etwas skandierende Menschenmeer, über dem sich, ungesehen von den Ü-Wagen, ein Objekt aus einer anderen Welt aufhielt, schwarzweiß wieder zusammen. Und wir betrachteten den Bildschirm, auf dem die irren Bildflöhe wuselten, taten so, als zweifelten wir nicht an der Wirklichkeit dessen, was dort geschah, obgleich das Licht, die einzige Wahrheit, durch unzählige enge Vermittlungswege gejagt, Hunderte Male konvertiert und wieder konvertiert worden war, so dass die Entsprechung zwischen der wirklichen Szene und dem Flohzirkus auf dem Bildschirm mehr als fragwürdig war. In der Stadt in dem Gehäuse aus furniertem Holz gab es zweifellos Gebäude und Kuppeln, in denen Geheimdienste mit winzigen Beamten den Weg jedes einzelnen Energiequantums überwachten, die Information nach okkulten Kriterien ausmeißelten, deren Mäander bis zur Unkenntlichkeit formten und überformten. Niemals hatte es zwischen Geist und Welt einen dermaßen hinterlistigen, verräterischen und giftigen Mittler gegeben, ein Fenster zu einem Fleischwolf so ähnlichen Dingen: Die Stücke festen Lichts traten auf der anderen Seite in Reihen heraus, bei denen das Rot des Fleisches sich mit dem Weiß des Fetts abwechselte, bereits gekaut, bereits verstanden, voller Konservierungsmittel und Stabilisatoren und Emulgatoren und Geschmacksverstärker, genauso wie jene in den Schokoladenbonbons und dem Rahatlokum, auf deren Verpackungen ehrlich angegeben wird: »Synthetischer Farbstoff, künstliches Aroma« ...

»Es ist aus und vorbei«, sagt Vater mit all der Bitterkeit der letzten Jahre, verdichtet in wenigen Worten. »Sie sind mitsamt ihrer Blödheit zum Teufel gegangen. Den Kommunismus baut man nicht mit Paranoikern und Analphabeten auf. Sie haben alles und jedes verpfuscht. Was die aus diesem Land gemacht haben, fressen nicht einmal die Schweine.« Vater ist der Mann mit träumerischen samtigen Augen, vor dem ich immer Angst gehabt habe. Mit demselben verlorenen Blick feilte er in seiner Jugend in den ITB-Werkstätten, mit denselben unendlich sanften Augen trat er später in die Büros der Vorsitzenden landwirtschaftlicher Kollektivbetriebe, um sie über Ernten und Viehbestand zu befragen, dieselben langen Wimpern neigte er über die Parteidokumente und über die Sportseite der Zeitungen, mit demselben langen unaufmerksamen Schweigen, langem Innehalten des Geistes, füllte er seine Tage zwischen seltenen, aber schrecklichen Ausbrüchen verheerender Wut. Der geistesabwesende und unbegreifliche Mann, der sich, wer weiß, warum, bisweilen zwischen mich und Mutter stellte, wobei er ihr die Rundung bis hin zur Gestalt einer Lichtsichel nahm oder sie in einer epileptoiden Explosion vollends verfinsterte, hatte zeitlebens eine immer bitterer werdende Enttäuschung, wie eine Gastritis des Geistes, in sich aufgespeichert, die ihn weder leben noch sterben ließ. Sein Leben lang hatte er in seinem Hirn eines »Querkopfs«, wie Mutter ihn nannte, an zwei auf seltsame Weise verbundene Dinge geglaubt: an den Kommunismus und an Maria. Doch die geheimnisvolle kleine Schneiderin, der er einst wie in einem anderen Leben begegnet war, die nackte, rubenshafte Frau, die einen Schmetterling geboren und ihn mit ihrer Milch zwischen den vier Wänden eines zweckentfremdeten Fahrstuhls aufgezogen hatte, das Mädchen, das ihm Geschichten über ihr aus den Rhodopen herabgestiegenes Bulgarenvolk erzählt hatte, war nun zu Marioara geworden, einer einfachen »Hausfrau« gleich allen Nachbarinnen im Treppenhaus des Wohnblocks. Und der Kommunismus … der goldene Traum der Menschheit … die edelste Idee, die jemals einem Menschen in den Sinn gekommen war … Ihm kamen die Tränen, sooft er daran dachte. Er war ein armer Lehrling vom Lande, mit einem Geist wie ein leeres Blatt Papier, als seine Gefährten ihn mitgenommen und es mit … allerlei Ikonen gefüllt hatten, wie die an den Wänden des Budinţer Elternhauses über den Betten mit hohen Kopfenden, die nach Warmem und nach Schlaf rochen. Nur dass man ihm nun beigebracht hatte, anstelle der Gottgebärerin, Jesu und des heiligen Georg, der die Lanze in den feuerroten Drachen stieß, andere Lichtherrgötter anzubeten: Lenin mit seinen blauen Augen und seiner hohen Stirn, der, eine Hand in der Hosentasche, schwungvoll zu Arbeitern und Soldaten spricht, wer weiß, wo, wer weiß, wann, der ins Theater geht und schallend lacht, der die Kinder liebhat (alle diese Herrgötter und Menschensöhne ließen die Kindlein mit Blumensträußen und seligem Lächeln zu sich kommen); Marx und Engels, stets unzertrennlich, rauschebärtig und weise, »Das Kapital« schreibend, in dem sie zeigen, dass die Basis den Überbau bestimmt, dass Hegel sein System auf den Kopf stellen musste, dass die Religion das Opium der Völker sei, dass die Arbeit den Menschen geschaffen hat (»die Arbeit hat den Menschen zum Affen gemacht«, wie sein Schwager Ștefan unpassend scherzte), dass die Geschichte in fünf Entwicklungsstufen voranschreitet: Urgesellschaft, Sklavenhaltergesellschaft, Feudalismus, Kapitalismus und Sozialismus, die allesamt auf die blendende Sonne des Kommunismus zusteuern, wenn Staat, Eigentum, jede Form von Ausbeutung verschwinden werden. Die Elektrizität und die Macht der Sowjets sollten alle Probleme der Menschheit lösen, die Krankheiten von Leib und Seele heilen, und der Mensch würde, wenn die letzte Posaune geblasen werde, aus dem Erdboden wiederauferstehen, muskulös und unbeugsam, im Alter von dreißig Jahren. Und dann würde der fünfzackige Stern erscheinen, das heilige Pentagramm, und der Erdball würde zum himmlischen Jerusalem werden, wie es längst von utopischen Sozialisten verkündet war, von Fourier, von Tschernyschewskij, von den Klassikern des Marxismus-Leninismus. Dann kam, selbstverständlich, Stalin, der Weise der Völker, der sanfte Riese vom Kreml, derjenige, der allein die Schlacht mit dem hitleristischen Drachen gewonnen hatte, der verschmitzte Mann voll gesunden volkstümlichen Witzes, der Schöpfer des gerechtesten Staats in der Geschichte, der Sowjetunion, unser Freund im Osten. Denn das Herz, vergesst das nicht, Genossen, schlägt auf der linken Seite der Brust, und das Licht, Genossen, kommt aus dem Osten. Der Lehrling ging eifrig zum Unterricht, machte sich Notizen mit seinem stumpfen Bleistift, Augenblick um Augenblick ging ihm ein Licht auf, väterlich angeleitet von den Genossen Aktivisten. In welcher Welt hatte er bis dahin denn gelebt? In welcher Finsternis war er herumgetappt? Wie dumm kamen ihm jetzt die einfachen Leute vor, die Bauern, die ihre

Ackerböden nicht zur Vergesellschaftung freigeben wollten, diejenigen, die meckerten, dass es nichts zu essen gebe, dass die Arbeitsnorm in den Fabriken zu hoch sei ... Wie monströs waren doch Kapitalisten, Großgrundbesitzer und Fabrikanten, welche die Werktätigen in der Zeit des bürgerlich-gutsherrlichen Regimes ausgebeutet hatten! Fett wie die Schweine, auf ihren Geldsäcken sitzend, verteidigt von Maschinengewehren und von ihren intellektuellen Knechten, verschworen sich die Kapitalisten, und vor allem die amerikanischen Imperialisten, die schlimmsten von allen, unausgesetzt gegen die Völker, die, von den Kommunisten geführt, ihr Schicksal in die Hand genommen hatten und den Sozialismus aufbauten. Sie begriffen nicht, die Trottel, dass es unvermeidlich war, dass die Gesetze der Geschichte deutlich zeigten, wie auf den Kapitalismus Sozialismus und Kommunismus folgten, in denen die Ausbeutung des Menschen durch den Menschen endgültig abgeschafft sein würde. Dass die Pfaffen, die Bürgerlichen, die Großgrundbesitzer den Kampf bereits verloren hatten und am Rande des Abgrunds standen. Der Kapitalismus war in Verwesung begriffen, während die sozialistische Gesellschaftsordnung auf dem ganzen Erdball obsiegen und mit ihrer stählernen Lanze den Kopf des Drachen zerschmettern würde. Die Geschichte und sein Platz darin inmitten der Proletariermassen lagen für den flaumbärtigen Burschen in Latzhosen nun klar auf der Hand. Er war sechzehn, das Alter des revolutionären Schwungs, als der König und seine Ausbeuterbande vom Volk verjagt worden waren, das die Rumänische Volksrepublik, einen Staat der Werktätigen in Städten und Dörfern, gegründet hatte. Die Führung des Landes hatte ein einfacher Arbeiter, Genosse Gheorghe Gheorghiu-Dej, übernommen, der an der Spitze der Rumänischen Arbeiterpartei darüber wachte, dass im Land Überfluss herrschte. Auf den verbrüderten Äckern pflügten nun Traktoren, von den Weizenfeldern her wankten Sämänner, Fabriken und Werke schossen allerorten im Land aus dem Boden. In der Schule lernten die Kinder vom Kampf der Kommunisten in der Illegalität, von Lichtgestalten wie I. C. Frimu, Olga Bancic, Donca Simo, Vasile Roaită, jede neben dem Werkzeug, mit dem sie gefoltert worden waren, so wie einst der heilige Laurentius in Fresken und auf Glasfenstern dargestellt wurde, wie er den Bratrost in der Hand hält, und die heilige Agatha, wie sie auf einem Silberteller ihre beiden abgeschnittenen Brüste vor sich herträgt wie zwei Charlotten mit je einer sirupdurchtränkten Kirsche an der Spitze. Niemals war Costel glücklicher gewesen. Er war Mitglied des Verbandes der Kommunistischen Jugend (»Sieh, Marioara, ich bin in der UTM, da ist mein Mitgliedsbuch!«), ein bescheidener und entschlossener Soldat der neuen Welt, unversöhnlicher Feind der Nattern, die den Kopf hochzurecken und zu beißen versuchten. Unablässig verschärfte sich der Klassenkampf, die Popen versteckten Pistolen unter der Soutane, die »Ehemaligen« – Großbauern, Besitzer kleiner Werkstätten, Beamte – versuchten zu den alten Irrwegen zurückzukehren, murrten gegen die neue Gesellschaftsordnung. Man durfte keinerlei Mitleid mit ihnen haben. Oft hatte er sich später gefragt, was er in jenen Jahren getan hätte, wenn man ihm Macht gegeben hätte, wenn er beispielsweise bei der körperlichen Eignungsprüfung für die Aufnahme in die Securitate, wohin man ihn geschickt hatte, bevor er bei der Journalistik landete, nicht durchgefallen wäre. Wie elend hatte er sich damals gefühlt, als er wegen eines Ziehens in den Armen, am Reck, und wegen des Atems, der ihm bei der Belastungsprobe gestockt hatte, die Chance verloren hatte, zum Verteidiger der revolutionären Errungenschaften des rumänischen Volkes zu werden. Die Securitate-Offiziere waren die wahren Helden, gestählt im Kampf mit den Banditen in den Bergen und den feindlichen Elementen, die sich immer noch unter den ehrlichen Leuten versteckten. Sie kämpften gegen Spione, gegen ehemalige Nazis, gegen Saboteure ... Wie sehr hatten ihm, im Laufe der Zeit, die Kriminalromane »Um Mitternacht stürzt ein Stern«, »Das Ende des Phantom-Spions« und andere gefallen, in denen die Securitate-Offiziere, etwa Major Frunză und Hauptmann Lucian, als gerechte, redliche und mutige Männer, gute Ehemänner, gute Väter, jedoch erbarmungslos gegenüber dem Klassenfeind dargestellt wurden ... Sollte halt nicht sein, sagte sich Vater mit Verbitterung bis etwa 1980, mit Erleichterung danach. Und jetzt, wo man die Securitate-Leute vielleicht ins Bergwerk schicken würde, damit sie sich dort die Lungen aus dem Leib husteten, oder wo sie, schlimmer noch, an die Laternenmasten gehängt werden würden wie in Budapest '56, segnete er seinen Leib aus Maisbrei, der sich einer finsteren Laufbahn widersetzt hatte. Vielleicht hätte er jetzt Dorfbewohner auf dem Gewissen, wie ein Wahnsinniger niedergeknüppelt, verkrüppelt und sogar getötet, weil sie ihren Ackerboden nicht an das Kollektiv abtreten wollten, weil sie einen Teil der Erzeugnisse versteckt oder weil sie ihre Pferde beschützt hatten, als sie ihnen genommen und in den Gräben erschossen wurden. Vielleicht hätte er Menschen wegen eines Witzes oder eines in der Schenke hingeworfenen Worts ins Gefängnis gesteckt. Und vielleicht – doch so was nicht, unter keinen Umständen, er hätte sich sicher die Gedärme aus dem Leib gekotzt; obwohl er sich mit der Zeit auch daran gewöhnt hätte, denn der Mensch gewöhnt sich an alles – hätte er gefoltert, in steinernen Kellern in Ketten gelegte Unglückliche, Volksfeinde zwar, aber dennoch Lebewesen aus Fleisch und Blut, und Geschrei und rinnender Harn und auf dem Boden verstreute Backenzähne – nein, nein, so was niemals ...

Stattdessen wurde er zum Zeitungswesen geschickt, und bald war er eine der Milben, die sich langsam durch die Gänge eines nach dem Vorbild der Lomonossow-Universität errichteten Bauwerks aus milchweißem Marmor bewegten, das seine Pfeilspitztürme in den Himmel stieß wie eine neue Kathedrale, verziert mit neuen Wasserspeiern, neuen Heiligennischen, neuen Tiefreliefs: Sichel und Hammer, fünfzackiger Stern, Staatswappen, für die Ewigkeit gehauen in Travertinplatten. Die gewaltige Anbetungsstätte erhielt den Namen Haus des Funkens. Man sah sie von weitem, wie ein Megalithdenkmal, der staubigen balkanischen Händlerstadt vollkommen fremd, die sich ihr fügsam zu Füßen legte. Vor den die Wolken durchstoßenden Arkaden und Kranzgesimsen und Türmen aus Marmor befand sich das Standbild Lenins, fünfmal höher als ein gewöhnlicher Mensch; es schien der einzige rechtmäßige Bewohner des im Ewigkeitsmaßstab aufgeführten Bauwerks. Auch Costel hatte das Gerücht gehört, das von Elementen mit schwachem revolutionärem Bewusstsein verbreitet wurde, Putzfrauen, zu Hunderten eingestellt, um die monumentalen Treppen aus durchscheinendem Marmor zu wienern, Pförtner und Liftboys, kleinwüchsig wie Blattläuse auf ihren Posten, in Wächterhäuschen und Fahrstühlen mit Metallgitter: Beim Hereinbrechen der Nacht steige der kupferne Mann von seinem mit Obsidianplatten verkleideten Sockel herab, laufe schweren Schrittes durch die Allee bis hin zum Haupteingang und dringe in das leere Bauwerk ein. Er steige in die Katakomben hinunter, wo reglos die Setz- und Zeilengießmaschinen schlummerten und beim Einfall eines Lichtstreifens schwach aufglänzten, welche die Zeitung »Der Funke«, das Organ der Partei, druckten, steige die kolossalen, majestätisch überwölbten Treppen bis zu den oberen Stockwerken hinauf, wo sich die unmenschlich hohen Gänge entlang die Türen von armseligen Büros und Redaktionen, gleichsam für Pygmäen, aufreihten, und zu guter Letzt verharre er im dichten Schatten der frostigen Hallen, die auf baumdicken korinthischen Säulen ruhten. Dort ziehe Lenin mit langsamen Bewegungen seinen kupfernen Mantel aus, werfe sich auf den Fußboden, die Knie an die Brust gepresst, wie ein Penner auf einer Parkbank, decke sich damit zu und versinke bald in seine furchtbaren und unverständlichen Träume, deren Unruhe das ganze Gebäude erbeben lasse. Doch der junge Zeitungsmann, der überzeugende Lehrgänge über wissenschaftlichen Atheismus durchlaufen hatte, hielt nichts von derlei Aberglauben. Es gab nichts Übernatürliches. Die Materie war die objektive Wirklichkeit, die außerhalb unseres Bewusstseins existierte und die wir mithilfe der Sinne erkannten. Lenin stand fest da, wo er stand, auf seinem Sockel mit dicken Bolzen verankert, und hatte in der in seinem Namen errichteten Basilika nichts zu suchen.

Costel arbeitete bei *Die rote Fahne*, der Zeitung der Region Bukarest, die er kreuz und quer durchreiste mit dem schwarzen Wolga, massig wie ein Panzer und aus fingerdickem Blech, denn damals belohnte die Partei die Getreuen großzügig, die Genossen Journalisten und die Genossen Schriftsteller. Das Auto, gefahren von einem manisch-depressiven Chauffeur, der bald mit hundertfünfzig Stundenkilometern raste, bald wie eine Schnecke dahinkroch, und der wie alle Fahrer der Botschaften, diplomatischen Vertretungen, Zeitungen und Künstlerverbände Undercover-Offizier war, dermaßen mit Mikrofonen beladen, dass man zuweilen sehen konnte, wie sie ihm sogar aus der Nase quollen, dieses Auto hatte vorne einen vernickelten Kühlergrill wie grinsende Zähne, hinter denen man nach jeder Fahrt nach Roșiori, Videle, Alexandria, Călărași, Oltenița oder Slobozia, den traurigsten sub-sub-suburbanen Flickwerksiedlungen auf dem Erdboden, Hände voll blutiger Spatzen herausholte. So hatte Costel etwa fünfzehn Jahre lang sein Leben geführt, stets unterwegs im Gelände, kam abends heim, aß aufs Geratewohl, und ging ins Bett, um tags darauf wieder aufzubrechen zu den trostlosen Ruinen in der Bărăgan-Steppe, den Ställen mit schmutzigen Kühen und den Feldern mit von Brand befallenem Mais, zu von Gott vergessenen Gemeinden, den Notizblock stets dabei, die vollgestopfte Mappe mit »Volkssport«, »Die Information« und »Rebus«, ausgerechnet er, der Abkömmling des edelsten polnischen Adelsgeschlechts und einer uralten, geheimnisvollen Sippe ... Er lauschte mit seinen stets ins Leere schweifenden Jungfrauenaugen dem Geplapper der Agraringenieure, der Vorsitzenden der staatlichen Landwirtschaftbetriebe, nahm die Melonen und die Steigen mit Tomaten, die sie ihm in den Kofferraum stopften, ergeben an, dann das Essen in der abstoßenden Schenke, das »Zechgelage«, das sich bis tief in die Nacht hinzog – ausgerechnet er, der fast nie trank, weil er wusste, dass er sogar vom Geruch des landesüblichen, trüben, sauren und rauchigen Pflaumenschnapses berauscht wurde, den man ihm überall aufdrängte –, und zu guter Letzt fuhr der Wolga wieder auf verfinsterten Wegen los, fegte mit den Scheinwerfern gespenstisch über die Radspuren der Pferdewagen und ließ die Augen irgendeines einsamen Hundes aufflackern, dieweil der runde Mond von der Farbe abgestandenen Harns die handtellerflache Gegend mit Verzweiflung übergoss.

Er war zufrieden, konnte von seinem Gehalt und von Artikeln gut leben, schrieb jetzt fließend, routiniert, aber wenn man ihn gefragt hätte, warum er eigentlich lebte, hätte er nicht so recht gewusst, was er antworten sollte. Liebte er denn seine Frau, sein Kind? Hatte er Freunde, denen er zugetan war? Hatte er einen Glauben, Überzeugungen? Es schien, dass alle diese Dinge, an die er niemals dachte, eine Art rezessiver Affekte waren, ein psychischer Genotyp, wobei er nichts weiter getan hatte, als ihn von seinen Altvorderen zu übernehmen – von denen er ausschließlich seine Eltern und Großeltern aus dem heimatlichen Budinț kannte – und ihn weiterzugeben, wie er auch mir die Erleichterung und die Seligkeit und die Selbstvergessenheit des in die Leere Starrens weitergegeben hatte.

Die Zeit verging, und die goldene Zukunft der Menschheit schien nicht näherzurücken. Die Herrgötter des neuen Glaubens waren flüchtig und fern geworden. Am 23. August marschierte man noch mit Marx, Engels und Lenin auf, drei nebeneinandergelegten Kameenprofilen wie eine Sängertruppe, die einstimmig Obertöne singt, doch wer wusste noch, was mit ihnen los war? Seit '53 war der Golem vom Kreml mit seinen asiatischen Augen und dem struppigen Schnurrbart gestürzt, und man hörte nichts mehr von ihm. Seit etwa '60 wurde der sowjetische Mensch nicht mehr verherrlicht. Der proletarische Internationalismus war auf heimtückische Weise dem romantischen Patriotismus gewichen, der jenem von '48 glich. Die sowjetischen Truppen hatten das Land verlassen. Der Zeitungsmann hatte unterwegs eine Reihe von Glaubensvorstellungen aufgeben müssen, die einzigen, die er hatte, den ganzen, tief in seine jungfräulichen Gehirnwindungen eingeritzten Lehrgang des Marxismus-Leninismus. Wie ist das, wenn man plötzlich erfährt, dass Gott böse ist? Dass Jesus der Sohn einer Prostituierten und des Legionärs Panthera ist? Die Götzen, die er ins Feuer geworfen hatte, kehrten zurück, rachsüchtig, mit flammenden Schwertern, und stiegen wieder auf ihr himmlisches Kirchengestühl. Die Ikonen, die er mit der Axt zerschlagen, auf die er mit Verachtung gespuckt hatte, wurden wieder an der Ikonostase angebracht, in gleißende Goldrahmen gefasst. Wo waren Stalin, Julius Fučik, Gorki, wo Olga Bancic, Eftimie Croitoru, Theodor Neculuță, A. Toma? In letzter Zeit hörte Costel immer weniger solch glorreicher Namen: Mihai Beniuc, Dan Deșliu, Maria Banuș, Eugen Frunză, unsere lieben Schriftsteller, wie sie im Rundfunk und in den Zeitungen genannt wurden. Wo waren die Stachanowisten, die Helden der sozialistischen Wettbewerbe, wo war der rote fünfzackige Stern, der die Morgenröte eines neuen Zeitalters ankündigte? Wo die Volksmusiksänger, die in moldauischer Mundart sangen, nach dem Geschmack von Gheorghiu-Dej, von den Errungenschaften auf den verbrüderten Äckern, vom Wasserkraftwerk in Bicaz und vom Kunstfaserkombinat in Săvinești? Die Lieder des neuen Lebens waren nach und nach vergessen, ebenso wie die jugendlichen Großtaten der Brigadiere von Bumbești-Livezeni voll revolutionären Schwungs. Dagegen begann man, zunächst zurückhaltend, dann immer dreister, eine andere Stimme zu vernehmen, die die Kommunisten bis dahin eher mit den Legionären und den Knechten der alten Gesellschaftsordnung in Verbindung zu bringen gewohnt waren: die Verherrlichung der Helden des Volkes, der Woiwoden aus der Vergangenheit, der klassischen Schriftsteller, die bis dahin vergessen oder auf den Index gesetzt waren, denn sogar die fortschrittlichen, so stand es in den Vorworten der im Staatsverlag für Literatur und Kunst herausgebrachten Bücher mit den roten Pappeinbänden, hatten den Klassenkampf nicht verstehen können und viele ideologische Fehler begangen, da sie mit der marxistisch-leninistischen Lehre nicht vertraut waren. Dennoch wurde dies einigen verziehen, denn letzten Endes gab es zu der Zeit, in der sie schrieben, diese Lehre noch gar nicht, so dass sie, wie die alten Heroen der Antike, tugendhaft, aber des Wortes Christi noch unkundig, in einem besonderen Limbus Aufnahme fanden, wo sie zwar nicht gequält wurden, aber das Licht auch nicht sehen konnten. Man sprach immer kühner von Unabhängigkeit, vom Kampf des rumänischen Volkes für die nationale Einheit. Im Allgemeinen ersetzte der Nationalismus rasch die eingeführten oder auf der Stelle nach sowjetischen Vorbildern fabrizierten Mythen. Costel hatte sich gefragt, ob die Partei nicht etwa vom rechten Weg abzuweichen begann; da er aber sah, dass die neue Richtung von seinem Helden höchstpersönlich, dem Genossen Gheorghe Gheorghiu-Dej, dem Arbeiter, der in der Illegalität gekämpft, in Arbeitslagern gelitten hatte und aus dem Zusammenstoß mit den verräterischen, abweichlerischen Elementen, die eine Zeitlang der revolutionären Wachsamkeit der Kommunisten ein Schnippchen geschlagen hatten, Ana Pauker und dem Ungarn Luca, siegreich hervorgegangen war, hatte er sich damit abgefunden und etwas abgelassen von den Vorbildern der Kolchosen und von den Lehren des Genossen Stalin, über den er, wie in einem bösen Traum, erfahren hatte, er habe dem finsteren Personenkult gehuldigt. Es war letzten Endes gut, dass auch wir in unseren Augen wuchsen, dass man in den Sitzungen nicht mehr rauf und runter vom sowjetischen Menschen hörte, dass der einfache Mann bei den Abendkursen auch etwas über Stefan den Großen, Michael den Tapferen oder Alexander den Guten erfuhr, nicht nur über die Kämpfe der Bauern gegen die raffgierigen Bojaren.

So hatte er sich unsagbar gefreut, als er nach dem tragischen Tod Gheorghiu-Dejs im Fernsehen gesehen hatte, dass ein junger, bis dahin wenig bekannter Mann die Führung von Partei und Staat übernommen hatte, Nicolae Ceaușescu. Es war ein Mann mit gekräuseltem Haar, einer geraden Nase und weiten Nüstern, einem scharfem Blick, der allerdings einen oltenischen Akzent hatte, denn es war ein Mann aus dem Volk, von »gesunder Herkunft«. Wenn man ihn zum ersten Mal auf der Tribüne sah, wie er glücklich um sich blickte, berauscht von seinem schwindelerregenden Aufstieg, merkte man, dass er anders war als die greisen stalinistischen Genossen und fest entschlossen, ein guter und weiser Staatsführer zu sein, der ein Land aus Strohlehm übernehmen und eines aus Marmor zurücklassen wollte. Es war ein Wunder, dass ausgerechnet er, ein junger Spund im Vergleich zu den anderen Mitgliedern der Führungsspitze von Partei und Staat, vorgezogen worden war. Die Leute erzählten sich denn auch, noch ehe er zur Besinnung kam, einen Witz, der so lautete: Gheorghiu-Dej, krebskrank im Endstadium, die Sauerstoffmaske vor dem Gesicht, ist von den Mitgliedern des Zentralkomitees umringt, die ihn anflehen, einen Nachfolger an der Staatsführung zu bestimmen. Dej gerät in Erregung, und da er nicht mehr sprechen kann, bittet er mit verzweifelten Gesten um Bleistift und Papier. Voller Erregung wird ihnen bewusst, dass der große Augenblick gekommen ist.

Krampfhaft bewegt sich der Bleistift auf dem Blatt Papier, als vor den erstaunten Augen der Spitzenfunktionäre der Partei das Wort »Ceaușescu« Gestalt annimmt. Einige rennen los, um den Zeitungen, dem Rundfunk und dem Fernsehen die Nachricht zu überbringen, doch diejenigen, die noch um den großen Kranken warten, sehen, dass er noch etwas hinzufügt, derweil sein Gesicht immer blauer anläuft und er immer unruhiger wird: »Ceaușescu, nimm den Fuß vom Schlauch, ich ersticke ...«, lautete die vollständige Botschaft. Doch es war schon zu spät.

Das war nur ein blöder Witz, den sich irgendein Volksfeind ausgedacht hatte. Wenn die Journalisten zum Büfett gingen, um ein Würstchen zu essen und ein Gläschen Hochprozentigen zu trinken, gab der eine oder andere, wenn er sich beschwipste, mal solchen Schwachsinn zum Besten. Dann stand Costel vom Tisch auf und ging, aufrichtig entrüstet. Er kochte einen Abend lang vor Wut auf jenen Köter, der in den nächsten Tagen manchmal von der Bildfläche verschwand, denn die Securitate stand ja nicht tatenlos da. Wie oft hatte ihm Ionel nicht gesagt: »Mensch, Costică, du weißt, dass man jetzt zwei Wasserkraftwerke am Lotru baut. Beim ersten arbeiten die, die politische Witze erzählt haben, und beim andern die, die sie gehört und uns das nicht gemeldet haben ...« In Wirklichkeit war der Genosse Ceaușescu nicht gerade ein Unbekannter, im Gegenteil, er hatte bei den Kadern gearbeitet, wie Stalin damals auch, als mächtiger Mann in der Partei; nur der Genosse Drăghici konnte ihm das Wasser reichen. Vielleicht hatten viele der Altfunktionäre gedacht, dass sie ihn, da er jung war, so würden hinbiegen können, wie sie wollten, doch wenn sie so gedacht hatten, hatten sie sich gewaltig geirrt. Bei den nächsten Aufmärschen am 1. Mai und am 23. August waren die Bildnisse der Parteiführer dünner gesät, Bodnăraș, Chivu Stoica und andere aus der alten Garde waren verschwunden, und es wurde sogar gemunkelt, dass sie sowjetische Agenten gewesen sein sollten; von Gheorghiu-Dej sprach man nur noch halbherzig. Selbst der Name des Staates war geändert worden: Die Rumänische Volksrepublik hieß nun Sozialistische Republik Rumänien.

Und die Zeit des rumänischen Wunders war angebrochen, des glühenden Patriotismus und der beispiellosen industriellen Entwicklung. Stahlwerke, Chemiekombinate, neue Wasserkraftwerke, darunter das Juwel vom Eisernen Tor, dann das rumänische Automobil, der rumänische Traktor, der rumänische Kühlschrank. Die Lebensmittelläden an den Straßenecken wurden durch Selbstbedienungsgeschäfte voller Produkte in ansprechenden Verpackungen ersetzt. Der Genosse Ceaușescu richtete seinen Blick immer offensichtlicher nach Westen, so dass die Witze, stets verächtlich gegenüber den Staatschefs (Stalin und Chruschtschow in der Hölle, in großen Kesseln mit Scheiße), ihn nunmehr als durchtriebenen Helden zeigten, der die Russen zum Besten hielt: Er ist wie ein Auto, das links blinkt und dann ohne viel Federlesens rechts abbiegt ... Mit welchen Geldern die großen Umgestaltungen vollzogen wurden, wie viel die Häfen und Kombinate kosteten, wer die rumänische Wirtschaftsexplosion (»mit ihrem Angelpunkt, der Schwerindustrie«) finanzierte, das fragte sich niemand. Die Raffinerien schossen einfach durch die Volksbegeisterung aus dem Boden, durch den jahrtausendealten Patriotismus des Volkes. Lernten denn nicht alle Schulkinder aus den neuen Lehrbüchern, dass die rumänischen Woiwoden gewaltige Heere großer Reiche mit nur wenigen Grüppchen von Kämpfern besiegt hatten? Weder zählte die Menge der Menschen noch das Geld, bloß die Liebe zum Vaterland, dem alle nationalen Reichtümer unmittelbar entsprangen. Dreißig Jahre sollten vergehen, bis das Volk erfuhr, dass es Außenschulden abbezahlen musste, von denen es keinen blassen Schimmer gehabt hatte.

Etwa zu jener Zeit hatte das Staatsoberhaupt die Gabe der Allgegenwart erlangt. Da er trotz seiner Arbeit vom Tagesanbruch bis in die Nacht nicht mehr mit allen seinen inneren und auswärtigen Pflichten fertig wurde, hatte er beschlossen, wie Moses dereinst von seinem Schwiegervater Jitro beraten worden war, seine Obliegenheiten vertrauenswürdigen Männern anzuvertrauen, ohne dass allerdings sein aufsteigender Stern bedroht würde. So kam es, dass die Securitate eine umfassende, streng geheime Operation entfaltet hatte, durch die in weit entfernten Weilern, aber auch in großen Industriezentren perfekte Doppelgänger des Genossen entdeckt wurden, elf an der Zahl, die, nach einer strammen Unterweisung, auf den ganzen Erdball verteilt wurden, und zwar derart, dass an keinem Krisenherd der Welt ein Ceaușescu fehlte. Der eine vermittelte zwischen Palästinensern und Israelis im Vorderen Orient, ein anderer besichtigte die Automobilfabrik in Pitești, wo die Fertigung des Dacia mit der V-förmigen Kühlerhaube (V wie Victoria) vor sich ging, ein ganz anderer ließ sich in der prächtigen Staatskutsche der Königin von England vor dem Buckingham-Palast hin und her fahren. Ein Ceaușescu hatte am Flughafen ungeduldig Nixon erwartet und ihn beharrlich sekkiert, während sie die Ehrenwache abschritten: »Hast du mir die Jeans mitgebracht?«, ein anderer hatte an dem Tag, als die Truppen des Warschauer Pakts in die Tschechoslowakei einmarschierten, eine Brandrede gehalten und Krokodilstränen vergossen, womit er sogar die Herzen des Dissidenten erweichte (»da kann man sagen, was man will, der Genosse ist stark, und ein bisschen Nationalismus schadet uns schließlich nicht«). Etwa drei, vier waren in Afrika gleichzeitig vonnöten, wo die unabhängigen, sozialistischen Staaten wie Pilze aus dem Boden schossen, so dass man nicht mehr wusste, welchen Stammeshäuptling oder welchen Schamanen man zuerst umschmeicheln sollte, wenn er einem nur etwas Kupfer oder etwas Magnesium verkaufte für ein paar Glasperlen oder Spieglein. Während dieser Zeit erschienen im amtlichen Organ der Partei, der Zeitung »Der Funke«, Fotografien und Artikel, auf und in denen es allerorten von Genossen wimmelte, am selben Tag und zur selben Stunde, mit demselben scharfen Blick, mit derselben pfeilförmigen Nase, die sie überall hineinsteckten. Alle paar Monate einmal versammelte sich das Dutzend Ceaușescus, der wahre Genosse verabreichte den anderen einen kräftigen Rüffel, und die Securitate-Leute sorgten dafür, den wirklichen kenntlich zu machen, und zwar mittels eines Losungswortes, das man in regelmäßigen Abständen änderte.

In dieser Zeit lebte auch Costel das kleine Wunder, froh und dennoch misstrauisch gegenüber der neuen Situation. Welch langen Weg er zurückgelegt hatte vom Kuhstall bis zu den großartigen Fluren im Haus des Funkens! Wie sehr hatte sich sein Horizont erweitert! Er war in immer geräumigere Wohnungen gezogen, verdiente immer besser, jetzt hatten sie sogar einen Fernseher, mussten nicht mehr zu den Nachbarn gehen, um »Simon Templar« oder das Fußballspiel am Sonntag zu sehen. Wenn auch Marioara gearbeitet hätte, hätten sie sich sogar ein Auto leisten können, etwa einen Dacia 1100, wie immer mehr Leute es nun besaßen. Manchmal fragte er sich, wie sie denn jahrelang ohne Kühlschrank oder ohne Gasherd existiert haben konnten, wie es gewesen wäre, wenn sie wie in ihren ersten gemeinsamen Jahren in der Silistra-Straße jeden Tag nur Makkaroni mit Marmelade gegessen hätten ... Er hatte es vergessen. Jetzt lebte er die Glückseligkeit der zwanzig Millionen Rumänen, die wieder stolz waren auf ihr Volk und entschlossen, den Sozialismus im Land der Urväter aufzubauen. Manchmal fragte er sich allerdings, ob dieser Sozialismus nicht angefangen hatte, dem bürgerlichen Leben zu gleichen, dem Leben derer, die materiellen Gütern und Vorteilen aller Art nachhechelten. Wo war das revolutionäre Bewusstsein der fünfziger Jahre, wo war der sich stets verschärfende Klassenkampf? Er war nur noch in einem banalen Ausdruck geblieben: »Du hast dich verschärft wie der Klassenkampf«, sagte seine Mutter zu Mircișor, wenn er sich beim Essen zierte. Wo waren die Wachsamkeit von einst, die Lieder der Brigadiere, die Volkstribunale, die die Feinde der neuen Gesellschaftsordnung entlarvten? Alles hatte sich gemäßigt, war zur Routine geworden. Die Pâslărița[46] und Aurelian Andreescu ahmten die ausländischen Sänger nach, die Volksmusik stand nicht mehr in der Gunst des Publikums, man hörte sie nur noch bei Hochzeiten. Jetzt hatten auch die Rumänen ihre Rockgruppen, ihre Langhaarigen, ihre Schmarotzer ... Hin und wieder hörte man noch, dass einer ins Ausland geflohen war, sein Vaterland verriet, das ihn zum Menschen gemacht hatte. Alles in allem jedoch war es gut. Costel hatte begonnen, sich Bücher zu kaufen, sich eine Büchersammlung anzulegen, dann hatte er einigen Kollegen nachgeeifert und war leidenschaftlicher Philatelist geworden. Kein Tag, an dem er nicht mit einer Briefmarkenserie nach Hause kam: die sowjetischen Kosmonauten und die amerikanischen Astronauten, berühmte Wissenschaftler, Vögel, Blumen, sogar alte Briefmarken mit dem Kopf des Königs Ferdinand darauf. Die wunderbaren bunten kleinen Vierecke aus Staaten mit sonderbaren Namen: San Marino, Ghana, Sharjah, Trinidad und Tobago nahmen brav ihren Platz in dem Briefmarkenalbum ein, angeführt von einem riesigen Briefmarkenbogen mit Wasserzeichen. Mircea hatte eines Tages eine Briefmarke gestohlen, die ihn auf den ersten Blick wahnsinnig gemacht hatte. Darauf stand Uruguay, und sie war Teil einer Serie mit berühmten Gemälden. Es war ein Mädchen am Fenster, aus der Tiefe des dunklen Zimmers gesehen, das sich unglaublich anmutig gegen die eindringliche Fliederfarbe der Abenddämmerung abhob. Ein runder zarter Mond beleuchtete ihre in Tränen gebadete Wange. Mircea hatte einige Jahre lang die Briefmarke in seinem Schulzeugnisheft aufbe-

---

46 Koseform für die Schlagersängerin Margareta Pâslaru.

wahrt. An den Abenden setzte er sich sich auf den Bettkasten und wartete, die Füße auf dem Heizkörper, geduldig, dass die zu seinen Füßen ausgebreitete Stadt und der darübergespannte Himmel genau dieselbe Violettabstufung erreichten wie auf dem kleinen Gemälde. Das geschah nur, wenn es Vollmond gab. Dann spürte er eine merkwürdige Wandlung in seinem Körper. Das Haar wallte ihm auf die Brust und Schultern hinab, und ein Zerreißen des Herzens, wie er es nur dort erlebte, vor der vom Abendrot überwältigten Stadt, ließ ihm schimmernde Tränen in die Augen schießen. Er saß weinend da, bis die alten Häuser mit bereits angezündeten Lichtern, die verrenkten Bäume, die violetten Straßenbahnschienen und die an jedem Mast mit fluoreszierenden Leuchten gekreuzigten Christusse zu einem Gekritzel sternenbesäten, sich chaotisch über die Netzhäute ausdehnenden Lichtes wurden …

Die große Illusion hatte nur einige Jahre gedauert. Das Dutzend Ceaușescus, von den Zinnen der Berge bis zum Herzen der Dschungel zerstreut, teilte sich zuletzt den Erdball in stolze, eigenständige Königreiche auf, und die Doppelgänger (unter denen das Original zuletzt vollends verlorengegangen war) begannen einen erbarmungslosen Kampf gegeneinander. Bündnisse wurden geschlossen und aufgelöst, es ereigneten sich wunderbare Bekehrungen, Belagerungen und Aufstände. Es starben der Reihe nach (und wurden, ebenso wie Moses, an unbekannten Orten begraben): der Revolutionär, der Patriot, der unermüdliche Reisende, der Vermittler, der mutige Widerständler, der aufgeschlossene Staatsmann. Zuletzt gewann, wie dies gewöhnlich geschieht, der fratzenhafteste Doppelgänger den Kampf, der am öftesten in Sitzungen kritisierte, der reaktionärste und stumpfsinnigste Ceaușescu, der wegen seiner vielen Vergehen in die asiatische Zone verbannt worden war, um an der Seite der Genossen Kim Il-sung und Pol Pot zu büßen, Wurzeln zu essen und ungefiltertes Wasser zu trinken. Derweil die anderen ihre Energie unter der flackernden Sonne des Rumänentums vergeudeten und zu beweisen suchten, dass unser geniales Volk nicht nur den Füllfederhalter, das Insulin, die Kybernetik und die aerodynamische Karosserie erfunden hatte, sondern auch das Rad, das Feuer, die Dichtung, die Turnhose und die Wäscheklammer, dass die griechischen Götter in den Karpaten gelebt hatten, und dass Eminescu, der Nationaldichter, gleichermaßen der größte Mathematiker, Physiker, Astronom, Philosoph, Fußpfleger, Nekromant, Hals-Nasen-Ohren-Arzt, Töpfer und Pataphysiker seiner Zeit gewesen war; dass, wäre der rumänische Schild, der den Barbaren Einhalt geboten hatte, nicht gewesen, Europa seine Kathedralen nicht gebaut, Van Gogh sein Ohr nicht abgeschnitten und Andy Warhol das Polaroidfoto von Marilyn Monroe nicht abgemalt hätte. Der fernöstliche Ceaușescu hielt in seiner Hydatidenzyste stand, wartete auf den geeigneten Augenblick, um als purpurrote Sonne aus dem Land stiller Morgen aufzugehen. Nicht nur Machthunger zog ihn zur Urheimat hin, nicht nur die Wellenlinien von Berg und Tal der mioritischen Almen. Es gab noch andere berückende Rundungen auf jener Sehnsuchtsalm.

Von den zwölf Ceaușescus, die identisch aussahen, als wären sie von demselben Vater gezeugt und von derselben Mutter geboren, hatte er sich als Einziger als fähig erwiesen, die Reize der Genossin Elena Petrescu gebührend zu würdigen, der ehemaligen Miss Lederindustrie, die er von Anfang an rasend begehrte, seit er sie in der Residenz am Frühlings-Boulevard gesehen hatte. Wie viel Anmut auf ihren Wangen, was für eine Scheu in ihren oltenischen Augen, mit wie viel Schamgefühl sie ewig ihren Schoß mit der Handtasche bedeckte! Die Genossin hatte ein Potenzial, das ihr Mann, das Original, weder im Bett noch in der Politik genutzt hatte, was ein großer Fehler gewesen war. Der Ceaușescu aus Phnom Penh hatte es sich in den Kopf gesetzt, dem Mann aus Scornicești nicht nur die Führung der

Partei und des Landes auszuspannen, sondern auch die Frau, die er, wie Pygmalion, in eine wahre Dame (na bitte, Genossin, wie man jetzt sagte, ja sogar in eine absolute Genossin) zu verwandeln beabsichtigte.

Als Ceaușescu im Juli 1971 vom Besuch in Nordkorea zurückgekehrt war, trug er nicht nur eine Ansteckplakette mit dem Porträt des Genossen Kim Il-sung im Knopfloch, hatte bei sich nicht nur eine Kopie des Films »Die Kinder aus dem Tigertal« (der ihm gefallen hatte, weil der Name des großen Führers dort siebenhundertmal genannt wurde, und jedes Mal brachen dabei auf der Leinwand alle in Tränen aus) und einige saftige Wurzeln im Diplomatenkoffer, eine Wegzehrung, die von einigen Arbeitergenossinnen mit glücklichem Lächeln zubereitet wurde, sondern auch die Absolute Wahrheit, die in der ursprünglichen kommunistischen Lehre verkörpert war, im korrupten Europa verloren, aber in jener eigenartigen Amish-Gemeinde des Kommunismus wiedergefunden, welche die Koreanische Demokratische Volksrepublik war. Dort, in jenen fernen Landstrichen, hatte er ein fleißiges und unbeugsames Volk gefunden, gelenkt von einem großen und geheimnisvollen Führer, der sich, gleich den Göttern, nur in Gestalt der Kolossalstatuen auf Anhöhen und an Wegkreuzungen zeigte sowie auf der einzigen Fotografie aus der einzigen Zeitung, ein wohlwollender Mann mit schräg liegenden Augen, der mit seinem väterlichen Lächeln die Hütten, Paläste, Fabriken, Werkstätten, Kasernen, Bahnhöfe, Tribunale, Lager, Folterkammern, ja sogar die Aborte in der Heimat der stillen Morgen erleuchtete. Ceaușescu hatte im Laufe seines Besuchs niemals den Himmel betrachten können, ohne auf einem Hügel die steinerne Gestalt des neuen Buddha zu sehen, mit in Richtung Südkorea (dem Aufwischlappen der Amerikaner) ausgestreckter Hand, und pinkeln hatte er nur können, wenn er dem weisen Mann in die schmachtenden Augen schaute. Der wahre Kommunismus wurde dort aufgebaut, wo die Schulkinder in den Pausen Ziegel formten und die Frauen eine Stunde nach der Niederkunft wieder bis zu den Knien im fruchtbaren Schlamm der Reisfelder standen. Rumänien hatte hinsichtlich der marxistisch-leninistischen Lehre Rückschritte gemacht, denn seine Armut war mittelmäßig gegen die wahrhaft grundsätzliche Chinas, Nordvietnams oder Nordkoreas, und seine gesellschaftliche Vielfalt war unannehmbar. »Das Licht kommt aus dem Osten«, hatte sich der Führer des kleinen Balkanlandes gesagt, und als er zurückkehrte, war er fest entschlossen, wiedergutzumachen, was die anderen Ceaușescus in den sechs Jahren der Bücklinge vor den Kapitalisten kaputtgemacht hatten. Es musste Schluss sein mit der Verweichlichung des Volkes, mit dem Schmarotzertum, mit den langen Haaren, den Bärten, der liederlichen Musik. Mit den Intellektuellen, die in einem unverständlichen Kauderwelsch schrieben. Einheit musste her, alle Blicke mussten auf einen einzigen Menschen gerichtet sein. Das hieß freilich Personenkult, denn jener Mensch war, gleich den Ikonen, die nicht Gott selber waren (denn es war verboten, sich ein geschnitztes Bild zu machen), lediglich ein nationales Symbol, in dem sich wie im Brennpunkt der Linse die Geschichte, das Streben und der souveräne Wille des rumänischen Volkes bündelten. Denn die Pracht unserer Berge mit den jahrhundertealten Tannen, so sagte man ihnen, die Reichtümer unseres Bodens, die natürliche Aufgewecktheit des rumänischen Volkes, die zarte Gestalt der Frauen, die Originalität unserer Sitten und Bräuche mussten einen Namen tragen, einen einzigen, berühmt in allen Erdenwinkeln: schlicht und ergreifend Ceaușescu. Zwar hatte am Anfang seiner weisen und patriarchalischen Herrschaft dem letzten Ceaușescu, dem unter den Doppelgängern siegreichen, der Klang dieses Namens nicht allzu sehr gefallen, der bei ihm jedenfalls erborgt war (eigentlich hatte er Ionescu geheißen): Ceaușescu kam von »ceauș«, einem die Knute schwingenden Gerichtsdiener. Eine seiner ersten Initiativen, als er ins Vaterland zurückgekehrt war, hatte darin bestanden, einem Kollegium von Akademiemitgliedern den Auftrag zu erteilen, ihm einen angemessenen Namen zu finden. Nach mehreren Tagen der Beratung waren sie zu dem Schluss gelangt, dass der geeignetste Name für den großen Führer Priceputu (der Fachkundige) sei, als eine Spiegelung des allseitigen Fachwissens, das er sich hinfort anmaßen sollte. Die ersten Beschlüsse, wie etwa jener, kraft dessen die Ärzte, Professoren, Ingenieure oder Schriftsteller verpflichtet waren, eine ihrem Beruf eigentümliche Uniform zu tragen, sind dementsprechend mit N. *Priceputu* unterzeichnet und mussten infolge des Gelächters dieses verfluchten Volks, das die heiligen Schriften nicht kennt, außer Kraft gesetzt werden. Ceaușescu hatte vor Zorn geschäumt: Die Uniformen waren bereits vorbereitet worden und hätten mit ihren Posamenten und Steppnähten, den Kordeln, den Farben und den für jede Gesellschaftsklasse verschiedenen Stoffen das öffentliche Leben wesentlich erleichtert. Fortan hätte jeder deutlich gewusst, was sein Platz und seine Bestimmung in der Welt war, auf der Straße hätte jeder Bürger seinesgleichen mühelos gefunden und sich nicht aus Versehen mit Personen zusammengetan, mit denen er nichts gemein hatte. Das schwierigste Problem war das der Uniform für konspirativ arbeitende Securitate-Offiziere und für die Informanten in deren Netzwerken gewesen. Damit sie möglichst wenig auffielen, hatte man den Offizieren zu guter Letzt eine diskrete Aufmachung bewilligt: schwarze Lederjacke, Hut, schwarze Brille. Die Spitzel: Latzhosen, Sarafane, Lammfellwämschen, weiße, enganliegende Wollhosen, Lederschürze und was sie ohnehin getragen hätten, wohin sie auch ausschwirrten und lange Ohren machten. Doch es sollte nicht sein. Von all dem Aufruhr hatten nur die Kinder etwas, die Zukunft der Nation. Die Pionieruniformen wurden mit so vielen Abzeichen, Orden, Tressen, Schnüren und anderem Firlefanz aufgeputzt, dass die Schulen wie Militärkasernen auszusehen begannen. Sogar Kindergartenknirpse wurden fortan in eine Kombination von Orange und Blau gesteckt, von der ein expressionistischer abstrakter Maler nur hätte träumen können, und für sie hatte man sich auch einen feierlichen Schwur beim Eintritt in den Verband »Die Falken des Vaterlandes« ausgedacht: »Ich schwöre mit einer Hand an dem Schleifchen und der andern auf dem Töpfchen, dass ich bin bereit und stets allda, zu machen Pipi und Aa ...«

Zu Beginn betrachtete Costel die Ceaușescu-Avatare mit Wohlwollen: Revolutionärer Schwung und Nationalismus schienen gut miteinander auszukommen. In einigen wohldurchdachten Reden hatte man den Bürgern des Landes, die auf Bereicherung aus waren, wie Schuljungen die Ohren langgezogen: Ihr Bewusstsein sei angesichts des Stadiums, in dem der Aufbau des Sozialismus sich befinde, zurückgeblieben. Sie hätten sich dem Nichtstun ergeben, sich ausgeruht auf den Lorbeeren des rumänischen Wunders, des Wachstumsrhythmus, eines der dynamischsten der Welt, der Nationalökonomie. Statt immer so weiterzumachen, damit sie möglichst bald die klassenlose Gesellschaft erlebten, seien sie abgestumpft geworden wie die Christen, die es satthatten, die von einer Generation auf die nächste verschobene zweite Ankunft zu erwarten. Vaterlandsliebe, der Stolz, ein Rumäne zu sein und einen ureigenen Sozialismus im Land der Ahnen aufzubauen, müssten um jeden Preis neuerlich in die Seelen der Werktätigen eingepflanzt werden, selbst wenn sie, die Dickschädel, es vorzögen, Joghurt zu essen und sich ein Auto wie das ihrer Nachbarn zu kaufen. Die Kultur und die Künste, treue Diener des Propagandaapparats in der Zeit des Stalinismus, die nunmehr völlig aus dem Ruder gelaufen waren, galt es zurückzugewinnen. Dem Genossen gelangten unglaubliche Dinge zu Ohren: Die Dichter hatten wieder dem sterilen bürgerlichen Intimismus und Formalismus gehuldigt, die Maler hatten die Ausstellungen mit bunten Vierecken und Dreicken gefüllt, die Romanciers pichelten, bis sie in Mogoșoaia unter die Tische fielen, und schrieben dann allerlei Albernheiten, jeder nach eigenem Gutdünken. Sogar die Zensur hatte angefangen, bei den durchsichtigsten Anspielungen die Augen zuzudrücken, ließ Theaterstücke und Filme, Bücher und Artikel voller giftiger Spitzen gegen die vielseitig entwickelte sozialistische Gesellschaft, wie unsere Form der Gesellschaftsordnung damals genannt wurde, durchgehen. Die Kunst musste von nun an auf ihre gesunden Ursprünge zurückgehen, aus der Quelle schöpfen und nicht aus dem Krug. Zwar musste der Schriftsteller auch Mut haben, es waren auch Leute nötig, die den Finger auf die Wunde legten, das heißt auf die Wunden der Herrschaft Dejs und seiner Spießgesellen, der Spione Moskaus, die große Fehler begangen hatten. Der Kommunismus war eine geniale Lehre, aber falsch angewandt worden von Leuten, die ihn nicht in seinem Wesen, dem revolutionären Humanismus, hatten verstehen können.

Und dann ereignete sich die Begebenheit, die unter dem Namen »Die Nacht der langen Zungen« in die Geschichte eingehen sollte. Auf Initiative des Generalsekretärs der Partei und des Herrgotts (des Leiters der Propaganda-Abteilung) wurden in einer denkwürdigen Nacht des Jahres 1972 zahlreiche Dichter, Prosaschriftsteller, Musiker, bildende Künstler und Journalisten zusammengetrommelt, die den Saal des Palastes[47] mit erregtem Gemurmel erfüllten. Wollte man sie mit Orden auszeichnen? Enthaupten? Belehren, zurechtweisen, belohnen? Ein Beifallssturm brach los, als der Genosse auf der Bühne erschien, begleitet von einigen Personen in Arbeitshosen mit je einem zusammenklappbaren, durch Gelenke verbundenen Zollstock in

---

47 Größter Konferenz- und Konzertsaal, erbaut Anfang der 1960er Jahre, angeschlossen an den Palast der Republik (den ehemaligen Königspalast). Hier fanden die Parteikongresse statt.

den Händen und einem breiten Bleistift, wie die Zimmerleute sie benutzen, hinterm Ohr. Der Herrgott, der in seinem weiten weißen Hemd, mit etwas schief aufgesetztem dreieckigem Heiligenschein und einer Brille aus glänzendem Schildpatt hinter allen andern herschritt, erklärte ihnen geduldig, dass der Genosse dem glanzvollen Vorbild des römischen Kaisers Heliogabalus (denn man weiß ja, dass wir alle von Rom abstammen[48]) zu folgen wünschte, der seine Würdenträger nach der Länge und der Munterkeit ihrer Rammböcke auszusuchen pflegte. Da unsere Regierungsform originell war, war die knechtische Nachahmung ausländischer Vorbilder ohne Bezug zu unserer jahrtausendealten Tradition von Anfang an abgewiesen worden. Also schrieb der Genosse statt des Organs, das den Ruhm unserer Schafhirten in die ganze Welt hinausgetragen hatte (»Der Hirtenstängel ist das Urbild des rumänischen Stängels«, sagte der Herrgott mit Pathos den Anfang unseres einzigen jemals vollendeten Nationalepos her), als Zentralorgan seiner Doktrin die Zunge vor. Äsop zufolge, geehrte Künstler, ist die Zunge, des Rindviehs oder des Schweins (mit oder ohne Oliven), das Beste oder das Schlechteste auf der Welt. Vermittels der Zunge wird der Friede, werden Ehen geschlossen, hört man das uranfängliche Wort. Doch mittels der Zunge werden auch Kriege geführt, Feindschaften, Zwiste und andere Frevel gehegt. Von nun an, Genossen, wird die Zunge in unsrem sozialistischen Vaterland das Maß aller Dinge sein.

Einer nach dem andern stiegen die nationalen Künstler auf die Bühne, wo die wie Schreinermeister gekleideten Schreinermeister ihnen die Zunge aus dem Mund zogen und sie an die Zentimeter- und Millimetereinteilung des Zollstocks legten. Alles, was eine Handbreit überstieg, wurde angenommen, die

---

48 »Wir stammen von Rom ab«, berühmter Satz des moldauischen Chronisten Grigore Ureche, Mitte des 17. Jahrhunderts.

Übrigen wurden in den Teich geworfen, um noch zu wachsen. Bald waren etwa dreißig, vierzig Monster beiderlei Geschlechts auf der Bühne aufgereiht, alle mit im Mund aufgerollter Zunge wie Chamäleons und bereit, auf der Stelle alles zu lecken, was aus der heiligen Person des Genossen und der Genossin (auch sie war zugegen, etwas diskreter, in Leopardenfelluniform in einer Ecke der Bühne stehend) geflossen wäre. Wie sehr hätten sie sich gewünscht, dass die Partei einen einzigen Arsch habe, damit sie ihn mit einer einzigen geschickten Bewegung lecken könnten! Unter ihnen war der berühmte Maler B. Sălașa, der seinen Pinsel ins Woronezer Blau[49] tauchte, die Filmologin L. Coproiu[50] und vor allem derjenige, der ein Orson Welles des rumänischen Verses bleiben sollte, Aviar Găunescu[51], dessen Schweinszunge seinen Leib nicht weniger als zwölfmal umwand, ehe ihre Spitze im Staub kroch. Unter dem Namen Kakura Koturu[52] bis ins ferne Japan bekannt, sollte sich Aviar an das Hinterteil des Generalsekretärs anklammern wie die Schmarotzerfische mit ihren Saugnäpfen. Ein minderer Züngler war W. C. Teodosie, dem man allerdings eine große Zukunft voraussagte.

Einmal erwählt, legten sich die Sänger des Volkes ins Zeug, und der Garten Gottes (für die engsten Vertrauten, Dumitru Popescu) erblühte mit der Üppigkeit von Millionen Rosen. Das Land wurde zu einem großen Defilierfeld und gleichzeitig zu einer riesenhaften Bühne. Wo hatte man denn all das schon gesehen? Am 23. August und am 1. Mai marschierte man in Stadien auf. Zigtausende junger Menschen mit Blumen in den Armen bildeten mit ihren Leibern den Namen Ceaușescu. Hunderte Megafone sangen zur gleichen Zeit die beseelende

---

49 Berühmter Blauton an den Außenwandfresken der Klosterkirche in Voroneț (Woronez), Nordmoldau.
50 Die Filmkritikerin Ecaterina Oproiu.
51 Der Dichter Adrian Păunescu; Găunescu abgeleitet von *găunos* = hohl, inhaltsleer.
52 Bedeutet etwa: sein Mund [sondert] Kacke [ab].

Hymne: »Das Volk, Ceaușescu, Rumänien«. Das nationale Festival »Lobgesang Rumäniens« entdeckte Talente aus dem Volk, die aus dem Quell der echten Kunst schöpften: alte Mütterchen mit nur zwei Zähnen im Mund, die etwas trällerten, jede auf ihre Weise, irgendein abgelebter Senner, der auf einem Blatt blies, kichernde Kinder, die die Schritte des Hora-Reigens verfehlten. Jahr für Jahr erschienen »Huldigungen«, »Lorbeeren auf dem Staatswappen«, »Ergebene Verbeugungen«, »Feuchte Lobreden«, »Kriecherische Unterwürfigkeiten« und andere dickleibige Bücher, silberbeschlagen und perlenbesetzt, in denen der Genosse als kundiger Meister, scharfsichtiger Steuermann, gutmütiger Mensch, unbeirrter Stratege, Architekt der neuen Welt, Genius der Karpaten und der übrigen Geografie, Nachfolger der Woiwoden, Zwillingsbruder des Decebalus, Fürst des bekannten Weltalls und Vetter der Ewigkeit erschien. Die Maler konterfeiten ihn an den Wänden der Klöster, fügten ihn diskret ein zwischen die bärtigen Stifter mit Spielzeugkirchlein in den Händen, stellten ihn in seinem gewohnten Anzug koreanischer Prägung dar, mit einer Rentnerschirmmütze auf dem Kopf, auf den Handflächen hielt er wer weiß welches Kombinat für Nitratdünger, gestalteten ihn auf gigantischen, über die Fassaden der Geschäfte und der Wohnblocks ausgespannten Leinwänden und hatten große Mühe, jeden Pflasterstein mit dem wohlbekannten Gesicht des Vaterlands-Chefs zu bemalen. Alle Schulbücher zeigten auf der ersten Seite dasselbe Gesicht, dreimensional gedruckt auf gezähnten Kunststoffplättchen, so dass die Kinder nichts mehr lernten, sondern sich stundenlang damit vergnügten, zuzusehen, wie der Genosse zwinkerte. Genosse Ceaușescu war täglich in den Zeitungen, im Fernsehen, im Rundfunk, im Kühlschrank, auf der Sohle des Bügeleisens, guckte mit seinem putzmunteren Gesicht mit der pfeilförmigen Nase von den Döschen der rumänischen, ante portas platzenden Kondome, von Zündholzschachteln und Arzneifläschchen.

Durch die paranormalen Manöver von Mutter Raupe waren insgeheim die Woiwoden der Vergangenheit wiederbelebt worden, die Ceaușescu kraft Erlass zu stellvertretenden Mitgliedern des ZK der rumänischen KP ernannt hatte. Die Neunzehn-Uhr-Nachrichten im einzigen Sender des nationalen Fernsehens zeigten sie von nun an allesamt in einem Halbkreis von Fürstenthronen, wie sie ehrerbietig zuhörten, während der Genosse inmitten des Kirchengestühls ihnen mit ausgestreckter Hand den Weg in die Zukunft wies und sie dann und wann ausschimpfte, wenn er sie dabei ertappte, dass sie tuschelten oder nach den Fliegen guckten. Alle waren sie da, in leicht erkennbaren Kostümen der Zeit: Stefan der Große, ein Zwerg, der zornig unter den Brauen hervorsah, Michael der Tapfere, dunkelhäutig und mit schief über einem Ohr sitzender Pelzmütze, Mircea der Alte, ein buckliger, sich auf einen Stock stützender Greis, der seine Augenbrauen mit dem Handballen hochzog, Vlad der Pfähler mit den Augen einer perversen Jungfrau und feuchter Lippe, Alexandru Ioan Cuza mit dem Superman-Mäntelchen und tonnenweise Orden auf der Brust, zwei, drei Unbekannte, die auch irgendetwas getan oder sich wenigstens von Kamelen hatten in Stücke reißen lassen, um in die Geschichte einzugehen. Hinter den hohen, mit heraldischen Tieren geschnitzten Lehnen schauten einige Leibeigene in Lumpen begehrlich, Horia, Cloșca und Crișan, Gheorghe Doja und der alte Moș Ion Roată, die, weil nicht adlig, nur Beobachterstatus bekommen hatten. Burebista, Decebalus und Decaeneus, die leider nicht gerade Rumänen gewesen waren, ebenso wenig wie Glad, Gelu und Menumorut, von denen man nicht genau weiß, woher sie stammten, wurden als Beifallklatscher geholt und ärgerten den Genossen, indem sie in Lachsalven ausbrachen, sooft er den Mund aufmachte.

Man baute Wohnblocks für die Werktätigen, und zwar derart, dass sie, aus dem Flugzeug gesehen, den Namen CEAUȘESCU bildeten. Man behaute die Berge so, dass man auf ihrem

Kamm vom Mond aus den Namen CEAUȘESCU lesen konnte. Man formte die Wolken mit besonderen Raketen, die den Namen CEAUȘESCU darin einprägten. Die Zeitschriften für Paranormales und Ufologie berichteten über die Entdeckung einiger über Nacht in den Weizenfeldern erschienener Buchstaben, die den Namen CEAUȘESCU bildeten. Das Feuerwerk am 26. Januar, dem Geburtstag des Genossen, bildete aus violetten und orangen Sternchen den Namen CEAUȘESCU. Jedes veröffentlichte Buch, und behandle es die Themen Enterokolitiden, Meteoriten, zeitgenössischer Tanz, Jazz, schamanistische Praktiken auf Nowaja Semlja, Dämonologie und sphärische Trigonometrie, musste im Literaturverzeichnis die Werke des Genossen angeben, einheitliche, in rotes Leinen gebundene Bände voller aufs Geratewohl gesetzter Buchstaben.

Bis zu einem gewissen Grad machten sich die Menschen über den nationalen Harlekin lustig, lachten über seine streitlustigen Posen, seinen Übereifer im Fernsehen, sein tägliches Bramarbasieren. Sie amüsierten sich köstlich darüber, dass der Genosse, der in einem Forschungsinsitut zu Besuch war, zwei Wissenschaftler in weißen Kitteln angeherrscht und bei den Bärten gepackt hatte: »Seit wann dürft ihr denn Bärrte tragen, ihr Strrolche?« Nur dass die beiden jungen Leute nicht Armselige wie unsereins waren, sondern berühmte Chemiker von einer amerikanischen Universität, die gekommen waren, um die rumänische Spitzenindustrie auf die Beine zu stellen. Sie amüsierten sich, als der Genosse, als ihm das Modell einer Raffinerie gezeigt wurde, immer wieder seine Hand auf eine Halle oder einen Schornstein legte und sie anderswohin versetzte, bis den zur Verzweiflung gebrachten Architekten in den Sinn kam, die Holzwürfelchen mit Kleister am Brett festzukleben. Erst dann, nach einer verzweifelten Anstrengung, ein Gebäude herauszureißen, sagte er ihnen enttäuscht: »Jetzt ist es gut, Genossen.« Das Gelächter war allgemein, wenn man hörte, dass der

Chef, nachdem er jede LPG im Land, jedes Städtchen und jeden Stadtteil besucht hatte, in den Hubschrauber stieg und ins Hochgebirge flog; dort, war ihm gesagt worden, befand sich die einzige noch unbesuchte Sennerei Rumäniens, wo der einzige Mitbürger lebe, der noch nicht seine wertvollen Anweisungen erhalten habe. Der Hubschrauber landete an einem Himmelssaum, wo der Senner in zottigem Schaffellmantel, das Kinn auf einen Knüttel gestützt, neben einer Schafherde döste. Onkel Nicu näherte sich ihm und sagte: »Guten Tag, Genosse.« »Gut sei dein Herz, mein Herr.« »Hör zu, Opa, weißt du denn, wer ich bin?« »Nein, mein Herr.« »Wieso weißt du nicht, wer ich bin? Sieh mich genauer an, Alter: Ich bin derjenige, über den alle Zeitungen schreiben, der die ganze Zeit im Fernsehen ist, der durch alle Länder rennt ...« Da sagte der Senner, dem plötzlich ein Licht aufging: »Gesund sollst du bleiben, Dobrin, Mensch, bist du alt geworden ...«

Wie alle anderen amüsierte sich auch Mirceas Vater über die Großtaten des nationalen Kraftmeiers, der auf den jämmerlichen Jahrmärkten immerzu Ketten sprengte. Es war nicht schön, dass er sich dermaßen ruhmsüchtig gab, dass er täglich irgendetwas erfand, um es vor aller Augen mit dem Vaterland zu treiben, aber letzten Endes zählte das Leben der Menschen. Man konnte gut leben, wenn man es sich angewöhnte, mit geschlossenen Augen herumzugehen. Die Regeln waren einfach: Schau dir keine Fernsehnachrichten an, höre Radio nur, wenn es Musik gibt, schwänze die Sitzungen. Und vor allem vergiss nicht, dass das Paradies für jedermann in greifbarer Nähe ist: das Auto Dacia, das Fahrrad Pegas, das Motorrad Mobra, der Kühlschrank Fram, die Waffeln Dănuț, der Suppenextrakt Supco, die Erfrischungsgetränke Cico und Frucola und vor allem die allgegenwärtigen Eugenia-Kekse mit Schokoladencreme, die die Epoche mehr verkörperten als das Landeswappen oder die dreifarbige Fahne. Sackweise kauften die Rumänen

Eugenia-Kekse, karrten sie mit den Handwagen für Propanflaschen nach Hause und mauerten daraus (sie waren steinhart) Bunker, in denen sie den Härten des Sozialismus trotzten. Inmitten des allgemeinen »Ha-ha-ha«, das aus diesen Häuschen schlauer Schweinchen drang, über die der Wolf pustete, bis ihm die Unterhose runterrutschte, hörte man auch, etwas diskreter, das »Hi-hi-hi« von Mirceas Eltern. Na ja, Onkel Nicu quasselt auch allerhand Kokolores zusammen, aber lass nur, es ist gut. Noch ist's gut. Wir haben es warm, wir haben zu essen, warum sollten wir klagen? Was, sollten wir uns etwa nach den Lügnern von »Die Stimme Amerikas« oder »Freies Europa« richten? Die waren ja, das wusste man, Vaterlandsverräter, machten die Errungenschaften des Sozialismus schlecht. Dafür bekamen sie ein Heidengeld von den Kapitalisten, die uns zerstören, uns Siebenbürgen wegnehmen, uns den Russen ausliefern, unser Land aufkaufen, uns an den Bettelstab bringen wollten.

Doch eines Tages wurde dem Hanswurst übel. Die herbeigeeilten Ärzte fanden im Wohnsitz am Frühlings-Boulevard, wo am Waschbecken Wasserhähne aus massivem Gold prangten, auf dem Sofa ausgestreckt einen leichenblassen Genossen vor, durchscheinend wie ein Insekt, auf dessen mattglasiger Haut die Kleider wie an einer seltsamen Schaufensterpuppe hingen. Da sie bei ihm weder Puls noch Atem feststellen konnten, wiewohl die kaum wahrnehmbaren peristaltischen Bewegungen der inneren Organe zeigten, dass er noch am Leben war, schickten sie ihn eiligst mit einer schwarzen fensterlosen Limousine ins Fundeni-Krankenhaus, wo man bei der Tomografie bass erstaunt war: Im Brustkorb des Generalsekretärs befand sich noch ein weiterer Ceaușescu, der dreizehnte, vorerst nicht größer als ein Finger, der aber Minute um Minute aus dem Fleisch seines Wirts wuchs, das er blutdürstend verschlang, mit scharfen Hechtzähnen, sorgsam darauf bedacht, die lebenswichtigen Organe zu schonen. Die wissenschaftliche Erklärung dieses grausigen Phänomens war einfach: Eigentlich waren der Possenreißer und die mörderische Larve eineiige Zwillinge gewesen. Jener hatte sich normal entwickelt, während dieser jahrzehntelang in der lauwarmen Feuchtigkeit der rechten Lunge seines Bruders geschlummert hatte, bis die allzu große Unrast des Letzteren auf der Bühne des Landes ihn zu einem Schmarotzerleben auferweckt hatte.

Das Kind wuchs an einem Tag wie andere in einem Jahr, wie ein Märchenprinz der neuen Gesellschaftsordnung; nach Ablauf von nur vierzig Tagen hatte er die glasige Haut des großen Staatsführers völlig ausgefüllt, durch die man jetzt deutlich das neue Gesicht gewahrte. Es war ein verwirrender und beunruhigender Gestaltwandel. Obgleich die Gesichtszüge in allen Einzelheiten dem »einohrigen«[53] Konterfei entsprach, das die Klassenzimmer und amtlichen Dienststellen schmückte, hatte sich etwas Erschreckendes darein eingeschlichen, so dass einem das höhnische Lächeln heuchlerischer Unterwerfung gegenüber dem Clown, der sich mit den königlichen Insignien ausstaffierte, auf den Lippen gefror. Dieser letzte Ceaușescu war älter und vereinsamter. In seinen Augen, die durch die Glashaut noch schemenhaft durchschimmerten, hatte sich die mörderische Schwermut der großen Tyrannen eingeschlichen: Tiberius, Nero, Caligula ... Das welke, verrunzelte Gesicht mit dem dickköpfigen Ausdruck eines großen alten Vogels hatte den männlichen Zug der Nase und den unflätig-weiblichen des Mundes, der jetzt schief und gehässig lächelte, schärfer hervorgehoben. Die Larve hatte noch etwa zehn Tage auf dem unbefleckten Bett gelegen, ging auf und schrumpfte zusammen wie ein gärender Sauerteig, bis sie die Kraft fand, in einer höchsten Anspannung

---

[53] Unübersetzbares Wortspiel: *a fi într-o ureche*, wörtlich: »in einem Ohr sein« = verrückt, übergeschnappt sein, spinnen, einen Klaps haben, einen Rappel bekommen usw.

die membranhafte Imago der Länge nach aufzubrechen und sich der ganzen Welt in einer Erscheinungsform zu zeigen, die viele vorausgesehen hatten, doch nur wenige als in der Wirklichkeit möglich ansahen.

Noch ein wenig fahl und feucht von der soeben verlassenen Puppe, erschien Nicolae Ceaușescu der Dreizehnte nun plötzlich auf der Tribüne im Saal des Palastes vor dem Plenum der Großen Nationalversammlung, in einem neuen, mit Tarnfarben gefleckten Gewand. Die dreifarbige Schärpe schräg über der Brust und die zepterartige goldene Keule in der rechten Hand, die Linke auf die Verfassung, das Buch der Bücher des Volks, gestützt, rief Ceaușescu sich selbst zum Präsidenten der Sozialistischen Republik Rumänien aus, mit derselben barocken Unverschämtheit, mit der sich Bokassa in seinem Land im Herzen Schwarzafrikas zum Kaiser ausgerufen hatte. Genosse Kim Il-sung war weit überholt worden (letzten Endes nur ein armseliger Parteichef). Die großen Vorbilder waren nunmehr Dionys, Tyrann von Syrakus, Caracalla und Cosimo de' Medici. Derweil er mit dem Streitkolben unter den Nasen der Auserwählten herumfuchtelte, die im Stehen Beifall klatschten, bis ihnen die Hände rot anliefen wie die Hintern verprügelter Huren, verwandelte sich der harmlose, urwüchsige Onkel Nicu in den schrecklichen Ceașcă, und die Witze, die Überlebensausstattung der Rumänen, verschwanden jäh, zugleich mit dem letzten Lächeln im Land. Einzig und allein Salvador Dalí, derjenige, der seit langem vorausgesagt hatte, dass Rumänien zur Monarchie zurückkehren werde, war über die offizielle Paranoia des neuen Präsidenten entzückt und sogar begierig, dessen Residenz zu besuchen, unter der bescheidenen Bedingung, auf dem Bukarester Flughafen, Arm in Arm mit dem Diktator, eine aus hunderttausend ordentlich auf dem Asphalt aufgereihten Fischkonserven bestehende Ehrenwache abschreiten zu dürfen.

Onkel Ceașcăs Projekte waren nun übermenschlich, denn auch er war, wie die Pharaonen, ein Gottmensch geworden, allwissend und allmächtig. Alles, was die zwanzig Millionen Sklaven errichteten, musste vom Mond aus sichtbar sein, wenn nicht gar vom Sirius: der Transfăgărășan, der sich über die höchsten Gebirgskämme des Landes schlängelnde Weg, auf dem nie jemand gehen sollte. Der Donau-Schwarzmeer-Kanal, der vielbesungene »blaue Königsweg«, auf den sich nie ein Schiff hinauswagen würde. Das Haus des Volkes, das nach Rauminhalt größte Gebäude der Welt, nach Fläche das zweitgrößte, das kein einziger Mensch, der die Menschen liebte, je betreten sollte. Grimmig unter den Brauen hervorschauend, beschloss der frischgebackene Präsident der Galaxis, dass Rumänien von nun an den Megalithischen Sozialismus aufbauen werde, ein Perpetuum mobile, das seine Energie aus dem Nichts und der Melancholie bezog. Das Meißeln der steinernen Wohnblocks, das Behauen des Ruschița-Marmors, das Hämmern der rotglühenden Eisenstängel für die Jugendstil-Knospen und -Ranken der Geländer und imperialen Tore sollte bald begleitet werden vom Kneten des lebendigen Fleisches des Volkes selber, über welches das wilde Tier mit menschlichem Antlitz nunmehr vollends herrschte. Die drei F, Fasten, Frieren und Furcht[54], fingen an, Rumänien heimzusuchen.

Costel verstand nichts mehr. Was hatte all das mit Sozialismus und Kommunismus zu tun, mit der leuchtenden Zukunft der Menschheit? Mehr und mehr erwies es sich, dass über dem Volk und über den Kommunisten (die auf etwa vier Millionen angewachsen waren, denn nur schwer kam man ohne Parteibuch voran) eine neue Schicht erschienen war, wie ein Neoplasma, das sich rasch ausbreitete, wie eine Krätze, die die Epidermis der

---

54 Im Rumänischen heißen die drei F: *foamea, frigul, frica*, wörtlich: Hunger, Kälte, Angst.

Nation zerfraß: Es war der Ceaușescu-Clan, eine Handvoll Brüder, Schwestern, Ehefrauen, Söhne, Schwager und Schwägerinnen, um den Despoten herum eng miteinander verbunden, abseits jeder sozialistischen Ethik und Gerechtigkeit, durch Terror regierend, denn die Securitate, die in den siebziger Jahren recht träge gewesen war, war wieder zu einem Werkzeug der Angst geworden, zu einem unvorstellbaren Instrument psychologischer Folter. Irgendwo in der Geheimkammer seines großen, wüsten inneren Palastes begann der über Probleme der Landwirtschaft berichtende Journalist zu murren. Zunächst die Rückzahlung der Außenhandelsschulden. Warum musste sie getätigt werden, und überdies in zehn Jahren? Alle Staaten der Welt hatten Schulden, ja sie hatten sogar umso größere Schulden, je stärker ihre Wirtschaft war. Konnten wir denn je eine Milliarde Dollar im Jahr zahlen? Roch dies nicht nach Wahnsinn? Gewiss, es war gut, unabhängig zu sein, unsere Armut zu verteidigen, wie ein Dichter geschrieben hatte[55], doch wozu würde uns die Unabhängigkeit unter Trümmern, mit vor Hunger knurrendem Magen nützen? Denn die einzige Zahlungsquelle war die Lebensmittelindustrie, etwas anderes hatten wir nicht: Die Ausrüstungen für die Erdölindustrie, die Kombinate, die Staudämme, die Häfen waren alle in die Binsen gegangen. Und so gingen Käse, Fleisch, Eier, Butter für den Export weg, wurden um eines unheilvollen Trugbildes willen den Kindern entrissen. Trotzdem, aus einer Art Loyalität gegenüber dem Mann, der Rumänien in der ganzen Welt bekanntgemacht und sich geweigert hatte, mit den Panzern in Prag einzufallen, hatte Costel seine Fragen hinuntergeschluckt, seine Zweifel erstickt. Wer weiß, vielleicht musste das so sein, vielleicht hatte der geniale Geist des Genossen einen Zug gemacht, der verfehlt scheinen konnte, der aber auf lange Sicht Ströme von Milch und Honig ins vielgeliebte Ländchen

---

55 Anspielung auf einen berühmten Vers aus M. Eminescus »Scrisoarea III«.

bringen würde. Sangen doch die Dichter, ihre Leier spannend: »Stolz das Schiff, ein Meister der Steuermann!« Konnten sich die Dichter täuschen?

Als der erste Winter mit eiskalten Heizkörpern kam, mit Wasser, das in den Tassen eine Eisschicht bildete, mit Gasflammen, die zuerst fingernagelgroß, dann nadelspitzengroß, dann vollends verschwunden waren, mit dem Licht, das zehnmal am Tag erlosch, mit den unheimlichen Nächten, in denen die Schneewehen haushoch lagen und man tief in den dunklen Wohnblocks sich bewegende Kerzen gewahrte, mit den Rettungswagen, die die Alten nicht mehr mitnahmen, hatten Mirceas Eltern begonnen, lauthals zu fluchen und das erste »die Niederträchtigen« hallte zwischen den Wänden des Speisezimmers, wie aus einem Pistolenlauf geschossen. Es begannen die endlosen Schlangen beim tagtäglichen »Fressen« und das Töten der Kinder in den gemarterten Schößen der Frauen, die dazu verurteilt waren, wie Kühe zu kalben, damit der Sklavenviehbestand des Landes anwuchs. Die Heime wurden zu Konzentrationslagern für verlassene Kinder, die Hunde vermehrten sich auf den Straßen und griffen in Rudeln an, sobald sich die Dunkelheit herabsenkte. Die Kirchen wurden auf Räder gestellt, gleich transzendenten Trolleybussen mit ihren Archimandriten am Lenkrad, und hinter Vorhängen von Wohnblocks versteckt. Andere wurden unter apokalyptischen Umständen abgerissen. Costel hasste die Popen seit seiner Jugend, doch ihm hatte nicht gefallen, was an einem eisigen Morgen in der Barbu-Văcărescu-Straße, neben dem ISPE-Gebäude[56], geschah: orangefarbene Baumaschinen auf Raupenketten um ein malerisches, zur Hälfte niedergerissenes Kirchlein herum und eine riesenhafte Stahlkugel, die in die Wangen der mit Anmut und Frommheit

---

56 ISPE = Institutul de Studii și Proiectări Energetice = Institut für Studien und Projektierungen der Energiewirtschaft.

gemalten Heiligen knallte, jeder mit seinem Heiligenschein, der gleichsam den schmutzigen Schnee beleuchtete. Von dem noch stehenden Giebel aus hatte ihn das dreieckige rehbraune Auge so inbrünstig, so menschlich anbgeblickt, hatte ihn so gebieterisch um eine Reaktion, eine Träne, eine Geste des Zorns angefleht, dass der Zeitungsmann erschüttert war und nur mühsam weitergehen konnte. Die guten Zeiten waren für immer vorbei und nahmen den schwarzen Wolga mit, das hohe Gehalt, die Hoffnung auf Besseres, das Hirngespinst des siegreichen Kommunismus und zu guter Letzt das letzte Bollwerk, das dem ehemaligen Schlosser, dem ehemaligen Studenten der Journalistik, dem ehemaligen Gläubigen des neuen Dogmas, dem ehemaligen Anbeter der neuen Götter, Halbgötter und Helden geblieben war: Die Ehrlichkeit seines Schreibens, das reine Gewissen dessen, der nichts Böses getan hatte, obschon er gelebt hatte, begann nunmehr, inmitten eines diffusen Bösen, mit ebenso vielen Masken, wie die neue Gesellschaftordnung aufgesetzt und vom Gesicht genommen hatte, zu zerbröckeln. Das Böse hatte den knurrenden Magen, die eiskalte Haut, den in Panik geratenen Verstand angegriffen und senkte sich nun zum Herzen hinunter. Denn nun wurden die Landwirtschaftsjournalisten angewiesen, über märchenhafte Ernten, exorbitante Erfolge jenseits aller Glaubwürdigkeit zu berichten. Der neue Pharao herrschte über das Wetter, die Sonnenfinsternisse und die Anordnung der Planeten, sandte Regengüsse zur rechten Zeit und steigerte exponentiell die Fruchtbarkeit des Landes, wo – im Fernsehen – Milch und Honig flossen. Costel musste fortan das neue Kanaan darstellen, mit Baumzweigen, die unter dem Gewicht der Früchte brachen, mit von vier kräftigen Männern auf Stangen getragenen Weintrauben, mit Weizen, der zehnmal ertragreichere Ernten als üblich abwarf, mit Kühen, die je sechs Kälber, und Schafen, die je zwölf Lämmer zugleich warfen … Zwar waren in der Landwirtschaft die Zahlen immer ein wenig frisiert worden, aber innerhalb der Grenzen des gesunden Menschenverstandes. Jetzt war's reiner Irrsinn, reines Gift des Kaiserskorpions, der keinerlei Rücksicht mehr nahm. Mehr als Frieren, Fasten und Furcht überwältigte Costel nunmehr die Scham, der rote Fleck auf den Wangen, die brannten, sooft er frech lügen musste, er, der an die Zeiten geglaubt hatte, die da kommen sollten. Er wusste nicht mehr, wo er sich verstecken, in welches Schlangenloch er kriechen sollte.

Schuld am Wandel des Tyrannen, hieß es immer öfter, sei Leana. *Cherchez la femme.* Die böse und dumme Oltenierin im Leopardenfell, mit der Handtasche vor der Fotze, diejenige, über die sich einst alle lustig gemacht hatten, indem sie sie mit der eingebildeten Schönen Olive Oil aus den Zeichentrickfilmen verglichen. Diejenige, die, wenn der Chef sie nach Paris oder nach London mitnahm, die Museen besuchte und kein einziges Gemälde erkannte, bis sie endlich vor einem Bild ausrief: »Ah, das kenne ich, es ist die Bäuerin von Grigorescu!«, worauf der Fremdenführer ihr betreten geantwortet hatte: »Nein, Genossin Ceaușescu, es ist nur ein venezianischer Spiegel.« Diejenige, die, nachdem sie aus Versailles zurückgekehrt war, von den Freundinnen gefragt worden war: »Wie sind, meine Liebe, dort die Toiletten der Frauen?« »Weiß ich nicht«, hatte Leana ihnen geantwortet, »ich hab im Garten gepinkelt ...« Diejenige, die verlangt hatte, dass man ihr Krokodillederschuhe aus Afrika besorge, und die von Onkel Ceașcă ausgesandten Jäger hatten festgestellt, dass kein einziges Krokodil Schuhe trug. Doch Leana war, am Kopfende des Bettes sitzend, vom zwölften Ceaușescu entdeckt worden, dem einzigen, der sie geliebt und daran gedacht hatte, ihr eine andere Beschäftigung zu geben als das Verkaufen von Kürbiskernen, mit dem sie sich im heimatlichen Pitești abgegeben hatte. Da Leana, bevor sie in der Illegalität den jungen Nicu kennenlernte, in einen Studenten der Chemie verliebt gewesen war, hatte sie ihn unter fürchterlichem

Getue gebeten, sie ebenfalls zur Chemikerin zu machen, wenn sie auch keinen blassen Schimmer hatte, was das sei, hatte sie doch nur die Grundschule besucht. Und der liebende Ehegatte legte sich ins Zeug. Er machte sie zur Chefin der rumänischen chemischen Industrie und kaufte ihr einen Stapel Diplome, Doktortitel und Mitgliedschaften aller seriösen Universitäten der Welt. Und so wurde die Dumme vom Dorf über Nacht Akademiemitglied Doktor Ingenieur honoris causa, so wie die Zigeuner ihre Kinder mit gekünstelten und absurden Neologismen belegen. Seitdem wurde sie in der Presse nur noch »Wissenschaftlerin von Weltruf« genannt, während zahlreiche Chemiker, die sie leitete, sie insgeheim Kozwei genannt hatten, nach der einzigen chemischen Formel, welche die Wissenschaftlerin kannte, jener des Kohlendioxids. Ja, sie war schuld, sie trieb den Chef zu allen möglichen Narrheiten. Nun trat sie überall auf, zu allen offiziellen Anlässen, hatte begonnen, auch selber Reden zu halten, indem sie von Seiten mit spannenhohen Lettern buchstabierend ablas; für sie hatte man das Amt des Vize-Premierministers erfunden, sie hatte ein Amtszimmer bekommen, das Kabinett zwei, von dem aus sie alle Fäden der Propaganda in den altersfleckigen Händen hielt. Sue Ellen. Und Elena stieg auf, wobei sie Wogen des Volkshasses hervorrief, wie ein Goebbels mit Rock, denn für die in ihre naiv-archetypische Gewandtheit eingeschlossenen Rumänen musste das Oberhaupt immer unschuldig sein (der Zar war gut, aber die Minister verheimlichten ihm die Realität), und die Frau wurde zum Dämon, sobald sie den Kochtopf verließ. Leana war auch eine liebende Mutter (verdammte Hexe!), mit einem Sohn, der ein Herumtreiber, Hurenbock und Raufbold war, ebenfalls – was für ein Aufwand an Phantasie – Nicu genannt, und einer Tochter, Zoia, die nur aus Tellern aus reinem Gold aß und zweimal täglich in Champagner badete. Das gute und brave Kind war Valentin, der zweite Sohn, doch der war nicht von ihrem Blut, war von Katastrophenopfern adoptiert worden, als die Überschwemmungen anfingen. Unermüdlich widmeten die offiziellen Hymnensänger, vor allem der Weltmeister W. C. Teodosie, auch Leana nicht enden wollende Dichtungen, hyperbolische Huldigungen, die sie als Botticellis Primavera, als Sixtinische Madonna oder Nike von Samothrake besangen; die Maler gaben ihr die weltfernen Gesichtszüge einer Renaissance-Jungfrau, die glücklich über ein mit Veilchenschmelz überzogenes Feld lief, Hand in Hand mit einem athletischen jungen Mann mit einem elastischen Nylontuch um den Hals, niemand anderer als der Generalsekretär der Partei, der Oberste Befehlshaber der Streitkräfte, das Oberhaupt der Rumänisch-Orthodoxen Kirche, der Oberrabbiner der jüdischen Gemeinde, der Chef-Architekt der Hauptstadt, der Großmeister der Freimaurerloge, der Erste Bergmann, Landwirt, Ingenieur, Dichter, Hüttenfachmann, Spiegelwahrsager, Sinologe, Experte für Warenkunde, Urologe und Lahme des Landes. Beide vor woronezerblauem, durch den Pinsel des Meisters Sălaşa aufgetragenem Hintergrund. »Das geht zu weit!«, rief Costel aus, wenn er im Fernsehen ein literarisch-musikalisches Potpourri sah, in dem sich verklärte Kinder an die Mutter der Nation wandten und pathetisch betonten: »Genooooossin Elena Ceauşescu, wir danken Ihnen von Herzen für unsere glückliche Kindheit!«, oder wenn irgendein Schauspieler mit struppigen Augenbrauen, so würdevoll, als stecke ihm eine Möhre im Hintern, etwas über Stolz, Menschlichkeit, Glut und Ceauşescu Nicolae hersagte. »Nicht einmal zu Stalins Zeiten machte man so was. Die haben jede Spur von gesundem Menschenverstand verloren. Die Idioten! Die Erbärmlichen!« Das Fernsehen hatte es dazu gebracht, nur noch zwei Stunden am Tag zu senden, davon eine Stunde ausschließlich über den Genossen und die Genossin in ihren scheußlichen Mänteln, immer gebrechlicher, verschrumpelter, mit mehr Hass, schwarzem, schwärendem, in den Blicken angehäuftem Hass. »Ein Alter und die alte Frau des

Alten, kaputtes Spielzeug, bei der Hand sich halten«, rezitierte der Vater, wenn er sie sah, und fluchte zwischen den Zähnen. Die beiden hatten den Sozialismus in Rumänien umgebracht. Sie hatten mit dem revolutionären Humanismus Spott getrieben. Sie hatten eine auf Lüge und Angst beruhende Gesellschaft aufgebaut, eine verwahrloste Welt, wo man seit Jahr und Tag keinen Nagel mehr eingeschlagen hatte, ein riesenhaftes Zwangsarbeitslager, ein schwarzes Loch auf der Landkarte Europas. »Costică, es sieht nicht gut aus«, sagte ihm auch Ionel, wenn er gelegentlich bei ihnen vorbeikam. Das ehemalige Bäuerlein aus Teleorman, das einst die Statuen bedeutender Männer in den Parks der Stadt poliert und verkleidet die schreckliche Spinnenfrau verfolgt hatte, war jetzt erdfahl im Gesicht, hatte von der Schminke erweiterte Poren und schütter gewordenes Haar wegen der ewigen Perücken, die er unter den verschiedensten Lebensumständen tragen musste. »Das sieht nicht gut aus, Junge. Wir dienen zwar dem Chef, aber glaubst du, die von der Securitate sind dumm? Wir haben ja auch Augen, um zu sehen, dass er (er führte seine Lippen dicht an Costels Ohren heran) von Tag zu Tag verrückter wird. Eines Tages wird der sich Federn in den Arsch stecken und so auf die Tribüne treten. Uns holt der Teufel, Costel. Wir von der Securitate sind ja auch Menschen, wir frieren auch in den Häusern, ergattern nur mit Mühe ein Stück Käse – zwar fällt bei unsren Büfetts mal was ab, aber das ist gehupft wie gesprungen –, da fickt auch uns bei den Parteisitzungen so 'n Scheißaktivist, dass die Funken sprühn. Geld – hab ich. Darf nicht klagen. Ich hab Valuta, 'ne Rolle Grünzeug gut verstaut, denn vor dir hab ich keine Angst, es zu sagen, ein paar zigtausend Dollar. Aber was soll ich damit? Ich kann mir damit den Arsch abwischen, es gibt ja nichts zu kaufen. Ich war auch drei-, viermal draußen, in geheimer Mission. Weißt du, wie die da leben, Costel? Wie in Abrahams Schoß. Haben alles, was das Herz begehrt: Autos, echte, nicht unsern

Dacia, Häuser mit funkelnagelneuen Dachziegeln, Philips-Fernseher, Video- und Tonbandgeräte, und die werfen überall mit dem Geld rum. Und was für Fressalien in den Läden, Costel, dir bleibt die Spucke weg. Du würdest dich am liebsten auf diese Regale voller Leckerbissen stürzen, sie über dir umkippen und dich einfach so auf dem Boden drin wälzen. Das musst du sehen, wie sie jeden Apfel in den Kistchen polieren, dass du dir davor den Schnauzer richten kannst. Das musst du sehen, die Hummer und alle Fische der Welt, die da so auf Eis liegen ... Aber die Nutten erst (das unter Männern, bevor Marioara mit dem Milchkaffee kommt), wie sie mit nackten Titten im Schaufenster stehn. Ahhh! Auffressen möchte man die mit Haut und Haaren, und wie. Und billig sind sie, Costel, da kannst du nach Herzenslust ficken, eine am Tag, wenn du willst. Und Pornokinos, damit sich die Leute die Augen dran weiden ... Denn bei uns heißt es, dass nur Leana, aus Neid, Violeta Andrei insgeheim filmen lässt, wenn sie mit irgendeinem fickt, und sich den Film anguckt: Sieh mal einer an, wie's die Nutte treibt, und ihr Mann ist Minister und ZK-Mitglied ... So gibt sie allen eins auf die Nase: einem, weil er fett ist, dem andern, weil er dumm ist, dem andern, weil er mit einer Nutte verheiratet ist ... Das sag ich dir: Sosehr wir die Wissenschaftlerin hassen, aber wie wird sie erst von denen in der Parteiführung gehasst! Sie würden sie mit der Rasierklinge in Scheiben schneiden, so sehr demütigt sie sie. Tja, um noch einmal aufs Thema zu kommen: Glaubst du, es würde uns schaden, die loszuwerden? Den Paranoiker und das Trampel? Vor allem, weil die Russen sie auf dem Kieker haben ... Siehst du nicht, dass sie nach und nach alle absetzen? Gorbatschow ist ein bedeutender Mann, hast du nicht diesen scharlachroten Fleck auf seiner Glatze gesehn? Der wird sie alle durch den Wolf drehn, und der Chef kommt auch noch an die Reihe, so groß der auch tut. Hauptsache, uns geht es nicht zugleich mit ihm an den Kragen. Warum sollen mich die Leute an den Laternenmast hängen? Was hab ich getan? Hab ich Mutter umgebracht? Ich hab auch ein bisschen lange Ohren gemacht wie jeder, so heißt es doch: Mit Hammer, Amboss und Steigbügelchen verdien ich mir die Brötchen ... Securitate! Na wenn schon? Das ist doch auch ein Beruf, wie Traktorist, Dreher ... Wer soll denn die Spione erwischen? Wer soll die Dissidenten piesacken? Oder die Maulhelden? Aber dem Volk haben wir nichts getan, denn auch wir sind aus dem Volk. Costică, pass mal auf (die Lippen nähern sich dem Ohr und berühren es beinahe): Wir gehen mit Ceașcă, denn der Bär tanzt nicht aus freien Stücken, aber wir schauen uns auch schon nach der andern Seite um. Es heißt, unsre Chefs sind bereits in Verbindung mit ein paar Leuten aus der Partei, den ein bisschen schief Angesehenen, die mehr auf der Seite der Russen stehen. Angeblich treffen sie sich in Parks und reden: Mensch, was kann man tun? Wie werden wir den Verrückten los? Wie retten wir den Sozialismus? Angeblich machen bei dieser Sache auch ein paar Armeegenerale mit. Verstehst du? Wir spielen auf zwei Seiten, denn sonst sieht's duster aus: Entweder macht uns der Dikator kalt, oder die andern, wenn's losgeht. Wir müssen jedenfalls auf die Füße fallen wie die Katze, denn wenn wir nicht durchhalten, geht die ganze Bruchbude in die Binsen, und die Kapitalisten kehren zurück!«

Das fürchtete auch Costel am meisten. Sie würden den Tyrannen absetzen, aber was dann? Was, wenn die Großgrundbesitzer, die Popen, die Bankiers und die Fabrikanten wiederkamen und ihn mit dem Parteibuch in der Tasche erwischten? Und mit dem Journalistenausweis, denn die hatten doch keine Zeit, nachzuprüfen, dass er nur über Landwirtschaft berichtet hatte ... Und was, wenn der König mit seiner Schar von Verwandten zurückkehrte, um seine Besitztümer zurückzufordern? Aber das war ein Ding der Unmöglichkeit, eher wären die Wasser der Donau zurückgeflossen und in dem Spalt im Schwarzwald verschwunden, aus dem sie hervorgeschossen waren. Alles war doch logisch, der Fortschritt der Menschheit konnte doch nicht über winzige Unfälle der Geschichte stolpern. Und wenn wir schon vor Hunger und Kälte umkamen, während der Diktator sich mitten in der Stadt ein überwältigendes Haus errichtete? Und wenn schon Millionen Menschen im fernen China für ein Hirngespinst gestorben waren? Hatte der Jangtse-Strom deswegen seinen Lauf geändert? War der Himmel weniger blau über der Ukraine, nachdem zig und Hunderte Dörfer vor Hunger krepiert waren? Tanzte man nicht mehr Salsa auf Kuba, lachte man nicht mehr beglückt in Nordkorea? Alles würde vergehen, und die Kinder der Rumänen würden Ceaușescu vergessen, nachdem ein anderer Genosse abermals die Nation zum wahren Kommunismus, zu einem mit menschlichem Antlitz, geführt hatte. Auch wenn er nicht jetzt stürzt, macht der Alte es noch höchstens zehn Jahre, er ist ja nicht unsterblich ...

Und jetzt, versteinert im blauen Licht des Fernsehens, neben seinem verlorenen, völlig entfremdeten Sohn, weiter von ihm entfernt, als wohne er auf der anderen Erdhalbkugel, einem Sohn, der die Säue einer unverständlichen Kunst trieb und danach trachtete, sich wenigstens einmal an dem Johannisbrot gütlich zu tun, das die schlammbeschmutzten Tiere in Ermangelung der Perlen schluckten, hörte Costel den Reden einiger Unbekannter zu, die auf dem aschfahlen Balkon vor einem Menschenmeer gehalten wurden, nachdem der Tyrann, der alles Streben und alle Hoffnungen des ehemaligen Schlossers mit sich genommen hatte, wer weiß wohin verschwunden war und sein Land und seine Macht man weiß nicht wem überlassen hatte. Costel bewahrte nicht, wie fast alle Rumänen, seit Jahr und Tag eine Flasche »Zarea«-Schaumwein im Kühlschrank auf, mit der Absicht, sie zu köpfen, »wenn der krepiert«. Seine Opfergabe sollte eine düstere, negative sein, ein sinnspruchartiges Symbol der Vergeudung eines Lebens, des Todes eines Glaubens. Mit apokalyptischem Krachen stürzte der Kommunismus in jener Nacht in Rumänien ein, verschwand schlicht und einfach spurlos, als hätte es ihn nie gegeben. Wie im blitzartigen Aufzucken eines Déjà-vu hatte ich gewusst, was folgen würde: Vater stand plötzlich von seinem Sessel auf und ging feierlich und entschlossen, wie ich ihn noch nie gesehen hatte, in Richtung Küche. Ich erhob mich ebenfalls und folgte ihm. Dort fand ich ihn, zwischen den mit kackbrauner Ölfarbe gestrichenen Wänden, vor der Spüle mit dem rostigen Boden und den trübe tropfenden Wasserhähnen. Ich hatte bereits geahnt, dass Vater erst dann, als er mich erscheinen sah (als hätte er unbedingt eines andern Zeugen außer des eigenen Gewissens bedurft, als wäre ich die Menschheit selber gewesen, außerhalb derer selbst die pathetischste Geste keinerlei Wert gehabt hätte, so wie die unbekannten Personen auf dem Balkon des ZK kein einziges Wort durch ihre Mikrofone herausgebracht hätten, wäre der Platz menschenleer gewesen), aus der Brusttasche seines Pyjamas das rote, in hartes Leinen gebundene Parteibuch herausholen würde, das bis dahin in Mutters scharlachroter Handtasche sein Dasein gefristet hatte, zwischen Sicherungen, vergilbten Urkunden, versteinerten Pillen und Fotos mit abgeplatzter Emulsion. »Das soll alles zum Teufel gehen«, knurrte der unrasierte Mann mit den seit langem ergrauten Bartstoppeln, der konfus herumsuchte. »Ab jetzt komme, was wolle ... Marioara, wo hast du die Streichhölzer hingetan?« Doch er fand sie, bevor die Antwort aus dem Speisezimmer kam, die übrigens auch gar nicht mehr kam, als hätte sich das Weltall auf jene elende Küche beschränkt, durch deren Türfensterscheibe man teerschwarz die riesenhafte Grabplatte der Dâmbovița-Mühle mit zwei, drei zarten Sternen darüber sah. Er legte das Parteibuch auf den Tisch, zündete ein Streichholz an; eine große, nach Schwefel stinkende Flamme erhellte den Raum. Dann, das brennende Streichholz in der Rechten, fasste er an einer Ecke das scharlachrote Viereck, auf dem in einem goldenen

Lorbeerkranz PCR eingestanzt war, und führte es langsam an den Lichtkern heran. Doch die Flamme erreichte die Finger, und das verkohlte Stäbchen fiel in die Spüle, ehe es die steifen Seiten zwischen den Leinendeckeln berührte. Es folgte das zweite Streichholz, das zweite Aufflammen, das zweite Hochschießen unserer Schatten an den leeren Wänden, befleckt durch Tropfen von Einbrenne, die vor drei, vier Jahren aus der Pfanne hochgespritzt waren. Auch diesmal berührte die Flamme das Parteibuch nicht, das in ein undurchdringliches magisches Feld gehüllt schien. Vaters Hände zitterten, seine samtigen Augen schwammen in Tränen.

Als die dritte Flamme in den unteren Beschnitt der kleinen Seiten zu beißen begann, auf denen die monatlichen, mit Stempeln bekräftigten Beiträge eingetragen waren, wurden sie an den Rändern leicht schwarz, doch sie hatten nicht Feuer gefangen. Weitere drei, vier Hölzchen waren nötig, damit die Seiten sich nach und nach glimmend Millimeter um Millimeter verzehrten, als wären es von Raupen gründlich abgefressene Blätter. Die Buchdeckel wollten überhaupt nicht brennen, nur Vaters Foto im Innern hatte eine Aschekruste angesetzt. Vater war voller Wut darüber; damals sah ich ihn nach vielen Jahren wieder, wie ich ihn aus der Kindheit in Erinnerung hatte: ein jähzorniger Gott, unbeherrscht, hochrot, der bei allen Göttern und Heiligen fluchte, die Dinge auf den Boden schmetterte, anschwoll, bis er in einer Entfesselung von Hass und Frustration den Raum erfüllte. So leerte sich beinahe die ganze Schachtel, bis es einem glücklicheren Streichholz gelang, die Flügel des purpurroten Schmetterlings zu entzünden, der mit einem Mal von den Händen mit den angesengten Fingern aufflog und sich, die Küche weißglühend bis an den Rand des Erträglichen erleuchtend, in wenigen Augenblicken in welke Ascheblätter verwandelte, die noch auf dem Fußboden knackten und sich wanden wie ein im Todeskampf zappelndes Lebewesen. Der Qualm war nun so dick, dass man ihn gleichsam mit dem Messer schneiden konnte. Hustend stürzte Vater zur Tür, und wir gingen beide auf den Balkon hinaus, in eine scharfe Luft wie im Gebirge. Der weißliche Rauch stieg in Wellen über unseren Köpfen hoch, als quelle er aus einem großen Backofen. Vater blieb mit in die Hände gestütztem Kopf stehen, tränend und im Winterfrost wie Espenlaub zitternd, und ich folgte meinen Vorahnungen: Es war nicht nötig, mich zu den Hunderten Fenstern unseres Wohnblocks umzudrehen, um zu sehen, wie Hunderte von Wellen weißlichen Rauchs aus fast allen Küchen hinaufzogen, in den finsteren Himmel stiegen und dort, über der Mühle, den Pappeln und dem Haus des Funkens am Himmelssaum in einem dicken Zug verschmolzen, der seinerseits mit weiteren und weiteren und weiteren verschmolz, aus allen Wohnblocks und aus allen Vierteln, bis wie über Sodom und Gomorrha über Bukarest eine gewaltige, flackernde, zum Himmel reichende Rußsäule emporstieg und sich mit den Schneewolken vermengte.

Den Kopf zwischen die Handflächen gepresst, die Ellbogen auf das Balkongeländer gestützt, schien Vater jetzt ein phantastischer Wasserspeier an der Stirnseite eines zerfallenden Tempels. Auf seinem vor Enttäuschungen versteinerten Gesicht waren einzig die Augen lebendig geblieben, seine schönen rehbraunen Augen, denn eigentlich waren es nicht seine Augen, sondern andere, aus der Tiefe der Zeit, die in ihm, fast sichtbar, aufgestiegen waren, wie die schwarzen Sehnervenfasern im durchscheinenden Fleisch der Schnecke sich bis in die Spitzen der zarten Fühlhörner ausdehnen und erst dort zu sehen beginnen. Wie in allen Augenblicken des Unglücks und der Verzweiflung blickte durch seine nassen Wimpern jetzt Witold, der polnische Fürst, dessen Nachfahre er war, ohne es zu wissen, dessen phantastische Geschichte sich so seltsam mit dem Schicksal des ehemaligen Lehrlings von den ITB-Werkstätten verflocht.

Nicht wehte der Wind, es wehte der Dämmer. Flüssiger Opal und Bernstein bildeten klare Strömungen in dem weiten Raum über dem Comer See, spiegelten ihr mystisches Licht noch einmal in seinen durchsichtigen Wassern bis fast auf den Grund, doch gedämpfter, mehr in einer hyalitartigen Masse aufgelöst. Es war, als hätte die darübergespannte Urgewalt der darunter ausgebreiteten Urgewalt in die Augen gesehen und das leuchtend rosenfarbene, mit Wolken in fortwährender Einfaltung und Entfaltung aufgeladene Gas in das von unten aufsteigende Schimmern des dichten, gallertartigen Goldes verwandelt. In der riesenhaften Abenddämmerung, die sich herabgesenkt hatte und welche die übrigen Abende des Jahres wie das höchste Gewölbe einer Kathedrale in der Mitte einer fernen Stadt überragte, gleißten weiß-gelblich die Alpen, spiegelten sich mit ihren Umrissen wie ausgeklügelte Origamis in den beinahe wogenlosen Wassern. Die quälende Traurigkeit eines tiefen Herbstes, so tief, dass sie durch das Corpus callosum drang, um sich in die thalamische Dämmerung der Stimmen und Erinnerungen zu ergießen, bauschte das einzige Segel des Fischerbootes, das den See von Cadenabbia aus überquerte, mit schwankend nach Bellagio gerichtetem Bug. Das Segel schien aus der Entfernung eine angenehm zu betastende Muschel, ein kleiner rosa-perlmutterner Fingernagel, der durch die überwältigende Leere des Abends voranglitt. Eine der Brüste der Dämmerung bauschte es, während die andere, jeder Schnürung unverschämt entschlüpft, tief unten, über den Wassern, ihren sauerkirschroten Hof zum Vorschein brachte: die in das flüchtige Funkeln von unten eintauchende Sonne. Sie schienen unter einer großen nackten, in eine Woge roter, üppiger Haarflechten gewickelten Frau zu segeln, gestützt auf das knittrige Laken der Alpen und den Spiegel des Comer Sees, der sie dunkel zurückwarf.

In beiden Pupillen des jungen Mannes, der, in einen mit veilchenblauer Seide gefütterten Mantel gehüllt, neben dem die Schoten handhabenden und in wer weiß welcher piemontesischen Mundart fluchenden Fischer auf einem Sardinenfass saß, gewahrte man das Vorgebirge, auf dem hoch oben, Haus über Haus wie eine Austernbank, die Stadt Bellagio stand, geschart um den Campanile einer italienischen Kirche, der den Felsen und die Landschaft überragte. Der Winkel, unter dem jedes Auge sie gewahrte, unterschied sich ein wenig von dem des anderen, so dass sich im Hinterhauptsbereich im Gehirn des jungen Mannes weiße und gelbliche, im Abendrot verblüffend leuchtende dreidimensionale Häuschen abzeichneten, hinaufkletternd auf den bewaldeten, unregelmäßigen Felsen, der vor dem nebligen, bläulichen Hintergrund der Weite über den Wassern hervortrat, wo der beinahe runde Mond wie ein an einem Rand leicht abgeschrägter Flussstein sich bereits gelb und durchscheinend zeigte.

Der Mann erschauerte in der Kühle des Herbstabends. Er drückte sein Kinn in den hohen, mit einer scharlachroten Seidenschleife gebundenen Hemdkragen. Er hatte ein müdes, trauriges Gesicht. Die rehbraunen Augen waren von für einen Mann allzu langen Wimpern überschattet. Waren sie gesenkt, hatten sie in ihrer sonderbaren Bogenform etwas sowohl für Männer als auch für Frauen Verstörendes, als enthüllten sie ihnen allen ein bis dahin ungekanntes inneres Wahnbild. Eine Kurtisane aus Lemberg hatte einmal in einem freigeistigen Salon gemeint, als sie mit dem jungen Witold Liebe machte, habe sie das Gefühl beschlichen, sie seien zu dritt im Bett, dass sie mit einer Frau und einem Mann zugleich schlafe, und dass sie sich niemals seliger gefühlt habe als dann, wenn sie seinen Kopf mit dem rabenschwarzen, lockigen Haar zwischen ihren Schenkeln gehabt und gespürt hatte, wie seine Lippen ihre rosige weiche, in ihrem goldenen Wald verlorene Muschel leidenschaftlich, zärtlich, *weiblich* (so drückte sie sich aus) küssten. Witold war schön und geistesabwesend. Zwischen den straffen Brauen, schwärzer als die Haarsträhnen, wies die Stirn das große, in tiefen Falten eingeprägte Omega der Melancholiker auf, nahe bei der einst wie ein drittes Auge zwischen den Brauen geöffneten Zirbeldrüse. »Bądź co bądź«, murmelte Witold, während er resigniert in tiefen Zügen die braune Luft einsog. Niemals war der Wappenspruch des Geschlechts, in ehernen Lettern unter das Wappenschild gesetzt, auf dem der geharnischte Ritter einen Turm wie aus dem Schachspiel stürmte, zutreffender gewesen. Geschehe, was da will. Der Fürst fühlte sich nicht mehr als menschliches Wesen, eingesenkt in das unentwirrbare Flechtwerk von Schicksalen, mit dessen Hochrelief die Grabplatte der Geschichte geschmückt war, sondern als ein sonderbares Werkzeug, aus einer anderen Welt herabgestiegen, so wie der Künstler in das Diorama einer blutigen Schlacht eindringt, um noch rote Farbe auf die Wunde eines Zuaven aufzutragen, ein Schulterstück zu vergolden, die Stellung eines an eine alte Flinte festgeklammerten Gipsarms zu verändern. Hätte man ihn gefragt, was er dort suchte, mitten im großen Y des vom Abendrot übergossenen Sees, der wie ein Feuerband zwischen den endlosen Alpen flimmerte, warum er, ein polnischer Adliger, Herzog von Klewań und Żuków, die von Weintrauben überquellenden Obstschalen und das Studierzimmer im weit entfernten Galizien verlassen hatte, die von Adel rauschenden Salons, in denen mit dem Florett der Ironie gefochten und Verschwörungen gegen den Zaren angezettelt wurden, die Frauen, die immer mit ihm geschlafen hatten, sogar die verheirateten, sogar die Jungfrauen, sogar die Nonnen (er hatte *alle* Frauen der Erde gehabt), wäre eine Antwort ihm schwergefallen und knifflig erschienen. Aber da war noch etwas anderes gewesen, das sein unbedeutendes persönliches Schicksal weit überstieg. In der Kindheit in Puławy, der Stadt voller Platanen, hatte sich der kleine Fürst oft auf die Fensterbank seines Gemachs im väterlichen Schloss gesetzt, die Gabe in den Armen, die ihm an seinem achten Geburtstag von seinem berühmten Vater geschenkt worden war: das große Album mit Lithografien nach den anatomischen Zeichnungen da Vincis. Stundenlang blätterte er in den gelblich-braunen Seiten, betrachtete die prächtige Architektur des menschlichen Körpers, die enthäuteten Knochen und Sehnen, den Augapfel mit den Muskeln, die ihn in der Augenhöhle drehten, die zerlegten, vom Rückgrat ausgehenden Nerven, die freigelegte Wirbelsäule wie bei den Fischen auf dem Teller, den Schädel, in dem man durch die große trapezförmige Klappe das geheimnisvolle Gehirn gewahrte. In dem Maße, wie der Abend niedersank, gelb wie die Natriumflamme, ging die Farbe der Seite völlig in die des Himmels zwischen den uralten Platanen über, so dass das Buch verschwand und die Kupferdrähte der Zeichnungen zwischen den Fingern des Kindes in der Luft schweben blieben: ein geisterhafter Arm mit entblößten Venen, ein Magen, ein Kiefer ohne die Wand der Wange, voll mit unmittelbar in den Knochen eingefügten Backenzähnen. Die Zeichnung, die ihn stets in ihren Bann geschlagen hatte, war selbstverständlich das in der durchschnittenen Gebärmutter einer Frau kauernde Kind, umflossen von der winzigen Schrift Leonardos, die man nur im Spiegel lesen konnte. Der Fötus mit den weisen, himmlischen Augen, mit eng verpacktem Körper, damit er in den ihm zugedachten Raum passe, wie ein Gehirn, das an der Bedrückung des umgebenden Knochens leidet, blieb genau in jenem Augenblick, als das Buch sich in der Dämmerung auflöste, in der Luft levitieren, im Schoß des Kindes, zwischen seinen misstrauischen Händchen, dreidimensional und durchscheinend, nur durch die straffen Sepialinien der Zeichnung Leonardos umgrenzt. Und oft blieb Witold so bis zum

Einbruch der Nacht, Aug in Auge mit dem Lichtembryo. Seitdem hatte er oft gedacht, dass auch sein Leben ein derartiger Fötus sei, in sich eingerollt wie eine Farnspitze im Schoß des Daseins, ein Fötus, der Stufe um Stufe die jahrhundertealte Geschichte seines Geschlechts wiederaufnahm, der berühmten Familie, die im Schatten oder im Glanz die Geschicke des unglücklichen, gemarterten, so oft zerrissenen Polen gelenkt hatte. Seine Kindheit war ebenso obskur gewesen wie die ersten Adligen, Ruthenen und Litauer, die in den Sümpfen des Ostens gelebt, gekämpft hatten und zugrunde gegangen waren, von Tataren zerstückelt, von Schweden gejagt, als Kriegsgefangene in die Fjorde des fernen Norwegen geschickt, wo sie weiße Kirchlein am Rande graueneinflößender Abgründe gestiftet hatten. Als Jüngling war er schön und herrlich aufgeblüht gleich der langen Reihe von Kazimierz und Stanisław und August, die in ihren Gemächern mit erdpecharthigen Bildnissen an den mit Córdoba-Leder verkleideten Wänden über zerfetzte Landkarten gebeugt waren. Die erste Frau hatte er mit fünfzehn Jahren gehabt, und den Schrei dieses Augenblicks, in dem er sein Perlmutt in den Blütenboden jener vergessenen Magd geschleudert hatte, brachte er mit dem sagenhaften Umstand in Verbindung, der sich vor zweihundert Jahren ereignet hatte, als Fürst Kazimierz Czartoryski, sein Ahn, der Gründer des Geschlechts, mitten in der Nacht unter seinem Himmelbett aus einem schaurigen Traum erwacht war: Ein großer tropischer Schmetterling hatte sich ihm aufs Gesicht gesetzt, sich mit den Krallen der sechs Beinchen daran festgeklammert, seinen zusammengerollten, drahtharten Rüssel entrollt, als wühlte er damit im Kelch einer Blüte, und ihm die Spitze in die Stirn gestoßen. Der Schlafende hatte gespürt, wie jene diabolische Sonde ihm quietschend bis in den Mittelpunkt des Gehirns vordrang, und hatte durch die durchscheinend gewordenen Lider die glühenden Augen des flaumbedeckten Raubtiers mit gefiederten Fühlern und Flügeln, die nunmehr das All verfinsterten, gesehen. Er war brüllend aufgewacht, hatte den ganzen Palast aus dem Schlaf gerissen, nach einem Spiegel verlangt, es war kein Traum gewesen: Mitten auf der Stirn hatte er eine runde Wunde, so groß wie die Spur eines Holzwurms, aus der noch ein Blutrinnsal quoll. Kein Monat verging, und der Fürst erlosch nach einer entsetzlichen Krankheit. An die Hofärzte erging der Befehl, seinen Schädel zu öffnen; in seinem perlmuttfarbenen Gallert, erzählt die Legende, fanden sie eine Quarzkugel von der Größe eines menschlichen Auges, schwer wie Blei, von der sein Sohn die eklige Plazenta, die ihren Glanz trübte, eigenhändig abwusch, und von der er sich nie mehr trennte. Die Quarzkugel, die seltsam, paradox funkelte, als würde das Licht im Innern einen labyrinthischen Weg zurücklegen, durch Membranen und Mikrotubuli dringen, hatte sechs Generationen lang durchlaufen, bis sie in Witolds linke Handfläche gelangte, wo sie monströs drückte wie ein unirdisches Siegel. Seit dem Alter von fünfzehn, seitdem er seinen heißen Saft in eine Frau ergossen hatte, dort, »inter faeces et urinam«, wo das Wunder aus Verworfenheit seinen Anfang nahm, hatte sich der Fürst nicht mehr von der glashellen Sphäre getrennt, die er gerade an diesem Abend im Halbdunkel der Bibliothek von seinem Vater empfangen hatte, als hätte dieser auf wer weiß welch okkultem Wege erfahren, dass der sehr junge Fürst ein Mann geworden war. Damals wusste Witold nicht, dass es bei seinem großen Vater, Adam Jerzy, ebenso geschehen war, und auch bei seinem Großvater und Urgroßvater, so dass in der Familie die Kugel den ironischen Namen »der dritte Hoden« erhalten hatte und den Ruf eines magischen Potenzierers der Manneskraft im Bett der Czartoryskis. Witold trug sie jedoch nicht wie die andern möglichst nah dem eigenen Schmuck, sondern zog es vor, mit ihr unterm Kissen zu schlafen, um Träume mit Vorahnungen zu haben. Tagsüber, in den Stunden der Ruhe und Muße in seinem Gemach mit der ungewöhnlich hohen Decke, spielte er häufig mit der Kristallkugel, rollte sie über Kinn, Lippen und Nase, bis er den für sie passenden Ort fand, oberhalb der Stelle, wo die Augenbrauen zusammenstoßen. Wie er so in seinem Hemd aus feinem holländischem Leinen mit gischtendem Spitzenkragen auf dem Bett ausgestreckt lag, das Gesicht nach oben gewandt, spürte der Fürst dann das gewaltige Gewicht der Kugel auf der Stirn. Die Schädeldecke krachte aus allen Gelenken, stand kurz davor, die Nähte wie die Knospe einer Blume zu sprengen. Mit geschlossenen Augen, mit seinen weiblichen, zart gebogenen Wimpern, die ihren Schatten auf seine Wangen warfen, hatte der junge Mann zuweilen das Gefühl, durch jenes eisige Auge sehen zu können, dass kraft einer seltsamen Transsubstantiation seine Augäpfel kristallen waren, derweil die Sphäre an der Stirn Fleisch geworden war und, wie auf den Tafeln Leonardos, Augenmuskeln, eine dicke und gelbliche Sklera, eine rehbraune Iris, eine Linse erhalten hatte … Auf deren gewölbter Oberfläche schlängelten sich jetzt dünne Blutgefäße, rote und blaue … Ein fahler Nerv, wie eine feine Nabelschnur, durchzog ihm nun die Stirne und gelangte unter dem diffusen Druck der Hirnmasse sogar in die Mitte der Sehnervenkreuzung. In jenen Augenblicken der Träumerei hatte der Fürst das Gefühl, er sei auf der anderen Seite der Welt, in ihrem Futter von Traum und Seide; er spürte, dass er nicht wirklich für sich lebe, sondern dass eine kolossale Kraft ihre Lichthand in sein Fleisch hineingleiten lasse und ihn lenke, ihn auf den vorbestimmten Weg dränge, gewissermaßen wider die Natur, wie in jenem Zauberkunststück, bei dem eine durchsichtige Kugel entlang der Führungsschienen emporrollt, der Schwerkraft gleichsam trotzend. Und werden wir denn nicht alle gelenkt, ist denn der Geist, der sich uns ins Fleisch schleicht, mit unseren Augen sieht, mit unseren Ohren hört, unsere Muskeln und Knochen bewegt, die sonst träge wären wie eine eingeschlafene Hand im Schlaf, der mit unseren

Tränen weint, uns wie einen Anzug gebraucht, hat nicht eine derartige Hand mit Billionen Fingern jeden einzelnen in die Billionen Handschuhfinger unseres Leibes gestoßen? Als wären unsere Augen zwei auf der Ebene des Daseins ausgeschnittene Löcher, durch die jemand unsere Welt zudringlich ausspähen würde ...

Und die Reifung seiner persönlichen Geschichte wiederholte auch die Stammesgeschichte der hochadligen Art, deren letzter Vertreter er war, deren blindes Tappen, geleitet von einem Willen, der nicht seiner war und vollkommen einem gewissen Hang der Nebenlinie der galizischen Herzöge zu Bereichen entsprach, die deren gewöhnliche politische und galante Gewohnheiten überstiegen. Gewiss, die Familie hatte niemals fernab der nationalen Politik gestanden, und Witolds Vater hatte selbstverständlich eine bedeutende Rolle in der nur wenige Jahre zuvor ausgebrochenen Revolution gespielt; doch das, was ehedem vom Clan der Czartoryskis schlicht und einfach als ihre Pflicht gegenüber dem Vaterland wahrgenommen worden war, ihr Schicksal als blaublütige Adlige, war seit einem Jahrhundert korrodiert und war nun wenig mehr als die Wahrung des Scheins, »das Aufrechterhalten des Rangs«. Darunter hatten sich eine andere Art Pflicht und eine gänzlich andere Treue eingeschlichen. Seit sechs Menschenaltern hatte sich die Familie – offenbar nicht ohne Bezug zum Albtraum vom Schmetterling und der Kristallkugel – auf eine für ein Adelsgeschlecht und vor allem für ein nördliches, sumpfiges, nebelverhangenes Gebiet verschrobene Betätigung eingelassen. Kazimierz' Sohn Jan, der erste Erbe der Kugel, hatte sich in ein Jagdhaus unweit von Czartorysk, dem Städtchen, aus dem die Familie stammte, zurückgezogen und der Dienerschaft den Befehl erteilt, man möge das Gerücht verbreiten, dass der Fürst in den Armen einer unbekannten Schönen verschwunden sei und in die Welt zurückkehren werde, nachdem er ihrer Reize überdrüssig geworden.

Der Einzige, der die Wahrheit kannte, war sein bester Freund, dem gestattet worden war, mit verbundenen Augen und in einer geschlossenen Kutsche den exzentrischen Fürsten zu besuchen, den er in einem runden Salon unter einer hohen, von ovalen Gauben umgebenen Kuppel fand. Wände und Kuppel waren vollständig mit grotesken Malereien in grellen Farben bedeckt: exotische Vögel, Tiger mit menschlichen Augen, Phantasie-Chamäleons, nackte Frauen mit kecken Brustknospen, unmögliche Maschinerien, Dämonen. Der Fußboden war ein kreisrunder Spiegel von zehn Klaftern im Durchmesser, in dem der darüber gewölbte Irrsinn sich in den Abgrund verlängerte. Der Fürst stand selig in der Mitte des Salons auf den Sohlen eines anderen, kopfstehenden Fürsten, wie eine Figur aus einem Kartenspiel; um ihn standen auf dünnen, zart geschwungenen Beinen vier Tischchen aus Palisander mit kunstvollen Intarsien. Auf jedem befand sich ein mit wimmelnden Seidenspinnern bedecktes Tablett. Die fetten, perlmutternen, flugunfähigen Schuppenflügler waren herausgequollen und irrten wie berauscht umher, stießen gegeneinander, ihre gefiederten Fühler verhedderten sich ineinander, auf den Beinen der Tischchen, auf dem Spiegel des Fußbodens, auf dem Gehrock und in der Perücke des Fürsten, an den mit jenen beunruhigenden, aufreizenden, irrsinnigen Zeichnungen bedeckten Wänden, und gelangten bis hin zu der Kuppel, an deren Scheitel eine gewaltige Tarantel mit gegrätschten Beinen gemalt war. Fürst Jan war der Schrulle der Seidenraupen verfallen und erklärte nun mit unendlich vielen Einzelheiten seinem Freund den Fortpflanzungskreislauf des kostbaren Tieres, dessen Verwandlungen und Ansprüche, die Monomanie der Maulbeerblätter, womit es sich ausschließlich ernährte wie ein Opiumsüchtiger vom süßlichen, den Mohnkapseln entsprungenen Samenkorn. Dort brachte der Fürst seine letzten drei Lebensmonate zu, wobei er auf der harten Oberfläche des Spiegels zusammengekauert schlief, Schulter an Schulter mit den Dienern Maulbeerblätter zerkleinerte, das Wimmeln der Seidenwürmer verfolgte, ihre Fressgier, ihre fühllose Trägheit von künstlichen Wesen, die in der Welt erschienen waren und von anderen Wesen aufgezogen wurden, denen sie keinerlei Beachtung schenkten, wenngleich diese gigantisch waren und sie, tief über sie gebeugt, betrachteten, ebenso wie sie auch nichts von dem Zweck wussten, für den sie auf die Hand genommen, gepflegt, gehätschelt und liebkost wurden wie Säuglinge. Sie vertrauten schlicht und einfach der Gunst der Götter, die lächelnd über sie wachten, die dafür sorgten, dass es ihnen an nichts fehle, dass sie ihr paradiesisches Leben zu Ende führten, vielleicht bis ans Ende der Zeiten. Wie hätte ihnen in den Sinn kommen sollen, wie hätte sich der Nervenknoten, den sie anstelle des Gehirns hatten, vorstellen können, dass die Götter geduldig darauf warteten, bis die Würmer sich in eine Puppe aus schimmernder Seide einwickelten; dass jene Seide und nicht ihr Leben kostbar für sie war, dass die Kokons, in denen ihre lebendigen, in Verwandlung begriffenen Leiber unbehelligt träumten, die Mandorlen, in denen sie zu einem inneren Himmel auffuhren, in siedendes Wasser geworfen werden würden? Dass sie unter schrecklichen Qualen umkommen würden unter den lächelnden Augen der großen Götter, die ihren durchsichtigen Speichel auf Spulen aufwickeln, daraus Gewänder weben und dass sie die Leiche, die den Wunderfaden abgesondert hatte, voller Ekel in den Müll werfen würden ... »Was werden die Engel, am Ende der Zeiten, von uns ernten?«, hatte Fürst Jan seinen Beichtvater nachdenklich gefragt. Während der Zeit, welche die Unterredung dauerte, schrieb Graf Wojnicki später in seinen Erinnerungen, hatte Fürst Czartoryski mit der Kristallkugel gespielt, sie über das Tablett mit den wimmelnden Seidenspinnern gerollt, sich damit vergnügt, ihre sanftmütigen Gesichter mit den vorquellenden Augen durch das Kristall zu betrachten, das sie plötzlich vergrößerte und phantastisch verzerrte. »So gesehen ähnelten sie den Gesichtern mancher verzweifelter Höllenbewohner ...«

Hatte Fürst Jan für die Seidenwürmer eine rein entomologische Leidenschaft gehegt und ihre Opferung der durchscheinenden Fäden wegen entrüstet abgelehnt, so hatten jedoch seine Nachfahren, die sich sehr viel besser in der wirklichen Welt zurechtfanden, auf der sonderbaren Besessenheit des Vaters ein unerwartet einträgliches Geschäft gegründet. Die Seide erfuhr eine Nachfrage, die durch nichts gestillt werden konnte, ebenso wenig wie das Verlangen der Frauen, die sie trugen, nach Liebe. Seide und Perlen, Perlen und Seide, die einander den Perlmuttglanz borgten, die Zartheit des Betastens, welches das gegenseitige Berühren der Wimpern vorwegnahm, der Busen, der halb geöffneten Lippen. Die Männer liebten es, ihre Frauen in deren glühend heißen Schlafgemächern durch Seidenschleier hindurch zu verschlingen. Schauer durchzuckten die Frauen, wenn sie mit ihren in die schillerndsten Farben getauchten Seidenschärpen und -turbanen ihre Nebenbuhlerinnen herausfordern konnten. Der ursprünglichen, in Puławy eröffneten Werkstatt gelang es nach einigen Misserfolgen, gewisse Mengen an Seidengarnen herzustellen, doch die Witterung, die ewige Trübsal der baltischen Himmel, die Bitterkeit des Maulbeerblatts in jenen Gegenden schienen der Unternehmung nicht sonderlich günstig. Also versuchte die Familie, ihr Geschäft zu retten, indem sie es vermittels ihres gewaltigen Netzes politischer und ehelicher Bündnisse an verschiedenen Orten ansiedelte. Nirgendwo warf die Seidenraupenzucht bessere Erträge ab als im nördlichen Italien, in einigen Dörfern und Städtchen um den Comer See, wo die geflügelten Tiere sich heimisch zu fühlen schienen. Im Übrigen war der Ort auch für Menschen ein Paradies. Entlang den eisigen Wassern zogen sich Berghänge hin, überragt von den riesigen, gleichmütigen Gipfeln der Alpen, die sich da und dort in der Glanzfläche des Sees spiegelten. Allüberall waren ziegel- oder pomeranzenrot gestrichene kleine Villen hingestreut, bei denen schmale Fenster in Stuckeinfassungen sich mit Unheil abwehrenden, verträumten Statuen abwechselten. In ihren von glimmerblinkenden Mauern eingefriedeten Höfen reckten sich die schwarzen Spindeln der Königszypressen himmelwärts, der totenhaften, sehnsüchtigen Bäume, Embleme des mitternächtigen Italien. Sooft sie ihre Blicke zu deren erstarrten Fackeln hoben, wiederholten sogar die Bauern, die in jenem Landstrich Dante und Petrarca auswendig kannten, Verse aus einem alten Gedicht: »Tod, Zypressen, Höllen, wandelt in Leben, in Lorbeern, in ewig Gestirne.«[57] Kleine Ortschaften, um je eine romanische Kirche aus großen unbehauenen Steinen geschart, wechselten sich ab mit Olivenhainen, Fischerdörfern, unfruchtbaren Gebieten, durch die sich der Weg am Seeufer dahinschlängelte, so schmal, dass nur ein von Wasserbüffeln gezogener Wagen durchfahren konnte. Und jedes Kirchlein, jede Kapelle in den Dörfern mit weißen Häusern und dachziegelbekrönten, efeubehangenen Mauern rühmte sich eines Heiligen, einer Madonna, einer Himmelfahrt, eines Abendmahls, die ein großer Meister der Vergangenheit gemalt hatte. Jener Ort war nicht von dieser Welt. Es war ein Spross des Paradieses, auf das Jammertal aufgepfropft, der fest angewachsen war und Früchte trug. In Como, der größten Stadt der Umgebung, hatten die Polen eine große Seidenfabrik gegründet, die bald in ganz Europa berühmt wurde. Nicht selten sah man an den Toren der weitläufigen Werkstätten aus Hamburg, aus Passau, aus Moskau oder aus Den Haag Angereiste, staubbedeckt, kreuzlahm nach den Tagen der Fahrt mit der Postkutsche, die darauf warteten, gleich an Ort und Stelle, ohne Zwischenhändler, die Schleier aus federleichtem Gewebe zu kaufen, kunstvoll bedruckt mit

---

57 Giordano Bruno, »De gl' heroici fvrori«, Paris [= London] 1585.

ortseigentümlichen Motiven, exotischen Vögeln, Tigern mit menschlichen Augen, Phantasie-Chamäleons, nackten Frauen mit kecken Brustknospen, unmöglichen Maschinerien, Dämonen … In einigen Holzschuppen wurden die Seidenraupen gezüchtet, vom perlmutternen Samen bis hin zum fetten Falter, der ein weiteres Samenhäufchen absetzte, in anderen wurden die in ihre Kokons eingewickelten Puppen in Kessel mit kochendem Wasser geworfen; dann fanden die Arbeiterinnen mit zarten Fingern das freie Ende und begannen, den schimmernden Faden auf Lockenwickler aufzurollen, ein einziger fortlaufender Faden von der Länge einer Seemeile. In der Backsteinfabrik hörte man unausgesetzt das erbarmungslose Rumpeln der Webstühle, das Zischen der Weberschiffchen, das derbe Lachen der Weber, die einander bildhafte Beschimpfungen zuwarfen, denn das archetypische Ideal ihres elenden Lebens war »cazzo longo, figa stretta«[58], und nur mit dem Gedanken an die nächste zwischen den Schenkeln ihrer Frauen verbrachte Stunde hatten sie noch die Kraft, immerzu an den Litzen des Geräts herumzufingern. In die Färberei ging man nur selten und nur in ernsten Geschäften, denn dort arbeitete man mit Säuren und Gemischen, die so nach Ammoniak stanken, dass es einen umwarf. Trat man in jenen Höllengraben, schossen einem schon in den ersten Augenblicken die Tränen in die Augen, und man wusste nicht, ob es wegen der durch die Chemikalien verursachten Reizung geschah oder wegen des Mitleids mit den etwa zwanzig Jungfrauen, keine hatte das Alter von vierzehn Jahren überschritten, die, berauscht vom Äther der Farbstoffe, bleich wie der Tod, mit geschlossenen Augen und über die weißgewandeten Leiber wogenden Haarmähnen, mit dünnen Pinseln aus Eichhörnchenschwanzhaaren über die in Holzrahmen gespannten Stücke roher Seide fuhren, sie zwanghaft, wie in Trance, mit den

---

58 »langer Schwanz, enge Fotze« (ital.).

immergleichen fratzenhaften Motiven bemalten, exotische Vögel, Tiger mit menschlichen Augen ... Vor ihnen stand wie eine Lehrerin vor einer Mädchenklasse an einem besonderen Werktisch eine reife, füllige Frau in Dessous aus schwarzer Spitze, die ihr aschfahles Fleisch, die Dehnungsstreifen auf den Schenkeln, den üppigen Busen, die Achselhöhlen, aus denen goldene Fädchen lockigen Haares lugten, deutlich hervortreten ließen. Die Frau hatte tiefe Ringe unter den Augen, ein Anzeichen von Zügellosigkeit, und wollüstige, dick geschminkte Lippen. Auf die vor ihr liegende durchscheinende Tafel zeichnete sie jeden Tag dasselbe Bild, eine anthrazitschwarze Spinne mit einem roten Fleck auf dem Unterleib. Es war das Emblem der Schwarzen Witwen, das Kopftuch, das die meistgefürchteten Räuber der Gegend um den Schädel gebunden oder um den Hals geknotet trugen, um es während der mörderischen Streifzüge durch die Villen der Umgebung vors Gesicht zu ziehen und nur ihre unbarmherzigen Augen sehen zu lassen. Von Zeit zu Zeit stand die Frau auf und ging wiegenden Schritts zwischen den Werktischen der durchsichtigen Jungfrauen hindurch, strich hier mit ihrem Finger, an dem ein Ring aus Mammuthaar stak, über die zarten Wirbel der einen, ließ sie erschaudern, bis sie über und über die Gänsehaut bekam, fasste dort einer anderen ins gelockte Haar, zwang sie, den Kopf zurückzuwerfen, und führte ihren Mund an deren Kindermündchen heran, bis sich dieses öffnete und ein Ausdruck furchtbaren Leidens sich im Gesicht der also Verführten abzeichnete. Alle in Como kannten die Frau mit den Augenringen, es gab keinen Mann, der nicht, gewöhnlich in Gesellschaft anderer Gefährten, verloren in ihrem hellhäutigen Fleisch, nächtelang in den drei unersättlichen Öffnungen ihres Leibes gewühlt hätte, um den Verstand gebracht durch ihr Gestöhn einer kaiserlichen Sau. Gleichwohl gab es keinen Sonntag, an dem die »Hure Babylon«, wie alle sie nannten, nicht in der opalenen Luft der Kirche auftrat, im Galakleid, ein Korallenkreuz um den Hals und ein kleines silberbeschlagenes Evangeliar in den Händen, um dort in der Mitte des feierlichen Schiffs niederzuknien und inbrünstig zu beten. Am Ende der Messe erhob sie sich geläutert, mit dem seligen Blick einer Opiumesserin, und trat wie eine Königin aus dem engen und niedrigen, wie so oft in Italien hinter einer prunkvollen Fassade versteckten Bauwerk. Bei der Hure Babylon war am Morgen unserer Erzählung Fürst Witold gewesen, der nun von ganz anderen Gedanken gepeinigt war.

Es war beinahe vollkommen dunkel geworden. Das Wasser des Sees war jetzt schwarz und ruhig, am Himmel zeigte der Mond seine scharfe Scheibe deutlich umrissen, nur an einem Rand des Himmels verharrte ein sauerkirschrotes Herz. Bellagio war nun eine Pflanzstätte von Lichtlein, die einen dunklen Felsen hinaufkletterten und sich von dort zitternd in die glitzernden Wasser stürzten. Oben, nahe am Kamm des Hügels, gewahrte man weitere Lichtchen, durch einen großen dunklen Streifen von denjenigen im Tal abgeschieden. Die Fenster der Villa Serbelloni, hatte sich Witold gesagt, wobei er sich nachlässig durchs Haar fuhr und erst jetzt den Seidenspinner entdeckte, der sich in seinem Schopf verfangen hatte. Er legte ihn auf die Hand und hob ihn vor die Augen: ein flaumumhüllter Fettwanst mit Flüglein, die ihn nicht mehr tragen konnten, leicht bibbernd, weißlich im Dunkel schimmernd. Er ließ ihn wie einen Marienkäfer auf den nach oben gerichteten Zeigefinger hochkrabbeln. Der Schmetterling blieb dort stehen, wie ein Schiffbrüchiger an einem Felsen. Für ihn gab es keinen Weg zurück. »Bądź co bądź«, lachte Witold bitter und schüttelte, einen unerwartet grausamen Zug um den Mund, den Falter in das eisige Wasser.

»Guarda, signore!« Der Bootsmann zeigte ihm mit ruckartiger Gebärde einen runden Felsen, der nur einen Steinwurf vom Ufer entfernt aus den Wassern ragte, doch Witolds Blicke waren noch auf das schwarze Wasser neben dem Kahn gerichtet, wo der Schmetterling mit durchweichten Flügeln schweigend ertrank. »Il sacco del pane.« Zwei Jahrhunderte zuvor, zur Zeit der Beulenpest, buk man in Bellagio reines Brot, das einzige nördlich des Po-Tals, denn die Landzunge war abgeschottet, und die Seuche hatte die Bewohner nicht befallen. Das Brot für die Stadt Varenna wurde auf den großen, aus dem Meer ragenden Stein gelegt, und die Kaufleute, die mit den geräumigen, tief liegenden Frachtkähnen ankamen, luden es auf und legten stattdessen in einem mit Essig gefüllten Kupfergefäß die geschuldeten Münzen auf den Felsen, die sich auf diese Weise vom Gifthauch der furchtbaren Plage reinigten. Der Landstrich brachte Legenden und Wunder hervor, reichlicher noch als die Feigen- und Orangenernten. Witold sammelte sie aus künstlerischer Leidenschaft. Seine ersten, in Krakau gedruckten Gedichtbände waren voll von solchen Legenden in Versform, die meisten davon aus dem Weisheitsschatz der um die Ostsee Lebenden, doch in letzter Zeit, seitdem die Familie dem jungen Dichter das Seidengeschäft in Como anvertraut hatte, war sein Imaginäres mit Gesichten aus dem herrlichen, besonnten Italien voller antiker Säulen, schöner und leichter Frauen und Engel aufgeladen worden. Er hatte sogar geplant, ein Buch in drei Teilen zu schaffen, wobei jeder mit einem der Arme des Y-förmigen Sees zusammenhing: Como, Lecco und Colico, ein Buch, das er »Poemi di Lario« nennen sollte, nach dem alten und wahren Namen des Sees. Jedes Gedicht sollte je einer Frau gelten, die er in den zwei Jahren, seitdem er hier weilte, in den an jedem Wasserarm aufgereihten Dörfern geliebt hatte. Es waren mehr denn hundert gewesen, einhundert Fleischstollen, durch die er versucht hatte auszubrechen, auf die andere Seite zu gelangen, einhundert Ausgänge, die nirgendwohin führten, die blind ausliefen, ehe sie die geringste Aussicht auf Erlösung boten. Sein Buch würde eine eingehende Karte dieses Systems unterirdischer Stollen sein, die in dem großen Felsen der Weiblichkeit allesamt miteinander verbunden waren, sich aber außerhalb ihrer selbst nicht aufschlossen, sondern vielleicht zu einem einzigen Ort führten, zu einem einzigen heiligen Schoß, in dem ein einziges Ei levitierte, die Mandorla, in der wir in den Himmel fahren. Hin zu jener einzigen Perle aus der einzigen Muschel des Kerns der Weiblichkeit schleuderte der junge Fürst allzeit seine Sendlinge, die Tropfen perlmuttsilbriger Flüssigkeit aus so vielen ineinander gequetschten Heiligenscheinen, aber die Milliarden Tierchen, alle mit einer ins eigene Fleisch tätowierten Botschaft von ihm, verirrten sich auf langen und furchterregenden Wegen, wo sie zugrunde gingen, von Ungeheuern verschlungen, in Schluchten gestürzt, von Abgründen wallender Wasser verschluckt. Denn die Frauen des Ortes, die zu den begattungsgierigsten der Welt gehörten, waren auch diejenigen, die am meisten kundig waren, wie man die Hoffnung auf Erlösung bereits im Keim abtöten konnte. Vorzeiten pflegten sie die Lüste des Bettes in Sicherheit zu genießen, indem sie den Männern lügnerische Schächte gaben, den Mund mit den Lippen und der Zunge, die sich darauf verstanden, die dickflüssige Milch dem den Burschen wie ein Euter zwischen den Schenkeln hängenden Sack abzumelken; den Graben zwischen den zusammengepressten Brüsten, die behaarte und nach Moschus riechende Achselhöhle. Nicht selten, mit gerecktem Gesäß und gegen die knittrigen Laken gepresster Brust, ließen sie sich wie die Knaben am Ort der Schande durchstoßen, wo sich ihr schrecklicher Schmerz mit einem Mal in eine perverse, gotteslästerliche Lust wandelte, die sie wie im Höllenfeuer schreien ließ. Seitdem in Como Seide hergestellt wurde, hatte die Furcht, schwanger zu werden, die Bäuerinnen und Arbeiterinnen aus der Umgebung jedoch verlassen. Jede hatte nun je ein spinnwebdünnes, aber so dicht gewobenes Tuch unterm Kissen, dass man in einem daraus gebildeten Beutel Wasser tragen konnte, ohne dass auch nur ein Tropfen verlorenging. Keine Einzige empfing mehr ihren Liebhaber in dem von Gott für die Begattung vorgesehenen Loch, ohne zuerst mit geübten Fingern den durchscheinenden Schleier über die Scham zu legen, so wie die Standbilder der großen Göttinnen von ihrem gestirnten Gespinst bedeckt waren. Über sie, über alle und über jede Einzelne sollte Witold in dem Buch schreiben, von dem er bereits träumte, das Buch in Y-Gestalt, das an das weibliche Y in der Klammer der goldenen, muskulösen Hüften und an das Y des Sees erinnerte, wo Bellagio, auf sein kleines Vorgebirge geklettert, der süße Kitzler war, verborgen in der rosigen Kapuze einer Alpenfrau.

Aus dieser Träumerei weckte ihn der Fischer, der mit wenigen kräftigen Handgriffen das Boot auf die Anlegestelle aus schleimigem Holz zusteuerte, das von durch rhythmisch gegen die alten Pfeiler schlagende Wellen angespülten trübdunklen kleinen Muscheln überkrustet war. Witold sprang auf die Beine, der Mantel bauschte sich um seinen Leib. Im Mondlicht lösten sich die Wasser in goldene Halbkreise auf. Am Ende des Anlegers stand ein fremder Mann, zweifellos einer der Wissenden. Obgleich er ahnte, dass er erwartet würde, fuhr der Fürst bei seinem Anblick entsetzt hoch, wie wenn man im Traum von einem sehr hohen Turm abstürzt. Doch ging er auf dem knarrenden Steg über den Wassern mit einer Resignation dem einsamen Mann entgegen, von der die Czartoryskis seit langem ergriffen waren, selbst zur Zeit des Fürsten Jan, denn die Leidenschaft für die Seidenraupenzucht war in diesem halb wahnsinnigen Spross der großen Familie von einem solchen einsamen Mann erweckt worden, von einem Wanderer, wie er sich in Ermangelung jedes anderen Namens oder Titels selbst genannt hatte. Dort, im fernen Königreich Krakau, hatte Fürst Jan den ersten Samenbeutel von ihm erhalten: winzige gelbliche Eier, leicht wie Mohnsamen, aus denen die dicklichen Würmer schlüpfen sollten. Der Mann in Schwarz mit schlichtem weißem Kragen, in dem eine Nadel mit einem Diamanten funkelte, hatte ihm nichts gesagt, doch auf der eingedrehten Tüte aus porösem Papier stand in kleiner, seltsamer Schrift etwas mit Sepiatinte geschrieben. Nachdem er die Samen auf Tabletts mit klein gehackten Maulbeerblättern ausgeschüttet hatte, hatte der Fürst den zerknüllten Kegel auseinandergefaltet, ihn mit der Handfläche auf dem Pult geglättet und zerstreut versucht, den eng geschriebenen Text, scheinbar ohne Anfang und Ende, auf der zweidimensionalen Bran aufzudröseln, die unserer Welt ebenso fremd war wie ein Märchen mit Drachen und Einhörnern. Der Fürst erinnerte sich aus den Kosmologie-Unterrichtsstunden, die er in seiner Jugend von einem ausgemergelten Lehrer erhalten hatte, dunkel daran, dass die Schwertkraftwellen eines massiven Körpers auf einer Bran auf eine parallele Bran in rechtem Winkel übertragen werden können und auf diese Weise einen unwahrscheinlichen Kommunikationskanal zwischen zwei in ihrem Rätsel verschlossenen Welten eröffnen. »Ein massiver Körper«, wiederholte er, während er einige Male nickte, und ihm kam sofort der aus dem Schädel seines Vaters extrahierte Quarzglobus in den Sinn. Und in der Tat, nur durch die sphärische, im milchigen Frühlicht leicht über die kaffeebraun-rötlichen Zeilen geführte Linse gelesen bekam der Text, dessen Buchstaben in der Mitte der Kugel jäh aufklafften, um zu deren geradem Rand hin klitzeklein zu werden, nicht nur einen Sinn, sondern sozusagen einen exponentiellen Sinn, als wären aus dem scharlachroten Blut jener feinen und fiebrigen Handschrift die Saphirbasteien einer ewigen, in ihren eigenen Glanz eingehüllten Welt aufgestiegen. Es ging da um die Sekte der Wissenden, derjenigen, welche nicht von jemandem, sondern von sich selbst die frohe Botschaft empfangen hatten, in ihr Fleisch, ihren Geist, ihr Gedächtnis und ihre Träume eingedrückt, dass das Weltall fortbestehen werde, dass jedes Staubkörnchen und jedes Gestirnskörnchen und jeder Zahn und jedes Blatt und jedes Wort und jede Wolke von einem Demiurgen erschaffen sein würden, der noch nicht da war, oder virtuell da war, völlig anders als er, Jan Czartoryski, seiend war. Alles, die Welt mit ihrer grauenerregenden Dichte, mit ihrem Druck eines Wunders auf dem Quadratmillimeter, werde in einem Buch da sein, dessen Urheber noch nicht geboren war und der statistisch verschwindend geringe Daseinsaussichten hatte. Die Wissenden waren eine diffuse, kollektive Mutter, die entschlossen war, ihren Sohn um jeden Preis auf die Welt zu bringen, denn nur so konnte der Sohn seinerseits, in ekstatischen Qualen, in einer furchtbaren Freude seine Mutter gebären.

Dann wusste Jan, dass er sich in einer Erzählung befand, dass sein unbesonnenes Leben eines grausamen und ungebildeten Fürsten, das scheinbar auf eine vorzeitige Vergreisung und schließlich auf Tod und Auflösung zusteuerte, endlich, erlöst, in einer unsterblichen Erstarrung festgehalten worden war. Jetzt wusste er: Wo die Frohbotschaft der Wissenden hinfort auch verkündet werde, würde auch seiner gedacht werden. Denn Pia[59] hat Dante in dem wunderbaren und unzerstörbaren Vers überlebt: »Siena mi fé, disfecemi Maremma«[60] ... Er war betrachtet, war auserwählt, sein Dasein war nun stark, und selbst wenn er lediglich eine Randgestalt in der großen Erzählung gewesen wäre, die gegen Ende aus einer Erzählnotwendigkeit heraus in Erscheinung trat, wusste Jan doch, dass es ihn erst jetzt wirklich gab, wie es nicht Supernovae, Galaxienschwärme, Könige und Reiche gab, die sich in keiner einzigen Erzählung fanden. Es ist das, was er auch seinem Sohn auf dem Sterbebett gesagt und was wiederum dieser seinem Sohn zugeflüstert

---

59 La Pia [die Fromme] = Pia de' Tolomei, Edelfrau aus Siena, Gemahlin von Nello Pannocchieschi, die von ihrem zweiten Gatten aus Eifersucht in der Sumpfgegend der Maremma gefangen gehalten wurde und dort starb (vielleicht durch Mord).
60 Dante, *Purgatorio* V, 134; wörtlich: »Siena brachte mich hervor; zugrunde mich richtete die Maremma«.

hatte, jedes Mal, wenn sich die tragische Szene im Abstand von dreißig Jahren wiederholte: »Vergiss nicht, dass du in der Erzählung bist. Spiele deine Rolle zu Ende. Stecke deine Hand in den Handschuh der Zukunft, sprich deine Worte für Ohren aus, die es noch nicht gibt.« Und gleichzeitig mit diesen Worten und dem letzten Hauch des Sterbenden fiel, als wäre sie ebendieser letzte Hauch, die Kristallkugel aus der bleigrauen Handfläche in die heiße Handfläche und verlor noch etwas von ihrem ursprünglichen Glast.

Während der sieben Menschenalter zwischen dem Ahnherrn Kazimierz und Witold war die Kugel zusehends undurchsichtig geworden. Zu Beginn klar wie eisiges Wasser, war die bleischwere Kugel in den ersten Jahrzehnten unmerklich angelaufen, war hernach milchig geworden und schien zuletzt, nach Ablauf zweier Jahrhunderte, ein Elfenbeinglobus oder ein blindes, von einer undurchdringlichen Hornhaut überkrustetes Auge zu sein. Jedes Mal, wenn ein Fürst seinen Geist aushauchte, unter demselben Baldachin in demselben Gemach in demselben Palast, wohnten der Szene der Übergabe des sonderbaren Erbstücks Soldaten, Bediente, Kammerzofen, Priester bei oder auch einfache Knechte, die Feuer in den Öfen machten; von ihnen erfuhr man später, dass sie zur Sekte der Wissenden gehörten und darüber gewacht hatten, dass die Übertragung vonstatten ging, wie es sich gebührte. Die zitternde Hand des Sterbenden hätte die Kugel auf den harten Stein des Fußbodens fallen und in Tausende Scherben zerspringen lassen können. Die Wissenden hätten sich dann darauf verstanden, die auf dem Boden verteilten Scherben, indem sie die Zeit um einige Augenblicke zurückdrehten, aufzulesen und einander anzunähern, vermittels unendlicher Berechnungen sphärischer Trigonometrie die dreidimensionalen, schermesserscharfen Splitter dermaßen dicht ineinanderzufügen, dass die haarfeinen Zwischenräume einen komplexen Kreislauf bildeten, der die Technologie in reine Mystik verwandelte, und zu guter Letzt die ursprüngliche Sphäre glatt, fest und ohne Risse wiederherzustellen. Und die Wissenden hätten sich auch darauf verstanden, gleich den Bauchrednern, die dem trockenen Kehlkopf des Sterbenden nicht mehr entströmenden Worte zu ergänzen. Sie wachten über die Geschäfte der Familie mit den Seidenraupen, hatten Spitzel in die Werkstätten und Webereien eingeschleust, waren ins Bett der Herzöge und Herzoginnen geschlüpft, hatten in deren Gehirnen Nervenzellenschaltungen verändert und in deren Leibern die Entwicklung der Gicht und des Podagra beeinflusst, hatten rechtzeitig Regen bewirkt und die Schirmherrschaft über Hochzeiten und Taufen übernommen. Sie waren gewissermaßen wie ein Kontrastmittel am zeitlichen Verlauf der Czartoryski-Dynastie, ausschließlich von den Geweben der Familie in Anspruch genommen, während sie die übrige Geschichte im Unentschlossenen und Fahlen ließen. Der letzte Spross, Witold, hatte ihre Anwesenheit bereits in der Kindheit gespürt, denn die große Anatomiemappe war ihm nicht von ungefähr in die Hände gefallen. Danach war er ihnen immer öfter begegnet. Die erste Wissende, die sich ihm an einem frisch nach Sperma und Weib riechenden Nachmittag offenbart hatte, war eine ruthenische Bäuerin gewesen, die plötzlich zu ihm gesprochen hatte, nicht mit ihrer mundartlichen Stimme, sondern mit einer geschlechtslosen, nicht mit den Ohren gehörten, sondern federnd in einen logischen Raum gezeichneten Stimme. Der Schrecken, den er damals gefühlt hatte, hatte sich jedes Mal wiederholt, wenn ihn die von den Wissenden ausgehende metaphysische Kälte befiel. Doch niemals hätte er geglaubt, dass auch die Frau, die für ihn wie für alle Männer aus der Gegend zwischen zehn und neunzig Jahren das tägliche Brot war und nur dann aufgesucht wurde, wenn kein anderer Eingang ins Paradies zur Hand war, die Hure Babylon, irgendwie zur Sekte gehörte oder wenigstens ein Artefakt war, das ihm in den Weg gelegt wurde, um seine Bahn durch die Welt zu ändern. Zigmal hatte der Fürst, wenn er nächtens von den Werkstätten heimkehrte, beim Haus der Frau in schwarzer Unterwäsche haltgemacht. Wenn sie mit einem Mann zusammen war, gab sie diesem eilends den Laufpass und empfing den Fürsten, wobei sie sich die Lippen leckte, als wittere sie das warme Aas eines soeben erdrosselten Hirschs. Es folgten Stunden grenzenloser Ausschweifung, während deren der Fürst, in der Hölle, die Folter einer auslaugenden Lust durchlitt, die er nie für möglich gehalten hatte, und die ihm, wenn er sich den Armen des Weibes entwand, stets in gleichem Maße Schrecken und Reue einjagte, nicht so sehr wegen der Lust an sich als dafür, dass im Verlaufe jener phantastischen Umschlingungen die Frau oftmals zum Mann und der Mann zur Frau geworden und so die rätselhafteste Grenze unseres Leibes und unseres Geistes überschritten war. Vielleicht war es ein Wunder, die Kavernen, Katakomben und Kanäle der Krätzmilben dieser unausschöpflichen Welt zu erkunden, in die wir, ohne zu wissen, warum, geworfen wurden, in der uns gesagt wurde: »Suche!«, ohne dass man uns zeigte, was wir suchen sollten, und: »Kämpfe!«, ohne dass uns gesagt wurde, wie und gegen wen (wobei die einzige Gewissheit ist, dass wir dem Hier entrinnen). Doch seltsamer und erschütternder noch war es für einen Mann, plötzlich eine Vulva und Brüste zu bekommen und sich in seinen verborgenen Stollen von einem finsteren Henker mit dem Folterwerkzeug in den Händen erkunden zu lassen, als ob in dem Netz der Spinne der Schmetterling unversehens begriffe, dass er einen Giftstachel hat, und ihn jäh in den Leib des behaarten Tiers stieße, es lähmte und auszusaugen begänne. Im zerwühlten und schweißnassen Bett der Hure Babylon borgten Henker und Opfer sich oftmals den Dolch, in einem seelischen Spiel der beherrschenden und unterwürfigen Hirnhälften, dem ewigen Spiel des nach Lust schmachtenden Geistes.

Aber an jenem Morgen war das Spiel nicht mehr gespielt worden. Der Fürst war aus einem Traum erwacht, in dem er die massige Frau mit den schweren Gesäßbacken in der Werkstatt besaß, in der man die Seide färbte. Nackt bildeten sie zusammen eine durch das von der Decke, wo sich eirunde Glasfenster befanden, herniedersteigende Licht haarfein und kalt geformte Statuengruppe. Vor ihm niederkniend ließ die Frau ihre vollen Lippen an seiner Fleischsäule hinauf- und hinabgleiten, streichelte sein Skrotum mit kundigen Fingern, derweil die zwanzig um sie versammelten Jungfrauen gierig zusahen und ihre Nüstern blähten, um den Geruch rohen Samens zu spüren, der sich um die beiden Liebenden ausbreitete. Als er gespürt hatte, dass der heiße Saft ununterdrückbar hochstieg, riss Witold sich jäh vom Mund der Frau los. Die Arbeiterinnen warteten mit weit aufgerissenen Augen und unerwartet roten, bis zum Anschlag ausgestreckten Zungen darauf, dass der Tau aus dem lotrechten Stängel schieße, als Witold mit einem Steifen und rasend vor Drang nach Entladung erwachte. Der Traum musste Wirklichkeit werden, das in den aufgeheizten Samenblasen schmerzhaft zurückgehaltene Sperma musste vor jenen unschuldigen, in der süßen Halluzination im Morgengrauen gesehenen Augen ergossen werden. Er wusste nicht mehr, wie er sich die Kleider übergeworfen hatte. Er hatte die Schüssel, in der er sich gewöhnlich den Oberkörper wusch, unangetastet gelassen ebenso wie den Beutel aus Kalbsleder mit dem Zahnputzzeug, der eine Bürste, ein schwarzes Pulver aus gerösteter Brotrinde und ein kleines silbernes Messer mit einem Fischbeingriff zum Abschaben der Zunge enthielt, und war zu den Werkstätten geeilt. Er hatte einen Bogen um die Weberei gemacht und stürmisch den Saal betreten, in dem er, das war ihm sofort bewusst, erwartet wurde.

Die Mädchen ließen ihre sonst unausgesetzt bewegten Pinsel sinken und verfolgten mit den Blicken, wie er, schön und zerstreut mit seinem rabenschwarzen, in Locken auf die Schultern fallenden Haar, auf dem Gang zwischen den beiden Werktischreihen dahinschritt. Die Hure Babylon in ihrer Unterwäsche aus schwarzer Spitze stand dort vor den Werktischen, doch in ihrem Gesicht einer Oberpriesterin der Lust war keine Spur von gemeiner Begierde. Eigentlich zeigte sie das andere Gesicht, ernst und ekstatisch zugleich, mit glänzenden Augen wie bei Morphiumsüchtigen – das Antlitz, das sie an Sonntagen hatte, im stillen Schiff der Kirche in Como. Zwischen den in schwarze Körbchen eingefassten Brüsten trug sie an einer Halskette das Korallenkreuzchen, und auf dem Pult vor ihr blitzte das silberbeschlagene, mit einem Haken verschlossene Evangeliar wie eine Schatulle mit kostbarem Inhalt.

Verwirrt blieb der Fürst vor ihr stehen. Die Hoden taten ihm schrecklich weh, doch das Geschlechtsteil hing ihm jetzt weich zwischen den Schenkeln, denn die Augen der Frau waren nicht mehr die einer Dirne, sondern die einer Mutter. Undurchdringlich wie ein Fels, in sich verschlossen, als wären ihre Augen unvermittelt wie die der Puppen nach innen gekippt und hätten das Weiße im Auge nach außen gekehrt, trug die Hure Babylon nun die frömmelnde Jungfräulichkeit alter Jungfern zur Schau. Witold blieb lange Zeit vor ihr stehen, mit leerem Geist, wusste nicht, ob er noch bleiben sollte, war aber außerstande zu gehen. Ihre zueinander geneigten Stirnen schienen zwei Synapsenschwellungen am Ende einiger Nervenzellen, die sich schlängelnd mit vielen anderen in der Dichte des Manuskripts verflochten, immer mehr und mehr Verknüpfungen bildeten, kortikale Projektionen aussandten oder ins Rückenmark hinabstiegen, sodann in die Fleischestiefe des Leibes, wo sie die Finger, Lider und Stimmbänder kräftiger und unbekannter Wesen in Bewegung setzten, gebeugt über die Seite von transfinitem Licht, die du jetzt liest.

Und mit einem Mal kam in dem Raum zwischen ihren Stirnen, wie in einem synaptischen Spalt, in dem Dopamine oder

Monoaminooxidase-Hemmer freigesetzt wurden, die Berührung ihrer Geister zustande, und der Fürst empfing, aus wer weiß welch anderem Bereich des Buches, die kodifizierte Information, die er brauchte. Ihm fiel es wie Schuppen von den Augen, was er nun zu tun hatte. »Wo ist die Schachtel?«, fragte er, und die Frau zeigte in glücklicher Eilfertigkeit auf das Evangeliar. Erst jetzt bemerkte der Fürst, dass die heilige Schwarte breite Buchdeckel aus altem Elfenbein hatte und dass sie eigentlich einer Art Köfferchen glich. Die Frau in den schwarzen Spitzendessous schob mit dem lackierten Daumennagel den Haken zurück und schlug den Deckel des Kästchens auf, das dem Blick ein Polsterbett aus perlmuttsilbrigem, gefälteltem Satin mit Höhlungen in Gestalt der sie ausfüllenden Metallinstrumente preisgab, so angeordnet, dass sie den Raum möglichst sparsam nutzten. Witold hatte noch nie derartiges Werkzeug gesehen, mit manieristisch, mit einem Kurvenlineal vermutlich, in gleißendes Metall geschnittenen Haken, Spitzen, Zangen und Sägen, geschärft wie Rasiermesser, mit Griffen aus satiniertem Metall und verbunden durch Kugellagerkügelchen. Es war unmöglich zu erkennen, wozu jedes einzelne hätte dienen können, wenn nicht etwa dazu, den Zähnen, Sehnen und Gelenkkapseln auf zerfetzte Leiber und tierisches Brüllen herabgewürdigter Menschen möglichst viel lebhaften, unbarmherzigen, schrecklichen Schmerz zu entreißen. Von den vierzehn Metallmonstren, zwischen denen auf einer Kanüle deutlich der Buchstabe P (Peccavi? oder eher die geheimnisvolle Substanz P?) eingraviert war, hatte nur eines eine halbwegs gutartige Form, es war jedoch den Zeitgenossen jener Hälfte des 19. Jahrhunderts noch durchaus nicht vertraut. Der Fürst, der in den auf den Märkten verbreiteten Gazetten die Erfindungen verfolgte, die das Handwerk der Seidenverarbeitung hätten verbessern können, erkannte in ihrem Satinbett eine Haarschneidemaschine in Form einer Zange mit am Ende übereinandergreifenden Zähnen, deren

Abbildung er in einem vor einiger Zeit in Graz veröffentlichten Jahrbuch gesehen hatte. Er löste das schwere, kalte Instrument von unglaublicher Vollkommenheit aus seiner Kuhle und legte es aufs Pult. Danach trat er hinter die große sitzende Frau und berührte ihre Schulterblätter mit den Handflächen, wobei er die weiche Haut mit einer Schicht warmen Fetts darunter spürte. Dann löste er ihren Büstenhalter aus den Hafteln, als hätte er seine Tat nicht beginnen können, hätte das Weib nicht nackte Brüste mit roten Spuren von den Spitzenkörbchen gehabt; tatsächlich zeigte sich erst jetzt, da ihre kaiserlichen, sich weich zum Bauch hin senkenden Brüste entblößt waren, ihre Bildnisbüste klar und scharf umrissen in der Herrlichkeit des Morgens, der, wie in Witolds Traum, von den eirunden Gauben niederstieg.

Unter den lüsternen Augen der Jungfrauen, die sich um sie geschart hatten, begann der junge Mann den Schädel vor ihm der Haarsträhnen, die nacheinander in Locken zu Boden fielen, zu entledigen. Zuerst legte er den Nacken mit seinen Zwillingsmuskeln frei, dann drang er zum Scheitel der Kuppel vor, sehr langsam, stolperte über den kleinen Höcker des Hinterhauptes, ging zu den Ohren über, die er nach und nach von dem weichen, durchscheinenden und zotteligen Labyrinth Millionen horniger Fäden loslöste. Bereits beim Nacken, wie der auf einer dunklen Anhöhe ruhende Fuß eines Regenbogens, begann die Zeichnung sichtbar zu werden. Sie wurde in Umrissen erkennbar, bunt, gleichsam dreidimensional, nicht tätowiert, sondern sozusagen in den Knochenfelsen gehauen, mit ebenso scharfen Details wie das Ganze auch, als wäre jede Einzelheit unter dem warmen Strahl des auf ihr ruhenden Blicks jäh expandiert. Witold schob die Zähne der Haarschneidemaschine weiter ins Haar der Frau, gebannt von der erstaunlichen Gründlichkeit des Instruments: Die Haare wurden gleichsam mitsamt der Wurzel ausgerissen, die Kopfhaut blieb sauber und glänzend wie eine große Elfenbeinkugel, auf der nur die Höcker des Schädels, vor allem hinter den Ohren, in einem vom Spiel der Schatten mit dem Licht geformten Relief hervortraten. Der junge Mann erinnerte sich daran, dass auf diese Weise die großen Geheimnisse von Bündnis und Verrat zwischen den großen Reichen von einst übermittelt wurden: durch kahlgeschorene Sklavinnen, deren Schädel mit dem schrecklichen Sendschreiben tätowiert und denen dann gestattet wurde, die Haare nachwachsen zu lassen. Schließlich wurden sie in die weite Welt verkauft, im Schatten der Paläste abermals geschoren, wie lebende Episteln gelesen, daraufhin enthauptet, worauf man ihre Köpfe den Flammen übergab. Jahrtausendelang wurde dieses sonderbare Geschäft von der Mutter an die Tochter weitergegeben, wobei man in jeder Generation die Sklavinnen auswählte, denen das Haar am schnellsten wuchs, so dass am Ende einer langen Auswahl irgendein Tyrann auf einer halb sagenhaften Insel stolz war auf die Sendbotinnen, deren Haar in nur wenigen Augenblicken wuchs und so die Runen auf ihrer kostbaren Kuppel flugs überdeckte. Dringende Botschaften konnten mithin noch in derselben Stunde übermittelt werden.

Wie merkwürdig war das Metall der Maschine! Warm und gleichsam flüssig, als wäre es eigentlich Quecksilber, von einem unsichtbaren Kraftfeld in seine Form gezwungen. Es schillerte und plätscherte, während es in die Haarsträhnen einsank. Witold wollte sich die Zeichnung noch nicht ansehen. Ihm schien es, er sei gar nicht mehr derjenige, der wie ein Schlafwandler die Locken schimmernden Haares unter der gezahnten Sohle hervorzog. Wie im Traum erinnerte er sich daran, dass er in tausend Seiten Entfernung diese aufwühlende Szene schon einmal erlebt hatte, unter einem anderen Namen und unter anderen Umständen. Auf der Rückseite des großen Perserteppichs breiteten sich myelinartige Fasern aus, kreuzten und trennten sich, verbanden den Kasten hier mit seinem Blumen- oder Einhornmuster, dort mit einem anderen aus einem völlig anderen Bereich, kommunizierten mit den Assoziationsarealen eines anderen Frieses, als wäre der ganze Teppich (OR-BI-TOR) ein Mikrochip, ans Weltall angeschlossen durch Hunderte goldener, paralleler Füßchen, die Fransen an den Rändern.

Das Haar von den Schläfen lag nun ebenfalls auf dem Fußboden, von dunklerer Farbe, als es den Anschein gehabt hatte, und die Maschine überschritt den Scheitel des Gewölbes und stieg zur Stirn hinunter. Der Fürst konnte nicht umhin, aus den Augenwinkeln, genau in der Mitte, die ausgestreckten Beine der Spinne zu sehen, die zwischen ihren Klauen den ganzen Schädel umfasste. Sie war dermaßen realistisch tätowiert, dass man am liebsten den kräftigen Leib mit giftigen Fädchen anthrazitschwarzen Haars gepackt und das Tier vom gemarterten Schädel, auf dem seine Krallen langgezogene blutige Kratzspuren hinterlassen hatten, weggerissen hätte. Die kleinen, zu je dreien im affenpelzartigen Haar des Raubtiers gruppierten Punktaugen glitzerten wie Saphirkörner. Als auch die letzten Locken vom Haar der Frau auf den bereits von geringelten Strähnen übersäten Boden fielen, leicht knisternd wie trockene Blätter, und der Schädel mit seinem matten Elfenbeinglanz kahl war, wurde dem über ihn gebeugten und ihn diesmal unmittelbar anblickenden Mann bewusst, dass er sich getäuscht hatte. Was er für eine Tarantel gehalten hatte, war in Wirklichkeit – nun deutlich zu sehen wie auf einer Luftaufnahme – das bewaldete Vorgebirge, auf welches das Städtchen Bellagio hochkletterte, und die Saphiräuglein des großen Tieres waren die Fenster der Villa Serbelloni, die weit oberhalb der Stadt auf dem Kamm des Hügels stand.

Welch staunenswerte Landschaft! Auf den Knochen des linken Scheitelbeins erhoben sich die Alpen, schneebedeckt und blau, spiegelten ihre Abhänge im Y-gestaltigen Gletschersee, die Verbindungsstelle der drei Arme genau in der Mitte des Schädels. Auf dem rechten Schläfenbein gewahrte man deutlich die anderen Ortschaften am Ufer, jede mit ihrem Kirchlein und ihren Villen: Varenna, Cadenabbia, Menaggio, Griante, Como mit seinen rechtwinkligen Gässchen und seinem Trödelmarkt; auf dem Markt erkannte man einen Verkaufsstand mit verrostetem Werkzeug, versteinerten Handmühlen und zeigerlosen Uhren, und unter dem Stand einen ausgemergelten Hund mit einem Floh, der auf seiner Braue spazierte, und man sah genau, wie im durchsichtigen, überaus flachen Leib des Flohs sein eigenes Blut pulste, gemischt mit dem des einen Augenblick zuvor ausgesaugten Hundes. Und man gewahrte deutlich jede vom kalten Herbstwind hervorgerufene Woge auf der Oberfläche des Sees und jedes Blatt in den Ölgärten mit seinem Geäder und seinen Spaltöffnungen, mit spiralig gedrehten Chlorophyllmolekülen in seinen winzigen Zellen. Zur Stirn hin, oberhalb der dick mit Tuschestift bemalten Brauen der Hure Babylon, stieg das sanftere Gestade zwischen Cadenabbia und Tremezzo hinunter, wo sich in der Mitte ihrer labyrinthischen Gärten die Villa Carlotta befand, in deren neuklassischem Inneren die Statuengruppe von Psyche und Cupido matt schimmerte. Alles, jene ganze Traumlandschaft, schien von einer linden Morgensonne beleuchtet, von unendlicher Zärtlichkeit. Der Verschlüsselungskünstler, der die Kopfhaut der Frau tätowiert hatte, hatte sogar die durchsichtigen Wolken dargestellt, die ihre Schatten über Seen und Täler und über die malerischen Städtchen dazwischen warfen. Gewiss, als er seinen Blick über die unendlichen Einzelheiten des Stichs schweifen ließ, entdeckte Witold auch die Seidenfabrik in der Nähe von Como, mit der Werkstatt, wo die Tuchwogen gefärbt wurden, und durch eine der Gauben gewahrte er sich selbst, über den rasierten Schädel der halb entblößten Frau gebeugt, und dann wusste er, dass aus einer Höhe, die weder in Meilen noch in Parsec zu berechnen war, ein anderer, über den gigantischen Schädel einer anderen Frau gebeugt, auch ihn betrachtete, eingeritzt in seine kleine Welt, und so ins Unendliche, nach oben und nach unten, in einem Maßstab von beängstigender Großartigkeit. Witold verlor sich einen Augenblick ganz und gar. Er wusste nicht mehr, wer er war in der Reihe von Fürsten, in der Reihe von Gemächern, der identischen Reihe von Frauen mit tätowiertem Schädel, immer riesenhafter in den Höhen, immer winziger in den Tiefen. Doch abgesehen von diesem metaphysischen Kopfsprung in die sich verschachtelnden Welten ohne Hoffnung auf grenzenlosen Glanz empfing er die für ihn eingeprägte Botschaft: Ihm wurde befohlen, an jenem Tag in die Villa Serbelloni zu gehen, auch wenn er dort sein Ende finden sollte. Bevor er seinen Blick von dem hypnotischen Globus löste, murmelte Fürst Czartoryski wie zu sich selbst: »Wenn der Same nicht stirbt, bleibt er allein, wenn er aber stirbt, trägt er reiche Frucht.« Dann schlich er, nachdem er der großen, reglos wie Marmor auf ihrem Stuhl sitzenden Frau mit dem kahlrasierten Schädel den Rücken gekehrt hatte, zwischen die mannbaren Mädchen, die, an ihre Werktische zurückgekehrt, die Pinsel aus Eichhörnchenhaar wieder in die Hand genommen hatten, und ging – ohne einen Blick zurück – hinaus unter den von den Wipfeln der Trauerzypressen melancholisch gefegten Himmel. Als der Abend hereinbrach, hatte er das Fischerboot gemietet, in dem er den See nach Bellagio durchfahren hatte: »Bądź co bądź ...«

Und nun stieg er in tiefer Nacht an der Seite des unbekannten Mannes die schmalen, steilen, von efeuüberwucherten Mauern gesäumten Gässchen hinauf, die zur Villa führten. Die Gässchen verliefen im Zickzack, kletterten zwischen den Ölgärten dahin. Unheimlich zeichnete sich der bewaldete Felsen am mondbeschienenen Himmel ab. Die Lichter des großen rechteckigen Gebäudes tauchten auf und verschwanden, gespenstisch über ihnen flackernd. Witold war noch nie bis zum Gipfel des Vorgebirges, bis zur berühmten Villa gelangt. Doch wusste er vieles über sie wie über viele andere am See verstreute Bauwerke, jedes mit seiner Geschichte, seiner Beschaffenheit und seinen Innenausstattungen, manche von berühmten Künstlern gestaltet. Die Villa Serbelloni war auf uralten Grundmauern errichtet worden. An dieser Stelle hatte in der unauslotbaren Tiefe der Zeit die Villa Tragoedia Plinius' des Jüngeren gestanden. Auf demselben über den Wassern hängenden Vorsprung hatte später der berühmte Stilicho seine Festung erbaut, nachdem er die Westgoten unterworfen hatte. Im 15. Jahrhundert hatten namenlose italienische Lehensherren ein bald von den Flammen zerstörtes Bauwerk errichtet, bis vor etwa hundert Jahren Graf Alessandro Serbelloni Architekten und Künstler aus ganz Italien hatte kommen lassen, damit sie eine phantastische Residenz erbauten, eine der größten und prunkvollsten ihrer Zeit. Für die labyrinthischen Gärten rings um die Villa wurden französische Meister berufen, die ein Gelände voller Arkana und Gefahren, aber auch von geheimer Weisheit schufen, mit Blechvögeln, die in den Baumkronen zwitscherten, künstlichen Felsen, die auf Schienen glitten und feuchte Grotten enthüllten voller farbloser und blinder Insekten, Stuckfischen, die ihre Köpfe aus den Weihern reckten und einen mit einem Schrotkorn Wasser bewarfen, nackte, wollüstige, mit Grünspan überzogene Najaden und Dryaden. Sobald man durch das Tor des Besitztums schritt, so erzählte man, trat man ins Labyrinth ein und konnte nicht zu dessen Mitte, der Villa, gelangen, kannte man nicht im Voraus das mystische Losungswort, unter dessen Zeichen das ganze Bauwerk stand. Ging man auf dem schmalen, gewundenen Pfad zwischen den Mauern aus undurchdringlichen Hecken dahin, so fand man da und dort einen kleinen kupfernen, geflügelten Unhold, der einen verformten und bis zur Unkenntlichkeit geringelten Großbuchstaben in den Krallen hielt. Die Wegstrecke musste in einer bestimmten Reihenfolge an diesen Buchstaben vorbeiführen, so dass sie, im Geiste aneinandergereiht, die Losung enthüllen, das wunderbarste jemals erdachte Palindrom, das darüber hinaus in seiner langen Reihe die Anagramme aller Namen der Gestirne am Nachthimmel bildete:

INGIRVMIMVSNOCTEETCONSVMIMVRIGNI[61]

Die Bewohner der Villa und die üblichen Gäste, ebenso wie die Vorräte, kamen jedoch durch einen gut bewachten unterirdischen Gang unter dem Hügel hinein, der just in die große Felswand hinter der Villa mündete, die ewig voller großer und flinker, in der Sonne erstarrter grüner Eidechsen war. Sobald man aus dem Labyrinth hinaustrat, sah man die Villa in ihrer ganzen neubarocken Pracht. Ihr Putz war gelb, spielte aufgrund des Alters leicht ins Pomeranzenrote. Die Fenster wurden an beiden Seiten, wie Spiegel oder Gemälde, von Statuen gehalten, nackten Epheben mit zerstreutem Lächeln auf ihren steinernen Antlitzen. Eine Art Lianen mit fliederfarbenen Blüten in üppigen Trauben kletterten bis zum Schieferdach hinauf, in ihrem scharlachroten und blauen Geäder pulste gleichsam stürmisches Blut. Vor dem Haupteingang befand sich ein kopfsteingepflasterter Vorplatz, schneckenförmig gewundene wuchtige Treppen mit feinem Porphyrgeländer führten zum schmiedeeisernen Tor, das so wundervoll mit Ranken und Cherubim ausgeschmückt war, dass viele Besucher kamen, es betrachteten und dann selig in ihre fernen Gegenden fortzogen.

Das allergrößte Wunder der Villa, munkelte man in der Gegend, war ein großes Gemälde eines rätselhaften Künstlers, eifersüchtig von der Reihe der Grafen Serbelloni in einem Raum

---

61 *in girum* [klassisch: *gyrum*] *imus nocte* [*ecce*] *et consumimur igni* = Wir gehen des Nachts im Kreise herum und [siehe da, wir] werden vom Feuer verzehrt; berühmtes Palindrom und Rätsel, Hexameter.

aufbewahrt, den nur sie und die sehr wenigen Auserwählten, denen sie das prächtige Bild zu zeigen geruhten, betreten konnten. In den Gängen der Villa mit ihren Deckenfresken mit Tausenden grotesken Gestalten in lebhaften Farben, wobei Gelb, Scharlachrot und Azurblau vorherrschten, hingen tatsächlich genügend herausragende Werke einiger alter Meister wie Tiepolo, Rosso Fiorentino, Parmigianino und Giorgione da Castelfranco, sowie ein Greisenkopf, von Michelangelo selbst kurz vor seinem Tod gebildet. Römische Repliken nach griechischen Statuen und etruskische Sarkophage schmückten reichlich die weitläufigen Salons mit Lüstern aus venezianischem Glas, auf der Insel Murano in Form von Ranken und Blütenblättern gestaltet. Doch alles das war für jedermanns Blicke bestimmt, und so entzückend (wie die Aristokraten alles nannten, was ihnen am meisten gefiel, von den Huren bis zu den Tabernakeln in den Kirchen) es auch sein mochte, seine Erlesenheit verblasste angesichts der Legende des sagenhaften Gemäldes. Dessen Sujet, Größe, ja sogar der Name des Künstlers und dessen Heimat waren Anlass zu ständigen Debatten. Es waren die Jahre kurz nach der Revolution, und in Italien herrschte die Unruhe der Vereinigung, so dass die Kunst (mit der großen Ausnahme von Verdis Musik) nicht mehr die üblichen Leidenschaften erregte. Umso seltsamer war es, unter so vielen Streitigkeiten um Garibaldi, Gambetta und Vittorio Emmanuele, die nicht selten mit Messerstechereien in dunklen Schenken endeten, ein unruhiges Gerede im Zusammenhang mit dem geheimnisvollen Gemälde zu hören, das von den Bauern der Lombardei wie nur noch eine einzige andere Leinwand verehrt wurde, die mystische, in einer Turiner Kirche aufbewahrte Sindone, das Grabtuch, auf dem man gelblich, verschwommen und mit sonderbaren Umrissen die nicht von Menschenhand gemalte Gestalt des Heilands sah. Als er in tiefer Nacht mit dem schweigsamen Boten bergan stieg, fragte sich Witold, ob er dazu ausersehen sein würde, und sei es nur einen Wimpernschlag lang, das berühmte Gemälde zu Gesicht zu bekommen.

Alle Fenster des Gebäudes waren erleuchtet und zeichneten sich auf dessen großem dunklem Rechteck ab, als wäre die Villa ein fremdes, vor kurzem auf jenen Gipfel des bewaldeten Hügels herabgestiegenes Raumschiff. Die Reisenden brauchten über zwei Stunden, um die gewundenen Gänge des Labyrinths zu durchmessen, wobei sie schlafwandlerisch nach den grünspanüberzogenen Buchstaben tappten, die matt im Mondschein glänzten. Unterdessen hatte sich das darüber ausgespannte, mit Sternbildern überladene Diamantgewölbe unter dem dumpfen Geräusch von Zahnrädern um einige Grad gedreht. Die Mitternacht rückte heran. Winzig klein unter dem Gebäude, das nunmehr ein Tempel von unmenschlichen Ausmaßen zu sein schien, stiegen die beiden Männer die Stufen der wuchtigen Wendeltreppe aus geschliffenem, von Statuetten und Maskaronen in Hochrelief widersinnig beladenem Porphyr empor. Witold betrachtete sie staunend: Jedes der Stuckgesichter drückte grenzenlosen Schrecken aus, als hätte es monströse, unbarmherzige, aus der Hölle heraufgestiegene Geister gesehen. Vielleicht sind wir jene Ungeheuer, die den Schlaf der Statuen stören, dachte erschüttert der Fürst. Plötzlich war es kalt geworden, talwärts, über dem Spiegel der Wasser, hatte sich Nebel herabgesenkt. Die Stufen nahmen kein Ende mehr. Wie mineralische Pilze wuchsen immer neue unter ihren müder und müder werdenden Schritten nach. Die Baluster waren gleichsam durchscheinend geworden, und in deren Fleisch gewahrte man, wie dunkle Formen sich in einer sonderbaren Peristaltik zusammenzogen und langsam entspannten.

Mit einem Mal fanden sie sich vor dem schmiedeeisernen Tor wieder, über dessen ganzer Breite Flechtwerk und verdrehte Torsi und in Flügeln eingefasste Kindergesichter und Cherubim mit vier Antlitzen und Allegorien der Gerechtigkeit, der

Sinnenlust, der Unzucht, des Treubruchs, der Rache und Feuerwagen und mit Maßwerk und Granatäpfeln beladene Säulen (Jachin und Boaz) und Geister der Winde und der Himmelsrichtungen und Allegorien des Paradieses und der Hölle und (jäh, in aller Vollkommenheit ihrer anatomischen Darstellung, die einen mit der Wucht einer Kanonenkugel traf, einem das Adrenalin aus dem Gehirn abmolk) zwei vereinigte Geschlechtsteile, tief ineinander verschmolzen, und Karten unbekannter Gebiete (das ferne Land Tikitan) und Trugbilder und Träume und Stimmen, die zuweilen in den schwarzen See im Mittelpunkt deines Gehirns träufeln und unter dem Gewölbe deines Schädels Nachhall auslösen – alles das und Tausende weiterer Symbole bildeten, aus der Entfernung gesehen, die zweiundfünfzig Brodmann-Felder einer auf den schwarzen Rahmen des Tores ausgespannten Hirnrinde, die man irgendwie durchqueren musste, um in den inneren Tempel zu gelangen. Die beiden standen wie zwei kaum sichtbare Insekten vor dem großen Eingang, der einstweilen undurchdringlich war, als wäre es eine Mauer aus schwarzen Blütenständen. »Folgen Sie mir, Fürst«, sagte der Fremde, während er ihn zum ersten Mal anblickte mit seinen rehbraunen Augen, die so sehr leuchteten, dass sie gelblich schienen, als wäre der Mann nur ein an die Wand gemaltes Gesicht und als dränge durch seine durchbohrten Augen das Licht einer anderen Welt.

Sie bogen nach links ein, am Toreingang entlang. Nach etwa fünfzig Schritten befanden sie sich vor einer plastisch herausgemeißelten Gestalt, dem Antlitz einer Frau mit weit geöffnetem Mund, die brüllte, als würden sie von ungeheuer heftigen Flammen verbrannt. Durch jenen Mund, der nichts als ein stummer Schrei war, drangen sie ein in die Eingeweide der Villa, durchmaßen einen langen, zuerst metallenen Gang, der nach und nach aus trübem und rauem Glas wurde, sodann aus einer Art lichtdurchlässigem organischem Gallert wie das durchscheinende Fleisch einer Qualle. Sie kamen in einen großen kreisrunden Saal unter einem goldenen Kronleuchter, der an einem endlosen, vom Scheitel des Gewölbes ausgehenden Stiel hing wie eine Spinne mit gegrätschten Beinen, die an ihrem glänzenden Faden von der in unirdischer Höhe aufgerichteten Kuppel herabglitt.

Der Saal war weiträumig, hatte einen feinen, glatten Fußboden, in dem sich Achate in verschiedener Färbung und aus verschiedenen Flözen zusammenfügten. Das darüber ausgespannte Gewölbe ruhte auf gleichsam grünspanüberschichteten, im Innern des runden Raums in regelmäßigen Abständen aufgereihten Malachitpilastern. In der Mitte des Saales, unter dem Lüster, befand sich ein Marmorgefäß, durchscheinend wie Zucker und mit glatter Innenwandung wie ein Porzellanmörser. Rings um dessen wulstigen Rand bildete ein Buchstabenband das große Palindrom aus dem Irrgarten nach, als schließe sich dort ein zweiter Kreis einer magischen Welt:

INGIRVMIMVSNOCTEETCONSVMIMVRIGNI

Zwischen je zwei Pilastern aus grünem Stein rings um den großen Saal befand sich je ein Eingang aus hyalitartigem, glashellem und zitterndem Gallert, identisch mit jenem, durch den Witold in den Saal gekommen war. Durch diese Eingänge kamen unablässig von allen Seiten junge Männer herein, wie der Fürst von je einem rätselhaften Fremden begleitet, gleichsam einem Zwillingsbruder von dessen Fremdenführer. Die gleichen leuchtenden Augen, das gleiche schwarze Gewand mit weißem Kragen, die gleiche Diamantnadel im Halstuch. Den seltsamen Paaren gesellten sich immer wieder Neuankömmlinge zu, zuletzt einige Hundert, versammelt um den großen Kelch in der Mitte mit einem Durchmesser von der Größe eines Mannes mit weit ausgebreiteten Armen. So ähnlich sich die Begleiter sahen, so mannigfaltig sahen die von ihnen geführten jungen Männer aus. Deren Kleidung hing nicht nur mit der Mode und den verschiedenen Trachten aus allen Winkeln der Welt zusammen, sondern geradezu mit verschiedenen Zeitaltern der Vergangenheit und der Zukunft. Ob beleibt oder zierlich, engelgleich oder raubtierhaft, braunhaarig oder flammenblond, erschrocken oder euphorisch, alle blickten sie begierig das Marmorgefäß an, als wäre ihre Welt innen gewölbt und als stelle der Kelch in der Mitte den Himmel dar.

Am gegenüberliegenden Ende des Saals, über den Scheiteln der Menge schwebend, hing an der Wand, über vier Pilaster und ebenso viele Eingänge gebreitet, ein großes Gemälde in einem schweren, üppig geschnitzten Rahmen aus Ölbaumholz. Witold vergaß sogar zu atmen, denn das war zweifellos das geheimnisvolle Bild, der Stolz der Grafen Serbelloni, das so wenige Augen je geschaut hatten. Er brauchte nicht mehr als einen Blick, um den Urheber zu erkennen – die beiden Urheber, genauer gesagt: den detailbesessenen Didier Barra und den schwermütigen Wahnsinnigen François de Nomé, in einem einzigen mystischen, unvergesslichen Namen verschmolzen; ihre ekstatischen, in Zerstörung und in Zwielicht getauchten Gemälde hatte er in Neapel stundenlang betrachtet, auf den kalten Gängen der irgendwo zwischen der Stadt mit ihren Palästen aus vulkanischem Gestein, mit von zum Trocknen aufgehängter Wäsche strotzenden Balkonen und dem dunkelgrünen, in Nebeln verlorenen Kegel des Vesuv hängenden Pinakothek. Das große Gemälde trug sämtliche Merkmale Desiderio Monsùs, des erhabenen Malers der Verzweiflung: die transparenten Farben, deren Zusammensetzung ein Rätsel war, die Weiß- und Gelbtöne träufelnde Klöppelspitze, die Tausenden Standbilder, Säulen und Kapitelle, welche die Schauseiten unmöglicher Schlösser zierten, der quälende Dämmer, die Trümmer. Das kalkmilchdichte Licht, das alles in seine durchsichtigen Laken hüllte, dasselbe wie in den Gemälden Claude Lorrains und einiger anderer Maler aus Metz, die irgendwann nach Italien gegangen waren auf der Suche nach dem edlen Altertum, der Perle in der krummen, elenden Kruste unserer Welt.

Im Bild war Nacht. An den weiten Himmeln über dem Meerbusen waren neun große runde Blutmonde aufgegangen, welche die Wellen scharlachrot befleckten. Ein winziger Kahn, an dessen Bug ein junger Mann stand, glitt neben vielen anderen Segelbooten einem Gestade von unvergleichlicher Schönheit zu. Da war ein hoher Felsen, den Fuß in die Wogen getaucht, an dessen Kalksteinabhängen sich staunenswerte Bauwerke hinaufzogen: Basiliken, Paläste, Tempel und Denkmale, mit Türmen, Gewölben, Galerien, Säulen und Kranzgesimsen und Kapitellen und Frontgiebeln und Friesen und Tiefreliefs, die sich überschnitten, überlagerten, ineinander wuchsen und dermaßen haarfein ausgemalt waren, dass man jedes einzelne Gesicht der Standbilder deutlich unterscheiden konnte, die Nägel ihrer Steinfinger, den Schatten der Wolken über dem Gemäuer und den Gärten mit einem Brunnen in deren Mitte. Während er sie über die Köpfe der im Saal Versammelten hinweg begierig betrachtete, spürte der Fürst eine quälende Herzbeklemmung: Er wusste, auch er war einmal dort gewesen, auch er hatte irgendwann, vor langer Zeit (eigentlich nicht *vor langer Zeit,* sondern *anders*), den Fuß auf jenes stille Gestade gesetzt. Auch er hatte die Säulengänge und die Innenhöfe jener papierzarten Paläste durchmessen. Er hatte immer gewusst, warum er Desiderio Monsù so sehr liebte, warum er mehr ausgab, als er sich hätte leisten dürfen, um dessen wenige, in ganz Italien verstreuten Werke zu sehen. Er und Desiderio träumten die gleichen Träume. Nur hatten die unter diesem Namen vereinten Maler sie sich aus dem Schädel herauszureißen und spukhaft schweben zu lassen gewusst über dem mit Leinöl bestrichenen Gewebe, das der Pinsel beinahe nicht berührte, als wäre nicht eine Leinwand vom Holzrahmen gehalten, sondern die Hirnrinde des Malers selbst, straff gespannt, bis alle Gehirnwindungen glatt würden und die scharf umrissene Traumkarte in einer ekstatischen Halluzination dem Träumer geoffenbart. Darüber wölbte sich in einer monströsen Anamorphose der sensorische Homunkulus mit wulstigen Lippen, niedriger Stirn und kolossalen Fingern, unser verstümmelter Bruder, die Schande der Familie, für immer in seine Schädelzelle gesperrt. Es war der einzige jener Dämmerwelt gestattete Regenbogen.

»Die Kugel, Fürst!«, hörte er plötzlich hinter sich flüstern; verdutzt wie ein aus seiner Gedankenverlorenheit aufgeschreckter Schüler schob er mechanisch die Hand in die Brusttasche der Weste und holte die Kugel heraus, die, einst aus Kristall, jetzt von einer Elfenbeinkruste überzogen war. Bevor ihm bewusst wurde, dass alle jungen Männer zeitgleich mit ihm diese Geste vollzogen hatten, als wäre es ihnen in Hypnose eingeflüstert worden, streckte er den linken Arm mit geöffneter Handfläche aus, wobei die Kugel bleischwer auf dem Handrücken ruhte. Alle ihre Opfergaben darbringenden Hände strebten nun einem massigen, irgendwoher aus ihrer Mitte aufgetauchten Mann zu, der sich von allen anderen ganz und gar unterschied und von unsagbarer Seltsamkeit war. Sein Gesicht wies negroide Züge auf, war aber gänzlich depigmentiert, als würde die phantastische Gestalt in einer Welt leben, in der es keine Farbe gab oder in der sie seit langem in die Haut der Dinge resorbiert worden war. Schaurige Grausamkeit konnte man an seinem Gesicht, fahl wie der Bauch einer Eidechse, ablesen, doch eine gelassene Grausamkeit, die eines Theologen, der verstanden hat, *unde malum*.[62] Der Albino wartete neben dem in der Mitte stehenden Gefäß, war ebenso marmorn wie dieses, als bildeten sie gemeinsam einen barocken Brunnen auf dem Platz in der Mitte einer Alb-

---

62 Woher das Böse kommt.

traumstadt. Er war völlig nackt, hatte kräftige Brustmuskeln wie zwei Schilde und ein aufgerecktes Glied vor dem steinharten, nabellosen Bauch. Die Augäpfel der Auserwählten, ebenso wie der dritte Kristallapfel auf ihren ausgestreckten Handflächen, vermochten sich nicht vom Raubtierleib des Albinos abzuwenden. Der Mann begann zwischen den Gerufenen herumzugehen, trat mit nackten Fußsohlen auf den glatten Boden, der bei seinem Vorbeischreiten wie ein Spiegel beschlug: Spuren von Sohlen, die dann langsam vom Glanz des Achats aufgesogen wurden. Er hielt vor einem der jungen Männer und blickte tief hinein in die Glaskugel auf dessen Handfläche. Suchte er etwa nach etwas in den Handlinien Geschriebenem? Nach jenem kraftvoll umrissenen M, dem Zeichen der vom Schicksal Geliebten, geweitet von der Linse der Kugeln, bis jede Einkerbung und jede Myelinablagerung zum Vorschein kam? Oder wurde, im Gegenteil, eigens jemand ohne Schicksal gesucht, ein W, ein umgekehrtes M, dessen Verzweiflung nun, gerade weil er es sich nie gewünscht, weil er geglaubt hatte, dass, wenn er in einem Winkel stand, sich in die Brust warf und murmelte: »Gott, hab Mitleid mit meiner Seele«, ohne es zu wagen, die Augen zum Licht zu erheben, vielleicht für treue Ergebenheit gehalten wurde? Jäh erfasste Witold ein überwältigendes Gefühl der Vorbestimmung. *Er wusste,* dass er der Auserwählte, dass es von jeher so gewesen war, dass durch ihn und durch niemanden sonst die Botschaft fließen würde, die weitergegeben werden musste. Er, Witold Czartoryski, der einst am Fenster des väterlichen Palastes in Puławy die mit dem schweren, zusammengekauerten, fast kugelförmigen Körperchen des Fötus ausgefüllte Gebärmutter aus Leonardos Sepiazeichnungen betrachtet hatte, erwies sich nun als ein Teil der Strecke, als entscheidender Bezirk der Geschichte. Durch den zarten Stängel seines Leibes floss der Saft, der den riesenhaften Blütenstand der Welt berieseln sollte, die Sonnenblume aus Lava, Düften und Wind, auf deren Oberfläche wir allesamt leben, immerzu zur Göttlichkeit hin kreisend. In einem Aufblitzen sah er durch die samtenen Augen seines Nachfahren aus der vierten Generation denjenigen, der das BUCH schreiben würde; das schmale Gesicht mit den ungleich großen Augen und dem traurigen Mund unter einem dünnen Schnurrbart, des von ihm Erschaffenen, damit er seinerseits erschaffen werden könne, gleichzeitig mit allem, was sich auf der Welt befand, blieb für immer in seinem Herzen. Nach jener Nacht in der Ausfütterung der Wirklichkeit, als er in der Villa Serbelloni einen ungeahnten Schoß mit seinem Samen überfluten würde, sollte das Leben des Fürsten, grau und karg – wenngleich voll mondäner Erfolge –, bis 1865 weitergehen, als er im Alter von nur einundvierzig Jahren in einem Krankenhaus in Algier an einer eher banalen Ruhr sterben sollte. Nur in einigen wenigen Träumen (nächtens fuhr er unter neun Blutmonden auf den Wassern eines durchscheinenden Meerbusens hin zu einem mit Palästen besetzten Vorgebirge) und im ersten Vers eines seiner späten, in der polnischen Dichtung berühmt gebliebenen Sonette (»Nicht wehte der Wind, es wehte der Dämmer«) sollte er sich, wahnsinnig vor Sehnsucht, wieder an das Rätsel jener Nacht erinnern.

Der Albino ging zu jedem hin und sah tief in jede Quarzkugel, wie ein Biologe, der durch die Linse seines Mikroskops Mizellen und Krätzmilben untersucht. Dann schüttelte er wütend den Kopf und ging auf eine andere ausgestreckte Handfläche zu. Der zurückgewiesene junge Mann schritt enttäuscht dem Gefäß in der Mitte entgegen, wo er seine Kugel mit sanftem Geräusch auf den gehöhlten Kaolin fallen ließ. Dann trat er in Begleitung seines Führers durch dasselbe Tor hinaus, durch das er hereingekommen war. Im Stollen, der zum Irrgarten führte, ereigneten sich sonderbare Wandlungen in ihren Leibern. Der Fremdenführer streckte sich auf dem steinernen Fußboden aus, wurde so zum Schatten des jungen Mannes, und die Züge des Letzteren glätteten sich, wurden allmählich glänzend, Nase und Ohren zogen sich ins Fleisch des Gesichts zurück, die Finger wurden von den Handflächen aufgesogen, Arme und Füße gingen in den Leib ein, der Kopf sank in den Brustkasten, bis nur noch eine halbflüssige, auf dem Fußboden von ihrem ellipsenförmigen Schatten begleitete Kugel die Wände entlanglevitierte. Als sie aus dem schmiedeeisernen Mund der schreckgeplagten, an das riesige Tor gemeißelten Frau hinaustrat, platzte die Außenschale der Kugel gewaltsam auf, und der Inhalt brach hervor wie ein herzzerreißender Schrei, füllte die Leere über dem See und spiegelte sich in den matt in der Nacht schimmernden Alpen. Dann senkte sich wieder Schweigen über den grenzenlosen Raum.

In dem Maße, in dem sich der Saal leerte, füllte sich das große Gefäß unter dem Kronleuchter mit Hunderten blitzenden Kugeln. In jeder von ihnen hatte je ein durchsichtiger Embryo zu pulsen begonnen, genährt vom gläsernen Fleisch des ihn beherbergenden Eis. Nach Stunden der Untersuchung und erneuten Enttäuschungen fand sich der Albino nach geraumer Zeit allein mit Witold und dessen Führer wieder. Als er vor dem Fürsten stehen blieb, entspannte sich sein Gesicht, und die Grausamkeit in seinen Zügen schlug in eine Art höchster Wollust der Gewissheit um. Er fasste die ihm entgegengestreckte Handfläche mit beiden Händen und betrachtete das kugelrunde, in seine elfenbeinfarbene Sklera eingehüllte Ei mit der Begierde, mit der er durch ein dünnes Röhrchen das weiße, den Geist wie eine phantastische Korolla aufschließende Pulver ins Nasenloch eingezogen hätte. Er nahm die undurchsichtig gewordene Kugel und berührte Witold damit an der Stelle zwischen den Brauen. Mit geschlossenen Augen drückte er sie mit kräftigen und sicheren Fingern, bis die Kugel ins Stirnbein einzusinken begann. Es war unerträglich anzusehen. Die Stirnhaut brach auf, wurde zu zwei dicken Lidern über dem neuen Auge, das man am Ende nur noch als einen Nagel vergilbter Augenhornhaut gewahrte, wie die verdrehten Augen der Blinden. Zu guter Letzt entkrampften sich die wimpernlosen Lider, und das blinde Auge zwischen ihnen bewegte sich langsam in seiner neuen Höhle, als hätten sich die kleinen Augenmuskeln ringsum bereits gebildet und sich an die harte Lederhaut und die Knochenwand der Augenhöhle festgeklammert. Ein leichter Dampf begann die etwas vorquellende Vorderseite des Auges einzufärben, und dort zeichnete sich langsam eine tiefblaue Iris aus Edelstein ab, welche die Pupille glitzernd umschloss. Ein Wunderauge, wie ein menschliches Wesen es noch nie gehabt hatte, haftete nun auf Witold, über den geschlossenen Lidern des negroiden Gesichts, das jetzt zu einem verzückten Lächeln entspannt war. Es war der einzige Farbfleck auf jenem fahlen Leib, als hätte das funkelnde Auge alle Pigmente der standbildhaften Gestalt aufgesogen.

Es war Ājñā, das Auge Śivas, dachte der Fürst. Das letzte Feuer auf dem Weg zur Diamantkrone, Sahasrāra. Plötzlich hatte er die Vision einer Wirbelsäule, an der sich – mit unterschiedlich vielen bunten Blütenblättern, mit unterschiedlichem Glanz und mannigfachen Kräften, durch unmöglich zu verfolgende Bahnen, Fasern und Geflechte miteinander verbunden – die sieben allmächtigen Chakren wie hierarchisch gestufte Welten aneinanderreihten, strotzend von in endloser Nacht entzündeten Galaxien, Quasaren und Supernovae.

Durch die hyalitartigen Portale trat eine Schar mannbarer Mädchen in den Saal, in denen Witold erstaunt die Arbeiterinnen aus der Werkstatt der Fabrik in Como erkannte, in der die Seide gefärbt wurde. Sie waren blass wie in Höhlen lebende Insekten und trugen in den Händen große, mit glänzenden Maulbeerblättern gefüllte Tongefäße. Sie kippten sie in das Becken in der Mitte aus, über die durchscheinenden Eier, und wichen in ihren weißen, sich ihren spindeldürren Leibern anschmiegenden Gewändern zur Seite. Als hätte der rohe Duft der Blätter den Vorgang des Ausschlüpfens beschleunigt, vernahm man nach einer Weile in der tosenden Stille des Saals kleine kristallene Knacklaute, und das Pflanzenbett fing an hin und her zu wogen. Fette, glasige Würmchen tauchten auf, drehten ihre blinden Köpfe mit kräftigen Mandibeln und begannen mit unglaublicher Geschwindigkeit die Blätter zu verschlingen, wobei sie Faserfetzen zurückließen und Blattadern, die zu hart waren, um verzehrt zu werden. In wenigen Minuten hatten die Raupen ihren Festschmaus beendet und verfielen in eine Art Träumerei. Ihre Leiber auf ihren zig stumpfen Beinchen bewegten sich nicht mehr. Nur langsame peristaltische Bewegungen durchfuhren sie hin und wieder wie kleine Schauder, wie Wellen in ihrem gallertartigen Fleisch. Nach einer Weile fingen sie einzeln an, ihren leuchtenden Faden abzusondern, der ihnen zwischen den Mandibeln, nicht anders als die der Spinne, aus der Spinndrüse floss. Es war, als ob hier, in der Fähigkeit, den mystischen Faden abzusondern, der ewige Gegensatz von Spinne und Schmetterling, Henker und Opfer, Finsternis und Licht, Böse und Gut, Mann und Frau aufgehoben wäre und die Gegensätze ihre tiefere Wesenheit enthüllt hätten. Indem sie ihre Köpfe Hunderte und Tausende Male wie unermüdliche Weberschiffchen hin und her wandten, umspannen sich die Raupen mit je einem flauschigen, anrührenden, aus einem einzigen langen, ununterbrochenen Faden bestehenden Seidenkokon. Die etwa zwanzig Mädchen füllten ihre Hände damit, führten sie an Wangen und Lippen. Ihr langes trockenes Haar flatterte in die Luft empor, knisterte leise wegen der statischen Elektrizität der Kokons und verstreute im Saal fahle Blitze. Daraufhin füllte sich der Saal mit einem schwachen Brandgeruch wie beim Zusammenschlagen zweier Flusssteine. Kurze Zeit danach fingen die Kokons zwischen den gelblichen Fingern zu zittern und an den Köpfen zu zerfasern an, und heraus schlüpften Hunderte und Tausende Falter gleichzeitig, zu schwerfällig, zu flaumig und mit zu kurzen Flügeln, um vom Fliegen auch nur träumen zu können. Während sie ihre weißen, unbefleckten Schwingen mit dumpfem Geräusch schwirren ließen, zerstreuten sie sich krabbelnd auf den Armen, den Gewändern und in den Haaren der Jungfrauen, auf ihren eingefallenen Gesichtern, auf ihren Lippen und Lidern, woher viele zu Boden fielen, ihre geblähten Bäuche darin spiegelnd. Bald wimmelte es im ganzen Saal von ihnen, und ein perlmuttsilbriger Flaum schimmerte in der Luft, machte sie stickig und scharf. Witold spürte sie in seinem Haar wuseln, wagte es aber nicht, sie abzuschütteln, denn das blaue Auge zwischen den Brauen des nackten Mannes war ruhig auf ihn geheftet, als hätte er ihm in seiner eigenen Sprache gesagt: »Begreifst du jetzt? Ist dir das jetzt klar?« Welches Sehfeld mochte jenes Auge aus einer anderen Weltordnung haben? Sah es die Dinge so, wie sie sind, nicht durch die Sinne hindurchgegangen, nicht von einem Bewusstsein gespiegelt? Vermochte es unmittelbar in den logischen Raum zu sehen? Vereinte es wohl die drei unserer Intuition gegebenen Räume, jenen der Dinge, des Blicks und des Geistes? Witold hatte keine Zeit, darauf zu antworten, denn die Hochzeit, seine Hochzeit mit einem ungeahnten Schoß, war im Begriff zu beginnen und hob an, wie es sich gehörte, mit Begebenheiten von unvergleichlicher Schönheit und Grausamkeit.

Der Albino ging an jedem mannbaren Mädchen vorbei, nahm ihren Kopf zwischen die Handflächen und sah ihr tief in die Augen, wie er früher in die Augäpfel der Berufenen und nicht Auserwählten geschaut hatte. In jenem Augenblick verdrehte jede von ihnen die Augäpfel wie eine Puppe und ließ zwischen den Lidern nur eine gelbliche Hornhaut sichtbar werden. Ihr Schädelknochen wurde klarer, bis er sich in einen Glassturz verwandelte, unter dem sich, ihn ganz und gar ausfüllend, statt des Gehirns je eine gewaltige, dicke Spinne befand, die acht muskulösen Beine an den gigantischen Unterleib gepresst.

Der Druck, den das Knäuel von Eingeweiden, Krallen und Gift auf die Schädelknochen ausübte, war unwiderstehlich. Als der Kreis sich schloss und alle Jungfrauen das behaarte Raubtier im Schädel hatten erscheinen lassen, stießen die Spinnen plötzlich triumphierend ihre Klauen durch die Scheitel- und Stirnbeine hindurch, wie die Zacken grauenhafter Kronen. Zwanzig also gekrönte Königinnen wachten nun rings um das in der Mitte stehende, mit den Blattadern der Maulbeerblätter wie ein Brautbett in einem uralten Tempel gefüllte Becken. Die heilige Hochzeit sollte unter ihren lauten Rufen vollzogen werden: »Hymen, o Hymeneus!«, unter ihren blinden und begierigen Augen.

Witolds Fremdenführer war unterdessen verkümmert, doch nicht zum Schatten wie die andern, sondern zusammengeschrumpft wie zerknitterte, an den Schulterblättern des Fürsten klebende Wäsche, so dass sich dem Fürsten, als die Braut von der gegenüberliegenden Seite des Raumes erschien, zwei riesenhafte Flügel eines tropischen Schmetterlings mit Purpuraugen und Azurschwänzen und Anthrazitadern über den Rücken breiteten. Nackt, mit flammenrotem Haar, mit wundervollen Knospen in der Mitte der weichen und runden Brüste, mit um die scheue Geschlechtsblüte in ihrem Nest aus kupferfarbenem Haar ausladenden Hüften schritt eine junge Frau zwischen den beiden Reihen der Königinnen einher, mit gesenkten Lidern und einem leichten Lächeln in dem Gesicht, das Witold nur allzu gut kannte, denn das Mädchen mit den rötlichen Locken und den Sommersprossen auf Nase und Backenknochen war Miriam, die Tochter des Juweliers aus Lezzeno, in dessen Geschäft der Fürst manchmal vorbeikam wegen der wohlfeilen Ringe und der vergoldeten Armreife, die er den forschen Bäuerinnen aus der Umgebung schenkte. So hatte er die Tochter des Juden mehrmals gesehen, in ihrer seltsamen Tracht (grüne und weiße Seide, eine große aschgraue, um die Stirn gebundene Perle), und ihm hatte ihr gelöstes Haar gefallen, das im Laden des Schmuckhändlers stärker glänzte als die Halsbänder, Kettchen und Taschenuhren mit ihren Deckeln aus geschrammtem Gold. Zweimal hatten sie sich unterhalten, auf Polnisch, denn die Shapiros waren allesamt vor etwa zwei Jahrzehnten aus Galizien gekommen und sprachen zu Hause noch ihre Mischung aus Ruthenisch, Polnisch und Deutsch, an die sich bereits ein starker italienischer Akzent angesetzt hatte. Eines Tages vor drei Monaten, als der Alte, der in Geschäften ausgegangen war, seine Tochter zurückgelassen hatte, um den Laden zu hüten, hatte Witold sich ihr genähert und ihr den Arm um die Taille gelegt. In seinem Canzoniere in Gestalt des Comer Sees und des dreieckigen Schambergs zwischen den Schenkeln der Frauen gab es noch kein Gedicht über eine Jüdin. Nun erregten ihn ihr rotes Haar, der Schatten und die Innigkeit in den kühnen grünen Augen der Juwelierstochter. Er schob ihr ein Knie zwischen die unter dem schweren Gewebe des Kleides verborgenen Schenkel und näherte seinen Mund dem ihren: »Liebst du mich?«, doch das Mädchen hatte sich losgelöst und ihn kraftvoll zurückgestoßen: »Ich bin keine Magd«, hatte sie ihm zugerufen und war irgendwohin in die Tiefe des Hauses geflohen.

Und sie war es wirklich nicht, mehr noch, als Witold damals wusste. Denn ihr Großvater war ein berühmter Zaddik in Galizien und Litauen gewesen, der unmittelbare Nachfolger Israel Ben Eliesers, bekannter unter dem Namen Baal Schem Tov, der Lahme allein mithilfe eines Verses aus dem Buch des Glanzes zu heilen vermochte und die Zukunft voraussagte, wie dies seit Daniel keinem Juden mehr gegeben war. Er hatte unter den polnischen, galizischen und ruthenischen Juden den Chassidismus verbreitet, die Lehre von der mystischen Gottes- und Menschenliebe. Viele wunderbare Begebenheiten waren mit dem Zaddik aus Lemberg verbunden. Einmal waren auf einem Viehmarkt einige Juden zu ihm gekommen, um darüber zu klagen, dass sie in ihrem Städtchen bereits zu elft seien, aber kein Geld hätten, eine Synagoge zu errichten. »Wie viel Geld braucht ihr?«, hatte der Zaddik gefragt. »Dreihundert Dukaten«, hatten die Juden erwidert. Da hatte Miriams Großvater die Händler und Bauern vom Viehmarkt um sich geschart und laut gerufen: »Ich verkaufe meinen Platz im Paradies für dreihundert Dukaten!« Es fand sich jemand, ihn zu kaufen, und die Juden gingen zufrieden mit dem Geld an den Bau der Synagoge. Ein andermal hatte er bei einer jüdischen Hochzeit, zu der die Fiedlerkapelle nicht rechtzeitig erschienen war, inbrünstig gebetet, bis ein Wunder geschehen war: König David höchstselbst war in all seiner Pracht erschienen und hatte vor den Hochzeitsgästen die ganze Nacht lang auf der Geige feurige Klezmerweisen gespielt. Doch das Kostbarste, das der Lemberger Zaddik in seiner Seele aufbewahrte, war die alte Überlieferung, wonach sein Geschlecht in der Thora, dem heiligen Buch, unter den Söhnen Israels zu finden war. Oft zählte er mit irrwitziger Schnelligkeit und ohne jemals zu irren denjenigen, die es hören wollten, einige Hundert Männernamen auf, jeden vor ihm Geborenen, eine Geschlechterfolge, die ihn in der Tiefe der Zeit mit dem berühmten Kunsthandwerker Bezalel verband, dem Sohn Uris, dem Sohn Hurs vom Stamme Juda, dem Adonai höchstpersönlich Geschicklichkeit und Weisheit zu allerlei Arbeiten in Holz, in Erz, in Metall und in Edelsteinen gegeben hatte. Der Vater des Mädchens war gerade infolge dieser wunderbaren Enthüllung Juwelier geworden, mit der ihn sein heiliger und gewitzter Vater während seiner ganzen Kindheit gepiesackt hatte.

Seitdem hatte der Fürst sie nur noch ganz zufällig gesehen, auf dem Weg oder am Brunnen, doch jedes Mal noch, wenn er in den Laden des Juweliers getreten war, wusste er, dass er angeblickt wurde, und in den Nüstern spürte er im Gefunkel des brillantenerfüllten Halbschattens den Geruch der litzengleichen Lockenwirbel des Haars der jungen Jüdin. Er hatte niemals gezweifelt, dass ihn das Mädchen insgeheim liebte, und er hatte es von anderen ohne jedes Staunen gehört: *Alle* Frauen liebten ihn, während er sie auflas, wie man achtlos einen Pfirsich oder eine Birne von einer Fruchtschale nimmt. Um einen Pfirsich zu genießen, tat es nicht not, sich zuerst in ihn zu verlieben. Ebenso seltsam wäre es dem Fürsten vorgekommen, sich nach runden Hinterbacken zu verzehren oder nach dem frischen Geschmack eines Mundes, der soeben ein Minzeblatt gekaut hatte.

So sah er sie erst jetzt wirklich, als wäre nur Miriam selbst nackt gewesen und nur im runden Marmortempel der Villa. Jetzt kam sie ihm entgegen, mit den zarten Schultern eines jungen Mädchens, als hätten sie sich vor den Anfängen der Welt gekannt, als wären sie sich von Angesicht zu Angesicht gegenübergestanden und als hätte der ithyphallische Hohepriester ihre Hände vereint. Das Auge in seiner Stirn hatte an Strahlkraft eingebüßt und mit langsamen Resorptionsbewegungen begonnen. Nun hatte er seine natürlichen Lider aufgeschlagen, während die göttlichen sich wie eine Wunde über dem Auge schlossen, das mehr und mehr unter den Schädelknochen sank. In dem Maße, in dem es sich wie ein Schneckenfühler ins Gehirn zurückzog, verkleinerte sich Śivas Auge, wurde zunächst klein wie eine Kirsche, dann erbsengroß. So steuerte es durch die beiden Geruchskanäle, bis es in der Mitte des Schädels, in der Höhlung an seiner Basis, innehielt, wo es, an den Hypothalamus gehängt, zur Hirnanhangdrüse werden sollte, zur inneren Sonne unserer Geschlechtlichkeit. Und das große Licht des Sexus, die süßen Pheromone der Vereinung von Mann und Weib füllten plötzlich den Saal, entzündeten ihn. Monsieur Monsù, der Albino, zeigte wieder seine Grausamkeit im Gesicht, und sein aufgerecktes, ithyphallisches, gekrümmtes, von Venenmäandern durchzogenes Geschlecht zog ob seiner schlangenartigen Schrecklichkeit wieder die Blicke aller auf sich, als wäre es bis dahin vom leuchtenden Zirbelauge an der Stirn in den Schatten gestellt worden.

Witold ließ seinen weißen, mit Halbmonden verzierten Mantel fallen, von dem er sich plötzlich umwickelt gefunden hatte, und stand nackt da, geflügelt, fest und männlich wie eine mit Hautfarbe übermalte Statue nach dem Vorbild des Altertums. Er fasste seine Braut um die Taille, spürte die Wärme der beiden Muskeln und der zarten Vertiefung oberhalb der Gesäßbacken, und beide stiegen über den umgebogenen Rand des Gefäßes in der Mitte des Saals. Mit lebenden Taranteln gekrönte Priesterinnen nahten, bis ihre Knie die kalte, gekrümmte Kaolinwand berührten, jenseits derer auf dem Bett aus zerfetzten Maulbeerblättern die Hochzeit bereits begonnen hatte. Blind betrachteten sie dennoch begierig die Verschlingungen der beiden nackten Körper, denn ihre nach innen gekehrten Augen blickten stracks in den Lustbereich ihrer wollusterhitzten Gehirne.

Im Herzen des gewaltigen Saals, unter dem vom unendlich hohen Gewölbe herabhängenden Lüster, liebten sich die jungen Leute. Sie verschlangen sich gegenseitig die Münder, leckten sich die Brustwarzen, pressten sich stöhnend das harte Fleisch der Gesäßbacken. Sie liebkosten ihre Geschlechtsteile, bis sie feucht wurden und anschwollen, nahmen sie zwischen die Handflächen, durchdrangen sie mit den Fingern. Der eine fand sich zwischen den Beinen des anderen wieder, um den schal-süßen Geschmack der feuchten Schamlippen, des sternförmigen Afters zwischen den wunderbaren Halbkugeln auszukosten, sich den Mund mit der Kraft und der Zärtlichkeit des blauroten Herzchens am Ende des Glieds auszufüllen, welches das Mädchen seiner ganzen Länge nach mit den Lippen und der Zunge koste. Und derweil sie sich in den Duft und die schwindelerregende Lust versenkten, die Hoden und den Schamberg und die Innenseite der Schenkel und den klitzekleinen Kitzler in seiner Hauthülle zu erblicken, derweil sie sich süß mit den gierigen Mündern verschlangen, fühlten sie vollends, wie eine Verdammnis, die Verzweiflung, nicht genügend Hände, genügend

Lippen, genügend Haut, genügend Nervenverzweigungen zu
haben, um den anderen ganz und gar aufzusaugen, die verheerende Lust, die aus der Tiefe unserer Inneren Hölle, der eiternden Organe, des Gekröses und der Keimdrüsen, des Bösen und
der Grausamkeit und der Furcht hervorgebrochene Seligkeit
endlich sattzuhaben, die urplötzlich wie ein Lichtbogen zum
andern Pol hin schoss, dem der ekstatischen Heiligkeit, des Fastens und des Gebets. Niemals hatte sich ein kühnerer und greller Sprung zwischen dem Skatologischen und dem Eschatologischen ereignet. Niemals hatten das Gute und das Böse ihre
Wesensgleichheit deutlicher aufgezeigt. Denn heilig war es, den
Hodensack deines Geliebten zu lecken, heilig, die Geschlechtslippen deiner Frau zu küssen, als würde man eine Blume oder
das Händchen eines Kindes küssen. Während sie umgekehrt
umschlungen lagen, mit zwischen den Schenkeln des geliebten
Mannes und der geliebten Frau versenkten Mündern, umfloss
sie eine flüssige und leuchtende Glückseligkeit wie ein Moschuskokon und tiefe Hypnose. Der Mann öffnete mit seinem rauen
Mund die einzige Pforte zum Paradies, die ihm in diesem Leben gegeben war, den Stollen aus Fleisch, den er selbst, Jahrzehnte zuvor, durchschlüpft hatte, eingehüllt in Eihäute und
Kindspech, und wohin er sich stets gewünscht hatte zurückzukehren. Er bahnte sich einen Weg hin zu dem feuchten und warmen Gemach, in dem er, zusammengekauert, einst in kräftigen
und unerträglichen Farben von Dämonen ohne Gesicht geträumt hatte, die ihm uralte Gesetzestafeln einhändigten. Und
die Frau empfing im warmen, rot geschminkten, vor Verlangen
geschwollenen Mund den feuchten Kopf des Penis, an dem sie
saugte, während sie sich an die mütterliche Brustknospe erinnerte, aus der sie ehedem Gewissheit und Geborgenheit gesaugt
hatte. Gesegnete Vorspiele, selige Gesten der Liebe! Inbrünstige
Träumerei neben den Feuer- und Eisbrennpunkten des fremden
und umso heißer begehrten Leibes! Kreislauf von Verzweiflung

und Freude, geschaffen, um in alle Ewigkeit nicht beschrieben, sondern nur erlebt werden zu können, mit weit geöffnetem Geschlecht, Herzen und Geist!

Dicke, perlmuttsilbrige, allenthalben verstreute Schmetterlinge flatterten mit ihren atavistischen Flügeln, wie man mit zwei von dem zu rauen Licht verletzten Lidern blinzeln würde. Eine aus Schüppchen bestehende Wolke reicherte die bereits milchige Luft des kreisrunden Saales an, durch die man die nächtliche Landschaft auf Desiderios Gemälde kaum noch wahrnahm. Die Darsteller des großen Auftritts atmeten diese Paste aus perlmutternen Schuppen ein und aus, die Kerzen des Kronleuchters verwandelten sie zu Asche und die Asche ihrerseits zu Asche. Die Liebenden in dem runden Bett hatten schweißfeuchte Leiber. Nun hatten sie sich umgedreht und sahen einander in die Augen. Die Hände der Frau fuhren über die Lenden und Backen ihres Geliebten, die von ihren weißen, gegrätschten Schenkeln umschlossen waren. Seine Fleischstange benetzte ihr den Bauch, suchte die weiche und heiße Feuchtigkeit unter dem Schamberg und glitt schließlich der ganzen Länge nach in die wie eine Löwenmaulblüte geöffnete Scheide. Und sie begannen das Spiel mit diesem gemeinsamen, warmen und schmiegsamen Stängel, der sowohl zu seinem als auch zu ihrem Leib gehörte, auf dem die Körper mit einer mehr und mehr von Schleiern und Lieblichkeiten befreiten, härteren und krampfhaften Kraft hin und her glitten, bis von dem ganzen Ritus der aufeinanderprallenden Schamberge nur noch die wilde, grenzen- und hemmungslose Suche nach der Lust blieb, wo immer sie sich auch verbergen mochte, in Hass-Liebe und Reinheit-Verworfenheit und in Empfindsamkeit-Grausamkeit und in Zärtlichkeit-Gewalt. Stets hatte Witold sein Weib gezwungen, ihm in die Augen zu schauen, wenn es unter ihm schrie, doch nun war kein Zwang vonnöten: Miriam war von männlicher Inbrunst durchdrungen in diesem Spiel, in dem es weder

Herr noch Untertan gab, sondern Herr-Untertan und Untertan-Herr, in einer flackernden Polarisierung, in der die nicht einmal gewollten, sondern von dem gebieterischen Bevorstehen einer Weltuntergangslust auferlegten Rollen sich Tausende Male in jedem Augenblick umkehrten. Jetzt waren ihre Beine zwischen seine Achselhöhlen geklemmt, und der auf die Ellbogen gestützte Mann spürte mit seinen Fingern ihre Schenkel, den feuchten After, die seimigen Lippen, die sein Glied benetzten, den schweißgetränkten Schamberg. Dann flatterten die Finger über den Unterleib, stiegen zu den Brüsten hinauf, drückten die hart gewordenen Warzen, glitten aufwärts auf dem Hals und den Wangen der Frau, die, heiß atmend, ihre Augen nicht von seinen Augen abwandte, ihm ein vor Wollust verwüstetes Gesicht zeigte, das erregender war als die Landschaft zwischen den Schenkeln. Der junge Mann hielt seinen Samen zurück, den er in den Leistenkanälen aufsteigen spürte, denn er getraute sich nicht, aus dem tief unter der Oberfläche des Bewusstseins eingetauchten Gebiet emportauchen, in dem er im schmelzenden Licht der Vorahnung des Endausbruchs in Endomorphinströmungen schwamm. Sie flossen ineinander, an beiden Enden, in einem geschlossenen, rasenden, asymptotischen Kreis: Er ergoss sich in sie durch die geöffnete Pforte des Geschlechts, welche die Zeit ist; sie floss in ihn durch die geöffnete Pforte der Augen, welche der Raum ist. Wie ein goldenes Weberschiffchen woben sie den Kokon aus demantenen Fäden, aus dem wir gekommen sind und in den wir zurückkehren werden.

Unter den blinden Augen der dunklen Königinnen verstärkte das verschlungene Monogramm der beiden, nunmehr ein einziger zusammengekrampfter Leib, sein doppeltes Gewoge, das nur von den weichen Triebwerken im Hypothalamus gesteuert wurde. Die Backen des Mannes stießen jetzt rhythmisch, unbarmherzig. Die durch ihren Hautsack sichtbaren Eier klatschten gegen den After und die Backen der Frau, die spitze Schreie auszustoßen begann und anstößige Aufforderungen, die ihre einst mädchenhaften Lippen derb, abgehackt von sich gaben, den über ihr Liegenden anspornten, nicht aufzuhören, immer tiefer in den pochenden Schacht zu dringen, in die schützende Höhle, die ihn dort erwartete, in ihren mystischen, »inter faeces et urinam« klaffenden Kelch.

Als sich die Schreie der Frau in ein stetiges Wimmern verwandelten und ihre Muskeln sich um die sie durchdringende Fleischstange zusammenkrampften, beherrschte sich der Mann nicht mehr. In einem Zusammenkrampfen, in dem er versuchte, seinen ganzen Körper auszuwringen, setzte er jäh die Flüssigkeit frei, die sich bis dahin nicht nur in den Hoden, auch nicht lediglich in der Vorsteherdrüse, auch nicht in den Samenleitern angesammelt hatte, sondern in jeder Zelle seines Körpers, im Gehirn und in den Augen und in den Gedärmen und im Knochengerüst und in den Drüsen und allerorten, denn jener unterbrochene Schuss war der verdichtete Wesenskern seines Geistes, seines Leibes, seines Glaubens und seiner Hoffnungen. Schlagartig, auf epileptische Weise, in den Armen des anderen verkrampft, unbewusst ineinander zuckend wie Insekten, wie bei lebendigem Leibe Verbrannte brüllend in der sie zerfasernden Aura, sahen sie ihre Gesichter von Höllenbewohnern durch die scheinbar ebenfalls schreienden Augen, und die beiden Liebenden spürten nun, wie schrecklich die Seligkeit ist, wie mörderisch die Lust, wie quälend die Verzückung. Ihre Flügel, Haut und Knochen lösten sich auf in immer weißer werdendem Licht, bis die Moleküle in Atome und in Leere auseinanderstoben, bis ihr Schicksal auf der Erde aufgehoben wurde.

Und dort in der Tiefe, im gallertartigen Raum zwischen Eichel und Gebärmutter, der jenem zwischen den Synapsen so ähnlich war, denn das Neurale und das Sexuelle erwiesen wieder und wieder durch endlose Analogien ihre grundlegende Wesensgleichheit, ging ein Goldregen auf die sanftmütige Danae nieder. Eine kaiserliche Lilie zwischen den Fingern, ergoss der Erzengel Gabriel die durchscheinende Samenmilch der Verkündigung über die Jungfrau: »Freue dich, Maria!« Perlmuttsilbrig wie ein zerschmolzenes Gehirn überflutete die Samenflüssigkeit den Spalt zwischen den beiden riesenhaften Neuronen, die sich zwecks Übermittlung einer göttlichen Botschaft miteinander verkoppelt hatten. Gleich dem Acetylcholin, dem Dopamin oder Serotonin eilte das Sperma mit seinen Millionen Halblebewesen mit Diamantgedärmen und Rubinnieren zu den postsynaptischen Rezeptoren, die es besetzte, wobei es die Kalzium- und Kaliumionen freisetzte. Eine Legion unabhängiger Wesen mit Innenorganen und glühendem Willen, welche die Häfte des göttlichen Plans des Mannes tragen (als wäre der Mensch ein regelmäßiger Wechsel von Männern oder Frauen und dieser Halb-Mensch-auf-einem-hinkenden-Halb-Hasen-reitend die Samenfäden und die Eizellen), drängte voran durch die blasenziehenden Häutchen, die gefräßigen Antikörper, die Gluthitze, die ihnen die Membran des riesigen Kopfes auflöste. Sie levitierten wie ein Schwarm Perlmuttstörche der großen Eizellensonne zu, die ihnen auf der zarten Ranke des Eileiters entgegenkam. Es war, als hätten zwei Flügelwesen, jedes mit einem halben Leib und einem einzigen Flügel, nach dem Fliegen geschmachtet, gedürstet. Sie hätten einander chemotaktisch gesucht, um sich zu umarmen und um so, halbes Gesicht neben halbem Gesicht, halbe Brust geschmiegt an halbe Brust, der linke Flügel der Eizelle neben dem rechten Flügel des Samenfadens, den ganzen Menschen aufbauen zu können, Mann und Frau, Gehirn und Geschlecht, Raum und Zeit, inmitten der Weltrose mit einer Million Dimensionen. Dort, in dem schmalen Spalt zwischen Gebärmutter und Eichel, vollzog sich eine zweite Hochzeit, die unseres verstümmelten Bruders und unserer verstümmelten Schwester, winzig und dennoch mit uns wesensgleich, ihr ungeheuerliches Gebrechen ausgenommen. Männer und Samenfäden, Frauen und Eizellen wechselten einander endlos ab auf dem riesigen String, der aus den ersten im Ozean verstreuten Zellen zu den Engeln und zur Göttlichkeit aufstieg.

Die Hochzeit von Samenfaden und Eizelle ist das Mandala, das uns das Verständnis der Erlösung aufschließt. Denn wir können von unserer kolossalen Höhe aus ihren vereinten Flug betrachten, wir wissen jetzt, dass wir unsererseits Spermien sind, bereits ausgespritzt von einem ungekannten Gott, ausgestoßen aus seinem Gerät zur Herstellung der Zukunft. Wir sind Halbwesen, die danach schmachten, unseren Erzeuger zu kennen, wir eilen alle in unserer Welt zwischen Gebärmutter und Eichel (»inter faeces et urinam«) dem Portal entgegen, woher wir gekommen sind und wohin wir zurückkehren müssen. Erzeugt von einem für immer dunklen Gott, die Hälfte seiner Botschaft bis ans Ende der Zeit forttragend, gegen die Offenkundigkeit der Zerstörung, der Verschwörung der Wirklichkeit, des Zynismus der Rückkunft in die Erde ankämpfend, suchen wir stets nach der mystischen Eizelle, die, eine Kathedrale aus Häutchen, am goldenen Himmelssaum unser harrt. In dem Riss zwischen Erde und Sonne gehen wir hypnotisch Gott entgegen. Wir schütteln unsere Flimmerschwänzchen im trüben Gallert der Geschichte, trachten danach, die Ersten zu sein, die ihre Schläfe an den gigantischen Stern schmiegen, mit ihm verschmelzen und ihr halbes Gehirn in sein Fleisch einspritzen werden. Wir warten auf jenen Augenblick der *unio mystica,* in dem ein Einziger sich im Chor von Myriaden Stimmen in Triumph und Freude auflösen wird, während die ihm Folgenden, zerstört von Krankheiten, von Raub und Brand, von Unglück, stürzen werden, gelähmt von den blasenziehenden Membranen. Denn die Erlösung war nicht allen zugedacht, auch nicht wenigen, sondern einem Einzigen, dem bereits Erlösten, von Anfang an dazu Auserkorenen unter Milliarden, die aufgebrochen waren, um ihre Gebeine in der Einöde zurückzulassen. Der kleinere Bruder eines unnennbaren Gottes sollte seinerseits, verschmolzen mit dem Wunderrogen, einen neuen Giganten, ein neues Leben, einen neuen endlosen Kosmos gebären.

Während Miriam schweißglänzend mit nach oben gewandtem Gesicht träge dalag und der Fürst sich nackt, mit feuchtem Glied zur Seite gedreht und seine Augen mit dem Arm bedeckt hatte, unter sich die wunderbaren, aus den Schulterblättern gerissenen zerknitterten Schwingen spürte, vollzog sich die zweite Hochzeit, diejenige von Samenfaden und Eizelle, in der Tiefe der Frau, unter der feuchten, pochenden Haut zwischen ihrem tief eingesenkten Nabel und den weichen Blütenblättern der Vulva, aus denen nun ein perlmuttfarbenes Rinnsal floss.

Die Berührung war nach dem Willen der Wissenden erfolgt, und die Botschaft war gewiss bereits auf ihren genetischen Wegen weitergeleitet. Zufrieden neigte der Albino seinen Stierkopf und hob mit starker Hand Miriam aus der Bettwäsche hoch. Die blinden Heiratsfähigen umringten sie, betrachteten sie durch die Saphir-Ozellen in den Schädeln der Raubtiere. Sie wickelten sie in einen golden glänzenden Mantel aus öliger Seide und trugen sie zum Ausgang unter dem großen Gemälde. Der Albino folgte ihnen, und Witold fand sich im barocken Saal plötzlich allein wieder, unter den Goldpranken des Kronleuchters, von dem dann und wann die fetten Falter herabfielen, unbeholfen die Flügel bewegend. Er setzte einen auf die Handfläche und führte ihn vor die Augen, betrachtete das unpersönliche Antlitz mit den glühenden Augen und gefiederten Fühlern und kaum angedeutetem Rüssel. Das Antlitz eines Embryos oder Dämons. Er hätte sein Schicksal mit dem seinen tauschen wollen, doch nun hatte er kein Schicksal mehr. »Bądź co bądź«, wisperte er und setzte ihn behutsam auf den Rand des Gefäßes, das als Hochzeitsbett gedient hatte.

Er erhob sich auf dem Haufen zerhackter Maulbeerblätter auf die Knie und verharrte so mit tief geneigtem Haupt, ein

Leib aus aschgrauem Fleisch, dessen kostbare Botschaft ausgewrungen war. Tags darauf sollte er im Bett seines Gasthofs in Cadenabbia erwachen, aufgewühlt durch einen sonderbaren Traum, in dem er, ein unter der Erde der Jahrhunderte begrabener polnischer Fürst, sich im Brennpunkt des alles sehenden Auges befunden hatte, im Mittelpunkt der Erzählung. Von alldem, was sich in jener phantastischen Nacht ereignet hatte, sollte er sich am besten an das große Gemälde Desiderios erinnern mit dem durchsichtigen Meerbusen unter den Blutmonden, mit dem schwarzen Kahn, in dem er neben Tausenden anderer Segelboote dem mit Palästen behangenen Berg entgegengesteuert war. Miriam sollte er nie wiedersehen. Sechzehn Jahre sollte er noch leben, die Ostseegebiete weitum bereisen, Jahr für Jahr, getrieben von einer nicht zu bezwingenden Sehnsucht, hinuntersteigen zum Comer See in den italienischen Alpen, zu derselben Zeit, in der, in einer anderen Gegend der Welt und der Erzählung, Vasili, der Junge ohne Schatten aus dem Geschlecht der Badislavs, der aus den Rhodopen herabgestiegen und die Donau auf dem Eis überquert hatte, unter dem riesige, vielfarbige Schmetterlinge glitzerten, sich unwissentlich auf die Begegnung mit Maria vorbereitete, unter demselben wie eine azurblaue Wagenplane über Länder und Meere ausgespannten Himmel, unter denselben Diamantsternen und unter demselben Mond. Auf dem Sterbelager in Algier sprach der Fürst vor dem letzten Atemzug eine Wortreihe, welche die berberischen Wundärzte für Fieberwahn hielten:

INGIRVMIMVSNOCTEETCONSVMIMVRIGNI

Und Miriam, die Jüdin, die Urururgroßmutter Mirceas väterlicherseits, sollte den Dornenpfad ihres Weges nach Osten beginnen, verjagt vom Juwelier aus Lezzeno, der nicht hatte glauben wollten, dass nicht Unzucht, sondern ein wunderbarer Traum ihren Bauch wie ein Segel gebläht hatte. Der Wind Paraklet, der in dieses Segel blies, trieb sie nach Österreich, das sie in Lumpen durchstreifte, wo sie Flüsse und Berge überquerte, unter Brücken und auf Heuschobern schlief, und dann in die ungarische Puszta. In Pécs entband sie in einem niedergebrannten Haus ohne Dach und wanderte dann mit dem in Lumpen gewickelten Kind in Richtung Banat hinunter, wo sie in Budinţ, einem Dorf von sanftmütigen und schwerblütigen Menschen an der nach Lugoj führenden Landstraße, Unterschlupf fand. Selbst nachdem sie zehn Jahren dort gelebt, nachdem sie auch die rumänische Sprache erlernt hatte, wurde Miriam noch immer für wahnsinnig gehalten, was zeit ihres Lebens auch so bleiben sollte, weil sie allen Leuten sagte, ihr Junge sei ein Fürstensohn, und sein Vater werde eines Tages nachkommen und sie zurück nach Galizien bringen, ins ferne Gebiet, wo Milch und Honig flossen. Ihren Lebensunterhalt verdiente die Frau mit der Zucht von Seidenraupen, einem in jenem Landstrich völlig unbekannten Gewerbe, das sich aber unter jenen einfachen Leuten verbreitete, die bis zum heutigen Tag noch davon leben. Alle Mitglieder ihrer Sippe nannte man Goangă, nach den Raupen, die sie züchteten, doch Miriam hatte ihrem Sohn beigebracht, sich nach dem Adelsgeschlecht des Vaters zu nennen, nur der rumänischen Aussprache ein wenig angeglichen. Der Junge hatte die verträumten, langwimprigen Augen seines Vaters geerbt. Hatte er sich auch unter die Gleichaltrigen gemischt und war Bauer wie alle andern geworden, sollte Ioan Goangă doch seinen Kindern, und diese wiederum ihren Kindern, anderthalb Jahrhunderte lang, bis heute, mit Andacht die Geschichte einer prächtigen Hochzeit weitergeben, die sich irgendwann in einem nach der Sonne kreisenden Haus ereignet hatte.

Ich musste ihn bei den Schultern packen und zurück in die Küche holen. Ich hatte ihn noch nie berührt, wie ich noch nie wirklich mit ihm gesprochen hatte. Jetzt spürte ich, wie er am ganzen Leib schlotterte, nicht wegen der Kälte draußen, oder nicht nur deswegen. Ich ging noch einmal ins Esszimmer, wo das einzige Licht weiterhin das bläuliche, flimmernde war, das vom schwarzweißen Bildschirm unseres »Electronica«-Fernsehers kam. Vater hatte sich an das Tischende neben dem Fenster gesetzt und sich wie üblich ganz und gar in jenes Sehfeld vertieft, das für ihn an die Stelle der Wirklichkeit trat. Mutter saß am anderen Ende, jenseits der scharlachroten Decke, über welcher seit einigen Jahren eine dicke Glasplatte aufgetaucht war. Jahrelang hatten sie auf dieser weichen Tischdecke mit den unentschlüsselbaren Motiven und Fransen an den Rändern unter den fahlen Glühbirnen des Kronleuchters Tabinet[63] und Rummikub gespielt, in verzweifelten Versuchen, die Zeit totzuschlagen. Und wenn die Langeweile auch der letzten Partie ein Ende setzte und ich mich in mein Zimmer zurückzog, um mich mit dem Hintern auf den Bettkasten zu setzen und die nackten Fußsohlen auf den in jenen Jahren noch warmen Heizkörper zu legen, hörte ich, wie sie zur nächsten Beschäftigung übergingen, zum ewigen allabendlichen Rechnen, wie viel Mutter für Brot ausgegeben hatte – Misch- oder Weiß- oder Kartoffelbrot, denn für das runde Schwarzbrot, das uns eigentlich am besten schmeckte, was aber bedeutete, dass wir die Armut heraufbeschworen, waren wir uns zu fein –, wie viel für Tomaten, wie viel für Gurken, wie viel für Fisch, wie viel für Milch, wie viel für Joghurt, wie viel für Zündhölzer, wie viel für Waschblau,

---

63 Ein Kartenspiel.

für Dero, für alles, was sie Tag für Tag in ihren Bastnetzen mitbrachte, wobei sie manchmal zwanzig Kilogramm auf einmal schleppte, so dass ihr die Hände hinterher fürchterlich wehtaten. »Sieh mal, Mircişor«, manchmal zeigte sie sie mir, nachdem sie die Einkaufsnetze in den Flur geworfen und sich an die Wand gelehnt hatte. Sie spreizte mir die Finger entgegen, in die tiefe feuerrote Spuren gegraben waren. »Gott verdamm' sie, diese Netze, die haben mir wieder in die Hand geschnitten, dass ich durchdreh ...« Sie weinte fast vor Schmerz, hielt die gemarterten Handflächen minutenlang in den Achselhöhlen, mit über der Brust verschränkten Armen. Das Schleppen am Morgen, das Rechnen am Abend, auf Zeitungsrändern, mit ihrer kindlichen Handschrift, die so geblieben war, wie sie es beim Dorflehrer gelernt hatte, eine schnörkelige Schrift, der man auf der Rückseite der Fotos begegnete (mit Kopierstift) und in den Urkunden in der scharlachroten Handtasche – und zwischendurch Waschen, Scheuern, Bettenmachen und hinter allen her Aufräumen, Vaters Gang zur Arbeit, mein Aufbruch in die Schule, die Kochtöpfe (»ich weiß nicht mehr, was ich machen soll, am liebsten möcht ich abhauen«) und die Undankbarkeit und die Wurstigkeit aller, als wäre diese Frau – die uns zu Menschen gemacht, dieser gute und ehrliche Mensch (»Mircişor, nie in deinem Leben darfst du auch nur eine Stecknadel nehmen, die dir nicht gehört«), und sich auf den letzten Platz zurückgesetzt hatte, eigentlich auf gar keinen Platz in der Rangfolge der Familienbedürfnisse, ohne Ausgehkleider, ohne Schuhe, ohne geschminkte Lippen und nicht zurechtgemacht, sogar auf ihr Kölnischwasser in kleinen Glasautos für einen Leu verzichtete sie, ging einmal im Jahr, um sich eine Dauerwelle machen zu lassen, zu wer weiß welchen Anlässen – nichts als eine Dienerin, die dafür bezahlt wurde, dass sie jedem alles vor die Nase stellte, dass sie für uns wusch und bügelte, damit wir ehrbar aussehen konnten auf unseren Wegen durch die weite, wolkige und erschreckende Welt, die sich jenseits ihres Dorfes in der Mitte von Bukarest erstreckte, zwischen den Kinos »Volga«, »Floreasca« und »Melodia«, über welches Gebiet sie sich niemals hinauswagte. In den Schubladen der Anrichte fand ich immer diese vom Rand der Zeitungen abgerissenen Streifen, auf denen untereinander »Eier«, »Tomaten« und »Bonbons« und deren Preise aufgelistet waren, mit dem Kugelschreiber schnörkelig aufgezeichnet, ohne dass ich damals wusste, dass dies die Gedichte meiner Mutter waren, herzzerreißender und eine leidenschaftlichere Liebesgeschichte erzählend als die Briefe der Portugiesin[64] und die schwärmerischen Seiten der heiligen Theresia. In unserem Haus führte Mutter zwei Blinde, zwei Menschen mit einem steinernen Herzen, ihr und jeder dem anderen entfremdet, die sie mit einer sich selbst genügenden Hingabe bediente, und dafür erwartete sie weder Antwort noch Belohnung.

Ich setzte mich auch aufs Sofa. Im Fernsehen gab es dieselbe Szene mit dem Balkon. Jemand hielt dort eine überschwängliche Rede, umringt von anderen Personen, die ihn mit ihren Leibern zu schützen schienen. Da sie vom Licht der Scheinwerfer des Fernsehens überflutet waren, schienen sie ein Flachrelief zu sein wie jene an den Sockeln der Statuen, welche die Morgenröte der Laufbahn des darauf stehenden großen Politikers darstellen, auf dessen Haupt eine frostdurchschauerte Taube sitzt. Beinahe wäre ich eingenickt, hypnotisiert vom ständigen Wiederholen derselben Worte, dem Wogen der Zigtausenden Menschen auf dem dunklen Platz, dem phantasmagorischen Ballett des aus den Mündern der Redenden ausgehauchten Dampfes, als einige sonderbare Blitze, die den Platz erleuchteten, und eine Art gleichzeitiger Knallgeräusche, welche die Stimmen aus den Megafonen einen Augenblick übertönten, mich auf das aufmerksam machten, was sich auf dem Bildschirm abspielte.

---

64 Mariana Alcoforado (1640–1723), deutsch von R. M. Rilke (1913).

Der neue Redner an den Mikrofonen hatte einen Lidschlag lang verdutzt innegehalten, irgendwohin jenseits des Ü-Wagens geschaut und geschrien: »Brüder, es wird geschossen! Wer schießt, Brüder?« Die Kamera war vom Balkon des ZK weggeschwenkt und fuhr über die Menge. Die Menschen brüllten und buhten, sahen nach allen Seiten. Irgendwo im Hintergrund gewahrte man einige Feuerspuren, schnurgerade wie Laserstrahlen, auf das Marmorgebäude gerichtet. Man schoss offenbar mit Leuchtmunition, die ihre Phosphoreszenz in der schwarzen, eisigen Luft dieses Dezembers zurückließ. Doch hatte nicht alles schon am Morgen aufgehört? Hatte ich denn nicht mit eigenen Augen gesehen, wie sich der Hubschrauber des Präsidenten wie ein weißer Wal vom Dach des Zentralkomitees erhob und Ceaușescu dorthin verfrachtete, wo sich Fuchs und Hase gute Nacht sagen und wo der Pfeffer wächst? Waren nicht sowohl Miliz als auch Armee mit uns, wie man dies den ganzen Tag lang hundertstimmig beteuert hatte? Das Volk feierte, der seit Jahren in allen Kühlschränken aufbewahrte Schaumwein war geköpft worden, hatte geknallt, sich ergossen und als zu sauer erwiesen, um auch noch getrunken werden zu können, die Henker hatten sich mit ihren Opfern verbrüdert und stimmten Schulter an Schulter »Rumäne, erwache« an, die Priester marschierten Arm in Arm mit den Lehrerinnen für wissenschaftlichen Atheismus, die sich jetzt inbrünstig bekreuzigten und für das Gedeihen der Nation beteten. Alle wussten, Klein und Groß, Gute und Böse, alle mehr oder weniger redlichen Rumänen, dass fortan in den mioritischen Gefilden Milch und Honig fließen würden. Wer schoss? Wer war auf der anderen Seite geblieben?

Der Fernseher bebte auf der kleinen Anrichte, wo er sein Dasein fristete. Darüber thronte eine Schirmlampe, die nie geleuchtet hatte. Auf dem Bildschirm war wieder der von Scheinwerfern angestrahlte Balkon zu sehen, auf dem sich die Revolutionäre, bleich wie höhlenbewohnende Insekten, noch mehr ineinander gedrängt hatten, als wäre ihnen plötzlich schrecklich kalt. Trotzdem, der Mann, der in die Mikrofone sprach, hatte keinen Augenblick aufgehört mit seiner Flut von Worten, Worten, Worten, auch dann nicht, als die Menschen auf dem dunklen Platz niederzusinken begannen, wie hingemäht von einer unsichtbaren Hand. Hier ein junger Bursche mit von einer aus nächster Nähe abgefeuerten Kugel zerschmetterter Schläfe, ein erwachsener Mann da, ein Mädchen am andern Ende. Die Menge kochte und zappelte wie besessen, wer an der Seite stand, rannte los und verlor sich in der Finsternis, die Megafone donnerten wie die am Morgen aus dem gepanzerten Wagen: »Bleibt stehn! Bleibt stehn! Zeigen wir doch den Schurken, die da schießen, dass wir keine Angst vor ihnen haben, Genossen! Verzeihung, meine Herren! Bürger, na ja ... Brüder, das ist der Beweis dafür, dass wir unbesiegbar sind, dass man uns von nun an nichts mehr anhaben kann.« Und der Redende steckte nach Hirtenart zwei Finger in den Mund und pfiff lange, zum Steineerweichen jammervoll. Da sprang die seit dem Morgen in einer Ecke des Platzes vergessen dahockende, mit dem Rücken an eine Mauer gelehnte rumänische Revolution mit einem Mal auf die Beine, glättete mit den Handflächen erschrocken ihren Schurz, rückte ihre Trachtenbluse an den Schultern und ihre Talerhalskette am Hals zurecht und stürzte mit Elefantenschritten, die den Asphalt erbeben ließen, auf den Balkon zu, indem sie sich den Weg durch die verängstigten, ihr bis zum Knie reichenden Bürger bahnte. Wehe denen, die den gewaltigen Bundschuhen nicht rechtzeitig ausgewichen waren! Sie wurden erbarmungslos zertreten und hingestreckt, mit der immer kälter werdenden Nacht auf dem Platz vermengt. Als sie vorne ankam, verdeckte die junge Frau, eine großäugige, typisch rumänische Schönheit mit herrlich geschwungenen Augenbrauen, mit ihrer Brust den ganzen Balkon, so dass in jener tragischen Nacht keine einzige Kugel einen der Revolutionäre traf.

Viele endlose Stunden folgten diese einander ans Mikrofon, schauten zwischen die Schulterblätter der stolzen Frau und ergingen sich immer mutiger in langatmigen Reden, derweil die Leuchtkugeln von überallher in die verstümmelte Fassade des düsteren Gebäudes einschlugen.

»Mein Gott, Costel, was ist denn das?« Mutter erstarrte auf ihrem Stuhl. »Wer die wohl sein mögen, die schießen?« Vater war kreideweiß. Er sah auf den Bildschirm und schien nichts zu begreifen. »Mensch, das sind die Reaktionäre«, sagte er nach einer Weile. »Es sind die Leute Ceaușescus, seine Schutztruppen. Die Waisen aus den Kinderheimen. Die sind aus ihren Löchern hervorgekrochen, um ihren Vater zu verteidigen.« »O weh, und wenn der Alte zurückkehrt? Mein Gott, mein Gott, was soll noch aus uns werden? Ich dachte, der Teufel hat den für immer geholt, doch jetzt ...« »Wenn er kommt, bringt er uns alle um. Gottverdammter Mist, und ich hab mein Parteibuch verbrannt, konnt ich's denn nicht irgendwo hinlegen, zum Teufel nochmal ...«

Ceaușescu kehrt zurück. Seine schwarzen Schutztruppen, gehirngewaschene Halbwüchsige ohne Mutter und Vater, mit dem Chef und Leana als Vorbildern, bekommen die Lage in den Griff. Der Schrecken wird entfesselt. Bahnhöfe und Flughäfen sind gesperrt. Rundfunk- und Fernsehsender sind in ihrer Hand. Der Notstand wird ausgerufen. Die schwarzen Truppen patrouillieren in den Straßen. Dobermänner zerfleischen jeden, der ihnen über den Weg läuft. Die Menschen zittern in den Häusern, wagen sich nicht hinaus. Im Radio, im Fernsehen, an den Schreibmaschinen, an den Bügeleisen, an den Herdplatten spricht Ceaușescu mit einem Raubtierblick. Wenn man den Kühlschrank aufmacht, stößt man auf Ceaușescus Kopf auf einem Tortenteller, der endlos auf einen einredet. In den Wänden, den Fußböden öffnen sich Bildschirme, auf denen Ceaușescu spricht. Tief in der Nacht werden die Wohnungstüren mit Stiefeltritten aufgebrochen und herein stürmen Vermummte und Hunde an der Leine, die die Frau im Nachthemd, mit Lockenwicklern auf dem Kopf, und den Mann mit dem Damenstrumpf über dem zurückgestrichenen und mit Walnussöl gefetteten Haar unter der Decke hervorzerren. Sie will etwas sagen und kriegt eine saftige Ohrfeige, die sie zurück in die Federn schleudert. Ein Hund springt knurrend über sie, der Sabber tropft ihm von der Zunge, die Frau fällt in Ohnmacht. Der Mann im Pyjama blinzelt langsam, geblendet von der Militärlampe. »Das Parteibuch! Sofort Parteibuch vorzeigen!« »Ich-h-h hab's n-n-n-icht mehr ... Ich hab's ...« Der Mund gehorcht ihm nicht mehr, seine Knie werden weich, er fällt auf den Teppich und wird sofort gepackt, in den Einsatzwagen gezerrt, in ein Stadion mit blendendem Flutlicht gebracht und in die Reihe Tausender, von Schutztruppen mit Maschinenpistolen bewachter Personen in Pyjamas gestellt. Sie werden der Reihe nach erschossen, die einen vor den Augen der andern. Der Mann wartet darauf, dass er an die Reihe kommt, er ist der Fünfte, dann der Vierte, der Dritte, der Zweite ... Der Jüngling mit der Pistole in der Faust, der keine Ahnung davon hat, dass es in der Welt Mitleid, Liebe, Freundschaft gibt, kommt näher, drückt ihm den kalten Lauf an die Stirn, der Mann schließt die Augen, der Schädel birst zu Knochensplittern. Gehirn und Blut bespritzen den Rasen im Umkreis von einigen Metern.

Ich lasse sie dort zurück, geschmolzen im Halbschatten, an den gegenüberliegenden Tischenden, in scharfen Kontrasten gemeißelt vom Wechsel des dem Fernsehbildschirm entquollenen Lichts und Dunkels, der das Entsetzen in ihren Augen hervorhebt, die Verkrampfung der Finger auf der glänzenden Glasplatte, die Ohnmacht und die Verzweiflung derer, die, nachdem sie den Irrweg des Lebens voller Biegungen, Auf- und Abstiege, Verengungen und plötzlicher Ausblicke in unermessliche Grotten aus Lava und Diamant, in Rosengärten und in verpestete

Schlachthäuser durchlaufen haben, nachdem sie gelacht und geweint, gelitten und leiden gemacht, sich Haut und Fleisch abgeschürft haben, als sie sich durch immer enger werdende Stollen drängten, Krätzmilben in Gottes Haut, sich mit einem Mal in dem Endzimmer wiederfinden, aus dem es keine Rückkehr mehr gibt. Sie wussten bereits, dass sie ewig dortbleiben würden, in ihrem Speisezimmer mit den Fenstern, die auf den Balkon und die Mühle gehen, umgeben vom Sofa, der Anrichte mit dem Schaukasten voller »Hühnchen«, dem russischen Wecker in Gestalt eines vergoldeten Globus, den Blumenbildern, dem am Saum abgewetzten Perserteppich, dem zersprungenen Lüster mit den schwachen und verstaubten Glühbirnen, endlos in die falsche Kristallkugel blickend, auf das falsche Fenster zur Welt, den lügnerischen Propheten, der sie mit blauem, flutendem und ebbendem Licht überspülte wie Felsen am Meeresgestade. Gewickelt in Beckenstein-Gleichungen saßen sie da, weder lebend noch tot, als wäre das Speisezimmer nicht wirklich, sondern lediglich die Erinnerung eines anderen aus einer anderen Welt. Mutter und Vater. Die beiden Menschen, die mir das Leben gegeben haben.

Ich gehe in mein um nichts wirklicheres Zimmer. An den dunklen Wänden haben sich schimmlige Algen vermehrt, die dann und wann eine Art in Gallert getauchte Beulen bilden. Die Luft ist wegen der Sporen der auf den morschen Möbeln gewachsenen Pilze schwer zu atmen. Das uralte Bettsofa hat ein großes brandiges Loch genau in der Mitte, durch das man die salzverkrusteten Kupferfedern sieht. Am großen dreiflügeligen Fenster flackert Bukarest, stärker nun, seitdem die Scheiben zerbrochen sind und nur einige dreieckige Scherben noch an den mit Muschelnestern überkrusteten Zargen haften. Ich gehe hin, um meine Schläfe an den Fensterrahmen zu pressen, lasse das große Licht des Schnees, das selbst wie knisternder Schnee ist, sich auf mein Gesicht legen. Die Stadt ist dunkel und düster, die

Fenster sind blind, die Bäume entlaubt, skeletthaft, von Schneerändern umrissen. Nur der Himmel ist rot und leuchtend. Fernher, von der Stadtmitte, hört man Schüsse, Schreie und andere ununterscheidbare Geräusche. Dort sterben Menschen, ohne zu wissen, warum, und mit jedem wird je ein Auge geschlossen, mit dem jemand auf die Welt blickt. Ich bleibe lange am Fenster, spüre die Schneekristalle auf Lippen, Hals und Händen. Droben am Himmel, sich dem rötlichen Licht von Schnee und Krieg überlagernd, schwebt reglos das Gerät mit den Cherubim. Oberhalb der Saphirweite befindet sich, wie der Kern des Himmels an Reinheit, ein ebenfalls aus Saphir bestehender Thron, auf dem jemand Menschenähnliches sitzt. »Marána thá!«, flüstere ich. Komm, Herr, die Welt ist reif für Dich! Wir können nirgendwo mehr hingehen. Wir verehelichen und vermählen uns. Wir trinken und vergnügen uns, denn morgen werden wir sterben. Morgen wird die silberne Schnur zerreißen, morgen wird die goldene Schale zerspringen. Und wir werden alle erfahren, wie die Welt aussieht, wenn sie niemand sieht, wenn sie nicht in Dich, Herr, eindringt, durch unsere Nüstern und durch unsere Zunge, durch unsere Augen und unsere Ohren, durch die Spitze unserer Finger mit Papillarleisten und -spalten.

Ich kehre froststarr ins Speisezimmer zurück, gehe am Babel meines Manuskripts vorbei, dem noch einige Seiten bis zum Himmel fehlen. Der Schimmel des Makramees auf dem Tisch, der Konservendosen mit Aloe- und Asparaguspflanzen hat es ebenfalls befallen. Gelbliche Flechten breiten sich über die geschwärzten Ränder der Seiten. Selbst wenn ihre ganze Zellulose brandig und zerfressen würde, blieben die unzerstörbaren Buchstaben als Hologramm in der Luft. Der Fernseher strahlt keine Bilder mehr aus. Auf dem Bildschirm weißes Rauschen, Hunderte und Tausende Flöhe, die chaotisch über das schimmernde Glas laufen und ein kräftiges Knistern erzeugen. An den beiden Enden des Tisches wenden Mutter und Vater ihre

Gesichter einander zu, ihnen sind Flügel gewachsen. Aschgraue, starke Flügel mit trockenen und im gleichmäßigen Licht plastisch hervortretenden Federn. Damit überziehen sie die Glasplatte, unter der sich die Mäander der Plüschdecke befinden. So sitzen sie da, versteinert, einander tief in die Augen schauend, anders als Costel und Marioara sich jemals angeschaut haben, denn jetzt vernimmt man zwischen ihnen, oberhalb des Deckels der Sühnung, eine kräftige Stimme, nicht die einer Frau, auch nicht die eines Mannes, einen gebieterischen Flüsterton wie jenen, der dir bisweilen das Gehirn vor dem Einschlafen überflutet. »Mircea«, lautet das mystische Wort, das ich nicht mit den Ohren hörte, sondern mit dem Hörzentrum in der Tiefe meines Enzephalons. »Mircea, Mircea, Mircea, Mircea, Mircea ...«

»Die Artefakte«, sagte Herman, und ich war, geschändet (sei es auch nur der Absicht nach, sei es auch nur sinnbildlich, aber jedenfalls geschändet, geschändet, ein für alle Mal verdammt von Dan dem Verrückten an einem Tag, den ich niemals vergessen werde, im Alter von sieben Jahren, als ich die Augen in der Welt erst aufgeschlagen hatte, nur ein Jahr, nachdem wir in den Wohnblock in der Ștefan-cel-Mare-Chaussee gezogen waren, nur einige Monate, nachdem ich zum ersten Mal allein hinter den Wohnblock gegangen war, winzig in jenem unermesslichen tosenden Raum zwischen dem Block, der Mühle und der Brotfabrik »Pionier«, aus einer Höhe von fünf Stockwerken von Mutters Kopf beaufsichtigt, der verloren in den Wolken war, als ob der Himmel sich aufgetan und das Antlitz der Gott-Frau plötzlich am Scheitel des Gewölbes gestrahlt und Ruhe und Gewissheit in jenen Raum gebracht hätte, den keines Menschen Fuß je betreten hatte und wo ungeheure Fallen auf Schritt und Tritt lauerten; einige Tage nur, nachdem ich ihnen dort begegnet war, im Irrgang der Gräben für Abwasserleitungen, in den ich hinabstieg mit meiner Wasserpistole für zwei Lei, wo ich meine Kleidchen schmutzig machte und mit Grauen und Wollust den Geruch von Erde, von Wurzeln, von Maikäfernymphen, aus denen eine seltsame Milch lief, in die Nase einzog, den anderen Kindern, Mimi und seinem Bruder, Lumpă dem Rotzverschmierten, Marțagan und seiner Schwester, Silvia, die später ebenfalls geschändet wurde, nicht nur der Absicht nach, auch nicht nur sinnbildlich, von Dan dem Verrückten, den alle damals bereits Mendebilus nannten, weil er auf die Dachterrasse stieg durch das Treppenhaus eins, den einzigen Ort, an dem die Terrasse aufgesperrt war – aber wer hätte gewagt, auch nur daran zu denken, den grausigen finsteren Tempel des Treppenhauses eins zu betreten? –, und uns plötzlich von oben her, von der Dachrinne des Wohnblocks, vom Dach der Welt aus rief, und als wir alle zu ihm hinaufsahen, uns das Genick verrenkten und wegen der schwarzen Sonne, die ihn umstrahlte, beinahe erblindeten, gab er vor, sich vom Wohnblock herabzustürzen, neigte sich dem Abgrund zu und ließ seine Arme kreisen, brüllend vor vorgetäuschtem Entsetzen, derweil wir alle vor wirklichem Entsetzen brüllten; Vova und Paul Smirnoff, die Schmetterlinge aßen und von Dampfern träumten »so groß wie drei übereinandergetürmte Wohnblocks«, die tausend Schiffsschrauben hatten, der C-Dur-Sinfonie und seiner Schwester Mona, böse wie eine Wildkatze, Nicușor, der mit der runden Brille, dem kleinen Jungen mit einem Bein in einer komplizierten Metallprothese, der Kinderlähmung gehabt und vermutlich zusammen mit den Beinmuskeln damals auch seinen Namen verloren hatte, dem unheimlichen Luță und dem verträumten Lucian, der mein bester Freund werden sollte, der die Ameisen »Bauernschinder« nannte und sie, sooft er sie sah, mit der Sohle des Tennisschuhs zertrat und der stattdessen die Pferde liebte, die Pferde mit einem Horn an der Stirn, die freien, in geblümten Brokat gehüllten auf mit Herbstzeitlosen übersäten Feldern herumlaufenden Pferde; schließlich Jean vom siebten Stock, der die tollsten Witze erzählte, der eigentlich den ersten Witz erzählt hatte, den ich jemals hörte, der mit »Eins-zwei, eins-zwei, fällt bei euch ein Ei? Drei-vier, drei-vier, hol den Hut und das Klistier«, bei dem alle Kinder gelacht hatten und ich nicht verstanden hatte, warum ich lachen musste, und trotzdem hatte auch ich gelacht, damit die andern Kinder nicht böse mit mir wurden; einige Stunden, nachdem damals, an jenem traurigen Augusttag, an dem kalten Morgen, an dem sie der Lärm der Leute geweckt hatte, die zur Parade gingen und die Chaussee überfluteten mit ihren fröhlichen Pulks, mit ihren einstweilen schlampig auf den Schultern getragenen Spruchbändern, mit den Papierblumen und den Täfelchen, auf denen PCR stand, mit Seinen und Ihren Bildnissen, hatte Dan der Verrückte sie alle um sich geschart und ihnen versprochen, ihnen etwas Schönes zu zeigen und sie zu einer Tür neben dem Eingang fünf, hinter dem Wohnblock, geführt, einer aschgrau bemalten Blechtür, von der die Kinder bis dahin geglaubt hatten, dass sie zum Möbellager gehörte, doch sie gehörte nicht dazu, sondern von ihr führten Treppen hinunter in das Untergeschoss des Wohnblocks, wo es ein Gewirr von Rohren gab, die endlose Gänge entlangliefen und an deren Ende die Halle der Kessel war, und dann, im dunkelsten und geheimsten Winkel, dem Zimmer des Heizers, leer und mit einem einzigen Fenster, das es schräg, von unermesslicher Höhe aus erhellte, hatte Dan der Verrückte eine Art Taschenspielertrick gezeigt: wie sein Piephahn, der eines achtjährigen Jungen, hart, ein Stück bläulichroten Fleisches an der Spitze, enthüllt wurde und sich plötzlich aus seinem grünen, den unseren ganz ähnlichen, Spielhöschen eine Stange frechen Fleisches reckte, eine Art dicker Schweif, den, anders als die Tiere, Dan der Verrückte vor sich her trug und uns voller Stolz zeigte, wobei er uns sonderbar ansah, auf eine Art und Weise, die einem Angst einjagte), verwirrt, angeekelt und noch immer vor Grausen zitternd, war ich dennoch, nachdem ich zu Mittag nichts gegessen hatte, zum gewöhnlichen Treffen mit Herman gekommen, auf den kalten Stufen zwischen dem siebten und dem achten Stockwerk, denn ich war bereits entschlossen, alles zu vergessen, so schnell wie möglich, einen künstlichen, irgendwoher ausgeschnittenen Flicken über das niederschmetterndste Unheil meines Lebens zu kleben. Und nun lauschte ich wie im Traum dem blauäugigen, damals noch so jungen Buckligen, wie er mir von Mystik und Technologie erzählte, als gäbe es auf der Welt keine Ungeheuer, Verführer, Auflösung und Einöde, als lebten kleine, seelisch vergewaltigte, für ihr Leben verstümmelte Jungen weit, weit entfernt, an

Orten, von denen wir alle wissen, dass sie nicht wahr sind: im Fernsehen, in Träumen, im Rundfunk, in Erzählungen.

»Die Artofakto«, sagte Herman, »weisen, wo immer sie aufglänzen mögen, auf die blinde und gedächtnislose Erde, auf die chaotische Geschichte gleich den geologischen Schichten, auf die Anomie und das Absurde und nicht Ausdrückbare, denn es gibt keinerlei Unterschied zwischen der Manipulation der Materie und jener der Seele; die Technologie ist mystisch für jene, die sie nicht verstehen, und die Mystik ist eine noch unbekannte Technologie. Noch wissen wir nicht, welche Bedeutung die Gesetze der Physik haben, warum sie überall dieselben sind, so weit wir in dieses All auch blicken, so wie wir nicht wissen, warum es den logischen Raum gibt, in dem zwei und zwei immer vier ergeben, in der Vergangenheit und in der Zukunft, in der Ausdehnung der Welt oder unseres eigenen Gehirns. Doch wir haben gelernt, uns durch die Füllen und Leeren dieser Welt hindurchzuschleichen, und die Tatsache, dass wir hier sind, aus einem Stück Weltall bestehen, dass ich einen Kehlkopf habe, der Laute ausstößt in Zusammenwirkung mit deiner knöchernen Schnecke, die sie empfängt, dass wir auf einer Stufe aus Zement sitzen, der irgendwann Sand am Strand eines Meeres gewesen ist und in nur wenigen Jahrzehnten Trümmer und Staub werden wird, zeigt, dass es auch gar nicht anders sein konnte. Wir sind Kinder dieses Alls, wir haben alle ein gemeinsames Geburtsdatum, vor fünfzehn Milliarden Jahren. Wenn wir tief in unserem Gedächtnis wühlen, jenseits der ersten Kindheit (in der Hirnrinde), der Geburt (Thalamus), der Empfängnis (Basalganglien), des Aufkommens der Säugetiere (Rückenmark) und des Lebens (peripheres Nervensystem), tauchen wir bald ins Somatische ein, in die Muskeln und die Sehnen und die inneren Organe und das Bauchfell und das Gekröse der Materie, so dass wir uns alle, allein schon aufgrund der Form unseres Körpers, an die uranfänglichen Berge und Ozeane, an die Entstehung der Sonnensysteme aus Tropfen geschmolzenen Magmas, an die Geburt der Sterne erinnern. Weil ich Augen und Hände und Hoden habe, weil Lymphe und Blut, der Schwerkraft unterworfen, durch die Schläuche meiner Arterien und Venen fließen, weil ich als Ganzes ein Motor bin, der sich auf einen Materiefaden aufwickelt, indem er Nahrung schluckt und Fäkalien ausscheidet und dadurch das Drehen der Milliarden Kreisel und Spindeln, die mich ausmachen, aufrechterhält, erinnere ich mich, als sei's gestern gewesen, an die inflationäre Entwicklungsstufe des Kosmos, an das goldene Glöckchen, das jeder von uns einmal zwischen den Fingern gehalten hat und das, kraft der Dicke der Branen und der Dimensionen, der Phasen und der Orkane, der Zeit mit ihrem probabilistischen Pfeil, geläutet hat und im Kern unseres Geistes immerzu mit goldenem Klang läutet. Weil ich aus derselben Substanz bestehe wie die Stufe, auf der ich sitze, mit der Luft rings um mich, weil ich im Innern hohl bin wie eine Röhre, durch die der Kosmos rinnt, weil es keinerlei Grenze zwischen mir und dir gibt, weil meine Seele eine Fratze meines Leibes ist, wie das Lächeln eine Fratze der Lippen ist (die Seele ist das Lächeln meines Leibes), weil ich vor fünfzig Jahren auf dem Erdboden verstreut war, im Blütenblatt einer Blume, in einem Schweinsohr, in der Eizelle einer Frau, in einem Eiszapfen, und ich in fünfzig Jahren ebenso verstreut sein werde in der Erde und dem Wind und dem Fleisch dieser gesegneten Erde, weil wir alle und alles, was wir sehen, nur Momente der mystisch-technologischen Gerinnung eines Gleichungenpulvers sind, einer Summe möglicher Geschichten, weil ich, Augenblick um Augenblick, in meinem Geist, meinem Gehirn, meinem Fleisch, meiner Materie die Erinnerung an jedes jemals eingetretene Ereignis trage, von dem jetzigen Augenblick an, da ich dich, Mircea, ansehe, bis hin zu dem Augenblick, da, auf der Planck-Skala, das wahre Atom, die kleinste Einheit von Raum und Zeit, bei unendlicher Temperatur und von unendlicher

Dichte, seine Ausdehnung begonnen hat, weil wir Hologramme der wahren Welt sind, die im Vergleich zu uns eine Dimension mehr aufweist, weil Platon recht gehabt hat. Wir sind Schatten einer wahren Welt; wegen aller dieser Dinge und wegen unzähliger anderer ›Weils‹ kann jeder von uns sagen, gleichzeitig mit dem Tautropfen, dem Grashalm und der Supergalaxie, gleichzeitig mit den Äonen und den Welten der Welten, mit dem Licht aus dem Licht: ›Ich bin alles! Ich bin, der ich bin, ewig, unwandelbar, vollkommen. Ich bin der eine.‹«

Verwirrt saßen wir um ihn herum, dort, im Zimmer des Heizers, zwischen jenen bröckligen und gleichsam teergeschwärzten Wänden, auf dem rauen und schuttbedeckten Fußboden, dort, wohin, das sollte ich später erfahren, Mendebilus auch Silvia, diesmal allein, führen sollte, und beide sollten sie sich ausziehen, und er sollte ihr seine Fleischstange ins Vöglein stecken, und es sollte Blut fließen; und dann sollte er sie viele Male dorthin bringen, oder auf die finsteren Stufen des Wohnblocks, zwischen den Treppenabsätzen, oder in den zwischen den Stockwerken angehaltenen Fahrstuhl, im Treppenhaus drei, und er sollte ihr damit drohen, dass er sie bei ihren Eltern verpetzen würde, und sie sollte ihm erlauben, während ihr die Tränen über die Wangen kullerten, ihr wieder und wieder den harten Piephahn ins Vögelchen zu rammen, bis er ihr eines Tages, mitten unter den Kindern, wieder ins Ohr flüsterte, mit ihm zu gehen, um Schweinereien zu treiben, und sie, feuerrot im Gesicht, geschrien hatte: »NEIN!« Und seit jenem Augenblick war sie, auch wenn er sie, bei wem er wollte, verpetzen sollte, nicht bei den Eltern oder in der Schule geblieben, selbst wenn man sie in die Sonderschule für schwer Erziehbare stecken würde. Oh, selbstverständlich wussten wir damals alle um das Geheimnis der Erwachsenen, hatten wir doch so oft an den Wänden gelesen: SCHWANZ + FOTZE = FICK, grinsend die Lieder »mit Dummheiten« gesungen: »Alter, hol Krankheit deinen Kopf, hast meine Fotze weit gemacht wie 'n Topf, und den Kitzler wie 'ne Tasse, dass hinein der Feind mir passe«; wir wussten sogar, dass selbst Mutter und Vater manchmal »Dummheiten« machten, denn nur so werden die Kinder geboren, die Frau holt sie zwischen ihren Beinen heraus: »Nach neun Monaten und einem Tage verlässt der Türk' die Burganlage, rasiert, geschoren und zurechtgemacht, wie aus Mamas Fotze rausgebracht.« Und was die Witze angeht, so ließen Mimi, Lumpă und vor allem Jean vom siebten Stock es sich nicht nehmen, uns die ekligsten zu erzählen. In allen hatten die Männer sehr lange »Schwänze«, manchmal meterlange, trugen sie um den Leib geschlungen, unter dem Regenmantel, und zuweilen »stand« er ihnen so hoch, dass sie den ganzen Umfang der Erdkugel damit durchstoßen konnten; wie die Geschichte von dem Toten, dem das Ding so sehr in die Höhe wuchs, dass es aus dem Grab ragte, so dass man ihn mit dem Gesicht nach unten begraben musste, und nach einer Weile erhielt man ein Telegramm aus Australien: »Lasst die Bohrung sein, ihr ruiniert uns ja den Pflasterstein!« Aber alle diese Witze und Lieder gingen nur so, damit wir lachten, und alles, was darin geschah, war wie hinter einer Glasscheibe, in der Welt der Erwachsenen und vielleicht auch dort nicht. Und nun wohnte ein gleichaltriges Kind unter uns, mit heruntergelassener Hose und mit einem Schwanz statt unserer Zipfelchen mit einer Troddel an der Spitze, womit wir Pipi machten und die manchmal ganz schlimm brannten. Nicht von ungefähr nannte man ihn Dan den Verrückten, den Abartigen, Mendebilus. Ihm konnten wir von nun an alles zutrauen: dass er plötzlich eine zehn Meter lange Zunge ausstreckte, dass ihm seine blaugrauen Augen aus den Höhlen sprangen und er sie uns wie Schröpfköpfe auf die Leiber klebte, dass er sich am Eingang ins Zimmer des Heizers in eine Fleischmauer und Spielhöschen verwandelte und wir dort nie wieder hinauskönnten ... Wir betrachteten sein hartes, rötliches Rohr, das ihm vorne steif stand, und uns war gar nicht mehr nach Lachen zumute, wie bei den Witzen, denn jene Männer mit um die Leiber gewickelten Schwänzen waren weit weg, in der Welt der Erwachsenen: Hörten wir denn jemals, was sie bei Tisch redeten, wenn sie als Gäste kamen? Es war, als redeten sie in einer anderen Sprache, während wir uns unterm Tisch mit den Sodaflaschen zu schaffen machten. Jetzt schämten und fürchteten wir uns, als hätte uns der Papa jedes Einzelnen von uns ins Kellergeschoss geführt, um uns was zu zeigen ... Nein, daran konnten wir nicht einmal denken. Das war, als wäre der Tiger im Zoologischen Garten nicht mehr im Käfig, sondern neben uns gewesen, als wäre der schreckliche Sturm im Fernsehen durch den Bildschirm hervorgebrochen und hätte uns die Haare mit Schnee zugeweht. Der Reihe nach kehrten wir Dan dem Verrückten wortlos den Rücken und gingen aus dem Zimmer; während wir an den verrosteten Kesseln und den Rohrleitungen mit Manometern und Gashähnen vorbeiirrten, hörten wir, wie er uns etwas nachrief, doch wir blieben nicht stehen, sondern gingen durch die kleine Blechtür hinaus und sprachen nicht über das, was wir gesehen hatten. Den ganzen Vormittag lang sahen wir einander auch nicht mehr in die Augen. Zum Glück war es der 23. August, und wir konnten an etwas anderes denken: Wir konnten von den Passanten rote und dreifarbige Papierfähnchen erbetteln, Blumengirlanden, PCR-Spruchbänder ...

»Betrachte aber die Artefakte, Mircea. Die glasigen Wirbel einer andern Welt, hervorgegangen aus der langweiligen, faulen, falschen Asche der Geschichte, so wie wir sie uns zurechtgelegt haben. Gestern haben wir sie als Mystik betrachtet, und noch zögern wir, sie heute Technologie zu nennen. Man muss blind sein, um heute diese Buchstaben nicht lesen zu können. Um nicht zu begreifen, was die Zauberstäbe, die Tarnkappen bedeuten, die dich unsichtbar machen, die Kristallkugeln, die dir ferne Welten zeigen. Um nicht zu glauben, dass Vimānas,

Fluggeräte, einst wirklich den Himmel durchflogen haben, aus dem sie in einem fürchterlichen Krieg zwischen den Göttern ein einziges Geschoss abgeworfen haben, in dem die Kraft des ganzen Alls konzentriert war. Die Götter, die gibt es, Mircea, es sind unsere Vorväter, Vettern oder vielleicht unsere Nachfahren von den Sternen.

Gyges, ein Hirte aus Hellas, war mit seiner Ziegenherde auf einem Bergabhang, als sich ein Erdbeben ereignete und die Erde aufgerissen wurde. Der junge Hirte stieg in den Spalt hinab und fand dort ein Pferd aus Metall mit Fensteröffnungen an seinem Rumpf, durch die man Männer sehen konnte, höher gewachsen als gewöhnlich, splitternackt und allesamt tot. Der Hirt zog einen Ring vom Finger eines Toten, steckte ihn an den Finger und beobachtete bald, dass er unsichtbar wurde, wenn er dessen Stein ins Handinnere drehte. Er nutzte den Ring und seine Zauberkraft, und so wurde Gyges König, ein König, den unsere blinde, faule Geschichte bezeugt. *Was* war jenes ›Pferd‹ aus Metall, Mircea? Welch hochentwickelte Technologie aus einer anderen Welt war in jenen Ring eingegangen?

Oder lies die Geschichte eines andern Königs, Numa Pompilius, des Nachfahren des Romulus, der wie Moses in einem Körbchen den Fluss heruntergefahren war und, ebenso wie Moses, zuletzt in die Himmel entrückt und nie wieder gesehen wurde. Während der Herrschaft Numas war ein Kupferschild vom Himmel gefallen, den man Ancile nennen sollte; er war nicht rund, sondern hatte eine geschweifte, krummlinige Form, und die Enden waren zueinander gedreht. Mithilfe des Ancile hat Numa Pompilius eine schreckliche Pestseuche geheilt, und daraufhin hat er geherrscht, Gesetze erlassen und Wunder gewirkt; so konnte er etwa den Blitz hervorrufen oder seinen Untertanen mit Stimmen und Gesichten Furcht einjagen. Die Gesetze seines Kults verboten jedes Bild Gottes, ob gemalt oder gemeißelt, den Gebrauch von Blut beim Opfer und hielten ein nie erlöschendes Feuer im Tempel aufrecht, das mithilfe eines Hohlspiegels angefacht wurde. Von Zeit zu Zeit traf der König mit den Göttern und Sibyllen zusammen, die ihm, ›von Angesicht zu Angesicht, wie ein Mann mit seinem Freunde redet‹, wie der Verfasser des Pentateuchs sagen würde, ihre Weisungen gaben. Begegneten wohl in jenen protohistorischen Zeiten Romulus und Numa in Italien und Moses in Ägypten und in der Wüste Sinai jener unbekannten Macht, die auf Wolken wandelte und wunderbare Artefakte und furchtbare Zaubereien auf die Erde streute?

Mircea, wir müssen die Geschichte aufgeben, wie eine anmaßende, hohle und traurige Erzählung. Es ist nicht wahr, dass wir im Mittelpunkt der Geschichte stehen, so wie wir weder im Mittelpunkt des Sonnensystems noch in dem der Galaxie stehn, da unsere Galaxie ein Staubkorn in einer fraktalischen Ballung von Galaxienschwärmen ist. Wir sind von einer unbekannten Macht auf die Erde gepfropft worden, die am Ende der Zeiten kommen wird, um ihren Acker abzumähen. *Was* wird sie von uns ernten, *was* ist die Frucht, die wir bringen, einer dreißig Körner, ein anderer fünfzig, ein Dritter hundert? Im Zeitalter der Abkühlung, als die Galaxien sich voneinander enfernten (die Welteiszeit, du grausamer Hörbiger), haben sich Milliarden bewohnter Welten herausgebildet, und ihr technologisch-mystischer Odem, ihre Aura übermenschlicher Intelligenz haben auch uns erreicht, so wie wir manchmal, aus Versehen, einen winzigen Ameisenhaufen mit der Fußsohle berühren. Während wir, in eine Nussschale eingeschlossen, uns die Herren der Welt dünken, haben wir das beängstigende Krachen der uns umgebenden hölzernen Schale gehört und durch die Ritzen das Angesicht dessen gesehen, der den hirnförmigen Kern herausklauben wird, welcher in unser solipstistisches, hochmütiges Gehirn beißen wird, Mircea. Und jenes Krachen am Weltenende ist die Bibel, das Buch der Begegnung.«

Was wusste ich schon von der Bibel? Ich hatte lediglich von diesem schwarzen Buch gehört, doch in unserem Wohnblock besaß es niemand. In unserem Wohnblock wohnten nur Milizionäre, Securitate-Leute (Lucis Vater war bei der Securitate und hatte schönes lockiges Haar), Aktivisten oder Zeitungsleute wie Vater, und keiner durfte in die Kirche gehen oder religiösen Mumpitz lesen. Wir empfingen auch den Popen nicht, wenn er mit der Wasserweihe kam, und glaubten nicht an Christus und die Muttergottes und die Engel auf den Papierikonen, die in Rahmen aus zerstoßenem Glas an der Wand von Opas Haus in Tântava hingen. Wenn wir dort zu Besuch waren und ich auf das mit rauen Kotzen und strohgefüllten Kissen bedeckte Bett stieg, sah ich mir alle die Bilder an mit Heiligen und Engeln, die es gar nicht gab. Gott, wie er dort gezeichnet war, sah aus wie der Wintermann, nur hatte er ein großes Buch vor sich aufgeschlagen. »Ach, Liebes, wer weiß schon, wie's da wohl sein mag, oder nicht? Ist ja noch keiner aus der jenseitigen Welt zurückgekehrt, um zu sagen, wie's da aussieht!«, sagte Mutter, wenn ich sie fragte, was es mit jenen Ikonen auf sich hatte. In Tântava war ich auch in der Kirche gewesen, bei der Taufe einer Kusine von mir, sie war eingemummelt in ein Deckchen aus rosa Satin, hatte ein rosa Häubchen mit einem großen roten, plattgedrückten Schleifchen auf dem Kopf. Und man hatte auch mir ein kleines Metallkreuz mit rosa Schleifchen gegeben, damit ich es mir an die Brust hänge. In der Kirche lagen die Bauern aus Tântava mehr auf den Knien, ich aber ging in die Hocke und brach in Gelächter aus, wenn ich den Popen in seinen Messgewändern ansah, wie er immerzu das Weihrauchfass schwang (ich wusste bereits von Vater, dass er ein Schmarotzer war, der nicht arbeiten wollte), den Dorfschullehrer, der dann und wann ein »Herr, erbarme disch« einstreute (»der Pope fängt 'n Fisch«, flüsterte ich Mutter ins Ohr, und sie sah mich, kniend, mit zusammengekniffenen Lippen an; sie hätte mir eins übergebraten, wären wir nicht in der Kirche gewesen, wo es verboten war, Kinder zu schlagen: »Warte du nur, zu Hause werd ich's dir schon zeigen! Verdammter Rotzbongel!«), die Heiligen an den schmalen rauchgeschwärzten Wänden, greise, bärtige Männer, gewickelt in Laken und mit einem gelben Teller um den Kopf. Dann hatte der Pope das Kindlein gepackt, es mit seinen behaarten Affenhänden ins Wasser getaucht und es mehr tot als lebendig, nach Leibeskräften quäkend, herausgeholt, und das war alles gewesen. Wir trotteten langsam hinaus, uns auf die Füße tretend, wie man ein Kino verlässt.

Für wen sprach also Herman? Selbst wenn ich, wie so oft, ruhig und froh gewesen wäre, meinen Freund wiederzufinden, den blauäugigen Säufer, den die Leute bemitleideten (»Was für ein guter Junge, meine Liebe, und schau mal, wie er mit kaum dreißig Jahren aussieht: vornübergebeugt wie ein Mummelgreis! Und wie höflich er ist: ›Küss die Hand, Madame, wie geht's Ihnen? Wie geht's Ihrem Mann?‹ Jaja, das richtet der Alkohol an ...«) und den ich so sehr liebte, weil er so viele Dinge wusste, und einmal hatte er mir das Leben gerettet, und wäre er verklärt und in das unverwesliche Weihebild der Welt gehüllt vor mir erschienen, hätte ich trotzdem nicht mehr als ein Zehntel dessen verstehen können, was er mir sagte; ebenso war es, wenn ich in Floreasca, am Fenster der Villa, in dem Buch mit Saltan blätterte, wenn ich es wie eine Erzählung mit gelben oder roten Kaisern in einer Welt mit Bergen aus Glas und Tälern der Erinnerung und eben nicht als die Geschichte Saladins, der Kreuzritter und der Befreiung Jerusalems verstand, selber zur Legende geworden und verformt in der Dicke der Zeit. Doch an jenem Nachmittag war meine Seele befleckt und aufgewühlt, und kaum drangen sinnlose Bruchstücke der Reden Hermans zu mir durch, die sich in mein Bewusstsein anscheinend nicht durchs Trommelfell schlichen, sondern durch die nassen, zu Tode gekränkten, zu Tode geängstigten Wimpern. Die Qual, die grenzenlose Qual meines Lebens!

Nachdem wir nämlich etwa zwei Stunden vor dem Wohnblock gestanden und nach der neuen geräuschlosen Straßenbahn, die gerade in Betrieb genommen worden war, Ausschau gehalten und Onkel Cățelu begafft hatten, der dann und wann mit einem Einkaufsnetz in der Hand aus seinem schmutzigen Hof auf der anderen Straßenseite herausgekommen war, um dann wieder hineinzugehen, und darauf gewartet hatten, dass die Leute von der Parade zurückkehren, damit wir Fähnchen sammeln konnten, war Dan der Verrückte unter uns aufgetaucht, er aß Sonnenblumenkerne und spuckte die Schalen auf den Boden. Eine Weile standen wir alle da und schauten nach den Autos. Vova, der etwas älter war, kannte alle Marken und unterschied bereits am Ende der Chaussee einen Wartburg von einem Škoda oder einem Fiat 600. Wir warteten darauf, dass einer der wenigen schwarzen, in der Stadt herumflitzenden Buicks vorbeirollte, doch tagelang tauchte kein einziger auf. Stattdessen strömten die Trabants dahin, die Tschaikas und die Pobedas, die nicht der Rede wert waren, nicht zählten. Wenn es einem gelang, vor allen andern den ersten Buick zu Gesicht zu bekommen, war man unter den Kindern den ganzen Tag lang ein Held. Doch waren für mich alle Autos gleich. »Der Buick, der Buick«, hatte Lumpă plötzlich geschrien, dem keiner glaubte, denn er war zu dämlich. »Von wegen, Buick!«, hatte Luță verächtlich gesagt, »du spinnst!« Aber die Kinder konnten es sich nicht leisten, Lumpăs Flausen ungeprüft zu lassen, vielleicht war ja doch die rotznäsige Missgeburt diesmal auf Draht gewesen, und so waren sie bis dorthin, wo die Wohnblocks aufhörten, losgerannt, in Richtung Eingang acht, der an die Zirkusallee grenzte, rempelten die Leute an und brüllten: »Der Buick! Der Buick!« Ich war dann mit dem Abartigen allein geblieben. Im Laufe meines späteren Lebens habe ich alle Automarken gelernt. Ich bin an den Abenden vor den Wohnblock in der Ștefan-cel-Mare-Chaussee gegangen, unter die Flammenhimmel, die nur dort möglich waren, in den Augenblicken, wenn die Lichter an den Masten zwischen den Straßenbahngleisen rosenrot aufleuchteten. An jedem von ihnen war je ein müder Christus mit gekröntem Haupt gekreuzigt, hängend, das Kinn auf der Brust. Die Reihe der ans Kreuz geschlagenen Christusse erstreckte sich bis an den gelben Himmelssaum, wo die Chaussee eine Kurve machte und sich in Licht auflöste. Ich betrachtete die vorbeifahrenden Autos und unternahm verzweifelte Versuche, mir die Marken und Modelle einzuprägen, denn wenn ich an jenem irrsinnigen Tag des 23. August 1963 den Unterschied zwischen einem Warszawa und einem Buick gekannt hätte, wäre ich nicht mit Mendebilus allein geblieben und wäre nicht von ihm in das kotbeschmierte und mit Mandibeln und Wirbeln und zerstoßenen Darmbeinen ausgestreute Harpyiennest gelockt worden. Ich wäre dort nicht, zum ersten Mal, gleich einem metaphysisch-sadistisch-skatologisch-verheerenden Vorschuss, Victors Gespenst begegnet, das da kommen sollte.

»Henoch erzählt, dass die Wächter, Gottes Heer, die Töchter der Erde angesehen und sie für schön befunden haben. Mit Semjâzâ an der Spitze sind sie von den Himmeln herabgestiegen und haben sich mit ihnen vereinigt. Sie haben den Menschen die Handwerke beigebracht, darunter die Magie, und sie bekamen Söhne und Töchter. Ihre Nachfahren wurden jedoch von dem an Tagen Alten vom Erdboden ausgerottet, und die aufrührerischen Engel wurden angekettet. Das ist ein Teil unserer Geschichte, den die Historiker zurückweisen, denn für sie bedeuten die Wunder noch nicht Technologie, und der Mensch sei allein im Weltall. Das Apokryph Henoch erzählt jedoch von dem ersten Versuch, zwei denkende Arten, zwei Menschheiten miteinander zu verschmelzen. Reinigt man es von Schlacken, Zusätzen und Fehlern, dann muss der Kern des Buches Henoch wortwörtlich genommen werden. Denn Henoch ist mit Gott gewandelt und weiß es besser.

Und dann der Pentateuch. Ich glaube wortwörtlich an ihn. Nichts von der Psychologie des Mythenbildners ist hier wiederzufinden. Lies mit deinen eigenen Augen, mit allem, was du heute über die Welt weißt. Richte dein Augenmerk auf die Bibel, Mircea, denn sie hat nichts zu tun mit den Mythen, den Kirchen und den Ikonen, mit den Blinden, die andere Blinde führen, die in der Kirche singen und den Weihrauchkessel schwenken. Ich glaube wörtlich an die Segnung Abrahams, an das Auserwähltsein seines Geschlechts unter allen Völkern der Erde. Ich glaube, dass Jakob in Bethel die Engel an einer Leiter hat auf und nieder steigen sehen. Ich glaube, dass er auf seinem Weg an dem Heerlager der Engel in Mahanajim vorbeigegangen ist, dass dann, beim Überqueren des Jabbok, ein Mann mit ihm die ganze Nacht lang gekämpft hat. Was bedeutete der Kampf Jakobs mit dem Engel? Warum hat er sich dabei das Hüftgelenk verrenkt? Warum ›kämpften‹ die Engel von Zeit zu Zeit mit den von ihnen selber auserwählten Menschen? Denn viel später haben sie auf die gleiche Art auch mit Moses gekämpft, noch bevor dieser seinen Auftrag begonnen hatte, das auserwählte Volk in die Wüste zu führen. Eines Nachts wollte der Herr ihn töten, und Zippora hat ihrem Sohn die Vorhaut abgeschnitten, sie ihm zu Füßen geworfen und gesagt: ›Du bist mir ein Blutbräutigam.‹ Hat Gott denn tatsächlich mit ihnen gekämpft, hat er sie tatsächlich töten wollen? Oder wollte er sie zu besseren Werkzeugen für seine unerforschlichen Wege umschaffen? Und ebenso hat er später Saul umgewandelt, als er ihn zum König salbte: ›Und der Geist des Herrn wird über dich kommen, und du wirst mit ihnen weissagen und wirst in einen anderen Menschen umgewandelt werden.‹ Und für den Bau des Zelts der Begegnung in der Wüste ist ebenfalls ein auserwählter Israelit, Bezalel, umgewandelt worden, ›und hat ihn erfüllt mit dem Geist Gottes, dass er weise, verständig und geschickt sei zu jedem Werk, kunstreich zu arbeiten in Gold, Silber und Kupfer, Edelsteine zu schneiden und einzusetzen ›,‹ Ich glaube an das Epos des Volkes Israel, glaube, dass es ein auserwähltes Volk ist, konstruiert, würden wir heute sagen, mithilfe einer Gen- und Sozialtechnik von kolossaler unirdischer Kraft, zu einer unbekannten, der menschlichen Ethik vielleicht fremden Zweckbestimmung. In diesem Epos sehe ich nicht eine mystische, magische oder religiöse, sondern eine technologische, das heißt den Augen, die sehen wollen, und den Ohren, die hören wollen, verständliche Kraft. Es stimmt zwar, die Tatsachen sind verdunkelt durch die Umschreibungen derer, die nicht verstehen konnten (*was* sind ›Sühneplatte‹, ›Lichter und Vollkommenheiten‹, ›die Herrlichkeit Gottes‹, ›die Feuersäule‹, ›das Allerheiligste‹, ›die Wagen und das Heer Gottes‹, *was* sind die Engel, was ist der Geist, *was* heißt, in der Sprache der Evangelien, der Glaube, der Berge versetzt?), und zum Teil durch unseren technologischen Entwicklungsstand, der für jene, die ihr Vieh durch die Wüste Sinai trieben, ebenfalls Mystik wäre, doch anders und nicht so verblüffend wie jene von JHWH und seinem Sternenvolk beherrschte. Heute könnten wir, um eine Million Israeliten in der Wüste zu führen, eine Wolkensäule schicken, die nachts zu einer Feuersäule würde, aber wir könnten nicht die Wasser des Roten Meeres teilen und Manna ums Wüstenlager streuen, nach Honig schmeckende Samen, die eine Million Münder ernähren. Unsere Magie ist nicht so hochentwickelt. Wir können aber Artefakte verstehen, etwa die Bundeslade mit ihren Cherubim mit auf den Deckel gerichteten Antlitzen, zwischen denen die Stimme Gottes ertönte. Wir können geradezu spüren, dass der Tempel Salomos, das Haus, in dem sich Jehova in völliger Dunkelheit ausruhen wollte, mit einer komplexen, weniger hermetischen, wie man meinen sollte, Technologie ausgestattet war: *Was* sind die Säulen in der Vorhalle, Jachim und Boas, *was* ist das parabolische ›Meer‹ auf dem Dach, wozu dienten all jene Metallarbeiten? Das Volk musste Jahr für Jahr kommen, um seine Wünsche und Klagen vor dem Tempel in Jerusalem vorzutragen, und nicht auf den Anhöhen oder unter Bäumen, denn nur dort konnte Gott sie hören und sehen. Ich glaube an die große Begegnung des Volkes mit seinem Gott, der unter Posaunenklang wie eine dicke Wolke unter Blitzen, Donner und Erdbeben auf den Gipfel des Berges Sinai herabfuhr, und ich glaube, dass die verängstigte Menge die Zehn Gebote mit Donnerstimme hat verkünden hören. Ich glaube, dass Moses auf dem Berg den detaillierten Plan des Zelts der Begegnung unmittelbar von Gott empfangen hat, mit der Bundeslade, ihren mit Gold überzogenen und in Ringe gestecken Stangen, einer Decke aus Häuten von Seekühen, den Tisch, den Leuchter und den Brandopferaltar, und dass dieser Mann, der Einzige, der Gott von Angesicht zu Angesicht gesehen hat, am Eingang des Zelts der Begegnung, ›von Angesicht zu Angesicht, wie ein Mann mit seinem Freunde redet‹, zu den aufrührerischen Israeliten zurückgekehrt ist mit den Tafeln des Gesetzes und mit glänzendem Angesicht. Ich glaube, dass Moses und die siebzig Alten Gott von weitem, auf dem Berg geschaut haben und dass Er ein greifbares Wesen war, aus Materie bestehend wie sie auch: ›Und sie sahen den Gott Israels. Unter seinen Füßen war es wie Arbeit in Saphirplatten und wie der Himmel selbst an Klarheit. Gegen die Edlen der Söhne Israels streckte er seine Hand nicht aus, sondern sie schauten Gott und aßen und tranken.‹ Gottes Thron befand sich über einem durchscheinenden Gewölbe. Das himmlische Gerät, das immer wieder über der wilden, großartigen Landschaft des Nahen Ostens jener Zeit erscheint, vom grünen Schlamm zwischen Tigris und Euphrat bis hin zum heiligsten Fluss der Welt, dem von den Völkern gesegneten Jordan, wird am besten von Hesekiel dargestellt, einem an die Wasser Babylons Verbannten. Hör dir diese Beschreibung an, Mircea. Du wirst ihr begegnen mystisch ausgelegt bei Dante, allegorisch gelesen bei den Deutern der Evangelien; bewundere aber die ingenieurhafte Präzision der Beschreibung dieses in der Atmosphäre fliegenden Geräts, trotz der Unfähigkeit Hesekiels, etwas von menschlichen Augen noch nicht Gesehenes und von den Mustern seiner Sprache Unentdecktes darzustellen. Welche religiöse Absicht, welches mystische oder symbolische Imaginäre, geübt im Verbinden der Teile von Tieren miteinander und in der Vermenschlichung von Sonne und Mond, hätte zu diesem Aufriss eines technischen Zeichners im Buche Hesekiels führen können, den er die Herrlichkeit Gottes nennt: ›Und ich sah, und siehe, es kam ein ungestümer Wind von Mitternacht her mit einer großen Wolke voll Feuer, das allenthalben umher glänzte; und mitten in dem Feuer war es lichthell. Und darin war es gestaltet wie vier Tiere, und dieselben waren anzusehen wie Menschen. Und ein jegliches hatte vier Angesichter und vier Flügel. Und ihre Beine standen gerade, und ihre Füße waren gleich wie Rinderfüße und glänzten wie helles glattes Erz. Und sie hatten Menschenhände unter ihren Flügeln an ihren vier Seiten; denn sie hatten alle vier ihre Angesichter und ihre Flügel. Und je einer der Flügel rührte an den andern; und wenn sie gingen, mussten sie nicht herumlenken, sondern wo sie hingingen, gingen sie stracks vor sich. Ihre Angesichter waren vorn gleich einem Menschen, und zur rechten Seite gleich einem Löwen bei allen vieren, und zur linken Seite gleich einem Ochsen bei allen vieren, und hinten gleich einem Adler bei allen vieren. Und ihre Angesichter und Flügel waren obenher zerteilt, dass je zwei Flügel zusammenschlugen, und mit zwei Flügeln bedeckten sie ihren Leib. Wo sie hingingen, da gingen sie stracks vor sich, sie gingen aber, wo der sie hintrieb, und mussten nicht herumlenken, wenn sie gingen. Und die Tiere waren anzusehen wie feurige Kohlen, die da brennen, und wie Fackeln; und das Feuer fuhr hin zwischen den Tieren und gab einen Glanz von sich, und aus dem

Feuer gingen Blitze. Die Tiere aber liefen hin und her wie der Blitz. Als ich die Tiere so sah, siehe, da stand ein Rad auf der Erde bei den vier Tieren und war anzusehen wie vier Räder. Und die Räder waren wie Türkis und waren alle vier eins wie das andere, und sie waren anzusehen, als wäre ein Rad im andern. Wenn sie gehen wollten, konnten sie nach allen ihren vier Seiten gehen, und sie mussten nicht herumlenken, wenn sie gingen. Ihre Felgen und Höhe waren schrecklich; und ihre Felgen waren voller Augen um und um an allen vier Rädern. Auch wenn die vier Tiere gingen, so gingen die Räder auch neben ihnen; und wenn die Tiere sich von der Erde emporhoben, so hoben sich die Räder auch empor. Wo der Geist sie hintrieb, da gingen sie hin, und die Räder hoben sich neben ihnen empor; denn es war der Geist der Tiere in den Rädern. Wenn sie gingen, so gingen diese auch; wenn sie standen, so standen diese auch; und wenn sie sich emporhoben von der Erde, so hoben sich auch die Räder neben ihnen empor; denn es war der Geist der Tiere in den Rädern. Oben aber über den Tieren war es gestaltet wie ein Himmel, wie ein Kristall, schrecklich, gerade oben über ihnen ausgebreitet, dass unter dem Himmel ihre Flügel einer stracks gegen den andern standen, und eines jeglichen Leib bedeckten zwei Flügel. Und ich hörte die Flügel rauschen wie große Wasser und wie ein Getön des Allmächtigen, wenn sie gingen, und wie ein Getümmel in einem Heer. Wenn sie aber still standen, so ließen sie die Flügel nieder. Und wenn sie still standen und die Flügel niederließen, so donnerte es in dem Himmel oben über ihnen. Und über dem Himmel, so oben über ihnen war, war es gestaltet wie ein Saphir, gleichwie ein Stuhl; und auf dem Stuhl saß einer gleichwie ein Mensch gestaltet. Und ich sah, und es war lichthell, und inwendig war es gestaltet wie ein Feuer um und um. Von seinen Lenden überwärts und unterwärts sah ich's wie Feuer glänzen um und um. Gleichwie der Regenbogen sieht in den Wolken, wenn es geregnet hat, also glänzte es um und um. Dies war das Ansehen der Herrlichkeit des Herrn. Und da ich's gesehen hatte, fiel ich auf mein Angesicht und hörte einen reden.‹« Wie gewöhnlich sprach Herman, als ob er läse, und las, als ob er Hesekiel selber wäre, an seinem Tisch aus Zedernholz sitzend und sich mühend, Worte für das Unnennbare zu finden, verfangen in der ewigen Verwechslung von Beschreibung und Erzählung, nicht aber auch in der von Wirklichem und Sinnbildlichem, denn nicht über die Attribute Gottes wollte er reden, sondern er versuchte, noch benommen von dem phantastischen Gesicht, erkennbare Gegenstände und unerkennbare Beziehungen zu einem Ganzen zu verbinden, das fliegen konnte. »Na, ich glaub, es war 'ne Art Helikopter«, sagte ich von der Höhe meiner sieben Jahre herab, die sich um keinerlei ästhetisches, symbolisches oder ornamentales Aufgeladensein kümmerten, so wie ich in der Kirche nicht verstand, warum die Worte des heiligen Buches näselnd gesungen werden mussten, so dass man sie nicht mehr verstehen konnte, und ich mich gehörig anstrengen musste, um zu begreifen, worum es da eigentlich ging. Doch an jenem Nachmittag war mir das Achten auf die Worte Hermans oder auf alles andere in der Welt nicht erschwert, sondern unmöglich, denn sie waren fortwährend mit einem anderen, seinerseits unmöglichen Achten unterfüttert, nicht weil ich meinen inneren Albtraum nicht hätte hören, riechen und betasten können, sondern weil er mir bereits nicht mehr analysierbar geworden war, so wie ein furchtbarer Schmerz die Umrisse der Welt und deines eigenen Geistes verwischt. Das nicht zu Ertragende kann nicht gedacht werden, denn es zerstört das Denken, noch bevor es entstehen kann. In der Hölle kann man weder sehen noch fühlen, noch denken. Man kann nicht sein, man kann nur brüllen. Alles brüllte in mir, ich nahm meinen Freund durch das Brüllen des Wohnblocks in der Ştefan-cel-Mare-Chaussee wahr, eines barbarischen Monolithen unter dem Gebrüll der weiten und staubigen Bukarester Himmel.

Denn Dan der Verrückte hatte mich bei der Hand genommen und mich seltsam angeschaut, nicht wie ein Kind, aber auch nicht wie ein Erwachsener. Sein damaliger Blick war, wie die Vision Hesekiels, eine Wirklichkeit aus einer anderen Welt, die plötzlich in meine Welt eingedrungen war, welche ich bis dahin für undurchdringlich gehalten hatte. Die Chaussee war leer, Autos waren überaus selten. Gegenüber war der Brotladen, der an den Abenden so geheimnisvoll wurde, geschlossen, düster, ans angrenzende rosa Haus gestützt. »Komm zu mir zum Spielen«, hatte er mir gesagt, und mir war augenblicklich seine Mutter in den Sinn gekommen, sehr jung, hoch, fast bis an die Decke gewachsen, die uns letztes Mal, als Luci und ich bei Dan gewesen waren, splitternackt aufgemacht hatte und die ganze Zeit über, solange wir mit ihrem Jungen gespielt hatten, so geblieben war, uns ihre Brüste und die »Fotze« – wir kannten schon aus den Witzen den Namen jenes behaarten Spalts zwischen den Beinen der Frauen – anschauen ließ und sich verhielt, als hätte sie einen Morgenrock an: Sie hatte uns den Kuchen auf einem Teller gebracht, mit uns gelacht, uns geholfen, eine Burg aus ARCO-Bauteilen zu bauen ... Und Dan der Verrückte sagte nichts, schämte sich seiner Mutter nicht, die ich meine Mutter eine »Schlampe« hatte nennen hören und die trotzdem gut roch, nach Parfüm, nicht nach Mehlschwitze wie Mutter und die Mütter aller anderen Kinder. Da Mendebilus schöne Spielsachen hatte, Raketen mit Feuerstein, die hinten Funken sprühten, Cowboy-Pistolen und Modellautos, setzte ich mich über seinen Blick hinweg, zog meine Hand aus der seinen (wir Jungs legten uns eher den Arm um die Schulter, wenn wir etwa trällernd und lachend in der Zirkusallee zusammen spazieren gingen), kehrte in den Gang zurück und ging in die Eingangshalle von Treppenhaus drei hinein, dorthin, wo auch Luță und Nicușor wohnten. Die Tatsache, dass das Treppenhaus drei dem gegenüberliegenden Treppenhaus vier glich, wo ich wohnte, beruhigte mich keineswegs, im Gegenteil. Mir wär's lieber gewesen, es wäre völlig verschieden gewesen. Wenn man eintrat, konnte man glauben, man sei in einem Treppenhaus, und plötzlich fiel einem die Tatsache auf, dass die große Tafel mit den Briefkästen anders war, dass die Fahrstuhltür verschieden und fremd war, dass, wenn man hinaufstieg, man in gänzlich unvertraute Flure gelangte, die kilometerweit entfernt sein konnten in einem sich nach allen Richtungen ins Unendliche ausdehnenden Wohnblock und von wo aus man den Weg nach Hause nicht mehr kannte. Die Erkundung des großen Wohnblocks mit seinen acht Treppenhäusern (zwischen denen das atembeklemmende, weit entfernte Treppenhaus eins lag) war für mich eine großartigere Saga als alle Reisen, die ich jemals in dem immer grauer werdenden Lauf meines Lebens unternehmen sollte, ebenso quälend und phantastisch wie sieben Jahre zuvor mein Absteigen durch den Schacht aus gemartertem Fleisch, der in die Welt führte.

Ich trat in die Halle, wo einst, mitten unter den Kindern, Dan Silvia etwas ins Ohr geflüstert und sie, rot und plötzlich schweißgebadet, geschrien hatte: »NEIN!«, und stieg in fast völliger Dunkelheit die Stufen hoch bis zum ersten Stock, der keinem andern ähnlich war, weil dicke Rohrleitungen, wie Adern am Handgelenk, die Wände entlangliefen und daran ein großer, scharlachrot bemalter Zähler hing, der eher wie ein sonderbares Organ aus dem Leib eines unbekannten Wesens wirkte. Im Halbschatten sah man deutlich, wie die Rohre und jene Leber oder Milz dann und wann weich zuckten, als durchströme sie eine dicke Flüssigkeit. Auf dem Flur roch es nach Kohlsuppe. Dan sperrte auf, und wir traten in seine Wohnung. Seine Mutter schlief auf dem Sofa im Speisezimmer, mit einem Laken zugedeckt. Wenigstens musste ich ihr nicht mehr zwischen die Beine sehen, wie ich befürchtet hatte. Wir liefen an ihr vorbei und gingen in das andere Zimmer, Dans Zimmer, wo auch jetzt die Spielsachen wild durcheinander lagen. Eine Weile spielten wir mit einem hölzernen Eisenbahnzug, doch das kräftige Kind, das nie mit mir befreundet gewesen war, weil es mit niemandem befreundet war, alle fürchteten sich vor seinen Albernheiten, schwieg nach wie vor und sah mich auf eine Art und Weise an, die mich verlegen machte. Er spielte fast gar nicht, so wie es die Erwachsenen tun, wenn sie sich um ein Kind kümmern müssen und sich langweilen und nur den Kleinen spielen lassen und hin und wieder auch mal etwas sagen. Und plötzlich, bevor etwas geschah, wurde mir bange, mir schoss durch den Kopf, dass der Verrückte die Tür abgeschlossen habe, ich stellte mir vor, dass nur wir beide da seien, in einem einzigen versperrten Zimmer, verloren irgendwo in den Tausenden Gängen des endlosen Wohnblocks mit Hunderten und Aberhunderten Fluren, mit nummerierten Türen und Hydranten und Holztöpfen mit seit langem vertrockneten Pflanzen, mit Kälte und nur vom Brüllen Tausender in ihren Schächten gleitender Fahrstühle unterbrochenem Schweigen. Ich stand auf und sagte: »Ich geh zu mir nach Hause.« »Nein, bleib noch«, rief er aus und kam zu mir. Jetzt standen wir aufrecht, von Angesicht zu Angesicht. Wieder nahm er mich bei der Hand und sagte zu mir: »Komm, ich will dir was Schönes beibringen.«

»Lies mit deinen Augen, urteile frei, mit deinem Verstand. Was im Pentateuch geschieht, hat mit keiner Kirche und keiner Religion auf Erden zu tun. Eigentlich ist es *keine* Religion, es kennt nichts Archetypisches wie diese, wendet sich nicht wie sie ans Unterbewusste. Es ist die Begegnung zweier Zivilisationen, wie die Begegnung der Maya mit den Spaniern, und die Historiker, die der Religionen mit eingerechnet, hätten bereits etwas verstehen müssen, zumindest etwas von der Psychologie, wenn nicht gar der Technologie derer studieren müssen, die von den Himmeln herabgestiegen sind, rätselhaft und unnahbar, um ein Rätsel auf der Erde zu pflanzen. Ein himmlisches Volk, Jahweh und seine Verkünder, beschlagnahmt ein irdisches Volk, primitiv wie alle anderen, ein Hirtenvolk, das es durch sorgfältige Auslese im Laufe vieler Menschenalter von den Schlacken des magischen Denkens reinigt, von seinen Götzen, von den Bäumen und den Anhöhen, wo es betete, um es in einem System unverständlicher, besser gesagt: falsch verstandener, Praktiken zu unterweisen, denn die höhere Technologie ist Mystik für uns. Wir können jetzt verstehen, warum es äußerst gefährlich war, sich der Bundeslade zu nähern, warum Usa in Stücke gerissen wurde, als er sie festhielt, damit sie nicht aus dem Wagen fiel, warum das Zelt der Begegnung mit Häuten von Seekühen überdacht und mit Stangen von Akazienholz getragen werden musste. Warum wurden alle, die in die Bundeslade hineingeschaut hatten, mit Pest und bösen Beulen geschlagen? Wir können verstehen, warum die Leviten und vor allem der Hohepriester ein besonderes linnenes Gewand trugen, wenn sie ihren Dienst im Zelt der Begegnung abhielten. Warum sie sich mit Schellengeläut ankündigten, wenn sie eintraten, ›auf dass sie nicht sterben‹, warum sie starben, wenn sie die Regeln nicht einhielten und beispielsweise in Weihrauchkesseln fremdes, vom Herrn nicht angefordertes Feuer brachten. Wir stellen uns vor, wie von Zeit zu Zeit ein Feuer von dem Herrn ausfuhr und Tausende Israeliten verzehrte. Doch wer war und wie dachte der Herr? Es ist merkwürdig, Mircea, dass wir bis heute keine himmlische Ethologie haben. Wie denkt ein Wesen, das dir verbietet, das Böcklein in seiner Mutter Milch zu kochen, oder den Vogel und seine Jungen zugleich vom Zweig zu nehmen, das dir befiehlt, deinen Nächsten zu lieben wie dich selbst, aber andererseits von dir verlangt, die festen Städte, die es dir in deine Hand gibt, zu vernichten und Männer, Frauen, Kinder und Vieh bis zur letzten Seele mit der Schärfe des Schwerts zu schlagen? Das dir, dem auserwählten Volk, wiederholt Tausende und Abertausende Seelen tötet und dir droht, dich ganz zu verderben? Ich will nicht sagen, dass alles klar ist, im Gegenteil, einige Dinge sind unsagbar seltsam in den Büchern Mose, Mircea. Aber die Tatsache, dass sie unsere Verstandeskraft übersteigen, weil wir hier eine fremde Technologie, eine fremde Ethologie und (wie du gesehen hast) eine fremde Soziologie haben, darf uns nicht daran hindern, es wenigstens zu verstehen zu versuchen. Denn welchen Sinn hätte sonst die Aufforderung, Gott zu suchen, und die Verheißung, ihn auf diese Weise zu finden? Warum hätte Jesus uns diese wunderbaren Worte hinterlassen: ›Bittet, so wird euch gegeben. Klopfet an, so wird euch aufgetan. Suchet, so werdet ihr finden‹?

Die Priester, die auserkoren wurden, dem Herrn zu dienen, befanden sich ständig in Lebensgefahr. Sie hatten Gewänder, die sie nur beim Eintreten ins Zelt der Begegnung anlegten und beim Hinausgehen ablegten. Der Hohepriester trug in der Brusttasche ein weiteres überaus geheimnisvolles Artefakt, Urim und Tummim genannt, wodurch dem Herrn Fragen gestellt wurden, auf die er antwortete (oder auf die er zuweilen auch keine Antwort gab). *Was* waren Urim und Tummim, welche die Israeliten bis in Davids Zeiten gebraucht haben? Die Priester aßen im Zelt der Begegnung an einem besonderen Tisch auf eine bestimmte Art zubereitete Brote und bestimmte Teile von den Opfergaben, die das Volk brachte. Das Zelt der Begegnung stand stets unter einer Wolke, das heißt unter dem Engel Gottes, der es mit seiner Herrlichkeit erfüllte. Waren die Brote einem Einfluss ausgesetzt, der von oben kam? *Was* hieß der Segen des Herrn, der über die Speise oder das Haus eines Israeliten herabkam? Warum waren die Priester kahlgeschoren und mit Öl gesalbt wie die angehenden Könige auch? Warum mussten sie sich den ganzen Körper glattrasieren und immer frisch gebadet sein? Die unzähligen Tieropfer werden ›lieblicher Geruch für den Herrn‹ genannt und, an einer Stelle, ›die Speise Gottes‹. Wie konnte der aus dem Fett der Lämmer und Böcklein aufsteigenden Rauch die Speise Gottes sein? Nichts scheint mir hier unmittelbar religiös, mir scheint das vielmehr die Einkleidung einiger unverständlicher Regeln in magische Aromen, weil eine andere Sprache und eine andere Deutung damals nicht möglich waren und größtenteils bis heute noch nicht möglich sind. Es sind schließlich Regeln gegen die Kontamination. Wer sie nicht achtet, wird gnadenlos, automatisch sozusagen, zerstört. Solange der Herr inmitten seines Volkes wohnt, häufen sich die Unglücksfälle, die Treuen und die Aufbegehrenden, die Schuldigen und die Unschuldigen gehen gemeinsam zugrunde. Keinerlei Ethik oder höhere Symbolik können in den Absichten des Erzählers ausgemacht werden. Moses ist freilich Gottes Freund, wie es einst Henoch gewesen war, doch ist er Ihm nicht näher, versteht Ihn nicht und verlangt immer danach, Sein Angesicht zu sehen.

Und dann gibt es da noch die achtunddreißig Jahre in der Wüste, die auf einer einzigen Seite des heiligen Buchs zusammengefasst sind. Wer verstehen wird, was sich wirklich in jenen Jahren ereignet hat, in denen eine Million von Vieh begleiteter Menschen den Berg Hor umzogen, Jahre, in denen sie sich ausschließlich von Manna ernährten, und ihre Kleidung wurde nicht abgetragen und ihr Schuhwerk nicht zerrissen, der wird den Schlüssel zu unserem Schicksal auf Erden und im himmlischen Jerusalem, das uns verheißen worden, in Händen halten. Was war der wirkliche Grund für die in der Wüste verlorenen Jahre (verloren auch in der Erzählung, die sie verbrämt, und in der, auf Befehl Gottes, Moses nur die Orte verzeichnet hat, wo die Hebräer ihr Lager aufgeschlagen hatten)? Ich glaube wortwörtlich an diesen Exodus, an die Tatsache, dass ein ganzes Volk in der Wüste umhergeirrt ist, am Tag unter einer Wolke, des Nachts unter deren Licht. Aber ich glaube nicht, dass sie wegen der dortigen mächtigen Völker nicht ins Gelobte Land eingezogen sind. Vielmehr sind sie in der Wüste geblieben, um

Manna zu essen und damit sich etwas in ihnen ändert. Eine Art göttliche Eugenik, eine Art Gentechnik und Sozialtechnik. Jene Jahre sind wie im Traum vergangen. Eine ganze Generation hat damals ihre Gebeine in der Wüste gelassen. Diejenigen, die den Durchbruch geschafft haben, waren die jungen Männer Josuas, die, als sie den Jordan überquerten, alle unbeschnitten waren. *Warum* waren sie in der Wüste nicht beschnitten worden, Mircea? Jedes männliche Neugeborene musste am achten Lebenstag beschnitten werden. Es war undenkbar, dass in der Wüste, mit dem Herrn, mit Moses und Aaron, mit den Leviten, die alle dabei waren, dieses gewichtige Gebot nicht eingehalten wurde.

Niemand hat überlebt, um die Geschichte jener Jahre zu erzählen. Moses ist auf dem Berge Nebo gestorben und ist vom Herrn im Tal begraben worden, doch sein Grab hat man nie gefunden. Der große Hebräer (oder Ägypter?) sollte noch einmal, viele hundert Jahre später, in den Evangelien erscheinen, als er an der Seite des Elias auf dem Berg Tabor aus der Herrlichkeit Gottes kam, um über die Verklärung Jesu zu wachen. Warum ist Johannes, der dem Heiland den Weg geebnet hatte, Elia dem Tischbiter, und Elisa, sein Jünger, Jesus so auffallend ähnlich? Warum wandeln alle diese Menschen seit Henoch mit Gott und erscheinen von Zeit zu Zeit wieder in dem Gewebe der Zeit und der Taten aus der großen Erzählung?«

Doch unter der großen Erzählung waren unsere kleinen, elendigen, beschämenden, quälenden, jämmerlichen Erzählungen wie ein Zahnschmerz, der dich mitten in der Nacht weckt, für dich unerträglicher als das Niedermetzeln ganzer Völkerschaften, denn: »Was sind uns, mein Herz, Fluten von Blut?« Dan der Verrückte hielt mich bei der Hand in jenem fremden Zimmer, in jener Zone, die wie ein gereizter Hund knurrte, und suchte schamlos grinsend meinen Blick. Ein solcher Ausdruck war im Gesicht eines Kindes nicht möglich. Mendebilus war kein Kind wie ich, wie Luci, wie Sandu, nicht einmal ein Kind wie Mimi, der dunkelhäutige Flegel, der die ganze Zeit fluchte und spuckte, nicht einmal ein Kind wie Luță. Vielleicht war die »Schlampo«, seine Mutter, daran schuld oder vielleicht der Taschenspielertrick mit seinem Piephahn, der bis zur Größe eines »Glieds« anschwoll, was er uns etwas früher an jenem Vormittag vorgeführt hatte. Meine Angst wuchs immer mehr. Ich hatte mir eingebildet, derweil er mich mit seinen kalten Augen anstarrte, dass Dan der Verrückte nicht dort wohnte, dass er und seine Mutter nachts in die Gedärme des Wohnblocks hinunterstiegen, zwischen die Kessel des Heizungskellers, die dort wie gigantische Säue behaglich auf dem Bauch hingestreckt lagen, dass die beiden die Rohrleitungen an den Wänden entlanggingen und sich im hintersten, geheimsten Zimmer, dem Zimmer des Heizers, schlafen legten, dass sich Dans Mutter da mit dem roten Heizer paarte, auf phantastische Weise, vor den Augen ihres Sohnes, während der Schatten der Flammen in den Öfen unbändig an den Wänden tanzte, und dass sie alle dort, bunt durcheinander, auf einer vermoderten, von Ratten zerfressenen Matratze schliefen.

Das Zimmer hatte sich eng um uns gewickelt, die Spielsachen knufften und kratzten mich, der Lüster an der Decke schlug mir den Schädel in Stücke, die Fensterscheiben, durch die man die kolossale Backsteinmauer der Dâmbovița-Mühle sah, erstickten mich wie eine über den Kopf gezogene Plastiktüte. Und dann hatte mich Dan, ein Kind von acht Jahren, etwas schlicht und einfach Schauriges gefragt, eine von mir verzweifelt vergessene Frage, selbst noch an jenem Abend, als ich meine Zöpfchen, die ich als sehr kleines Kind trug, mit Tränen benetzte, eine Frage, die mir trotzdem wie ein bedrohliches Dröhnen das ganze Leben durchzogen hat, ihm die Umrisse verbog, ihm die Aneurysmen unterband, ihm das Gehirn mit klebrigen Blutgerinnseln überschwemmte, die Leber mit monströsen Karzinomen, die sich bald in jeder Zelle vom Leib meines Geistes ausbreiteten.

Ich habe Jahrzehnte gebraucht, um zu rekonstruieren, was sich damals ereignet hat in dem stickigen Zimmer aus dem Treppenhaus drei, indem ich Schutzschirm-Erinnerungen, verstümmelte Albträume, lügnerische Ausbrüche im Gedächtnis beseitigte und vor allem das überwältigende Gefühl von Schuld und Scham, das mich folterte, sooft ich mich dem verseuchten Gebiet auf meiner Haut, in meinem Fleisch und in meinen Knochen näherte. Vielleicht ist mein endloses, unlesbares Manuskript nichts als eine aschgraue Perle, die sich Perlmuttschicht um Perlmuttschicht zwischen den Muschelschalen meines Geistes abgelagert hat, damit ich das dorthin gelangte fremde, scharfkantige Körnchen ertragen kann, das von der durchscheinenden Substanz ummantelt und besänftigt wird.

»Willst du, dass wir uns in den Arsch ficken?«, hatte damals Dan der Verrückte gefragt und gleichzeitig die Hosenträger seiner bunt bedruckten Spielhose heruntergelassen, dann hatte er die Hose bis zum Knöchel heruntergezogen und sein Geschlechtsteil, das man nicht ansehen konnte, wie das der Erwachsenen, wie das der Säufer, die an den Zäunen Pipi machten, offen zur Schau gestellt. »Schau mal, ich lass dich zuerst ran«, hatte er hinzugefügt, mir die Hand wieder gepackt und versucht, sie zu seiner Fleischstange zu ziehen. Es folgte einer der längsten Augenblicke, die ich jemals erlebt hatte. Blitzartig erinnerte ich mich an die Witze und das Geplapper der Kinder. Die Homosexuellen. Die Schwuchteln. Die Arschficker. »Mircișor, geh ja nicht mit einem fremden Mann mit. Lauf weg, wenn er dir ein Bonbon oder Schokolade gibt, damit du mit ihm gehst. Komm und sag's mir sofort.« Einige Männer steckten ihn nicht in das Loch der Frauen, sondern in den Hintern anderer Männer. Das waren die Schlimmsten von allen, denn die Erwachsenen machten Dummheiten mit ihren Frauen, um Kinder zu kriegen, aber die Schwuchteln steckten ihn dort hinein, ins Aa, wo du Furze fahren ließest, wo dir manchmal, wenn's juckte, Würmchen herauskamen. Es waren Schweine, die sich im Spülicht suhlten. Sie setzten sich im Kino neben dich und legten dir die Hand auf den Schenkel, plötzlich standen sie im Klo, um dich beim Pipimachen von hinten zu umarmen, man erkannte sie an der braunen Gesichtshaut und an den schweißigen Handflächen. Wenn du einem die Hand drücktest, zeichnete er dir mit dem Zeigefinger ein Dreieck auf die Handfläche. Wenn dir einer nachstieg, musstest du ihn mit Fußtritten traktieren, ihn zusammenhauen, bis er sich in die Hose schiss, sagte Mimi, dem einige nachgestellt hatten. Ganz schlimm war's in den öffentlichen Bädern oder in den Ferienlagern, wo gemeinsam geduscht wurde. Wenn dir die Seife aus der Hand glitt, durftest du dich um nichts in der Welt bücken, denn wenn eine Schwuchtel in der Nähe war und auch duschte, hätte er ihn dir sofort reingestoßen, dir die Rosette aufgerissen. Die Schwuchteln, diese gottverfluchten Arschficker, waren keine Menschen, sondern eine Art Dämonen, die nur daran dachten, wie sie ihn dir reinstecken konnten. Wenn sich mehrere von denen trafen, sagte Jean vom Siebten, steckte ihn jeder in den Hintern des andern, und so bildeten sie einen Kreis: »Tanzt im Reigen, rückt enger zusammen, 'n Arsch wolln wir haben alle beisammen ...« Es hieß, ein Typ habe in einer öffentlichen Toilette die Hose runtergelassen, um zu pinkeln, und da kam gerade ein Schwuler vorbei, der ihn dem Mann stracks reinstieß und dann weglief. Furchtbar verägert lief der Typ ihm nach, bis er in einen Wald gelangte. Dort verlor er seine Spur, aber er sah einen Mann an der Schwelle einer Hütte stehen. »He, hast du eine Schwuchtel hier vorbeilaufen sehen?«, fragte der Typ. »Nein«, sagte der Mann, »aber meine Frau könnte ihn gesehen haben: Iooon!« Denn der war auch eine Schwuchtel. Bei den Rumänen gab's mehr Schwule als bei allen anderen Völkern, weil bei denen alle von Adam und Eva abstammten, nur wir aber von Decebal und Trajan. Und dieser dicke Schlamm aus Aa und Pipi, aus zerknülltem Zeitungspapier, mit dem du dir den Hintern abgewischt hast, aus schwärmenden grünen Fliegen und fetten Würmern, die an den Wänden eines Plumpsklos ganz hinten im Hof hinaufkrochen, wo man sich erbrechen musste, sobald man einen Blick in jenes stinkige und gurgelnde Loch warf, stieg langsam in Dans Zimmer hoch, bedeckte Möbel und Spielzeug, begrub ihn bis zu den Knöcheln, bis zu den Knien, bis zur Taille, so dass das feiste Hinterteil des Verrückten nicht mehr zu sehen war, und zog uns dann hoch, Aa und Pipi, vermischt, aus zig Hintern und Schwänzen, und Fotzen, und Därmen, bis zum Hals, bis über den Mund, über die Nasenlöcher, über die Augen, bis an die Decke, dort eine Ewigkeit lang gärend und uns lebendig erhaltend, schwimmend, zappelnd, jene ekelerregende Materie schluckend.

    Ich drehte mich um und rannte los, wie ich in meinem ganzen Leben noch nicht gerannt war. Ich stolperte über das Holzfahrrad und fiel schreiend auf den Teppich. Ich stand auf und rammte mit dem ganzen Körper die Tür, verzweifelt darüber, dass sie möglicherweise abgeschlossen war, doch sie war es nicht. Ich lief durchs Speisezimmer, wo Dans Mutter aufrecht auf dem Sofa saß, mit nackten Brüsten, mit riesigen scharlachroten Höfen um die Brustwarzen, mit auf Kinn und Kissen verschmiertem Lippenstift. Ich lief durch den Flur und hörte aus der Tiefe der Wohnung die Stimmen der beiden, die einander überlagerten und dennoch deutlich waren wie das Knirschen verrosteter Schrauben: »Ruhig Blut, ruhig Blut, es war nur ein Scherz!« »Dănuț, was hast du mir versprochen? *Was* hast du mir versprochen?«, und dann stürzte ich mich auf die Eingangstür, versuchte sie mit Gewalt aufzustoßen, doch entgegen der Richtung, in der sie aufging. Und so war ich der Wohnung Dans des Verrückten entronnen, doch noch schneller durch das Dunkel im Treppenhaus gerannt. Ich sprang über je zwei Stufen, mich am Holzgeländer festhaltend, durchmaß auf dem Gang die Entfernung zwischen den beiden Treppenhäusern und sprang im Laufschritt die fünf Stockwerke bis zu unserer Wohnung hinauf. Mutter machte mir auf, doch ich rannte an ihr vorbei und hielt erst im vorderen Zimmer vor meinem Bett, warf mich darauf, wobei ich mir Laken und Decken überzog und den Kopf unters Kissen steckte. Dort blieb ich, bibbernd, am Bett rüttelnd, außerstande, etwas zu denken oder wenigstens wahrzunehmen, was Mutter mir sagte, und dies für eine Zeit, die ich nicht ermessen kann. Vielleicht bin ich noch immer dort und jetzt. Als ich aufstand, saß Mutter neben mir auf dem Bett, völlig entstellt durch meine Tränen, zerfloss sie wie diese. Ich weiß nicht mehr, was ich ihr gesagt habe, dass ich gestürzt sei, dass ich mich gestoßen hätte … Damals habe ich nicht zu Mittag gegessen, und wochenlang hat mir der Geruch ihrer ewigen Sauersuppen und Frikassees unüberwindlichen Ekel erregt. Und obwohl es mir an dem Abend jenes schrecklichen Tages, des 23. August, zu vergessen gelang, indem ich von einem anderen Teil meines Geistes einen Fetzen feuchter Haut abschnitt und über jenen Eiterherd klebte, begann ich nach etwa einem Monat Nacht für Nacht denselben Traum zu träumen, in dem mich Dan der Verrückte durch Milliarden durchwühlte Zimmer seiner Wohnung verfolgte. Und im Traum schrie er etwas, doch seine Stimme war übertönt von einem grausigen Dröhnen, wie bei einem Erdbeben, und ich erwachte brüllend, Nacht für Nacht, und meine Eltern kamen, um über meinen endlosen Schrecken zu wachen. Es war ein Herbst mit unausgesetztem, Tag und Nacht anhaltendem Regen gekommen, und ich ging bereits zur Schule, jeden Morgen, dem schlechten Wetter trotzend, an Mutters Hand. Im Winter verblassten die Träume und verschwanden. Verschwunden sind auch Dan der Verrückte mit seiner Schlampe von Mutter, als hätten sie ihre Pflicht in der Welt getan und nun endgültig unter die riesenhafte Sohle des Wohnblocks umziehen können, wo sie zwischen den mit Glaswatte gefütterten Rohrleitungen und den Ratten im Kellergeschoss ihr Unwesen trieben.

»Die Artefakte«, wiederholte Herman nachdenklich. »Die Zeugnisse, die wir nicht beachten, weil wir sie für Zauberei und Mythos halten. Der Stab, der, in der ausgestreckten Hand gehalten, Schlachten gewinnt, die Wasser teilt, durch schreckliche Seuchen tötet. Die Engel des Todes, die durch Ägypten ziehen, ihre Vernichtungswerkzeuge in den Händen, und alle Erstgeborenen töten, von dem des Schafs und der Ziege bis hin zu dem der Gemahlin des Pharao. Der Engel bei der Tenne Orna, des Jebusiters, der zwischen Erde und Himmel schwebt, mit gezücktem und auf das von der Pest heimgesuchte Jerusalem gerichtetem Schwert. Was für Szenen, welch phantastische Szenen im heiligen Buch! Was für eine seltsame Logik, welch fremdartige und dennoch uns, den Jetzigen, vertraute Psychologie! Warum musste das dargebrachte Opfer vor Gott geschwungen oder gehoben werden, als müsste man jemandes Aufmerksamkeit darauf lenken? Was bedeutet es, dass der Herr eine Burg verflucht hat, so dass ihr gesamter Inhalt, von den Bewohnern bis hin zu den Gegenständen, vernichtet werden musste? So finden die Israeliten den Dieb des gebannten Mantels in der Burg Ai heraus: ›Steh auf, heilige das Volk und sprich: Heiligt euch auf morgen! Denn so spricht der Herr, der Gott Israels: Es ist Gebanntes in deiner Mitte, Israel; darum kannst du nicht bestehen vor deinen Feinden, bis ihr das Gebannte von euch tut. Und morgen früh sollt ihr herzutreten, ein Stamm nach dem andern; und welchen Stamm der Herr treffen wird, der soll herzutreten, ein Geschlecht nach dem andern; und welches Geschlecht der Herr treffen wird, das soll herzutreten, ein Haus nach dem andern; und welches Haus der Herr treffen wird, das soll herzutreten, Mann für Mann. Und wer so mit dem Gebannten angetroffen wird, den soll man mit Feuer verbrennen mit allem, was er hat.‹ Hier sieht man, wie der Herr sein Volk erfasste, aber aus dem Folgenden verstehen wir nicht, wie, durch welche Zeichen der Herr auf den Stamm, das Geschlecht und den Schuldigen deutete. Die ›Dekontamination‹ des Heerlagers der Hebräer ist entsetzlich: ›Da nahmen Josua und ganz Israel mit ihm Achan, den Sohn Serachs, samt dem Silber, dem Mantel und der Stange von Gold, seine Söhne und Töchter, seine Rinder und Esel und Schafe, sein Zelt und alles, was er hatte, und führten sie hinauf ins Tal Achor ... Und ganz Israel steinigte ihn und verbrannte sie mit Feuer. Und als sie sie gesteinigt hatten, machten sie über ihm einen großen Steinhaufen; der ist geblieben bis auf diesen Tag.‹ Die gleiche, für jene Zeiten unsagbar seltsame Logik zeigt sich auch in der Geschichte der siebzig Ältesten, die von Moses auserwählt wurden, um mit ihm die Bürde der Führung des Volks durch die Wüste zu teilen: ›Da kam der Herr hernieder in der Wolke und redete mit Mose und nahm von dem Geist, der auf ihm war, und legte ihn auf die siebzig Ältesten. Und als der Geist auf ihnen ruhte, gerieten sie in Verzückung wie Propheten und hörten nicht auf. Es waren aber noch zwei Männer im Lager geblieben; der eine hieß Eldad, der andere Medad. Und der Geist kam über sie, denn sie waren auch aufgeschrieben, jedoch nicht hinausgegangen zum Zelt der Begegnung, und sie gerieten in Verzückung im Lager.‹ Der Geist ist demzufolge nicht über die vor dem Zelt versammelte Gruppe gekommen, sondern über die ›Aufgeschriebenen‹, wo sie auch sein mochten. Ist das nicht wunderbar, Mircea?

Durch den Geist, den Wind Paraklet, kann der Herr die Menschen seelisch beeinflussen, bis hin zu deren völliger Umwandlung. Wenn er auf sie herniederkommt, wie dies am fünfzigsten Tag nach der Auferstehung Jesu geschehen ist, weissagen die Menschen und reden in andern Sprachen. ›Und es geschah plötzlich ein Brausen vom Himmel wie von einem gewaltigen Wind und erfüllte das ganze Haus, in dem sie saßen. Und es erschienen ihnen Zungen, zerteilt wie von Feuer; und er setzte sich auf einen jeden von ihnen, und sie wurden alle erfüllt von dem Heiligen Geist und fingen an zu predigen in andern Sprachen, wie der Geist ihnen gab auszusprechen.‹ Ich zweifle nicht an dieser Begebenheit, Mircea, ich glaube wörtlich daran. Ich glaube, dass der Geist Jehovas viele Male über die Menschen herabgefahren ist, sie über ihre Mitmenschen erhoben hat und sie hat teilhaben lassen an der größten jemals erzählten Geschichte. Ich glaube, dass die Propheten und Jesus und auch die Apostel diese Gabe im Überfluss besaßen, oft durch Leiden und Demütigung bezahlt: ›Und damit ich mich wegen der hohen Offenbarungen nicht überhebe, ist mir gegeben ein Pfahl ins Fleisch, nämlich des Satans Engel, der mich mit Fäusten schlagen soll, damit ich mich nicht überhebe. Seinetwegen habe ich dreimal zum Herrn gefleht, dass er von mir weiche. Und er hat zu mir gesagt: Lass dir an meiner Gnade genügen; denn meine Kraft ist in den Schwachen mächtig.‹ Ich glaube, dass auch andere, viel später, Teil am Einfluss des Geistes hatten. Wie sonderbar ist die erste Erinnerung da Vincis: Im Alter von zwei Jahren, als er in seinem von Caterina auf den Rasen gestellten Körbchen lag, wurde das Kind von einem großen Vogel beschattet. Dieser öffnete ihm den Mund mit dem Schwanz. Leonardo, der linkshändig und spiegelverkehrt schrieb, mit vollendeter Intelligenz, nicht in der Art der Menschen, sondern der Götter, mit unbegreiflicher Erfindungskraft, schien mir immer ein gewandelter Mensch zu sein, gebraucht für ich weiß nicht welches göttliche Werk. Schwermütig und einsam, so gut wie geschlechtslos, Schöpfer von Geräten abseits jedweder Tradition und jedweder Einsatzmöglichkeit, ist er mir stets beseelt vom Geiste Bezalels und der Baumeister des großen Tempels erschienen, in dem Jehova nicht in völliger Finsternis leben wollte.

Die Artefakte, unter ihnen das große Artefakt der Bibel selbst, bei dem die Technologie des Schreibens und das Schreiben des Wunders und das Wunder der Technologie ineinander übergehen wie die drei Räder, die ein einziges sind im Danteschen Paradies, zeigen uns eine andere Geschichte und ein anderes Schicksal für das arme Staubkorn, auf dem wir unser Leben fristen, ein viel dichteres und wahreres Leben als die Chronik von sieben, acht menschlich-allzumenschlichen Jahrtausenden, aus denen jeder nicht von Menschenhand gemachte Inhalt sorgsam entleert worden ist. Die Bibel ist acheiropoietisch, Mircea, ebenso die Geschichte der Vimānas, des Ancile, des eisernen Pferdes und des Ringes des Gyges. Da wir die von den Artefakten, diesen verhängnisvollen Rissen in der schalen Geschichte der Menschheit, erzählte Geschichte nicht kennen, sind wir so weit gekommen, dass wir Götzen anbeten, wie die Heiden, dass wir zu einem Wesen beten, über das wir nichts wissen, nicht einmal, ob es einen ins Schläfenbein gegrabenen Gehörgang hat, um unser Gebet zu hören. Unsere Priester, aberwitzig und prächtig gekleidet, mimen den Dienst im Zelt der Begegnung, in einer Welt von Schein und Pappe: Pappikonen, Pappkirchen, Papppredigten, protzige Pappmachékulisse, die nie verstandene Wirklichkeiten nachahmt. ›Ihr wisst nicht, was ihr anbetet; wir wissen aber, was wir anbeten‹, sagen die Juden den Götzenanbetern, und sie haben zum Teil recht: Sie hatten gesehen, hatten mit ihren Augen die Herrlichkeit Gottes, die Feuersäule, die Bundeslade gesehen, sie befragten Urim und Tummim, ob sie hinaufziehen sollten, um eine Burg einzunehmen, oder ob sie warten sollten, sie wuschen sich, bevor sie das Zelt betraten, ›auf dass sie nicht starben‹, sie hatten den Herrgott auf seinem Thron über dem Saphirgewölbe gesehen, sie waren oft den Engeln begegnet, sie waren in dem aus dem Herrn herabgefahrenen Feuer verbrannt, waren vom Herrn mit Aussatz und bösen Beulen geschlagen worden, hatten gesehen, wie sich die Wolke vor die Tür des Zeltes der Begegnung herniedersenkte und wie Moses mit dem Herrn sprach ›von Angesicht zu Angesicht, wie ein Mann mit seinem Freunde redet‹. Sie waren alle in der Wüste umgekommen, bis zum letzen Mann, eine ganze Generation, nachdem sie gesehen hatten (mit ihren Augen, Mircea: technologische Wunder, bewirkt von einer wunderbaren Technologie), wie sich die Wasser des Roten Meeres und des Jordans teilten, wie Wasser aus dem Felsen quoll und wie um die Lagerstätte Manna entstand, ähnlich den nach Honigkuchen schmeckenden Koriandersamen. Sie haben gesehen und haben aufgezeichnet, aber nicht für sich selbst, sondern für später, für die Zeiten, die da kommen sollten, denn sie hatten in ihrem Geist und in ihrer Hirtensprache keinen Platz für das wunderbare, furchteinflößende, quälende Schauspiel, das sie von den Fleischtöpfen in Ägypten weggerissen hatte, um sie in der Wüste auszurotten. Doch was war der Sinn ihres Bundes mit Jehova, was bedeutete es, dass sie ihm dienen sollten, im Zelt oder im Tempel, warum hatte Jehova den kleinen semitischen Stamm auserkoren, um ihn in ein Volk von Heiligen umzuwandeln? ›Werdet ihr nun meiner Stimme gehorchen und meinen Bund halten, so sollt ihr mein Eigentum sein vor allen Völkern; denn die ganze Erde ist mein. Und ihr sollt mir ein Königreich von Priestern und ein heiliges Volk sein‹; was waren die Pläne und die Wege des Herrn? – Alles das war sogar Moses und Aaron dunkel, denn auch sie reichten nicht wirklich an den Herrn heran, sondern empfingen lediglich von oben her seine Urteilssprüche, um sie dem Volk zu übermitteln. Durch sie haben wir ein bruchstückhaftes und entstelltes Bild der Tatsachen, gleichwohl ein nicht unmöglich wiederherzustellendes, wenigstens zum Teil. Es ist, als ob die ›Herr‹ genannte Wesenheit aus zwei Seiten bestünde: einer menschlichen, manchmal wunderbar menschlichen, die sich kundgibt in Gesetzen zugunsten der Witwen und der Waisen, des Fremden und der Tiere, in der väterlichen Sorge, mit der das Volk Israel zum gelobten Land geführt wird. Und einer anderen, fernen, fremden, schreckensvollen, erbarmungslosen, die reflexartig alles zerstört, was nicht heilig ist, was, vom menschlichen Geist unverstanden, Regeln und Strukturen nicht entspricht. Die Söhne Aarons, die fremdes Feuer vor den Herrn gebracht hatten, was er ihnen nicht geboten hatte, wurden auf der Stelle getötet, nicht weil sie eine Sünde, eine sittliche Verfehlung begangen hatten, sondern so, als hätten sie einen nicht isolierten elektrischen Draht berührt. Es ist, als wären menschliche Wesen, die seit uralten Zeiten mit Gott gewandelt waren – Henoch, Lamech, Noah, Erzväter, die nicht mehr zu altern schienen, so wie die Zeit nicht über Moses und sein Volk zu fließen schien –, als Mittler, als Fachleute für die Psychologie der Völker der Erde benutzt worden, als Begleiter einiger furchterregender, aus anderen Welten gekommener Wesenheiten: die Wolke, der Engel des Herrn, die Herrlichkeit, eher Geräte als Lebewesen oder ein Mischwesen aus Lebewesen und Gerät einer unbekannten und unverstandenen Art.

Vermittels Henoch, Mircea, werfen wir einen Blick auf das himmlische Jerusalem, auf das Reich, das da kommen wird (aus unserer Mitte, aus uns oder von oberhalb unser? Oder ist's ganz und gar dasselbe?). Denn Henoch ist dreihundert Jahre lang mit dem Herrn gewandelt und ist in die Himmel entrückt worden wie Romulus, Elia der Tischbiter und Jesus. Und er ist in einen phantastischen himmlischen Palast geführt worden, der aus Kristall bestand und von Feuerzungen umloht war. Und in der Mitte des riesenhaften Saals mit durchscheinenden Mauern befand sich ein auf Rädern und Cherubim stehender Thron, unter dem Feuerflüsse fluteten. Der an Tagen Alte saß auf dem Thron, von Flammen umlodert, in einem Gewand weißer als Schnee, und vor ihm saßen zehntausend mal zehntausend Heilige Gottes, wie ein unermesslicher Schwarm himmlischer Bienen, der die rätselhafte, emblematische, großartige Königin umschwirrt. Unsterblich, glorreich, männlich, doch geschlechtslos (oder wurde ihnen das Geschlecht, Grund des Absturzes und der ewigen Verdammnis, verweigert?), unsichtbar auf der Erde und in den Himmeln rennend, um den Willen des Gebieters zu erfüllen, auf den Schlachtfeldern auftauchend, um in die Reihen der Feinde Israels Wirrsal zu bringen, in Sodom, um es durch Feuer und vom Himmel gefallenen Schwefel zu vernichten, vor einigen Frauen, unfruchtbaren oder Jungfrauen, um ihnen die Befruchtung durch den Heiligen Geist zu verkünden, vor Pflügern, um ihnen kundzutun, dass sie Kaiser würden, und Hirten, um ihnen bekanntzugeben, dass der Messias geboren worden sei, wobei die Künder, Wächter oder Engel stets wie junge Männer in weißem Gewand in Erscheinung treten, oftmals mit Vernichtungswerkzeugen in den Händen, manchmal essend und trinkend, andere Male die Speise verweigernd, auftauchend und verschwindend, in die Lohen des Altars steigend. Zuweilen scheinen sie leibliche und wirkliche Wesen zu sein, andere Male lediglich seltsame Halluzinationen. Wie sie wirklich sind unter ihren unpersönlichen und undurchdringlichen (manchmal leicht ironischen?) Masken, können wir nicht wissen, denn aus der wunderbaren Geschichte vom Berge Tabor erfahren wir, dass das Angesicht der Himmlischen sich vollkommen wandeln konnte. Der Messias, wie Jesaja ihn auf seiner begnadetsten Seite verkündete, wird als beängstigend fremdartig beschrieben: ›So entstellt war sein Aussehen, mehr als das irgendeines Mannes, und seine Gestalt mehr als die der Menschenkinder‹ ... Ebensowenig können wir wissen, was die Cherubim waren, was der Geist war, was Glaube ohne Zweifel bedeutet, was Erlösung ist. Doch das größte, unerträglichste, tantalushafteste Geheimnis bleibt unsere Zukunft in dieser andersartigen Geschichte, in der wir nicht, in unserer Nussschale, die Fürsten des Weltalls und auch nicht, in unserer Gebärmutter, die einsamen und träumerischen Embryonen sind. Wir sind bereits geboren und sehen uns umringt von Lebewesen, größer und weiser als wir, doch verloren in unbegreiflichen Gedanken und Riten. Für Hesekiel war die Zukunft des auserwählten Volkes klar: In Herrlichkeit entrückt, auf den Gipfel eines hohen Berges gestellt, zeigt ihm ein Künder den Bau der heiligen Stadt, des Neuen Jerusalem, die letztlich ›Hier ist der Herr‹ heißen sollte. Inmitten eines streng geometrischen Mauerwerks, in seinem heiligen Tempel, sollte Jehova ewig über eine paradiesische Welt herrschen, umringt von den zwölf Stämmen Israels. Es ist das Gesicht, die Vision, die dem Alten Testament zur Krönung dient, in der alles von dem Hier, dem Jetzt auf der Erde spricht. Der Herr steigt aus seinem Himmel herab, um in der Mitte des auserwählten Volkes zu leben. Dieses strebt nicht nach den Himmeln, auch nicht nach dem ewigen Leben, sondern nur nach der Heiligung kraft der Erfüllung der Forderungen des Herrn, nach der Achtung und Anbetung des Gesetzes. Doch die Evangelien erzählen eine andere Geschichte.«

Ich konnte ihn nicht mehr hören, wie ich ihm auch bis dahin nicht zuzuhören vermocht hatte. Ich war in meinem Leiden und meiner Demütigung versteinert, von denen mein bester Freund so weit entfernt war. Ich war von unten, er war von oben, er kam von den Lebenden, ich von den Toten. Niemals waren zwei Stimmen unvereinbarer und fremder gewesen. Gleichzeitig, wiederholt, verzweifelt drückten wir bis zum Wahnsinn auf die linke und die rechte Taste der Pianoforte-Klaviatur, brachten den verstimmten Akkord der Schizophrenie und des Irreseins hervor. In dem Maße, in dem er redete, mit der Stimme eines Menschen und nicht mit jener Gottes, wie einst Herodes verwegen und blasphemisch Gefahr lief, von Würmern gefressen, gesteinigt, auf dem Scheiterhaufen verbrannt, vom Erdboden ausgelöscht zu werden, und ich zur gleichen Zeit redete, abgehackt und zusammenhanglos, stotternd und stammelnd, mich bereits von Würmern gefressen, gesteinigt, auf dem Scheiterhaufen verbrannt, vom Erdboden ausgelöscht fühlte, in dem Maße, in dem im grünlichen Halbschatten des Nachmittags sein Antlitz immer durchscheinender wurde und meines Beschaffenheit und Farbe der von Puppen, Regenwürmern und Wurzeln erfüllten Erde annahm, fühlten wir uns mehr und mehr als zwei Gefährten im selben Graben einer unendlichen Hölle, aufgezehrt im gemeinsamen Feuer unseres Schicksals. Bevor jeder von uns zu sich nach Hause ging, drehte Herman sich um und hob mit einer schrecklichen Anstrengung sein mehr als gewöhnlich entstelltes Gesicht zu mir empor. Und die schönsten blauen Augen, die ich jemals gesehen habe, haben mich unirdisch und heiter angeschaut.

TEIL III

Bis Weihnachten hatte es über Bukarest noch kein einziges Mal geschneit. Es war beim Anbruch des Abends geschehen, als die großen gezickzackten Gebäude in der Innenstadt sich anthrazitschwarz gegen die noch vor dem Dunkel schillernden Horizontstreifen von Gold, Blut und Gift abzeichneten. Einige uralte Reklametafeln auf den Dachterrassen der Wohnblocks aus der Zwischenkriegszeit, die einst mit ihrem Grün und ihrem Rot magisch aufleuchteten und erloschen in dem großen dreiflügeligen Fenster, durch das ich, in meinem zerschlissenen und durch übermäßiges Tragen und Waschen fadenscheinigen Pyjama, mit auf den Heizkörper gestellten Füßen, als Sechzehnjähriger die schönste Landschaft der Welt betrachtet hatte, meine Stadt, aus Millionen Fenstern funkelnd, in denen sich der Regenbogen spiegelte, hoben sich nun stumm von der Unruhe des Dämmers ab, erinnerten sich selbst nicht mehr daran, was GALLUS, HARDTMUTH, QUILIBREX und andere mit Neonlicht verschmierte Sigel bedeuteten, wobei sich die Stadtbewohner der sechziger Jahre daran gewöhnt hatten, sie stets über sich zu haben, sie, die sich immerzu in der Glasschale ihrer Augen spiegelten, aufleuchtend und erlöschend, aufleuchtend und erlöschend, grün und rot, dort. Es war, als wäre Bukarest ein riesiges anatomisches Präparat gewesen, ein fahles Tier mit abgeschürfter Haut und durchbohrten Rippen, mit aufgeschlitztem Bauchfell, an den Rändern mittels kleiner Stecknadeln an den Kasten einer Insektensammlung geheftet, wobei es seine inneren Organe zur Schau stellte, und die Leuchtreklamen hätten die Namen der Systeme und Apparate, der Adern und der Ganglien dargestellt, entblößt vor meinem Blick und dem Blick aller anderen einsamen Menschen, die von ihren Fenstern aus die Stadt betrachteten.

Aus welcher irrsinnigen Einsamkeit, aus welchem unlebbaren Schicksal hatte jene Schneeflocke Gestalt angenommen, die, im Dämmer glitzernd, über die menschenleere Stadt gefallen war? Denn an jenem Abend, einem der letzten im Jahr des Herrn 1989, war über Bukarest eine einzige Schneeflocke gefallen, mit einem Durchmesser von fast dreißig Kilometern, und hatte die Stadt wie eine gigantische Tischdecke aus Kristall fast gänzlich mit ihrem eisigen Windhauch überdeckt. Einer durchsichtigen Spinnwebe gleich, war sie stundenlang aus den gelb-dunklen Wolken herabgefallen, wundersam symmetrisch, anrührend flauschig, hin und wieder blitzten die Facetten ihrer Eisnadeln wie Diamanten auf, ihre achteckigen, dreieckigen, rautenförmigen, zwanzigflächigen Leerräume vereinten und trennten sich fraktalisch auf dem riesenhaften Raureifrad. Nach einem sich wiegenden, majestätischen Schweben über den von Antennen starrenden Dächern und den entlaubten, auf dem blutroten Horizont immer schwärzer werdenden Pappeln legte sich die Flocke lind über Gebäude und Straßen, Eisenbahngleise und Wärmekraftwerke, Schulen, Museen, Lagerhallen und Betriebe, ihre Ränder aus Eis und Wind ragten weit über die Außenringstraße hinaus und schlossen die umliegenden Dörfer mit ein. So wurde für eine Nacht die unglückliche Stadt der Trümmer und der Einsamkeit zur strahlendsten Stadt der Erde, übertraf die prächtige Erleuchtung von Paris, Berlin oder New York, die man anlässlich des immer unwahrscheinlicher werdenden (in dem Maße, wie mein Manuskript nach und nach die Welt ersetzt) Übergangs ins neue Jahr vorbereitet hatte. Nun erstreckten sich die langen, von ihrem eigenen Gewicht gekrümmten Kristalle der Schneeflocke zwischen der Spitze mit dem roten Stern am Haus des Funkens, den Kränen um das kolossale Haus des Volkes, der (wegen mangelnder Nutzung verrosteten) Flutlichtanlage des Stadions 23. August, den Pilzen der Flugalarmanlage auf dem Dach des Victoria-Kaufhauses, den parabelförmigen Schornsteinen des Wärmekraftwerks im Titan-Viertel, der reizvollen Terrasse des Turm-Hochhauses, den Antennen und Radargeräten auf dem Palast der Telefonzentrale, der Plexiglaskuppel über dem Floreasca-Viertel, stieg an den Fassaden hinauf und auf den Asphalt herab, zwischen Wohnblocks, krümmte die Wipfel der Bäume und verbogen das Blech der auf der ersten Fahrbahnspur geparkten Automobile, leuchtete taghell und strahlte klirrende Kälte aus. In der weißen Nacht, die sich herabgesenkt hatte, irrten die eingemummelten Menschen in ihren ewigen Lammfelljacken und den unterm Kinn gebundenen russischen Mützen wie benommen hin und her, hier unter der großen Flocke durchgehend, da die Stangen ihres vielflächigen Eises erklimmend. Nach Mitternacht kommentierten die an den Ecken versammelten Gruppen die Lage, hatten begonnen, sich in die Eingangshallen der Wohnblocks zurückzuziehen, wo es ebenso kalt war – der Atem eines jeden kam wie weißlicher und verwirbelter Rauch aus ihrem Mund, als wären sie seltsame Drachen des Eises, und die Vitrinen der Hallen füllten sich bis nach oben hin mit phantasmagorischen Eisblumen –, wo sie sich aber sicherer fühlten vor dem Ansturm der Terroristen und der Statuen, die einen grausamer als die anderen. Zu guter Letzt tauchten sie allesamt noch tiefer ins Herz ihrer Ameisenhaufen aus Betonplatten ein, in die Wohnungen mit Ehefrauen und Fernsehern, wo sie die restliche Nacht damit zubrachten, die lügnerischen blauen Flöhe zu schlucken, ihre Hauptnahrung seit einigen Tagen. Solange der Fernseher brummte, solange die Familien mit Kind und Kegel um diese elektronischen Kamine mit ihrer magischen Überzeugungskraft versammelt waren, hatten Kälte und Hunger ihren Schrecken verloren für die Bukarester, die in ihrem revolutionären Rausch sogar auf die Freude des Armen verzichtet hatten, auf das dürftige Besteigen der vom Tagewerk kreuzlahmen und vor Müdigkeit wie ohnmächtigen Ehefrau. Der Fernseher war ihnen fortan der einzige Gesprächs-, Lebens-, Sexpartner, das Feuer, an dem sie ihre Herzen, aschgrau wie die Wände, zwischen denen sie versumpften, wärmten. »Der Alte hat uns die Tage zur Hölle gemacht, die Jetzigen machen uns die Nächte zur Hölle«, scherzten sie, verzaubert von dem breiten Lächeln, breiter als das Leben, breiter als die Diagonale des Fernsehers, des neuen Bewohners im bläulichen Aquarium, in dem Onkel Ceașcă sich über so lange Zeit hinweg den Mund fusselig geredet und die Kiemendeckel bewegt hatte.

So blieb die Stadt gegen Morgengrauen menschenleer, tätowiert mit den gleißenden, gleichsam in Röhrchen flaumigen Lichts gekleideten Fädchen der himmlischen Flocke. Nur sehr selten fuhr ein Taxi vorbei. Von den U-Bahn-Ausgängen kam dann und wann ein Revolutionär im Pelzmantel, um Pipi zu machen, aber wenn er sah, dass sein Strahl augenblicklich in Gestalt eines krummen gelben Stängels gefror, rannte er rasch wieder hinein, um sich im Graben der U-Bahn-Schienen zu erleichtern. Ein herrenloser Hund, zusammengerollt über einem Kanaldeckel, aus dem Dämpfe hervorquollen, zuckte bei einem fernen Schuss im Schlaf zusammen. In jener gespenstischen Stille begannen auf den öffentlichen Plätzen, in den Parks, an den Fassaden der Gebäude, in der frostigen Tiefe der Museen die Statuen von ihren Sockeln herabzusteigen.

Es waren Hunderte, ja sogar Tausende Standbilder aus Marmor und aus Bronze, aus billigem Stein und noch billigerem Gips. Da waren berittene Woiwoden, Bojaren und Politiker, begnadete Künstler, denen das schuldbewusste Gewissen des Volkes huldigte, das sie auf Postamente gestellt hatte, um sie besser vergessen zu können. Da waren üppige Musen mit kupfernen Fettpolstern, Jungfrauen in Springbrunnen mit grünspanüberzogenen Antlitzen, allegorische Gestalten mit großen Brüsten und je einem auf den Armen getragenen Füllhorn, aus dem sich Äpfel, Trauben und Kirschen aus Gips ergossen. Da waren Putten mit schartiger Nase unter den vulgären Frontgiebeln der Kaufmannshäuser, Atlanten, gebeugt unter den Balkonen, deren Last zu tragen sie satthatten. Es waren die großen Verstümmelten der nationalen Dankbarkeit, die Erfinder, Ingenieure, Flieger, Musiker und Dichter mit ausgerissenen Gliedmaßen, herabgewürdigt zu je einer in den Parks gefrierenden Büste. Da waren die Arbeiter und Bauern der neuen Zeiten, beherzt und muskelbepackt, in die Zukunft blickend mit einem Auge aus blankpoliertem Messing. Ein ganzes Volk, das gequälteste auf der Welt, gezwungen, Jahrhunderte oder Jahrzehnte die Einkapselung im Bernsteinkörnchen der Geschichte zu erdulden, verknöchert inmitten der Jahreszeiten, von niemandem angesehen, von niemandem geliebt, vom Verkehr umgangen, alle Jubeljahre instand gesetzt, vergessen in Höhen, von wo aus es nicht mehr gewahrt werden konnte (es wurde ohnehin von niemandem je angesehen), mit den Unbilden der Witterung kämpfend, unter denen die furchtbarste das Tosen der Zeit war, die Zeit, die um sie her mit Hunderten Stundenkilometern dahinströmte, ihnen die Gipsfinger ausriss, ihre mit dem Meißel herausgeschlagenen Falten und Mähnen schartig machte, ihre dicke Kupferhaut glattschliff, ein Volk, von dem jeder einzelne Bürger viel berühmter war als jeder, der an seinen Sockel pinkelte: Dieses Volk der Statuen hatte unter seiner mineralischen Kruste ebenfalls etwas von dem Aufruhr der Revolution gespürt und beschlossen, seinerseits aus der Erstarrung aufzuwachen.

Denn die Leute, die täglich zu Fuß oder in Trolleybussen den Universitätsplatz passierten, hatten keine Ahnung davon, dass die großen Statuen an der Haltestelle lebendig waren. Dass sich unter ihrer Kalkstein- oder Bronzehaut ein mit quergestreiften, blutdurchströmten Muskeln bedecktes Knochengerüst verbarg, dass in ihrem Brustkasten die Lungen erstickten, nach Luft rangen, dass dort ein Herz, fünfmal größer als das eines jeden Menschen, irrsinnig zuckte und heißes Blut in die Arterien jagte.

Dass unter der fürstlichen Pelzmütze Michaels des Tapferen tief in seinem Schädel ein Gehirn so groß wie das eines Delphins sich erinnerte und träumte. Niemand verstand die entsetzliche Qual, die C. A. Rosetti auf seinem eisig kalten Stuhl durchlitt, eine viel grauenvollere Marter als jene Gheorghe Dojas.[65] Großer Gott, wer könnte, und hätte er Fledermausohren, die Verzweiflungsschreie dieses zu ewiger Lähmung verurteilten Volkes hören, und wenn er sie hörte, ertragen? Es war, als hätte die Hölle ein Pseudopodium auf die Erde ausgestreckt, es bis unter jeden Statuensockel verzweigt und dort unter die Fühllosigkeit des Metalls und des Steins die lebendigen Körper ihrer Verdammten aus Fleisch, Blut, Nerven und Gedärmen eingespritzt. Jeder von ihnen ein bewusstes und empfindliches, aber völlig ohnmächtiges Paket, wie die eng in den Faden der Spinne eingewickelten Schmetterlinge und die von Wespen gelähmten und ins Nest, neben die mörderischen Larven, gebrachten Heuschrecken. In heroischen und absurden Stellungen verewigt, vom gigantischen Standbild Lenins vor dem Haus des Funkens bis zu den kleinen Nymphen im Herăstrău-Park, brüllten sie alle, nichtmenschlich, aus blutenden Kehlköpfen bei dem Gedanken, dass eines Tages ein schauderhaftes, unvorstellbares Wesen vom einen zum andern ziehen würde, um seinen Stachel durch ihren Kalkstein zu stoßen und die Statue im Innern leer wie eine Imago zu saugen.

In der Nacht des letzten Schnees in jenem Jahr – und in diesem Weltall – schlugen die Statuen plötzlich ihre wimpernlosen Augen auf und blinzelten im unwirklichen Licht der Schneeflocke. Nach und nach schien sich ihre unbarmherzige Kruste aufzuweichen, ihre Steinkleider schienen schmiegsam zu werden

---

65 György Dózsa, rumänische Namensform: Gheorghe Doja (1470–1514), Szekler, Anführer im ungarischen Bauernkrieg 1514, wurde auf einem glühenden Eisenthron geröstet.

wie verfestigter Teig. Misstrauisch wandte Constantin Brâncoveanu seinen Kopf hin und her. Ein Engel aus dem Ghencea-Friedhof hatte seine bleiernen Schwingen von der Mauer der Gruft losgerissen und sträubte seine schweren Federn. Die geflügelte Gestalt vom Fliegerdenkmal ließ müde ihre Arme niedersinken. An der Fassade der Juristischen Fakultät streckten sich die griechischen Philosophen und gähnten, dass ihre Kiefer knackten. Die Sanitäterhelden traten aus ihrem versteinerten Schicksal heraus und erprobten eine andere Chreode in der endlosen Überschneidung der Welten, in deren Mittelpunkt, stets mit einem durchscheinend-zitternden Rand, die Wirklichkeit konstruiert wird. Aber die Wirklichkeit war der von den Statuen in ihrem tiefsten Schlaf geträumte Albtraum, und sie hätten alles gegeben, um ihn für immer abzuschütteln. Dann begannen sie mit den langsamen und vorsichtigen Bewegungen von Bergsteigern an allen Ecken der Stadt von ihren Säulen herabzusteigen, wo sie wie ausgezehrte Symeons[66] jahrhunderte- oder jahrzehntelang erstarrt gestanden hatten, von den gespenstischen Fassaden aus gelblichem und bröckligem Stuck, voller Angst, sie könnten stürzen und so auf dem Asphalt in Torsostücke, in Armscheiben, in Schädelscherben zerspringen. Sie stießen in den Museen an das matte Schimmern der nächtlichen Glasschränke, spürten die Ausgänge auf, brachen sie mit ihren Schultern aus geglättetem Stein auf und fanden sich plötzlich im Freien wieder, auf leeren Plätzen, auf dem Asphalt, der unter dem tölpelhaften Gewicht ihrer Schritte erbebte. Sie versammelten sich nach Stadtvierteln, in bunt zusammengewürfelten Scharen, und zogen auf den Spuren der Menschenmengen, die einige Tage zuvor die Hauptverkehrsadern gefüllt hatten, ebenfalls in Richtung Stadtmitte, durch dieselben Reihen von

---

[66] Symeon der Stylit (um 390 bis 460), Anachoret, lebte auf einer Säule; daher der Begriff »Säulenheiliger«.

Kaufmannshäusern voller Schmutz und Risse, mit Pappe in den Fenstern und eingestürzten Balkonen, da ihnen die muskulösen Atlanten fehlten, die sich dem traurigen mineralischen Volk angeschlossen hatten. Sie passierten die albernen, doch riesengroßen Aufschriften an den Wänden, NIEDER MIT DEM SCHUSTER und NIEDER MIT CEAUȘESCU, dachten daran, wie den fünf, sechs bronzenen Ceaușescus wohl zumute sein musste, die sich ihnen, aus wer weiß welchen sorgfältig gekalkten Nischen heraustretend, angeschlossen hatten und denen gegenüber niemand Groll empfand. Von jedem Seitengässchen kam noch ein Vasile Lascăr herangehumpelt, begleitet von der Muse, die ihm seit so langer Zeit die Feder entgegenstreckte, ein schlafloser Enescu, ein stolzer Caragiale, von den Winterstürmen geglättet. Es kamen aus den fernen Vierteln in langsam voranrollenden, sich von Haltestelle zu Haltestelle wiegenden Nachtstraßenbahnen allerlei Siegesgöttinnen des Sozialismus herbei, Bäuerinnen mit der Sichel und Arbeiter mit dem Hammer. Die wagemutigeren Soldaten von Mărășești saßen auf Puffern, angeekelt von der ewigen Zigarette, welche die Gassenjungen sie im Mundwinkel zu halten zwangen. Sie versammelten sich schließlich auf dem Universitätsplatz, wo sie die Reihen um den kolossalen kupfernen Lenin schlossen, der zwischen den anderen Statuen wie ein rotglühender Moloch emporragte, der auf die ihm gebührenden Opfer wartete. In der Ferne erhob sich das Hotel Intercontinental wie ein stummer dunkler Menhir, und am Himmel, unter den Schneewolken, strahlte die Herrlichkeit Gottes wie ein diamantener Stern. Sie hatte sich in letzter Zeit aus der Tiefe des Gewölbes herabgesenkt, so dass nun die Antlitze der vier Cherubim unterschieden werden konnten, die eines Menschen, eines Stiers, eines Adlers und eines Löwen, in der Finsternis phosphoreszierend neben den Rädern voller Augen unter dem Saphirgewölbe. Derjenige, der auf seinem über dem Gewölbe stehenden Thron aus durchscheinendem

Stein saß – sein Aussehen erinnerte an ein menschliches Antlitz –, neigte sich bisweilen, als wollte er durch die Glasmauer die Kundgebung der Statuen auf dem zentralen Platz der Stadt besser sehen.

Eine Hand in der Hosentasche, den Oberkörper vorgebeugt, vorwärtsdrängend, sein Gesicht eines gefährlich überzeugenden Kalmücken noch einmal uber die Menschenmenge erhoben, obgleich ihm diesmal keine Tribüne zur Verfügung stand und er sich nicht an begeisterte Matrosen wandte, hatte Lenin seine fließende, überzeugende und nervöse Redegabe aus alten Zeiten wiedergefunden. Er begann den Statuen, die jetzt ganz Ohr waren, das tragische Paradoxon ihres Daseins auf Erden darzulegen: Obschon berühmt, sogar den Kindern bekannt, in Lehrbüchern studiert, eine Sammlung von Berühmtheiten, der man nur noch im Gotha begegnete, obschon namhafte Männer der Nation, der Stolz von Wissenschaften und Künsten, eindringlichste allegorische Sinnbilder, seien die Männer aus Stein und aus Metall eigentlich die Märtyrer der Menschheit. Von Hunden bepisst, von Vögeln angekotet, vollkommen vergessen von den Lebenden, bildeten sie nun einen jämmerlichen Haufen von *Dei otiosi*, von allen wie zum Spott anerkannt und von keinem geachtet, ungeliebt, keines Blickes gewürdigt, in öffentlichen Angelegenheiten nicht zu Rate gezogen. »Herr Kogălniceanu[67], der hier anwesend ist, soll Ihnen sagen, wie oft er in den Volksrat eingeladen worden ist, obwohl er nur einen Katzensprung davon entfernt steht, um darüber befragt zu werden, welche Meinung er zur Stadtplanung hat, zur Begradigung des Dâmbovița-Flussbetts, zu so vielen öffentlichen Angelegenheiten, bei denen sein Wort eines fürstlichen Adjutanten, eines Architekten der

---

67 Mihail Kogălniceanu (1817–1891), rumänischer Politiker und Historiker; in jungen Jahren Offizier (Major), Adjutant des Fürsten der Moldau Alexandru Ioan Cuza; später Innenminister und Außenminister.

Unabhängigkeit, sich als äußerst wertvoll erwiesen hätte. Und wie viele von Ihnen sind zu Bürochefs, Direktoren von Unternehmen oder wenigstens Geschäftsführern von Obst- und Gemüseläden ernannt worden? Wie kommt es, dass Sie noch keine Gewerkschaft haben, die Ihre Rechte verteidigt? Sagen Sie mal, Herr Ceaușescu, wem haben Sie bei den letzten Wahlen Ihre Stimme gegeben? Wie, Sie haben nicht gewählt? Wer von Ihnen gewählt hat, soll die Hand erheben! Niemand? Keine erhobene Hand? Aber das scheint mir selbst für ein kommunistisches Regime erschütternd. Sagen Sie bloß nicht, Sie hätten auch keine Personalausweise, Sie seien nicht beim Standesamt eingetragen, es wäre Ihnen nicht gestattet geboren zu werden und nicht einmal zu sterben. Nun, dies wird ja sogar den Katzen erlaubt! Wissen Sie, was Sie dann sind, meine Damen und Herren? Sie sind keine Sklaven, Sie sind die Sklaven der Sklaven, der Abfall der Abfälle in der Gesellschaft! Nicht einmal in den barbarischsten Städten hat man eine derartige Diskriminierung gesehen, einen derartigen Sadismus, eine derartige Verachtung gegenüber treu ergebenen Bürgern, darüber hinaus ausgewiesene Woiwoden, Dichter, Helden und sogar Heilige. Wie lange noch werden wir ihre Städte adeln, wie lange noch werden wir, heiter und rein wie die Träne, über das städtische Gewimmel wachen, das ohne uns an den Straßenkreuzungen nichts als ein schlichter Ameisenhaufen wäre? Wie lange noch werden wir unser Schicksal von erhabenen Paralytikern hinnehmen, von berühmten Krüppeln, von ehrwürdigen Verstümmelten? Edle Bürger, zeigen Sie Ihre Wunden! Sie haben sie im Kampf mit der Zeit und mit der Geschichte erworben. Wer hat Sie jemals wegen Ihrer fehlenden Arme beweint, wegen der zerbrochenen Finger, Nasen und Bärte? Einige von Ihnen sind nur Köpfe oder Büsten. Welche Soldaten eines Volkes sind je so grausam zerstückelt worden? Und welches Volk hat jemals Menschenfleischstücke auf Sockeln in die Stadtparks gestellt, um die Verliebten zu erschrecken mit ihrem stummen Schrei, mit dem aus zerfetzten Arterien fließenden Blut? Es erhebe die Hand, wer wegen seines jämmerlichen Zustands jemals ins Krankenhaus eingewiesen wurde, wer einen Rollstuhl bekommen hat (Sie etwa, Eminescu? Wie, nicht einmal Sie, der Nationaldichter?), wem ein Kuraufenthalt in Govora oder in Călimănești gewährt wurde. Wieder keiner? Immer wieder niemand? Aber selbst die Bettler werden in kalten Winternächten aus den Gebüschen geholt, damit sie nicht erstarren, damit sie nicht wie einer von uns werden. Was tun? Sie haben zu Ihren Füßen die Leute über Freiheit und Demokratie reden hören. Sie haben sie auf Plätzen sich versammeln und ihre Rechte einfordern sehen. Sie haben über die Menschenmengen gewacht, die in den Mauern des Zentralkomitees wogten, Sie haben das Flattern der Trikoloren mit ausgeschnittenem Staatswappen gespürt und das Brausen des weißen Hubschraubers, der vom Dach davonflog. Brüder, auch wir sind Rumänen! Ja, sogar Sie, Beethoven, sogar Sie, Lamartine! Hier haben wir die Augen in der Welt aufgeschlagen, und ein anderes Vaterland kennen wir nicht. In unseren kupfernen Brustkörben schlägt ein warmes rumänisches Herz! Freunde, auch für uns gilt ›jetzt oder nie‹! Auch wir sind den Tyrannen los, der auf der Brache hinterm Haus des Funkens unseren Bruder Carol I., unseren Bruder Ferdinand verscharrt hat. Sehen Sie, jetzt sind sie unter uns, mit Schlamm beschmutzt, aber sich nach einem würdigen, zivilisierten Leben sehnend. Ich rufe hier, in Gegenwart aller, das Ende einer Zeit der Knechtschaft aus und die Morgenröte der seit langem verheißenen Freiheit!«

Der Platz erbebte von Hurrarufen. Der Balkon der Geologischen Fakultät stürzte seitwärts herab, das Stuckgesims der alten Fassade löste sich ab und zerschellte auf dem Aphalt in Trümmer. Die Tauben, die am Rand des Springbrunnens, in den niemals Wasser gelaufen war, ihr Dasein fristeten, flogen plötzlich erschrocken auf und hinterließen auf den Kalk- und

Bronzescheiteln ein Vogelmistgestöber. Lenin verharrte eine Zeitlang nachdenklich, mit in die Ferne, in Richtung Magheru-Boulevard starrenden Augen, wo die Blumenkästen des Restaurants »Flora«, vor einigen Nächten als Barrikaden benutzt, noch immer einen Teil der Straße versperrten. In der Nähe des Hotels Intercontinental standen leichte Panzer und khakifarbene Amphibienfahrzeuge, aufgefahren, um gegen die Terroristen zu kämpfen, die wie die Ratten von überallher aus ihren Löchern hervorgekrochen waren, um ihren Conducator zu verteidigen. Die gewaltige Schneeflocke mit ihren geometrischen, nach dem Muster des Sierpinski-Siebes angeordneten Maschen warf ihr Raureifspitzengewebe über den ganzen Himmel. Dann senkte der große kupferne Mann betrübt sein Kinn auf die Brust.

»Leider müssen wir, Freunde, der Wirklichkeit ins Auge sehen: Wir sind müde, krank, zerrüttet. Die Regengüsse haben uns ausgewaschen, die Winde haben uns abgeleckt. Ich ... hätte Sie gern im letzten Sturmangriff angeführt, denn für mich spielt ein Winterpalais mehr oder weniger keine große Rolle mehr, aber ... (dabei beugte sich die Statue vor, und Rinnsale geschmolzenen Metalls zerfurchten ihr die Wangen) ... ich bin kompromittiert, Brüder, die Kapitalisten haben mich vollkommen dämonisiert ...« Lenin schüttelte sich vor Schluchzen, an die Mauer der Universität gelehnt, so dass immer mehr Girlanden und Maskarone aus Gips auf seinem Rücken zerschellten. Das ganze Gebäude bebte gefährlich. In einem der Blechtürmchen, die auf den Platz blickten, fuhr ein Terrorist in schwarzer Panzerfahrermontur, die Kapuze überm Gesicht, im Schlaf hoch und drückte seine Maschinenpistole noch fester an die Brust. Das war nicht gerecht! Der Dienst fing erst um sieben Uhr morgens an. Er steckte den Kopf durch das runde kleine Fenster und betrachtete eine Zeitlang gelangweilt das Statuenmeer. Was wollten denn diese mit Vogelmist bekleckerten Scheißer noch? Er zog die Kapuze über den Kopf und blieb zerzaust im Wind der Nacht wie eine unzufriedene und missmutige allegorische Gestalt. General Tudor, ihr Väterchen, hatte ihnen nichts von den Statuen gesagt. Folglich gab es sie nicht. Er spuckte präzise in die Nacht und verfolgte die Spucke, bis sie zielgenau auf der runden Brust von Vasile Lascărs Muse landete. Dann schloss er das kleine Fenster und kauerte sich, die Kalaschnikow zwischen den Knien, wieder zwischen die Mineralogie-Lehrbücher in der Ecke des Abstellraums.

»Nein!«, hörte man von irgendwoher, von hinten, einen Protestschrei. »Nein, Genosse Lenin! Wir lieben dich und folgen dir bis ans Ende! Was wäre denn eine Revolution auf der Erde ohne deine lichtvolle Gestalt? Ohne deine blauen, in die Weite blickenden Augen? Ohne deine Stirn eines ...« Doch Lenin gebot ihm mit schroffer Gebärde Einhalt: »Danke, geehrter Dobrogeanu-Gherea.[68] Ich danke Ihnen, Genossen. Doch berauschen wir uns nicht mit leeren Worten. In dem Zustand, in den wir geraten sind, werden wir auf uns selbst gestellt nichts ausrichten. Wir brauchen einen Menschen, einen lebendigen Menschen, mit Haut bedeckt, mit organischen und leuchtenden Augen, mit blitzschnellen Reflexen. Unsere Gehirne sind verkalkt vom mangelnden Gebrauch, unser Urteil ist schwankend. Wir brauchen einen lebenden Anführer, dem wir von ganzem Herzen und blind folgen können, einen Liebhaber der Statuen, einen Beschützer unseres unglücklichen Volkes. Ich weiß, dass Sie mich verstehen, ich weiß, dass in Ihrem Geist jetzt derselbe edle Name aufblitzt, dass Ihnen allen dieselbe heilige Gestalt vor Augen erschienen ist. Denn im Laufe der traurigen Zeiten, durch die wir hindurchgesteuert sind, jeder am Pranger der eigenen Schandtat, haben wir nur bei einem einzigen Wesen aus dem kolloidalen und sich ewig bewegenden Volk der Bür-

---

[68] Ion Dobrogeanu-Gherea (1855–1920), aus Russland stammender sozialistischer Schriftsteller und Literaturkritiker.

ger dieser Stadt Mitgefühl, väterliche Fürsorge, echte Bewunderung gefunden. Jahrzehnte sind seitdem vergangen, doch wer von Ihnen hat das Gesicht dessen vergessen können, der uns, seine bescheidene Leiter an unsere Schultern stützend, mit der Bürste, getaucht in das am Gürtel festgebundene Eimerchen, monatelang gewaschen und geschrubbt hat, die Flechten und den versteinerten Vogelmist aus unseren Locken entfernte, uns, manchmal mit dem eigenen Ärmel, die messingenen Hornhäute zwischen den Lidern blankgescheuert hat, den Grünspan an den Lenden unserer Schwestern in den Springbrunnen beseitigte? Mit der Zeit ist der einfache und ehrliche Name des einzigen Menschen, der uns je geliebt hat, zum Mythos aufgestiegen. Ich weiß, dass Sie alle ihn jetzt auf den Lippen haben, dass Sie kaum erwarten, ihn auszusprechen. Edle Freunde, in der ersten Nacht unserer Befreiung hindert Sie nichts mehr daran, ihn in die ganze Welt hinauszuschreien!«

Die Statuen begannen unruhig zu werden. Das Gedächtnis war nicht ihre Stärke, und trotzdem schoss der traute Name des Wohltäters ihnen allen plötzlich aus der Brust hervor. »Ionel!«, schrie voller Liebe Michael der Tapfere. »Ionel«, wisperte leidenschaftlich Mutter Smara. »Ionel!«, vereinten die Sanitäterhelden ihre Stimmen. »Ionel«, murmelten melodisch die Najaden und Gorgonen. »Ionel«, sprach Ceaușescu ernst. »Ionel, Ionel!«, wiederholten alle Statuen. »Er soll uns anführen, er soll uns den Weg weisen! Er soll uns restaurieren, uns erneuern, uns blitzblank scheuern! Er soll uns das Gelobte Land zeigen!« In ihrem grenzenlosen Enthusiasmus stießen die Statuen gegeneinander, verstreuten ihre Fingerglieder auf den Asphalt, ließen aus ihren zerborstenen Schenkeln Stücke verrosteten Eisens zum Vorschein kommen, zerbrachen ihre Haartrachten, die der Meißel irgendeines uralten Meisters mit so viel Sorgfalt herausgehauen hatte.

»Ja, Ionel«, sprach auch Lenin lächelnd, nachdem er sie ruhig zu sein geheißen hatte. »Er ist derjenige, den wir brauchen. Doch wir wissen nichts mehr über sein Schicksal seit jenem verhängnisvollen Tag, als wir in der duftenden, frühlingshaften Abenddämmerung vergebens darauf gewartet haben, dass er zwischen den aufgeblühten Robinien mit seiner lieben Leiter, mit seinem Blecheimerchen in Erscheinung tritt ... Zu welch edler Beschäftigung ihn das Schicksal geführt haben mag? Welche gebrochenen Herzen er wohl seitdem geheilt hat? Suchen Sie ihn in den Krankenhäusern, denn ich habe den Verdacht, dass er unbezahlter Arzt geworden ist, oder in den Klöstern ... Verlieren Sie keinen Augenblick mehr. Verteilt euch in allen Stadtvierteln, durchwühlt alle Wohnungen, steigt in alle Keller hinunter und in alle Dachböden hinauf und kehrt heute Nacht hierher, zum Platz unserer Befreiung, nicht ohne unseren von der Vorsehung bestimmten Mann zurück!« Todmüde setzte sich Lenin auf den Bürgersteig und versperrte ihn bis hin zum Boulevard mit seinen kupfernen Beinen. In Gedanken berechnete er, wie viel Zeit er bis zum Haus des Funkens brauchte. Er sehnte sich nach seinem Schönheitsschlaf im Saal der Druckmaschinen. Die Statuen begannen in Gruppen den Platz zu verlassen, schlugen einander auf die Schultern und schwatzten salbungsvoll, doch sobald sie aus Lenins Augen waren, vor dem sich alle schrecklich fürchteten, waren sie darauf bedacht, so schnell wie möglich in die Parks und die Gebüsche zu kommen, in den Cișmigiu-Garten, zum Kogălniceanu-Platz, zum Platz der Vereinigung, um sich lüstern aneinanderzukrampfen, um schamlos die faltenreichen steinernen Röcke der Musen zu lüpfen, deren runde Hinterbacken zu enthüllen, sie auf den vereisten Boden zu werfen und mit ihren metallenen Phalli zu durchdringen, um die Najaden, die so lange unberührt gestanden hatten, auf die Knie zu setzen vor ihren Marmorschlitzen, die sie mit grünlichen Fingern aufknöpften, um übereinander zu steigen und in einer zügellosen, grenzenlosen Ausschweifung zu stöhnen, denn man wusste nicht, ob sie tags darauf nicht wieder, diesmal für immer, auf ihren Sockeln, in ihren Springbrunnen und ihren Museen erstarren würden; also schmachteten sie nach Bewegung und Leben, brüllten mit ihrem Kehlkopf aus lebendem Fleisch, eingekapselt in einer ehernen Kruste, vergebens zum Himmel aufblickend durch die blinden, undurchlässigen Linsen der marmornen Iriden zwischen den Lidern. Bis zum Morgen säten die berühmten Männer der Nation in völlig zerknitterter Kleidung, mit gewaltigen erregten Phalli, ihren Samen aus flüssigem Quarz in Scheiden aus Porphyr und Onyx, auf Brüste aus Stein und aus patinaüberzogenem Kalk. Dann zogen sie, über die Hosen mit den steifen Falten stolpernd, in metallenen, grob geformten Schuhen, von einer fürchterlichen Traurigkeit post coitum erfasst, strahlenförmig durch die Straßen der Stadt los auf der Suche nach dem einzigen Freund in dieser Welt. Von Zeit zu Zeit überquerten sie, durch das schmutzige Wasser watend und planschend, die Straßen und Bürgersteige entlangfließende Bächlein: So viel war noch von der gigantischen Schneeflocke übrig geblieben, zerschmolzen von den warmen, blendenden Strahlen des neuen Morgens.

»Was sind uns, mein Herz, Fluten von Blut?« Warum bin ich hier, in der U-Bahn-Haltestelle, hingestreckt auf diesem von meinem eigenen Atem angefeuchteten, nach Schaf und schmutzigen Socken stinkenden Mantel? Wer bin ich noch? Was bedeutet, dass ich bin? Was bedeutet mein Name noch? Ich habe die ganze Nacht lang geschrieben, im schwachen Schein der Glühbirnen, im Getose der U-Bahnen, die kommen und gehen, dort, in ihren unterirdischen Gängen. Warum habe ich meine unterirdischen Gänge verlassen, meine Grotten mit schweren Bergkristallen, keinem Auge auf der Welt bestimmt? Einst schrieb ich auf beiden Seiten des Blattes gleichzeitig, denn ich war doppelt; Augenblick um Augenblick stützte ich die Spitze des Kugelschreibers auf die Spitze des anderen Kugelschreibers, der auf der Unterseite schrieb, der ebenfalls, zeitgleich mit mir, dieselben wirklichkeitsfernen Kringel zeichnete, ohne deshalb denselben Text zu schreiben, im Gegenteil, er verneinte Augenblick um Augenblick meinen Text, denn er schrieb von rechts nach links, mit spiegelverkehrt gedrehten Buchstaben, wie eine Umkehrung und eine Verhöhnung meines allzu ernsten Manuskripts, so ernst und einsam und traurig, dass es die Welt ganz und gar in Stücke zu reißen drohte. Linkisch und unbegreiflich, genial und wahnsinnig, ein unserer Welt fremder Leonardo, rettete derjenige, der aus der Dicke meines Manuskripts heraus unter der vaskularen Membran der Seite schrieb, jedoch alles durch seine sonderbare Zirkusnummer. Gleich demjenigen, der auf der Spitze eines Bambusstocks ununterbrochen den chinesischen Teller kreisen lässt, stützte auch er, auf der Spitze seines Kugelschreibers, die Kringel seiner spiegelverkehrten Buchstaben endlos nachziehend, meine Welt, die äußere und flache Welt, die nur durch Illusion und Bewegung standhält, denn kein Universum existiert, wäre es nicht durch eine Schrift unterlegt. Jedes Atom stützt sich auf eine Kugelschreiberspitze, jede Blume blüht aus dem Saft, der durch den Stängel eines fieberhaft unter der Erde schreibenden Kugelschreibers fließt. Die Sonnen sind mit derselben blauen Chemikalie gefüllt, unsere Haare und Augen und lachenden Münder sind auf der anderen Seite des Manuskripts von zum Kritzeln aufgelegten Kindern gezeichnet. Kein Ding existiert, solange es nicht beschrieben ist. Auf der Planck-Skala sind die Kringel, die Matrizen und die Anschlussstücke Buchstaben, die einen kleinen und verdichteten Text schreiben, welcher, aus großer Höhe betrachtet, die Gestalt eines Buchstabens hat und sich mit anderen Billionen Buchstaben vereint, um, aus einer anderen großen Höhe, einen weiteren riesenhaften Buchstaben zu bilden. Texte in Texten, Texte schreibende Texte, schließlich die kolossale Textur unserer Welt bildend, denn Existenz und Text, Seite und Rückseite, Raum und Zeit, Gehirn und Geschlecht, Vergangenheit und Zukunft bilden das Wunder, in dem wir in den letzten Zügen liegen, geblendet durch so viel Schönheit, und dessen Name Texistenz sein könnte. Mein Manuskript ist die Welt, und es gibt keine Galaxie und kein Kamillenblütenblatt und keine Wimper von dir, von dir selbst, der du liest und über der Seite dieses unlesbaren Buches atmest, die nicht hier geschrieben wären, mit den doppelten Kringeln des Windes, der Sonne, der Wolken und der Buchstaben, die sie nähren und tragen. Berühre mit dem Finger den Mittelpunkt dieser Seite, und du wirst sehen, wie von jenem Punkt aus kreisförmige Wellen ausgehen, wie die Seite aufklart und wie du in ihr deine Zwillingsschwester siehst, braunhaarig und mit Augenringen wie du selber, auch sie müde vom gegenläufigen Durchwandern des Lebens und eures gemeinsamen Buches.

Ohne dieses gleichzeitige Bustrophedon hätte ich niemals etwas schreiben können, denn mein sich nicht auf die Spitze des anderen Kugelschreibers stützender Kugelschreiber wäre in die cerebrale Substanz der Seite eingesunken, in die Unendlichkeit der Poren und ihrer mit Kohlenhydraten, Lymphen und Blut gefüllten Höhlungen, und dies tut er jetzt, wenn der andere nicht mehr da ist, wenn mein Schreiben kein Schreiben mehr ist, wenn meine Buchstaben zusammengeringelte Venen und verästelte Nervenzellen sind, wenn ich in die Krätzmilbengänge der Geschichte gestürzt bin. Denn das ist Geschichte, das Schreiben ohne Schreiben, das Erleben ohne Erleben, das Irren durch die Maulwurfsstollen und durch die Erde der Jahrhunderte. Was sind mir Fluten von Blut, gespaltene Schädel, Wälder von Scheiterhaufen und gepfählte Kadaver, bis zum letzten Säugling ausgerottete Völker, große Zeichen an den Himmeln, Kriege und Kunde von Kriegen, Erdbeben und Hungersnot, Sintflut und ewigem Frost? Vierzigtausend Tote in Timișoara. Drei Millionen Tote in China (ohne dass der große Jangtse-Strom seinen Lauf ändert). Die Erde zerstört durch einen Kataklysmus, den die Bewohner des Orion nicht wahrnehmen. Das nach und nach erlöschende Weltall, das langsam zerfallende Proton. Was ist denn alles das außerhalb der Erzählung, die es beschreibt und begründet?

Ich bin in die schwärenbedeckte Haut der Seite gestürzt. Ich schreibe nicht mehr wirklich. Diese Blätter sind das sinnlose Tagebuch meines Umherirrens. Sie erzählen nicht mehr die Geschichte Mirceas, sondern lediglich die Geschichte seines in die Geschichte abgestürzten Daseins. Wie in einem absurden Film ohne Hand und Fuß (unsere Leben sind absurd, ohne Hand und Fuß) zeigen sie mich, wie ich in einer aus alten Gebäuden bestehenden Stadt herumwandle, in Trümmern, seit der Vorkriegszeit nicht renoviert und nicht instand gehalten, bewohnt von Herumtreibern, die direkt auf dem alten Parkett der alten Salons Feuer machen. Auf den Chausseen mit herausgerissenen Pflastersteinen, geborstenen Rohrleitungen, zwischen

Autos mit verrosteten Karosserien. Sie zeigen mich, wie ich neben Gruppen von Menschen stehen bleibe, die die letzten Ereignisse besprechen. Mit der Handfläche, rot vor Entrüstung, klatschen sie auf die Zeitungen mit Zitaten aus einer großen französischen Tageszeitung. »Schweine, gemeine Schweine!«, ist von überallher zu hören. »Die sagen, unsere Revolution ist nichts als ein Fernsehschwindel. Die sagen, sie ist von der Propaganda aufgebläht worden. Die sagen, es sind nicht vierzigtausend Tote in Timişoara gewesen. Die sagen, die Frau mit dem aufgeschlitzten und mit Bindfaden verschnürten Bauch und mit dem auf die Brust gelegten Kindchen ist eine Fälschung. Die sagen, es gab keine Revolution, sondern einen Staatsstreich. Wieso denn, mein Herr, ich bin doch selber dabei gewesen, als Ceauşescu geflohen ist. Wie können diese Schweine nur so unverschämt lügen? Die aus dem Westen haben uns doch in Jalta verkauft. Haben Onkel Ceaşcă in der Staatskarosse spazieren gefahren und ihn nach Strich und Faden am Arsch geleckt. Was für eine Unverschämtheit! Was für eine freche antirumänische Politik! Was haben denn diese Elenden getan, mein Herr, als wir vor Hunger starben, als wir Sojasalami aßen, als der Verrückte uns die Dörfer und die Kirchen abgerissen hat? Jetzt, da wir ihn weggejagt haben, entweihen sie uns die Revolution? Tja, kein Wunder, denen passt es nicht, dass der Maisbrei explodiert ist, dass auch wir uns unter die Leute wagen. Wissen Sie, wie die ungarische Lobby arbeitet? Die sind überall, mein Herr, träufeln geduldig ihr Gift in allen Parlamenten, warten drauf, dass die Bedingungen günstig werden, damit sie uns Siebenbürgen wegnehmen. Und die Franzosen, Engländer, Deutschen reden denen nach dem Mund, die haben alle um den Finger gewickelt. So ist's immer gewesen, wir sind ein Volk von Märtyrern, umzingelt von Feinden. Was kümmert's die im Westen? Die haben alles, sind vollgefressen, hol sie der Teufel. Glauben Sie, die zerfließen vor Mitleid mit uns? Die Franzosen waren seit eh und je Arschlöcher. Wenn die Amerikaner nicht wären, wären sie jetzt eine Sowjetrepublik. Sie hätten die Russen mit Hurrarufen empfangen, so blöd sind die, so sehr hat sie der Linksextremismus geblendet. Die Deutschen? Die sind Hitleristen geblieben, der Teufel hol auch sie! Das Land der Butter. Angeblich hat man dort eine Entnazifizierung durchgeführt. Können Sie denen das abnehmen? Die Amerikaner und die Juden haben ein paar von ihren Anführern gehängt, aber sonst essen diese Hirnverbrannten, die zweimal die Welt in Brand gesteckt haben, auch jetzt sorgenfrei ihre Würstchen und ihr Sauerkraut, rülpsen bei Tisch nach Kräften, lassen ab und zu einen fahren, denn bei denen ist's keine Schande, und geben uns Lektionen in Demokratie. Wo wären die heute ohne den Marshallplan? In einer Scheiße so groß wie sie selber. Die würden jetzt noch jeden dritten Tag ein gekochtes Kartöffelchen futtern, wenn sie's denn finden könnten. Ich hätte ihr Land ganz in Trümmern gelassen, wie es zerbombt worden ist, recht ist's denen geschehn. Und die Konzentrationslager mit den Gräben voller Knochen, damit die Welt sieht, wer die Deutschen sind. Lass nur, die waren ja auch nicht ganz so. Ein großes Geschäft für die Juden. Du sitzt auf einem Geldsack und schlägst dich mit dem Ziegel an die Brust, dass sie dich in Auschwitz vergast haben, papperlapapp ... Aber ich dreh den Spieß um und sage: Wo wären jetzt die aus dem Westen, wenn wir sie nicht mit unsrer Brust vor den Türken und Tataren verteidigt hätten? Im ganzen Mittelalter sind sie schön im Warmen gehockt und wir starben für sie in Călugăreni und in Podul Înalt. Jetzt prahlen sie mit ihren Kathedralen und mit ihrer Kultur. Aber sie wissen nicht, dass die mit unserm tausendjährigen Opfer bezahlt wurde. Denn dazu sind wir in der Geschichte gut gewesen: um den Arsch anderer zu verteidigen. Die Ungarn, die Szekler und die Siebenbürger Sachsen oder wer immer haben uns gar nicht als Volk anerkannt, obwohl sie von unserm Schweiß lebten. Ganz

Budapest ist von den rumänischen Leibeigenen mit ihrem Rücken erbaut worden. Ihre größten Könige waren Rumänen wie wir, Matthias Corvinus und Iancu von Hunedoara. Unseren Michael den Tapferen haben sie mit der Axt erschlagen. Und jetzt lachen die sich ins Fäustchen, so heißt es doch, die sind zivilisiert und wir primitiv ... Warten Sie nur ab, da werden unsere verräterischen Ungarn irgendwas anfangen wie bei den Serben, um die Unabhängigkeit zu fordern ... Wenn sie der Teufel reitet, dann werden die schon was erleben. Wir sind immerhin dreimal so viele wie die. Ja, aber Europa wird auf ihrer Seite stehen. Und mir nichts, dir nichts sind wir Transsilvanien los. Über das wir alle Rechte haben, denn wir waren zuerst dort, Glad, Gelu und Menumorut, mein Herr! Die andern da sind Mongolen, Tataren, Leute, die unterm Pferdesattel mürbe gerittenes rohes Fleisch essen, was haben die in Europa zu suchen? Die sollen sich in ihre gottverdammte Puszta verziehn mitsamt ihrem Csardas und ihrem Gulasch! Die Ungarn und die Zigeuner sind das Unglück des rumänischen Volkes, unser nationales Krebsgeschwür. Wieso hat Antonescu nicht mehr gelebt, um sie alle über den Dnjestr zu schicken, zum Bug, dort, wo sie hingehören? Wahr hat gesprochen, wer gesagt hat: ›Wo bist du, Vlad der Pfählerfürst, um unser Volk von Lumpen und Schurken zu befreien ...‹

Und jetzt kommen diese Schufte und sagen, dass es in Rumänien keine Revolution gibt! Wenn die Leute auf der Straße sterben? Was sind denn in deren Augen, verdammte Kacke, die Terroristen? Warum ist die Armee mit Panzern und Kanonen ausgerückt, um auf sie zu schießen? Man hat sie auch im Fernsehen gezeigt: Einer hatte drei Uniformen an: die von einem Panzerfahrer (so 'ne schwarze Kombination), von einem Armeeangehörigen und einem ... wie heißt das? Der patriotischen Garden, ja ... Sie haben auch eine Frau gezeigt ... auch in Militäruniform. Haben sie mit erhobenen Händen festgehalten, das

Gesicht zur Wand, und ich hab mit eignen Ohren gehört, wie sie schrie: ›Überstellen Sie mich der Armee, überstellen Sie mich der Armee!‹ Mehrere sind von den Leuten erwischt worden, sie haben sie auf der Stelle in Stücke gerissen, mit den Füßen niedergetrampelt ... Wozu soll man denen noch den Prozess machen, wenn man sie dabei ertappt hat, wie sie mit der Maschinenpistole in den Händen in den Dachböden herumschlichen ... Ja, und dann haben sie noch im Fernsehen einen Krankenhaussaal gezeigt. Dort waren etwa zwanzig Kerle an die Betten gefesselt, mit Rauschgift vollgepumpt, mein Herr, kaum zu glauben. Sie brüllten, redeten dummes Zeug, hatten Schaum vor dem Mund ... Das waren die Kinder Ceaușescus, in Waisenhäusern aufgezogen, die Unglücklichen. Fanatiker, meine Liebe, bereit, für Väterchen zu sterben. Und für Tante Leana. Wo mögen die jetzt sein. Ich glaub, die haben das Land verlassen, nach Libyen, zu Freund Gaddafi ... denn man hat sie nicht erwischt. Ich hab einen von diesen Terroristen mit eigenen Augen gesehn. Er war im Türmchen, dem Boulevard zu, das vom Ion-Mincu-Institut, das für Architektur ... neben dem Donau-Hochhaus, mein Herr. Er bewegte sich dort, versteckte sich, steckte mal den Kopf raus ... war ganz in Schwarz und ballerte ab und zu mit seiner Maschinenpistole. Ich stand neben dem Interconti. Und dann, passen Sie auf, kam ein Lkw mit Soldaten. Rekruten, mein Herr, das sah man von weitem – ich bin ja Offizier gewesen –, die wussten gar nicht, wo beim Gewehr vorn und hinten ist. In fünf Minuten haben sie die Fassade des Gebäudes durchsiebt, ja sie haben sogar ins Hochhaus geschossen, die Hundserbärmlichen ... Sie haben womöglich Leute in den Wohnungen erschossen. Ich glaub, der Terrorist lachte sich schlapp über sie. Die sind ja gut trainiert, Mann, echt wahr, die schießen auch aus der Hüfte, schießen in jeder Position. Damit ist nicht zu spaßen, man holt nicht Kinder vom Land, die kaum durchs Tor der Militäreinheit gegangen sind, um mit denen zu kämpfen. Wissen Sie, was passieren wird? Die werden sich gegenseitig erschießen, das wird passieren. Und sie werden unschuldige Menschen töten. Du sitzt in deiner Wohnung, liest die Zeitung und plötzlich hast du eine Kugel im Kopf ... Na, wo gibt's denn sowas? Haben die denn keine Antiterror-Einheiten? Keine Spezialtruppen? Wenn nicht gerade diese die Terroristen spielen, kann man das wissen?

Neee, wo denken Sie hin! Die Terroristen sind Ausländer, mein Herr, so wahr ich hier stehe. Von unbekannten Rassen, möglicherweise Araber, Asiaten ... Das mögen Libyer, Syrer, Palästinenser sein, weiß der Teufel, allerlei Gesindel, Ceaușescu hat sie scharenweise von seinen Reisen mitgebracht, aus Afrika, von den Arabern, angeblich, um Ärzte aus ihnen zu machen. Von wegen, um denen das Geld aus der Tasche zu ziehn! Was denn, haben die was gelernt an der Uni? Alle bestanden die Prüfungen mit Dollars, Freundchen, mit reichlich Schmiergeld. Und sie nahmen uns unsere schönen Mädchen weg, nicht ihre großnasigen, sie schämen sich ja, die vorzuzeigen, halten sie hinterm Schleier versteckt ... Sie nahmen sie mit in ihre Länder, als Ehefrauen angeblich, mit fünf, sechs anderen im Harem ... Oder die Schwarzen. Fressen sich gegenseitig im Dschungel auf, und dann kommen sie zu uns, um Ärzte zu werden ... So hat sich Rumänien mit Negerlein gefüllt, eine wahre Schande ist das. Da sieht man so einen in der Schule, heißt Georgică, sie haben auch ihn zum Pionier gemacht, aber der ist schwarz wie Kohle und kraus wie 'n Schaf. Denn seiner Mutter hat ein schwarzer Schwanz gefallen, wie man sagt: ›Grünes Blatt und eine Garbe, mein Liebster ist von dunkler Farbe‹ ... Sieht man da auf der Straße, meine Liebe, so 'ne Schlampe Arm in Arm mit einem Neger, die versteckt sich nicht mal, schämen soll die sich ... Glauben Sie etwa, die heiraten diese Typen, oder die Araber, aus Liebe? Das kannst du sonst wem erzählen. Die verkaufen sich für Geld, hirnlose junge Dinger, an diese Elenden, denen das Erdöl neben dem Zelt aus dem Boden geschossen ist. Und jetzt bringen sie uns auch noch auf den Straßen um, wir haben's verdient. Was hat Onkel Nicu denen Honig um den Bart geschmiert, was hat er scharwenzelt, als er zu ihnen reiste, wo der Pfeffer wächst ... Was hat er denen für Trainingslager gebaut, hier, bei uns, im Făgăraș-Gebirge, damit sie Frauen und Kinder besser mit ihren Bomben abmurksen können ... Denn angeblich sind's Patriooten ... Militaaaante ... Freiheitskäämpfer ... die Befreiungsfront der Fotze ihrer Mutter ... Von wegen: Banditen, mein Herr, die Menschen wie Küken abmurksen. Das sind unsre Terroristen.

Nein, es mag auch solche geben, aber die meisten sind Rumänen. Ich hab gehört, dass beim Haus des Funkens die Wächter am Eingang eine alte Frau erwischt haben, die aussah wie die Oma aus dem Märchen. Und siehe da, meine Liebe, sie hatte um den Hals, zwischen den Brüsten, eine sooo große Granate gebunden ... Ja, das hab ich auch gehört! Und im U-Bahn-Eingang, bei Timpuri Noi, kommt angeblich eine Frau mit einem Kinderwagen mit Zwillingen. Zwei hübsche Knäblein mit Schnullern in den Mündchen. Zum Glück war der Junge dort wachsam. Er hat die Mami kontrolliert: nichts, die heilige Jungfrau höchstselbst. Und dann fällt ihm ein, unter den Säuglingen zu suchen. Ach, du lieber Gott: Der Kinderwagen war voller Patronengurte für Maschinenpistolen, mit Geschossen, von den großen, nicht zu fassen ... Großer Gott, wie hinterhältig die sein können! Securitate eben, was soll's, die würden auch ihren Vater erhängen, wenn sie 'n Befehl hätten.

Aber haben Sie von dem Fall gehört? Die von Otopeni. Es kommt also ein Flittchen, um den Flieger zu nehmen, um weiß der Teufel wohin zu gehn. Und die will so mir nichts, dir nichts hinternwackelnd an dem Kordon von Revolutionären vorbei. Doch das hat sie nicht geschafft, denn eines unsrer Mädchen, ein kräftiges und wachsames, hat sie auf dem Kieker gehabt, sie in ein Hinterzimmer geführt und bis auf die Haut ausgezogen. Und nichts gefunden. Sie hätte sie fast laufenlassen, als ein Major, der sie ebenfalls beäugte, seinen Blick auf der Augenweide ruhen ließ, gesehn hat, wie aus dem Vöglein des Flittchens so 'n Fädchen raushing. Und sie haben dran gezogen und dort etwas so wie 'n Teebeutelchen rausgeholt. Mein Gooooott! Wissen Sie, was sie da hatte? Nitroglyzerin, mein Herr! Genug, um ein Flugzeug in die Luft zu jagen. Das sind Bestien mit menschlichem Antlitz, ist doch wahr … Die Männer erschießen Leute auf der Straße und in den Häusern (angeblich gibt es auch in Sibiu Tote, dass man 'nen ganzen Friedhof damit füllen kann), und die Frauen, die niemand verdächtigt, bringen denen Vorräte, Munition, Drogen … Die sind gut organisiert, Profis halt …

Und da gibt's noch ganz andere. Seit der Sache in Timișoara soll das Land voller Autos mit russischen und ungarischen Nummernschildern sein. Touristen angeblich. Die sollen anhalten und filmen, die Leute ausfragen … Den Russen passt es nicht in den Kram, dass wir uns aus ihren Klauen befreien, Gorbatschow hat ja schon den Karren in den Dreck gefahren. Es wär gut, wenn man auch bei uns eine so 'ne Perestroika machen würde wie bei denen, damit der Mensch auch mal den Mund aufmachen, seinem Ärger Luft machen kann … damit's uns auch besser geht. Der Bär tanzt doch nicht aus freien Stücken. Das russische Volk ist verflucht, immer wird's ein Haufen sturzbesoffener und hirnverbrannter Muschiks sein. Glauben Sie denn, dass so plötzlich die Demokratie über die gekommen ist? Nicht deshalb haben die gemacht, was sie gemacht haben, diese Öffnung jetzt. Wenn sie nur könnten, würden die auch jetzt die ganze Welt schinden. Es ist nur, weil sie dem Rüstungswettlauf nicht mehr gewachsen waren, das hat sie fertiggemacht. Als sie vom Krieg der Sterne gehört haben, wussten sie, dass die Amerikaner sie gefickt haben. Ihre ganzen Raketen waren nun schrottreif. Umsonst haben sie sie nach Washington oder New York abgefeuert, die da drüben haben sie mit ihren Satelliten mit Laser und dem ganzen Zeug zerstört ... Deswegen sind die Russen so weich geworden. Nicht, dass sie nicht auch heute noch einen Zaren an die Spitze stellen würden und uns noch weitere fünfzig Jahre lang ficken würden. Was kann man von denen schon erwarten? Kalmücken, Kosaken, Tataren ... Dawai, her mit der Armbanduhr, dawai, her mit den Bräuten, charascho ist unsre Freundschaft heute ... So ist der Russe, und so wird er in alle Ewigkeit bleiben ... Von dem darf man keine Menschlichkeit erwarten. Ich will Hans heißen, wenn's nicht auch Russen und Ungarn unter den Terroristen gibt ... Da stehst du neben so einem an der Haltestelle, und er erschießt dich durch die Manteltasche aus einem Meter Entfernung ... Damit diese Arschlöcher aus dem Westen sagen, dass es keine Revolution gibt, dass es eine Manipulation im Fernsehen ist ...«

Ich irre durch die von Terroristen lahmgelegte Stadt. Aus den von Kanonensalven zerstörten Gebäuden steigt dicker Rauch auf. Schüsse knallen zwischen den Betonwohnblocks, mit einem trockenen Echo, das einem das Gehirn durchbohrt. Auf den Plätzen rasseln die Panzer apokalyptisch auf ihren Ketten dahin, halten an, drehen den Turm um einige Grad und feuern auf die Fassade eines alten, reichverzierten Gebäudes. Hinter ihnen Soldaten mit Stahlhelmen auf dem Kopf, die mit ihrer Grundausrüstung ebenfalls wie besinnungslos schießen. Von irgendwo da oben sind laute Hubschraubergeräusche zu hören. Es ist wie in Beirut, es sieht aus wie Fernsehbilder, übertragen aus Kampfgebieten, die stets weit entfernt und ohne Bezug zu unserem Leben zu sein scheinen: der fremde Planet im Fernseher. Die Menschen bleiben an den Straßenecken stehen, rennen los, wenn die Kugeln durch die Plätze zu fegen beginnen, schließen sich auf dem andern Bürgersteig wieder zusammen ... Sie geben einander dasselbe Gerede weiter, dasselbe Geschwätz, dieselben Gerüchte ... Hin und wieder bringt eine Frau mit zwei am Rockschoß hängenden Kindern den Soldaten Essen: Würstchen, Schwartenmagen, ein Stück Käse, eine Flasche Wein, mit einer Maisspindel zugestöpselt – es ist Vorweihnachtszeit.

Ich komme im Izvor-Viertel an. Zu meiner Linken, gewaltig wie eine Pyramide aus Spinnweben, schwillt das Haus des Volkes auf und ab. Domus Aurea. Das größte Bauwerk auf Erden. Der Palast des spurlos verschwundenen Drachen. Während ich über die Schulter das unmenschliche, stumpfsinnige, melancholische Mausoleum betrachte, stoße ich mit einem Offizier in Uniform zusammen, der die Waffe mit dem klappbaren Kolben an der Schulter hängen hat. Um ihn sind einige unrasierte junge Männer mit tief in den Höhlen liegenden Augen, beinahe ausgehungert, so wie wahrscheinlich auch ich aussehe. Man braucht Freiwillige für die U-Bahn-Station. Niemand kommt unkontrolliert durch. Ich werde hier so lange wie nötig stehen, Tage, Wochen, Monate. Man gibt uns dicke Schaffellmäntel, auf denen wir schlafen sollen, ebendort, auf dem Fußboden, neben den Fahrscheinentwertern. Wir werden in Schichten tätig sein: Die einen schlafen (ja, ebendort, auf nebeneinander gereihten Mänteln, vor den Augen der Leute, die die U-Bahn nehmen), die anderen kontrollieren. Ich gehe mit ihnen, ich würde mit jedermann gehen, wohin auch immer. Ich bin auf der falschen Seite des Spiegels. Trete meinen Dienst sofort an. Kontrolliere eine eingemummelte Winterherde, eingewickelt in Kopftücher und Pelzmützen, in Lammfelljacken und schwere Mäntel. Müde und verwirrte Menschen, grünlich im Gesicht, von der Not zum Einkaufen in die Stadt hinausgedrängt. Welcher Wahnsinnige kann in ihnen Terroristen vermuten? Wer kann sich diese abgekämpften, ausgehungerten, gequälten, zig Jahre lang in einem landesgroßen Käfig gehaltenen Menschen mit wegen der fehlenden Zähne eingefallenen Wangen und trüben Augen, die die leeren Einkaufsnetze der anderen beäugen, mit Kopfläusen wegen des Mangels an warmem Wasser, als Securitate-Leute vorstellen, als Araber, als Ceaușescus Waisenkinder, unter ihren ausgebeulten Klamotten bis an die Zähne bewaffnet? Ein Volk von Terroristen mit Sendern in den karieszerfressenen Zähnen, unter den Schaffellmänteln mit Patronengurten umgürtet, mit Schlagringen in den Wollhandschuhen, mit Pistolen in der Achselhöhle, mit je einem Zylinder Dynamit in Anus und Vagina, alle in Eile, um die letzten U-Bahnen zu kriegen, alle Ein-Leu-Münzen in die Geräte werfend, durch die Drehkreuze durchgehend und sich anschließend im ganzen verwüsteten Bukarest verteilend, um zu töten und zu foltern ... Stundenlang taste ich unbekannte Männer und Frauen ab, frage mich, wie die Welt mit ihren Augen gesehen aussieht, wie ihr Zahnschmerz mich schmerzen könnte. Man bringt mir etwas zu essen, und an meiner Stelle pflanzt sich neben den Entwertungsgeräten ein untersetztes Mädchen auf. Ich werfe mich auf den Schaffellmantel und fange augenblicklich zu schreiben an, so wie man sagen würde, ich schlafe augenblicklich ein ...

»Genossen, der Diktator ist gefasst worden«, stammelte der Soldat starren Blicks, als halluziniere er, nachdem er seine Seele mit einem Röcheln zu Füßen des Mannes-mit-zwei-Müttern ausgehaucht hatte. Er hatte die Strecke Târgoviște–Bukarest zurückgelegt, war in nur zweieinhalb Stunden durch den verheerenden Frost der Nacht gerannt. Die letzten achtzig Kilometer allerdings auf der Autobahn. Der Mann-mit-zwei-Müttern wendete ihn mit dem Fuß um, beugte sich über ihn und hielt ihm einen kleinen Spiegel vor den Mund. Das Spieglein beschlug nicht, und auch die Lippen in dessen Rechteck öffneten sich nicht, um mehr zu sagen. »Skalpell«, forderte er kalt, professionell. Der Mann-ohne-Hals beeilte sich, ihm das silberne Werkzeug auszuhändigen, während die anderen den Toten umringten, auf dessen schwarz gewordenem Gesicht die Folter der Stunden des Rennens noch zu sehen war. Der Mann-mit-zwei-Müttern schnallte ihm den Gürtel auf, knöpfte ihm den Rock und das darunter liegende Hemd auf und enthüllte einen behaarten Bauch mit dem mit Packschnur abgebundenen Nabel. Ohne jedes Zögern schnitt er ihm den Brustkorb bis hin zur Schwanzwurzel auf und holte dann mit der unerwarteten Geschicklichkeit eines erfahrenen Schlächters aus dem seltsam sauberen Gehäuse das Bauchfell voller innerer Organe heraus. Es war fast kein Tropfen Blut geflossen. Mit dem Organsack in den Armen, umweht von dermaßen intensiven Ausdünstungen von Kot, dass sie beinahe sichtbar waren, schritt der improvisierte Chirurg auf dem Perserteppich im Sitzungssaal des Zentralkomitees hin zum langen Tisch aus poliertem Eichenholz in der Mitte, auf dessen glänzender Oberfläche er die kostbaren Gedärme ablegte. Alle Revolutionäre waren ganz Auge. Noch ein drei-, viermaliges Blitzen des Skalpells, wie in einer magischen Nummer, und das Bauchfell öffnete sich symmetrisch, wie die Blütenblätter einer Blume, gab den Blick frei auf Leber, Galle, Milz und die perlmutternen Eingeweide, die der Mann-mit-zwei-Müttern wie eine Anatomietafel ausbreitete, wobei er sich tief darüberbeugte. Sich die Nasen mit den Händen zuhaltend wie Medizinstudenten, wenn sie zum ersten Mal den Seziersaal betreten, wahrten die Auserwählten ehrerbietiges Schweigen. »Schauen Sie, wie sich die Sternbilder in den Innereien des Unbekannten Soldaten spiegeln. Wie klar sie die Zukunft voraussagen, auf die sich, wie ein stets aufsteigender Pfeil, die Geschichte unseres gesegneten Volkes zubewegt. Sehen Sie hier, am Anfang des Grimmdarms, die Ordnung der Urgesellschaft, Genossen. Der Denker von Hamangia. Woran, glauben Sie, dachte er, wenn nicht an seinen Samen, der sich ins Gebiet zwischen Dnjestr und Theiß ergießen sollte, ins Gelobte Land, wo Milch und Honig fließen. Die Töpferkunst von Cucuteni, einzigartig auf der Welt wegen ihrer Farbkombination, ursprünglich rot, gelb und blau, Farben, die sich jedoch im Laufe der Zeit verändert haben. Wenn wir im Dickdarm weitergehen, stoßen wir – etwa in diesem Bereich – auf die Sklavenhalterzeit. Hier haben wir die Kriege zwischen Dakern und Römern. Die Daker waren ein in ganz Europa verbreitetes Volk: Heißen die Germanen denn nicht Deutsche und die Holländer Dutch? Es waren die zur damaligen Zeit zivilisiertesten Menschen. Der Altar von Sarmizegetusa zeigt die Tagundnachtgleichen und die Sonnenwenden genauer an als Stonehenge und andre No-Names. Alle Sprachen, einschließlich des Latein, stammen von der dakischen Sprache ab. Darum ist's ein großer Irrtum zu glauben, dass von dieser wahren Sprache der Engel uns nur noch die wohlbekannten Wörter ›brânză‹ (Käse), ›miel‹ (Lamm) und ›viezure‹ (Dachs) erhalten sind. In Wirklichkeit ist jedes rumänische Wort, wenn es gründlich erforscht wird, dakischer Herkunft. Nehmen wir aufs Geratewohl ein

Wort, das erste, das uns einfällt. ›Securitate‹, selbstverständlich, liebe Kameraden. Ich bin kein Sprachwissenschaftler, aber sogar die Kinder wissen, dass dieses Wort, das jedem guten Rumänen lieb ist, uralt ist; wir erkennen darin die Wurzel ›secure‹ (Beil, ›skulë‹ im Albanischen). Und das Beil ist, von Knossos bis zur Ultima Thule, das Symbol der Höhlen, der Labyrinthe, der mystischen Geheimnisse gewesen. Die Wurzel SKR in ›secure‹ kann nachverfolgt werden in Wörtern wie ›secret‹ (geheim, Geheimnis), ›obscur‹ (dunkel, obskur) sowie, nicht ohne Beziehung dazu, in ›scrâṣnet‹ (Geknirsche), in ›scrot‹ (Skrotum, Hodensack). All diese Wörter gehen zurück auf die phantastische Sage der blauäugigen Jungs, die, vom ersten Decaeneus bis auf den heutigen Tag, über das Schicksal des rumänischen Volks gewacht haben, es durch die Geheimnisse der Geschichte geleitet haben mit der Liebe, mit der ein Vater seinem Sohn den Weg weist. Schauen Sie jetzt hier, wo der Dickdarm sich mit dem Dünndarm verbindet. Hier beginnt das ruhmreichste Zeitalter unseres Volkes, die mittelalterliche Epoche. Denn Stefan der Große, klein von Wuchs, aber eine große Gestalt, ist derjenige, der, vom Heiligen Geist beflügelt (denn er selber ist ein Heiliger gewesen: Nach jeder Schlacht hat er eine Kirche erbauen lassen, nicht, dass dies eine gute Sache gewesen wär, Genossen, doch wir müssen die Tatsachen im damaligen geschichtlichen Zusammenhang sehen), hat einen unsterblichen Spruch getan, der ihm als Losung diente und der sich danach als ein althergebrachtes Landesgesetz für alle ihm nachfolgenden Woiwoden herausgestellt hat: ›Den Feinden Schimpf wir schicken, das Volk wir mit der Rute ficken!‹ Was Wunder, dass ihm alle Moldauer von heute wie ein Ei dem andern gleichen: zwergwüchsig, lispelnd und schleunigst bereit, unschuldiges Blut zu vergießen. Dann Michael der Tapfere. Er hatte zwar ideologische Unklarheiten, hat die Bauern an die Scholle gekettet, aber auch die drei rumänischen Lande vereint, wie die Historiker später auf symbolische Weise drei Stück Papier vereint haben, um sein berühmtes Vermächtnis zusammenzustellen: ›Das Verlangen, wonach mich hat verlangt: die Moldau, Siebenbürgen, das Rumänische Land.‹ Als Zeichen der Anerkennung seiner tapferen Heldentaten haben ihm die Rumänen das Haupt auf den reitenden Rumpf der Jeanne d'Arc gesetzt, deren Ross seinen Schweif auf das Glaswarengeschäft am Universitätsplatz richtet. Und schließlich Vlad der Pfähler, der ungerecht behandelte Fürst, der Freiheitskämpfer, der von irgendwelchen deutschen Chroniken Verunglimpfte und von Bram Stoker in der Gestalt Draculas Verfälschte, mit dem er, außer einigen kleinen Unsitten, die im historischen Zusammenhang gesehen werden müssen, nichts, aber auch gar nichts gemein hat. Darum beschwört ihn der größte nationale Dichter so liebevoll herauf, indem er eine billige und bequeme Lösung vorschlägt, sich der politischen Klasse seiner Zeit zu entledigen.

Darauf folgten sodann die schweren Jahre des bürgerlich-gutsherrlichen Regimes, Genossen (ich hab manches übersprungen, um zur Sache zu kommen), in dem die Ausbeutung des Menschen durch den Menschen unerträgliche Ausmaße annahm. Hier ist die Galle, im Zeichen des Mars, der Rüstungsfabrikanten, der Blutegel des Staates, der Pfaffen und Könige, der Asse und Buben, der Königinnen und Zehner, Bürger! Darauf folgte das grausige Joch des Hitlerismus, Antonescus und der Legionäre, danach die Befreiung des Landes durch die, was immer man sagen mag, befreundete Rote Armee, denn sie stand ja links. Und den Kommunisten, die in der Illegalität gekämpft hatten, indem sie Eisenbahnzüge sabotierten und Flugblätter verteilten – glauben Sie mir, das ist ihnen schwergefallen, denn von etwa neunhundert Personen saßen drei Viertel im Knast und die andern im Gefängnis –, ist unser schönes Vaterland plötzlich in den Schoß gefallen. Sehen Sie die Bauchspeicheldrüse des Soldaten, leicht brandig geworden vom Saufen?

Es ist die Epoche des Sozialismus, die der niederträchtige Diktator durch seine abscheulichen Machenschaften besudelt hat. Aber er wird jetzt die Strafe dafür erhalten, denn da ist er schon, gestützt an die glatte Wand der Leber wie an eine Kasernenwand. Ich hör schon das Trommelfeuer des Exekutionskommandos, das den Völkermord am rumänischen Volk rächen wird (welche Zahl, schlagen Sie vor, sollen wir angeben? An die 60 000 Tote, so, fürs Erste, glauben Sie, das reicht?), die Zerrüttung der Volkswirtschaft, den Personenkult und vor allem den albernen Trotz, bis zuletzt die Kontonummern bei den Schweizer Banken zu verheimlichen, wo er seine bescheidenen Ersparnisse aufbewahrte ... Und weil wir von der Zukunft sprachen, Genossen, lassen Sie uns jetzt den Darm des Unbekannten Soldaten aufschneiden, damit wir ...«

Der Eingriff wurde jedoch nicht zu Ende geführt, denn die Revolutionäre, die sich wegen des Gestanks ohnehin die Gedärme aus dem Leibe gekotzt hätten, protestierten heftig, unter dem Vorwand, es sei besser, nicht zu wissen, was kommen werde, um nicht beeinflusst zu werden. Besser wär's, sich an den Tisch zu setzen und, wie es sich ziemte, den über allen Zweifel erhabenen Sieg der Revolution des rumänischen Volkes über die Diktatur zu feiern. Der Mann-mit-zwei-Müttern seufzte resigniert. Er persönlich war kein Feinschmecker. In seiner Jugend hatten ihn die örtlichen Spezialitäten aus seiner Heimatstadt an der Donau ein wenig gereizt, doch jetzt lockten ihn selbst die üppigen Gerichte nicht mehr, die ihnen vom Büfett der Partei gebracht wurden, derweil die Reinemachefrauen den Leichnam und die Innereien des Soldaten aus dem Saal trugen. Kaum waren einige Minuten verstrichen, setzten sich die Revolutionäre schon um den Tisch, schälten in Erwartung kräftigerer Speisen eifrig die Orangen, die allerorten in solchen Haufen herumlagen, dass man sich kaum noch bewegen konnte. Tatsächlich hatte einige Tage zuvor, als das Volk das einsame Gebäude des

Zentralkomitees im Sturm eingenommen hatte und durch dessen rätselhafte Tore eingedrungen war, die große Überraschung darin bestanden, dass alle Büros, Konferenzsäle, Gänge, Abstellkammern und sogar die Toiletten, welche die Werktätigen betraten, prallvoll waren, zuweilen bis an die Decke, mit mehr oder weniger ganzen oder zerquetschten Apfelsinen, als hätte Onkel Ceașcă hier aus dem ganzen Land alle die exotischen Wunder angehäuft, von denen die Kinder träumten, sobald der Schnee fiel, und für die sich die Eltern an kilometerlangen Schlangen anstellten. Auf den Borden der Bücherschränke lagen anstelle der Werke in roten Einbänden, die man erwartet hätte, Orangen; aus den Panzerschränken waren die Kaderakten verschwunden, an ihrer Stelle lagen Orangen; die Bildnisse des Genossen an den Wänden waren hinter den Bergen von Orangen kaum mehr zu sehen! Jetzt kämpften sich die Aufwärterinnen mühsam durch die runden Früchte, um die Tabletts mit Kohlrouladen, Würstchen, in Schmalz gebratenem Fleisch zu bringen, die Flaschen mit Pflaumenschnaps und die mit einer Maisspindel verstöpselten Korbflaschen mit Wein, die Holztabletts, auf denen die Polenta dampfte. Die etwa dreißig Auserwählten der Geschichte stürzten sich mit gesundem Appetit auf die Speisen und vor allem auf die Getränke, und etwa eine Stunde lang wurden wenige denkwürdige Worte von den großen Männern gesprochen, die mit der Kontraktion und Entspannung der Kaumuskeln beschäftigt waren. Nutzen wir diese stille Zeitspanne und werfen wir einen schärferen Blick auf die Helden in dem Tiefrelief, das sich vor uns ausbreitet. Wer sind diese Männer, welche die rumänische Revolution höchstpersönlich am unvergesslichen Morgen der Flucht des Tyrannen aus der Menge auserkoren, mit ihen jungfräulichen Fingern zart um die Taille gefasst und auf den Balkon des Zentralkomitees der Partei gestellt hat, um sie dann mit ihrer mit Ketten aus Maria-Theresien-Talern behängten Brust vor den Schüssen der ersten

Terroristen zu schützen? Nach welchen Kriterien hat die schöne Rumänin sie aus der Herde der Werktätigen ausgewählt? Hat sie denn in ihren Augen größeren Mut, Patriotismus, revolutionären Eifer erkennen können als bei den anderen? Verströmten sie etwa die Pheromone einer gewaltigen Mannhaftigkeit? Welche überwältigenden Begabungen und Tugenden hatten sie berechtigt, in Kriegszeiten, im Gedröhn von Hubschraubern, im Donnern der Kanonen, im Todeskampfgebrüll, im auf die Tausenden Terrassen und Dächer der Hauptstadt hochsteigenden Rauch, die Zügel des malerischen Landes zwischen Donau, Karpaten und Meer in die Hand zu nehmen? Betrachten wir genauer die Männer des Volkes, zweifellos dazu ausersehen, morgen ihre Namen den Straßen, den Gymnasien und den Kulturhäusern zu geben und auf ihren Granitsockeln inmitten der Plätze und städtischen Parks zur Unsterblichkeit zu erstarren. Nun, das sind doch allbekannte Persönlichkeiten! Auch ein Kind, eigentlich vor allem ein Kind, würde sie wiedererkennen. Wie könnte man den Zauberkünstler Farfarelli, den Meisterconférencier Cărbuneanu, selbst ohne Frack und Fliege in der Arena, den Clown Bombonel, das Einmannorchester und den Tigerbändiger, den Feuerspeier und den Mann mit dem Flohzirkus, den Mann mit Bart (den einzigen in der Welt des internationalen Zirkus, in dem sich die bärtigen Frauen auf die Füße traten und das Publikum nicht mehr interessierten), den famosen Mann-mit-zwei-Müttern, den berühmten Lupoi, den staunenswerten Werwolf, den Mann-ohne-Hals, die fliegenden Menschen am Trapez für jemand anderen halten ... Kurz und gut, hier war, in bescheidener Kleidung, ohne die grelle Schminke und die schrillen Perücken, ohne Schreie und Purzelbäume, ohne die rosa-violett-goldenen Lichtkegel der Scheinwerfer, fast die gesamte Truppe des Bukarester Staatszirkus, mit den Muskelmännern, den Gauklern, den Taschenspielern, den Possenreißern, den Jongleuren, geliebt von den Kleinen, aber auch von deren Eltern, die sie jeden Samstag in die Matineevorstellung brachten, um dressierte Hündchen und Bombonels Fratzen zu sehen. Wie ehrenwert schienen sie jetzt zu sein, die rote Farbe sorgfältig abgeschminkt von Nasen und Wangen, wo ihre Haut mit großen Poren übersät war, in ähnlichen Überröcken, mit schwarzen fingerbreiten Schlipsen um den Hals! Wie viel Würde war in den Augen des einstigen Feuerschluckers zu erkennen, der jetzt die Würstchen meterweise verschlang und mit Eingesäuertem und viel Nass würzte! Der edle Kern von Dissidenten und Oppositionellen des Regimes, vom Tyrannen unter dem blauen Pilz des Zirkus an den Rand gedrängt, hatte sich auf der Woge der Volksbegeisterung erhoben und die Macht durch einen einfachen und wirksamen Kniff an sich gerissen, der seit langem, in konspirativen Sitzungen, ausgeheckt worden war. Unter den sowjetischen Zwerginnen, den amerikanischen Serienmördern, den Inuit-Kannibalen, den Menschen mit zwei Müttern aus Oltenița, den Siamesischen Zwillingen und vielen anderen Ungeheuern, die zwischen den Nummern der Zirkusvorstellung aufmarschierten, gab es eine, von den Zuschauern sehr liebgewonnene Neuerwerbung: das Mädchen-mit-langen-Beinen, das seinen Namen zweifelsohne verdiente, denn ihre Beine waren zweimal länger als die ganze Gina Lollobrigida vom Scheitel bis zu den Sohlen, und ebenso lang waren auch ihr Rumpf, ihre Arme und ihre ganze wundervolle, paradiesische Erscheinung. In die Arena wurde sie gewöhnlich auf einem beweglichen Gestell auf golden glänzenden Rädern gebracht, mühsam gezogen von den anderen, vor die große Statue gespannten Monstern. Denn auf dem Sockel erhob sich reglos, in anmutiger Haltung und mit in einer mystischen Mudrā erstarrten Armen, eine warme, wollüstige Statue, welche die Kuppel voller Seile und Trapeze ausfüllte, so wie die barocken Venusstatuen ihre vom Meeresmuschelfächer bekrönten Nischen ausfüllen. Es war das Mädchen-mit-langen-Beinen, fast zehn Meter hoch, splitternackt, weiß geschminkt von Kopf bis Fuß, mit einem Brillantkronreif auf dem Scheitel. Die Papis, die den Saal zum Bersten füllten, so dass es deren mehr gab als Kinder, konnten ihre Blicke nicht lösen von den weichen Kugeln mit den vor Kälte hart gewordenen Knospen, von den geschwungenen Hüften und vor allem vom sorgfältig rasierten Schamhügel, unter dem man deutlich die zarte Kräuselung und den Rand der rosigen Blütenblätter der zwischen den Schenkeln verborgenen Blume gewahrte. Der Einfall, das holdselige Mädchen als rumänische Revolution zu verkleiden, war dem Parteisekretär des Zirkus gekommen, als er gelangweilt im rumänischen enzyklopädischen Lexikon blätterte, das wer weiß wie in sein Arbeitszimmer gelangt war, gerahmt von einem Band mit patriotischen Versen und einem andern mit Schriften von Gheorghiu-Dej. In diesem Lexikon gab es auch Abbildungen berühmter Gemälde, die zu jener Zeit, in der pornografische Zeitschriften vollkommen fehlten, sehr geschätzt wurden. Für ihre heimlichen Abgeschiedenheiten am Örtchen kauften die Leute Kunstbände und rieben sich geschwind, horchend, ob nicht die Ehefrau komme, und beglotzten die Nackte Maja, die Olympia oder die dem Meeresschaum entsprungene Venus Botticellis. Zwischen Catargis »Stahlarbeitern« und einem massigen, von Iser gemalten Sadoveanu war der Parteisekretär auf das berühmte Gemälde der »Rumänischen Revolution« gestoßen, das bekannteste und meistverehrte Wahrzeichen unseres Volkes. Weder der arme Cărbuneanu noch der Arbeiter, der in der schwungvollen Gestalt der Frau in Trachtenbluse, mit Talerhalsketten und Trikolore die echteste rumänische Schönheit bewunderte (die Rumäninnen waren bekanntlich die schönsten Frauen der Welt), konnten wissen, dass die Frau, die bei diesem Bild Modell gestanden hatte, Mary Grant war, halb Irin, halb Französin, und dass der so patriotische Maler auch kein Rumäne von uns, stattlich wie eine Tanne, gewesen war, sondern ein ungarischer Jude aus Budapest ... Die Schneiderinnen und die Requisiteure des Zirkus hatten tagelang unter größter Geheimhaltung gewerkelt, um die schöne Volkstracht der auf dem Gemälde Dargestellten getreu, allerdings in riesenhaften Maßen nachzubilden, und als die schöne Gigantin die Trachtenbluse und den Wickelrock anzog und sich die Dukatenhalskette um den Hals legte, übertraf die Wirkung alle Erwartungen. Es war die fleischgewordene Revolution, besser hätt's nicht sein können! Ihr sollten die Rumänen folgen, vereint in Denken und Gefühl, aus ihren reinen und strahlenden Augen sollten sie ihr Schicksal ablesen. Und ihre Zunftgenossen sollten für die Art und Weise, wie sie sie geadelt hatten, indem sie sie in reine Geschichte verwandelten, durch die bedeutungslose Vergünstigung belohnt werden, dass ihnen der Zutritt zur finsteren Festung des Zentralkomitees vor anderen Unverfronenen erleichtert wurde. Der Mann-mit-zwei-Müttern hatte allen erklärt, hätten sie erst einmal die steinernen Innereien des schaurigen Gebäudes betreten, würde sich alles andere von selbst ergeben. Und tatsächlich, dieses neuklassische, eher hässliche und anonyme, von nervösen Milizionären und der großen Leere des umgebenden Platzes geschützte Bauwerk, von keines Menschen Fuß je betreten, jagte den Passanten den Schrecken in die Glieder. Der Gedanke, man könnte jemals in den höchsten Tempel der Macht eindringen, war unvorstellbar und töricht. Da hielten in einer Kneipe, so ging der Witz, ein Engländer, ein Amerikaner und ein Rumäne ein Schwätzchen. Sie sprachen darüber, wie viel Freiheit es in ihrem Land gebe. »Na, ich kann jederzeit die Königin wüst beschimpfen und hab nichts zu befürchten«, meint der Engländer. »Und ich pinkle jederzeit ans Weiße Haus«, prahlt der Amerikaner. Der Rumäne setzt noch eins drauf: »Auch ich scheiße vors Zentralkomitee, sooft ich da vorbeigehe.« Sie trinken noch eine Weile, und dann bekommen sie Gewissensbisse wegen der aufgetischten Lügen. »Es stimmt, ich beschimpfe die Königin wüst, aber wenn ich's tue, schließe ich mich ins Klo ein, und da hört mich keiner«, sagt der Engländer. »Auch ich pinkle tatsächlich ans Weiße Haus, doch ich schleich mich nachts ran, strulle ein bisschen und renn dann weg«, stammelt der Amerikaner und errötet. Der Rumäne besinnt sich ebenfalls: »Es stimmt, dass ich vors Zentralkomitee scheiße, sooft ich da vorbeigehe, doch lass ich meine Hose nicht runter ...«

Nach dem großen Auftritt auf dem Balkon waren die Revolutionäre, heiser geworden von ihren flammenden Reden, wieder ins Gebäude gegangen; es gelang ihnen, stets angeführt von dem nimmermüden Mann-mit-zwei-Müttern, der schon zur Zeit des elften Ceaușescu dort gewesen war, die zahlreichen Geheimfallen des Bauwerks zu umgehen, Fußböden, die jäh einbrachen und die Ungebetenen auf Eisenpfähle stürzen ließen, giftige Mizellen, mit kyrillischen Buchstaben geschriebene Flüche an der oberen Zarge der Türen; nachdem sie an Skeletten vorbeigegangen waren, die hinter Gittern vergebens die Hand nach dem Wasserkrug ausstreckten, machten sie schließlich in dem Saal halt, von dem aus das Land regiert worden war. Panoramafenster und eine Schalttafel mit zahllosen Monitoren und bunten Knöpfen nahmen den vorderen Teil des Saales ein. Dort befanden sich auch ein Steuerrad, ein großer waagerechter Kompass, ein Fernglas und mehrere bizarre Geräte, unter denen der Mann aus Oltenița einen Sextanten und ein Astrolabium erkannte. Der Mann-mit-zwei-Müttern verlor keinen Augenblick. Er stürzte sich auf das dem Zufall überlassene Steuer und versetzte ihm eine elegante Drehbewegung. Alle sahen aus den Fenstern, wie sich das nach der Flucht des vorigen Steuermanns gefährlich bis an das Schanzkleid geneigte Land langsam aufrichtete. Als alles ins Lot geraten zu sein schien und die Turbulenzen seltener wurden, brachte ihnen ein Schwarm von Stewardessen in blauen Uniformen Tabletts mit Speisen und fragte nach, ob sie Kaffee oder Tee wünschten. Zeitgleich mit ihnen kamen zwei mit Orden behängte Generale in den Kommandosaal, die mit dem revolutionären Komitee ausführlich die Lage besprachen. Sie kannten sich seit langem, hatten gemeinsam in der Zirkusmenagerie konspiriert, übertönt vom Gebrüll der Tiger und dem Gezänk der Affen, ihr Händedruck bekräftigte also längst besiegelte Abmachungen. Auch sie waren mit Leib und Seele auf der Seite der Revolution. Sie planten durchgreifende Umwandlungen in der neuen Ära: Die Miliz sollte in Polizei umbenannt werden, wie in den Spielen der Kinder und in Gangsterfilmen, und auch die volkstümliche Securitate sollte ihren Namen ändern und zu einem einfachen und demokratischen Nachrichtendienst werden. Man hoffte, dass der Name auf magische Weise die bezeichnete Sache beeinflussen würde, so wie man den Namen des schwerkranken Kindes ändert, damit der Tod es nicht erkennt. Übrigens hatte es die Securitate ja gar nicht gegeben, sie war eher ein Mythos, nicht wahr, meine Herren ... Ebenso wie die Kommunistische Partei im Übrigen, die sich über Nacht diskret aufgelöst hatte, als hätte es sie nie gegeben. Die blauäugigen Jungs und die Bewohner des Frühlings-Boulevards sollten ehrenwerte Kapitalisten werden, erfolgreiche Geschäftsleute, die Arbeitsplätze schufen und weiterhin dem rumänischen Volk dienten. Man kam überein, dass die Securitate-Truppen freiwillig und ungezwungen der Armee die Waffen aushändigen und die geringfügigen, durch glühenden Patriotismus gerechtfertigten Sünden von ehedem gegen christliches Vergessen eintauschen sollten. Der Fußboden wankte leicht, die Kristallklunker der Kronleuchter klirrten, auch die Orden gaben zarte Triangelgeräusche von sich, und die Revolutionäre beendeten ihren bescheidenen Imbiss und beeilten sich, die Ministerien und die anderen Behörden in die Hand zu nehmen. Einige Furchtsamere, von der Seekrankheit Erfasste verließen das Schiff für immer. Zurück blieb nur eine Handvoll Unerschrockener, unter denen hervorragten: der Mann mit

Bart in grünem Hemd und mit schräg verlaufendem Schultergurt, derjenige, der ewig unschlüssig zwischen den beiden großen Versuchungen seines Lebens, der Metaphysik und der Klitoris[69], beschlossen hatte, sie eine Zeitlang zu vergessen zugunsten der Ehre, Leibwächter des revolutionären Komitees zu sein; der Lupoi, ein schmächtiges Männlein in Militäruniform, das symbolisch die Armee vertrat; der Mann-ohne-Hals, ein schöner Jüngling in der Rüstung eines uneinnehmbaren Pullovers; und als Letzter auf der Liste, mit Verlaub, der famose Mann-mit-zwei-Müttern, deren eine zu den Gegenfüßlern gehörte, der Meister politischer Machenschaften und des Spiels rechts und links des Steuerrades. Da sie in ihre Arbeit vertieft waren, an Spannungsteilern drehten, Bildschirme im Auge behielten, auf denen der Puls der Nation kaum noch wahrzunehmen war, schienen die Leute im Saal Herren der Lage zu sein. Gleichwohl spürten sie leichte Herzbeklemmungen. Zunächst einmal, was war mit dem Alten? Sie hatten auch jetzt animalische Angst vor ihm. Sonntags wurde um die Mittagszeit ein Wildwestfilm gezeigt, »Bonanza«, in dem man einen nicht gerade hochgewachsenen, zuweilen strengen Vater mit rauchiger Stimme sehen konnte, der mir nichts, dir nichts den Hosengürtel herauszog und auf seine vier Söhne, die zweimal größer und breitschultriger waren als er, eindrosch, dass die Fetzen flogen. So ging's auch ihnen. Auch wenn er wer weiß wohin geflohen war (denn entkommen konnte er ja nicht), ließ ihnen Onkel Nicu kalte Schauer über den Rücken laufen. Sie nannten ihn jetzt den Verhassten, den Tyrannen und schrieben seinen Namen mit kleinem c, aber wenn er zurückgekehrt wäre, hätten sie nicht gewusst, ob sie ihm lieber schleunig aus dem Weg laufen oder stehen bleiben und ihm ergeben die Fußsoh-

---

69 Anspielung auf den Securitate-Offizier und »Revolutionär« Gelu Voican-Voiculescu.

len küssen sollten. So musste der Chef fertiggemacht werden, bevor er sie fertigmachte. Hier hieß es: Wer ist der Stärkere? Die Kunde von seiner und Leanas Festnahme irgendwo in der Nähe von Târgoviște kam ihnen daher sehr gelegen. »Doch was machen wir jetzt mit ihm? So dämlich wie die Rumänen sind, sind die imstande, ihn nochmal zu wählen, nur so, denn da haben sie Übung drin. Wenn dann zum ersten Mal Seife oder Kartoffeln Mangelware sind, werden sie sich an ihn erinnern. Und wir werden ihn wieder, Mann, demokratisch gewählt sehen, mit der zepterartigen Keule und dreifarbigen Schärpe, dass weder Europa noch Amerika ihm noch was anhaben können. Und auf uns Bedauernswerte wartet das Exekutionskommando ...« Den Mann-ohne-Hals, der deswegen, wie er wusste, nie am Strang hängen würde, der sich aber schrecklich vor Kugeln fürchtete, erfasste ein nervöses Zittern im Mundwinkel: »Wir machen ihm den Prozess, dem gottverfluchten hundserbärmlichen Diktator, dort in der Kaserne, hinter verschlossenen Türen. Wir klagen ihn an, dass er seine Mutter gefickt hat, dass er Sonne und Mond versteckt hat, dass er die Ernten brandig gemacht und die Kühe ausgerottet hat, nur damit wir ihn ein für alle Mal loswerden ... Und dann ...« Er wollte eine Handbewegung über den Hals machen: ritsch, ratsch!, besann sich aber. »Na, was werden wir dann tun, Chef?« Der Mann aus Oltenița sah ihn mit seinen stählernen Augen an, die seltsam mit dem Clownslächeln kontrastierten, das er sich im Fernsehen und bei Kundgebungen professionell aufsetzte, und versank in Nachdenken. Es herrschte tiefes Schweigen. Nur das Land quietschte an den Gelenken, wiegte sich sanft von einer Bordwand zur andern. Vom Panoramafenster aus gesehen schien es eine jener Kunststoffschablonen für den Schulgebrauch, in denen die Großstädte wie Löcher aussahen. Der unangefochtene Anführer der Revolution ging vom einen zum andern, wackelte mit dem Kopf und schaute ihm in die Augen. Dann sprach er die Worte aus, die sich tief in ihrer aller Seelen einprägen sollten: »Ihr wisst nichts; ihr denkt gar nicht darüber nach, dass es für euch von Nutzen ist, wenn ein einziger Mensch für das Volk stirbt und nicht das ganze Volk untergeht.« Da er in jenem Jahr Hohepriester war, gab der Mann-mit-zwei-Müttern Weissagungen von sich. Und dann, vierundzwanzig Stunden vor dem Ereignis, hatte das ganze revolutionäre Komitee, von den Stahlaugen in tiefe Hypnose versetzt, dieselbe Vision.

Das Licht ist hundsmiserabel, die Kamera zwanzig Jahre alt, eine Betacam mit abgelaufenem Filmmaterial. Im Halbdunkel eines kasernenartigen Zimmers sitzen an einem Tisch, geschwächt, verschrumpelt, mit den erschrockenen Augen derer, die mit offenen Augen träumen, ein alter Mann und eine alte Frau in Mänteln, er mit einer Astrachanmütze, sie mit einem Tuch auf dem Kopf. Es könnten zwei alte Bauern sein, verwittert, die Köpfe beim Angelusgebet tief zur Erde neigend. Ihr Herz tickt wie das in der Faust festgehaltener Vögel. Man hört Stimmen unsichtbarer Menschen, Geister vielleicht, die sie beim Eingang in die Hölle verhören. Hier legt der Mensch allen Reichtum und allen Hochmut ab. Hier erscheint man nackt, die Seele zwischen den Händen, bereit, sie demjenigen zurückzugeben, von dem man sie leihweise empfangen hat. Die Richter legen sie auf die eine Waagschale, und an die andere klammern sich rote Teufel mit heraushängenden Zungen. Hin und wieder legt der Alte seine Handfläche beruhigend auf die Hand der Alten. Niemals hat irgendein Mensch auf Erden einen solchen Verfall des Leibes erreicht, einen solch tückischen und bösen Verrat des Fleisches: tränende Augen, Runzeln wie Tätowierungen, Knochen aus zerbröckelnder Kreide. Die Einsamkeit eines wilden Tieres, der Glanz des Wahnsinns beseelt die Augen des Greises, der seine Wimpern mit dem Gehstock hochhebt. »Ich sage nur vor der Großen Nationalversammlung aus«, spricht er, dann und wann, gedehnt und mechanisch, und schweigt dann wieder. Wie ein altersschwacher Papagei mit gerupftem Gefieder. Ihr zucken die Augen wie einem in die Enge getriebenen Fuchs. Der Film geht stundenlang weiter, der Styx vor dem hinteren Fenster fließt ruhig dahin mit blutigen Wellenkämmen, die alten Leute werden immer kleiner und jämmerlicher, sind bereits tot, sind seit Jahrzehnten tot, ohne es zu wissen, sind dort in ihren Palästen mit goldenen Wasserhähnen verfault, von der Welt, von der Vernunft, von aller Menschheit abgeschnitten, tun Böses teilnahmslos, wie die Bengel, die mit der Lupe den Kopf der Fliegen verbrutzeln und die Ameisenhaufen mit der Sohle der Tennisschuhe plattmachen, herrschen über das phantastische Rumänien in ihren Köpfen, eine Gegend, wo Milch und Honig fließen, einen in der milden Sonne des Kommunismus reifenden Obstgarten. Beglücken ein Volk, das sie anhimmelt, stiften für es Bauwerke, die den Jahrhunderten trotzen sollen. Das Volk liebte sie und würde sie aus diesem Ungemach befreien und sie wieder auf ihre hohen Sitze setzen. Die Dichter würden ihnen wieder in unsterblichen Versen huldigen und die Maler sie so darstellen, wie sie sich im Traum selbst sahen, Majestät und Lady, jung und schön, auf einem mit Blumen überschmelzten Rasen dahinlaufend. Die Volks- und Landesverräter, die unsichtbaren Dämonen, die sie absurderweise wegen Zerrüttung der Volkswirtschaft und wegen Völkermordes am eigenen Volk mittels Hunger und Frost anklagten, würden vernichtet werden, und den ausländischen Agenturen würde man auf die Pfoten klopfen. Die Verurteilung zum Tode im Namen des rumänischen Volkes, an jenem Weihnachtstag mit fast geschmolzenem Schnee, sie, mit Gewalt von einigen noch verängstigteren Soldaten zum Stehen gezwungen, dann die brutal mit Paketschnur am Rücken gebundenen Hände, all das schien ihnen ebenso lächerlich wie der ganze Albtraum, in dem sie zwischen Leben und Tod schwebten. Der Film zeigt nicht, wie sie hinter das getünchte Gebäude der banalen kleinen

Militäreinheit gezerrt, wie sie dort an die Wand gestellt worden waren, wie die Waffen der armseligen, vor Angst rasenden Rekruten – sie erschossen den Genossen und die Genossin, die ihnen väterlich von den Bildnissen in den Klassenräumen der Schulen herab zugelächelt hatten – mit metallischem Geräusch geladen wurden, wie sich die Soldaten, die Gewehrläufe vorgehalten, auf sie zubewegt hatten, wie sie ohnmächtig geworden und wie ein Sack seitwärts gekippt war, wie er etwas Widersinniges ausgerufen hatte, um in die Geschichte einzugehen (»Es lebe die Rumänische Kommunistische Partei«? »Es leben Sozialismus und Kommunismus in der Welt«?), wie das Trommelfeuer sie durchsiebt hatte und wie sie sich an dem blutbeschmierten Putz hatten niedergleiten lassen. Dem Volk vor den Fernsehern sollte man nur einen einzigen Beweis dafür geben, dass es den Diktator nicht mehr gab, dass sie ihn für immer los waren: ein unscharfes Foto mit einem auf der Erde hingestreckten alten Mann, dem die Mütze vom Kopf gefallen war.

Erschüttert sahen die Revolutionäre einander an. War's gut, dass die neue Ära in der Geschichte des Vaterlandes so begann, mit zwei Leichen von Greisen voller Urin und Blut? Und das ausgerechnet vor Weihnachten, wenn, wie man so sagt, die Seele des Menschen sich erhebt, wenn der Menschensohn in der Krippe geboren wird, unter dem Dampf aus den Nüstern des Viehs mit menschlichen Augen? Niedergedrückt kehrten sie alle in den Sitzungssaal zurück, wo der Unbekannte Soldat sie fand, um ihnen, letztwillig verfügend, die gute Nachricht zu verkünden, und wo sich jetzt ein sardanapalisches Gelage entfaltete.

»Sieg, Brüder, ein voller Sieg!«, brüllte der Flohbändiger und machte mit den Fingern das Zeichen des Hörneraufsetzens. Die gleichen Hörner erhoben sich allüberall, über den Braten und Kohlrouladen, dieselben Münder, die noch an der süßen Schweinsohrschwarte kauten, wiederholten den Triumphschrei. Der Türke Danyal Yusuf, derselbe, der im Strudel der

Revolution das Fahrzeug mit den Megafonen chauffiert hatte, erhob das Glas, von dessen Rand der Schaum des bluroten Jidvei-Sekts ablief: »Es lebe die rumänische Revolution! Es lebe unser heroisches Volk! Es lebe das Revolutionskomitee!« Und dann, sich mit einer einzigen Bewegung dem Mann-mit-zwei-Müttern zuwendend, der bescheiden am Kopfende des Tisches saß: »Auch Sie sollen hochleben, heißgeliebter Führer. Wir kennen alle Ihre revolutionäre Vergangenheit. Wir wissen, wie Sie sich in die Führung der ehemaligen Kommunistischen Partei eingeschleust haben, um sie von innen her zu untergraben. Wie Sie Landkreissekretär gewesen sind und weise gewaltet haben dank den Studien, die Sie in der Hochburg der Wissenschaften und Künste der Welt, im berühmten Moskau, getrieben haben, bis Sie von dem verhassten Tyrannen an den Rand gedrängt und als Verlagsleiter in die Verbannung geschickt wurden ...[70] Weil das Licht aus dem Osten kommt und das Herz auf der linken Seite schlägt, erwarten wir nunmehr von Ihnen, einem Kommunisten zwar, aber mit menschlichem Antlitz, kostbare Anweisungen ... Im Namen meiner Kollegen fordere ich Sie auf, uns den Weg zu weisen. Wir haben die Macht ergriffen, aber das Schwere fängt erst an. Was tun, Genossen, meine Herren, oder wie soll ich Sie sonst ansprechen?« Der Mann aus Oltenița stand jetzt im Mittelpunkt des Interesses. Mit alkoholentzündeten Augen klatschten ihm die Revolutionäre stehend minutenlang Beifall. »Na, ich würd sagen, dass wir zuerst die Front Unseres Überlebens gründen«, sprach er schlicht, als der Beifallssturm sich legte. »Danach schicken wir ein paar Jungs auf die Terrassen der Wohnblocks, die ab und zu ballern sollen ... nur so ... in die Luft oder auf den Asphalt ... So schlagen wir mehrere Fliegen mit einer Klappe. Zunächst gewinnen wir so etwas Zeit, um zu verschnaufen, um uns zu organisieren, um zu sehen,

---

[70] Anspielung auf Ion Iliescu, den nachrevolutionären Staatspräsidenten.

wie der Hase läuft. Kann man denn wissen, auch andere mögen unsre Idee gehabt haben, und morgen, übermorgen stehn wir den Mummolgreisen gegenüber, die in Gefängnissen geschmachtet haben, weil sie Volksfeinde sind, Zaranisten[71], Legionäre, Liberale, gehupft wie gesprungen, die auch eine Front wie die unsere bilden ... Oder, Gott behüte, wie der Atheist sagt, da kommt der König zurück, der mit den abstehenden Ohren, der, der mit sechzehn Waggons voller Reichtümer das Land verlassen hat, und fordert sein Schloss Peleș zurück. So wird er's nicht wagen. Versteht ihr? Die schießen, keiner weiß, wer sie sind, wir lassen die Armee auf sie los, bringen alles ins Fernsehn, und so verschnaufen wir ein, zwei Wochen. Und dann stellen wir uns allein zur Wahl, was sollen wir denn tun, wenn sich kein anderer bereiterklärt hat ... Und dann, denkt an Europa, geehrte Genossen. Diese Leute erwarten was von den Revolutionen im Osten, denn sie haben doch nicht das Geld umsonst ausgegeben! Hat euch denn gefallen, was die DDR-Bürger gemacht haben, dass sie die Mauer beschmiert und sie danach abgerissen haben? Oder die Tschechen, die Polen und die Ungarn, dasselbe erbärmliche Schauspiel, ohne Mühe, ohne Spannung, so dass sie vor lauter Verzweiflung so tun mussten, als schlügen sie einen der ihren, damit auch sie etwas im Fernsehen zu zeigen haben? Na, was sind das denn für Revolutionen gewesen, ohne Guillotine, ohne Kriegsgerichte, ohne Barrikaden, ohne Sturmangriffe, ohne Tote und Verwundete? Zeigt mir doch ein ruhmreiches Blatt wahrer Geschichte, in dem nicht Ströme von Blut geflossen sind. Das wollen die Fernsehzuschauer sehn, und das werden wir ihnen bieten. Mal Blut, mal rote Tinte, mal im Ernst, mal Trickaufnahmen, nicht umsonst haben wir Illusionisten und Zauberkünstler von Weltrang unter uns. Wir werden also der Welt die erste live im Fernsehen übertragene Revo-

---

[71] Mitglieder der Nationalen Bauernpartei.

lution präsentieren, zur Hauptsendezeit, Genossen! Es werden Tränen der Anteilnahme fließen, mehr noch als bei den indischen Filmen. Denn die im Westen sind naiv und gutherzig. Und ihr werdet sehn, dann werden die Hilfstransporte strömen, mit Decken, Matratzen, Altkleidern, mal 'ne Konservenbüchse, mal 'ne Schokolade, damit wir auch was haben, was wir dem Volk geben können, damit die nicht sagen, sie hätten den Teufel mit Beelzebub ausgetrieben. Glaubt ihr, die haben diese gewaltige Revolution gemacht, weil ihnen die Politik der Partei nicht gefiel? Ich will euch sagen, warum die sich haben stören lassen: wegen Schafskäse, Genossen. Unter uns können wir's uns leisten, auch schmerzvolle Wahrheiten auszusprechen. Hätte der Verhasste denen was zu beißen gegeben, wär er nie und nimmer gestürzt. Geben wir also acht ... und übrigens, guten Appetit, liebe Mitbürger!«

Die Bescheidenheit und Einfachheit des neuen Anführers, der wie der Oberkellner eines feinen Restaurants lächelte, eroberte die Herzen aller im Sturm. Es folgten endlose Trinksprüche, schlichte, ländliche Fröhlichkeit, und nach etwa zwei Stunden artete das Volksfest in einem Chaos bacchantischen Geträllers aus, was bei einer Gruppe mit so hohem revolutionärem Bewusstsein überraschte. Die frischgebackenen Herren der rumänischen Gefilde erinnerten sich an die patriotischen Lieder von einst und brüllten sie höhnisch hinaus, machten sich hemmungslos lustig über »Die Partei, Ceaușescu, Rumänien«, über »Der Fünfjahresplan in viereinhalb Jahren«, über die »blaue Hauptverkehrsader«[72], einige Ältere entsannen sich der alten langsam-wehmütigen Hymnen, die an die Wolgaschlepper erinnerten: »Durch die Eisengitter seh ich aus Doftana«[73]

---

72 Den Donau-Schwarzmeer-Kanal.
73 In Doftana gab es vor dem Zweiten Weltkrieg ein Gefängnis für politische Häftlinge, in dem Mitglieder der illegalen Kommunistischen Partei einsaßen.

oder »Partei, Weg des Sieges«, worauf sich zu guter Letzt Klangbäche von den verschiedenen Enden der Tafel in einem flammenden »Löwenjungen«[74] vereinigten, dessen ersten Vers sie im Gejohle aufgekratzter Pennäler abgeändert hatten in: »Irrtümer gab's, Irrtümer gibt's noch immer ...«[75] Zum Nachtisch tranken sie süße, in den Gläschen opalen schillernde Liköre, deren feinstofflicher Alkohol ihnen noch den letzten Rest Vernunft auflöste. »Nach einem solchen Gastmahl ging man zu meiner Zeit zu den Weibern«, seufzte mit gelöstem Schlips und bis zum Nabel aufgeknöpftem Hemd Meister Cărbuneanu, der an die unzähligen Hintern der Zirkusreiterinnen, paillettenglitzernden Trapezkünstlerinnen, Schwertschluckerinnen und Zwergakrobatinnen dachte (ach, die unvergessliche Grusinierin Katarina! Jene schmalen Hüften eines zehnjährigen Mädchens, ihre Schreie einer reifen und süßen Frau!), die er im Lauf der Jahre geritten hatte, der fernen und schwärmerischen Jahre, von denen nur die alten Filme und die Mattigkeit des Sehnens geblieben waren. »Na denn, los zu den Weibern, Brüder!«, rief der Türke Yusuf begeistert und grinste über sein ganzes gemeines Verbrechergesicht. Aber woher Weiber nehmen? Diejenigen, die die Tabletts mit Braten und die Schüsseln mit Kuttelsuppe herbeigeschleppt hatten, hatten sich in den Schlupfwinkeln des Gebäudes unsichtbar gemacht, die blauen Stewardessen waren davongeflogen, zurückgeblieben waren sie, eine Herde erhitzter, zügelloser Männer, bereit, vor lauter Verzweiflung ihren Samen ins Klo zu ergießen, einer nach dem andern ... Hätte denn die rumänische Revolution sich nicht irgendwelche feurigere Weiber aus der Menge schnappen können, um das Revolutionskomitee zu erweitern? Waren doch zu Ceașcăs Zeit die Frauen den Män-

---

74 Ein altes patriotisches Lied.
75 Statt des ursprünglichen Verses: »Helden sind sie gewesen, Helden sind sie noch immer« oder »Helden hat es gegeben, Helden gibt es noch immer«; im Rumänischen ein Wortspiel: *eroi* (Helden) – *erori* (Irrtümer).

nern gleichgestellt, das war der Algorithmus, Genossen, soundso viel Prozent Bügermeisterinnen, soundso viel Prozent weibliche Abgeordnete, soundso viel Prozent Parteisekretärinnen ... Die Organigramme waren unter Madame Leana voll von Tamaras, Suzanas, Alexandrinas, alle nach dem Ebenbild der Wissenschaftlerin: Alle bedeckten ihre Scham mit dem Handtäschchen, rauchten schlechte Zigaretten und beschimpften wie die Rohrspatzen jeden, der ihre Muße störte und sie beim Lackieren der Fingernägel in ihren prunkvollen Büros in den nebensächlichen Ministerien behelligte: Kultur, Erziehung, so was, denn man stellte ja keine Dummchen vom Lande ein, um die Wirtschaft zugrunde zu richten ... Zwar waren sie hässlich wie Schweine und erregend wie Schmutzwäschekörbe, aber zur Not, nach einem Saufgelage, hätten es auch sie getan, mit einem über den Kopf geworfenen Kissenbezug ... In der allgemeinen Ernüchterung ging in Lupoius unter der Schirmmütze, mit der er auch nachts schlief, bedrücktem Hirn ein grelles, süßes und schwindelerregendes Licht auf. »Mann, Jungs, warum sind wir denn so dumm? Wir stehn hier so rum wie diese Schafhirten am Berggipfel, denen der Prügel bis zu den Knien hängt, aber ohne eine Spur von Weib weit und breit ... Denkt ihr denn nicht dran, dass die feinste Schlampe der Welt bei uns ist? Erinnert euch: Was sind die größten Titten, die ihr jemals gesehn habt? Na, habt ihr's geschnallt?« Als gottesfürchtige Menschen schnallten die Revolutionäre es nicht. Jeder von ihnen versuchte in den dichten Dämpfen der Trunkenheit, sich an die Brüste in seinem Leben zu erinnern, Birnen, Äpfel, Quitten und Bananen, groß wie Kürbisse und klein wie Haselnüsse, hart wie Granit und weich wie Kuhfladen, gekrumpelt und geknetet wie Mürbteig, und dies mit dem einzigen Ergebnis einer allgemeinen, gebieterischen Erektion, die möglichst dringend nach einer Lösung heischte. Plötzlich wurden alle von Bauchschmerzen gepackt und erhoben sich halb vor den Bergen von speisengefüllten Tellern, um möglichst rasch zum rettenden Zufluchtsort zu gelangen. Doch Lupoiu, gehüllt in den gelben Rauch im Saal, fuhr fort: »Na, wenn ihr's nicht kapiert habt, dann sag ich's euch, aber dann lasst ihr mich als Ersten ran, richtig? Was sagt ihr zu unsrer schönen Kollegin, dem Mädchen-mit-langen-Beinen? Ihr habt sie total vergessen. Recht hat der gehabt, der gesagt hat: Gutes tun ist Scheißdreck ... Das ist nicht schön, Jungs! Na, dann lasst uns der mal einen Besuch machen, so, alle zusammen, mal sehn, was sie so treibt, wie es ihr so geht ...«

Den Tischgästen fiel die Kinnlade herunter. Wieso das denn, die Riesenfrau bumsen? Hat der Werwolf den Verstand verloren? Die große nackte, weißgetünchte Statue unter der Kuppel des Staatszirkus war in ihrem Geist ganz und gar verblasst, verjagt vom Bild des Rumänenmädchens in der mit buntem Garn bestickten Trachtenbluse, mit revolutionärem Pathos in den feurigen, brombeerschwarzen Augen, mit der Trikolore, die wie ein rohseidenes Kopftuch hinter ihr her wehte. Wie hätten sie ihren wiegenden Schritt vergessen können, ihre süße Bäuerinnengestalt, das Klirren der Goldtaler an der Halskette? Die Zartheit der Finger, mit denen sie sie um die Taille gefasst hatte, um sie auf den Balkon des Vaterlandes zu heben? Wie soll man an Unziemlichkeiten denken, ja sich vor dem Gemälde Rosenthals einen runterholen? Ein Gemurmel der Missbilligung brach wie ein Strohfeuer aus den zig Brustkörben, in denen ein rumänisches Herz schlug. Doch wie ein Strohfeuer erlosch es auch beim leisesten Windhauch. Denn vergiss das Herz, was soll man aber mit der mächtigen steifen Latte auf dem Bauch machen, die keinen Grips hat und, verflucht nochmal, kein Quäntchen Patriotismus spürt? Wie ein Hund an der Leine, der einen dahin zerrt, wo ihn die Witterung hinführt, zu den Hündinnen, in die Scheiße, nach den Katzen, nicht wo man hinmöchte. Und welcher Mann träumt überdies nicht davon, die Hügel zu erklimmen und in die Grotten einer riesenhaften Frau einzudringen?

Waren denn nicht alle irgendwann aus der Höhle des Weibes[76] hervorgekrochen? Wünschten sich denn nicht alle, dahin zurückzukehren, wieder und wieder? Deswegen waren, nachdem man die Worte des unbesonnenen Werwolfs, der die Militäruniform besudelte, allgemein missbilligt hatte, nach einer Weile hie und da hinter einem Stoß Kohlrouladen Stimmen zu hören, die geschickte Ausflüchte fanden: Sie seien Esel und Lümmel gewesen, weil sie nicht auch ihre Kollegin vom Zirkus zum Festmahl gebeten hätten, damit auch sie dort einen Happen zu sich nehme ... Zwar hätte sie jenseits der Marmorhalle des ZK keinen Platz gefunden, aber sie hätten sie immerhin einladen müssen, nur so, pro forma. Wäre es jetzt nicht schön, ihr als gute, von denselben Idealen beseelte Kumpels etwas mitzubringen, ein Würstchen, eine Kohlroulade, ein Glas Wein? Sie musste sich ja sehr einsam fühlen, dort in der Halle, die Ärmste ... Bei derart weisen Worten wurden alle ein Herz und eine Seele, standen, die Stühle umkippend und die Servietten auf ihrem Schoß hinterherziehend, torkelnd auf und begaben sich zum Ausgang, wobei sie das trostlose Panorama eines apokalyptischen Festschmauses zurückließen.

Als die Revolutionäre nach etwa halbstündigem Umherirren durch die Räume des Gebäudes, zu Stockwerken hinauf- und hinuntersteigend, Gänge verfehlend, über den Rand der dicken Teppiche stolpernd und auf Schritt und Tritt vor den Bildnissen des Genossen zurückschreckend, die noch an allen Wänden hingen und tadelnd zum Vorschein kamen, wenn man es am wenigsten erwartete, vor den Treppen aus zuckergleich durchscheinendem Marmor ankamen, die zur großen zentralen Halle hinabführten, verschlug ihnen eine verblüffende Aussicht den Atem. Sie blieben allesamt stehen, eher verschüchtert als auf-

---

76 »Höhle des Weibes« = *Peștera Muierii,* Name einer berühmten Höhle in den Westkarpaten.

gereizt, eher benommen als angestachelt, zu Kindern geworden gleich allen Männern, die sich plötzlich, unerwartet, vor den Pforten des Paradieses sehen, vor der mystischen Rose, nach der sie, ohne es zu wissen, wieder und wieder suchen. Das Mädchen-mit-langen-Beinen lag auf dem feinen, durchscheinenden Fußboden mit Schachbrettmuster ausgestreckt und schlief, wobei sie ihre Augen mit dem Arm bedeckte. Ihr gelöstes Haar mit den schimmernden Locken bedeckte den halben Saal. Ihre Knie waren angehoben und leicht zur Seite gewandt, denn die Beine, nunmehr völlig entblößt unter dem Wickelrock, der zur Taille hin hochgeschoben war, hatten nicht mehr in der Halle Platz gefunden, die sie eng zu umschließen schien wie eine Gruft aus eisigem Marmor. Alle Gesichtszüge der jungen Frau gewahrte man in wundervoller perspektivischer Verkürzung, die ihre Fluchtlinien in die Tiefe des Saals sandte, hin zu dem nunmehr halb vom gischtenden Gefältel der dreifarbigen Rohseide verdeckten Hauptausgang. Die Taler, in weiten Halbkreisen auf dem Vorderteil der mit feuerrotem Baumwollgarn bestickten Trachtenbluse angeordnet, blinkten matt im trüben Licht. Einige waren nach oben gewandt oder standen auf dem Rand, so wie der Wind die weichen Federn an der Brust der Seevögel nach oben bläst. In der Unschuld des Schlafs nach einem so bewegten Tag zeigte die Revolution den mit offenen Mündern am Ende der Treppe stehen gebliebenen Pygmäen die schlanke Zartheit der Frauenschenkel mit jenen atlasartig glänzenden, dicklichen und dennoch festen Rundungen, jene Erinnerung an die Wangen eines Kindes, aber auch jene nervöse und pikante, höher und höher verlängerte Linie hin zur tiefen Magie der Gesäßbacken und des Damms. Wie Leitlinien führten die geöffneten Schenkel der Frau die erschauernden Finger unfehlbar hin zum geschlechtlichen Schmetterling an deren Verbindung, dem Schmetterling mit seinen weichen rosenroten, fein geschuppten, die unwiderstehlichen Pheromone der Glückseligkeit verströmenden Flügeln. Zwischen den langen Schenkeln der Schlafenden versenkte sich die Schar der Aufrührer in die schönste Vulva, die sich jemals männlichen Augen gezeigt hatte, leicht geöffnet von den beiden Muskeln, die sich auf der Innenseite des Oberschenkels abzeichneten. Jene lotrechten Lippen zwischen den sorgsam rasierten Erhebungen der Schamgegend (an deren Spitze, aufsässig und gelockt, ein glänzendes Büschel lugte) waren mannshoch. Sie taten sich auf, gekräuselt und dunkel an den Rändern, ließen dazwischen einen weinroten Streifen mit einer feuchten und komplizierten inneren Anatomie erkennen. Darüber, einem Schlussstein gleich, gewahrte man unter seiner Hautkapuze den winzigen Kitzler, über den sich, golden und flaumig, der entblößte Schamhügel des Mädchens wölbte. Alles leuchtete, alles lockte herbei, im Halbdunkel der Gesäßbacken fiel ein quergestreiftes Sternchen auf, eingesenkt in die umgebende braune Haut. »Meine Güte, Mann ...«, sprach einer der Helden und ließ den Brotkorb fallen, den er bis dahin in den Armen gehalten hatte. »Seht sie euch an, wie sie daliegt, gottverdammte Kalle ...« Sie taumelten, stolperten die Treppe hinunter und schritten zwischen den Beinen der Frau vorwärts, die sich über ihren Köpfen wie zwei Brückenbogen wölbten. Ohne ein Wort, bleich und eilig, öffneten sie ihre Gürtel und ließen die Hosen herunter. »Brüder, wer fängt mit ihr an? Wer zeigt es dieser verdammten Schlampe?« Sie schubsten sich und stritten einige Minuten lang, angeschaut von dem ruhigen Auge zwischen den gewaltigen Schenkeln. Sie hätten sich regelrecht geprügelt, hätte sich der Mann-mit-zwei-Müttern, stets auf dem Posten, nicht an die Liste des Komitees erinnert, die er in der Tasche trug. »Wir gehen in der Reihenfolge der Liste, Genossen.« Sie bildeten eine Kolonne, einer hinter dem andern, wobei die Letzten genötigt waren, einige Stufen der Treppe hinaufzusteigen, und der Erste auf der Liste, ein Marsmännchen, der im Zirkus aus einer fliegenden Untertasse aus grünem Silberpapier stieg, trat, wahnsinnig vor Begehren, näher an das riesige Portal der schlafenden Schönen heran. Er verschmolz gänzlich damit, als hätte er eine nackte und warme Frau in die Arme geschlossen; nach einigen Minuten mechanischer Zuckungen in jenem umhüllenden und feuchten Fleisch, das ihn schließlich ganz und gar eingeschlossen hatte, stürzte er keuchend mit verdrehten Augen auf den Fußboden. Ihm folgte der Zweite auf der Liste, sodann der Dritte. Stundenlang erstürmten die Zwergmännchen den gigantischen Schoß, schwärmten um dessen Blüte aus Fleisch und Honig mit einem Schändungswillen, der keine Grenzen mehr kannte. Sie verloren die Geduld, traten aus der Reihe und erkletterten sie, klammerten sich an die Trachtenbluse, an die Halskette, an die Falten des Wickelrocks, wanderten ihr wollüstig auf den Brüsten und dem Hals herum, weichten ihr die Gewänder mit ihrem Speichel und ihrem Seim. Sie drangen unter die Puffärmel und fielen in Ohnmacht, berauscht vom Moschusduft ihrer Achselhöhle, wo die Haut warme und weiche Falten bildete. Sie krochen unter das raue Gewebe der Trachtenbluse, um die maulbeerengroßen, wegen der Kühle im Saal gereckten Brustwarzen zu finden, um sie zu umarmen und leidenschaftlich hineinzubeißen. Und so hätten sie die ganze Nacht zügellos und ausschweifend weitergemacht, wäre nicht die junge Frau urplötzlich infolge eines unerwarteten, vom Platz her dringenden Geräusches (die Panzer schossen aus vollen Rohren in die Fassade des Kunstmuseums, wo die Terroristen sich verschanzt hatten und aus Bosheit die Werke der großen Meister in Brand setzten) mit einem langen Seufzer aufgewacht. Die auf ihrem statuenhaften Körper Wimmelnden warfen sich verzweifelt auf den steinernen Fußboden und rannten davon, in die Ecken wuselnd wie von einem jähen Sonnenstrahl erschreckte Küchenschaben. Das Mädchen setzte sich auf, streckte sich und gähnte, dass ihr die Kiefer knackten, dann zog sie sittsam den Wickelrock herunter und bedeckte ihre Füße. Sie blieb einen Augenblick mit ins Leere starrenden Augen sitzen, versuchte sich daran zu erinnern, wo sie sich befand, was vor sich ging, vielleicht sogar, wer sie selbst war. Aus den Ecken belauerten sie zig Augen schuldbewusst. Schließlich drehte sich das Mädchen zum großen Tor des Haupteingangs, durch das sie auf allen vieren hinauskroch, ebenso wie sie hereingekommen war. Die hinter den Säulen und Treppen versteckten Helden hörten geraume Zeit ihre schweren Schritte auf dem Platz, die sich wie kleine Erdbeben anfühlten. Durch die sperrangelweit offen stehenden Tore sah man den glosenden Abendhimmel: Es brannte das Kunstmuseum. Schüsse und Artilleriegeschütze knallten mit dröhnendem Echo in der riesenhaften Leere des Platzes. Der Lebenskraft beraubt, beschlossen die von der Vorsehung bestimmten Männer ihren ereignisreichen und stürmischen Tag, indem sie sich dort hinwarfen, wo sie gerade waren, und in einen schweren, von Albträumen heimgesuchten Schlaf sanken. Gegen Morgen weckte sie der jämmerliche Schrei eines jüngeren Kollegen, der sich aufgerichtet hatte und mit irren Augen um sich sah: »Mein Gott, was haben wir getan? Wir haben die rumänische Revolution gefickt!« »Schweig still, Mann, zum Teufel«, fauchte ihn ein anderer an. »Du hast geträumt! Jetzt leg dich wieder schlafen!« Und alle setzten das Geschnarche fort.

Wütend, auf einen Ellbogen gestützt, schreibe ich in der erdfahlen Beleuchtung der U-Bahn-Station, zerreiße mit dem Kugelschreiber oft das zarte Blatt, das sich auf andere Blätter stützt, so dass ich durch die dreieckigen Schlitze manchmal die Buchstaben auf dem vorhergehenden Blatt gewahren kann, wie ich durch die Risse des heutigen Tages in jähen Ausbrüchen weißglühenden Gedächtnisses die Taten des gestrigen Tages gewahren und erkennen könnte, denn in unserem Gehirn lagern sich die Tage nicht Schicht um Schicht ab wie ein schwammiges Manuskript, wie ein Tagebuch mit Lücken und Flecken unserer Leben, sondern sie leben gleichzeitig, blendend, in allen Zeiten zugleich, so wie die Seiten meines unlesbaren und monströsen Buchs ebenfalls leben müssten. Doch nur das Gehirn nimmt sich selbst simultan wahr, dieses Knäuel aus Papier unter der Schädeldecke aus nicht nur von links nach rechts, sondern auch umgekehrt, auch diagonal, auch in die Tiefe beschriebenem Papier, in dem jeder Buchstabe sich durch Tausende Dendriten mit allen anderen verbindet, solcherart, dass die Zeit jeder Leserichtung mit allen anderen zusammenläuft in einer zeitlosen Explosion. Wenn die Sterne erlöschen werden und die Zeit nicht mehr sein wird, werden auf dem Firmament die Gehirne weiterhin leuchten in unsterblichen Sternbildern, vom Hirn der Fliege bis zu dem des Fisches und des Fuchses, vom menschlichen bis zum engelischen und bis zur alles umfassenden Supernova des Geistes der Gottheit. Nur in diesem Weltknoten durchschneiden sich alle Zeiten. Nur im Gehirn, dem einzigen Organ unseres Leibes, dem Schmerz völlig abgeht, löst sich die Idee des Todes vollkommen auf.

Denn wenn wir in der wirklichen Zeit, die um uns surrt wie eine Schleifscheibe, uns vermindert, Splitter aus uns herausreißt, uns mit ihrem Raubtierbrüllen zu Tode erschreckt, geboren werden, uns entwickeln und für immer untergehen, so geht auch die Welt selber unter, und wie das grässliche, unvorstellbare Nichts, das Unnennbare und das Unduldbare sich zum Herrn macht, Zeitalter um Zeitalter, Äonen um Äonen, Yugas und Kalpas in Ewigkeit, so geht in andersartigen Zeiten, die mit anderen Augen betrachtet werden, als würde sich die Zeit in Raum wandeln, der Raum in Licht und das Licht in eine andere Art von Zeit, nichts wirklich unter, denn alles, was da zu sein begonnen hat, wird im Wunder des Lebens und des Atems und des Bewusstseins immer da sein, in der mystischen Rose mit einer Unendlichkeit an Blütenblättern, die du uns irgendwann mit deinen Fingern aus gefrorenem Licht entgegengestreckt hast. Dein Leben endet, und der Todeskampf kommt, und deine Lider schließen sich, und das Herz steht still. Und dein Leib, den du wie eine Marionette handhaben konntest, geht in Verwesung über und wird zu Erde. Doch wisch dir die Tränen ab, die dir die Wangen hinunterlaufen, wenn du mitten in der Nacht aufwachst mit dem Gedanken, dass du sterben wirst und nie wieder mehr sein wirst. Du bist ein längliches Lebewesen, das mit deiner Empfängnis anfängt und mit dem Tod endet, so wie du an den Fußsohlen anfängst und am Scheitel endest. Bedeutet denn die Tatsache, dass du am Scheitel endest, dass du nicht mehr existierst? Du bist wie ein Buch, das mit der ersten Seite anfängt und mit der letzten endet. Heißt denn das Ende des Buches dessen Zerstörung? Eigentlich lebst du ein in rechtem Winkel zu deinem Leib stehendes Leben, ein Leben mit einer zusätzlichen Dimension. Du bist deine ganze Geschichte zugleich, so wie dein Leib nicht von den Sohlen hin zum Scheitel vorrückt, sondern als Ganzes dasteht. Du bist dein Schicksal, in rechtem Winkel zu deinem Leben, gleißend und unsterblich in Ewigkeit. Dieses längliche Lebewesen aus goldenem Licht durchläuft die Membran unserer Welt in rechtem Winkel, so dass zuerst dein spitzes Ende in sie eindringt, die soeben befruchtete Eizelle, die sich mit dem immer rundlicher werdenden Fötus im mütterlichen Schoß fortsetzt, mit dem Jüngling und dem Erwachsenen, die immer größere Breschen von der Gestalt deines Leibes in die Membran schlagen, um mit dem Verfall des Alters und deinem punktförmigen Tod zu Ende zu gehen, denn alle sind wir Spindeln, die majestätisch, in Schwärmen wie Seevögel, die Membran des Seins durchqueren. Um leicht voranschreiten zu können, haben wir eine ontodynamische Form, die Form von metaphysischen Delphinen. Wir fangen mit der Empfängnis an und enden mit dem Tod unseres wahren Leibes, in rechtem Winkel zu unserem Leben aus der Membran der Welt. Alle bis zum Letzten werden wir untergehen, wie alle Bücher zu Ende gehen, aber wir sind ganz und lebendig im Ākāśa, so wie man jederzeit ein Buch aus dem Regal holen, es an jeder Stelle aufschlagen und wiederlesen kann, obgleich es seit langem abgeschlossen ist.

Auch das Ende der Welt wird kommen, wie es in den Evangelien steht und in den wissenschaftlichen Abhandlungen, die Sonne wird erlöschen, und die Kräfte des Himmels werden erschüttert werden. Es wird Erdbeben und Sintfluten geben. Ein Grauen und eine tiefe Finsternis werden sich auf die Menschen herabsenken. Viele werden in die Berge flüchten, um ihr Leben zu retten, viele werden vor Schrecken ihren Geist aufgeben. Dann wird das Staubkörnchen, auf dem sie gelächelt, gearbeitet, geliebt und geweint haben, für immer zerstört werden. Die Kinder des Himmels werden sich dann auf den Wolken zeigen, und diejenigen unter den Menschen werden sie erhöhen, die den Namen des Herrn rufen werden. Von zweien, die in einem Bett schlafen, wird einer genommen, und einer wird liegen gelassen werden. Wo die Leiche sein wird, da werden sich die Adler scharen. Doch das Ende der Welt darf uns nicht schrecken.

Selbst wenn sich die Söhne des Himmels an jenem Tag des

Hasses zeigen werden, um uns zu einer neuen Erde und einem neuen Himmel zu entführen, selbst wenn wir, heidnisch und mit versteinerter Seele, sie nicht erkennen und vor ihnen fliehen in die Höhlen, wo wir vor Grauen und Erschütterung sterben werden, denn wer sein Leben zu retten sucht, wird es verlieren, und wer es verlieren wird, wird es gewinnen, so wird die Apokalypse nicht auch das Ende bedeuten. Wie unsere Welt fängt auch die Bibel mit der Genesis an und endet mit der Apokalypse. Hätte es nicht so sein sollen? Hätten wir uns ein Buch gewünscht, das endlos weitergeht, eine Unendlichkeit an Seiten, gebunden zwischen kalbsledernen Deckeln? Die Bibel geht wirklich unendlich weiter, wenngleich sie ein Ende hat, und wenngleich das Ende eine Katastrophe ist. Jederzeit können wir, die wir in rechtem Winkel zu ihren Seiten leben, sie aufschlagen und neuerlich lesen. Die Apokalypse, das Schlusskapitel, bedeutet nicht die Zerstörung der Bibel, sondern die Krönung, die Abrundung, die Vervollständigung ihres Wunders. Jede Welt muss sich zerstören, um vollständig zu sein, wie jeder Mensch untergehen muss im Alter von achtzig Jahren, die den Stärksten auf Erden gegeben sind, und bei einer Größe von einem Meter siebzig enden. Es hat keinen Sinn, die Endlosigkeit in unserer wirklichen Zeit zu wollen, wie es keinen Sinn hat, sich endlos große Äpfel zu wünschen, endlos große Frauen und Bücher mit einer endlosen Anzahl von Seiten. In jedem Augenblick unseres Lebens sind wir feine Tomografen-Schnitte unseres wahren Leibes, der simultan und staunenswert ist, der die drei Dimensionen und zusätzlich die Zeit umfasst. Dieser Gegenstand, der in der Hyperzeit lebt, ist derjenige, der wirklich in der Welt existiert. Das sanfte rehbraune Auge der Gottheit sieht uns nur so, simultan, erstarrt in einer diamantenen Weite, unwandelbar, obwohl wir in unserem Leib die Wandlung einschließen, und indem es uns anschaut, schaut es sich selber an, denn wir, die Verwobenheit unserer Schicksale aus goldenem Licht, bilden sein Sehfeld, das endlich mit dem logischen Feld vereinigt ist. Denn das Auge Gottes ist der Gesichtssinn selbst, und sein Ohr ist das Gehör, und sein Gehirn ist die in die durchscheinende Hülle unserer Welt gewickelte Hyperwelt, die sich wie ein Lid über sie niedersenkt.

Ich lächle, und mein Lächeln beleuchtet einen Streifen Welt. Ich berühre das Blütenblatt der Rose, und die Schwingung pflanzt sich fort bis zur Nachbargalaxis. Ich halte auf der blauen Handfläche eine Wolke, höre mit der perlmutternen knöchernen Schnecke das dunkle Murmeln des Inframorgens, die scharfen Ultraserien. Die Sonne kreist schwindelerregend um meinen Schädel, wickelt ihn in ihre goldenen Fäden. Als Voyeur des Seins betrachte ich seine langgezogenen Oberschenkel durch die Öffnungen meiner Haut. Mir ist zuteilgeworden, da zu sein, ewig zu sein, alles zu sein! Gelobt sei ich! Endlos sei meine Herrlichkeit!

Ich brülle, und mein Brüllen zerfetzt das Euter der Sterne. Ich gebäre, und mein Fötus ist ein Klümpchen blutigen Fleisches. Ich bin der Aussatz des Herbstes und der Krebs des Frühlings, ich hülle mich in eine Schleppe aus Schwären. Der Mond mit seinem Euter voller Zähne zermalmt mir die Wirbel. Um mich her ist der Raum aus Stein und die Zeit aus Schwefel. Verdammt, ewig verdammt, verzehre ich mich in deiner Hölle! Zermalmt, ewig zermalmt, vergieße ich Tränen in deinen Schoß!

Ich bin Mann und Weib, Kind und Greis, Verbrecher und Büßer, Bestie und Engel. Ich bin Gehirn, das ejakuliert, und denkende Hoden. Ich bin die Sphäre, die deine viel dichtere Sphäre umkreist, als wäre deine Kristallkugel in eine Orangenschale gehüllt. Ich behaue die Zeit, verwandle sie in Statuen polierter Zeit und altere gleichzeitig mit dem Vergehen der Bäume und des Regens. Ich bin bestimmt worden, zu sein im Wunder.

Ich schreibe wütend in der U-Bahn-Station Tunari. Ich bin nicht ganz bei Sinnen. In dem Maße, in dem ich schreibe, nimmt mein Rückenmark im Rückgrat ab. Das bin ich zeitlebens gewesen, ein Schreibwerkzeug in deiner Hand. Das du wegwerfen wirst, wenn es nicht mehr Seiten mit Sperma, Blut und Tränen schwärzen kann. Du hast mich auf der Seite zerdrückt, nach und nach, hast mir Kräfte und Saft ausgewrungen. Du hast mit meinen Neuronen geschrieben, hast Schnörkel aus meinen Adern gebildet. Hast mich ganz hineinprojiziert in dieses unlesbare Buch, in dem Mircea über Mircea schreibt, der über Mircea schreibt, als wären deren Organe miteinander verbunden in einer sonderbaren Dialyse, in der das Blut und die Kugelschreibertinte durch die Porosität der Seite geseiht würden, ineinander übergingen, bis du nicht mehr wüsstest, ob der Mircea in Solitude, in der Einzimmerwohnung im Erdgeschoss über seine Heftseite gebeugt, einen Schatten auf den Mircea wirft in dem lebendigen und wimmelnden, absurden und unlesbaren, zwillingshaften und dennoch anderen Manuskript als das Buch, das du jetzt in der Hand hältst, oder ob nicht etwa, im Gegenteil, der Mircea aus dem Manuskript gewaltig auf die Leinwand des anderen Manuskripts projiziert wird, damit der Schatten des Schattens der fünfzigjährige Mann sei, der täglich, wie ein Insekt, ins Heft schreibt, der aus dem Fenster den Umriss des barocken Schlosses sieht, über dem die Frühlingswolken schweben, in ein Manuskript mit Buchstaben aus Wurzeln und diakritischen Zeichen aus Wind, das sich mehr und mehr auffasert, je näher es dem Ende kommt, denn die Vergangenheit ist alles und die Zukunft nichts.

Oft unterbreche ich mein Schreiben, sooft das Dröhnen eines U-Bahn-Zuges zu hören ist. Dann stehen wir alle auf, schlaftrunken und unrasiert und nach säuerlichem Schweiß stinkend, und bilden eine unüberwindliche Kette vor den Drehkreuzen, so wie wir als Kinder »Heimat, Heimat, wir wollen Soldaten« spielten. Doch niemand wagte es, sich jetzt auf unsere Reihe zu stürzen, um uns die eng miteinander verbundenen Hände auseinanderzureißen, denn einige von uns trugen Kalaschnikows mit schwarzem Lauf und klappbarem Kolben und scharfer Munition im gebogenen Magazin. Hunderte von Waffen waren gegen eine einfache Unterschrift an die Freiwilligen verteilt worden: Nimm auch du eins, nimm auch du eins, drei, vier volle Magazine ... Schieß auf alles, was sich bewegt! So kam es, dass wegen einer simplen Ansichtssache Autos und Straßenbahnen durchsiebt und unschuldige Passanten ins Visier genommen worden waren. Sooft die U-Bahnen in der Station halten und die unangenehme, unpersönliche Männerstimme zu hören ist: »Achtung, die Türen schließen. Es folgt die Station Bucur-Obor, Bahnsteig auf der rechten Seite«, bereiten wir uns darauf vor, die Horde abgetragener Mäntel und zerrissener Schals zu bewältigen, den Kraken von gelben Gesichtern, der aus der Hölle heraufsteigt. Nachdem sie drängelnd durch die Schranken gegangen sind, Männer, Frauen und Kinder wild durcheinander, lassen wir unsere Hände durch die Knöpfe der Lammfelljacken gleiten, auf und ab auf den nach Wolle riechenden Ärmeln, unter die verschossenen Pullover. Wir tasten ihnen die Rippen, die Lenden, sogar die Brüste ab, ohne dass jemand aufbegehrt, denn so werden sie seit fünfzig Jahren abgetastet: Man wühlt ihnen in den Falten des Gedächtnisses, in den Taschen des Geistes, im Mastdarm, damit sie dort keine Goldkörnchen aus der Mine verstecken, in der Vagina, damit sie sich des kaum entwickelten Embryos nicht entledigen, in den vor Hunger, Umweltverschmutzung und Frost zerstörten Lebern und Nieren, in den Mägen mit Geschwüren, mit denen sie sich jahrzehntelang herumgeschleppt haben. Sie sind daran gewöhnt, sich schweigend den Milizionären zu unterwerfen, die in den Parks ihre Ausweise kontrollieren, wenn sie mit den Geliebten spazieren gehen, und dem Securitate-Mann, der sie über irgendeinen Nachbarn ausfragt. Mit abgespreizten Armen und leeren Augen lassen sie sich der Intimsphäre berauben, denn seit langem haben sie weder Ehre noch Scham; ihnen ist nichts mehr geblieben als die Seele im Innern. Wir holen aus den Hosentaschen unglaublich zerknüllte und beschmierte Banknoten, Fetzen faserigen Papiers, Taschentücher voller Rotz, Schalen von Sonnenblumenkernen, Personalausweise mit verblassten Fotos, auf denen jeder abgebildet sein könnte, aber keine einzige Handgranate, keine Patrone, keinen Sender. Terroristen fahren nicht mit der U-Bahn. An anderen Stationen werden die Hereingehenden kontrolliert, wir kontrollieren die Hinausgehenden. Voneinander wissen wir nichts, und wenn wir im Einkaufsnetz eines alten Mütterchens eine Maschinenpistole fänden, wüssten wir nicht, wem wir es melden und was wir damit anfangen sollten.

    Vor einigen Stunden haben wir trotzdem etwas gefunden, ein zylindrisches Ding, hart und glänzend, das, durch eine Hosentasche hindurch ertastet, der Lauf einer Waffe oder eine große Patrone sein konnte. Gerade jetzt halte ich es auf der linken Handfläche, mit dem seltsamen und schwindelerregenden Gefühl, mit dem ich einst über die verblassten Zöpfe strich, die Mutter in einem vergilbten Briefumschlag aufbewahrte, meine eigenen Zöpfchen, die ich im Alter von ein paar Jahren trug, mit Gummiband zusammengehalten; Haare, die aus der Haut meines Kopfes hervorgewachsen und dann in ihrem Wachstum stehengeblieben waren, weich, in einem sich lösenden Geflecht, derweil ich und die Welt sich geändert hatten. Genauso ist es mit dieser bauchigen kalten Ampulle mit den glasartigen Knöpfchen an den Enden, ein Fossil aus einer anderen Zeit und aus einem anderen Gehirn, tief eingegraben in mein jetziges Gehirn; sie kann nur eine von den zig Ampullen sein, die ich mit etwa vierzehn Jahren in einer Pappschachtel in der Anrichte meiner Eltern fand: in Reih und Glied aufgestellt, blitzend, gefüllt mit einer gelben Flüssigkeit, in der lebende Wesen schwammen: feine Würmer mit Fransen von der Farbe des Dämmers, gewaltige Samenfäden eines gigantischen Tiers, durchscheinende

Embryonen, Reptilien und sogar das Schifflein aus dem Obergeschoss des U-förmigen Hauses in der Silistra-Straße ... Niemals hatte ich gewusst, wer insgeheim diese phantastische Arznei einnahm, aber seit dem Augenblick, in dem ich die Ampullen entdeckte – auf jeder einzelnen stand mit blauen Buchstaben QUILIBREX geschrieben –, erstarrte ich bei dem Verdacht, dass während der heißen Bukarester Nächte, vom Mond überwältigt, meine Eltern, die so getan hatten, als schliefen sie, sich langsam wie durchscheinende Geister aus ihren Betten erhoben, nicht um sich zu lieben, wie ich wusste, dass es geschah, nachdem ich einschlief, sondern um eines anderen, ebenso monströsen Rituals willen: Sie gingen ans Fenster und hoben im Licht der an- und ausgehenden Neon-Leuchtreklamen, die ihre Gesichter grün, rot und indigoblau färbten, die leuchtende Ampulle zu den Augen hoch, prüften die Klarheit der Flüssigkeit und die Lebhaftigkeit des darin schwimmenden Axolotls mit seinen durchsichtigen Kinderhändchen; dann schnitten sie mit einer kleinen Säge eine der Enden des Zylinders ab, der sich bald mit einem Knall öffnete. Zurück blieb ein ovaler scharfer Rand, der im Mondlicht glühte. Mit diesem zwischen den Fingern in Regenbogen gewickelten Gral trat Mutter an das Bett heran, in dem ich mit nach oben gewandtem Gesicht und pochenden Lidern schlief, und setzte sich darauf, betrachtete mit rätselhaftem Blick mein schmales Gesicht. Dann schob sie mir die Lippen zart auseinander und goss die Flüssigkeit dazwischen, die wie funkelndes Gallert aus der Ampulle rann, wie eine Kette weicher Brillanten, und mit sich führte sie das lebende Wesen, das über die afferenten Nervenbahnen des Rückenmarks und des *Pons cerebri* in den *Locus coeruleus* gelangen sollte, in die Schatzhöhle im perlmutternen Fleisch meines Geistes. Dann betrachteten sie mich, umschlungen und lächelnd, mit dem Gefühl, eine dunkle Pflicht erfüllt zu haben. Sodann meldeten sie durch einen unbekannten Kanal, vielleicht sogar durch ihre Verschmelzung im

Bett im Speisezimmer, durch die Vereinigung ihrer Geschlechtsteile, wie wenn man zwei elektrische Kabel oder zwei Neuronen zusammenschlösse, ihre Tat den Wissenden. Und die Wissenden, über die Welt gebeugt wie über ein Schachbrett, lächelten oder zogen die Stirn in Falten, in dem Maße, in dem ihre Hoffnung, dass ihnen irgendwann beschieden sein würde zu existieren im Manuskript des Kindes, das weiterschlief mit von der öligen Flüssigkeit feuchten Lippen, zunahm oder abnahm, so wie das Flämmchen in einer alten Torflampe flackert.

Ich fand die Quilibrex-Ampulle bei einer Frau mittleren Alters mit breiten und plumpen Formen und einem Kopftuch über dem beinahe völlig ergrauten Haar. Sie zerrte ein schielendes Kind hinter sich die Treppen hinauf, das andauernd nach den Kiosken mit Süßigkeiten guckte. Ungeschminkt und gequält, Arbeiterinnen, Köchinnen und Wäscherinnen, Reinemachefrauen und Kindermädchen zugleich, alle Frauen von Bukarest waren gleich. Vergessen, geschwärzt und traurig wie die Stadt, in der sie sich benommen zwischen Schlangen, Fabrik und Heim hin und her bewegten, ohne zu wissen, welcher von diesen Orten schlimmer war. Als sie oben an der letzten Stufe der Treppe, die vom Bahnsteig hinaufführte, angekommen war, blieb die Frau plötzlich stehen, zerrte ihr Kind an der Hand. Sie hatte mich eine Zeitlang angeschaut, dann ging sie stracks auf mich zu. Auch sie hatte die Arme abgespreizt, wie alle andern auch, aber ihre ernsten und tränenden Augen hefteten sich auf meine Augen und blinzelten auch dann nicht, als ich, sehr unangenehm überrascht, an einer Brusttasche des Kostüms, das sie trug, jenen Gegenstand ertastet hatte, der eine große Patrone oder der Lauf einer Pistole sein konnte. Großer Gott, ich war auf eine Terroristin gestoßen! Was war jetzt zu tun? Musste ich sie aufhalten, fesseln, auch die anderen rufen, und mussten wir versuchen, den Offizier zu verständigen, der verschwunden war, noch bevor er uns wenigstens gesagt hatte, wie er hieß und wofür er zuständig war? Oder war es vielleicht besser, ihre Waffe zu beschlagnahmen und die Frau in Teufels Namen laufenzulassen? Ohne sie anzusehen, steckte ich die Hand in die Brusttasche der Frau und holte die Ampulle heraus. Erst dann, starr vor Staunen, sah ich sie zum ersten Mal an.

Die Frau hatte die Augen aufgerissen und lächelte gequält. Es war, als hätte eine Landschaft nach der Schlacht lächeln können. Nur ihre Augen, rehbraun und klar, waren unberührt geblieben. Jede Schliere ihrer Iriden war, unter der funkelnden Kruste, wie die Fasern des Orangenfleisches. »Erinnerst du dich noch an mich?«, murmelte sie mir zu mit einem Lächeln wie ein Einschnitt mit dem Skalpell. »Erinnerst du dich noch an mich, Mircea?« Sie klammerte sich an meinen Arm und suchte mit noch größerer Verzweiflung nach meinen Augen, wie ein umherirrendes Gespenst, das in niemandes Gedächtnis mehr lebt. Ihr Gesicht sagte mir dennoch nichts, sie war mir so fremd, dass ich einen Augenblick lang befürchtete, der Mechanismus, der in meinem Geist die Gesichter (der Küchenschabe, des Zeisigs, des Cherubs, der Mutter, mein eigenes im Spiegel, der Viper, Hermans) erkannte, sei beschädigt worden, und die verstörendste aller Geisteskrankheiten, die schreckliche Prosopagnosie, spuke nun in meinem Gehirn. Wenn ich die Augen geschlossen und sie nur mit den Fingern betastet hätte, wenn ich über die rauen, unter dem Kopftuch hervorlugenden Strähnen gestrichen hätte, über die tiefen Augenringe, über die zusammengekniffenen Lippen, über die Falten des Halses, hätten sich aus meinem Gedächtnis vielleicht ein Name und ein Stück Welt herausgelöst, wie eine auf den Wassern schwimmende Eisbank, mit uns beiden, die einander in die Augen schauten, und mit zwei, drei Häusern unter alten Himmeln. Die Frau sagte mir: »Ich bin Carla«, und da ich noch immer nicht verstand, änderte sich plötzlich ihr Gesichtsausdruck. Mit ungeahnter Kraft schubste sie uns zur Seite, mich und das Kind, das zu greinen begonnen hatte, und in dem leeren Raum, den sie um sich her erfunden hatte, als hätte ihr noch junger Leib rings um sich ein undurchdringliches Feld, gleichsam ein Brautkleid, gebildet (während sich die Revolutionäre von ihren Mänteln erhoben und beunruhigt näher kamen), begann eine tragische und hehre Pantomime als sardonisches Schauspiel des Wahnsinns. Sie warf das vom Kopf gerissene Tuch zu Boden, und ihre Medusenmähne verstreute sich rings um sie, füllte die Halle mit grauem Licht. Sie riss sich den abgetragenen Herrenmantel mit den zerfetzten Taschen vom Leib. Sie riss die Augen auf, als sehe sie vor sich den Engel des Todes mit seiner nach unten gewandten Fackel. Dann, stöhnend und ihr Stöhnen mit einem Brüllen beendend, das weder das eines Menschen noch eines Raubtiers war, das Brüllen einer Spinne, begleitet von Giftspritzern, führte die Frau ihre gespreizten Finger zur Brust, wühlte dort zwischen den Rippen, riss, fast sichtbar, das Herz aus dem Leib und streckte es uns dampfend auf den Handflächen entgegen. Dann begann sie leicht auf den Fersen zu kreisen, mit sonderbaren und tiefsymbolischen (wenn auch tiefdunklen) Bewegungen der Arme, mit lebendigem und paradoxem Mienenspiel, eine Rede haltend, die auf Erden nicht mehr erklungen war, seitdem in der Schichtung der Zeit zwei Mädchen eine unbekannte Sprache erfunden hatten, die statt Wörtern Schluchzer kannte, Lustschreie, Todesröcheln, zwischen die Lippen dringende Finger, jäh lendenlahm werdende Körper, Blütenblatt um Blütenblatt zerrupfte Blumen, Ameisen, die man auf dem gebräunten Arm krabbeln ließ ... Und, von Zeit zu Zeit, wie eine phatische Überprüfung des Kanals dieser falschen Kommunikation (die ein Hyperverständnis und eine Meta-Intuition nicht ausschloss, denn das Sträuben der Haare auf dem Arm und das Grauen, das einem die Stirn mit Schweiß bedeckte beim Betrachten des Mädchentanzes von monströser Anmut, bedeuteten den Empfang, nicht durch die knöcherne Schnecke, auch nicht durch die Netzhaut, sondern unmittelbar durch die schaudernden Neuronen deines Geistes, die vor Serotonin überströmten), wie der Name eines Gottes oder eines fernen Vaterlandes, drang aus dem Munde der Frau, nicht wie ein Wort, das von Kehlkopf und Zunge und Zähnen und Lippen gestaltet wird, sondern wie die Edelsteine, die aus dem Mund der verzauberten Prinzessin kollerten, sooft sie zu sprechen begann, das heilige Wort »Tikitan«, mit einer Wollust ausgesprochen, die an Orgasmus und Ohnmacht grenzte. Keine Frau hatte jemals unter einem Mann eine süße und leidenschaftliche Anzüglichkeit mit so viel Inbrunst, Glut, Andacht und Anbetung herausgeschrien. »Tikitan!«, muss die vom Gott überschattete Jungfrau gebrüllt, gezischt, gejapst, geknurrt, ausgerufen haben, in dem Gemach im höchsten Turm, wo die heilige Hochzeit stattfand. »Tikitan!«, muss derjenige ausgesprochen haben, der mit blutigen Fingern einen Felsen bis hin zum Himmel erklommen hat und dem sich, oben angekommen, eine überwältigende Aussicht aufgetan: das Gelobte Land, das Königreich, darin Milch und Honig fließen. »Tikitan«, verkündete die Frau, in der U-Bahn-Station Tunari von wilden und traurigen Leuten umringt, sie tanzte bis zum Zersplittern der Wirbel, bis zum Reißen der Sehnen und dem Platzen der Adern in ihrem aufgeschwellten Gehirn. Jetzt wusste ich, wer sie war, erinnerte mich an Carla und an Bambina, die bösen Mädchen in dem Krankenhaus, wo ich eine Woche lang gelegen hatte, ohne zu wissen, warum (warum badete mich Mutter im violetten Hypermanganat, warum gaben sie mir Quilibrex? Warum sagten sie mir nichts über Victor?). Ich erinnerte mich an den Saal mit der schwindelerregend hohen Decke, an die Bettchen, in denen ich schlief, die Wände, gegen die die Mädchen den ganzen Tag lang mit dem Pantoffel pochten. Ich erinnerte mich an ihre nach Leibeskräften mir entgegengestreckten Zungen, an das Werfen meiner Zahnbürste in den Pipitopf. Wie sich mich kratzten und schubsten, aber vor allem wie sie tanzten, schlank und splitternackt, mit den Vöglein wie zarte Striche zwischen den Beinen und mit den scharlachroten Münzchen an der Brust, ebenso wie meine. Ich weiß, wie sie Tikitanisch redeten, die uralte Sprache aller Kinder, diejenige, in der die Zwillingsbrüderchen, umschlungen in der Gebärmutter, einander in die durchscheinenden Ohren etwas zuflüstern, diejenige, in der die einsamen Föten an die Wand des Uterus Botschaften für die kleineren Brüder ritzen, die ebenfalls dort weilen werden, so wie die Kleidchen des größeren Bruders von den andern getragen werden, bis sie ganz und gar ausbleichen ... In dem Maße, wie sie heranwuchsen, vergaßen sie alle die uralte Sprache jenes besseren Vaterlandes, das Reich, aus dem wir alle gekommen sind und wohin wir zurückzukehren trachten, und nur ein Pulver verblasster Andeutungen, wie die Mythen in Märchen übergehen und die Abgötter zu mit dem Kugelschreiber gekritzelten Puppen werden, erinnerte noch, gleich den Ruinen, an die Megalopolis von einst: »An-tan-tikitan, stren-ger Steu-er-mann«, murmelten die Kinder beim Abzählen und warfen dann die glänzende Scherbe in die Felder des Himmel-und-Hölle-Spiels, die sie in die Hölle und in die Himmel führten.

Ich erinnerte mich jetzt, als ich den irrsinnigen Tanz der Frau betrachtete, die immer mehr Leute um sich scharte (»die Ärmste, sie hat den Verstand verloren ... das arme Kindchen mit einer verrückten Mutter ...«), an die Abende, an denen ich mich über die kleinen kaffeebraunen Leiber der beiden Mädchen gebeugt hatte, an die furchtsame Neugierde, mit der ich ihren purpurroten Spalt zwischen den Schenkeln betrachtete, der so sehr leuchtete, dass mir ihr Leib mit einer glühend roten Substanz angefüllt zu sein schien, die ihre warme seidige Haut schwellte. An meine Enttäuschung, dass mein Würmchen, anstatt sie neidisch zu machen, ihnen verächtliches Gelächter entlockte. An die Angst, dass uns die hochgewachsene blonde Aufseherin erwischte, die beim Abendbrot darüber wachte, dass wir bis zum allerletzten Happen die lebende, zitternde Qualle aus den Tellern aßen, die unter dem kugelrunden Globus an der Decke an den Rändern wie Gold gleißten. Schließlich erinnerte ich mich an das Hereinbrechen der Nacht im Saal jenes gewaltigen Krankenhauses, als wir in unsere Spielzeugbettchen kletterten, die bewegliche Seitenwand mit dem Holzgitter hochklappten, und plötzlich erlosch das Licht, und mein kleiner Leib rollte sich unter der heißen Decke zuammen, und ich stürzte ab wie ein weißglühender Meteorit inmitten der Finsternis. So maßlos die Tage im fabelhaften Reich des Alters von fünf Jahren gewesen sein mögen, als die Welt noch um einen rauschte wie ein Ozean von Flammen und Glitzern, die Nächte waren noch tiefer und währten immer je eine ganze Ewigkeit. Wie sehr ich die Nacht liebte, wie sehr mich der schwere Felsbrocken des Mondes, eine Brust prallvoll mit Milch, im riesigen glitzernden Fenster des Wohnzimmers beruhigte, wie gern ich die Lider schloss und die Augäpfel zur Innenseite meines Schädels drehte, um das sanfte und wahre Licht gewahren zu können, das mir aus dem Hypothalamus quoll … Ich schlief im Geruch von Medikamenten und der Pflanze Königin-der-Nacht, selig darüber, dass ich mich auf der höchsten Stufe der Nacht befand. Niemals wünschte ich mir, dass noch ein Tag folge. Ich zog es vor, auf nackten Fußsöhlchen durch meinen großen inneren Palast zu schlappen, klitzeklein auf dessen glänzendem Mosaikboden, Türen aufstoßend und Treppen hinuntersteigend, in Mondschein getauchte Loggien durchquerend, in Türme mit inneren Wendeltreppen steigend. Mein war die Welt von Perlmutt und Elfenbein in meinem Schädel. Von dort oben, aus den Türmen, die sich erhoben, zurückgeworfen vom Spiegel des Fußbodens, sah ich den elektrisch blauen Schmetterling des Siebbeins, der seine Schwingen bis an die wolkigen Ränder des Saals breitete. Im Mittelpunkt, lodernd wie ein Brillant, befand sich stets ein Kristallgrab.

Aschfahl im Gesicht, stürzte Carla in die Arme der Umstehenden, als wäre lediglich die Hülle des jäh aus dem Balg eines missgestalteten Körpers befreiten Tanzes wie ein Strahl überschwänglichen Purpurs zurückgeblieben. Ihr hässliches, rotziges Kind klammerte sich fest an das Kleid, brüllte, was das Zeug hielt. Zwei improvisierte Soldaten in Lammfellmänteln und mit Kalaschnikows auf dem Rücken zerrten sie zum Ausgang hinaus. Das Notfallkrankenhaus war einen Steinwurf entfernt. Sie mussten nur ein Auto anhalten. In der Station wurde es wieder ruhig, und die Revolutionäre, Männer und junge Frauen, mit der Müdigkeit und dem Hunger und der Unruhe jener seltsamen Tage in den Augen, kehrten zu ihren unter den Fahrkartenschaltern eingerichteten Schlafplätzen zurück, um eine Zeitung oder ein Buch zu lesen oder schnell irgendetwas in sich hineinzustopfen, aus einer Konservendose längst ungenießbare Würstchen und Bohnen zu löffeln. Ich kramte meinen Stoß vergilbter Papiere unter dem Kissen hervor, so viel ich vom gewaltigen Stapel auf dem Tisch in der Ștefan-cel-Mare-Chaussee beim letzten Mal, als ich dort vorbeigegangen war, in die Finger hatte kriegen können. Bekritzelte Blätter links, weiße Blätter rechts, als hätte ich unter dem überschatteten Planeten meines Gesichts einen weißen Schmetterling mit einem einzigen tätowierten Flügel gehabt. Ich hielt die Ampulle Quilibrex, groß und zylindrisch gleich einem erigierten Penis (denn im REM-Schlaf ist unser Penis, unabhängig vom Inhalt des Traums, stets erigiert), auf der rechten Handfläche. Dann und wann betrachtete ich den bleichen Skolopender mit Hunderten Füßen in der blitzenden Flüssigkeit. Zu guter Letzt gab ich mich einem bizarren Spiel hin. Ich legte die Ampulle auf das Manuskript und rollte sie langsam bis an den unteren Rand der letzten beschriebenen Seite. Die darunter liegenden Buchstaben mit ihren barocken Schnörkeln weiteten sich auf einmal unter der Vergrößerungslinse, so dass ich nun die verborgenen Vorgänge in jedem

Schreibduktus gewahren konnte, die Schleierfischchen im Aufstrich des Buchstabens »a«, die flackernd durch die Mikrotubuli des Häkchens hinabstiegen, sich in je einem Hautbläschen ansammelten, das sich majestätisch, wie ein stratosphärischer Ballon, mit der synaptischen Schwellung des plötzlich nach außen aufplatzenden Buchstabens vereinte. Und die Fische mit glitzernden runden Augen schossen unvermittelt in die Leere zwischen den Buchstaben, zappelten dort krampfartig, ihre orange glänzende Haut wurde aschfahl, viele von ihnen starben und lösten sich im rauen Zellstoff der Seite auf, aber wenn wenigstens ein einziger Fisch die Synapse des nächsten Buchstabens erreichte, dann öffnete sie sich und schloss ihn in ihre gallertartigen Wasser ein, und der Fisch mit aufgeblähtem Bauch sonderte in den Tubus des neuen Buchstabens eine Unzahl bunter Fischchen ab, und der Vorgang setzte sich fort, von Buchstabe zu Buchstabe, von Wort zu Wort, vorangetrieben vom triumphierenden Odem des Glaubens. Ich erstand und starb mit jedem der Transmitterfischchen, war jedes einzelne von ihnen, stieß meinen Paraklet-Odem durch das ganze Manuskript, auf dass es lebendig bleibe wie eine Blume oder ein Geist. Zuletzt nahm ich ein Messer von dem neben mir Liegenden und ritzte einen weißen Strich ins obere Ende der Ampulle. Mit der Kante des Messers schlug ich jäh die Spitze ab, die in hohem Bogen durch die Luft flog und im Glas eine ovale Öffnung mit feinen, scharfen Rändern zurückließ. Für alle Fälle stopfte ich mir das Manuskript unter die Kleider, kühl auf der nackten Brust, leicht reizend auf den Brustwarzen, und betrachtete im erdfahlen Licht der Glühbirnen noch einmal die gelbliche Flüssigkeit, in der, wie ein Exponat des Antipa-Museums, der Skolopender schwamm. Dann führte ich die Ampulle zum Mund und schluckte deren Inhalt bis zur Neige. Ich habe das Zappeln des drahtharten Tiers im Magen gespürt, und dann zersprengte ein gelber, zerstörerischer Schrei meinen Schädel.

Am heiligen Weihnachtstag hatte die Sonne mit stürmischer Kraft die Wolken durchbrochen, eine junge Frühlingssonne, die lange Schatten aus den schiefen Gebäuden der Stadt wrang, als wäre jedes einzelne von ihnen der aus Ziegeln und Zement bestehende Zeiger eines riesigen Gnomons. Die von Goldspitzen gesäumten Wolken waren am Gewölbe erstarrt, und ihre trübe, klebrige Feuchtigkeit wurde, Augenblick um Augenblick, um die Opfergabe der Rauchsäulen ergänzt, die aus den von Kanonen getroffenen Gebäuden und den in Brand gesteckten Gummireifenhaufen an den Rändern der Stadt hochstiegen. Der Himmel rings um diese sich wiegenden Schiffe war von tiefem und reinem Azur, durchzogen von Regenbogenstrahlen, oder so sahen ihn zumindest die Bewohner dieses trostlosen Höllengrabens durch Lider voller Staub. So müssen in der Hölle die nackten, sich ineinander drängenden Verdammten zu dem sich über den Pfuhlen von Feuer und Schwefel wölbenden Paradies aufblicken, mit ob des Glanzes der Gottheit zusammengekniffenen Lidern.

Auf den Terrassen der Zwischenkriegszeit-Wohnblocks im Zentrum verrosteten einträchtig die Pilze der Fliegeralarmanlagen und die Fernsehantennen über großen Haufen von zerbröckeltem und abgefallenem Putz. Ein schmutziges Grau umhüllte die hässlichste Stadt auf dem Erdboden. Aschfahl wie die Termiten, die aus den Spalten ihrer Menhire herauskriechen, drängten sich die Bukarester, eingemummelt wie in den Tagen des Nebels und Wirbelsturms – es ist sonniges Frostwetter, sagten sie –, an den Schlangen der Verkaufsstellen, wo man Sodawasserflaschen nachfüllen oder Brot besorgen konnte. Der Duft von Kohlrouladen stieg von jedem Küchenfenster hoch, das halb geöffnet war, um den Dampf der auf dem Feuer stehenden Kochtöpfe entweichen zu lassen. Auf alle uralten Plattenspieler hatte man, schon seit dem Morgengrauen, Schallplatten mit Weihnachtsliedern gelegt, denn jetzt gab's ja Freiheit. Im Fernsehen übertrug man den Gottesdienst in der Metropolitankirche. Aus der Höhe der Herrlichkeit Gottes, die nun wie ein Edelstein in der Sonne gleißte, schien die Dâmbovița ein Draht aus Feuer, der die Stadt entzweischnitt. An ihren Ufern, auf einem Hügel aus schwarzer Erde mit Büscheln widerspenstigen Grases, erhob sich, aus Tausenden Fenstern blitzend, das monströse Bauwerk, das Haus des Volkes, gleich einer gigantischen marmornen Sphinx, die, entrückt und phantasmagorisch, die Stadt beherrschte. Am Horizont drängten sich, durch die Entfernung immer kleiner werdend, die Arbeiterviertel, ein Wirrwarr von Wohnblocks und schwarzen Baumästen mit dem Blechturm irgendeiner Kirche, die zwischen den verglasten Balkonen zu sehen war. In dieser Weite aus Schutt, Brachflächen, Seen wie Mägen, die ineinander übergingen und blendend glänzten, entlaubten Parks, Straßen ohne Verkehr, leeren Plätzen mit schräg stehenden Panzern und Amphibienfahrzeugen, waren einige Gebäude über Nacht durch und durch aus Gold geworden, als wäre die Stadt eine Mundhöhle mit kaputten, bis zur Wurzel zerfressenen Backenzähnen, und als hätten einige Zähne gleichwohl Kronen aus gelb glänzendem Metall, wie sie manchmal aus Selbstgefälligkeit selbst die ärmsten Zigeuner tragen. Im Colentina-Viertel, etwas weiter von der großen Kirche St. Dumitru, auf der Seite der Seifenfabrik »Stela« und der Weberei »Suveica« (ehemals »Donca Simo«), bog die Pâncota-Straße nach rechts ein, die früher Silistra-Straße geheißen hatte. Gegen Ende der Straße hatte sich ein U-förmiges Zinshaus, dessen Hof fast vollständig von einem Mercedes aus den siebziger Jahren besetzt war, auf wunderbare Weise über Nacht vergoldet. Dessen Bewohner, verschiedenartige kleine Leute, waren beim Schall goldener Wecker in goldenen Betten erwacht und hatten aus Fenstern mit goldenen Zargen das göttliche Himmelblau der Frühe betrachtet. Verblüfft waren sie an die Schwellen getreten, im Erdgeschoss und im Obergeschoss mit dem hölzernen Laufgang; die baufälligen Mauern waren aus Gold, die Kästen der Rosenlorbeerbäume – aus Gold, der Zaun an der Straßenseite aus Gold und die Hausnummer, 66, aus demselben achtzehnkarätigen Gold. Sogar der auf seinen schlaffen Kautschukreifen liegende Mercedes, der den Hof seit einem Jahrzehnt nicht mehr verlassen hatte, war jetzt ganz und gar aus Gold.

Das Wunder hatte sich auch im Viertel Floreasca ereignet, wo alle Robinien unter der riesigen Glaskuppel in Blüte standen und die Kinder bereits herausgerannt kamen, um nur in Schürze und Unterhemdchen auf den ruhigen Straßen Fußball zu spielen. Ein vierstöckiger Wohnblock neben der großen Busgarage hatte sich ebenfalls von oben bis unten vergoldet; etwas weiter, jenseits vom Kino Floreasca, in der Puccini-Straße, war auch eine kleine Villa in einer hübschen Reihe gleich aussehender Gebäude mit spitzen Schieferdächern goldbeglänzt und spiegelte ihr strahlendes Licht auf dem gegenüberliegenden gelben Bauwerk wider. Der Forsythienhain mit seinen gelben Blüten wie die Finger einer Hand war jetzt eifersüchtig im viel stärker schimmernden Licht verblasst. Auf einer Fensterbank im Erdgeschoss bestand in einem aufgeschlagenen Buch mit im Zephyr des ewigen Frühlings wehenden Blättern jede einzelne Seite aus feinen Goldlamellen. Schließlich war in der Ștefan-cel-Mare-Chaussee, zwischen Staatszirkus und Dynamo-Stadion, ein endlos langer Wohnblock mit acht Eingängen, mehreren Gängen auf aschgrauen Pfeilern und Werkstattschaufenstern voller kaputter Fernseher, Elektro-Haushaltsgeräte, Möbel und Damenunterkleidung jetzt ebenfalls in geschmolzenes Gold getaucht, das in der Sonne irrwitzig loderte. Die Leute von der anderen Straßenseite hatten sich versammelt, um ihn zu betrachten, und riefen denen etwas zu, die auf die Balkone getreten waren, den Fes auf dem Kopf und verwundert, warum in ihren engen, schlecht geschnittenen Wohnungen das Bügeleisen zu Gold geworden war, das Waschbecken und das Klo, die Steckdosen aus Gold bestanden und auch sonst alles, von den Zündhölzern bis zu den Heizkörpern, von den Wänden bis zu den Möbeln, sich in dasselbe ölige Metall gehüllt hatte. Die Säulen Jachin und Boas auf der Terrasse, das Bronzemeer auf dem Rücken der zwölf Stiere und alle dazugehörigen Werkzeuge, Aschekästen, Schürhaken, Handwagen, blitzten ebenfalls nach Kräften. Zweifellos sandten die Säulen, wie hauchfeine Spinnweben, Botschaften zu dem Fluggerät mit den Cherubim der Herrlichkeit aus, und das Ohr des Bronzemeers (nunmehr in makelloses Gold verwandelt) empfing die Gebote dessen, der aussah wie ein Mensch, wie er so auf seinem Saphirthron saß.

Die Nachricht hatte man im Fernsehen übertragen, doch war sie rasch verschlungen worden von den Gerüchten über die Ergreifung des Präsidentenehepaares, bereits allgemein bekannt unter dem Namen der Verhasste und die Gruselige, wie auf dem Schild irgendeines Ladens. Im Übrigen herrschte im Studio des Freien Rumänischen Fernsehens (alle Staatsinstitutionen, alle Zeitungen, Lehranstalten, Krankenhäuser, Bahnhöfe, Kinderkrippen und Kindergärten, Theater und Lebensmittelläden hatten ihrem Namen das Wort »frei« hinzugefügt, um sich von ihren Entsprechungen in der Vergangenheit zu unterscheiden, die dem Diktator und seinem Klüngel unterworfen gewesen waren, so dass man auf Schritt und Tritt von freien Journalisten, freien Wissenschaftlern, freien Ingenieuren hörte, ja sogar von freien Hundefängern, Hosenscheißern und Nutten, mit der durchlochten Fahne, die am Eingang der Amtssitze hing, an den Fahrzeugen der Abdecker und der Stadtreinigung und diskret auf die von den »Liftgirls« des Interconti getragenen Seidenbikinis genäht war) ein noch nie dagewesener Trubel. Versammlungen von Priestern, auch sie so frei wie möglich, in den Winkeln Weihrauchkessel schwingend, berühmte Volksmusiksänger, mit einer Medaille bei den Weltmeisterschaften ausgezeichnete Boxer, Bauern in herausfordernd zur Schau getragener Nationaltracht mit riesigen, soeben aus dem Backofen geholten Kringeln in den Armen, Securitate-Leute, die wie die sündigen Russen an den Kreuzungen auf die Knie fielen und gestanden, wobei sie Krokodilstränen vergossen, dass sie Telefongespräche abgehört hatten, verhaftete Mitglieder des ehemaligen ZK, bereits in langen Pelzmänteln, mit Ketten an den Händen und einer Eisenkugel an den Füßen, sich in jämmerlichen Reihen zu den Salzbergwerken schleppend, Armeeangehörige, die sich gegenseitig beschuldigten, in Timişoara geschossen zu haben, Yogis, die heilsame Schwingungen über Rumänien auszubreiten versprachen, schwule Friseure, Dreher, Kinder, alte Mütterchen, Taucher, Zwerge, Muslime, Fußpflegerinnen, wobei jeder und jede je eine Minute lang beseelt vor der Kamera sprach und im Namen seines Standes die begeisterte Annahme der Ideale der Freiheit und der Demokratie gelobte, wobei jeder wie eine Schnecke mit den Fingern der rechten Hand die Fühler reckte. »Es lebe die Front Unseres Überlebens! Nieder mit der Diktatur!« – so lauteten die Schlussworte der Redner, vom Morgengrauen bis tief in die Nacht ausgerufen; unterbrochen wurden sie lediglich von den Zettelchen, die von Brieftauben in die Redaktion gebracht oder mit einer Schleuder in den Hof des Fernsehens geschossen wurden, worauf sie die Ansager, dieselben, die steif, als hätten sie einen Schürhaken verschluckt, ehedem über den genialen Führer, den großen Steuermann gesprochen hatten, fieberhaft entfalteten, um daraus vorzulesen, dass in Sibiu Tausende Menschen in den eigenen Häusern erschossen, in Cluj dreihundert als Karpatenbären verkleidete Terroristen gefasst worden seien, dass in Vaslui die Revolution tobe ...

So dass es keine besondere Nachricht war, dass sich einige

armselige Bukarester Bauwerke in reines Gold verwandelt hätten, zumal niemand die Verbindung dazwischen verstand. Der Meisterillusionist Farfarelli, dessen Augen nach der Ausschweifung der vergangenen Nacht gleichsam zugekleistert waren, wurde ins Studio geholt, um das Phänomen zu erklären, aber es gelang ihm, sichtlich taumelnd und stammelnd, lediglich zu sagen, dass das Pillepalle war und dass er selbst dieses Zauberstück jederzeit vollbringen könne. So viel Geld sollten die verehrten Fernsehzuschauer haben, wie viele Frauen er zersägt und wie viele Armbanduhren er vom Handgelenk derer stibitzt hatte, denen er in der Arena die Hand reichte! Sogar der griesgrämige Sprecher, nunmehr stinksauer, nachdem ihm an demselben Morgen ein Schauspieler während der Live-Übertragung eine Rolle Toilettenpapier geschenkt hatte, damit er sich die Lippen abwische, nachdem er unter Nea Nicu so viel Scheiße gefressen habe, putzte ihn angeekelt herunter; an seiner Stelle rief er eine Gruppe Popen mit bis zum Boden reichenden Bärten und gewaltigen Kreuzen aus Ebenholz um den Hals ins enge Studio, die, von einem dunkelhäutigen Akkordeonspieler diskret begleitet, den Schlager des Tages zu singen begannen: »O welch wunderbare Kunde[77] aus Târgoviște macht die Runde: Die beiden Gaunergenossen wurden endlich doch erschossen von einem Kommando der Eeeeeeeengel ...« Millionen Bewohner der Stadt, die ihre Augen nicht mehr vom Bildschirm lösten, murmelten ebenfalls das wunderbare Weihnachtslied, fühlten sich erbaut und geläutert. Welch ein Wunder, dass ausgerechnet am Tage der Geburt des Herrn die kupfernen Kugeln lautlos zum Greis und der Greisin aus dem Märchen geschwebt waren, sich langsam in ihre schweren Mäntel geschraubt hatten, ihnen in den Brustkorb und in die Schädel eingedrungen waren, ihnen Halsadern und Nerven zerrissen, die Zähne zerbrochen

---

77 Anfangsworte eines berühmten rumänischen Weihnachtsliedes.

und den Schlund zerfetzt, die Harnblasen durchstoßen, ihnen je ein Auge zerquetscht und je ein blutiges Haarbüschel ausgerissen hatten, dass ausgerechnet am heiligen Tag die Mauer hinter der Kaserne blutbesudelt war und in der blendenden Sonne des vorzeitigen Frühlings fröhlich und feierlich wie eine Rorschach-Tafel aussah! Noch wussten sie nicht, dass in ihrer Mitte, in einer gewaltigen Kristallhöhle, an jenem Morgen ein wunderbares Kind geboren worden war, um sie alle zu erlösen, möglicherweise sogar die Zöllner und Sünder, nach den Worten des Propheten Jesaja: »Denn uns ist ein Kind geboren, ein Sohn ist uns gegeben, und die Herrschaft ruht auf seiner Schulter; und er heißt Wunder-Rat, Gott-Held, Ewig-Vater, Friede-Fürst; auf dass seine Herrschaft groß werde und des Friedens kein Ende auf dem Thron Davids und in seinem Königreich, dass er's stärke und stütze durch Recht und Gerechtigkeit von nun an bis in Ewigkeit. Solches wird tun der Eifer des Herrn der Heerscharen.«

Denn am Abend zuvor hatte sich in einem Krankenhaus an einem fernen Rand der Stadt ein großer Kranker von seinem Bett erhoben und war gewandelt. In seinem Verschlag, so still, als wäre er Millionen Parsec unter der Erde, vollgestellt mit seltsamen und unverständlichen elektronischen Apparaturen – fremde Raumschiffe waren in Sibirien und im Ural vom Himmel gefallen und dann in Labors geschleppt worden, wo man jedes ihrer Bauteile einer Inversionsgentechnik unterworfen hatte, in der die Ursache zur Wirkung wurde und der Gegenstand sich in Richtung Theorie und physikalisches Gesetz entwickelte –, hatte der Kranke plötzlich seine azurblauen Augen aufgeschlagen, sich im zerwühlten Bett aufgesetzt, war eine Zeitlang so verharrt, das Gesicht dem Mosaik des Fußbodens zugewandt, tragisch vornübergebeugt, nicht wie ein Greis mit steifen Nackenwirbeln, sondern wie ein Tier einer anderen Art, mit einer anderen Anatomie, und war dann in schrillender Stille entschlossen aufgestanden und auf die Tür zugegangen. Unter der flackernden Glühbirne seines Drahtkäfigs glänzte sein kahlrasierter und mit roten, blauen und violetten, die Brodmann-Felder auf seinen Hirnhälften abgrenzenden Linien tätowierter Schädel matt und verstörend. Die Linien hatten ihr Eigenleben, bewegten sich, überlappten und entfernten sich, bildeten Fraktale in Form gewundener Farne, die sich in anderen Fraktalen auflösten, mit der Azurinsel von einer Reinheit, die einen zum Weinen brachte, und mit natriumflammengelben Punktscheinwerfern. Man unterschied in ihrem scheinbar chaotischen Gewirr Start- und Landebahnen, die von der Stirn bis zum Nacken liefen, und sonderbare Sinnbilder, die Sternbilder vermutlich: einen Affen mit spiralförmigem Schweif, eine Spinne von unheimlicher Symmetrie, ein irgendwie affenartiges Sphinxantlitz, identisch mit dem aus Kydonia[78] ... Die Pyjamajacke des Schmerzensmannes wies auf dem Rücken zahllose mit Metallringen verstärkte Perforationen auf, durch die, sicherlich aus dem geschundenen Leib hervorquellend, Kabel aller Stärken hervortraten; sie verflochten sich unmittelbar mit dem viel dickeren, aus dem Nacken kommenden, der mit dem *Locus coeruleus* genannten Feld im Ventrikel verbunden war, und dann drangen sie in einen dicken und aschgrauen gaufrierten Schlauch, dessen Ende sich in der hinteren Wand des Raumes verlor. Schritt um Schritt ging das bucklige Wesen mit nackten Fußsohlen auf dem feinen Mosaik des Krankenzimmers voran, bis die Kabel es mit einem jähen Ruck anhielten. Dann blieb es einen Augenblick stehen, schloss die Augen und sammelte seine Kräfte. Es schritt ohne sichtbare Anstrengung weiter, wie ein Lastpferd, das einen riesenhaften Wagen zieht, die Schläuche spannten sich aufs Äußerste, und schließlich riss sich mit

---

78 Kydōnía (Κυδωνία), lat. Cydōnēa, Cydōnīa, eine uralte und berühmte Stadt an der Nordküste von Kreta, in der Gegend des heutigen Chania.

einem Weltuntergangsknall das anakondadicke Kabel aus der Wand und ließ Hunderte bunter Köpfe auf den Fußboden kriechen, aus denen eine gelb funkelnde Flüssigkeit tropfte.

Der Kranke ging die endlosen Gänge entlang, die so leer waren, als wäre die Menschheit noch nicht erschaffen oder noch nicht in jene Gegenden gelangt. Der gaufrierte Schlauch kroch hinter ihm her wie der Schwanz eines vorgeschichtlichen Tieres. Nach einer nicht enden wollenden Zeit erreichte er den Ausgang, und als er die Glastür öffnete, wurde er von der gelben winterlichen, kalten und traurigen Abenddämmerung eingehüllt. Er ging die vereiste Chaussee entlang, gefeit gegen die Unbilden der Witterung, die Windböen, die verheerende Traurigkeit jener Landstriche, trat mit nackten Fußsohlen auf den mit versteinertem Schlamm überzogenen Asphalt. Die Flur zeigte noch Schneespuren, so weit das Auge reichte. Befanden wir uns in der Hölle? Der Gott der Einsamkeit schritt mechanisch durch das Tosen der Nacht vorwärts, zerteilte mit seinem gebeugten Schädel die kalten Strömungen der Tiefe. Hinter seiner Schleppe aus zusammengerollten Drähten verblieb eine schillernde Spur, von derselben Farbe wie der Lichtstreifen, der in ferner Weite noch geblieben war. Er ging vorbei an einem baufälligen Haus mit von Zeitungen verhangenen Fenstern. Auf seinem schiefen Balkon war die zum Trocknen gehängte Wäsche wegen des Raureifs steif und flaumig. Im Innern war ein trübseliges Trällern zu hören. Dann ging er an zwei sich paarenden Kötern vorbei. Erschrocken über den Schattenriss des auf dem Weg ohne Rückkehr Voranschreitenden rutschte der Rüde von der Hündin, blieb aber widerwillig in ihr stecken. So blieben sie, Rücken an Rücken, jaulend unter dem endlosen Himmel. Dann rannte die Hündin in einem irrsinnigen Kraftakt los, zerrte ihren auf den Rücken gefallenen, steifgliedrigen Gefährten über die Chaussee. Sie verschwanden in der Nacht, grotesk gekrümmt, ohne Vergangenheit, ohne Zukunft, ohne Sein.

Der aschfahle Schattenriss schritt in Richtung Stadt, von der gegen Mitternacht die ersten Häuser zum Vorschein kamen, dann die schwarzen Umrisse der Arbeiterwohnblocks. Die Kälte war bitter geworden, die Stöße des schwarzen Windes hatten auf den Schädel des Schmerzensmannes dicken Raureif hingeweht, unter dem die gezackte Tätowierung völlig verschwunden war. Der Raureif hatte ihm auch die Wimpern zugedeckt, den Krankenhauspyjama und das Schlauchgewirr. Wie kam es, dass er noch ging, wobei er mit den Fußsohlen die Eisschicht der Teiche knacken ließ, bei jedem Wirbel der Strömungen arktischer Luft wankte, die sich unter den finsteren Wolken der Nacht entrollten und auflösten?

Bald ging er zwischen feindseligen stillen Wohnblocks dahin, den Trümmern einer Betonzivilisation. Kein Baum, keine Wiese dazwischen, lediglich, da und dort, schwarz wie lauernde Tiere, überquellende Mülltonnen, die selbst in diesem Winterwetter stanken. Der stechende Aasgestank war das einzige Weihnachtslied, das sie kannten und in der Heiligen Nacht zwischen den Wohnblocks im Chor aufsteigen ließen. Verrostete Stampfer, verbogen von den vielen Kindern, die von morgens bis abends darauf ritten, hoben pathetische Stangen zum Himmel empor.

Gegen Morgengrauen kam der Kranke im Stadtzentrum an. Hier erschienen die ersten Menschen, als hätte man gesagt, »die ersten Menschen auf Erden«: alte Zigeunerinnen, die den Kippkarren die Bordsteine entlangschoben, triefäugige Taxifahrer, in Lumpen gehüllte Landstreicher, die bis zur Körpermitte aus den Gullys ragten. Die vier Standbilder vor der Universität waren völlig verschwunden. Geblieben waren nur ihre hohen Sockel wie rätselhafte Menhire. Die mit Stuckgirlanden verzierten Balkone der alten Gebäude waren heruntergestürzt und lagen als Schutt auf den Bürgersteigen, denn die Atlanten, die sie, die steinernen Muskeln gespannt, gestützt hatten, hatten ebenfalls ihren Posten verlassen, verärgert über die Undankbarkeit der Lebenden. Zwischen den Fenstern, wo einst nackte Dryaden, Gorgonen mit Schlangenhaar und Chimären mit schartiger Nase zahnlos gelächelt hatten, schimmerten jetzt nur fahl ihre Umrisse, durch die man die Backsteine der Mauern sah. Wohin war dieses ganze Volk von berühmten Männern, Engelchen, Allegorien und Musen verschwunden? Ein fast leerer Trolleybus rollte träge durch die Nacht, seine Stromabnehmer wie die langen Fühler einer Koleoptere.

Man hätte erwartet, dass der metaphysische Entflohene die wenigen Passanten um sich geschart, das Staunen und Mitleid der Fahrkartenverkäuferinnen erweckt hätte, die, drei Pullover unterm Mantel, in ihren vereisten Blechkäfigen bibberten. Doch die Bukarester staunten über nichts mehr und wussten nicht mehr, was Mitleid ist. Ihre Augen mit Frosttränen sahen nicht mehr, die Ohren hörten nicht mehr, und ihr Herz war versteinert. Jeder für sich, für seine Frau und seine Kinder, alle andern konnten am Wegrand krepieren. So hatten sie Onkel Ceașcă angeschmiert, so hatten sie Madame Leana überlebt. Das Schlangestehen, das Fressen, die Norm in der Fabrik. Nichts anderes hatte auch nur einen Hauch von Wirklichkeit, nicht einmal wie ein Traum, nicht einmal wie ein leichtsinniger Wunsch ... So stieß auf dem leeren Universitätsplatz der bloß mit dem Pyjama bekleidete und barfüßige Kranke, der blind voranging, nur auf gelangweilte Blicke. War denn die U-Bahn nicht voller entblößter Idioten, barfüßiger Zigeunerkinder, falscher Fallsüchtiger, die plötzlich mit Schaum vor dem Mund zu Boden stürzten und dann nach Geld für Medikamente verlangten? Wandelten nicht zwischen den Beinen der Leute in der Tiefpassage entsetzlich Verstümmelte ohne Gliedmaßen, mit auf den Stümpfen aufgenähten Reifenstücken? Gab es nicht Horden bettelnder alter Mütterchen, die sich den Passanten geschickt in den Weg stellten, Blinde, die die Augen aufschlugen, sobald sie aus der Straßenbahn ausstiegen, Kinder aus dem Waisenheim, die einem die Halskette herunterrissen?

Der Tag brach an, als am Dâmbovița-Ufer der große Bucklige mit dem nun stacheligen, aschgrauen Gesicht eines von Gott vergessenen Greises endlich den Ort gewahrte, dem er die ganze Nacht lang zugestrebt war, denjenigen, der sich ihm in Träumen und Gesichten gezeigt, denjenigen, zu dem hin das pausbäckige Kind, das bereit war, auf die Welt zu kommen, ihn auf geheimnisvolle Weise geleitet hatte, wie der Homunkulus unter dem Schädelgewölbe die Zügel der drei Pferde vom Dreigespann unseres Wesens hält: der Vernunft, der Leidenschaft und der dunklen Triebe. Hoch oben auf seinem Erdhügel erhob sich zum schwarzen Himmelsraum der aschgraue Umriss des Hauses des Volkes, mit seinen Löwenpranken, mit seinem widersinnig verzierten Kopfbruststück (Säulen eines nicht auszumachenden Stils, Portiken mit barockem Flechtwerk, Jugendstil-Kunstschmiedearbeiten), mit seinem kapaneischen[79] Hochmut, seiner martialischen Ungeheuerlichkeit, seiner mörderischen Melancholie. Als unmögliche Chimäre, Verschlingerin von Räumen und von Geschichte, Fresserin menschlichen Gehirns, Vergewaltigerin der Wolken, war das Haus des Volkes mitten auf Bukarest herabgestürzt wie ein gewaltiger Hagelbrocken und im Märtyrerleib dieser Stadt der Trümmer stecken geblieben, ein verfluchter Fremdkörper, abgestoßen vom Immunsystem der uralten Stadt.

Hin zu ihren Grotten gefolterten Marmors, ihren Eingeweiden aus Eichenholz und Alabaster schritt jetzt wie ein Hohepriester zu seinem Tempel der zum Schmerz geborene Schmerzensmann. Denn die Wehen hatten begonnen, und das Kind bahnte sich bereits seinen Weg hin zur weißen Welt.

---

79 Καπανεύς (Kapaneús, lat. Capaneus), einer der sieben Fürsten vor Theben, von Zeus (Jupiter), dessen Macht er verachtete, mit dem Blitz erschlagen.

Im grünen Labyrinth des nicaraguanischen Dschungels stoßen die Tukane seltsame Krächzlaute aus. Winzige Affen mit riesigen Augen greifen mit ihren Menschenhänden je eine Guavenblüte und verschlingen gierig den nektardurchtränkten Kern. Eine Glasschlange, grün wie frisches Gras, liegt reglos wie ein Stängel zwischen den Bananenstauden, auf der Lauer nach einem unachtsamen Kolibri. In ihren wimpernlosen Augen, bedeckt von derselben durchscheinenden Hülle wie der ganze Leib, spiegelt sich der Dschungel, ein wildes Gemisch von Grün und Blau, in dem man ... siehe da ... einige kaffeebraune Schattenrisse ausmacht, die auf dem von roten Ameisen in endlosen Reihen überquerten Pfad daherkommen. Es sind Menschenwesen, sieben oder acht Männer in militärischen Tarnanzügen, die Kalaschnikows quer über Schulter und Brust, die vorsichtig durch die grüne Hölle voranschreiten. Derjenige, der den Weg freilegt, haut mit einer Machete, die mehr einem Fleischermesser gleicht, die Lianen ab. Die Männer sind dunkelgesichtig, ungewöhnlich männlich, durch die schweißgetränkten Uniformen zeichnen sich kräftige Muskeln ab. An dem roten, auf den Baretts aufgenähten Stern, an den schwarzen Mähnen, an dem Stolz und der Vornehmheit, die sich in den grimmigen Kämpfergesichtern spiegeln, erkennt man sofort die Sandinisten, die sagenhaften Verteidiger der Freiheit, die Kommunisten, die in zwei, drei Jahren den blutrünstigen Diktator Somoza absetzen und das irdische Paradies über den schmalen zentralamerikanischen Streifen bringen werden. Vorläufig ist der Tyrann jedoch mächtig und gefährlich wie ein Puma, und sie leiden im Dschungel unbeschreibliche Entbehrungen. Die Partisanengruppe, die gerade den Dschungel durchstreift, hat sich seit einer Woche nur von Eidechsen und Brüllaffen ernährt. Seit

Monaten haben die Jungs kein Weib mehr zu Gesicht bekommen, und an den Abenden, in ihren Biwaks, reinigen sie ihre Waffe und erzählen sich melancholisch von ihren vergangenen Lieben. Ay, ay, ay, beginnen sie wehmütig zu singen, derweil zwischen den Zweigen die Sterne auftauchen und der tropische Mond, rund wie die Hüfte einer Jungfrau, in ihnen grenzenlose Sehnsucht weckt ...

»Silencio!«, flüstert plötzlich der Anführer der Gruppe und macht ein Zeichen mit der erhobenen Hand. Sogar die Affen und die Papageien erstarren, das Geräusch eines fernen Wasserfalls verstummt, und in der völligen Stille hört man in einem nahe gelegenen Gebüsch das Knacken eines Zweigleins. Mit vollkommener militärischer Disziplin umzingeln die Sandinisten die Stelle, feuern warnend einige Patronen in die Luft; pötzlich kommt eine Frau, die eine riesige Bazooka auf der Schulter trägt, aus dem Gebüsch. Verzweifelt wirft sie die schreckliche Waffe zu Boden, vor ihre Füße, die Waffe, für die sie leider keine Munition mehr hat. Die Sandinisten sehen sie verblüfft an. Sie ist zweifellos eine Vertreterin des Adels, eine der Amazonen, die auf den Kaffee- oder Kautschukplantagen hoch zu Ross stolz zwischen den Bauern vorbeiritt und ihnen dann und wann mit der Reitpeitsche einen Hieb über den Rücken versetzte. Bekleidet ist sie mit einer gischtenden Spitzenbluse, die den Spalt zwischen ihren Brüsten freigibt, und Reithosen, die ihre wunderbar gedrechselten Oberschenkel und den festen Hintern einer wohlgenährten Frau hervortreten lassen. Sie trägt kniehohe Stiefel mit unwahrscheinlich hohen und dünnen Absätzen.

Als sie sieht, dass die Männer, die ihre Maschinenpistolen fortgeworfen haben, sich ihr nähern, schweinische Worte ausstoßen und ihre Koppel aufschnallen, blitzt die Frau mit den rötlichen, im Halbschatten des Dschungels schimmernden Locken sie mit ihren feurigen Augen an, fordert sie heraus. Noch einmal kann sie »Que viva Somoza, el Padre de la Patria!« ausrufen, bevor sie von der Horde junger, ausgehungerter Kerle, die sie mit den Blicken verschlangen, gepackt, mit wenigen Rucken entblößt, zu Boden geworfen, gezwungen wird, die Beine zu spreizen, und vom Korporal gründlich gerammt wird, während die anderen, bei denen gewaltige Latten zum Vorschein gekommen sind, wie die Frau sie noch nie zu Gesicht bekommen hat, sich um ihr Gesicht drängen und sie nötigen, je eine oder je zwei zu schlucken und ... »Ah! Aaaah! Gib's mir, Ionel, stoß mich härter, Geliebter, nimm mich von hinten, Süßer! Ah! Aaaaaah!«

Ester, die eine halbe Stunde lang Ionel, immer erhitzter, dieses verrückte Szenario ins Ohr geflüstert hatte, lag jetzt auf allen vieren im Ehebett, nur in einem rosa Unterkleidchen, das sich um ihre Taille zusammengeschoben hatte, und stöhnte, durchbohrt vom nackten Securitate-Mann mit behaarter Brust und hochrotem Gesicht. Sie war nicht mehr die Frau von einst. Die aus den Körbchen des Unterkleides vorquellenden Brüste hingen nun bis zum Laken herab, ihr Bauch war aufgebläht, als stünde sie im Begriff zu gebären, auf ihrem großen und schweren Hintern waren unschöne Dehnungsstreifen aufgetaucht. Doch wer sich einmal an der rötlichen, scharf duftenden Frucht ihres Geschlechtsteils gütlich getan hatte, vergaß sie nicht mehr; es genügte, deren exotisches Aroma und Feuchtigkeit zu spüren, damit alles Übrige nicht mehr ins Gewicht fiel. »A muerte los Sandinistas!«, brüllte sie zuweilen, des Lokalkolorits wegen, und der arme Ionel stieß, in Ermangelung weiterer Spanischkenntnisse, mit einem nicht sehr überzeugten »Olé!« ins gleiche Horn. »Und jetzt in den Popo, mein Süßer«, keuchte die Frau, die ihr Liebesritual immer mit der süßen Qual des Sodomisierens beendete, das Ionel nicht allzu sehr vergnügte (er musste sich hinterher waschen, statt sich unmittelbar in den Schlaf zu stürzen, wie er gewollt hätte), doch mit der Verrückten gab's kein Zurück mehr. So holte er ihn brav aus der erlaubten Stätte heraus und drang tief in die unerlaubte, die wegen häufigen Gebrauchs ebenso weit war wie die erste. Gerade pumpte er die letzten Tropfen Manneskraft (»Brüder, wir sind verloren! Wir sind auf Scheiße gestoßen!«) in jenen heißen Stollen als er plötzlich verstimmt innehielt. Sollte er denn so heftig in jenen schlaffen Hintern gestoßen haben? Das ganze Haus schien sich zu schütteln! Ohne jeden Zweifel schepperten die Tässchen im Glasschrank, und die Kristalltroddeln des Kronleuchters klirrten wie im Tollhaus ... »O weh! Erdbeben!«, schrie der Securitate-Mann mit dumpfer Stimme und riss sich mit zu Berge stehenden Haaren von der Paarung los. »Schnell, unter den Türrahmen!«, kreischte auch Emilia und schnellte mit einer Lebhaftigkeit, deren man sie nicht mehr für fähig gehalten hätte, aus dem Bett hoch. Beide blieben sie im Rahmen der nächstgelegenen Tür stehen, kreideweiß im Gesicht und zähneklappernd. »Mein Gott, hab Mitleid, mein Gott, vergib mir!«, stammelte Genossin Stănilă, schlug ein Kreuz nach dem andern, denn mit den Erdbeben war nicht zu scherzen. Diese gottverdammte Stadt war zu allem Überfluss auch noch damit gesegnet. Allen war das Unheil von '77, einigen auch das von '40, noch frisch in Erinnerung, und jetzt, da fast alle Gebäude gespenstische Trümmer waren, bewahre uns Gott vor einem neuen! Halb Bukarest wäre bei der ersten Erschütterung eingestürzt. Zwölf Jahre zuvor, um neun Uhr abends, war Ionel in einer Mission in Brașov (ich weiß nicht, welche Plappermäuler bei »Der Traktor« Unterschlupf gefunden hatten), und Ester hatte einen befreundeten jungen Offizier mit nach Hause gebracht, nur so, eher um sich die Zeit zu vertreiben. Sie waren gerade mitten in einem ... hm! ... hitzigen Gespräch, als sie plötzlich sah, wie der Rappelige von ihr heruntersprang, ins Badezimmer stürzte, die Tür aus den Angeln riss und sich nackt, wie er war, in die Badewanne und die Tür darüber legte ... Und dies, bevor die Frau irgendein Erdbeben außer dem intimen und willkommenen gespürt hatte. Nach der endlosen Minute fürchterlicher Erschütterungen hatte sie den feigen Offizier unter Fußtritten hinausexpediert und war rasch zur Partei gerannt. Niemals sollte sie die rauchende Stadt vergessen, die eingestürzten alten Wohnblocks, die Schutthalden, die wie verrückt gewordene Ameisen in alle Richtungen laufenden Menschen, die umgekippten Autos, die Leiche vor der Universität, deren Gehirn durch einen herabgestürzten Dachziegel auf dem Asphalt verspritzt worden war, den flammenroten Himmel ... Die rauschende Schwermut des Unglücks, das unversehens zuschlägt und dem man nicht entrinnen kann. Doch von wegen Tragödie in der Stadt an der Dâmbovița! Nach nur zwei Tagen waren die Witze aus dem Boden geschossen, unmittelbar aus den Ruinen, unmittelbar aus den zerquetschten Leibern der tausend zwischen den Trümmern erfassten Unglücklichen. Doina Badea[80] hatten sie, als sie sie aus dem Schutt bargen, angeblich nur an ihrer Stimme erkannt, und Toma Caragiu[81] hatte Toma Macaragiu[82] aus den Trümmern geholt ... Madame Leana hatte, so hieß es, dem Chef, der ins Ausland, an den Arsch der Welt gereist war, ein Telegramm mit einem einzigen Wort geschickt: VRANCEA[83] (»Versuch-Rasch-Abzufliegen-Nicu-Chef-Erdbeben-Angefangen«), worauf auch Onkel Nicu nur KPR[84] (»Katastrophe, Plage oder Russen?«) geantwortet hatte. ZK[85] hatte Lenuța endlich gedrahtet (»Zerstörerische Katastrophe«) ... Nach einigen Monaten hatten die traumati-

---

[80] Doina Badea, bekannte Schlagersängerin.
[81] Toma Caragiu, beliebter Schauspieler.
[82] Wortspiel: Macaragiu = Kranführer.
[83] Vrancea, Gebirge östlich von Bukarest, Epizentrum des Erdbebens vom 4. März 1977. Unübersetzbares Wortspiel mit dem Akrostichon VRANCEA = »Vino-Repede-Acasă-Nicule-Capitala-Este-Avariată« (»Komm-Rasch-Nach-Haus-Hauptstadt-Ist-Betroffen«).
[84] = PCR = Kommunistische Partei Rumäniens. Unübersetzbares Wortspiel mit den Initialen: PCR = »Potop, Cutremur sau Ruși?« (»Sintflut, Erdbeben oder Russen?«).
[85] = CC = Zentralkomitee (der KP). Unübersetzbares Wortspiel: CC = »Cutremur Catastrofal« (»Katastrophales Erdbeben«).

sierten Bukarester begonnen, Nacht für Nacht nur von Erdbeben zu träumen. Wenn ein schwerer Laster vorbeifuhr und der Fußboden leicht erzitterte, kriegten sie Herzklopfen, und ihnen versagten die Füße. Sogar jetzt noch, nach über einem Jahrzehnt, war das Erdbeben von '77 der Albtraum der zwei Millionen Menschen, die wussten, dass sie keine Chance haben, ihren vorgefertigten Hühnerkäfigen zu entkommen.

Ionel und Emilia wohnten Gott sei Dank nicht in einem solchen Hühnerkäfig, sondern in einer hübschen und ordentlich gebauten kleinen Villa, denn sonst wäre ja keiner in Rumänien Securitate-Offizier oder Parteiaktivist geworden, aber trotz alledem ... Was, wenn auch ihre Bruchbude einstürzte? Es reichte, wenn der massige Kleiderschrank aus geschnitztem Mahagoni auf sie herabfiel oder der Lüster an der Decke. Damit war nicht zu spaßen. Das Geschüttel wurde Augenblick um Augenblick heftiger und ... Was mochte das für ein Erdbeben sein? ... Es kam anscheinend aus einer einzigen Richtung, als wären es die Schritte eines kolossalen Wesens. Diese Schritte schienen den Hof vor dem Haus zu durchqueren, schienen sich der Eingangstür zu nähern ... »Ionel, die Pistole«, keuchte die Frau schweißnass. Doch bis der Major zum Schreibtisch rennen konnte, wo er seine zur Grundausstattung gehörende Carpați-Pistole aufbewahrte, zersplitterte die Tür, wie in den Filmen, und jetzt waren die Schritte immer näher zu hören, im Speisezimmer im Erdgeschoss, dann auf der Innentreppe ... Es waren zweifelsohne die Schritte eines Giganten, eines Wesens aus einer anderen Welt. Die beiden ließen sich an der Türschwelle aufs Gesäß sinken, wahnsinnig vor Schreck, außerstande, an irgendetwas zu denken, beschränkt auf das hilflose Greinen eines in der Dunkelheit verirrten Kindes. Jetzt, da man es von dem zu den Schlafzimmern führenden Flur aus hörte, war das Geräusch kolossalisch, ohrenbetäubend, apokalyptisch. Jetzt ging's ihnen an den Kragen. Das Ungeheuer war an der Schwelle stehen geblieben, auf der anderen Seite der Tür. Es atmete schwer, mit metallischem Zischen. Die rosigen Menschlein rannten auf allen vieren los und versteckten sich unter dem Tisch. Sie konnten nicht mehr vernünftig denken. Sie hielten einander in den Armen, verzerrte Wange an verzerrter Wange, und brüllten aus Leibeskräften.

Plötzlich knallte auch die Schlafzimmertür gegen die Wand und zersplitterte. Durch die Quasten der Tischdecke hindurch sah man gigantische Bronzeschuhe. Die Schuhe schritten langsam vorwärts, verbogen den Fußboden und ließen ihn ächzen, dann machten sie vor dem Tisch halt, der plötzlich umstürzte und das adamische Paar schutzlos und ohne Deckung ließ wie zwei nackte Maulwurfjungen am Ende eines eingestürzten Stollens. Und den vor animalischem Schrecken geweiteten Augen zeigte sich, auf ein Knie sich stützend und mit zu ihnen niedergebeugtem Gesicht, eine Bronzestatue, eine wohlbekannte Gestalt, denn sie sahen sie fast täglich aufrecht stehend auf ihrem Sockel zwischen den Gleisen der Straßenbahnen 5 und 16, irgendwo in der Galați-Straße, umstanden von einem Forschungsinstitut, einem alten Lebensmittelgeschäft und einer Einberufungsstelle. Eine grünspanüberzogene und vollbusige Muse reichte, auf den Stufen des Sockels sitzend, dem etwas verkalkten Alten die Feder, damit er anscheinend auch in seinem traurigen gegenwärtigen Zustand noch unsterbliche Werke schreibe. Es war Vasile Lascăr. Niemand wusste mehr, wer er gewesen war und was er getan hatte. Er war schlicht und ergreifend zum Namen eines Ortes geworden. »Sie haben bei Vasile Lascăr Öl gebracht«, »Wir treffen uns bei Vasile Lascăr«, »Steigen Sie bei der Station Vasile Lascăr aus.« Und nun war Vasile Lascăr höchstselbst in ihre Villa eingedrungen und füllte, zweimal massiger als ein gewöhnlicher Mann (war er doch einer der erlauchten Männer der Nation), das Schlafzimmer fast zur Gänze aus. Obgleich ganz und gar aus Bronze, mit weiten Gewändern und einem Lavallière-Halstuch aus demselben rauen Metall, geschwärzt vom Auspuff der Tausenden Kipplastwagen, Dacias, Trabants, Betonmischer, die täglich die Insel eines allegorischen 19. Jahrhunderts umflossen, lächelte die Statue selig, blinzelte nur selten mit den wimpernlosen Brauen. Das war doch kein Pappenstiel: Von den Tausenden Männern und Frauen aus Kupfer, Stein, Gips oder Stuck, die sich in der ganzen Stadt verteilt hatten, in einer Razzia, welche die zu jener späten Stunde noch wachen Bukarester um den Verstand gebracht hatte, war er der Einzige gewesen, der, Zufall oder Riecher, endlich den Wohltäter des ewig erstarrten Volkes und obendrein noch sein niedliches Weibchen aufgespürt hatte. Durch das geheimnisvolle Kommunikationssystem aller Statuen der Welt, ohne das er zum zweiten Mal an Langeweile gestorben wäre – so konnten sie noch ein Wort miteinander wechseln, spielten endlos »Land, Stadt und Filme«, erinnerten sich an die Kriege und Revolutionen aus ihren längst versunkenen Jahrhunderten, machten dreiste Vorschläge, lästerten, tauschten Kochrezepte aus –, hatte er seine Mitbrüder sofort über die große Entdeckung in Kenntnis gesetzt, so dass sie, als er mit Ionel auf der einen Schulter und Ester auf der anderen, die in fliegender Eile Mäntel übergeworfen und je eine Fellmütze über die Augenbrauen gestülpt hatten, aus der Villa hinaustrat, ein Meer von Statuen mit ohrenbetäubenden Beifallsstürmen empfing. Die heil Gebliebenen trugen die Büsten der großen Verstümmelten, die Berittenen hatten auf der Kruppe des Hengstes noch drei, vier nackte Najaden aufgenommen, überall wimmelten die Putten und Cherubim herum, piesackten die Großen und steckten einen kräftigen Klaps auf den Po ein ... Der Löwe im Militari-Viertel knurrte dumpf, bereit, jedem, der ihm zu nahe kam, an die Gurgel zu springen ... An ihrer Spitze stand, wie immer, der Genosse Lenin, der auch diese Gelegenheit nutzte, um eine Rede zu halten. Im Namen des ruhmreichen Statuenvolks entbot er Major Stănilă und seiner Dame ein warmes Willkommen in ihrer Mitte. Er beschwor die Ereignisse herauf, die sich drei Jahrzehnte zuvor abgespielt hatten, als der damals junge Held den vom Schicksal Bedrängten liebevoll, mit Verständnis und einer Scheuerbürste nähergekommen war, sie täglich abgerieben und herausgeputzt hatte, die Parks voller Forsythiensträucher durchstreifend und mutig die schwindelerregend hohen Sockel erklimmend. Er rief allen die gütigen Worte in Erinnerung, die der hochherzige Ionel für jeden Einzelnen gefunden hatte, das freundschaftliche Tätscheln seiner Handfläche an den granitenen Wangen von Cervantes, Heliade, Neculuță, Imre Nagy, Bălcescu, Puschkin, das Schmirgelpapier, mit dem er die Flechten von Maxim Gorkis Augenbrauen geschabt hatte. Und siehe da, sie begegneten sich wieder, jetzt, unter geschichtsträchtigen Umständen, als das müde, bröcklige, unrenovierte Volk beschlossen hatte, seine Ketten abzuschütteln und sein Schicksal in die eigenen Hände zu nehmen. Der Sturz des Diktators und die Tatkraft der Rumänen, in deren Mitte sie ihr Leben fristeten, als treue und arbeitsame ethnische Minderheit, hatten auch ihnen den Weg in die Freiheit gewiesen. »Unser lieber großer Freund, wir flehen dich allesamt an, uns in diesen feierlichen Augenblicken Steuermann und Anreger zu sein, denn ein Gehirn aus lebender Materie ist immer besser als eines aus Gips. Führe uns fortan in die Freiheit oder in den Tod. Wohin du auch gehen wirst, wir werden dir folgen, was du auch verlangen wirst, wir werden es dir schenken. Empfange von uns einstweilen den Beweis der Einsetzung ins höchste Amt.« Und Lenin riss mit seinen klobigen Fingern die Lorbeeren von der Stirn eines etwas armseligen Vergil herunter, der sein Leben verborgen an einem öden Ort des Plumbuita-Parks fristete und den ganzen Tag lang zusah, wie die Zigeunerinnen direkt im See Läufer wuschen, und legte sie zart auf die Astrachanmütze des Majors. Alle Statuen vollführten eine tiefe Verbeugung.

»Sag auch du was«, zischte Genossin Stănilă von der rechten Schulter Vasile Lascărs her. Völlig verdutzt fuhr der Major auf wie aus einem Traum, sperrte den Mund auf und blieb so stehen, auch er wegen des bitteren Frosts um vier Uhr morgens gleichsam in einen steinernen Mann verwandelt. Das tiefe, ehrerbietige Schweigen des vor ihm versammelten Stammes half ihm, ein wenig zu sich zu kommen. Wenn er träumte, war's ohnehin einerlei. Eine Rede mehr oder weniger zählte nicht mehr. So dass er zu guter Letzt, stotternd und mit den Händen fuchtelnd, den Statuen für die Ehre dankte, die sie ihm erwiesen und der er, ein einfacher Offizier, gar nicht würdig sei. Am besten wär's jetzt, dass sie alle ruhig gingen, jede auf ihren Sockel, damit in der Stadt wieder Frieden und Stille einkehrten, denn, nicht wahr ... die Ordnung ... die Disziplin ... die Pflicht sozusagen ...

Doch die überreizten Statuen wollten nicht Frieden noch Ordnung. Dessen waren sie überdrüssig geworden. Der Wohltäter möge ihnen zeigen, wohin sie gehen sollten, um fern von den Augen des Feindes in Ruhe eine Verschwörung anzetteln zu können. Ionel überlegte eine Weile, überschlug in Gedanken die Zahl der mineralischen Individuen, deren Rauminhalt, die beträchtliche Höhe mancher von ihnen, und sein Gesicht hellte sich augenblicklich auf. Es gab nur eine einzige vernünftige Lösung. Nun, sie sollten langsam, langsam am Dâmbovița-Ufer entlang in Richtung Haus des Volkes ziehen. Da gab es Platz in Hülle und Fülle, nicht nur für die da aus Bukarest mit ihren gebrochenen Nasen, sondern für alle Statuen der Welt, selbst für den Koloss aus Rhodos, ja sogar für die Freiheitsstatue, sollten diese geruhen, ihnen wie die Königin von Saba einen genossenschaftlichen Besuch abzustatten. Insgeheim dachte der Major jene Spukgestalten loszuwerden, sie irgendwie in das große Bauwerk einzusperren und sich aus dem Staub zu machen, mitsamt seiner Ester, und es anderen zu überlassen – hatten sie doch jetzt ein auch von der Armee, dem Innenministerium und dem Volk anerkanntes Revolutionskomitee –, sich den Kopf über diese gusseisernen Aufrührer zu zerbrechen. Denn auf jede Revolution folgt eine Windstille, ein Aufklaren, die anarchischen und ungestümen Kräfte müssen mit Härte zurückgedrängt werden. Honigsüß lächelnd, wie Kindern gegenüber, wies ihnen Major Stănilă, indem er die rechte Hand dem Horizont entgegenstreckte, den Weg zur Erlösung, und der Marsch des wie durch eine Levodopa-Spritze belebten Paralytikervolkes begann geordnet und diszipliniert. Noch bevor die ersten Lieferwagen mit Milchflaschen und die ersten zweirädrigen Müllkippkarren ausfuhren, bevor in den Straßenbahnremisen die Lichter angingen, bevor die Spatzen auf den Zweigen der Bäume vor der Universität erwachten, hatten die Statuen einen Großteil des Weges zurückgelegt und gingen nun über die Știrbei-Vodă-Brücke, in kleinen Gruppen, damit nicht etwa der Betonbogen berste und sie als ein Haufen von Tonscherben im ausgetrockneten Flussbett landeten. Vor ihnen, gewaltig wie ein mitten auf dem Festland gestrandeter Überseedampfer, erhob sich auf seinem Erdwall das Haus des Volkes, dessen Größe mit den Blicken nicht zu erfassen war, nicht einmal mit den steinernen Glotzaugen der Statuen; es verschlug ihnen den Atem. Es war Malpertuis, es war die Burg Dite, für Dämonen und heidnische Götter errichtet, für Titanen und für Refaïm. Seine Stufen aus Zedernholz übertrafen eine Mannshöhe. Seine mit senkrechten Rillen versehenen Säulen waren dick wie eine Basilika. Seine Türme, jeder einzelne groß wie eine Stadt, zerrissen die Wolken, verletzten die feine, dottergelbe Haut des Mondes.

Wortlos schritten sie alle auf das gigantischste, fremdartigste und traurigste Bauwerk der Welt zu.

Eigentlich war das Haus des Volkes nicht ein Gebäude, es war alle Gebäude zusammen, aller Zeiten und aller Erdteile. Im Mammutleib der Ceaușescu-Chimäre erkannte man die Lomonossow-Universität, den Leuchtturm von Alexandria, das Empire State Building, die Zikkurats und die Pyramiden, den Reichstag, den Turmbau zu Babel, selbst die zyklopischen Bauwerke in den Weiten der Kanarischen Eilande, Überreste von Atlantis, ja sogar die gewaltigen Granitzylinder aus Tiahuanaco, ja sogar die Bauten aus Kydonia, Antlitz, Festung und Pyramide, denn alles, was der menschliche oder engelische Hochmut jemals aufgerichtet hatte, die Nichtigkeit der einen Augenblick währenden Muschelgehäuse, die das weiche Gehirn der Menschheit beherbergen, um danach, zu Scherben zerfallen, neben Milliarden anderer Muschelschalen am Gestade des riesenhaften Ozeans zu liegen, fand sich hier wieder, in der mit Fenstern bestreuten Mastaba aus der Zentralwüste einer Trümmerstadt. Berge hatte man des Marmors und Gesteins beraubt, aus Flüssen hatte man den Sand ausgebaggert, Eisen- und Goldadern hatte man bis auf das letzte Gramm Erz ausgeleert. Zehntausende Sklaven hatten jahrelang auf der Megabaustelle des neuen Pharao geschuftet, den Beton mit Knochen und Blut gemischt, ihren Schatten an den Grundfesten des monströsen Klosters begraben.

Am Anfang hatte man der Stadt eine franziskanische Tonsur auf dem Scheitel geschoren. Stille Viertel mit Kaufmannshäusern, bewohnt von einem falben und rosenroten Volk von Stuckcherubim, waren vom Erdboden ausradiert worden. Die malerischen Kirchlein waren auf Räder gesetzt worden und hatten sich als metaphysische Trams, von Straßenbahnfahrern mit Goldkreuzen um den Hals und bis zum Boden reichenden Bärten geführt, glöckelnd Hunderte Meter weit auf das morastige Ödland zubewegt, um von Wohnblocks eingerahmt zu werden, die viel höher waren als ihre armseligen Blechtürme. Auf der gigantischen Fläche aus schlammiger Erde, vermischt mit Trümmern und verrenkten Eisenteilen, waren die Planierraupen und die Kipplastwagen als Alleinherrscher übrig geblieben. Des Nachts bellten die herrenlos gebliebenen Hofhunde den Mond an, dann rotteten sie sich zu Rudeln zusammen, mit vor Hunger und Tollheit blitzenden Augen, und fielen die umliegenden Wohnblockviertel an. Da auch die Menschen nichts zu essen hatten, krepierten zuletzt die Hunde zu Hunderten, so dass die große Baustelle mit stinkenden Kadavern übersät war, aus denen andere Hunde die Gedärme herausrissen.

Der auf diese Weise von auch nachts im Licht der Scheinwerfer arbeitenden Raupenbaggern und Kipplastwagen gereinigte Raum war durch die Frühlingswinde angetrocknet und hatte sich mit knöcheltiefem Staub gefüllt, so dass der Ort, wo bis dahin das Uranus-Viertel gestanden hatte, zu einer Wüste geworden war, würdig des Planeten, der ihm den Namen gegeben hatte. In dieser Erde, die an die Bărăgan-Steppe um die Stadt erinnerte, wurden die tiefsten in der Erdkruste möglichen Fundamente ausgebaggert. Die Grube, über der sich das Bauwerk erheben sollte, hatte keinen Grund, sie war wie der Abgrund des Tartaros. Niemand wusste, wie viele unterirdische Stockwerke der Koloss haben würde. Doch so eindrucksvoll der oberirdische Teil sein sollte, das, was nicht sichtbar war, musste neunmal größer sein, gemäß der Logik der Eisberge und der Tyrannen, die von der Welt der Tiefen träumten, bevölkert von sonderbaren Fischen, die zu drei Vierteln aus Mäulern mit riesigen Zähnen bestanden. Unterirdisch lautete die Losung; das blinde Insekt musste Gänge haben, wo es sich verstecken konnte, wenn es gehetzt wurde, wo es sein Gelege hinterlassen, wo es seine Nebenbuhler nach und nach zerreißen konnte. Man hatte also zuerst ein umgekehrtes Gebäude errichtet, das, Stockwerk um Stockwerk, zum Grund der Welt hinabstieß, das durch Tausende Tunnel mit allen wichtigen Ämtern des Staates verbunden war, das eine eigene U-Bahn-Strecke hatte, die es an das ZK-Gebäude anschloss, eigene Büros, Schlafzimmer, Kraftwerke, Klosetts, Anlagen zur Reinigung von Luft, Wasser und Ideen, alles um einen unterirdischen Bunker aus massivem Blei mit zehn Meter starken Mauern herum, immun gegen Kernexplosionen, Aids, Krebs, Alter und Tod, unangenehme Erinnerungen und Gewissensbisse, mit der Gewähr, dass er sogar das Jüngste Gericht unbeschadet überleben werde, sollte es sich herausstellen, dass sich die großen Klassiker des Marxismus-Leninismus hinsichtlich der Religion getäuscht hatten. Hunderttausend Arbeiter, die überwiegende Mehrzahl Wehrdienstleistende, hatten an der unterirdischen Megalopolis geschuftet, einem Labyrinth von Mizellen, über denen der schwermütige Steinpilz des Hauses des Volkes aufragen sollte. Obschon allenthalben die Securitate herumwimmelte und ihnen mit dem Tod und dem ihrer Familien drohte, sollte ihnen auch nur ein Sterbenswörtchen über die Lippen kommen, hatten einige Liebhaber des Weinbrands »Tomis«, des Whiskys »Ceres« und des eigenartigen Getränks »Covagin« (was »Gin Covasna«[86] bedeuten sollte) in versifften Kneipen nicht an sich halten können und etwas über die dort im unterirdischen Reich gewahrten Wunderdinge ausgeplaudert. Manche sprachen von Tausenden Stockwerken, die man hin zum Feuerkern der Erde hinabstieg, wo der Chef ein gewaltiges, auf der Nutzung der unterirdischen Lava beruhendes Wärmekraftwerk gebaut hatte, andere von einem gigantischen Mausoleum aus geblümtem Marmor, wo sich unter dem von Lüstern erhellten Gewölbe ein grüner See befand von noch nie dagewesener Klarheit und Leuchtkraft, gleichsam aus ge-

---

[86] Covasna, Bade- und Luftkurort in Siebenbürgen.

schmolzenem Smaragd. Und in der Mitte des Sees, auf einem mit Trauerzypressen besäten Eiland, gebe es zwei nebeneinander liegende Gräber, mit gewaltigen und schweren Porphyrplatten darüber, wo Sie und Er beigesetzt werden sollten, wenn ihnen die Stunde schlug ... Schließlich flüsterten andere Säufer von den berühmten Kristallen, der Tiefe der Karpaten entrissen, dem einzigen Ort, wo sie vorkamen; sie machten Rumänien zum Kraftzentrum des Planeten. Die den Rumänen von den rätselhaften blauäugigen Jungs geschenkten Kristalle waren in einem kreisrunden Saal unter dem Haus des Volkes zusammengetragen worden, von wo aus sie einen wohltätigen Einfluss auf die Äcker des Vaterlandes ausströmten, zur rechten Zeit Regenfälle und schwere Früchte an den Ästen, Überfluss und Segen bei den Herden, Verständnis und gute Laune in den Häusern brachten, genau bis zu den Landesgrenzen, keinen Zentimeter darüber hinaus, denn es wäre schade gewesen, wenn Feinde und Fremde ebenfalls in den Genuss der wundertätigen Emanation gekommen wären. Niemand hätte sagen können, was wahr sei und was nichts als leeres Gewäsch, denn nicht einmal die zweihundert Baumeister, die sich an den Reißbrettern abgemüht hatten, überwacht vom pastellfarben geschminkten Auge eines Fräuleins, das kaum aufgehört hatte, die Fakultätsbank zu drücken und an ihre Spitze gesetzt worden war, weil sie, so erzählte man sich, bei jedem größenwahnsinnigen Einfall Onkel Ceaşcăs sofort erwiderte: »Das ist zu bescheiden, Genosse Generalsekretär, Sie verdienen etwas zehmal Größeres«; nicht einmal die Architekten also kannten etwas anderes als das Stückchen, das sie entworfen hatten.

Der Unterbau blieb dunkel, wie dies jeder Katakombe gebührt, dagegen wusste man etwas mehr handfeste, auch vom Mond aus sichtbare Dinge über das oberirdische Bauwerk, das fünf Jahre lang, umringt von Riesenkränen, in der Wüste inmitten der Stadt stetig in die Höhe gewachsen war. Bei seiner Vollendung sollte das Haus des Volkes seinem Rauminhalt nach das größe Gebäude der Welt sein, mit seinen zweieinhalb Millionen Kubikmetern allein oberhalb der Erde, seiner Fläche nach das zweitgroße der Welt, nach dem Pentagon. Der marmorne Menhir in Gestalt eines auf seinen Pranken hingestreckten Löwen hatte einundzwanzig Trakte, errichtet auf sechs Ebenen bis zu einer Höhe von einhundert Metern. Im Innern war er von einem Korridor von pharaonischen Ausmaßen durchzogen: zweihundertfünfzig Meter Länge und eine Decke in einer Höhe von sechzehn Metern. Das ganze Gebäude, das über zwei Milliarden Dollar gekostet hatte, war mit Ruşchiţa-Marmor ausgekleidet. Die Innenräume – Konferenzsäle, Festsäle, gigantische Büros, endlose Gänge – waren von Heeren von Bildhauern, Malern, Eisengießern und Glasbläsern ausgeschmückt worden, so dass sie, wenigstens auf den ersten Blick, den Tempel Salomos, den Tadsch Mahal, den Escorial, die Hängenden Gärten der Semiramis und die Schlösser der Könige Frankreichs in den Schatten stellten. Täfelungen aus Edelhölzern, Statuen mit blinden Augen, Säulen mit Kapitellen in einem nie dagewesenen und unvergesslichen Stil, Wendeltreppen, Treppenaufgänge mit feinen Korallenstufen, monumentale Treppen mit glattgeschliffenen Geländern aus Onyx und Achat, Kronleuchter mit Millionen zarter Buntglasblüten, Teppiche, in die man bis zu den Knien einsank, Glasfenster mit verworrenen Szenen und unbegreiflichen Allegorien, Gemälde vergessener Meister – diese neue Domus Aurea hatte alles das, zehn-, hundertmal mehr, größer, kostbarer als jedes andere Denkmal der Größe und der Paraphrenie in der Welt. Unter vielen anderen Institutionen beherbergte das Haus des Volkes die drei höchsten Stellen der Macht, das Präsidentenamt, den Ministerrat und den Staatsrat. Jeder war ein gesonderter Trakt zugewiesen worden. Jede war um je zwei Amtszimmer, Seines und Ihres, gebaut, groß wie Sporthallen, mit kassettierten Decken, Zargen aus Ebenholz bei Türen und Fenstern, geschnitzten Schreibtischen, gewaltig wie Panzer, hinter denen man Madame Leana und Onkel Nicu kaum noch gewahrte. Jedes Büro hatte einen eigenen Fahrstuhl, der die beiden Bürger des Vaterlandes in nur sechs Minuten in den unterirdischen Bunker befördern konnte. Dagegen mussten sie für die natürlichen Bedürfnisse aus den Amtszimmern hinaustreten und mehr als hundert Meter Korridor zurücklegen bis hin zu den türkischen Aborten, den einzigen, die ihnen behagten, denn die beiden kamen vom Dorf und waren es gewohnt, in den hintersten Winkel des Gartens zu gehen und sich dort hinzuhocken. Das Klosett in der Wohnung war ihnen von jeher ein Gräuel gewesen. Darüber hinaus hatten sie kein einziges Wasser- oder Abflussrohr in der Nähe der Amtszimmer zugelassen, aus Furcht, dass etwa eines platzte, sie überschwemmte, ihre Arbeit unterbrochen würde ...

Mit dem Tod des Schusters und der Wissenschaftlerin am Weihnachtsmorgen im letzten Jahr des Menschen auf Erden war das Denkmal des allgewaltigen Irrsinns ein ödes Kenotaph geblieben, mit aufgeschlagenen Toren, mit dem eisigen Winterwind, der an den Malachitsäulen leckte, die Teppiche erschaudern und die Milliarden durchscheinenden Blüten der Kronleuchter klirren ließ. Einsam und finster auf seinem Erdwall harrte das Haus des Volkes, das niemals ein Haus gewesen war und auch nicht dem Volk gehört hatte, seiner Sternstunde, derjenigen, für die es eigentlich errichtet worden worden war, denn weder der Tyrann noch die Architektin, die klammheimlich noch mit Puppen spielte, noch die Arbeiter, die täglich von den Gerüsten stürzten, sich an den Betonverschalungen die Knochen brachen und von den Pfählen der Eisenteile in den Untergeschossen aufgespießt wurden, hatten jemals geahnt, dass das megalithische Monument auf dem Spirea-Hügel nicht zwecks Verherrlichung des ersten Präsidenten des Landes errichtet worden war und auch nicht als kostbare Gabe an das ringsum verhungernde Volk, sondern aus dem Erzählbedürfnis des Buches, das in jene Welt einfloss, die ihrerseits ins Buch einfloss, ohne dass man wüsste, wo die Welt endet und wo das Buch anfängt, denn sie waren immer zusammen, das eine die Auskleidung des andern, das Weltbuch und die Buchwelt, der Zement bestehend aus Buchstaben, die aus Zement bestehen, der aus Buchstaben besteht, die aus Zement bestehen, und so weiter ins Unendliche ... Wie eine letzte Kuppel der Kathedrale, wie ein letztes Azurauge auf dem rechten Flügel des Schmetterlings, der es bewohnt, indem er es ganz ausfüllt, war das Haus des Volkes von einem Milbenvolk errichtet worden, um den Abschluss zu beherbergen.

Denn was konnte es bedeuten, wenn nicht das Herannahen des Endes (umfasse mit deinen Fingern mit lackierten Nägeln die Dicke des Buches bis zum Endeinband: Nur zwei Millimeter gibt es noch von dem großen Schmetterling zu scannen, der mich jetzt, da ich in der Einsamkeit von Solitude schreibe, mit seinem in der ganzen Einzimmerwohnung ausgebreiteten Flügeln überschattet; ich spüre seine sechs Krallen wie in meine Rippen geschlagene Feuersiegel, und sein krummer Rüssel, wie die gebogene Nadel einer Spritze, saugt mir das Gehirn aus), die Tatsache, dass die Herrlichkeit Gottes, der seit ihrem allerersten Augenblick über der Buchwelt schwebte, sich mit einem Mal zwischen den Wolken herabgesenkt hat und nur etwa hundert Meter entfernt von den noch in Arbeit befindlichen Dächern des gewaltigen Gebäudes, genau über ihm innegehalten hat? Was kann jener Kegel sanften goldenen Lichts sein, der plötzlich zwischen den Cherubim hervorgebrochen ist, still und stürmisch wie auf dem Weg nach Damaskus, und der das Bauwerk zur Gänze eingehüllt hat? Und warum sind die von den goldenen Neutrinos durchzogenen Mauern milchig, trübe und gespenstisch geworden, als hätten sich nicht der Ballast aus den Kipplastwagen, der Sand und der Kalk und die Eisennieten und die Travertinplatten aufgehäuft, um die Ceaușescusche Pyramide zu mauern, sondern die Aufrisse auf den Reißbrettern der Baumeister mit durch Perspektiven, gepunktete Linien, Ziffern und Buchstaben, Winkelmessungen, mit Tusche auf dem Paus- und Millimeterpapier gezogene Erhebungen angedeuteten Rauminhalten ... Schließlich ist, nach mehrfach aufeinanderfolgenden Läuterungen, das Bauwerk ganz und gar aus Quarz geworden. Bergkristall, hart wie Diamant, klar und funkelnd wie gefrorenes Wasser, Glitzer und Regenbogen über Bukarest ausschüttend. Die zahllosen Säulen der Fassade bestanden nun aus Quarz, Mauern und Fenster waren aus Quarz, die gewaltigen Türen, die Zugangsrampen, die Innentreppen – nur aus gegossenem Quarz, gestaltet zu glattgeschliffenen Formen mit seltsamen Windungen des Lichts darin. Durch das Gemäuer sah man, wie durchs Fleisch der Quallen, die Innenorgane des Gebäudes, die Schneckengangtreppen, die Korridore und Säle und Glasdecken, auch sie gleichsam aus demselben Monolithen blendenden Quarzes gehauen. Ihrer Milliarden zweckloser Umkreisungen um die Lavakugel der Sonne überdrüssig, hatte die Erde ein Auge mit blitzender Pupille aufgeschlagen, das jetzt nicht vom Mond aus, sondern aus der tiefsten Tiefe des Staubes der Galaxien gesehen werden konnte, die, kolloidal schwebend, das gnostische, logische und Seh-Feld der Welt bildeten, ewig und unzerstörbar; denn nachdem jedes Körnchen Materie untergangen sein wird, nachdem kein einziger Geist und kein einziges Auge über die Welt Rechenschaft ablegen werden, werden, unzerstörbar, tautologisch, unwandelbar, die Vokabeln »und«, »weder«, »wenn« und »denn« weiterhin währen, welche die Sprache der Gottheit sind.

Hin zu diesem gigantischen Kristalldom gingen jetzt, von seinen östlichen und westlichen Eingängen aus, Herman, der Schmerzensmann, der es eilig hatte, das Kind in dem wie eine schwere Frucht hin zur Erde gezogenen Schädel zu gebären, und das Volk der Statuen, das sein Voranschreiten mit Fingergliedern und Faltenbrocken, Gipssplittern und Stuckstaub bestreute. Sie sollten zur gleichen Zeit ins diamantene Gedärm dringen, durch sanfte und glasige Krümmungen umherirren, die ihre Gesichter spiegelten, ihre Füße auf die dicht gewebten Teppiche setzen, um sich zu guter Letzt in dem großen Festsaal im Mittelpunkt des Gebäudes zu treffen.

Doch die Evangelien erzählen eine ganz andere Geschichte, die zwar der alten von Jesaja und den anderen Propheten entspringt, sie aber dennoch vollkommen verklärt. Jehova ist nicht herabgestiegen, um inmitten seines Volkes zu wohnen, sondern hat unter den Menschen einen Sohn zum Himmel fahren lassen, auf den alle ihre Augen richten sollten, gleich der ehernen Schlange, welche die von den Schlangen in der Wüste gebissenen Juden ansahen, um nicht zu sterben. Hat es denn eine Änderung des Heilsplans nach einem großen Fehlschlag gegeben oder eine Fortsetzung der Wege des Herrn, von der Erde hin zum Himmel? Haben sich die Juden, ein widerspenstiges, halsstarriges Volk – die stets zu ihren Anhöhen und zu ihren heiligen Bäumen zurückkehrten, stets mit Baals und Astartes die Ehe brachen, sich stets Gemahlinnen von den Amoritern und Jebusitern nahmen, stets Böses vor dem Herrn taten –, als unbezähmbar erwiesen, oder hat im Gegenteil in ihnen jener mystisch-technologische Einfluss gewirkt, dem sie, während sie nur Manna aßen und von den antiseptischen, von der über ihnen schwebenden Feuersäule herabfallenden Strahlen erleuchtet wurden, achtunddreißig Jahre lang in der Wüste unterworfen waren, eine Zeit, in der die Gewänder ihnen nicht am Leibe zerrissen und die Riemen des Schuhwerks nicht zerschlissen und die weltlichen Krankheiten ihnen fremd gewesen sind? Sind es vor allem die Söhne Levis, die Priester gewesen, welche die durch Schwingen und Heben herzugebrachten Opfergaben aßen und die Brote auf dem Tisch an der heiligen Stätte des Zeltes der Begegnung, besamt mit dem Feuersamen der Gottheit? Mit kahlgeschorenen und ölbestrichenen Schädeln, mit linnenen, unbefleckten Gewändern, strengstens Regeln befolgend, die eher praktisch zu sein scheinen als symbolisch oder rituell, waren die Leviten der erste Kreis um die rätselhafte Bundeslade und die deren Segen am meisten Ausgesetzten. Sind die Juden der Sauerteig gewesen, der das ganze Mehl durchsäuern sollte? Ist in ihre Gene der Samen der Erlösung eingepflanzt worden, winzig wie ein Senfkorn, aus dem doch ein riesenhafter Baum hervorwachsen sollte, so dass die Vögel des Himmels sich in seinen Zweigen ein Nest bauen könnten? Ist ihr Geist umgestaltet worden wie der des Meisters Bezalel, auf dass er mit Engelskraft denken und Wundergeräte bauen könne? »Als ich ein Kind war, sprach ich wie ein Kind, empfand ich wie ein Kind, dachte ich wie ein Kind; als ich erwachsen geworden bin, habe ich mit dem Kindlichen aufgehört. Jetzt sehen wir wie in einem Spiegel ein dunkles Angesicht, dann aber werden wir von Angesicht zu Angesicht sehen; jetzt erkenne ich stückweise, dann werde ich vollkommen erkennen ...« Wie denken die Engel, wenn wir im Vergleich zu ihnen wie Kinder denken? Hat damals, in der Wüste um den Berg Hor, nicht etwa eine riesenhafte eugenetische Maßnahme stattgefunden? Hat nicht etwa ein Volk auf Erden damals, neben vielen Leiden, eine himmlische Gabe empfangen? Hat sich der Same nicht etwa durch lang anhaltende Vermischungen von Völkern auf der ganzen Welt ausgebreitet, so wie der Sauerteig das Mehl durchsäuert? Vielleicht fließt das himmlische Jerusalem bereits durch eure Adern, vielleicht erleuchtet der Heilige Geist bereits unseren Stirnlappen, vielleicht *wird* die Erde, Tag um Tag, mehr und mehr zum Reich Gottes ... Zuerst der Jude, dann der Grieche, zuerst der Gläubige, dann der Barbar, wir alle verwandeln uns allgemach in Engel. Und wenn die Wandlung vollendet sein wird, werden die Sämänner kommen, die Ernte einzusammeln. Dann wird der Weizen gleich der Sonne gleißen und sich nicht mehr von den Schnittern unterscheiden. Alle werden sich als Söhne und Bevollmächtigte des Herrn erkennen. Alle werden voll Glaubens sein, des rätselhaftesten Wortes in allen Religionen, denn nur der Glaube, ohne Werke, kann dich zur Erlösung führen, nur der Glaube gibt dir die Kraft, der materiellen Welt zu befehlen, wie du deinen Armen befiehlst, sich zu bewegen, so dass, wenn du einen Glauben hast so groß wie ein Senfkorn, du dem Berg gebieten kannst, sich ins Meer zu stürzen, du auf den Wassern wandeln kannst, du den Wein, das Brot und die Fische mehren kannst: Es genügt, ohne Zweifel zu glauben, dass etwas sich ereignen wird, damit es sich wahrhaft ereignet. Über das ganze Geschöpf wird sich dann der Geist des Herrn ergießen, und in alle Herzen wird sein Gesetz eingeritzt werden. Unsterblich, ewig, ausgedehnt bis an die Grenzen der Räume, der Zeiten und der Weiten der Welt, sie durchbrechend, um zu anderen Universen vorzustoßen, wobei aus unsern Herzen Lebenswasser quillt, werden wir Dich dann vollkommen erkennen, so wie auch Du uns vollkommen erkannt hast.

Doch züchten etwa – fragt sich unser zwischen Raubtier und Engel stehengebliebener Geist – nicht auch wir Pflanzen und Tiere, haben wir sie nicht durch langwierige und sorgsame Auslese gezähmt, indem wir nicht die für sie besten Eigenschaften wählten, sondern diejenigen, die wir brauchten? Züchten wir nicht das Schaf seiner Wolle und das Schwein seines Fleisches wegen und die Seidenraupe um ihres glitzernden Fadens willen? In den Evangelien werden wir Ernte und Herde genannt, den unergründlichen Plänen derer unterworfen, für die wir leben. Wir sind Tontöpfe auf der Scheibe des Töpfers, die einen zum Ruhm, die andern zur Schmach bestimmt. Wir finden kein Wort im Angesicht dessen, den wir nicht verstehen können. Nackt und schwärenübersät auf unserem Kehrichthaufen, uns mit einer Scherbe schabend, müssen wir bloß den Namen dessen preisen, der uns nach Gutdünken alles gibt oder nimmt. Wie sollten wir uns denn nicht davor fürchten, dass wir nichts bedeuten in den Augen der Wachenden? Werden sie uns denn, nachdem sie die Frucht des in uns gepflanzten Samens geerntet haben, ins Feuer werfen wie die Nichtsnutzigen? Wir züchten Seidenraupen, pflegen sie und füttern sie, blicken sie mit väterlichem Lächeln an, und dann, wenn sie ihren Leib mit dem kostbaren Kokon umwickelt haben, werfen wir sie, mit demselben strahlenden Lächeln, in den Kessel mit wallendem Wasser, wo Weinen ist und Knirschen mit den Zähnen. Danach, wenn wir ihnen den kostbaren Faden genommen haben, werfen wir die winzigen Leichen in den Abfall. *Was* werden die Engel von uns ernten, am Ende der Zeiten? Was haben wir denn an Kostbarem für ihre aus Wasser und Geist gekneteten Leiber?

Und selbst wenn dem nicht so wäre, wird die Erlösung denn das Gedächtnis, die Gedanken und unser Wesen retten? Werden wir noch immer wir, die Wiederauferstandenen, sein, falls es eine Auferstehung geben wird? Wozu würde mir das ewige Leben frommen, wenn ich meine Erinnerungen verlöre? Wenn die Reflexe meines Fleischleibes aufgehoben wären? Was würde es mir nützen, ein allumfassendes Bewusstsein zu sein, wenn die Neuronen in meinem Schädel, die »ich« sagen und die, dort im Gehirn, mein Sehfeld hervorbringen, für immer zerstört werden? Wäre es denn nicht so, als würde ich mich dem Wahn hingeben, dass ich, nachdem ich gestorben bin, die Welt trotzdem noch sehen werde durch die Augen meines Sohnes? Die Evangelien reden von einer Auferstehung. Jesus sagte zu Nikodemus, in der mystischsten Seite der heiligen Schriften, in einer Nacht voll des Geheimnisses und der Offenbarung: »Wahrlich, wahrlich, ich sage dir: Es sei denn, dass jemand geboren werde aus Wasser und Geist, so kann er nicht in das Reich Gottes kommen.« Paulus spricht auch von den himmlischen Leibern, in welchen die Menschen wiedergeboren werden: »Es könnte aber jemand fragen: Wie werden die Toten auferstehen, und mit welcherlei Leibe werden sie kommen? Du Narr: Was du säest, wird nicht lebendig, es sterbe denn. Und was du säest, ist ja nicht der Leib, der werden soll, sondern ein bloß Korn, sei es von Weizen oder

der andern eines. Gott aber gibt ihm einen Leib, wie er will ... Und es sind himmlische Körper und irdische Körper. Aber eine andere Herrlichkeit haben die himmlischen und eine andere die irdischen. ... also auch die Auferstehung der Toten. Es wird gesäet verweslich und wird auferstehen unverweslich. ... Es wird gesäet ein natürlicher Leib und wird auferstehen ein geistlicher Leib.« Den Auferstandenen wird das Geschlecht fehlen. Es ist der Preis der Unsterblichkeit. »Die Kinder dieser Welt heiraten und lassen sich heiraten; welche aber gewürdigt werden, jene Welt zu erlangen und die Auferstehung von den Toten, die werden weder heiraten noch sich heiraten lassen. Denn sie können hinfort auch nicht sterben; denn sie sind den Engeln gleich und Gottes Kinder, weil sie Kinder der Auferstehung sind.« Werden wir, die Wiederauferstandenen, also noch wir selbst sein, werden wir uns noch an diejenigen erinnern, die wir geliebt haben? Wird unser Ich noch dasselbe Ich sein, wird unser Herz noch dasselbe sein? Erinnert sich der Leib noch an das Ei am Anfang und die Pflanze an den Samen? *Wer* ist Gott, zu *wem* werden wir, nachdem unser Leben in der Welt das Ende erreicht hat?

Jesus ist von einer Jungfrau aus dem jüdischen Volk geboren, die von einem Erzengel besucht wurde. In der Bibel gebären oft Jungfrauen und unfruchtbare Frauen. Zweifellos ist der Heiland nur scheinbar nur ein Mensch. Auf dem Berg Tabor wird er verklärt, unter der Wolke, und er redet mit Mose und Elia vor den drei schlaftrunkenen Jüngern. Er kommt von oben, die Menschen kommen von unten. Sie sind von dieser Welt, Er ist nicht von dieser Welt. Zwischen den Kindern Gottes und den Menschen besteht eine riesige hierarchische Entfernung: »Unter allen, die von einer Frau geboren sind« – sagt Jesus über Johannes den Täufer –, »ist keiner aufgetreten, der größer ist als Johannes der Täufer; der aber der Kleinste ist im Himmelreich, ist größer als er.« Wie die Propheten spricht auch Jesus – für den alle Menschen gleich sind, ob arm oder reich, Juden oder Samariter, Frauen oder Männer – vom verheerenden Ende der Welt, das er für sehr nahe hält: »Wahrlich, ich sage euch: Dieses Geschlecht wird nicht vergehen, bis dies alles geschieht.« Die Erde werde an einem schreckenerregenden Tag des Hasses untergehen: »Wenn ihr aber hören werdet von Kriegen und Empörungen, so entsetzet euch nicht. Denn solches muss zuvor geschehen. Aber das Ende ist noch nicht so bald da. Dann sprach er zu ihnen: Ein Volk wird sich erheben gegen das andere und ein Reich gegen das andere, und es werden geschehen große Erdbebungen und hier und dort Hungersnöte und Seuchen; auch werden Schrecknisse und vom Himmel her große Zeichen geschehen ... Und es werden Zeichen geschehen an Sonne und Mond und Sternen, und auf Erden wird den Völkern bange sein, und sie werden zagen vor dem Brausen und Wogen des Meeres, und die Menschen werden vergehen vor Furcht und in Erwartung der Dinge, die kommen sollen über die ganze Erde; denn die Kräfte der Himmel werden ins Wanken kommen. Und alsdann werden sie sehen den Menschensohn kommen in einer Wolke mit großer Kraft und Herrlichkeit. Wenn aber dieses anfängt zu geschehen, dann sehet auf und erhebet eure Häupter, weil sich eure Erlösung nahet.« Für Jesus ereignete sich die Erlösung durch Entrückung in den Himmel, aufgrund von nur den Engeln bekannten Merkmalen, und sie war nur für Auserwählte bestimmt: »Und dann wird er die Engel senden und wird seine Auserwählten versammeln von den vier Winden, vom Ende der Erde bis zum Ende des Himmels.« »Denn wie es in den Tagen Noahs war, so wird auch sein das Kommen des Menschensohns. Denn wie sie waren in den Tagen vor der Sintflut – sie aßen, sie tranken, sie heirateten und ließen sich heiraten bis an den Tag, an dem Noah in die Arche hineinging; und sie beachteten es nicht, bis die Sintflut kam und raffte sie alle dahin –, so wird es auch sein beim Kommen des Menschensohns. Dann werden zwei auf dem Felde sein; der eine wird angenommen, der andere wird preisgegeben. Zwei Frauen werden mahlen mit der Mühle; die eine wird angenommen, die andere wird preisgegeben.« Wer werden die Auserwählten sein, und was ist ihre Berechtigung? Ist der Maßstab der Auserwähltheit ein sittlicher, der Freiheit des Menschen entsprungen, zwischen Gut und Böse zu wählen, oder ist es ein dem menschlichen Geist und menschlichen Belangen fremder Maßstab? Uns wird nicht gesagt, auf welche Art und Weise wir für Gott gut und wählbar sind, wir werden lediglich aufgefordert, zu wachen. Für Jesus erstehen die Toten nicht auf, und die Lebenden werden nicht verklärt. Wann werden sie wiedergeboren werden – die Frau, die den Acker pflügt, oder die Frau an der Mühle – aus Wasser und Geist? Auf der Erde? In der Wolke? Wenn sie ins Reich eingehen, auf einer neuen Erde, unter einem neuen Himmel? Der Apostel Paulus ist entweder besser unterrichtet oder weniger verschwiegen, denn er enthüllt in der ersten Epistel an die Korinther das Rätsel der endgültigen Auferstehung, die zu einer Wiederauferstehung der ganzen Menschheit wird: »Siehe, ich sage euch ein Geheimnis: Wir werden nicht alle entschlafen, wir werden aber alle verwandelt werden; und das plötzlich, in einem Augenblick, zur Zeit der letzten Posaune. Denn es wird die Posaune erschallen, und die Toten werden auferstehen unverweslich, und wir werden verwandelt werden. Denn dies Verwesliche muss anziehen die Unverweslichkeit, und dies Sterbliche muss anziehen die Unsterblichkeit ....«

Ich suche, in der Hoffnung zu finden, ich klopfe an, in der Hoffnung, dass mir aufgetan werde, ich verlange, in der Hoffnung, dass mir gegeben werde. Mit meinem Großhirnganglion wie dem eines Regenwurms versuche ich das Wunder Deines Denkens zu verstehen. Das Weltall schwirrt um mich her, armselig wie das Wahrnehmungsfeld der Ameise. Ich sehe nicht über die beinahe an meiner Haut klebenden Quasare hinaus. Ich denke nicht über den logischen Raum meines Verstandes hinaus. Der Glaube reicht mir kaum aus, um meine Haut straff zu halten, um meine Gliedmaßen zu regen. Mit Grauen und Erschütterung, mit Blut, Kugelschreibertinte und Serotonin auf den ausgestreckten Handflächen rufe ich aus der Tiefe meines Manuskripts, Herr, zu Dir, rufe Dich herbei und fordere Dich auf, zu uns herabzusteigen: »Marána thá!«

Sommernacht, schwarze Windstöße, die dann und wann wie eine überwältigende Gefühlsregung hervorbrechen. Orte und Zeiten, aufgewühlt und im Wind der Finsternis flatternd. Ich habe weder Wesenheit noch Antlitz. Mein Leib hat sich von der Seele gelöst wie der Schlamm unter einem Wasserstrahl. Ich levitiere durch eine spukhafte Stadt, üppig geschmückt mit Stuckmaskaronen, lockigen Engelchen mit Fliegenköpfen und Schlangenköpfen und Spinnenköpfen. Kein Gebäude ist intakt. Die aschfahlen Mauern haben Risse, die bis hin zum Herzen des Hauses klaffen, eingestürzte Umfassungsmauern geben den Blick frei auf Eisenbetten und weiße Schränke mit seltsamen Spritzen hinter Glasscheiben. Riesenplatanen rauschen im glutheißen Wind, an dem Weg, mit dem alles allzeit anfängt. Der Weg, der nach links einbiegt, das Ufer mit schwarzem Wasser entlang, glitzernd wegen der orangegelben Glühbirnen. Gelbe, sonderbar menschliche Hunde begleiten mich, laufen lautlos dahin, eine Handbreit über dem Erdboden. So weit das Auge reicht, breitet sich die Esplanade. Darüber, am Himmel der Nacht, brennen Milliarden punktförmige Sonnen. Da ich aufblicke, sammeln sich alle in meinen Pupillen. Ich levitiere entlang den Straßenbahngleisen, die unter den fahlen Glühbirnen glänzen.

Es ist ein Viertel, in dem ich noch nie gewesen bin und das ich dennoch so gut kenne, dass jedes Gebäude an der Ecke irgendeiner Straße und jede Statue in irgendeinem dunklen kleinen Park mir bestätigen, dass ich auf dem guten Weg bin. Hin zu der Antwort, an die sich keine einzige Frage richtet.

Die Trambahn kommt, hält mitten auf der Straße vor mir an. Es ist die Nummer 26, die, welche die ganze Stadt umrundet. Ich steige ein, ohne dass es mir merkwürdig vorkommt, dass sie eigentlich keine Waggons hat, sondern nur Fahrgestelle, auf denen die Sitze angebracht sind. Der Anhängerwagen hat zudem eine Art Kran, der einem Galgen aus Metall gleicht. Ich gehe zu Silvia, aber es ist noch weit bis zu ihrer unterirdischen Kammer. Die Straßenbahn fährt los, in die Nacht, bestrahlt die Gleise mit ihrem einzigen Scheinwerfer, der Wind lässt mir Haar und Kleider flattern, obgleich ich nicht weiß, dass ich sie habe, es ist nur die Empfindung des Wehens und Zuckens ... Auf den Sitzen gibt es noch Fahrgäste, sie betrachten ebenfalls gebannt die durchscheinende Stadt, durch die wir reisen, deren schwindelerregende Anblicke. Es gibt grell erleuchtete Geschäfte, Säulengänge, gespentische Paläste mit Uhren in je einem Turm, unglaublich reichverzierte Fassaden, ein Gewühl unbegreiflicher Allegorien ... Querstraßen mit Enden, die sich in der Nacht verlieren ... Wir fahren an einem Gebäude mit kreisrunden Fenstern vorbei, geschmückt mit riesenhaften ausgestopften Vögeln, mannshohen Stieglitzen und Zeisigen, und plötzlich sind wir am Nordrand der Stadt, wo die Haltestellen spärlich werden und die Gleise in das schwarze Gras eines endlosen Parks einsinken. Wir steigen alle an der Endhaltestelle aus, das Herz beklommen vor Ferne und Einsamkeit. Wir schreiten an einem rechteckigen Becken mit schwarzem Wasser vorbei, das in der Nacht kaum sichtbar ist. Ich beuge mich über das Wasser und sehe mich in seiner onyxgleichen Oberfläche: In jedem Spiegel ist Victor, der dunkle Bruder, der sich zeigen wird.

Ich gehe vorbei an einem abgeschieden auf dem Feld stehenden Haus mit einem offenen Fenster. Ich bleibe darunter stehen und lausche dem Gemurmel, das aus dem erleuchteten Gemach dringt. Es sind Stimmen, die eines Mannes und einer Frau, ein dünner Faden Musik. Und mit einem Mal übermannt mich das stürmische Verlangen, dort zu sein, bei ihnen, noch einmal jenes geliebte Zimmer zu sehen, in dem einstmals ... Der Hauseingang liegt um die Ecke, wo die Nacht allgewaltig ist. Auch die Sterne sind im feierlichen Schatten des Hauses nicht mehr zu sehen. Ich stoße ein schwarzes schmiedeeisernes Tor auf und trete in die eisige Finsternis des Flurs. Ich bin schon einmal hier gewesen, ich kenne die Ausrichtung jedes Gangs, jeder Tür. Ich kenne das Mosaik an der Wand, den dampfenden Stieltopf, den man jetzt nur noch als bläuliches Gespenst sieht. Mich interessiert keine andere Tür, ich öffne sofort die weiße, unerhört hohe aus kanneliertem Holz zu meiner Rechten.

Das Zimmer ist weiß, weitläufig und vor allem ungewöhnlich hoch. Die Decke ist mit zarten Reliefs ausgeschmückt, weiß wie die Wände, wie die Stilmöbel. Es gibt einen Tisch in der Mitte, darauf glitzernde Gläser mit hohem und dünnem Stiel. Auch gibt es leere Teller aus Porzellan. Am Tisch sitzen, die Gesichter einander zugewandt, Mutter und Vater, jung und schön, so wundervoll gekleidet, dass man sie nicht an der Kleidung hätte erkennen können. Mutter hat ein blaues Satinkleid an, Vater einen dunkelgrünen Anzug, ebenfalls aus Satin. Als wären sie in das Stanniolpapier riesengroßer Salonbonbons eingewickelt. Sie drehen sich mir zu, lächelnd und innerlich verbunden. Durch das offene Fenster dringen Schwärme grüner, zarter und durchscheinender Insekten ins Zimmer, die das Licht umschwirren und plötzlich, schwer wie Weizenkörner, auf das feine holländische Leinen der Tischdecke fallen. Überall im Raum wimmeln sie herum. In den Ecken haben sie sich raschelnd angehäuft. Das Haar meiner Eltern ist voll davon.

Ich steige mit Mühe auf den Stuhl. Alles ist zu hoch, zu massig für meinen kleinen Leib und meine Gliedmaßen. Ich hebe den Kopf über den Tisch, neben der blauen Hüfte von Mutter. »Mircișor, das Essen ist kalt geworden«, flüstert sie mir zu. »Wo bist du bis jetzt gewesen?« Sie steht auf und geht zu dem Waschbecken, das ich erst jetzt wahrnehme. Auf einem hölzernen Schneidebrett liegt ein großer, dunkler und schleimiger Fisch mit glotzendem Auge, einer von jenen, denen ich das

Maul gern mit dem Finger öffnete. Mutter nimmt ein Messer und schlitzt jäh den weißlichen Bauch des Fisches auf. Sie wühlt mit den Fingern in den blutigen Innereien, reißt die perlmuttsilberne Schwimmblase heraus – zwei spitze Bälge voll Blut – und legt sie auf den sauberen Teller. Sie setzt ihn mir vor, zwischen der Gabel und dem Messer, die ungewöhnlich glänzen: »Na komm, iss schon!'s darf nichts übrig bleiben.« Beim Anblick der Blase wird mir speiübel. »Das mag ich nicht«, schreie ich und verziehe mein Gesicht zu einer Fratze. »Na, verdammt nochmal«, beharrt Mutter und sieht mich böse an. »Das nicht, dies nicht, was soll ich dir denn geben, Leckerbissen, gebratene Muscheln? Iss, was auf dem Teller ist!« »Will ich nicht«, sage ich, und eine Woge des Grauens überwältigt mich, denn plötzlich erheben sich beide von ihren Stühlen, kommen auf mich zu, packen mich und versuchen mich zu zwingen, alles aufzuessen. Ich brülle verzweifelt, werfe mich auf den Boden, lasse mich schwer wie ein Klotz in ihre Hände fallen ... Sie haben mich in die Enge getrieben, Vater hält mich fest, Mutter naht mit einem riesenhaften Löffel, auf dem die perlmuttsilbrige Schwimmblase mit geronnenem Blut darüber glänzt. Vater packt mich an der Nase, ich spüre den Druck des kalten Löffelrandes an den Lippen. Die Zähne entkrampfen sich, man stopft mir das eklige Zeug in den Hals, das schauderhaft nach verdorbenem Fisch stinkt, jetzt ist es in mir, von irgendwoher taucht ein gewaltiges Glas Wasser auf, »trink«, sagt Vater, ich schlucke wie von Sinnen und bin plötzlich befreit, verweint und schweißdurchtränkt, schluchze gedemütigt in der Ecke des hangargroßen Zimmers ... Sie führen ihre Gesichter an meines heran, die Silberfolie an ihnen raschelt, Mutter wischt mir die Tränen ab, gurrt mir etwas ins Ohr ... An ihrer Hüfte reißt ihr blauer Rock mit metallischem Krachen, und auf einmal sehe ich den Schmetterling, den Lupus-erythematodes-Fleck, scharlachrot auf der blassen Haut ihres Leibes. Mutter folgt meinem Blick und bedeckt den Fleck mit beiden Händen, mit gespreizten und zittrigen Fingern. Auch ihre Lippen zittern, Vater legt ihr den Arm um die Schultern, er hat seinen ewigen Damenstrumpf über den Kopf gezogen, in eigenartigem Kontrast zur Eleganz des glänzenden Anzugs. »Na. Siehst du, du bist nicht dran gestorben. So schluckt man bei Tisch: Runter mit dem Ding, 's is halb so schlimm ...«

»Und da du brav gewesen bist ...« Mutter hat ihre Sicherheit wiedererlangt. Umschlungen sind sie jetzt ein zweiköpfiges Wesen, wie jene miteinander verwachsenen Föten in den dickwandigen Glasbehältern im Antipa-Museum. »Da du brav gewesen bist, komm, Mircişor, schau mal, was ich dir gekauft habe ...« Sie lösen sich voneinander, es sind wieder zwei, ihre Köpfe schweben ungeheuer hoch oben, an der Zimmerdecke, sie nehmen mich bei den Händchen, und wir treten zu dritt in den kleinen Flur hinaus. Auf einem Beistelltisch wie jenem, auf dem das Telefon steht, liegt unter einem Glassturz ein blauer Schlüssel. Mutter hebt die Glocke an und gibt mir den Schlüssel in die Hand. Es ist ein Schüsselchen mit einem Schmetterling, wie jene für aufziehbares Spielzeug. Die Frau kauert sich nieder und schaut mir tief in die Augen. »Mircişor! Mircişor, weißt du, wozu dieses Schlüsselchen gehört?« Niemals haben ihre Augen so stark geleuchtet. Von einem Stuhl nimmt sie ihre scharlachrote Handtasche mit feinen Schüppchen, aus der Zeit, als sie noch ein Fräulein war, in der sie seit eh und je vergilbte Urkunden, Quittungen, kleine Umschläge mit abgelaufenen Pillen, Fotos mit geplatzter Emulsion, Sicherungen vom Radiogerät und allerlei Kleinkram aufbewahrte und in der ich einst auf die Zöpfchen aus der Zeit stieß, als ich klein war. »Schließ auf, Schatz«, lächelt sie mir tiefernst und rätselhaft zu, und erst jetzt fällt mir auf, dass die Handtasche ein zu meinem Schlüsselchen passendes Loch hat. Jäh durchströmt mich eine endlose Liebe zu der Frau vor mir. Sie erhebt sich, und ich reiche ihr wieder bis zur Taille, ich reibe mir wieder die Locken an ihrem Kostüm aus zerfetztem Stanniol. Ich stecke das Schlüsselchen ins Schloss, drehe es, und die Handtasche springt auf. In ihrem feuchten Halbschatten ist ein kauernder und durchscheinender Fötus mit dunklem Auge. »Das bist du, als du klein warst«, lacht Mutter hellauf und weist mit dem Finger darauf, als würde sie ihn mir auf einem Foto zeigen. Der Nagel ihres Zeigefingers ist eingerissen und geschwärzt, der Fingernagel einer Arbeiterin.

Wir kehren ins Zimmer zurück, die Eltern setzen sich wieder an den Tisch. Aus dem altmodischen Lautsprecher aus kaffeebraunem Kunststoff erschallt ein uraltes Liedchen: »Durchs Fenster kommt der Mondenschein, kommt in unser Kämmerlein ...« Ich lasse sie dort zurück, verzaubert vom Lied ihrer Jugend, und gehe spielen. Wie üblich steige ich durchs Fenster hinaus, wobei ich auf die Fensterbank trete, auf der ich einst in der Sonne saß und in meinem Buch mit den Abenteuern des Prinzen Saltan blätterte, und als ich mit der Sohle der Sandale die Zementplatten berühre, wird es auf einmal hell, taghell bricht ein buntes, samtenes und gesegnetes Licht hervor, gefiltert durch die riesigen Rosen mit ihren durchscheinenden Blättern, durch die Forsythiensternchen, durch den schweren Duft der Robinien. Selig schreite ich durch den geschmolzenen Sommer dahin, unter dem von Wölkchen beladenen Azurgewölbe. In der Ferne flimmern irrwitzig die Glasberge, wechseln wie Chamäleonrücken stets ihre Farben. Ich gehe auf die Straße hinaus, an der gegenüberliegenden gelben Villa vorbei und steuere auf die Zigeunergrube am Ende der Straße zu. Als ich sehr klein war, hatte mich Vater einmal an der Hand dorthin geführt, und da war ein tiefes grasbewachsenes Tal, mit Zelten bedeckt, aus denen Rauch aufstieg ... Und ein alter Zigeuner schmiedete Ringe aus Silber, saß im Schneidersitz auf der Erde. Jetzt waren keine Zigeuner mehr da. Das Tal war mit lila Mohnblumen bestreut, Schlafmohn, schwindelerregend und dermaßen giftig duftend, dass die Vögel nicht darüber flogen. Ich stieg ins Tal hinab, sank bis zur Körpermitte, dann bis zur Brust in die fleischigen Blüten ein, presste mit den Fingern die Milch aus ihren kindskopfgroßen Kapseln. Es war das Tal des Vergessens, das wir alle auf dem Weg zu den Pforten des Paradieses durchschreiten, dem Pfad des Schlafs und der Träumerei folgend. Ich habe das hart gewordene, aus jenen Schädeln tropfende Endomorphin aufgesogen, habe wie ein Buddha mit aufeinandergepressten Lippen, mit geschlossenen Lidern, die Augäpfel zum inneren Quell der Lust zurückgedreht. Und unvermittelt bersten die Farben, und die Düfte werden schmerzhaft wie Schwerter, und auf deren blanker Klingenoberfläche sehe ich mein Antlitz, und ich bin blond und habe blaue Augen, und jedes meiner Augen ist das Azurgewölbe einer glückseligen Welt. Ich habe die Sonne in der Brust, den Mond auf dem Rücken und zwei Morgensterne auf den Schultern. Das Fleisch meines Leibes ist zart wie das des Apfels. Ich steige hinunter ins Tal, tiefer und tiefer, die Blütenblätter des Schlafmohns haben mich nun vollständig begraben und recken sich über meinem Kopf zur Sonne empor. Ich bin ganz bunt gescheckt in ihren schwindelerregenden Farben.

Im tiefsten Grund des Tals, zwischen den mächtig wie Bäume gewachsenen Mohnblumen, tut sich eine Lichtung auf. In der Mitte steht ein altes, verfallenes Bauernhaus. Es ist Opas Haus in Tântava. Ich erkenne sofort die Quitten- und Mirabellenbäume im Hof, die im Gras nach Regenwürmern scharrenden Hühner, den Backofen aus Lehm und die Scheune. Über die kleinen Fenster des Hauses neigen sich die Zweige eines Birnbaums mit reifen Früchten. Viele überreife, angefaulte und zerquetschte Birnen liegen unter ihm, riechen nach Fallobst und Obstschnaps. Die Tür des Hauses steht halboffen, was es bei Opa niemals gab. Die Schindeln auf dem Dach sind durch Regengüsse geschwärzt. Verzaubert betrete ich den Vorraum. Ich erkenne alles, die nach Schaf und Ikonen riechenden Wohnräume: Erde auf dem Fußboden, frisch besprengt und gefegt, rohseidene Tücher an den Wänden ... links das Gästezimmer, die Truhe, in der Opa die Büchlein aus der Reihe »Der Sack voller Geschichten« aufbewahrte, die er von der Genossenschaft statt des Restgeldes bekommen hatte, die an die Balken gehängten Lammfellmützen und -mäntel. Ich entsinne mich, wie ich dort schlief, auf strohgefüllten Kissen, und wie ich morgens ein einziges Bläschen war wegen der Hunderten Flöhe, die über mich herfielen. Rechts der Wohnraum, die Wände bedeckt von Ikonen in Rahmen aus zerstoßenem, rot und blau gefärbtem Glas, mit alten Fotos von Soldaten und Bäuerinnen ... das uralte Radio, das nie funktioniert hatte, und der Tisch mit einer Schublade, in der Opa seine bleifahlen Augengläser aufbewahrte ... die vom Birnbaumlaub dunkle grüne Luft, die gesprungenen, mit Petroleum bestrichenen Balken, der Geruch nach Petroleum, Kalk und Heiligkeit, Walnüssen und Schnaps, der Geruch einer menschlichen Behausung, der einzigen Art Behausung, in welcher der Mensch leben sollte.

Die schiefe, aus Holzbalken gezimmerte Leiter, glattgescheuert vom häufigen Gebrauch, führt zum Dachboden. Ich steige vorsichtig hinauf und recke meinen Kopf über die Bretter des Dachkammerfußbodens. Eine Säule blendenden Lichts senkt sich schräg vom Oberlicht herab und lässt in ihrem Strahl Milliarden Staubkörnchen tanzen. Der Rest ist Halbschatten mit Topfscherben und Krempel. Ein riesenhaftes Spinnennetz mit dem dicken Tier in der Mitte, zwischen zwei Dachsparren gespannt, gleißt in der Sonne. Jenseits der Spinnwebe gewahre ich unversehens Mutter, eine junge Bäuerin mit Kopftuch. Sie sammelt Walnüsse in ihren Rockschoß, wirft die schwarz gewordenen oder hohlen weg. Ich steige höher auf der Leiter, und nun hat auch sie mich bemerkt. Doch sie senkt bald den Blick und macht sich weiter an den Walnüssen zu schaffen. »Mama«, sag ich, »du weißt, warum ich gekommen bin.« »Ja«, sagt Mutter mit niedergeschlagenen Augen, »du sehnst dich danach, dass ich dir noch einmal die Brust gebe.« »So ist es, Mama, aber ich möchte, dass du sie mir jetzt unter den Grundmauern des Hauses gibst. Tu mir bitte diesen Gefallen.« Mutter erhebt sich, hält den Saum ihres mit Walnüssen gefüllten Rocks mit der Hand hoch. Ich steige hinunter, sie folgt mir, lässt die Walnüsse in einen Korb neben dem stets mit einem Holzdeckel abgedeckten Wassereimer im Vorraum kullern. In allen Winkeln gibt es dicke, dicht gesponnene Spinnweben, voller auf der Lauer erstarrter Klauen. Wir gehen vor das Haus hinaus in die fahle Nachmittagssonne. Mit dem kleinen Finger der linken Hand hebe ich das Haus hoch, reiße es aus den Grundmauern, und Mutter kriecht dort in den Schattenspalt hinein. Eine Hausschlange mit gelbem Bauch schleicht sich träg an sie heran. Mutter knöpft ihre Bluse auf, holt die Brust hervor und richtet deren Brustwarze, auf der ein Tropfen Milch glänzt, auf mich. Doch ich lasse die Grundmauern des Hauses sachte auf die Brust mit den bläulichen Äderchen niedersinken. Die Frau stöhnt vor Schmerz in ihrem nach Erde riechenden Heim. »Mama, sag ehrlich, hab ich noch einen Bruder gehabt?« »Du hast keinen gehabt, mein Liebling ...« Ich lasse das Haus tiefer sinken und stärker auf die weiße Brust drücken. »Ich weiß, dass ich einen gehabt habe, aber ich will es aus deinem Mund hören.« »Nein, mein Liebling, woher denn auch?«, schreit die tränende Frau. »Und lass mich los, mein lieber Schatz, denn es sticht mir ins Herz ...« Ich lasse das Haus noch tiefer herabsinken, und plötzlich schreit Mutter, nicht als ob sie vor Schmerz die Wahrheit sagen, sondern als ob sie sich erst jetzt erinnern würde: »Ja! Ja, Mircişor, du hast ... du hast einen Zwillingsbruder gehabt, ihr wart zu zweit in meinem Schoß, zwei Knaben mit goldenem Haar ... Das hab ich deinem Vater versprochen, als wir uns trauen ließen, und ich hab Wort gehalten!« »Und was ist aus meinem Bruder geworden?« »Weiß ich nicht, weiß ich nicht!«, schreit Mutter und bricht in

Ströme von Tränen aus. Ich lasse sie frei und sage zu ihr, ihr unverwandt in die irre blickenden Augen schauend: »Du sollst wissen, dass du keine Freude mehr an mir haben wirst, bis ich meinen Bruder wiederfinde. Back mir einen mit Milch von deinen Brüsten gekneteten Fladen, denn nun mach ich mich auf den Weg!« Mit dem Fladen im Reisebeutel bin ich von hinnen gezogen, den Reigen tanzend und die Doina singend, durch die klebrigen, im Sonnenschein durchsichtigen Stängel der riesigen Mohnblumen. Über mir verflochten und entflochten sich die Wolken am tränenklaren Himmel.

Bald trat ich aus dem Mohnwald hinaus und schlug einen schmalen Pfad ein, der sich durch ein mit Sonnentau überwuchertes Sumpfland schlängelte. Die fleischfressenden Blumen glühten in der Sonne durch ihre Abertausenden klaren Tropfen, die sich an den Leib jedes Tieres hefteten, ob Vogel, Fisch oder Mensch, das dort vorbeigegangen wäre, und ihm die Röte aus den Wangen und das Mark aus den Knochen saugten. Mit ihnen verflochten waren gelbliche Winden und riesenhafte Fliegenpilze mit aufgerissenem Rachen. Die größten waren mannshoch, und man durfte sie um Gottes willen nicht berühren. Sie packten einen augenblicklich, und zwischen ihren zusammengekrampften Zähnen ließ man seine Gebeine. Giftige Dämpfe stiegen auf vom Sumpfland mit Tümpeln klaren Wassers. In weiter Ferne sah man schemenhaft durch grünlichen Dunst die Glasberge. In der Stille, die sich herabgesenkt hatte, hörte ich plötzlich einen Hilferuf und ging dorthin, voller Ekel auf der Hut vor dem Leim der Sonnentaublüten. Zwischen den Zähnen des größten und schrecklichsten Fliegenpilzes im ganzen Sumpfland gewahrte ich einen alten Mann mit vielfarbigem Fleisch, mit irisierenden Augen wie der Schimmer des Zeisiggefieders, mit einem Bart, der wie ein Spiegel schillerte. Der grüne Drache hatte ihn gepackt und ließ ihn nicht mehr los. Ich zerschmetterte seinen schotenartigen Kerker und holte den Greis, der kaum noch eine Seele im Leib hatte, heraus. Zur Belohnung, dass ich ihm das Leben gerettet hatte, nahm mich der Blumenmann-mit-dem-Seidenbart, denn er war's, mit zum gläsernen Berg, wo der Schlangenkaiser seinen Wohnsitz hatte; nach geraumer Zeit kamen wir dort an. Mitten im Kristallfleisch des Riesenberges gewahrte man einen zusammengerollten Skolopender mit Tausenden Füßen, der ihn völlig ausfüllte, wie die Leibesfrucht den Schoß der Mutter ausfüllt. Der Greis knallte mit einer Peitsche, und im Nu fanden wir uns auf dem Gipfel des Berges wieder. Von dort ließen wir unsere Blicke über das ganze Reich schweifen. Und alles war wie der Flügel eines Zauberfalters, mit Bergen und Gebirgsseen und Lichtungen und Bumentälern und Flüssen mit Wasser aus zerschmolzenem Gold und einer Sonne wie eine Pomeranze an einer Seite des Gewölbes und dem Quecksilbermond auf der anderen, Bruder und Schwester, die hintereinander herjagen und sich niemals zu fassen kriegen. Bis an die Sichtgrenze breitete sich die liebliche Blume des Landes Tikitan aus, mit nach den vier Himmelsrichtungen gespreizten Blütenblättern wie ein purpurrotes Herz. Auf dem Gipfel des Glasberges verging die Zeit nicht. Dort, in einem Palast, welcher der Sonne nach kreiste, wohnte der Schlangenkaiser, der den wenigen Reisenden, die sich bis dahin vorwagten, alles zu geben pflegte, was diese verlangt hätten. »Er wird dir seinen Schatz mit Edelsteinen und Piastern zeigen, du sollst aber nichts anderes als die Perle hinter seinem Backenzahn im hintersten Winkel seines Rachens verlangen«, rät mir der Blumenmann-mit-dem-Seidenbart. Der Leib des Schlangenkaisers ließ einen erstarren, ganz und gar mit Glasschuppen bedeckt, wie er war. Als er von der Perle hörte, verschlang er mich vor Zorn, spie mich aber wieder aus, und zwar zehnmal kräftiger, stattlicher und ansehnlicher, als ich gewesen war. Die Perle war so groß wie der Bulbus eines Menschenauges und durchscheinend wie Kristall. Da ich in eine Art Betäubung gefallen war, ließ ich sie über Hals, Kinn, Lippen und Nasensattel rollen, bis ich sie, eisig wie Brunnenwasser, zwischen den Augenbrauen zum Stehen brachte. »Ājñā«, wisperte der Blumenmann mit dem Seidenbart, »die letzte Rast vor dem Sahasrāra ...« »Die Perle wird dir fortan jeden Wunsch erfüllen«, fügte er hinzu und wurde unsichtbar.

Und ich habe zu wünschen begonnen, und die grenzenlose Welt ist blitzartig auf meinen Handflächen gewesen. Augenblicklich wurden weitläufige Tafeln gedeckt, mit allerlei Gerichten, mit süßen und trügerischen Getränken, mit Feen in Rohseidengewändern, die mich in ihr duftendes sprödes Haar einhüllten. Aus den vier Himmelsrichtungen kamen die Kaiser, mir zu huldigen. Vom Himmel herabschwebende Engel in weißen Gewändern stießen in Silberposaunen und riefen allzeit: »Heilig! Heilig! Heilig!« In Kelchen aus geriefeltem Gold, mit krummen Perlen besetzt, schwappte das lebendige, aus den Gehirnen der Entschlafenen gemolkene Wasser: Ambrosia und Nektar, Met und Meskalin, Opium und Enzephalin, die dir die Augen der Seele auftaten, dass du mit Gott am Tische saßest. In mir war so viel Seligkeit, dass mir die Haut riss und die Knochen mir zersplitterten, und mit dem Brüllen gelber Lohe schoss ich jählings frei wie ein Vogel in die Welt. Aus meinem neuen, aus Geist und Wasser geborenen Leib, zerschmolzen in dem Entzücken, das der Mensch nur dann fühlt, wenn er seinen Samen in sein Weib ergießt, glitzerten die Sterne wie Sandkörner, und die Wolken verhedderten sich wie die Samen des Löwenzahns in meinen Wimpern. Mit freudegedörrtem Herzen, versteinert angesichts der tausendgestaltigen Pracht des irdischen Paradieses, wand ich mich wie eine Feuerrose in einem Wintersturm des Entzückens.

Peitscheknallend stieg ich zuweilen vom Gipfel des Glasbergs hinunter, um mein Reich zu erkunden. Ich durchschweifte gefurchte Gebiete wie die zarte Haut in der Achselhöhle der

Frauen, stieg in Höhlen hinab, wo es mehr Licht gab als draußen, das kam von Abertausenden regenbogenfarben glimmernden Bergkristallen. Ich irrte auf den afferenten Bahnen des dopaminergen Systems im Dach des Hirnventrikels, dort, wo jede elektrische Reizung endlose Lust hervorruft. In einen der hypothalamischen Kerne bin ich durch ein Kamillental hinuntergestiegen, ich tauchte in die wohlriechenden Blüten voller Marienkäfer, bis von meiner Freude nichts mehr nach außen hervorbrach. Dort habe ich mich hingelegt, wobei ich die dicken, pollenstrotzenden Körbchen und die zarten Blätter unter mir zerdrückte, und habe gewusst, dass ich im Tal-der-Erinnerung war, denn plötzlich sind Mia-die-Mirabelle-leck-die-Kelle und ihr Bruder aufgetaucht, so wie damals, als wir vor dem Hof mit Rosenlorbeerbäumen in der Silistra-Straße in Schlamm und Pfützen spielten, und wieder habe ich das goldene Glöckchen zwischen den Fingern gehalten. Und wieder habe ich mein Gesichtchen eines zweijährigen Kindes in der milchkaffeefarbenen Pfütze gesehen, und über meinem Gesichtchen zogen die Gewitterwolken jenes Frühjahrs vorbei, in der Erinnerung ebenso alt geworden wie meine blassen Zöpfchen in Mutters scharlachroter Handtasche. Und wieder habe ich, wie damals, das Glöckchen in die Pfütze fallen lassen, habe die Finger ins schmutzige Wasser gesteckt und sie weiß und nackt herausgezogen, und das Glöckchen, das für immer im zitternden Fleisch meines Geistes geblieben ist, wie ein Granatsplitter im Leib eines Kriegsveteranen, ertönt noch heute, dann und wann, wenn ich mitten in der Nacht aufwache, mit demselben süßen Klang im Ohr, der mein ganzes Leben wie ein goldener Draht durchzogen hat: kling! Und ich habe den Pfau und die Pfauin wiedergesehen, hinter einen Drahtzaun gesperrt in dem U-förmigen Hof, einer zweiten Gebärmutter, in der ich in Seligkeit und Glück, von den Nornen verheißen, gelegen, habe Onkel Nicu Bă und Coca und Ma'am Catana wiedergesehen und die beiden jungen und unendlich hochgeschossenen Menschen, die mich drehten und wendeten und einander zuwarfen im Halbschatten des Zimmers mit Zementstrich, in dem meine Haut leuchtete wie der Mond und wie die Sonne. Und als ich mich von der zerdrückten Kamille erhob, mit dem nach Frischzartem und Süßsäuerlichem riechenden Leib, war Mutter bei mir, im Bett, wo sie mir einen Stapel Kissen hingelegt hatte, damit ich »wie die feinen Herren« sitzen könne, und das gesprenkelte Licht des Hofs mit seinem Vorstadtgelärm und -wirrwarr drang zum Fenster herein. Mutter hielt den Spiegel, den sie von der Wand abgehängt hatte, in den Armen, gefleckt und mit zerfressenem Silber, mit Bereichen, durch die man ihren Leib sah, durchmischt mit Bereichen, in denen ich mein Gesichtchen sah, und ich betrachtete mich im Spiegel und lachte meinem Antlitz zu und streckte meine Händchen hin zu seiner tiefen Glanzschicht, und aus der Tiefe streckte meine Gestalt mir die Hände entgegen. Der Spiegel warf ein großes Licht über den Tisch, auf dem das Kohlebügeleisen thronte, und über den verrosteten Kochherd. »Mircişor«, sagte mir Mutter, »sieh mal, was mir passiert ist, ich hab mich an der Kante des Spiegels geschnitten, verdammt nochmal ...« Ich sehe zu, wie Blut von Mutters Finger tropft, und sage mir, dass ich jetzt weiß, womit sie im Innern gefüllt ist, und das Blut gleitet auf die Tagesdecke auf dem Bett, rieselt auf den Fußboden, rinnt quer durchs Zimmer und läuft unter der Tür hinaus. »Geh der Blutspur nach«, sagt mir die junge Frau mit in Tränen schwimmenden Wimpern und schiebt mich sachte zum Bettrand.

... Und ich bin der Blutspur nachgegangen, die den gepflasterten Hof durchzogen, sich durch die betäubend riechenden Rosenlorbeerbäume geschlängelt und die Fußsohlen des alten Catana durchnässt hatte, der sich auf einer Stufe vor seinem Zimmer sonnte, bärtig und mit der Bläue des lieben Gottes in den Augen, und aus dem Hof getreten war und mitten auf der in die weite Welt führenden Straße weiterlief. Während ich sie mit den Augen verfolgte, ging ich an dem niedrigen, schummrigen Lebensmittelladen vorbei, an dem Haus mit bunte Glaskugeln tragenden Pflöcken im Hof, an der Bruchbude, in der niemand mehr wohnte, bis ich an einer Wegkreuzung anlangte. Und dort, am Rand des Weges, der in ferner Weite auslief und die Erzählung für immer verließ, fand ich eine Taube, eine Rose und ein Taschentuch. Die Taube war fröhlich, die Rose aufgeblüht und das Taschentuch heil, ein Zeichen dafür, dass mein Bruder, irgendwo auf der Welt, am Leben war.

Obgleich diese Hure von Leben, in dem ich erwacht bin – der Teufel weiß, dass ich es nicht gewollt habe –, für mich ein grenzenloser Dreck war, ist meine erste Erinnerung nicht hässlich. Ich sitze auf einem Bett in einem engen Zimmer, und eine Frau hält mir einen Spiegel vor. Darum weiß ich auch, wie ich damals aussah: ein Rotzlöffel, der grinste und die Hände ausstreckte, um mich zu packen, als hätte ich mich von Anfang an ganz allein erwürgen wollen. In dem Briefumschlag voller Schmutz und Blut, denn ich habe ihn in Dschibuti und in Kolowezi und in Zentralafrika und im Libanon und in Französisch-Guyana in der Brusttasche getragen, bewahre ich noch die Hälfte eines sehr alten Fotos auf. Ich weiß nicht, warum ich es mit mir herumschleppe, und ich habe nie gewusst, warum es zerrissen ist. Ich habe mich daran gewöhnt zu glauben, dass es mein Talisman ist, meine Baraka, und dass, wenn ich es nur einen Tag lang nicht in meiner Brusttasche hätte, die Hölle plötzlich über mich hereinbräche, und ich weiß, was die Hölle ist. Doch ich stelle es mir auch nicht vor, wie ich es nicht tragen könnte, wie ich mir nicht ausdenke, wie es wäre, wenn ich einmal das Stirnbein zu Hause vergäße und so hinausginge, mit entblößtem Gehirn, auf dem die Fliegen krabbeln ... Auf dem Foto, das weder durch Schneiden noch durch Zerreißen, sondern durch hartnäckiges Falten in zwei Hälften geteilt worden ist, bis der Überzug platzte und das Papier sich abnutzte, ist das Kind im Spiegel zu sehen, in den Armen gehalten von derselben mageren und ärmlich gekleideten Frau. Der Riss des Fotos hat ihr einen Ellbogen abgeschnitten, und aus dem Stumpf voller ausgerissener Adern, Nerven und Muskelfasern ist schwärzliches Blut geronnen, das sich mit meinem vermischt hat. Und damit ist jenes ganze Zimmer mitsamt der Frau zum Teufel gegangen, und das Kind und jener Bauch aus grauem Licht, in den ich gegossen worden bin und der mich dann auch in diese Hure von Leben gegossen hat, als wären zwei Bäuche mit mir dick gewesen, einer nach dem andern, und als hätte ich es fertiggebracht, dem letzten Bauch, bevor ich mit dem Kopf voran voll Kot und Schmiere herauskroch, mein blödes und unverständliches Amulett zu entreißen: ein zerfetztes Foto mit einem Kind und einer Frau.

Dann gab's eine andere Frau in meinem Leben voller Frauen und Leichen, zumeist Frauenleichen. Eine Nutte mit rosa Baskenmütze, als sähe man einen Heiligenschein um das Haupt einer nackten Schlampe, derweil sie dir kniend einen bläst. Ha, das wäre eigentlich so passend wie nur möglich, denn die Frauen geben sich nie demütiger, als wenn sie sich ihn ganz in den Hals stopfen, während sie mit vor Anbetung glänzenden Augen zu dir aufblicken. Ich erinnere mich wie im Traum: Ich schwebe in ihren Armen, ihr Haar riecht nach Zimt, an uns zieht eine Stadt aus gelblichem Wind vorbei, die sich zuweilen in rechten Winkeln zurückwendet und zuweilen sogar umkehrt. Ich kann es nicht erklären. Aber dann betreten wir ein fremdes Haus mit spitzem Dach, wie ich sie danach zu Tausenden und Millionen sehen sollte, bis zum Erbrechen, denn später bin ich mir dessen bewusst geworden, dass es ein flämisches Haus war, dort, wo es so etwas nicht geben dürfte, und in jenem Haus stopfte ein Mummelgreis Taranteln und Gottesanbeterinnen und handtellergroße Kornwanzen aus. Es war Gevatter Monsù, den ich danach allzu gut kennengelernt habe, habe ich doch auf diesem Fachgebiet gearbeitet. Der Alte hatte den unschuldigen Tick, Frauen hinzumetzeln, um ihrem Fleisch das Hüftbein zu entreißen, es zu reinigen, zu trocknen und mit Autolack aus Spritzpistolen zu färben, dieser wahnsinnige Teufelskerl, um diese Knochen wie Schmetterlinge aussehen zu lassen. Wie oft haben wir später unter seiner mit Schmetterlingen vollgehängten Wand unsere Zigaretten geraucht, die Schildchen mit dem Namen der Spenderin unter jedem einzelnen lesend: Carrie, Petra, Gertie, Ans, Joke ... Dann holten wir unsere Tiere aus der Hose und rieben sie uns, wobei wir uns jene lebendigen und nackten Luder vorstellten, bis wir einen Schleim herausspuckten, der ihre Gebeine befleckte. Anfangs war ich kaum zehn Jahre alt. Mein Ehrgeiz war es, dass mein Seim bis zu Cocas – so hieß die Frau – Schmetterling spritzte, denn er hing höher und hatte schönere Farben als die andern, oder so kam's mir vor. Eigentlich waren nicht alle bunt, einige waren schwarz und spreizten ihre Flügel wie verwunschene Fledermäuse, denn der Alte meinte, er bemale sie nicht zufällig, sondern nach den zehn Tafeln des Rorschach-Tests, dem diese Schweine von Ärzten auch mich tausendmal unterzogen haben, vor allem nachdem sie die riesigen Katzen gefunden hatten, die mit Nägeln zu durchbohren mir eine Heidenlust bereitete: Sie drangen leicht in die Tiere ein wie in einen zarten Apfel, und die kreischten wie am Spieß, dass einem warm ums Herz wurde. Wie sehr ich mich mit jenen Schwachköpfen in weißen Kitteln vergnügte: »Was siehst du hier, Jungchen?«, sagten sie zu mir. Es waren ein paar Tintenflecke, aber ich antwortete, um sie zu foppen: abgehackte Finger, aus dem Bauch gerissene Gedärme, ausgestochene Augen, die an ihrem Fädchen hängen, mit der Zange ausgerenkte Wirbel, auf dem Blatt Papier plattgequetschtes Gehirn ... Fontänen von Blut und Erbrochenem. Zerdrückte Käfer, gegen einen Stein geschleuderte Schneckenhäuschen, wobei das darin wohnende schleimige Wesen zwischen den Splittern zittert ... Fotzen, so sagte ich's ihnen ins Gesicht, sie mit meinen unschuldigen Äuglein anschauend, Fotzen mit auseinanderklaffenden Schamlippen ... Die Ärzte blickten mich ernst an, sagten nichts, doch ich sah, sah regelrecht, wie meine Worte sie verletzten, als wären es Eiszapfen, die ihnen unter die Haut getrieben wurden. Sie zitterten, wenn sie mich diesem Test unterzogen.

Doch kannte ich nicht Gevatter Monsù, kannte doch auch mich nicht allzu gut. Coca trug mich auf den Armen durch einen seltsamen Saal, dann betraten wir ich weiß nicht welchen anderen Saal, der auch unter freiem Himmel hätte sein können, so groß war er, wie eine Million Hangars für die Raketen aus Kourou, nur waren es statt jener Scheißraketen der blöden Franzosen Tausende und Abertausende Zahnarztstühle, jeder mit seinen Folterinstrumenten, der Fräse und dem Winkelstück und der Schale mit Wurzelkanalnadeln und Wundspreizern und Mundspiegeln und dem großen glühbirnenstarrenden Teller darüber, doch die Glühbirnen brannten nicht, und Coca knipste nur diejenigen an, an denen sie vorbeiging, so dass hinter uns eine verschlungene Lichterbahn zurückblieb, die von oben gesehen etwas bedeutete, eine Schrift oder ein Zeichen, denn Monsieur Monsù hat mir später gesagt, dass in meinem Leben nichts zufällig ist und dass der Fürst dieser Welt stets über mich gebeugt ist und sich ohne seinen Willen kein einziges meiner Kopfhaare bewegt. So dass der Fürst dieser Welt – den ich hernach gut gekannt und vor dem ich Angst gehabt habe – wahrscheinlich das las, was Coca schrieb, indem sie die Glühbirnen über den Zahnarztstühlen anknipste, und er war, glaube ich, zufrieden über jene Botschaft, denn sonst, verflucht nochmal, hätte er seine schwarze Tatze mit den riesenhaften Krallen auf uns niedersausen lassen und uns zu Brei zerstampft zwischen zig ebenfalls plattgedrückten Zahnarztstühlen.

Und von dort ging ich in eine Stadt hinaus, von der ich jetzt weiß, dass es Amsterdam war, und schwebte über jenen flämischen Häusern, die Grachten entlang, bis ich in das Viertel gelangte, von dem ich später erfahren habe, dass man es »das rote« nannte; in dessen Straßen und Betten und Schaufenstern und verrufenen Geschäften brachte ich meine Kindheit und mein Jünglingsalter zu, bis zum siebzehnten Lebensjahr, als ich in die Fremdenlegion eintrat. Wäre ich nicht in die Fremdenlegion gegangen, säße ich noch heute in Gefängnissen, wo ich die allermeiste Zeit gesessen habe, am Anfang in jenen für Kinder, Heime genannt, dann in den fast echten für jene, die raubten, mit dem Messer zustachen oder Frauen hatten, ohne sie um Erlaubnis zu bitten und ohne zu bezahlen.

Denn ich war nicht wie alle andern. Denn sie haben mich von Anfang an Schwarzer Mann genannt. Denn ich war noch nicht vier Jahre alt, als mich der Schmerz zu fesseln begann. Zunächst versuchte es die Frau, bei der ich wohnte, zu erklären, doch ich verstand nicht, warum man seine Hand nicht ins Feuer legen darf und warum es nicht gut ist, sich eine Stricknadel in den Handteller zu stoßen und auf der anderen Seite herauszuziehen, da es doch so unterhaltsam war zu sehen, wie sich der Leib verwandelt, wie aus den Wunden Blut fließt und wie die Haut schwarz und trocken aus dem Feuer hervorgeht und anfängt, nach versengtem Schwein zu stinken. Selbst heute kann ich nicht begreifen, was dieses Geschrei und Gebrüll und die Zuckungen und die Heidenängste sollen, die die Menschen befallen, sooft ihnen die Haut reißt oder die Knochen brechen; die Ärzte haben nämlich schließlich festgestellt, dass ich niemals Schmerz verspüre, denn ich habe eine seltene Krankheit, die mir die Haut blind gemacht hat. »Er ist blind für den Schmerz«, meinte einer dieser Neunmalklugen, »er tappt durch eine Welt des Schmerzes. Er müsste am weißen Krückstock gehen, er müsste am Tor einer Kirche betteln ...« Wenn sie die Frau, die mich pflegte, mit einer Nadel stachen, sprang sie auf komische Weise auf und brüllte wie eine Irrsinnige, doch wenn ich mich stach, drang die Spitze in die Haut, als hätte ich sie in ein Blatt Papier gesteckt.

Die alte Schachtel nahm mich jeden Tag mit in ihre »Fabrik«, wo sie bis zum Umfallen schuftete, denn sie hatte bis zu zehn Kunden am Tag, und mit keinem wurde sie allzu bald fertig; allein schon bis man die Riemen festzurrt, bis man ihm die Gewichte an die Schwanzspitze hängt, bis man die Kette, die mit durch die Brustwarzen gesteckten Ringen verbunden ist, an der Decke einhängt, und dann, lass Peitschenhiebe auf den Rücken niedersausen, dreh und winde an den Hoden herum, drücke brennende Zigaretten auf den Gesäßbacken aus, zerr ihn überall hinter dir her, auf allen vieren und mit einem Halsband wie einen schäbigen Köter, dann Tritte in den Arsch mit deinen SS-Stiefeln und alles, was der Kunde sonst noch will – der es zum Schluss tief und erbarmungslos mit einem Besenstiel oder weiß der Teufel womit besorgt haben will, das braucht Zeit, und ich spielte derweil auf meinem Stühlchen mit meinen Modellautos und meinen Pistolen, denn die Alte durfte mich nicht aus den Augen lassen, und von Kindergarten konnte erst recht keine Rede sein, denn am ersten Tag hatte ich diese Surinamer verhauen, dass ihnen die Schwarte krachte, und war rausgeflogen.

Die Alte war gar nicht einmal so alt, etwa fünfzig Jahre, und all das schwarze Leder mit Nieten stand ihr noch gut, es ließ ihr die Brüste herausquellen, die fest waren, doch mit gleichsam gegerbter Haut, als gehörten auch sie zu ihrem Kostüm einer Bändigerin von Männern und Frauen und Teufeln und allen, die sich in ihrem schallgedämpften Studio mit der roten Glühbirne am Eingang einfanden, um die dunkle Lust des Schmerzes zu spüren, worum ich sie immer beneidet habe, denn es ist schwer, in der Welt zurechtzukommen, wenn einem nichts wehtut. »Das Gehirn spürt bei normalen Menschen doch keinerlei Schmerz«, hatte einer der Typen mit ihren Tests und ihren Tafeln mit Tintenschmetterlingen geäußert, »weil es Herr über den Schmerz ist.« Wieso das denn, fragte ich mich damals schon, will der Schwachkopf damit sagen, dass die Blinden Herren über das Sehen sind? Dass aus ihnen die Sehkraft in der Welt entspringt? Doch mir hat's gefallen, wie es klingt: Herr über den Schmerz; in Gedanken hab ich mich so genannt und nenne mich bis heute so, denn Schwarzer Mann, wie mein Name seit dem Tag mit den

Surinamern lautet, gefällt mir nicht, mein Lebtag hab ich zu viele Schwarze gesehen. Meine Haut ist blind für Schmerz und Melanin wie ein Blatt Papier.

Oft kamen auch Frauen in die Fabrik, die sich eine rote, an einen Riemen gebundene Kugel in den Mund stecken ließen, und auch sie trugen das vorgeschriebene Band um den Hals. Sie hingen in einem komplizierten Zaumzeug, wie in einem Spinnennetz gefangene Fliegen, und so baumelten sie, an der Decke hängend, bis jene Schwarzen mit den bis zu den Knien hängenden Latten kamen, die sie stundenlang durchpflügten. Sie vollführten einen Weltuntergangslärm gegen ein elendes Entgelt, das ihnen kaum dazu ausreichte, sich etwas Stoff in die Adern zu spritzen. Danach ließ die Alte die Damen herunter, betäubt und taumelnd, mit verdrehten Augen, und ich musste sie bei der Hand nehmen und dahin führen, wo sie ihre teuren parfümierten Klamotten und den Schmuck und den an die Heizkörperleitung angebundenen Pudel gelassen hatten, und ihnen dabei helfen, in die Höschen zu schlüpfen, und danach kehrte ich in den Salon zurück, darauf bedacht, nicht in die Schleimtropfen zu treten, die unterwegs aus ihren erbärmlichen Löchern ausgelaufen waren.

Ich wohnte in dem Gebäude, wo sich das Puff befand, im obersten Geschoss. Ich hatte weder Mutter noch Vater, sondern nur diese alte Vettel, die mir zu essen gab. Als ich sechs Jahre alt wurde, habe ich mir selber eine Mutter besorgt, denn das hätte ich wohl kaum von anderen erwarten dürfen. Die Alte weckte mich jede Nacht, um mich von einer Seite auf die andere zu drehen, damit mir die Gliedmaßen nicht einschliefen. Es heißt, normale Menschen drehen sich von allein um. Und in der Nacht, in der ich sechs Jahre alt werden sollte, konnte ich, nachdem die Frau mich gerüttelt hatte, nicht mehr schlafen und lief im Zimmer herum, kramte in den Schubladen, damit die Zeit bis zum Morgen verging. Und in einem Schubfach fand ich eine Schachtel, auf der eine Frau mit weit aufgerissenem Mund abgebildet war. Und in der Schachtel war meine Mutter, die ich dann überallhin mit mir herumgetragen habe. Ich habe sie durch alle Feldzüge der Legion gezerrt, denn auch sie konnte keinerlei Schmerz spüren, so dass es keinen Sinn hatte, sie zu stechen oder zu verbrennen, und obwohl sie drei klaffende Löcher hatte und auch mit einer Packung Gleitmittel versehen war, bin ich aus demselben Grund niemals in sie eingedrungen. Als ich sie aufgeblasen und gesehen hatte, dass sie größer war als ich und langes und seidiges Haar hatte, dass sie nie schrie, wenn ich an ihr zerrte, und dass ihre Augen nicht anschwollen, wenn ich mit aller Kraft auf sie einschlug, dass sie keine Tränenkanäle unter den Augen hatte und keine Milchgänge ihre Brustwarzen durchzogen, als ich wusste, dass sie im Innern hohl war, so dass sie niemand abschlachten konnte, um ihr einen Darmbeinschmetterling zu entreißen, habe ich verstanden, dass es Mutter war, und seitdem habe ich, eng umschlungen, immer mit ihr im Bett geschlafen und niemand anderen auf Erden nötig gehabt. Was gäben all diese Rötzlöffel nicht darum, dachte ich, tagsüber die Luft aus ihren Müttern herauslassen und sie einpacken zu können, um ihrem blödsinnigen Gequieke zu entrinnen, und sie nachts wieder aufzublasen, um ihre Kunststoffhaut in der Nähe zu spüren und sich in ihr Kunsthaar zu wickeln und ohne Furcht vor dem Fürsten dieser Welt einzuschlafen, denn der Fürst dieser Welt kommt nicht, wenn man bei einer Mutter schläft.

Seitdem ich angefangen habe, mit Mutter zu schlafen, die ihre Arme außerhalb der Decke hielt, angewinkelt wie die einer Puppe, habe ich begonnen, Dorthin zu reisen. Allein wachte ich mitten in der Nacht auf. Das Mondlicht schien auf Mutters geöffnete Augen und ihren aufgesperrten Mund. Dann schien sie vor Schrecken zu schreien. Ich wusste schon damals, dass die Angst nicht mit dem Schmerz zusammenhängt, dass man wahnsinnig vor Angst werden kann, wenn die Nerven in deiner Haut so verkümmert sind, dass du, wenn man dich entzweisägte, belustigt zusehen würdest wie bei einem Jahrmarktshokuspokus. Die Kautschukfrauen fürchten sich nachts. Sie brüllen unhörbar, wie Fledermäuse, mit vor Grauen geweiteten Augen. Denn sie haben kein Blut im Innern, sondern Geist, und nur der Geist zählt, das Fleisch ist gänzlich nutzlos. Nur die Seele kann wirklich gefoltert werden. Wenn man einen Regenwurm entzweireißt, windet er sich heftig, doch es tut ihm nicht weh. Was wehtut, ist das Bein, das man nicht mehr hat.

Ich erhob mich vom Bett und stieg die Treppe zur »Fabrik« hinunter. Ich betrat die Werkstatt des geschlechtlichen Schmerzes, für den so viele teures Geld bezahlen, dann klappte ich eine Falltür im Fußboden auf und stieg in die Tiefe der Welt hinab. Da waren zunächst die Grundmauern, das Kanalisationssystem, wo ich umherirrte am Rand der Ströme von Kot und Harn und vollen, verknoteten Kondomen und durchweichtem Klopapier; dann war da, in eine der Wände der Betonröhren gebrochen, der geheime Schacht, den ich etwa ein Jahr zuvor entdeckt hatte, in dessen Finsternis ich immer weiter vorgedrungen war, schräg nach unten, immer beengter durch die Narbung seiner lebendigen, pulsenden Schließmuskeln. Ich öffnete mit meinem Leib virtuelle Hohlräume, die sich nach meinem Durchschlüpfen wieder zusammenzogen und mir die Haut mit Bläschen übersäten, die fürchterlich gebrannt haben müssen. Erschrocken zog ich mich aus dem Schacht zurück, doch in den folgenden Nächten fand ich mich erneut in seiner feuchten Finsternis, noch tiefer vordringend, bis ich plötzlich zu den Tiefenwelten aufgebrochen und Dort angekommen bin, an dem Ort, wo der Stinkstiefel von Doktor aus Holhol, der so viel Chinarinde knabberte, dass er dürr wie Borke geworden war, sagte, dass sich das Schmerzzentrum im Gehirn befinde, »dort, in dem von den umgebenden Deckeln des Stirn-, Scheitel- und Schläfenlappens verdeckten Teil der Großhirnrinde, der in der seitlichen Furche verborgenen Reilschen Insel, oberhalb der Hölle im Thalamus. Denn Hölle und Himmel sind im Kern des Hirns anderthalb Zentimeter voneinander entfernt und durch synaptische Projektionen so eng miteinander verwoben, dass nicht daran zu zweifeln ist, dass das Paradies von den Flammen der Hölle erleuchtet wird, die ihrerseits vom Wald der mit Dopaminaugen übersäten Axone im Paradies überschattet wird.« Wie klug er doch war mit seinem Kauderwelsch. Der Vietnamese drückte es noch besser aus, bevor wir ihm den Kopf in den Käfig zu den Ratten steckten: »Im Herzen des Yin ist Yang, und im Herzen des Yang ist Yin, und der Tod ist im Herzen des Lebens, und das Leben ist im Herzen des Todes, so dass es keinerlei Grund gibt, warum ich Angst vor euch haben sollte.« Doch selbst er hat Angst gehabt, weil seine Nerven nicht tot waren in der Haut und die Ratten in Nase, in Lider, in Lippen und Wangen gnadenlos beißen.

Der Stollen verbreiterte sich in einer Art Krankenhausflur, der rings um einen unglaublich tiefen Abgrund führte, denn es gab Hunderte und Tausende solcher Stockwerke, die durch Zementtreppen zueinander führten, so dass man auf jenen stillen Gängen jahrelang auf und ab gehen konnte. In regelmäßigen Abständen gab es weiße Türen, und zwischen den Türen standen kaffeebraune, harte und unbequeme, nach gemeinem Kunststoff riechende Bänke mit metallenen Füßen. Die Türen waren abgeschlossen, doch wenn man das Ohr daran presste, hörte man ein Murmeln von Wasser, das ins Waschbecken rinnt, das Stöhnen einer Frau an der Schwelle zum Orgasmus, das Surren einer Zahnarztfräse. Oder die stumme Stille einer vollen Wand oder ein Sausen wie das in den Ohren. Und es gibt eine Tür auf einem der Milliarden Flure, die ich mich zu vergessen mühe, denn ich habe, als ich mein Ohr daran drückte, nicht hinter dem gestrichenen Holz der Tür, sondern im Mittelpunkt meines Schädels, als wäre mein Schädel eine Glocke und mein Gehör in seinem Herzen entstanden, ein Flüstern ohne Geschlecht, ohne Alter, gar ohne Klang gehört, das mich sanft von einem Ort aus rief, den es nicht geben konnte. »Victor«, habe ich vernommen, und ich glaube, dass ich damals gefühlt habe, was jene fühlen müssen, die den Schmerz kennen, denn ich wurde gerufen, und das Grauenvollste in der Welt ist es, berufen zu werden, und dann ist's ein Albtraum, auserwählt zu sein. Wie oft bin ich nicht mitten in der Nacht wach geworden, schweißgebadet, und wie oft habe ich nicht den Wänden und dem Vollmond zugebrüllt: »Ruf mich nicht mehr beim Namen! Lass mich doch, zum Teufel nochmal, in Ruh!« Jene, die ihre Seele dem Satan verkaufen, tun es, damit das Auge des Herrn nicht auf ihnen ruhen möge, damit sie nicht ein Werkzeug werden in der Hand des Schmieds von Plänen, die nicht zu verstehen sind. Denn der Herr kann dich auserwählen, damit du Judas oder der Antichrist bist in seinem Krippenspiel, das die Person nicht ansieht. Der Herr kann dich der ewigen Hölle bestimmen, denn dort braucht er jemanden, der brüllt, damit das Bild hehr und erbaulich sei. Ein Pfarrer sagte mir in Dschibuti, als ich verwundet darniederlag und mit dem Finger in jenem Loch in der rechten Lunge nach der Kugel wühlte: »Der Töpfer macht aus demselben Lehm Töpfe für die Schande und Töpfe für die Herrlichkeit. Einige von uns sind schon im ersten Augenblick der Welt für die Hölle bestimmt, andere für die ewige Freude. Du bist wie eine Ameise in einem Bernsteintropfen: gelähmt in deinem eigenen Schicksal. Wenn du töten sollst, legt dir der Herr den Tötungsgedanken in den Geist und das Messer in die Hand. Wenn du bereuen sollst, bildet dir der Herr die Träne in den Augenwinkeln. Wenn du gut bist, so hat dich der Herr gut gemacht, um sich in dir zu verherrlichen. Wenn du böse bist, so hat dich der Herr böse gemacht, ebenfalls um seiner Verherrlichung willen. Doch sollte ich endlos im tiefsten

Höllengrund brennen, während alle andern die Seligkeit im Paradies erlebten, würde ich dennoch aus der Tiefe meines Kerkers rufen: ›Gepriesen seist Du, Herr, denn Du hast das einzig mögliche Wunder gewirkt, jetzt und in alle Ewigkeit: die Welt!‹« Der Unselige, die Wilden, die er im Tschad bekehren wollte, haben ihn gefressen, ich habe gehört, sie haben ihm die Leber bei lebendigem Leib herausgerissen und vor seinen eigenen Augen gebraten, die noch fähig waren, »das einzig mögliche Wunder« zu sehen. Welch eine Überraschung für einen Menschen, der sich gerecht und schuldlos dünkt, der das zeitlebens begangene Böse gewissenhaft rechtfertigt, zu erfahren, dass er trotzdem fürs Abschlachten und für die Folter bestimmt worden ist, denn dem Herrn hat's gefallen, dies zu tun, als eine kleine Blutverzierung an seinem himmlischen Gitterleinen ...

So bin ich nach einer Weile nicht mehr auf den Gängen jener endlosen Poliklinik herumgeirrt, denn mir graute vor den weißen Türen und dem Wispern in meinem Schädel (wovor hast du Angst, wenn dir nichts wehtun kann, fragen die Dummen), sondern auf den Schacht in der Mitte zugesteuert und habe mich rittlings auf sein Geländer aus kaltem Zement gesetzt, und da ich niemals wusste, was Höhenangst ist, und auf haardünnen Stegen über Schluchten gehen kann, und weil das Brechen der Knochen in mir nur die Vorstellung eines interessanten Knackens wachruft, habe ich mich ins Leere fallen lassen, um zu sehen, was dort unten war, denn es zerstreute mich ohnehin nicht mehr besonders, Hunde anzuzünden und Mäusen die Pfoten abzuhacken, um zu beobachten, wie sie auf unerklärliche Weise ihr Verhalten verändern. Schon damals kam mir das Scheißwunder des Lebens wie ein schlechter Scherz vor.

Und selbst wenn's vergnüglich war, so kopfüber durch die Luft hinabzuschweben, wobei die Stockwerke um einen sausen, vor allem, da mein Leib nicht gleich blieb, denn er wandelte sich in dem Maße, in dem ich durch den Schlund stürzte, aus den Fingern sprossen mir Krallen, in der Mundhöhle wuchsen mir die Reißzähne tollwütiger Hunde, pechschwarze Häutchen schossen mir aus den Achselhöhlen und breiteten sich in der Luft aus, ich wurde zu einem Teufel, und das war gar nicht übel, denn eine grenzenlose Kraft begann mir in der Brust zu brodeln, eine Art Raserei der Haut und des Fleisches. In Ermangelung eines andern zerriss ich mich selber, Hautfetzen und Stücke von Fingergliedern wirbelten mir im Strudel des Schachts nach, und ein Blutstrahl, so mächtig, dass er mich in die Zugwindungen jenes Laufs voranzustoßen schien, blieb hinter mir zurück. Andere Male wandelte ich mich zu einem Salamander oder zu einer Spinne oder zu einem Wesen, das keinen Namen hat oder haben kann, wenn nicht etwa der Name Victor lautete, der Töter.

Und ich fiel vom Himmel, und der Himmel war eigentlich eine heftig auflodernde, knisternde Flamme, die aus unzähligen Vulkanschlünden hervorbrach. Und unter mir war ein so großes Gewimmel, dass ich, sooft ich über jenes Magma stürzte, über einen Teufel oder einen Verdammten fiel. Zwischen den Vulkanen ragten kolossale Eisgipfel empor, die in jener Feuersbrunst nicht schmolzen. Und sobald ich den Grund erreichte, legte ich mich ins Zeug, und es war eine gute Übung für später, denn jetzt weiß ich, welche Verletzung zu dem unmenschlichsten Brüllen führt, welche Verrenkung der Gelenke, welche Kastration, welche Kreuzigung, welche Ausweidung, welche Häutung, welche Zermalmung, welche Geißelung, welche Beraubung der zarten Organe des Sehens, Hörens und Schmeckens die pathetischsten, krampfhaftesten Windungen hervorruft. Was wäre in Afrika, in Indochina und im Libanon ohne diese Erfahrung aus mir geworden? Denn man hat viel Freiheit, wenn man ein Teufel ist, und eine Menge Befriedigungen. Versuchstiere gibt es reichlich. Man kann immer etwas anderes erfinden, man kann seine Raserei, den Rausch der blindwütigen Raserei über die Tausenden nackter Leiber ergießen, die einen mit vor Grauen geweiteten Augen anstarren. Aus dem Schädel jedes Einzelnen, hab ich später gesehen, tritt je eine Kanüle heraus, die ihm tief ins Gehirn dringen muss. Sie ist mit Kunststoff für Zahnfüllungen auf den kahlen Schädeln befestigt, und von ihr geht eine Röhre aus, die irgendwo unter die mit glühenden Kohlen bedeckte Erde führt. So hängen alle wie Früchte vom Blattstiel, und während du Brüste abschneidest und Wangen zerfetzt und Gebärmütter mit deiner Stange durchstößt und sie mit deinen gewaltigen Klauen entzweireißt und mit den bluttriefenden Kieferfühlern vergiftest (sie bilden sich langsam neu: Es ist erstaunlich, wie ihre Wunden sich schließen und die Leiber wieder heil, voll, weiß wie Larven werden, bereit zu neuen Qualen, neuen Krämpfen und neuem Brüllen), könntest du in den durchscheinenden Röhrchen sehen, wie Tropfen farbloser, wie Diamant blitzender Flüssigkeit ausfließen, wie diese Tautropfen in der Erde verschwinden, wo sie vermutlich zu Milliarden in einer einzigen Leitung zusammenlaufen, die in ein kolossales Aggregat einmündet, welches das Zentralauge des Planeten ganz allein einnimmt, das dunkle Nifesima.[87] Später, bei der Weltraumstation in Französisch-Guyana, als ich neben den Pimmeln herumlungerte, die man in die Erdumlaufbahn schoss, hat mir der Holländer mit den von oben bis unten tätowierten Armen gesagt, dass der Schmerz eine große Unbekannte ist (wem sagte er das?), und dass er von dieser Sache gefesselt gewesen sei und sie untersucht habe, und dass er sich heute noch mit dem Taschenmesser Kerben in die Arme schnitze, um eine bestimmte Art Schmerz auszukosten, und sich mit der Zigarette die Brustwarzen ansenge, um sich an einem ganz anderen Leiden zu ergötzen, und

---

[87] Nife (das) = *Ni*ckel + *Fe*rrum, »Eisen«, im Wesentlichen wahrscheinlich aus Eisen und Nickel bestehende Materie des Erdkerns; Sima (das) = *Si*licium + *Ma*gnesium, unterer Teil der Erdkruste.

dass er, als er verheiratet war, Männer mitbrachte und seine Frau zwang, vor seinen Augen mit ihnen zu bumsen, denn er liebte sie, und dies verursachte ihm uferloses Leiden, das ihn zur Verzückung führte. Danach hat er auch sie getötet, aus Eifersucht (oder um an Gewissensbissen, einer anderen interessanten Art, zu leiden?). Und dieser Irre, der gar nicht dumm war, sagte, dass es im Gehirn ein Schmerzzentrum gibt, das Stoffe absondere, darunter die geheimnisvolle Substanz P, die den Schmerz zwischen Nerven und Zellen im Gehirn überträgt. Wenn uns etwas wehtut, ein Zahn oder eine Erinnerung oder eine Wunde oder eine Beleidigung, sondert das Gehirn die geheimnisvolle Substanz P ab, und sie überflutet die Zellen, die sich »ich« nennen, und das Neuronennetz, das sich »Göttlichkeit« nennt. Und der grauenerregende, unerträgliche Schmerz lähmt Leib und Seele. Ich glaube an das, was der Holländer sagte, weil auch die Amsterdamer Psychiater dasselbe sagten, und nun frage ich mich, ob nicht etwa die ganze Hölle nichts anderes ist als eine Farm, in der die Substanz P aus den Gehirnen gemolken, ihnen durch Folterungen jenseits aller Vorstellungskraft entrissen wird, ob nicht Sinn und Zweck des Menschen in der Welt darin bestünden, den erbarmungslosen Engeln ihre Ernte an Schmerzflüssigkeit zu geben, wenn etwa alle Menschen auf Erden – solche wie ich ausgenommen – an das Aggregat in der Tiefe angeschlossen sind und ihr Scherflein entrichten, wenn sie weinen und wenn sie schreien, wenn sie sich mit den Handflächen auf die Wangen schlagen. Sind nicht etwa Nero und Heliogabalus und Hitler und Dschingis Khan und Gilles de Rais und die Roten Khmer und alle Dämonen, die jemals die Welt in Brand gesteckt haben, das Schermesser, mit dem Gott die Völker rasiert, seine Werkzeuge, Sensen, die mit der Substanz P prall gefüllte Menschenschädel abmähen? Sind Auschwitz und Hiroshima und Ypres und die Küste der Normandie und die Lager Indochinas nicht Keltern gewesen, um die Trauben der Schädel zu zerstampfen und den schäumenden Most der Schmerzsubstanz auszupressen? Denn der Pfarrer aus der Hölle von Dschibuti, der seine Gottesdienste in Puffs und in Kerkern und in den Dörfern der Wilden und überall dort abhielt, wo er auf Sünder stieß – und wo gab es keine Sünder auf der sündigen Erde und im sündigen Wasser und in der sündigen Luft und im sündigen Feuer? –, brüllte manchmal, dass man dachte, man verbrenne ihm die Fußsohlen mit einem rotglühenden Eisen: »Ich trat die Kelter alleine, und niemand unter den Völkern war mit mir. Ich habe sie gekeltert in meinem Zorn und zertreten in meinem Grimm. Da ist ihr Blut auf meine Kleider gesprützet, und ich habe mein ganzes Gewand besudelt.« Der Irre ging aufs Schlachtfeld und wälzte sich im Blut der Leichen, und so war selbst das Kreuz, das er den Prostituierten entgegenstreckte, damit sie es küssten, voll Blut ...

Dort verbrachte ich viel Zeit damit, Nacht um Nacht die Landkarte des menschlichen Schmerzes auf jene erschaudernde, mit Vulkanen und Gletschern bedeckte Haut zu zeichnen, wobei ich mir die furchtbaren Hormone des Grauens in den Mittelpunkt des Herzens spritzte. Das Schauerlichste ist, dass man dort nicht sterben konnte. Im blassen Schatten eines Gletschers gab es eine riesenhafte Spinnwebe, dicht gesponnen und dick, aus deren Mitte allzeit die schwarzen, durch Gelenke verbundenen Beine einer elefantengroßen Spinne mit blitzenden Augen im blutbeschmierten Fell hervortraten. Im Netz zappelten wie verrückt die Verdammten, lebendig und bei Bewusstsein, die ihren Blick nicht von dem Untier abwenden konnten, das urplötzlich aus seinem Nest schoss und ihnen die Klauen in den gemarterten Leib schlug. Sodann löste sie ihn von innen her auf, verflüssigte ihm Magen, Nieren, Wirbel, ließ nur noch das Hirn im Schädel heil und saugte jene zähe Flüssigkeit aus, den Unterleib an die aschgraue Haut des Opfers geschmiegt. Und dann zog sie sich bluttriefend in ihr Nest aus klebrigem und durchsichtigem Netz zurück, und unter der Haut des Gemarterten bildeten sich die Organe neu, und er wurde binnen weniger Minuten wieder zu dem zuckenden Leib, dem wahnsinnig gewordenen Bewusstsein, das den Gräuel vorwegnahm und wusste, dass er sich endlos wiederholen werde, Ären um Ären und Äonen um Äonen, oder, besser gesagt, dass alles einen einzigen Augenblick grenzenlosen Grauens und Schmerzes dauern werde, einen über die Oberfläche alles dessen, was wir Zeit und Ewigkeit heißen, ausgedehnten Augenblick. Anderswo war ein Leib in einen massigen Kristallblock eingemauert wie ein Insekt im Bernstein, in einer unvorstellbar verrenkten Stellung, mit gebrochenem Rücken und gespreizten Gliedmaßen, und so verharrte er zusammengekrampft dort, lebendig und geistesklar, wusste er doch, dass er weder Tage noch Jahre, noch Jahrzehnte so bleiben würde, sondern für immer, ohne jede Hoffnung auf Befreiung. Und eine Frau wurde von Dämonen vergewaltigt, und dann schwoll ihr Bauch an und sie gebar, und ihr Kind wurde vor ihren Augen in Stücke gerissen, und dann fing alles von vorne an. Und ein Mann war in ein Zimmer ohne Türen und ohne Fenster gesperrt, wie eine Luftblase in einer Milliarden Kilometer dicken Wand, dass man hätte meinen können, eigentlich sei das ganze Weltall voll und fest, außer jener unerklärlichen Ritze, und von Angesicht zu Angesicht mit ihm war ein mörderischer Dämon, und es gab nur sie beide, ewig Angesicht in Angesicht, und der Dämon konnte weder erweicht noch bestochen, noch getötet werden, denn ihm eignete eine unbezwingliche Kraft des Hasses. Und der Dämon wartet darauf, dass sich deine gebrochenen Knochen neu bilden, dass dir das zerfetzte Fleisch neu wächst, dass dir andere Augen, eine andere Zunge, andere Finger knospen, damit sie von neuem ausgerissen werden können, und nur dein Gehirn, das einzige Organ, das man vergebens zu Mus zerstampfen würde, denn ihm fehlen die Schmerzsensoren ganz und gar, bliebe heil, damit es bis in seine letzte

Nervenzelle hinein den Irrsinn des Grauens ohne Ende spüre. Jeder Märtyrer hatte seine eigene Tortur, jedem wurde die blitzende Substanz P mit einer anderen Melkanlage abgemolken, wobei das gewöhnliche Mittel der Folterqual die erschütternde, unduldbare und unerträgliche Gewissheit war, dass sie Gottes Antlitz, das die Hoffnung ist, niemals schauen würden.

Am Anfang hatte ich geglaubt, dass auch ich dortbleiben würde, alle Zeit, als Dämon, der ebenfalls den verborgenen Wegen des Ewigen dient, vor allem da ich wie einer von ihnen aussah und durch die Macht über die verdammten Leiber nicht weniger rasend und berauscht war. Aber nach einer Weile nahm ich meine menschliche Erscheinung wieder an, zerbrechlich und weiß inmitten des tobenden Feuers, und die Millionen Teufel, verzweifelt darüber, dass sie mich in Stücke schneiden, mich bis ins Rückenmark zu Kohle verbrennen oder zu Eis gefrieren lassen konnten, ohne eine Träne in meinen schmerzunempfänglichen Augen zu sehen, denn die Hölle hat keine Macht über mich, packten mich und warfen mich in das Feuer des nächstgelegenen Vulkans, das mich hin zum Gewölbe der unteren Welt schleuderte. Wieder wurde ich in den Mastdarm, durch den ich gekommen war, eingesogen, und wieder kam ich auf die stillen Flure rings um ihn, und einmal dort angelangt, hatte ich es eilig, den Heimweg wiederzufinden, denn allein musste sich Mutter doch einsam fühlen im Bett in unserem Zimmer im Amsterdamer Rotlichtviertel. Bald war ich wieder in ihren Puppenarmen, den einzigen, die mich jemals beschützt und liebkost haben in der Hure von Leben, das mir in dieser Welt gegeben worden ist, ohne dass ich darum gebeten hätte.

Freilich waren mir nach jenen Nächten die Tage langweilig und arm an Gemütsregungen, und so viel ich auch geschlagen, getötet und vergewaltigt hätte (und das tat ich, seit ich sieben war), der überschwängliche Duft des Verbrechens kam mir doch kaum noch wie der Geruch eines Stücks Scheiße vor, das man aus Langeweile und Schwermut herauskratzt. Denn die Langeweile quälte mich stärker, als das Feuer oder das Eis es getan haben könnten, sie kreuzigte mich täglich an ihr blödsinniges und immergleiches Koordinatensystem. Ich habe versucht zu trinken, und gelungen ist mir nur, mir die Gedärme aus dem Leib zu kotzen, ich habe mir »Schnee« in die Ader gespritzt und mich gefühlt wie nach einem Hagebuttentee, ich habe geschnupft, bis ich mir die Nasenscheidewand durchlöcherte, mit dem einzigen Ergebnis, dass ich tagelang nieste. Ich habe Millionen Nutten gehabt, in ihrer wimmelnden Masse von Titten, Ärschen und Schamspalten habe ich mich einen Augenblick wie Dort gefühlt, habe Mädchen, unschuldig wie Engel, entführt und sie sexuellen Abscheulichkeiten unterworfen, ich bin ihr unumschränkter Gebieter gewesen, mit steifem Menhir der Macht und stets zum Zerreißen bereit. Das war etwas besser; wenn sie schrien (und sie schrien wie am Spieß), spürte ich in mir eine Art Kühle, nach der ich dann immer suchte, doch das war nicht, was ich wirklich brauchte. Ich habe mich in Sodomie, Lüge, Hass, Verachtung, Jähzorn, Hochmut, Erpressung, Gotteslästerung, Terror, Habsucht, Diebstahl, Zuhälterei, Hinterlist geübt, habe die Ersparnisse des Blinden gestohlen, habe die Witwe und die Waise mit Füßen getreten. Bis zum Alter von siebzehn Jahren war ich gesucht von der Polizei, von Banden, von Detektiven und von den Kopfgeldjägern, so dass mir kein einziger Ort auf Erden blieb, wo ich meinen gesegneten Leib, der keinen Schmerz spürt, und Mutter (von der ich mich niemals trennte und die ich auch jetzt im Rucksack trage) verstecken konnte, freilich außer der Fremdenlegion, wo dich, wenn du die erste Verpflichtung für fünf Jahre unterschreibst, keiner fragt, wer du bist, und keiner nach dem Blut an deinen Händen sucht. So bin ich zum Stützpunkt von Castelnaudary gekommen, ins Fremdenregiment Nummer 4, wo ich meine Lehrzeit in der Legion durchlaufen habe, wo ich zum ersten Mal zum Heer überragender Irrer stieß, das in Algerien, in den Kämpfen mit dem Heiligen des Islam, Abd el-Kader, zusammengeschmiedet wurde und sich mit Ruhm und Schande bedeckt hat in Muaskar, Máaten el-Antágh, Sidi bel Abbès, auf der Krim, in Italien und Mexiko, bis zur ruhmreichsten Schlacht in der Geschichte der Menschheit, derjenigen in Camerón de Tejeda, wo zig ruhrkranke Legionäre beim Zusammenstoß mit Tausenden mexikanischen Kavalleristen bis zum letzten Mann umgekommen sind. Sobald wir uns anwerben ließen, nach den ersten Tritten in den Arsch und Hieben mit dem Gewehrkolben ins Gesicht, wurden wir angehalten, »Le Récit du Combat de Camerone« auswendig zu lernen, unsere Bibel und unseren Ehrenkodex. Für mich, der ich nur zu zerreißen und zu erwürgen wusste, und der ich das Puff, in dem ich meine Kindheit verlebt, in Brand gesteckt und alles verbrannt hatte – die Alte in ihren Lederstiefeln, ihre Klientin, der der Dildo noch zwischen den Beinen hing, die etwa fünf Mädchen in den darunter liegenden Schaufenstern –, wurde »Le Récit« Fibel, Atlas und Geschichtslehrbuch. Der Hauptmann, der ihn uns eintrichterte, mit Flüchen, in denen sich die Hölle mit dem Himmel und die Huren mit den Heiligen mengten, und der uns bei jedem Stammeln schallende Backpfeifen verpasste, war ein gewisser Frédéric Sauber-Hall, der uns nie gesagt hat, dass ihn die Welt unter einem anderen Namen als Schriftsteller kannte, und es hätte ohnehin keinen Sinn gehabt, es uns zu sagen, denn wir waren ja bloß Rekruten, die nur im lächerlichen Ruhm irgendeines Sumpfes in Indochina sterben wollten. Doch er las uns immer, wenn er den Drill satthatte, aus einem Dichter vor, der die Dichtung an den Nagel gehängt hatte, um Sklaven- und Waffenhändler in Schwarzafrika zu werden, und Rimbaud war mir ähnlich, denn auch er hatte eine Jahreszeit in der Hölle gelebt und von allen sublimen Giften auf Erden gekostet. »Qu'est-ce pour nous, mon cœur, que les nappes de sang«, sagte Frédéric salbungsvoll her, und diese

Worte sind mir tief in den Geist gegraben geblieben. Die Legion, sagte uns der Hauptmann, hatte in allen verzweifelten Kriegen auf dem Planeten gekämpft, suchte gleichsam absichtlich ihr eigenes Unglück, die Jungs waren zu Tausenden in schwachsinnigen Trotzhandlungen im fernen Norden umgekommen, wo sie jenseits des Polarkreises, in Bjerkvik, unter den magischen Nordlichtern gekämpft hatten, bis in das Vietnam voller Bambuskäfige und Ratten, wo sie die entsetzlichen Demütigungen von Cao Bằng und Đông Khê erlitten hatten. Sie hatten die Berber gejagt, die sich in den Dünen Algeriens und Tunesiens versteckten und die Legionäre, welche ihnen in die Hände fielen, bei lebendigem Leibe häuteten und sich im weißglühenden Sand wälzen ließen (dagegen zerschmetterten die Legionäre jedes Gelenk der Gliedmaßen mit Schüssen aus Feuerwaffen, wenn sie sie zu fassen kriegten, denn Krieg ist nichts für Kinder und Frauen), dann waren sie in den Tschad gezogen und nach Dschibuti, wo sich die XIII. Halbbrigade in einer Stadt verheddert hatte, die nur aus Bars und Bordellen bestand und wie eine Fata Morgana in der Wüste einzig und allein für die Legion errichtet war ... Eine grenzenlose Ausschweifung hatte sich in jener Oase der Verderbnis entfesselt, die Soldaten gingen in Gruppen zu den schwarzen Mädchen, besprangen sie gemeinschaftlich, schliefen auf ihnen ein, badeten sie in Absinth und Palmwein, damit ihre Hinterbacken und ihre schwarzen Vulven wie die der Stuten im zagen Licht der Fackeln glänzten. Alles hatte so lange gedauert, bis die bestialischen Somalierinnen mit Raubtierreißzähnen die zarten Äthiopierinnen hingemetzelt und ihre Leiber zu einem verwesenden Hügel aufgetürmt hatten. Nach 1975 war es nicht mehr nötig, dass uns Blaise Cendrars (alias Hauptmann Frédéric) irgendetwas erzählte, denn wir hatten alles am eigenen Leib erlebt. Meine Kameraden an ihrem Leib mit einer mit Nervenendungen übersäten Haut, ich an meinem Leib mit unverweslicher Asbesthaut. Ich habe unter Gluthimmeln die schreckenerregende »pelote« kennengelernt, die Lieblingsfolter der Sergeants der Legion, bin kilometerweit durch den entflammten Sand auf den Knien gerutscht, mit ebenfalls mit Sand gefülltem Tornister, zig Kilo Last. Wir sind auf Felsen gerobbt, niedergedrückt von riesigen Feuerholzbündeln. Wir haben den Fußboden der Schlafräume mit den Zahnbürsten geschrubbt und die Betten Hunderte Male am Tag wieder und wieder gemacht, wobei wir animalisches Gebrüll und Schläge über uns ergehen ließen. Alles das für »Ehre und Treue«, unseren heiligen Wahlspruch. Wir haben in Zaire mit den Katanga-Rebellen gekämpft und mit eigenen Augen gesehen, wie Bokassa sich in Zentralafrika selbst zum Kaiser krönte, wie im kaiserlichen Fernsehen nur er selber erschien, Akkordeon spielend, wie er die Schüler zwang, Uniformen anzuziehen, die Tausende Dollar kosteten, denn sie wurden in seinen Fabriken gefertigt, und wie er diejenigen, die dafür kein Geld hatten, in Gefängnisse steckte, wo sie die kaiserlichen Garden monatelang vergewaltigten und dann alle abschlachteten. Zu ihnen stieg der Kaiser oft höchstpersönlich herab, in Fürstenmantel und Krone auf dem Kopf, um sich den zartesten und reinsten Knaben auszusuchen. Wir nannten jenes grauenerregende Land »Bokassaland« ...

Im Libanon haben wir das 2. Fallschirmjäger-Regiment begleitet. Wir sind in Korsika aufgebrochen, auf Zypern zwischengelandet und über der unglücklichen Heimat der Zedern abgeworfen worden, in der Stadt, die einst ein Weltwunder und jetzt die unheimlichste Ansammlung von Trümmern war. Wir haben an der Operation »Mörderwal« teilgenommen, die versuchte, Palästinenser und Juden aus einem blutigen Handgemenge voll terroristischer Zwischenfälle zu reißen. Hunderte Frauen und Kinder wurden über Nacht in den Flüchtlingslagern niedergemetzelt. Auch die Unsrigen wurden, auf beiden Seiten der entmilitarisierten Zone, von den Autosprengfallen und den in der Erde vergrabenen Minen zerfetzt. Im Libanon töteten wir alles, was uns über den Weg lief, Christen, Araber und Juden. Zuerst feuerten wir, dann fragten wir. Zuerst schnitten wir die Kehlen durch, und dann durchsuchten wir die Kleider nach der Brieftasche mit dem Foto der Ehefrau und der Kinder. Als Gemayel ermordet wurde, haben sie auch uns aus dem libanesischen Irrsinn abgezogen, denn es gab keinerlei Lösung. Die drei Völker, die an denselben Gott glaubten, sollten sich abschlachten, bis er auf die Erde herniedersteigen würde. Zurück in Frankreich, defilierten wir mit dem 2. Regiment unter dem Triumphbogen durch und sahen Mitterrand auf der Tribüne. Damals habe ich mir in Paris die Gedichte Rimbauds gekauft und darin den Vers gefunden, den der Hauptmann Frédéric rezitierte, und viele andere beachtenswerte Dinge, darunter das Gedicht »H«, das, glaube ich, Homosexualität oder Heroin bedeutet, und den Vers, in dem die Schönheit bitter ist. Ich habe dieses Buch stets im Tornister getragen, in Mutter eingewickelt, und trotzdem ist es bei so vielen Sandstürmen gerissen und an den Rändern nass geworden durch Sperma, Blut, Sabber, weiß der Teufel durch was noch, so dass es mir heute schwerfällt, Teile daraus zu lesen. Zum Glück kenne ich sie auswendig. Die Hure von Leben verschont nicht einmal die heiligsten Bücher.

Während ich im Libanon war und in Rimbauds Gedichtband von den siebenjährigen Dichtern las, habe ich angefangen, mehr an Baraka zu denken und an jene Frau in meinem Kopf, die einen Spiegel hielt und mir darin mein eigenes Gesicht zeigte; so glaubte ich damals noch. Für diejenigen, die nie in der Legion waren, müsste ich, glaub ich, sagen, dass Baraka ein Talisman ist, der einen vor Kugeln schützt. Jeder Legionär hat einen, und ich hab die merkwürdigsten Barakas mit eigenen Augen gesehen, und je merkwürdiger sie waren, desto besser schützten sie einen. Der Hauptmann Frédéric, der unter dem Namen Blaise Cendrars Bücher schrieb, sagte uns, dass sie Gegenstände sind, die aus der vierten Dimension kommen, und dass sie deswegen den Raum um uns krümmen können (und manche krümmen auch die Zeit, obwohl es schwer zu verstehen ist, wie das gehen soll), und die feindlichen Kugeln folgen diesen krummen Bahnen und machen einen Bogen um uns, statt uns stracks in die Leiber zu dringen. In meinen Feldzügen habe ich Barakas aller Art gesehen: in Silber eingefasste und um den Hals getragene Froschskelette, Kristallkugeln, in denen man eine auf Wolken errichtete Stadt sah, Spielkarten, bei denen der Bube nicht einen andern Buben unter sich hatte, sondern eine Dame, Medaillons mit den Schamhaaren irgendeiner Nutte, Stücke tätowierter Menschenhaut, Fläschchen mit den Tränen eines gemarterten Heiligen, Ebonitplatten mit der Stimme Gandhis, Phylakterien, die pornografische Zeichnungen im Innern hatten (ein syrischer Wahnsinniger trug sie immer an der Stirn), Münzen mit dem Antlitz des Kaisers Heliogabalus auf einer Seite und dem Abdruck seines dicken Fingers auf der anderen, ein Blatt Papier mit zwei italienischen Versen, die mir gefallen haben – »Morte, cipressi, inferni / Cangiate in uita, in lauri, in astri eterni« –, ein Senfkorn, aus dem ein so mächtiger Baum hervorwachsen sollte, dass die Vögel des Himmels sich in seinen Zweigen ein Nest bauen konnten, einen Ring aus Mammuthaar, die mumifizierte Brustwarze einer der elftausend Jungfrauen, ein Phenakistoskop[88], einen bronzenen Pfeifenstopfer, ein Schlüsselbein – na ja, was meine Kameraden halt bei den Händlern kaufen konnten, die uns, wie die Huren, überallhin begleiteten, ihre Ware anpriesen und einen kaffeebraunen Saft vom Kautabak auf die Seite spuckten. Wenn ein Kamerad erschossen wurde, verschwand seine Baraka als Erstes, denn die Tatsache, dass der Mann gestorben war, bewies nicht, dass der

---

[88] = Stroboskop, Scheibenbild, ein von Simon Stampfer erfundenes optisches Spielwerk, eine Scheibe mit Bildern, die denselben Gegenstand in verschiedenen Stellungen zeigen, so dass er beim raschen Drehen der Scheibe bewegt erscheint.

Talisman keine Wunderkräfte besaß, sondern dass er manchmal an was anderes dachte ... Man sah einen andern ihn um den Hals tragen, mit demselben starrköpfigen Glauben, bis auch er in wer weiß welchen Sümpfen krepierte. Meine Baraka stammte aber nicht von Händlern. Ich war damit aufgewachsen, als wäre sie mit mir zusammen aus dem Bauch des Weibes geschlüpft, das mich geboren hatte. So viel hatte ich noch aus jener Zeit, die ich in meinem verfluchten Leben nirgends unterbringen konnte als so: »sehr lange her« oder, wie ich habe sagen hören, »in einem vorherigen Leben«: eine Erinnerung und ein Foto. In beiden dieselbe fremde Frau, anders als alle anderen, mit denen ich jemals zu tun hatte.

Und weil diese Dinge anfingen, mich im Libanon zu bedrängen, bin ich nach Amsterdam zurückgekehrt, um die Frau auf dem Foto aufzuspüren und zu erfahren, was mit mir gewesen war, wer meine Mutter war vor der Frau aus Gummi, die meine Mutter ist. Denn in der Legion altert man rasch und geht vor dem vierzigsten Lebensjahr in Rente, so dass fast alle Kameraden von solchen senilen Albernheiten heimgesucht werden. Selbstverständlich bin ich mit einem falschen Pass zurückgekehrt, war ich doch im Rotlichtviertel als bunter Hund bekannt, ja ich hab mir sogar einen Bart wachsen lassen, und schon am ersten Abend bin ich in der Keizersgracht gelandet, mit ihrem Lichterirrsinn von den erotischen Schauspielen, die sich in den schwarzen Wogen spiegelten, und den Frauen in schillernden Höschen und BHs, die sich mit den Handflächen an die Schaufenster ihrer Glashäuschen stützten. Manche Leute erinnern sich aus der Kindheit an die Christbäume und an die erste auf Schienen rollende Modellbahn, ich erinnere mich nur an Nutten, Transvestiten und nietenbeschlagenes Zaumzeug. Ich habe so viele alte Nutten gebumst, dass mir in der Zeit, als ich nach Amsterdam zurückgekehrt war, speiübel wurde, einzig und allein um sie fragen zu können, ob sie sich an die eine, Coca, erinnerten, die auch im Viertel ihrem Metier nachging, und schließlich habe ich eine fettwanstige und verwelkte Alte ausfindig gemacht, die mir gesagt hat, ja, Coca war eine Ausländerin, konnte kaum Niederländisch radebrechen. Ich habe sie gefragt, was für eine Landsmännin sie war, und die Alte hat mir gesagt, dass sie sich erinnert, weil es damals kaum Rumäninnen auf dem Markt gab: Coca kam aus einem Land in Osteuropa, über das niemand irgendwas wusste, und ich hab mir sofort in den Kopf gesetzt, es zu finden und bei der ersten Gelegenheit dahin zu gehen. Das Land hieß Rumänien, und man wusste nicht viel darüber (sollte mir unser Oberst sagen, den ich nur so gefragt habe ... nebenbei, damit er mich nicht im Verdacht hat), denn es war ein widerwärtiges kommunistisches, von einem Irren geführtes Gefängnis, und niemand konnte dort hinein oder heraus. Seitdem hat sich der Gedanke bei mir festgesetzt, dass ich Rumäne sein könnte, und ich hab mich darangemacht, alles, was mir in die Hände fiel, über dieses unselige Land zu lesen, das recht eigentlich dazu taugte, dass ich darin geboren werde. Das Erste, was ich erfahren habe, war, dass es das Land Draculas war, und dann habe ich erst recht keinen Zweifel mehr gehabt, denn Dracula hatte ich schon immer als eine Art Großvater von mir gesehen, dem ich die größte Achtung entgegenbrachte.

Solange ich in Kourou herumlungerte, wo ich angeblich die französischen Raumfahrtraketen beschützte, die dort, in Französisch-Guyana, starteten, vielmehr aber die wilden Ureinwohner, Saramaccaner, Boeschs und Bonis, jagte und deren Frauen mit »Geschlechtsschürze«, mit Schamlippen also von über sieben Zentimeter Länge, bumste, habe ich unablässig über Rumänien gelesen, das ein ziemlich großes Land ist, an die Russen angrenzt, mit Bergen, in denen es noch von Bären und Wölfen wimmelt, und urtümlichen Menschen, Schafhirten und Sammlern, die von alters her gegen die Türken gekämpft haben. Ich habe über Bukarest, ihre Hauptstadt, gelesen, dass Dracula höchstselbst den Grundstein gelegt hat, der, wenn er verärgert war, bis zu zwanzigtausend Menschen pfählen ließ und unter ihren verwesenden Leibern tafelte, ein Bild, das mir vertraut war von meinen allnächtlichen Fahrten Dorthin. In einer Zeitung hab ich eine Karikatur ihres heutigen Präsidenten gesehen, der ebenfalls die Eckzähne eines Vampirs hatte, ein Beweis dafür, dass er von dem berühmten transsilvanischen Grafen abstammte. Je mehr ich las, desto mehr gefiel mir dieses Land, von dem ich bis dahin nicht einmal gehört hatte. Denn dort wurden, so berichteten die Zeitungen, die Kirchen abgerissen, die Kinder in den Waisenhäusern starben an Aids, an Hunger und wurden von Ratten zernagt, die Dörfer wurden mit Planierraupen eingeebnet und die Menschen in eine Art Legebatterien umgesiedelt oder in Gefängnisse oder weiß der Teufel wohin, in Betonkästchen, in denen man sich kaum bewegen konnte ... Es war eine Art Bokassaland, sehr nach meinem Geschmack. Ich fing an, regelrecht stolz zu sein auf meine vorläufig nur vermutete Herkunft, die sich aber bald bestätigen sollte, denn nichts ist zufällig in dieser Hure von Leben.

Es war schwierig, zum ersten Mal nach Bukarest zu kommen, denn man konnte nur schwer ins Land einreisen, und die Rumänen waren misstrauisch, doch der Ruf der Legion ist so groß, dass man hier jede Art von Gauner findet, die man sich vorstellen kann, und der alte Benjamin hat sich gefreut, als er hörte, dass ich nach Rumänien gehen will, weil er und ein paar andere aus dem 2. Regiment jedes Mal, wenn sie Urlaub hatten, dorthin fuhren. Rumänien war nämlich eine Art Thailand für kleine Jungs, man holte sie vom Bahnhof ab, brachte sie ins Hotel, wusch sie, und sie gehörten dir tagelang, je zwei, drei auf einmal, sie waren nicht böse, wenn man sie auch filmte, und die Miliz dort war so korrupt, dass sogar die Bullen bereit waren, dir die kleinen Lausebengel an den Ohren herbeizuzerren, wenn man sie dafür bezahlte. Das Vergnügen war fast umsonst, und außerdem hatten viele Geld gemacht mit Filmen mit kleinen Jungs. So bin ich mit Benjamin im Herbst '87 in mein Heimatland gegangen, und die Jungs waren wirklich eine Wonne, wenn man es schaffte, sie ordentlich zu waschen, vor allem ihre Zähne zu putzen, denn sie stanken nach Kleber, dass einem alle Lust verging, und außerdem stahlen sie alles, was sie fanden, und trugen es in ihre Löcher, denn sie lebten vor allem in der Kanalisation. Damals hab ich eine Weile nichts mehr gemacht, lange ist mir nichts Gescheiteres eingefallen, als im Bahnhof dieses halbe Foto herzuzeigen, ich dachte, vielleicht erkennt jemand die Frau wieder, aber Bukarest hat zwei Millionen Einwohner, und nur durch blindes Glück wär's mir gelungen. Doch nach einer Woche hab ich mich an den vollständigen Namen der Nutte erinnert, die mich entführt und nach Amsterdam gebracht hat, und Benjamin ist zum Rathaus gegangen, denn seit der Sache mit den Jungs sprach auch er die Sprache der Rumänen, die in meinen Ohren wie Portugiesisch klang, und hat dort nach dieser Coca gefragt und die letzte Adresse erfahren, wo sie gelebt hatte, bevor sie 1959, glaub ich, spurlos verschwand, was meinen Angaben entsprach, denn der Albino hatte etwa zu jener Zeit seine Wand mit der Insektensammlung vervollständigt, vor der wir dann so oft geplaudert haben. Schon tags darauf hab ich mich an Ort und Stelle begeben und bin in ein schlammiges Gässchen geraten, in dem alle Häuser auf der linken Seite abgerissen worden waren. Da gab es tiefe Gräben, und man hatte bereits die Fundamente von Wohnblocks gegossen, mit denen diese elende und zusammengedrängte Stadt vollgestopft ist, doch die rechte Seite war noch unberührt, mit Vorstadthäusern hinter morschen Lattenzäunen, mit einem beklemmenden Gebäude, in dem es eine Art schummrigen Lebensmittelladen gab, und einer andern Bruchbude mitten auf einer Brache. Gegen Ende der Straße, auf der anderen Seite lagen eine offene Fläche und ein Verschiebebahnhof, stand dieses Haus. Als ich davor stand, hab ich einen Stich ins Herz gespürt, denn mir scheint, dass mein Herz in eine Haut gekleidet ist, die mehr weiß als die, die mich ganz umhüllt. So bin ich erstarrt stehen geblieben vor diesem dreiflügeligen Zinshaus mit einem Geländergang im ersten Geschoss und einem gepflasterten Hof, der fast vollständig von einem alten Mercedes besetzt war. Die etwa sieben, acht Rosenlorbeerbäume in Holzkästen rochen, wie ich nie geglaubt hätte, dass Blütenstände jemals riechen können. Das Haus schien verwahrlost und leer. Vor allem im ersten Stock waren die Fenster mit vergilbten Zeitungen verhangen, und ein aus einer Angel gehobener Fensterladen knarrte im Wind. Ich bin mit dem Gefühl eingetreten, dass ich den Weg verfehlt und die entgegengesetzte Richtung eingeschagen habe, hin zu meinem eigenen Gehirn. Teufel auch, so was hab ich noch nie gespürt. Ich kannte irgendwie das ganze Gebäude, ich erinnerte mich an einen Dampfer, irgendwo im ersten Stock, und sah einen Mann im Unterhemd mit Haaren auf der Brust und eine Frau, die mir einen Keks entgegenstreckte. Doch diese Erinnerungen waren gleichsam in meinem Fleisch und in meinem Blut, denn es waren nicht eigentlich Bilder, sondern eine Art Emotionen, Reflexe der Muskeln und der Gelenke. Ich erinnerte mich an meine damaligen Bewegungen, als hätte man irgendwo nicht den Film aufgezeichnet, sondern die Bewegungen der Filmkamera, und diese Bewegungen würden jetzt auf die Leinwand meines Leibes projiziert ... Nein, das kann man nicht ausdrücken ... Ich bin eingetreten, und das Haus brüllte, hallte, war wie lebendig. Ich habe gewusst, wo ich gewohnt hatte: Es war im Flügel links, die Tür ganz hinten war noch scharlachrot, so wie ich *wusste,* dass sie sein musste. Aus dem andern Flügel kam ein Mädchen heraus, das mich etwas fragte, und ich hab ihm auf Französisch geantwortet, worauf sich ihr Gesicht erhellte, denn sie hatte selten Gelegenheit, die Sprache zu üben, und als ich ihr sagte, dass ich Filmregisseur bin und dass mir dieser Drehort gefällt, war sie noch entzückter. Ich trat in ein seltsames Zimmer, voller kleiner Teppiche und Nippes und Puppen in Bourretteseidenkleidern und gefärbten Flaumfedern in Vasen, als wäre die Zeit seit hundert Jahren nicht mehr vergangen, und ganz hinten im Zimmer, fett wie eine Spinne, war ein altes Mütterchen mit Damenbart, die Besitzerin des ganzen Gebäudes, das Mädchen war ihre Enkelin ... Ich hab die Alte nur reden lassen müssen, das tat sie ohnehin den ganzen Tag lang, abgesehen davon, dass sie sich in die Hose machte und nicht mehr ganz bei Sinnen war, denn nachdem sie ihren Mann begeifert hatte, weil er sein ganzes Geld in eine Gruft steckte, die ihm am Ende nicht mehr vergönnt war, hat sie alle ehemaligen Bewohner der Reihe nach abgefertigt und Coca beschimpft, weil sie ein Luder, eine andere, weil sie eine Taschendiebin war, den einen, weil er ein Säufer war, und fast alle, weil sie Zigeuner waren ... Das Mädchen brachte mir Sauerkirschsaft und sprach ziemlich gut Französisch. Nach ungefähr einer Stunde dachte ich, dass ich so nicht weiterkomme, und wagte das Foto, die Baraka, herauszuziehen, obwohl, wenn sie erschrocken wäre, hätte sie die Miliz geholt, denn die Rumänen müssen ja jede Begegnung mit Ausländern melden. Die Alte hat sich zwei Brillen übereinander aufgesetzt und geguckt und die Frau sofort wiedererkannt, die sie Marioara genannt hat und das Kind in Marioaras Armen Mircișor. Am Anfang hab ich geglaubt, dass dies mein wahrer Name ist, doch zuletzt ist die Alte, nach einer Menge blödsinniger Umschweife, zum Kern der Geschichte gelangt, und ich bin bass erstaunt gewesen zu erfahren, dass ich einen Zwillingsbruder namens Mircea habe und in Wirklichkeit Victor heiße und dass ich ebendort, in der Silistra-Straße, geraubt worden bin, bevor ich anderthalb Jahre alt war. Und Marioara und Mircea und der, der mein Vater gewesen ist, Costel, haben dort noch etwa zwei Jahre lang gelebt und sind dann anderswohin gezogen. Dann ist mir bewusst geworden, dass es in meiner frühesten Erinnerung keinerlei Spiegel gibt: Die Frau, die mich geboren hat, hielt damals meinen Zwillingsbruder in den Armen. Ich hab ein paar zerknüllte Francs auf dem Tisch der Alten liegen lassen und bin schnell weggegangen, denn jetzt hatte ich etwas, woran ich denken konnte.

Ich bin ins Hotel zurückgekehrt und habe Benjamin mit den Jungs vorgefunden. Wenn er sie nicht bäuchlings flachlegte, kümmerte er sich um sie, schulmeisterte und bemutterte sie wie ein hysterisches Weib. Er hat mich sofort gefragt, was mit mir los ist, denn mein Lebtag hab ich gefoltert, getötet und vergewaltigt und Feuer gelegt, und meine Nächte hab ich alle in der Hölle zugebracht, und den Fürsten dieser Welt hab ich oft gesehen und mich vor ihm gefürchtet, doch hat mir niemand gesagt, wie ich den Gedanken ertragen soll, dass ich einen Zwillingsbruder gehabt habe, und wie ich in seine Augen schauen soll, wenn er lebt und ich ihn irgendwo in der Welt finde. Plötzlich hab ich mich entzweigerissen gefühlt, wie dieses erbärmliche Foto, und ich hab gewusst, dass ich imstande bin, die Welt zu zerstören, um ihn ausfindig zu machen. Mir ist durch den Kopf geschossen, dass, wenn ich ihm wiederbegegne, meine Haut empfindlich wird wie die aller Menschen, und dass auch mir, wie jedem Menschen, das Glück zuteilwird, den Schmerz zu kennen. Vielleicht war er mit meinem Schmerz fortgezogen, vielleicht spürte seine Haut ihn doppelt, vielleicht hatte er alle meine Wunden tief empfunden, die auf der Haut und die im Gehirn, die mir in den Blutfluten meines Lebens zugefügt wurden. Bis dahin hatte ich in Verzweiflung und Schwermut gelebt. Seitdem wusste ich, dass ich lebte, um Mircea zu finden.

Zwei Jahre später habe ich gehört, dass in Rumänien die Revolution tobte. Eine bessere Gelegenheit konnte es ja gar nicht geben. Ich habe Urlaub genommen und bin schon am Tag der Flucht des Diktators in Bukarest angekommen. Ich wäre hergekommen, auch wenn ich meinen Zwillingsbruder nicht hätte finden müssen, denn ich habe stets nach Gebieten Ausschau gehalten, in denen etwas Interessantes passiert. Es war ein Kinderspiel, mir eine Waffe zu besorgen, eine Kalaschnikow mit klappbarem Kolben, von einer Patrouille, die sich auf öden Brachen herumtrieb, und dann gab's ein paar Tage lang Gaudi. Ich hab keine einzige Kugel vergeudet. Ich kugelte mich vor Lachen auf meinem Dach oder im leeren Dachboden irgendeines baufälligen Hauses, wenn ich durch ein Fenster sah, wie die Ehefrau einem Typ die Suppe auftut, dem just in diesem Augenblick der Schädel zersprang, so dass die arme Frau von Kopf bis Fuß mit dem Dreck vollgesaut wurde. Oder wie in einer Gruppe von Soldaten, die an die Panzer gelehnt rauchten, einer jäh zu Boden stürzte, als hätte er diese komische Schlafkrankheit, und dann konnte man sinnlos abgegebenes Trommelfeuer von Maschinengewehren und Kanonensalven erleben, bis irgendeine schöne alte Fassade zum Teufel ging ... Abends lief ich straßauf und straßab, in der Hoffnung, auf den Mann zu stoßen, der mir ähnlich sah. Die Aussichten, ihn zu finden, waren fast gleich null, doch nicht ganz null, denn in einem Film, einer von denen, die man uns in der Einheit und bei den Feldzügen zeigte, geht eine Italienerin ihren in Russland verschollenen Mann suchen und sieht ihn auf der Straße in einer fernen Kleinstadt. So hab ich die Hoffnung nicht völlig aufgegeben. Morgen hab ich vor, mich im Haus des Volkes ein bisschen zu amüsieren, denn ich hab viel darüber gehört, aber gesehen hab ich es nie, und wie mir wohl zumute wäre, wenn ich nach Castelnaudary zurückkehre, zu unserm täglichen Cassoulet, und mich die Kameraden fragten, ob ich den Palast des Verrückten gesehn habe, angeblich das größte Gebäude der Welt, und ich antworten würde, dass ich nicht hingegangen bin, um es zu sehen, jetzt, wo der Eingang sperrangelweit offen steht und es in diesen Sälen von der leichtesten Beute wimmelt, die man in dieser Hure von Leben finden kann?

Das bunt zusammengewürfelte Statuenvolk drang in den gigantischen Diamanten ein, der jetzt Bukarest mit einem Glanz aus einer anderen Welt überragte. Das große Licht war jäh in Tausende Küchen und Schlafzimmer der städtischen Wohnblocks eingefallen, von den alten in der Innenstadt bis hin zu den Betonkäfigen der weiter entfernten Viertel. Die Bewohner waren über jene Eis- und Regenbogenflammen dermaßen erstaunt, dass sie sogar ihre Fernseher stehengelassen hatten und auf die Balkone hinausgetreten waren, um zu sehen, woher das kam, was sie am Anfang für eine verheerende thermonukleare Explosion gehalten hatten. Sie hatten in aller Eile ihre Mäntel, Schals und Mützen übergezogen und waren in Richtung Stadtmitte losgerannt, füllten die Trolleybusse zum Bersten; Nachbarn pferchten sich zu sechst in einen Dacia, oder sie gingen schlicht und einfach zu Fuß, in Strömen, die unterwegs anschwollen, als wäre eine neue Revolution ausgebrochen und als hätten die Menschen sich zusammengeschart, um einen neuen Diktator zu stürzen. Binnen nur einer Stunde waren die Zigtausenden Wohnblocks aus Fertigbauteilen leer, und keiner saß vor den flimmernden Fernsehern. Sogar die chronisch Kranken in den Spitälern, diejenigen, die sich nur bis zum Zeitungskiosk fortbewegen konnten, wickelten sich in Kittel und bewegten sich an Krücken, auf Rollstühlen oder humpelnd unter der eisigen Dezembersonne auf die Lichtsäule zu, die sich über den Dächern und den entlaubten Zweigen erhob, irgendwo weit weg, im Herzen der Hauptstadt. In den Wohnungen blieben nur die Gelähmten, die Sterbenden und die frisch Gestorbenen, auf den Speisezimmertisch hingelegt. Alle anderen befanden sich nach einer Stunde zusammengedrängt auf dem gewaltigen freien Platz um das Haus des Volkes, zwei Millionen

Menschen, versammelt bei der größten Kundgebung, die man je auf Erden erlebt hat. Schweigend, die Herzen brennend von einer phantastischen Vorahnung, konnten sie ihre Blicke nicht lösen von den riesenhaften Kristallfassaden und dem darüber schwebenden Fluggerät, dessen Cherubim ihre Schwingen hoheitsvoll gebauscht hatten. Seiner Unterseite entquoll das sanfteste und durchscheinendste und goldenste Licht, das menschliche Augen gewahren konnten, zauberischer als der Dämmer eines Altweibersommers, beruhigender als das Dahinströmen der Wolken bei Ruysdael ... Das linde Licht ergoss sich über das Brillantenbauwerk, das es auf alle Gesichter spiegelte, auf Millionen aschgrauer Wangen von Frauen und Männern und Säuglingen und Greisen, die sich um das Wunder geschart hatten.

Die Statuen waren durch die weit geöffneten Tore eingedrungen und füllten den pharaonischen Hauptkorridor mit dem Stampfgeräusch ihrer Sohlen aus Marmor und Kupfer. Sie blickten verblüfft um sich, betrachteten die prunkvollen Verzierungen, die Leonardoschen Flechtwerke, die Najaden mit entblößten Brüsten, die eine Säulenhalle trugen, die mächtigen Säulen, die in ungeheurer Höhe die getäfelte Decke stützten. Alles war nun aus Kristall geworden. Im Vergleich zu dessen Durchsichtigkeit schienen ihre Leiber aus Gips und Metall noch jämmerlicher und grobschlächtiger. Lenin konnte nicht an sich halten und rief, nur noch hinaufschauend, nahe dran, auf Schritt und Tritt über die Teppiche zu stolpern, voller Stolz: »Seht her, welche Wunder der Mensch zu vollbringen imstande ist, Genossen! Alles, was ihr seht, ist das Ergebnis der opferwilligen Arbeit des rumänischen Volkes! Nicht von ungefähr hab ich einmal gesagt, dass der Mensch das wertvollste Kapital ist ... Oder hat es vielleicht Marx gesagt, na ja, es kommt aufs Gleiche hinaus ...«
»Halten Sie doch den Mund, Genosse Lenin«, mischte sich Davila ein. »Wir können diese Innenräume bewundern, auch ohne durch die Ideologie vergiftet zu werden ...« Sie gingen langsam

auf das Herz des Gebäudes zu, wie ein Festzug von Priestern eines sonderbaren Kults in einem Tempel von nichtmenschlichen Ausmaßen. Auf den Schultern Lenins hatten sich Ionel und Emilia in ihrem Element zu fühlen begonnen. Die steinernen Wangen erschreckten sie nicht mehr, die abgesplitterten Nasen und die Handflächen mit fehlenden Fingern erregten bei ihnen ein unbestimmtes Mitgefühl. Sie empfanden sich schon als König und Königin dieses malerischen und harmlosen Volks, das sie fortan mit Weisheit zu leiten gedachten. Letzten Endes musste es auf der Welt Millionen Statuen geben, die von Kapitalisten, die sie errichtet hatten, bis aufs Blut ausgebeutet wurden. Emilia träumte bereits von einer Internationale, die Giganten von der Größe Kim Il-sungs und der in den Fels gehauenen Präsidenten und Zwerge wie Manneken Pis oder die Tanagra-Statuetten vereinigen sollte, und dies unter der hohen Schirmherrschaft des neuen Herrscherpaares, sie und Ionel, schließlich sehr viel intelligenter und repräsentativer für den Klassenkampf als die Peróns oder Ceaușescus. Letzten Endes waren sie ja mehr als zwei Menschenwesen, sie waren zwei unvergängliche Embleme: die Aktivistin und der Securitate-Mann, der Verstand, der befiehlt, und der Arm, der ausführt … Zu guter Letzt, so spann Emilia den Gedankengang weiter, könnte Ionel verblassen, eine Art dekorativer Prinzgemahl bleiben, denn er taugte sowieso zu nichts; wäre sie nicht gewesen, er wäre ein Tölpel vom Dorf geblieben. So dass sie, Emilia, todsicher allein herrschen würde, die Königin der Statuen auf der ganzen Erde, auf einem in der Handfläche Kim Il-sungs aufgestellten Thron, mit nackten, zwischen Perlenketten hervorquellenden Brüsten und an der Stirn den strahlendsten Diamanten, der je entdeckt wurde … Und wenn die Freiheitsstatue und andere Flittchen wie sie jemals frech würden, würde Emilia einige Divisionen Bagger und Kipplastwagen gegen sie entsenden, damit kein einziges Körnchen Schutt von ihnen übrig bleibe … Und die

Statuen, gut angeleitet, tüchtig organisiert – war sie doch nicht vergeblich so lange Vorsitzende des Parteiorganisationsbüros der Universität gewesen –, sollten zu guter Letzt auch die Sterblichen unter demselben goldbestickten Pantoffel in die Knie zwingen, denn was anderes waren letzten Endes die Menschen als bloß Fleisch, das je eine innere Kalkstatue umhüllte? Folglich würden keine fünf Jahre verstreichen, und Genossin Emilia, die Reinkarnation der ehemaligen Ester, sollte von der ganzen Welt zur Kaiserin des Universums ausgerufen werden ... Schlagartig durchfuhr sie eine Welle feuchter Erregung. Sie sah sich in Gestalt einer ewigen Bienenkönigin der Welt, immerwährend befruchtet von Millionen Männchen, der eine besser ausgestattet und stürmischer als der andere ... Wie ein barbarischer, auf dem Nacken eines Elefanten reitender Krieger reckte die Frau den Arm vor und stieß einen gebieterischen Schrei aus. Doch der Siegesschrei gefror ihr in dem Augenblick in der Gurgel, als der in der Tiefe des Gebäudes leicht ansteigende Gang in die schwindelerregenden Ausblicke des irrsinnigen, phantastischen, unsagbaren Zentralsaals einmündete.

Dimensionen, die keinerlei Beziehung mit denen des menschlichen Leibes haben, kann das menschliche Auge nicht erfassen, das Gehirn nicht verstehen und das Herz nicht hinnehmen. Parsec und Äonen bleiben lediglich Wörter, wie verschlossene Türen, hinter denen nichts als eine Mauer ist. Was kann eine Treppe sein, bei der jede Stufe so hoch wäre wie ein zehnstöckiger Wohnblock? Wenn du einen Augenblick lang lebst, ist er schon vorbei; was sind für die geologischen Zeitalter die Yugas, Kalpas und andere Ungeheuer der Endlosigkeit? Der Zentralsaal im Haus des Volkes war weitläufiger als das Gebäude selbst, als wären die sieben zusätzlichen, eng auf der Planck-Skala aufgewickelten Dimensionen der Welt im Innern des Architekturmammuts zerborsten und dort wieder geöffnet worden wie eine Origamikugel, die ins Wasser geworfen wird und den Schmetterling bildet, die berühmte topologische Figur René Thoms. Der Saal befand sich dort, wo der Innenhof des Bauwerks hätte sein sollen, und über ihm ragte ein riesenhaftes Gewölbe empor, durchsichtig gemacht vom goldenen Licht der Cherubim. Doch auch so konnte man in einer Höhe, die einem den Atem verschlug, die allegorischen Malereien gewahren, welche die Kuppel schmückten und die, zwanghaft, verschlungen, fraktalisch und phantastisch, alle Bilder und alle Gestalten wieder aufgriffen aus diesem unlesbaren Buch, diesem Buch … Jeder Punkt auf der gewaltigen konkaven Karte war alle Punkte, jedes Gesicht alle Gesichter, jeder Mundwinkel einer gemalten Gestalt wurde zu einem Bethlehem, und jeder Glanz in den Augen der Hirten, die gekommen waren, das Lichtkind anzubeten, war eine ferne Galaxis, und die endlos hohe Kuppel war eine hemispärische Projektion aller im logischen Raum des Geistes verketteten wahren und falschen Sätze, die vermittels eines schrecklich verwickelten Mechanismus an die Welt, so wie sie ist, mit ihrem Sichtbaren und Unsichtbaren, gekoppelt waren. Am Scheitel des Gewölbes befand sich eine kreisrunde Öffnung, vom Cherubimgerät darüber fast vollständig ausgefüllt.

Hunderte, Tausende Statuen schritten, Staubkörnern gleich, unter der fernen Kuppel dahin, traten auf einen feinen, aus schachbrettartig angeordneten Porphyr- und Malachitplatten bestehenden Fußboden. Der runde Saal war dermaßen groß, dass seine gegenüberliegende Seite sich in bläulichen Nebeln verlor und wie Schiffsmasten unter die Krümmung der Erde hinabtauchte. Ringsum erhoben sich Statuen, die den unglücklichen, auf dem Spiegel des Saals dahinschreitenden Milben das Blut ins Gesicht trieben: Nicht einmal der eherne Koloss Lenin, von Kogălniceanu, Spiru Haret oder Michael dem Tapferen ganz zu schweigen, reichte mit dem Scheitel bis wenigstens zu den Fußnägeln der Titanen, die, zwölf an der Zahl, die monströse Halle umstanden. Die Giganten schienen weder aus Marmor noch aus Kupfer zu bestehen, sondern aus einem grünlichen und leidenden Fleisch, das grauenvolle Gebrechen und Krankheiten aufwies. Einer hatte gewaltige Hoden, die bis zum Boden herabhingen, einem anderen wuchsen die verkrümmten Finger geradewegs aus der Schulter hervor. Dem einen war der Kopf auf einen vorn und hinten gekrümmten Brustkorb gesetzt, dem anderen wölbte eine Echinokokkenblase seitlich den Unterleib. Eingeweidebrüche und Hautkrankheiten, Hasenscharten und Folgen der Kinderlähmung, Missbildungen und Amputationen verwandelten sie zu einem Atlas des nicht zu ertragenden menschlichen Leidens. Zwischen den Zehen hatten sie monumentale Tore, die in rätselhafte und stille Stollen führten.

Man hätte glauben können, es seien Wochen vergangen, bis der Zug die Mitte des Saals erreicht und auf allen Seiten den Kristallsarkophag umringt hatte, in dem eine mannshohe milchige Nymphe pulste. Die riesenhaften Lider jenes Wesens waren geschlossen, der Ansatz eines spiralförmigen Rüssels zeichnete sich bereits auf der durchsichtigen Haut ab, die jener von Schnecken glich, sonderbare Organe glitten peristaltisch unter der bleichen Kruste auf und ab, die seinen Leib umhüllte. Auf beiden Seiten des Insektenthorax hatten sechs keimhafte Knospen begonnen, ihre Gelenke zu entwickeln. Lenin kniete nieder und beugte sich zum Boden, als vollführe er einen Kniefall vor dem aus Felskristall gehauenen Sarkophag und seinem einsamen Bewohner. In Wirklichkeit wollte er sich nur der Last der beiden auf seine Schultern gekletterten Sterblichen entledigen, denn die Nächte, die er im Saal der Linotype-Setzmaschinen im Haus des Funkens verbracht hatte, ganz zu schweigen von dem eisigen Nordostwind und dem Wirbelsturm jedes Winters, denen er auf seinem Megalithsockel trotzte, hatten ihm einen Rheumatismus in die Knochen getrieben, der ihn bis aufs

Blut peinigte. Und wäre er aus Eisen gewesen – er war aber, ach, nur aus Kupfer –, es hätte ihn doch niedergestreckt. Die Statuen deuteten jedoch seine Geste anders, und da sie mit ihren seit langem versteinerten Hirnen meinten, das gezieme sich so, warfen sie sich ebenfalls nieder, erhoben sich und beugten sich, den Hintern in die Höhe gereckt und die Handflächen flach ausgestreckt, vor dem einsamen Grabmal zu Boden.

Ionel und Emilia vollführten ein paar Bewegungen, um sich aus der Erstarrung zu lösen, und lenkten, während sie einen Augenblick lang ihren geschichtlichen Auftrag vergaßen, ihre Schritte auf den Sarkophag zu. Es war ein schmuckloser Quarzblock mit scharfen, regenbogengesäumten Kanten, dessen obere Seite von einem Fries aus geraden, aus derselben harten und klaren Substanz gegossenen Lettern umgeben war, so dass man sie nur aufgrund ihres feinen Spiels von Schatten und Spiegelungen lesen konnte. Sie neigten sich vor, zeigten einander die Inschrift, die in irgendeiner Hinsicht hätte bedeutsam sein können, die sich aber, als sie sie mühsam buchstabierten, als widersinnige Aneinanderreihung erwies:

INGIRVMIMVSNOCTEETCONSVMIMVRIGNI

Sie schrieben sie trotzdem auf einen Zettel in ihrer Manteltasche, denn Stănilă, der in mehreren Abteilungen der Securitate gedient hatte, wusste einiges über Geheimcodes.

Unter dem Vorsitz Emilias (die sich bequem, mit untergeschlagenen Beinen, aufs Grab gesetzt hatte) hatten sie die Gründungssitzung der Volkspartei der Bukarester Statuen (VPBS) begonnen und standen im Begriff, einen Vorstand zu wählen, als eine der dunkelhäutigen Nymphen von Herăstrău, von der Exploflora, die sich nichts aus Politik machte und vor Langeweile die kolossalen, nicht beschnittenen Geschlechtsteile der Titanen an den Wänden anglotzte, eine Bewegung auf dem weitläufigen, schachbrettartigen Feld des Fußbodens wahrnahm. Sie war so weit entfernt, dass man einstweilen nicht sagen konnte, ob es ein Mensch war, ein Raubtier oder was immer für eine Maschine, doch zweifellos schritt es stracks auf sie zu, vom entgegengesetzten Eingang des Kolossalbaus her kommend. »Die Terroristen!«, stieß sie einen vor Schreck erstickten Schrei aus, und nach und nach packte wie eine Adrenalinwelle ein animalischer Schrecken die berühmten Männer. Terroristen hieß Kugeln, und Kugeln hießen zerstrümmerter Stuck, zu Schuttwolken zerstäubte Bruchstücke von Torsi und Armen. Niemand hatte jemals eine Bestandsaufnahme der in Kriegen gefallenen, bei Bombenangriffen in Tausende Splitter zerbrochenen, von Granatsplittern verunstalteten Statuen gemacht, niemand hatte danach gefragt, wie viele bronzene Frauen und Männer in Hiroshima zerschmolzen waren ... In jeder Revolution wurden die Statuen des alten Regimes erbarmungslos hingerichtet, eine Schändung von Gräbern und Werten, als wären sie die Setzlinge, woraus neue gefährliche Triebe hätten sprießen können. Wenn eine neue Religion mit dem Schwert durchgesetzt wurde, waren die Stein- und Holzgötter des alten Glaubens wiederum die Ersten, die stürzten, mit erdwärts gewandten Gesichtern und auf der Schwelle abgehackten Armen. Es nahm nicht wunder, dass die Statuen in ihrer quälenden Erstarrung die endemische Angst eines auserwählten und verfolgten Volks aufgesogen hatten und dass ihnen das Herz bei jedem Gerücht, bei jeder Bewegung zusammenzuckte ... Der sich bewegende Punkt, der auf sie zuschritt, konnte letzten Endes ein Panzer sein, einer von denen, die auf den Straßen der Stadt dahinrollten und beim geringsten Verdacht hirnlos Salven auf die Fassaden der Wohnblocks abfeuerten. Oder ein Terrorist im schwarzen Kampfanzug und mit finsterer, über den Kopf gezogener Kapuze. Oder das Gespenst des seit wenigen Stunden toten Diktators, das gekommen war, um seinen Palast noch einmal zu besuchen, bevor es in die Ewigkeit einging. So legte sich Lenin auf den Boden, wie ihm Genossin Emilia befohlen hatte, und die andern suchten hinter seinem plumpen Leib Deckung. Mit jedem Augenblick zeichnete sich der Umriss des potenziellen Feindes deutlicher ab in der rauchgrauen, wirbelnden, quälend sehnsüchtigen Luft des Saales.

Es war der große Kranke, schwanger mit dem Kind im Schädel, noch stärker zur Erde gebeugt unter seiner kostbaren Bürde als sonst, blindlings auf das Grab in der Mitte zuschreitend, als wären ihm die einzelnen Pole eines entzweigeschnittenen und eine einzige Richtung anzeigenden Magneten durch die Adern geflossen. Bedächtig und müde ging er auf den glattgeschliffenen Bodenplatten dahin, die seine Gestalt spiegelten, allerdings nicht in Form eines gebeugten Greises, sondern in der eines Erzengels in triumphierendem Licht. Derart winzig war er unter dem durchscheinenden Gewölbe, dass er gleichsam Jahrhunderte brauchte, um in die Mitte zu gelangen, genau unter den Lichtkegel der Gaube am Scheitel des Gewölbes, durch die man von unten her das Gerät mit Cherubim und von Augen starrenden Rädern gewahrte. Die Titanen am Rand des kolossalen Rundbaus reichten es einander weiter mit ihren trägen Blicken wie jener in Formalin verwahrter Föten. Herman verlangsamte sein Voranschreiten auch dann nicht, als er anstelle des auf seiner inneren Karte glitzernden Sarkophags lediglich eine seitwärts gestürzte Statue aus schwärzlicher Bronze gewahrte. Wie ein blindes Insekt ließ er sich nicht vom schnurgeraden Weg abbringen, und er hätte vielleicht versucht, über den Metallanzug des russischen Revolutionärs zu klettern, hätte sich der Golem nicht erleichtert aufatmend auf die Knie erhoben, gleichzeitig mit dem Statuenvolk, das durch seinen Standortwechsel erkennbar wurde. Wer dieser Penner wohl ist?, fragte sich Ionel, und ihm war, als kenne er ihn von irgendwoher. Jedenfalls hätte er ins Haus des Volkes, nicht wahr ... nicht alle Landstreicher hereinlassen dürfen. Doch da die Statuen Herman ebenfalls wiederzuerkennen schienen (nicht umsonst hatte er ganze Sommer lang zu C. A. Rosettis Füßen geschlafen, zwischen ins Gras geworfenen Wodkaflaschen), trat der Oberst beiseite, neben seine Rothaarige, und wartete schicksalsergeben darauf, entweder aus jenem seltsamen Albtraum zu erwachen oder weiterhin (»Majestät, Majestät ...«) über das bresthafte Statuenvolk zu herrschen.

Stöhnend und schnaufend warf der Schmerzensmann den berühmten Männern einen wirren Blick zu. Dann ging er zwischen ihnen hindurch und ließ sich vor dem funkelnden Parallelepipedon, in dem eine in voller Metamorphose begriffene Puppe auszumachen war, langsam auf die Knie sinken. Er legte sein schweres, bis auf die von vielfarbigen Tätowierungen strotzende Kopfhaut kahlrasiertes Haupt auf die harte Quarzoberfläche nieder, und sein Antlitz wurde von flaumigen, aus deren Kanten quellenden Regenbogen zugedeckt. In der grenzenlosen Stille der Basilika, die zehnmal größer war als die Hagia Sophia, war nun ein schwaches Knacken zu hören, wie ein aufplatzendes Ei. Die Statuen bildeten einen engen und neugierigen Kreis um den auf das Grab Gestürzten, so dass Hunderte mineralischer Augen sehen konnten, was geschah. Die einzigen organischen Augenpaare fanden alsdann den zur Flucht günstigen Augenblick. Sich bei den Händen haltend, warfen sich Emilia und Ionel einen kurzen Blick zu und ergriffen die Flucht, hinkend und keuchend – sie waren, ach, auch nicht mehr die Jüngsten –, hin zu den fernen Gebieten des Ausgangs. Ionel trug noch die Lorbeeren des Vergilius auf dem Scheitel, doch der kaiserliche Wahn hatte beide verlassen, denn sie fühlten das Ende der Erzählung nahen. Die Auferstehung sollte sie erwischen, irgendwo im pharaonischen Gang, noch rennend, und sollte sie mit Schrecken erfüllen, denn bei ihrer Erbärmlichkeit und Niedertracht von kleinlichen Dämonen, Zwei-Groschen-Judassen, lächerlichen Henkern, konnte das jenseitige Leben für sie nur die Gehenna sein.

Eine der Schädelnähte Hermans war aufgeplatzt, einer der vier Flüsse mit zahllosen Mäandern (Styx, Acheron, Phlegethon und Kokytos), die sich an jedem Schädel eines Sterblichen entlangschlängeln. Unter dem Druck des zarten Fleisches im Innern platzten bald auch die anderen auf, gleich den Blütenblättern einer aufbrechenden Knospe. Stirnbein, Hinterhauptbein und das paarige Scheitelbein begannen sich langsam voneinander zu entfernen, so wie die Beckenknochen gebärender Frauen auseinandergedrückt werden. Hermans Gesicht war jetzt aschgrau vor Leiden, seine blauen Augen waren verschwunden, verdreht wie die der Puppen, gaben den Blick nur auf das vergilbte Rabenschnabelbein frei. Seinen Leib durchzuckten Krämpfe wie die eines Fallsüchtigen. Die Spitzen der knochigen Blütenblätter zerfetzten die Kopfhaut und durchstießen sie wie breite Dolchklingen: Herman brüllte wie ein Raubtier, wie ein Wesen aus einer anderen Welt, das nicht mit dem Kehlkopf brüllte, sondern mit einem seltsamen Organ, das es gänzlich durchdrängte und die lebenswichtige Aufgabe des Brüllens erfüllte. Bei diesem Schrei, der nicht der eines Wirbeltiers war, sondern eher der einer mörderischen Larve, eines bei lebendigem Leib verschlungenen Sonnenanbeterinnenmännchens, zersprangen die Statuen, und aus ihren Rissen begann ein purpurrotes, leuchtendes Blut zu strömen, das an den steinernen Gliedmaßen herablief und auf dem blankpolierten Fußboden des Saals sumpfig wurde. Bestürzt, kreidebleich vor Schmerz und Verzweiflung, ihre durchbohrten Handflächen in sinnlosen Verteidigungsgebärden spreizend, troffen Puschkin und Lermontow, Olga Bancic und Brâncoveanu, die Flieger und die Sanitäterhelden, Mutter Smara und Kogălniceanu, die Ceaușescus und die Amoretten, die Gorgonen, die Atlanten, die Najaden in den Brunnen nun von Blut.

Und das in Hermans Schädel gekauerte Kind stemmte sich jäh in die Höhe und zerfetzte, was von der tätowierten Kopfhaut noch übrig geblieben war. Es war der kräftigste und molligste kleine Junge, den man sich vorstellen kann, mit riesengroßen blauen Augen und einem Lächeln, das alles um ihn her erhellte. Er streckte sich träge, die kleinen Fußsohlen an den kalten Kristall gedrückt, umstrahlt von den blauen Äderchen des Kirlian-Effekts. Sein ganzer kleiner perlmutterner, von blassem Rosa umschatteter Leib war von demselben bläulichen Windhauch von der zarten Beschaffenheit einer Schneeflocke umweht. Daneben offenbarte der wie eine Blüte geöffnete Schädel des großen Leidenden in seiner Tiefe das Siebbein an der Schädelbasis, in Gestalt eines tropischen Schmetterlings, ebenfalls von schillerndem elektrischem Blau. Das Kind blickte hinauf, streckte die Händchen zum gigantischen Gewölbe empor und rief in der vollkommenen Stille mit der Stimme eines goldenen Glöckchens: »Ava!« Und daraufhin erhoben auch die Titanen rings um den Saal die vom Leiden geschwellten Augen und riefen mit Stimmen von Urgewalten und Donner zur großen Gaube hinauf: »Ava!« Bei dem Erdbeben der Schreie aus der Tiefe platzte die mineralische Hülle der Statuen vollends auf, und das, was stets im Innern gewesen war, das gequälte, zu ewiger Erstarrung verdammte Wesen, blieb aufrecht stehen, durchscheinend, leichenblass und ungestalt, mit einer weichen Glashaut überzogen. Und die Larven fingen an, sich krampfhaft zu winden, tanzten gleichsam nach einer unhörbaren Musik, bis auch diese Haut platzte und aus dem Riss lebende Schmetterlinge krochen, noch feucht und mit zerdrückten Flügeln, in die der Unterleib bereits eine kühle Flüssigkeit pumpte. In wenigen Minuten waren die Flügel ausgebreitet und steif, und der Saal füllte sich mit Riesenfaltern, die unter dem Gewölbe der größten Voliere der Welt im Zickzack herumflatterten. Die Bernsteinluft des Saals hatte sich mit Streifen von Azurblau und

Pomeranzengelb, von Sauerkischrot und Veilchenblau, mit überströmendem Licht und samtenen Schatten gefüllt. Um den Sarkophag aus Quarz und Regenbogen lagen jetzt auf dem Boden nur noch Krusten von unförmigem Metall, Gips und Marmor verstreut, die sich im zarten Bodenbelag des Raumes spiegelten. Das Kind stieg vom Grabdeckel herab und streckte ein Händchen zum großen Parallelepipedon aus. Da begann dessen Glas zu wallen, gleich dem aufs Feuer gestellten Wasser, mit Tausenden ungestümer, an die Oberfläche steigender Blasen. Langsam verdampfte es, seine Ecken und Kanten verwitterten, und zuletzt blieb, einen halben Meter vom Boden entfernt levitierend, in der Luft nur noch die große Nymphe mit geschlossenen Lidern über den gewaltigen Augen und seltsamen Schwellungen auf der milchigen Haut. Der Fußboden warf sie so haarscharf zurück, dass man nicht mehr wusste, auf welcher Seite des Spiegels man stand. Das Kind trat heran und fasste sie mit den Fingerchen an; bei dieser Berührung, leichter als die eines Blütenblatts, das auf die Oberfläche eines Sees fällt, erschauderte die Nymphe durch und durch, kauerte und rollte sich in sich selbst zusammen, zappelte schrecklich, suchte gleichsam nach einem Stützpunkt, blähte sich auf, bis die Spaltöffnungen an den Rändern zu zerreißen begannen, brach an einer Seite auf und ließ sie ins Licht treten, wobei sie es mit dem Glanz ihres Fells, weißer denn Milch, vertausendfachte, die wundervollste weiße Motte mit Augen aus brennendem Purpur und einem wie die Unruhfeder einer Uhr in sich gedrehten Rüssel, das schönste und anrührendste Tier, das jemals auf Erden zu sehen war. Es hatte etwas von der Sanftmut der Lämmer und von der Flaumigkeit der Eulenjungen, aber auch die präzisen Bewegungen der Insekten in ihrem automatischen Flug über Lilienkelche. Die sechs durch Gelenke verbundenen Beine waren ebenfalls behaart bis hin zu den Krällchen, die sich nun auf den kalten Boden stützten. Vom Scheitel aus durchwitterten zwei gefiederte Kämme die Luft auf der Suche nach den schwindelerregenden Pheromonen der Göttlichkeit. Das Kindlein kletterte auf den Rücken des großen Falters, und dieser mischte seinen Flug unter das kunterbunte Gewimmel eines tropischen Regenwaldes im gigantischen Vogelhaus. Die Motte strahlte wie ein Schneeblitz, so dass ihre Kreisbewegungen, höher und höher zum Scheitel des Gewölbes hinauf, mit Schärfe gesehen werden konnten, aber kein menschliches Auge, sie zu betrachten, fand sich mehr in dem Monumentalbau aus geschmolzenem Diamant. Nach Hunderten Umkreisungen stieg die Motte zur Gaube empor, und Millionen Stadtbewohner, die mit stockendem Atem, halbtot vor Grauen, auf den Ablauf der Ereignisse warteten, konnten plötzlich einen Blick erhaschen, als sie von der Spitze des atemberaubenden Bauwerks in die Höhe stieg, so wie die Seele durch die Fontanelle aus dem trägen Leichnam aufsteigt. Dann stießen zwei Millionen Kehlköpfe jäh einen Schrei aus, wie vor Jericho, und es war deutlich zu hören, wie die Kristallwände des Hauses des Volkes in Millionen Zickzackrisse zerbarsten. Der Schmetterling ruderte jetzt um die Herrlichkeit Gottes, an der er sich nach einer Weile mit den Krallen festklammerte. Das Kind stieg auf den Flügel der Motte und setzte sich auf den breiten Thron oberhalb des Saphirbildnisses, zur Rechten des Vaters, und segnete mit einem über das Menschenmeer erhobenen Händchen.

Und dann vernahm man den Klang der Posaune. Sie erscholl machtvoll, mit silbernem Ton, als hätte ein Erzengel seine Backen gebläht und in das gleißende Instrument geblasen. In ihren Klang mischte sich ein anderer, ebenso schallender, der bald eine Männerstimme, bald das Grollen eines fernen Frühlingsdonners schien. Die Menschen schlotterten, wahnsinnig vor Schrecken. Ein leichtes Erdbeben schüttelte sie, steigerte Panik und Verzweiflung. Und mit einem Mal, in einem Wimpernschlag, waren sie allesamt verwandelt. Jäh verschwanden sie aus ihren schweren, schmuddeligen Winterkleidern, die in Haufen zu Boden stürzten, Mäntel und Schals und russische Fellmützen mit Ohrenklappen und Kopftücher, um von neuem zu erstehen, vollkommen und wunderbar, nackt und freudestrahlend, alle im Alter von dreißig Jahren, wiedergeboren aus Wasser und heiligem Geist. Unempfindlich gegen den Frost des Winters, gegen die eisigen Windstöße, sahen sie sich mit Verwunderung an, der Mann und seine Frau, die Eltern und die plötzlich erwachsen gewordenen Kinder, die jung gewordenen Alten, die Krüppel mit nachgewachsenen Beinen, die geheilten Kranken, die Föten in den Bäuchen der Schwangeren, die ihren gleichaltrigen Müttern in die Augen blickten. Durch ihre durchscheinende Brust gewahrte man die strahlenumkränzten Herzen, die zu Quellen des Lebenswassers geworden waren. In ihren astralen Leibern von Glückseligkeit erfasst, blickten sie alle zum Himmel empor, denn die Zeit war gekommen, und der Vater, hoheitsvoll an der Seite des Sohnes thronend, zog alle mit derselben Macht an sich, mit der er aus Knospen zarte Blätter und aus Stängeln bunte Blüten herauszog. Die Augen des Geistes, bis dahin bedeckt von schweren Lidern, von Habsucht, Raffgier, Ehebruch, Lüge und menschlicher Eitelkeit, hatten sich ihnen geöffnet, und dann konnten sie am ganzen Himmelszelt die Rosse und Wagen Jehovas gewahren, durchscheinende, den Quallen gleichende Scheiben, Hunderte und Tausende Scheiben, denn wo das Aas liegt, da scharen sich die Geier. Aus den Scheiben stieß über jeden Kopf eines Mannes oder einer Frau je eine Feuerzunge hernieder, und das Meer seliger nackter Wesen fing an, mit Menschen- und mit Engelszungen zu reden, und während sie prophezeiten, begannen sie leicht wie Löwenzahnflaum in den Himmel zu steigen, schwebten in Schwärmen den Lichtmandorlen entgegen, die auf dem Gewölbe von Azur und Feuer ihrer harrten. Dort drangen sie zu Hunderten in je eine Luftqualle ein, wo ihr Haupt mit je einem Heiligenschein umstrahlt wurde, der sich in diejenigen der Umstehenden drängte. Bald blieb der unermesslich weite Platz um das Haus des Volkes leer. Aus den aschgrauen, feuchten Wohnblocks am Horizont stieg noch eine einsame Gruppe empor: die der in den Wohnungen vergessenen Lahmen und Sterbenden.

Die Posaune erscholl weiter mit großer Macht, in den Scheiben aus Leere und Licht sangen die Wiedergeborenen, derweil die Cherubim, die bis dahin dagestanden hatten, zwei Schwingen steif aufgerichtet und mit den anderen ihren Leib bedeckend, sich in Bewegung setzten. Mit etwas, das an Menschenhände erinnerte, holten sie zwischen den Rädern glühende Kohlen hervor und verstreuten sich damit über den Stadtvierteln. Im Fliegen tosten ihre Flügel wie große Wasser oder wie große dahinrennende Menschenmassen. Sie ließen die Kohlen über die Stadtteile Dămăroaia und Pajura fallen, über Crângași und Militari, über Rahova und Balta Albă, über Dudești und Berceni, und über die zusammengedrängten und trostlosen Arbeiterwohnblocks regnete es jählings Feuer und Schwefel herab. Ein dicker schwarzer Qualm wie aus einem brennenden Backofen stieg aus der Chimärenstadt auf, von der bald nur noch ein mit Trümmern übersätes Feld zurückblieb. Einzig und allein das gigantische Kristallbauwerk vom Spirea-Hügel und, wunderbarerweise, Floreasca unter seiner Glasglocke blieben stehen inmitten einer Wüste aus Schutt und spiralig gedrehten Eisenteilen, zersprungen auch sie und wie der Dom im Herzen Hiroshimas und die geköpfte Kirche in Berlin Zeugnisse von Zertrümmerung und Verzweiflung. Vereinzelte Feuer brachen von Zeit zu Zeit dort, wo Tankstellen und Gasleitungen gewesen waren, zwischen den Trümmern aus und wurden bald vom dichten, geschmolzenen Schwefel erstickt, der sich über die weite Wüstenei ausbreitete. Dann kamen die Cherubim unter das Saphirgewölbe zurück, an Reinheit wie der Kern des Himmels, und die Herrlichkeit Gottes stieg, in der Sonne gleißend, zum

Scheitel des Himmelsgewölbes empor. Ihr folgten Tausende von Kapseln, gefüllt mit den Sporen des Lebens, die im Luftraum wie ein Duft flatterten, die Wiege der Menschheit wie eine zum Welken bestimmte Blüte verließen und sich jenseits des Van-Allen-Gürtels durch den schwarzen, eisigen und stillen Weltraum verstreuten, auf der Suche nach neuen Erden und neuen Himmeln, beizeiten für sie vom Ewigen vorbereitet. Sie entfernten sich, wurden kleiner am Gewölbe wie ein Wind, der Pollenkörnchen trägt, und bald war der Himmel ebenso leer und öde wie die Erde. Der letzte Abend auf Erden stieg mit seinem gelben Dämmer hernieder über eine Welt, ebenso wüst wie jeder Ort, den keines Menschen Fuß betreten, wie jede Gegend, die noch kein Auge und kein Gehirn erfunden hat.

Ich erwachte kauernd, mit an den Mund gedrückten Knien, auf einer harten und kantigen Oberfläche, gehüllt in den Feuerhimmel des Abendrots. Ich reckte den Kopf, und das Erste, was ich gewahrte, war das Manuskript, der Stapel der zerfallenden, befleckten Seiten mit morschem, von Ohrenkriechern berranntem Kern. Es war neben mir zur Seite abgerutscht, und die Buchstaben auf den letzten Seiten wirkten auf den im Dämmerschein rosig leuchtenden Seiten schwarz wie seltsam geflochtene Drähte. Die schwere Erde auf jenem ganzen Feld hatte die ersten hundert Seiten des Manuskripts begraben, so dass ein anderer Turm der Verzweiflung sich schief zwischen den umliegenden Trümmern erhob.

Denn erst dann, als ich aufgestanden war und mich fragte, ob ich nicht etwa den pervers verzerrten Traum mit dem Land Tikitan weiterträumte, konnte ich den überwältigenden Zusammenbruch meiner Welt betrachten. Wie Bruchstücke ausgehöhlter Backenzähne ragten aus der allumfassenden Erde jener Brache hie und da rauchende Mauerbrocken, Ecken alter Häuser, Fassaden, durch deren Fenster man den Himmel sah. Betonbrocken mit gekrümmten Eisenteilen, die wie gespreizte Finger daraus hervortraten, lagen wirr durcheinander, begraben in den Staubhaufen. Automobilwracks, zerquetscht wie mit dem Pantoffel plattgedrückte Käfer, lagen da, die Räder nach oben, und spiegelten die Wolken. Die Trümmer zogen sich auf den Hügeln bis an den Rand des Blickfelds. Nur vor mir, jenseits der verdampften Dâmboviṭa, bot das babelhafte Haus des Volkes dem Himmel die Stirn, von wer weiß welchem Kataklysmus in Kristall verwandelt. In dem endlos schwermütigen, über die Welt gesenkten Abend schien das Gebäude ein mit Blut gefülltes Reagenzglas. Ich begann in einer herzzerreißenden Einsamkeit zu ihm hinzugehen und fragte mich, ob ich nicht der einzige Mensch auf der Erde geblieben sei. »Ein Volk wird sich erheben gegen das andere«, klang mir in den Ohren, »und ein Reich gegen das andere, und es werden geschehen große Erdbeben und hier und dort Hungersnöte und Seuchen; auch werden Schrecknisse und vom Himmel her große Zeichen geschehen. ... Und es werden Zeichen geschehen an Sonne und Mond und Sternen, und auf Erden wird den Völkern bange sein, und sie werden verzagen vor dem Brausen und Wogen des Meeres, und die Menschen werden verschmachten vor Furcht und in Erwartung der Dinge, die kommen sollen über die ganze Erde; denn die Kräfte der Himmel werden ins Wanken kommen.« War das alles in Erfüllung gegangen, während ich dagelegen hatte, am U-Bahn-Eingang, vergiftet von den Klauen des Skolopenders? Sein Gift tötete mir noch immer die Nervenzellen im Gehirn, in das er, ausgestreckt in meinem Wirbelkanal, gebissen hatte wie in den weichen Bauch einer Beute. Mit bis zu den Knöcheln in der Erde steckenden Beinen ging ich voran, grub dann und wann einen Ohrring aus, eine Busfahrkarte, eine Waffel in ihrer Hülle aus bedruckter Plastikfolie ... Ich ging über die Izvor-Brücke und drang in die Wüste vor, wo die Parkanlage gewesen war. Der Wind heulte, führte Zeitungen und leere Tüten mit sich, die Haare peitschten mir ins Gesicht und über die Augen, doch ich spürte die Kälte nicht, die grimmig gewesen sein muss. Berge von Kleidern und ausgetretenen Schuhen türmten sich über der ganzen Fläche, wie auf den Rampen eines Vernichtungslagers. Erschüttert ging ich durch sie hindurch: Wo waren jetzt jene Menschen hin verschwunden, wohin war das Leben jener elenden und in ihrer endlosen Unrast doch so menschlichen Stadt entwichen? Verschwunden waren die Schüler und die Arbeiterinnen in den Webereien, die nörgelnden, zahnlosen Rentner, die »Falken der Schlange«, die schönen Mädchen, die im Stehen schufteten, acht Stunden täglich, in Feinbäckereien oder in verdreckten Werkstätten, Krampfadern bekamen und sich am Lohntag jedes Mal ein Paar Strümpfe oder ein Blüschen kauften ... Die Lotterielosverkäufer und Kipplasterfahrer gab es nicht mehr, ebenso wenig die unrasierten und unverschämten Taxifahrer. Wie vom Erdboden verschwunden waren die Dreher, Werkzeugmacher und Stanzer, die Kranführer und die Experten für Warenkunde, die Schlagersängerinnen und die Fernsehansagerinnen. Man hörte nicht mehr die Fernseher in den Wohnungen schwadronieren. Ich stellte mir vor, ohne dass sich in meinen trockenen Augen auch nur eine Träne bildete, wie London und New York, Sydney und Berlin und Paris und Prag und Johannesburg und Moskau brannten. New Delhi in Schutt und Asche liegend. Montevideo und Quebec und Rom und Hongkong und Mexiko City dem Erdboden gleichgemacht. Wüste und Trümmer, Unterschlupf für Igel und Eule. Die Erde zum Sprichwort geworden und ein lebendiges Gleichnis unter den anderen Welten. Und eine einzige Quarzfestung, die noch stand, auch sie aufgerissen, ein Teil der Gewölbes nach innen eingestürzt, dennoch verschont geblieben, denn dort musste sich der Ausgang ereignen. Der Welt und der Erzählung, denn ohne Erzählung kann es eine Welt nicht geben. Mit jeder Ringelwurmlarve, die in ihrem trüben Tümpel umkommt, verschwindet eine Welt. Mit jedem Samenfaden, der die Eizelle nicht findet, stirbt ein Weltall. Mit jedem der Milliarden menschlicher Wesen, die in jeder Generation erlöschen, ein grausames und unbegreifliches Blutbad, denn die Zeit, die große Vernichterin, lässt weder Verwundete übrig, noch befreit sie Geiseln, geht die Welt abermals unter. Das Ende der Welt kommt billionenmal gleichzeitig, jeden Augenblick, an jedem Ort, wo ein Schimmer von Bewusstsein in der dimensionslosen und endlosen Nacht aufgeblitzt ist, mit jeder Nervenzelle, mit jedem Auge, mit jeder Bewegung. Wenn eine Blume oder eine Fliege eingeht, verschwindet eine Welt, die nicht einmal gewusst hat, dass sie, einen Augenblick lang, da gewesen ist. Wenn ein abgetriebener und in Spülicht und Müll geworfener Fötus stirbt, erlischt ein verrunzelter Kosmos, bevor er hat sein können. Die Apokalypse ist banal und alltäglich wie die Genesis in dieser Welt, die sie in jedem Augenblick vermischt, Genesio-Apokalypsis oder Apokalyptiko-Genesis, aufgezogen auf einen Neuronenfortsatz. Aber die wahre Welt lebt zwischen der ersten und der letzten mit dem Kugelschreiber geschriebenen Seite, der wahre Kosmos öffnet sich zwischen deinen Händen, zwischen den Deckeln dieses Buches. Lächerlicher Bergfried, zur Seite gestürzt auf den Schutt des Untergangs von Zivilisationen und Welten; mein Manuskript ist das Innenfutter der Wirklichkeit, unmöglich von ihr abzulösen, denn Außenseite und Innenfutter sind eins, und der Punkt ist nicht auszumachen, in dem, in die vierte Dimension gedreht, die Welt in den Text und der Text in die Welt fließt. Die Apokalypse ist niemals Abschluss. Sie geht dem Abschluss voraus, denn sie ist das Ende *einer* Welt, nicht der Welt in ihrer wundersamen Ganzheit. Sie ist das Verlöschen *eines* Bewusstseinsfunkens, nicht des überwältigenden Bewusstseins, das, auf dem Rücken des Weltenteppichs, die zerbrechliche Architektur ineinandergewobener Räume und Zeiten trägt. Immer habe ich gewusst, dass der Tag des Zorns nicht das Ende ist, sondern eher Neuanfang, dass die Menschen am animalischen Pol des Seins die Neuronen eines an ungleichartigen Orten und Zeitaltern zerstreuten Gehirns sind oder am vegetabilischen Pol die Spermien einer himmlischen Diaspora. Dass alle, die Guten und die Bösen, die im Lichte der Gottheit Durchsichtigen und die dafür Undurchlässigen, gerettet werden, denn ihr Löwenzahnflaum muss das Weltall ausfüllen. Ich habe gewusst, dass Jehova höchstselbst und sein mystisch-technologisches Reich, ins Geflecht der Saiten und Branen der Welt gewoben, Teil des Teppichmusters sind. So dass seine Apokalypse, selbst wenn er das Erlöschen der Welt bewirken kann, auch ein Muster in demselben Weltgewebe sein wird, ein weiterer notwendiger und gleichwohl zufallsbedingter Entwurf, eine weitere Anregung eines Geflechts in derselben gigantischen Großhirnrinde. Selbst mit Feuer verbrannt und mit dem Schwert erschlagen geht die Menschheit nicht an dem schrecklichen Tag unter. Selbst wenn es in einem Kataklysmus, wie man ihn seit Beginn der Welt bis heute nicht gesehen hat, zerbirst, wird das Staubkorn, auf dem wir leben, nicht verschwinden, denn es ist nicht nur sein tragisches und hehres Ende, sondern die ganze Geschichte, die seinem Unstern vorausgegangen ist. Alles, was jemals Sein hatte, hat ewig Sein, denn die unsichtbare Seite des Teppichs mit ihrem unentwirrbaren Geflecht von Ursachen und Wirkungen ist ewig vor Zerstörung gefeit, da die Zerstörung nicht mehr ist als als ein Muster im Teppich. Die Apokalypse löscht hier eine Sonne aus und zerstört da ein Weltall, aber das Gewebe der Welten, ihr Textiles, ihre Textur bleibt heil und lebendig. Das Ende der Welt geht ihrem Abschluss voraus, denn Abschluss bedeutet der letzte Buchdeckel, der leise über der letzten Seite zugeschlagen wird. Er zerstört den Text nicht, sondern grenzt ihn ab, krümmt ihn in sich selbst, macht ihn rund und ganz wie ein Lebewesen, ein begrenzter, aber grenzenloser Gegenstand, den dein Geist, der aus der vierten Dimension kommt, zur Gänze erfassen, mit dem er verschmelzen kann, und gemeinsam können sie ein wunderbares Kind zeugen, das meine Lippen und deine Augen hat, mein Lächeln und deine Stimme, meinen Wahnsinn und deine Schwermut, ja, deine, die du jetzt auf den Abschluss dieser Welt zusteuerst, die heißen könnte

ORBITOR

Ich sollte durch das Südtor des großen Diamanten eintreten. Ich sollte bis dorthin die dunklen Stufen hinaufsteigen, während das Abendrot sich wie Teer verdickt hatte und nur ein Streifen trüben, verkalkten Lichts sich noch am Himmelsrand dehnte. Weite, melancholische, verzweifelte Abenddämmerung! Totes Meer, Meer von Blut und Bitumen, das Sodom überschüttet! Und ich, endlose Stufen steigend, mein Haar durch seine Salzigkeit stoßend, durch seinen lebensfeindlichen Chemismus. Die versteinerten Säulen des Bauwerks betrachtend, die sich wie riesenhafte Chromosomen über mir erhoben, sie ohne Hoffnung und ohne Illusionen durchschreitend, doch vor allem ohne Zukunft, denn in meiner Welt finsterer Wirrungen in der Nacht, namenloser Schlachten unter der Erde der Jahrhunderte, ist die Vergangenheit alles und die Zukunft nichts. Ich bin fast ganz durch die dreidimensionale Membran der Welt hindurchgegangen. Ihre Durchquerung hat vierunddreißig Jahre gedauert. Bald sollte der Photonenmotor meines Todeskampfes seine in der Welt erhitzten Düsen zeigen. Unsichtbar, aber geahnt auf der Haut der lotrechten Zeit, hatte er mich bereits durch die Membran gedrängt, als die Spitze meines ontodynamischen Umrisses die befruchtete Eizelle, das breite Band der Welt vor einer Gebärmutter mit umgebogenem Rand wie jenem eines Kelchs durchstoßen hatte. Durchs Leben hatte mich der Blut- und Tränenstrahl des Todeskampfes angetrieben. Mit meinem immer massiger werdenden Leib, zuerst zusammengekauert in einem Bauch, dann hinausgetreten in die korrosive Umwelt und mich Jahr um Jahr durch die Bran der Welt ausdehnend, immer höher und schlanker, habe ich mit jedem Augenblick einen Umriss gestaltet, ein Diapositiv, einen mikrotomischen Abschnitt auf einem Filmstreifen, der, rasch abgespult für ein Auge außerhalb der Welt, der tragische, lächerliche Film meines Lebens gewesen ist. Wie oft bin ich in tiefster Nacht nicht schweißgebadet erwacht, bin ich nicht aufgesprungen und habe in der Drangsal des Schreckens und Todeskampfes geschrien: Nimm mir das Leben nicht, Herr, lass mich nicht verschwinden, Herr! Lösch das Licht nicht aus, Herr! Gib mir nicht die Ewigkeit, in der ich nichts mehr, niemals fühlen werde, nicht mehr denken werde, nicht mehr sehen werde und nicht mehr tasten werde. Töte mich für ganze Äonen, für Yugas und Kalpas, für Abermillionen Ewigkeiten, aber lass mich dann erwachen, von neuem ich selbst sein. Wie oft bin ich nicht durchs leere Haus gerannt, brüllend und stöhnend und mir mit den Handflächen ins Gesicht schlagend, die Vorhänge von den Fenstern reißend und mich auf dem Fußboden wälzend, mich krampfhaft windend wie ein zertretener Regenwurm. Ich will nicht sterben, Herr, nimm diesen Kelch von mir! Es geschehe, was du willst, nicht, was ich will, aber wenn es möglich ist, nimm diesen Kelch von meinen Lippen! Doch der Kelch randvoll mit der Substanz P (von Panik, von Passion, von Patmos) ist der einzige Gral, der uns in dieser Welt gegeben ward. Denn was sonst hätten die Engel aus unseren Schädeln und unserem Rückenmark zu ernten?

Stöhnend und uns mit Blutschweiß benetzend in dieser Welt, ist das Raumschiff unseres Körpers, in dem wir schwerelos schweben, neben allen Dingen, die erscheinen und verschwinden, aber nicht untergehen, sondern ihren feierlichen Weg jenseits der Membran der Welt fortsetzen, dennoch unsagbar licht. Ihr entlang sind die Stufen unseres wahren Lebens gleichzeitig und unzerstörbar: Das Leben des Fötus, die Kindheit, die Jugend, die reifen Jahre und dann das Alter und die letzte treibende Kraft des Todeskampfes und des Todes sind lediglich verschiedenfarbige Zonen am Rumpf unseres in der Zeit gewachsenen Körpers, der unsere Geschichte in der mehrdimensionalen Geschichte der Welt umschließt. In unserem Kern sind wir unsterblich, weil wir uns einen Augenblick lang auf der Welt ereignet haben. Wir werden ewig da sein, weil wir, einen Augenblick lang, da gewesen sind. Unser verängstigtes Fleisch weiß dies nicht, doch es erfährt es spät, durch Erleiden und Enttäuschung, durch Erkunden und Gnade, durch Fasten und Gebet, die Neuronengruppe, die in unserem Schädel den Homunkulus bildet, der sich »ich« nennt.

Ich trete durch das zehn Meter hohe Tor im Süden des Bauwerks ein. Selbst dessen Angeln bestehen aus Kristall. Ich levitiere, halluzinierend, über den Malachit- und Porphyrplatten, die dermaßen glattpoliert sind, dass ich unter meinen Fußsohlen mein perspektivisch verkürztes Spiegelbild erblicke. Der Gang ist kürzer und nicht so hoch wie derjenige, der das Gebäude von Osten nach Westen durchzieht, aber sein Gigantismus ist ebenso monströs und pervers. An den Quarzwänden, durchbrochen von monumentalen Halbsäulen, Gewölben und über unermessliche Räume geworfenen Kreisbogen, gibt es Tiefreliefs, Friese und unverständliche Verzierungen. Folgte man deren paranoischer Logik, würde etwas im eigenen Geist zerplatzen. Da und dort entspringen den Wänden ausgestreckte Hände mit krampfhaft gespreizten Fingern, augenlose Gesichter mit gefletschten Zähnen in dem hämischen Trachten, einem den Hass, das Grauen, die Verzweiflung und die schauerliche Verzückung des Wahnsinns einzuflößen. Auf beiden Seiten gibt es tiefe Gewölbe, die in unentwirrbare Stollen einmünden. Wie die Gänge der Krätzmilben verzweigen sie sich im durchscheinenden Derma der Erde und bilden das höllische Myzel, aus dem der große Pilz hervorgeschossen ist.

Ich weiß, dass von Norden her Victor kommen wird. Das sagt mir der Skolopender, der mir ins Gehirn beißt. Deshalb bewege ich mich so langsam weiter, deshalb würde ich, wenn's möglich wäre, zurückkehren und den Rest meines Lebens zwischen Trümmern fristen. Ich habe Angst vor seinen Augen, die mir einmal in die Augen geschaut haben, vor dem Flattern seines Flügels im Spiegel. Trotzdem gehe ich auf ihn zu und spüre, wie ein im Netz der Spinne gefangener Falter, im Fußboden die fernen Schwingungen seiner Schritte. Wir werden uns in der Mitte des gewaltigen Saals begegnen, unvermeidlich, zwei vom chemisch-metaphysischen Hauch des je andern chemotaktisch angezogene Krätzmilben, langsam auf dem großen Spiegel voranschreitend unter der nun zertrümmerten Kuppel.

Ich bin ein Mensch gewesen, der auf der Erde gelebt hat. Ich habe das Licht gesehen, die Farben wahrgenommen. Ich habe meinen Muskeln elektrische Signale übermittelt, und sie haben sich in Bewegung gesetzt. Ich habe mit Sorgfalt an meiner inneren Kalkstatue geschliffen: den Wirbeln, den Schlüsselbeinen, den Rippen, dem Schädel, den Hüftknochen, den Knochen von Armen und Beinen. In mein Schädeldach ist, von der anderen Seite der Welt her, ein Tropfen Göttlichkeit eingedrungen. Was habe ich damit gemacht? Wie viel vom Leben habe ich durch seine Gnade verstanden? Ich habe nachgedacht und habe ejakuliert, habe geschlafen und habe geträumt, habe gelächelt und habe geschluchzt. Ich habe den grimmigen Schmerz und die Verzückung endloser Freude erlebt. Doch wie viel habe ich dadurch verloren, dass mir nur fünf Sinne gegeben worden sind? Ich hätte Milliarden haben können, je einen Sinn für jeden Augenblick des Lebens und für jeden Gegenstand in der Welt. Was ist mit dem vomeronasalen Organ geschehen, mit dem Ferntastsinn, mit den Tastern an den Beinen der Fliege, mit dem Infrarot-Detektor in den Nüstern der Klapperschlange? Warum kann ich nicht die Ultratöne hören, warum verstehe ich nicht das Ultraleben?

Mir ward gegeben, das Licht zu sehen, aber diesseits von Rot und jenseits von Violett war ich blind wie ein Fels. Ich war dazu bestimmt, ein Herz zu haben, aber mit ihm habe ich die Infrahölle und das Ultraparadies nicht wahrnehmen können. In der Muschelschale meines Schädels habe ich den verwickeltsten jemals geschürzten gordischen Knoten untergebracht, doch er wurde mir mit einem Hieb des paralogischen Schwerts der Offenbarung zerhauen. Ich bin eine Amöbe gewesen, die sich nach Kräften bemüht hat, menschlich zu denken, ein Mensch, der bestrebt war, göttlich zu denken. Herr, erbarme dich meiner Seele!

Ich habe einen Augenblick auf der Erde gelebt. Ein Aufflammen eines Zündholzes, zwischen gigantischen Handflächen vor dem Wind geschützt. Warum habe ich mich nicht entlang der ganzen Geschichte ausgedehnt? Warum entsinne ich mich nicht des Urknalls und der inflationären Phase, warum erinnere ich mich nicht mehr daran, wie sich die Galaxien herausgebildet haben? Wo war ich, als es keinerlei Intelligenz im Weltall gab? Warum weiß ich nicht, wie die Dinge aussehen, wenn niemand sie sieht? Wie ist es möglich, dass ich in Haut gehüllt bin? Warum ist mein Hirn in Kosmos gehüllt?

Ich habe ein Gedächtnis wie ein Sieb. Ich erinnere mich nicht einmal daran, was ich in der Trias, im Jura und in der Kreidezeit getan habe. Ich weiß nicht, wo ich vor vierzigtausend Jahren gewesen bin. Mein Langzeitgedächtnis ist dahin. Meine metaphysische Verkalkung ist verhängnisvoll. Ich gleiche den Kranken, die einen zehnmal am Tag begrüßen, die sich nur der letzten drei Minuten in ihrem Leben entsinnen. Was ist mit meinem Hippocampus geschehen? Wohin sind meine Erinnerungen zerronnen? Ich bin so weit, dass ich mich nicht einmal an das Leben in der Gebärmutter erinnere.

Und dennoch, welch ein Wunder, da gewesen zu sein! Wie wär's gewesen, niemals geboren worden zu sein? Oder ein Wurm auf dem Grund des Ozeans, ein Virus in einer befallenen Zelle? Wie wär's gewesen, dir, der du jetzt diese Zeilen liest, nicht sagen zu können: Ich habe gelebt. Ich lebe noch. Ich bin bei dir, bin in dir, bin in deinem Geist und in deinem Herzen. Ich kann die Röntgenstrahlen und die Gammastrahlen nicht sehen, ich kann nicht hören, was die Fledermäuse hören, ich spüre nicht das lebendige Rauschen des Weltalls, verstehe nicht den Rosenduft des Geistes, kann nicht bewirken, dass der Berg sich ins Meer stürzt. Aber ich kann meine Finger bewegen, ich kann das Blau und das Grün sehen und das Flüstern geliebter Lippen hören. Ich erinnere mich nicht an das Antlitz des Artaxerxes, doch werde ich das von Onkel Nicu Bă niemals vergessen. Ich habe nur einen Augenblick lang gelebt, doch genug, um sagen zu können: Ich habe gelebt.

Ich steuere auf den großen Saal im Mittelpunkt zu. Schon nehme ich sein Brausen wahr, schon spüre ich sein Rauschen. Wenn der Ausblick sich weitet, trete ich unversehens in die opalene, mit Schmetterlingen gefüllte Luft. Denn die Schmetterlinge, sagten die Hellenen, sind das wahre Sinnbild der Seele. Auch der Heilige Geist, der auf Denjenigen herniederfuhr, der bis zu den Knien im Wasser des Jordans stand und durch Johannes den Täufer die Taufe empfing, hatte unzweifelhaft die Gestalt eines Falters. Auch der große Vogel, der sich über Leonardo herabsenkte, hatte vielfarbige Flügel, Fühler und einen wie die Unruhfeder einer Uhr in sich gedrehten Rüssel.

Darüber ist das gigantische Gewölbe zerschmettert. Ein Viertel davon ist auf den Fußboden gestürzt und in Trümmer gefallen. Und diese Trümmer haben sich mit dem Stuck und der Bronze und dem Lehm und dem Kupfer der zerbröckelten Statuen vermischt. Auch die Wände des kolossalischen Gebäudes sind geborsten, verkalkt wie kranke Perlen. Im Gemäuer klaffen Risse, breiter als ein Menschenleib. Gigantische Säulen sind zersprungen, Kapitellbrocken und Bruchstücke von Kristallbogen ebenfalls aus der Höhe gestürzt beim Schrei der zum zweiten Mal Geborenen. Durch die große Bresche droben gewahrt man die Weltendämmerung.

Die Schmetterlinge, die meisten mit übermannshohen Leibern und meterlangen Flügeln, stießen einander in ihrem chaotischen Flug höher und höher, so dass man sie, bevor ich die Hälfte der Entfernung bis zur Mitte erreicht hatte, nur noch als Luftgeflacker gewahrte, wie einen Schaum, der in einem Kristallgefäß immer höher steigt und die Flüssigkeit auf dem Grund licht und blitzend zurücklässt. Zuletzt waren die Wellen der Schuppenflügler durch die Bresche im Scheitel des Gewölbes abgeflossen und erfüllten das Abendrot. Dann schmolzen sie dahin, über den Trümmern der ehemaligen Stadt, im zarten Purpur des Sonnenuntergangs. Am Rande des Saals, in unermesslichen Entfernungen voneinander, verfolgten die kranken Statuen mein Voranschreiten mit den Blicken, gaben mich aneinander weiter wie Paralytiker, die nur noch ihre Augen zu bewegen vermögen. Deutlich gewahrte ich lediglich die nächsten der Titanen. Die anderen verschwammen im bläulichen Nebel der Ferne.

Und mit einem Mal war ich nicht mehr allein. Oder vielmehr wuchs meine Einsamkeit über ihre Wahrnehmungsschwelle hinaus, wie die unaufhaltsam wachsende Schönheit sich zu zerfleischen beginnt. Denn aus den tiefen Schächten, die sich zwischen den Zehen der Giganten mit grünlicher Haut, mit Unterleibsbrüchen und monströsen Missbildungen auftaten, ergossen sich nun unzählige menschliche Wesen in den Kern des Lichts und des Geistes, deren Gestalten, die mich im Leben, in Träumen, Erinnerungen und Halluzinationen heimgesucht hatten, ich in dem Maße unterschied, in dem sie näher kamen. Gesichter von Menschen und Axolotln und Fliegen und Erzengeln, Vorsprünge, auf denen sich Analysatoren häuften, allesamt nach vorn gerichtet: Augen, Ohren, Nüstern, Zunge und Finger wie Tentakel, mit denen wir den Raum abtasten, derweil im unteren Bereich unserer Symmetrie leichenfahler Larven Testikel und Ovarien uns kraftvoll in der Zeit verankern. Und es ist nur die Reaktionskraft der Ausscheidungen, die uns aus dem unteren Teil hervorschießen: Sperma, Urin, Fäkalien, Monatsblut – das, was uns, himmlische Raumschiffe, antreibt. Ich habe sie mir entgegen und gleichzeitig auf die Mitte des Saals zugehen sehen: Mutter und Vater in der Blüte ihrer Jugend, in Festkleidung, mit strahlenden und tränennassen Augen, Vasilica und Cedric, Ma'am Catana und den alten Catana mit seinem langen vergilbten Bart wie dem des lieben Gottes. Coca, umglänzt von ihrer erdbeerfarbenen Baskenmütze und etwas grell geschminkt, Victorița, die Taschendiebin, und Onkel Nicu Bă, und alle Arbeiter und Zigeunerinnen und Hausfrauen in der Silistra-Straße, die im Haar den Duft von Rosenlorbeerbäumen und Frikadellen mitbrachten. Alle jene, die mich – im Traum? in der Erinnerung? ich weiß nicht, der Herr weiß es – im Arm trugen und von Arm zu Arm weiterreichten in dem Hof des U-förmigen Hauses, das sein Magnetfeld über drei Viertel der Welt ausdehnte. Von einem anderen Ausgang glitten auf dem durchsichtigen Eis des Fußbodens an die zehn von Pferden gezogene Schlitten daher, welche die Überreste des Geschlechts der Badislav bargen. Darunter zerstreuten Malachit und Porphyr ihre Farben bis zum magischen Kaffeebraun des großen Stromes Dunav, in dessen Glaskruste ebenso riesenhafte Schmetterlinge und Welse eingelegt waren. Durch andere Triumphbogen und festlich ausgeschmückte Tore traten die Kinder hinterm Wohnblock in der Ștefan-cel-Mare-Chaussee ein, lachend und künstliche Blumen von der Parade schwenkend: Mimi und Lumpă, Florin und Dan der Verrückte, Vova und Paul Smirnoff, Luci, Silvia mit ihrem Märtyerinnenblick, die ihre Brüste auf einem silbernen Tablett trug, Iolanda und Mona, böse wie eine Wildkatze. Da kamen in die Mitte des Saals Ionel und seine Ester, sommersprossig und pfeffescharf, es kam Yoga der Schlangenmann in seinem Turban mit einem taubeneigroßen Brillanten, es kam der Zwerg mit dem zerfetzten roten Mund, der irgendwann im Trolleybus zu sehen war, es kam auch die mollige, schläfrige, weltfremde Soile, die ihren wie eine Karte der himmlischen Sphäre mit Muttermalen übersäten Leib kreisen ließ. Aus der weiten Welt rückten die Bewohner von New Orleans ins Blickfeld, Melanie, Vcvé, Cecilia mit ihrem perlmutternen Fächer, Monsieur Monsù und Fra Armando, die in der Prozession eine große, uralte, von verrosteten Nägeln starrende Voodoopuppe trugen. Es kam, den Fußboden mit seinem weißen Stock abtastend, der blinde Masseur vom Colentina-Krankenhaus, massig und undurchsichtig. Es kam, noch immer seine Flugausrüstung tragend, der Pilot Charlie Klosowsky, der, erregt durch die Pheromone der Schneiderlehrmädchen, auf die Werkstatt im Herzen von Bukarest eine Bombe geworfen hatte, die sie in Trümmer verwandelte. Es kam die große Fahrstuhlführerin mit einem schwanengleichen Schmetterling in den Armen.

Welch ein buntscheckiges und eigenartiges Volk! Welch paradoxe Anatomien und Psychologien! Sie hatten sich irgendwo im Neuronenkörper herausgebildet, die ungestalten Puppen hatten an Mitochondrien gehangen, waren dann, von Membranen und Mikrotubuli geleitet, durch das Axon geglitten, bis hin zur glasigen Synapse am Ende, welche die Verbindung zum großen Saal herstellte. Dort hatten sie, in flatternden Bläschen, Gestalt und Namen erhalten, hatten einen Ort und eine Aufgabe zugewiesen bekommen in der großen Erzählung, außerhalb deren alles Staub und Schutt ist. Nicht nur Swan war ein Wissender, nicht nur Monsieur Monsù: Alle wussten. Alle hatten ihr Schicksal dicht und verwickelt zusammengefügt wie ein Embryo in einem Schoß. Ursprünglich identisch, hatten sie sich gemäß ihrer Stellung gegenüber demjenigen, der sie erschaffen sollte, ausdifferenziert, wobei der eine ihm ein Haar, der andere die Schwingung eines Stimmbandes, der eine einen Lidschlag, der andere ein weißes Blutkörperchen, der eine eine Wolke, der andere einen Regenbogen aufrechterhielt. Mircea sollte das Buch schreiben. Er sollte also die Welt erschaffen. Ein einziger Fehler eines einzigen Wissenden, und das Buch würde nicht mehr geschrieben werden, oder es wäre missglückt, oder zig Gestalten würden aufhören zu existieren. Denn ein Flügelschlag eines Falters in Colorado verursachte einen Taifun in den Antillen. Mutter war eine Wissende gewesen, Vater ein Wissender, Coca eine Wissende, ein in der Straßenbahn gesehener und nie wiedergesehener Passant – ein Wissender in der weltumspannenden Verschwörung des BUCHES, das sich selbst schrieb, stetig und unablässig. Die Neuronenbläschen waren mit der Membran der Synapse verschmolzen und hatten sich dann losgerissen, wobei sie ihre Neurotransmitter in den großen Saal freisetzten.

Mioara Mironescu kam auf mich zu, noch trug sie den Ring aus Mammuthaar am Finger und summte zärtlich »Zaraza«.[89] Hin zur Mitte des Saals schwebten Maarten auf seinen blitzenden Schlittschuhen und Bertine, noch als Pallas Athene verkleidet. Von der gegenüberliegenden Seite kamen bedächtig, umschlungen, Fürst Witold Czartoryski und diejenige, mit welcher er die mystische Hochzeit gefeiert hatte, die anmutige Jüdin Miriam. Hinter ihnen führte die Hure Babylon ihre Kohorte bleichsüchtiger Jungfrauen an. Zwischen den Fingern der hasenschartigen Titanen mit ihren versteinerten Nägeln waren auch die nichtigen Dämonen in den Saal eingedrungen: die Securitate-Leute, die Parteiaktivisten und die Barden der neuen Zeiten, die wie Drohnen um das Präsidentenpaar schwärmten, den Schuster und die Wissenschaftlerin, welche die letzten Kleider trugen, mit denen sie gesehen worden waren, dicke Mäntel, Wollmütze und Kopftuch. Arm in Arm schritten die beiden Greise gemächlich dahin, gefolgt von den Woiwoden der Nation, die mit ihren Schwertern blasiert über den blankpolierten Fußboden rasselten.

Aus der fernsten Gegend kam Herman, jung und schön wie ein Engel mit gebrochenem Hals, zu beiden Seiten die zwei genialen und geistesgestörten Maler, die den Zusammenbruch der Welten vorausgesagt hatten und gemeinsam das Rätsel Desiderio Monsù bildeten. Es war eine schwermütige, herzzerrei-

---

89 Lied aus der Vorkriegszeit.

ßend großartige Dreifaltigkeit: zur Linken François de Nomé, der wahre Seher, riesengroße rehbraune Augen in einem kahlgeschorenen und weiß gepuderten Schädel, weiß wie sein ganzer Statuenkörper auch, bei dem nur die Brustwarzen und die Eichel das veilchenblaue Rosa des Fleisches bewahrten; in der Mitte Herman, der Herr der Träume, und zur Rechten Didier Barra, der Meister der Veduten und der weitläufigen Landschaften, ein Greis mit im Dämmer schimmernden Augen. In dem zertrümmerten Saal befand sich kein einziges Gemälde von Desiderio Monsù, denn der Saal selber war das Gemälde. Das Milbenvolk, das die unermessliche Weite unter der zerbröckelten Kuppel füllte, war von Desiderio Monsù mit Sorgfalt gemalt worden. Die mit Umrisslinien und Säulenreihen ausgestatteten Wände der Kristallruine waren von Desiderio Monsù mit durchscheinender Paste bestrichen worden. Den schachbrettartigen Fußboden, klar in der Mitte und sich zu den nebligen Fernen hin verdunkelnd, hatte Desiderio Monsù gemalt. Die Schatten und Widerscheine der winzigen Gestalten waren das Werk Desiderio Monsùs. Das Wundenscharlachrot des Abends über der geborstenen Kuppel war vom mystischen Pinsel Desiderio Monsùs auf den Himmel aufgetragen worden.

Der Saal wurde so zu dem BUCH. Gleichzeitig, verdichtet, greifbar in seiner Milliarde Blütenblätter wie eine geöffnete Lotosblüte im Quecksilberweltmeer der Stille. Mannigfach und einzigartig, transzendent und immanent, skatologisch und eschatologisch, unlesbar und gleichwohl sich von selbst verstehend, so wie jeder Gegenstand auf dieser vom Buch unterfütterten Welt, von der Welt unterfüttert, vom Buch unterfüttert, wie ein goldenes Weberschiffchen, das immerfort zwischen zwei Polen hin und her gleitet: Leben – Tod, Wirklich – Unwirklich, Finsternis – Licht, Gehirn – Geschlecht, Mann – Frau, Zukunft – Vergangenheit, Schmetterling – Spinne, Schreiben – Erleben, das Wunder endlos webt und zerfasert. Das Wunder der

Tatsache, dass ich dich gelebt habe, Leben, dass ich dich gekannt habe, Liebe, dass ich dich gesehen habe, Licht, dass ich dich betastet habe, raue Wand, dass ich dich ausgesprochen habe, Wort.

Ich kannte sie alle, jeder war an mein Leben angeschlossen gewesen, nur einen Augenblick, nur eine Berührung, nur einen entscheidenden Anstoß lang. Jeder hatte nur wegen jener Geste teil am Sein gehabt und war dann ins Namenlose verschwunden. Andere hatten mich Jahre oder Jahrzehnte in ihre Fasern gehüllt, mich ernährt und belehrt, hatten Bilder und Gedanken in mich gespritzt, die mit meinem Fleisch verschmolzen waren. Wie viele waren es? So viele, wie in dem Buch erschienen waren, und sei es nur in einer Zeile, in einer seiner Klammern. Nun, einer von ihnen verkörpert sich jetzt, in ebendiesem Satz, und ebenfalls in diesem Satz könnte ich weitere Abermillionen in den Saal führen. Bald waren sie alle anwesend, denn aus den wolkigen Fernen waren auch die Ultrafernen in Erscheinung getreten: Opa Badislav Dumitru, jener, von dem ich, heißt es, Geiz und Sturheit geerbt habe, traf ganz allein ein in seinen Bauernkleidern, den Weidenkorb in der Hand. Sein Haar war kurzgeschoren und völlig grau, er besaß die farberloschenen Augen dessen, der zu lange in die Weite geschaut hat; im Gesicht hatte er die Hartnäckigkeit eines slavischen Volkes, das sich nicht leicht von der gesegneten Erde fortreißen lässt. Hinter ihm schritt, in großer Erntfernung, Badislav Vasile, der Feuerwehrhauptmann in seiner Galauniform, umringt von den bärtigen Chlysten mit zwischen die Augenbrauen tätowierten Kreuzen. Die Allerletzten, denn ihre Zwerginnenschritte halfen ihnen nicht beim Marsch zum Herzen der Welt, trafen in der gigantischen Arena ein, um die Zuschauer zu begrüßen und das Glitzern ihres bunten Flitters in die Luft auszustreuen: die russischen Akrobatinnen, die für eine Spielzeit dem Bukarester Staatszirkus ausgeliehen worden waren, Nadia, Pomona, Kimbalé, Soniecika, Leila, Marfenka und die teuflische Aculina, die jetzt Räder schlugen und ihre Rücken unglaublich krümmten in Kaskaden von Salti mortali, nahmen ihren Platz ein in der endlosen und schillernden Truppe. Unter ihnen strahlte Katarina, die Kindfrau und unschuldige Hure, die Katerchen Ivanovici, das Pantherjunge, auf den Armen trug.

Sie hatten sich alle wie eine vielfarbige Iris dicht um die Pupille in der Mitte gedrängt. Jetzt war ich einer von ihnen, durch nichts realer oder gespenstischer als sie, denn wir lebten alle ein Wirklichkeit-Halluzinations-Traum-Erinnerungs-Kontinuum, das uns ungenau, durchscheinend und dennoch greifbar wie Schachfiguren machte, von denen sich Wellen von Photonen und Gerüchen losgelöst hatten. Und dann begann das Getöse, das bis dahin zehnmal an Stärke angeschwollen und abgeflaut war, als hätte ein Orchester seine Instrumente immerzu erprobt, allmählich zu verklingen. Die Erregtheit der aufgewühlten Menge ließ nach, und zuletzt erfüllte ein großes Schweigen die dichte, aus flüssigem Bernstein bestehende Luft des Saals. Staunend sah ich, dass die Titanen, die bis dahin regungslos gewacht hatten, mit ihren Fratzen schrecklichen Leidens auf den monströsen Antlitzen sich jetzt wie auf ein Zeichen zum mitternächtlichen Eingang des Saals gewandt hatten, dorthin, wo sich der andere Gang auftat. Sie streckten flehend die Hände jenem fernen scharlachroten Licht entgegen, rissen krampfhaft die Münder auf und schrien unhörbar in wer weiß welcher unbekannten Sprache (»Papé Satan, papé Satan, aleppe!«), Infra- oder Ultra-Wörter. Als ich hinaufblickte, sah ich in schwindelnder Höhe, dass am im Brüllen nun sichtbaren Gaumen des nächsten Titanen das große Fresko der Sixtinischen Kapelle aufgemalt war, mit allen seinen Einzelheiten und Farben und Figuren. Dort schimmerte es kunterbunt zwischen den gletschergroßen Backenzähnen. Wir folgten alle ihren Blicken, auch unsererseits dem Norden zugewandt, in einer gespannten Erwartung, die bald unerträglich wurde.

Die Luft roch nach elektrischer Entladung. Die Zigtausenden Gestalten blickten alle auf einen einzigen, tief in den Nebeln der Ferne verlorenen Punkt. Dort schritt Victor einher, noch ungesehen (doch was ist schon das Sehen angesichts der halluzinierenden Schärfe der Vorahnung?), mit einer Waffe in den Händen, und seine derben Soldatenschuhe, welche die Sohlen des anderen, sich im Glanz des Fußbodens spiegelnden Victor berührten, erzeugten ein dumpfes, filziges Geräusch. Die Jagd war unglücklich verlaufen, denn unversehens war das Wild zu einem neuen Himmel und einer neuen Erde aufgeflogen. Der Jäger Nimrod, der in uns überlebt, sosehr wir ihn auch in die sechste Schicht der Großhirnrinde hüllen und so weit wir auch die *Imitatio Christi* treiben, schritt federnd und gelassen einher, betrachtete die gigantischen Bogengänge und Säulenhallen, die sich über ihm wölbten, mit ihrem Volk durchsichtiger, unbegreiflicher Malereien. Der vomeronasale Sinn, mit dem er die wirkliche und die geschlechtliche Beute wahrnahm, brachte ihm vorläufig noch keinen erregenden Geschmack auf die Schleimhaut des Gaumens. Im Tornister auf den Schultern trug er seine Mutter mit ihrer zarten Gummihaut und ihrem schimmernden Seidenhaar. In die Mutter gewickelt hatte er das Bändchen mit den Gedichten Rimbauds, abgegriffene Seiten, von allen Säften unserer Erdenwurmleiber befleckt, Schweiß, Blut, Tränen, Sperma, Urin. In Victors Geist erklang jetzt eine Dichtung, die er im Buch gelesen und immer wieder gelesen hatte, so dass er sie nicht nur auswendig kannte; sie hatte sich auch, wie ein Mantra, an seinen Atem geheftet: »H«. H von Chimäre, von Heroin, von Halluzination. H von Homosexualität. Das kehlige Gezisch unserer Gurgeln. Heliogabalus, Hitler, Himmler, Hörbiger. Le Horla. Der Holocaust. Alle Drangsale, verdichtet im erwürgten Röcheln des Buchstabens H. In Amsterdam hatte er so oft gehört, wie die Säuglinge in den Kinderwagen jäh, mitten in ihrem engelhaften Gelalle, den teuflischen Laut ausstießen.

Das holländische H konzentrierte einen Kontinent des Horrors in sich. Als er geraubt worden war, hatte er kaum angefangen, einige Worte in der uralten, mythischen Sprache zu sagen, der Sprache vor dem Anfang des Sprechens, die dort gesprochen wurde, im U-förmigen Haus in der Silistra-Straße: »Mama«, »Wassa«, »Papa«, »will«, »gib«, und dann, plötzlich, der flämische Zäpfchenlaut H, der Laut eines mit dem Tod ringenden Wesens, den sie ihn gezwungen hatten zu lernen und den er bald mit Grausamkeit aussprach, als Merkmal seines neuen Schicksals als apokalyptisches Untier.

Er schritt in dem Gang des zertrümmerten Gebäudes voran, durch dessen Mauern man gewahrte, wie das Licht erlosch, und plötzlich ergossen sich die Blickrichtungen in den Saal, der ihn wegen seiner nichtmenschlichen Proportionen deutlich an die jenseitige Welt erinnerte. Staunend betrachtete er die umstehenden Kolosse aus krankem Fleisch: Er kannte sie aus Giudecca, aus der Welt des entsetzliches Eises, in der die Verurteilten wie Fische in das dicke Glas der Flüsse inkrustiert wurden. Hier gab es keine Vulkane und auch keine durchsichtigen und gleißenden Menhire, aber in der Ultraferne, dort wo die Geschichte beinahe aufhörte, erkannte der millionste Sinn des Mörders eine Versammlung lebender Wesen mit für den Schmerz reifen Nerven. Victor stieß einen erstickten Schrei aus, den Schrei visziraler Lust; den Kolben der Kalaschnikow fester umklammernd, steuerte er eiligen Schritts auf den durch den Kuppelscheitel matt erleuchteten Bezirk zu. Die bis an den Himmelsrand ausgedehnte und der Erdkrümmung folgende Malachit- und Porphyrpuszta ließ jetzt die geriffelten Sohlen der Soldatenschnürschuhe erdröhnen.

Der kaum sichtbare Punkt in der Weite unter den monumentalen, das Gewölbe tragenden Kristallbogen wuchs mit der Langsamkeit, mit der, Nacht um Nacht, die feine Sichel des Mondes am Sommerhimmel breiter wird. Wie ein Staubkorn zunächst, dann wie eine Zecke unter dem Flügel eines toten Sperlings, war er jetzt von der Größe einer Spinne, deren Gliedmaßen von dem dunklen Leib kaum zu unterscheiden sind. Der Nebel der Ferne, derselbe, der nach den Worten Leonardos die Farbe der Berge ändert, färbte ihn mit einem staubigen Scharlachrot, zu einem Knäuel von Möglichkeiten, zu einem Gekritzel ungewisser Flugbahnen. Bald machte das Volk des BUCHES die Umrisse eines Mannes im Tarnanzug aus, mit einer Waffe in der Hand, der stracks auf sie zukam, mit der gefährlichen Gnädigkeit jener, die das Verbechen zu einer hohen Kunst machen. Seine Einsamkeit war überwältigend, rief Angst und Mitleid zugleich hervor. Wie er sich der Gruppe Tausender Gestalten näherte, die sich vor dem Räuber in einer Art Zusammenhalt dicht zusammendrängte (die Männchen vorn, die Weibchen und die Jungen im inneren Kreis), schien er ein Samenfaden, der auf eine gigantische Eizelle zusteuert. Bald sollten die beiden Keimzellen verschmelzen, ihre genetische, metaphysische, religiöse, astrale Mitgift in einem noch nie dagewesenen Ei mit phantastischen inneren Flügeln vereinen. Über den Häuptern aller gewahrte man für einen Augenblick, wenn man durch das zertrümmerte Gewölbe hindurchsah, das riesenhafte rehbraune Auge dessen, der in der Einsamkeit von Solitude fieberhaft die letzten Seiten des Buches schrieb. Eine kolossalische Hand aus einer anderen Dimension entfernte eine Scherbe aus der Kuppel, die zu stürzen und den Abschluss zu gefährden drohte.

Eine Umhüllungsbewegung wie das Flattern einer Quallenglocke brachte mich in die Mitte der Menge. Die Wissenden schützten mich bis zum letzten Augenblick. Ihre innere Uhr tickte irrsinnig, in dem Maße, wie das Raubtier sich nahte. Jäh rissen sich die Titanen rings um den Saal von ihren unsichtbaren Ketten los und schritten von allen Seiten zugleich, ihre grotesken Missgebilde hinterher schleppend, zur Mitte des Saals. Sie sanken auf die Knie um die Gruppe von Gestalten, auf die sich Victor jetzt zubewegte, und neigten ihre Köpfe tief zur Erde nieder, bis ihre Häupter über dem Liliputanermeer aneinanderstießen. Vierundzwanzig Augen bildeten nun einen ununterbrochenen Blickkreis, wie ein Zauberring über dem großen Schauspiel.

Der Mann im Kampfanzug war jetzt deutlich zu sehen. Er schien sich nicht um die buntscheckige, in der Mitte des Saals wie ein Bienenschwarm um die kostbare Königin versammelte Menge zu scheren. Als er zweihundert Meter entfernt war, zielte er über Kimme und Korn und feuerte volles Rohr ab. Doch der Raum in jenem Weltallmittelpunkt hatte seine Eigenschaften geändert. Das Geschoss raste in einer Million Flugbahnen zugleich, die sich kräftiger oder glasiger in der Luft abzeichneten, auf verästelten Chreoden, auf einem Gezweig von Wahrscheinlichkeiten. Differenzen der Quantenphase zerstreuten es in der Luft, Paradoxenwirbel brachten es in den Lauf der Maschinenpistole zurück oder versenkten es wieder in die Erde, aus der einst sein Kupfer gewonnen worden war. Die aus dem heißen Lauf hervorgeschossenen stochastischen, virtuellen Flugbahnen dehnten sich vorwärts aus wie der plurale, chimärische, vielfach verzweigte Schweif eines Pfaus, dessen letzter, elektrisch blauer und kühler Atemzug die vorne Stehenden wie ein Windhauch umschmeichelte. Nachdem er mit der Wirkung eines märchenhaften Feuerwerks rasch ein ganzes Magazin geleert hatte, verstand Victor blitzartig, dass die Jagd zu Ende war, auf dieselbe Art und Weise, wie die Jagden in der Hure von Leben, das uns gegeben ward, zu Ende gehen. Er warf die Waffe auf die geschliffenen Bodenplatten, die in Scherben zersprangen. Dann schritt er weiter, diesmal langsam und zögernd, zwischen zwei fußfälligen Titanen mit der grünlichen Haut derer, die ihr Blut durch komplizierte Dialysegeräte laufen lassen. Er kam vor der ersten Reihe der Gestalten an. Väterchen Babuc schien dort wie ein Felsblock zu stehen, eine rohe, entschlossene, unüberwindliche Kraft. Alle Augen hatten sich verblüfft auf Victors Antlitz gerichtet, auf das auch ich hinsah, über dem Meer von Schultern und Köpfen. Es war ein eindrucksvolles und unvergessliches Antlitz, schmal wie eine Klinge, mit violett umrandeten Augen. Einige Schnurrbarthaare ließen die Asymmetrie des Mundes noch deutlicher hervortreten, die eigentlich die Asymmetrie des ganzen Gesichts war. Hätte man auf einem Foto seine rechte Gesichtshälfte abgedeckt, so hätte man das Bild eines offenherzigen und willensstarken jungen Mannes mit fast schönen Zügen vor sich gehabt. Die andere Hälfte jedoch überraschte und erschreckte: Das Auge war hier tot und der Mund tragisch, und Hoffnungslosigkeit zog sich wie ein Ausschlag über die ganze Gesichtshaut.

Opa konnte jenen Blick nicht ertragen, der so sehr demjenigen Mirceas glich, der aber, je mehr er ihm glich, eigentlich umso verschiedener war, wie die rechte und die linke Hand und wie zwei Gesichter im Spiegel. Er senkte die Lider und wich zur Seite. So taten es auch die hinter ihm Stehenden, so dass Victor, der jetzt *wusste,* als wäre von dem Augenblick an, als die Waffe nicht mehr verletzen konnte, auch ihm die Taufe eines Wissenden zuteilgeworden (Victor, das Gespenst, das von der ersten seiner Zeilen an dieses unlesbare Buch heimgesucht hat, der Spuk, der Nacht um Nacht die endlosen Stufen meines Geistes hinunter- und hinaufgestiegen ist und mich vor an Wahnsinn grenzendem Grauen brüllen machte), tiefer und tiefer in den dichtgedrängten Knäuel aus Köpfen und Leibern, Fleisch von meinem Fleische, voranschritt, der sich mit einem Rauschen von Lippen und Lidern hinter ihm schloss. Und sie reichten ihn mit den Blicken einander weiter, als wären ihre Augen Flimmerhärchen, die das unerbittliche Samentierchen in den Kern der Eizellensonne stoßen. Das Raubtier mit meinem Antlitz kam näher und näher heran, wir sollten uns Aug in Auge gegenüberstehen, dort, in der Mitte, wo ich mich jetzt allein befand, mit gefrorenem Herzen, dem Nachhall der schweren Schnürstiefelschritte auf den feinen Fußbodenplatten lauschend. Er hatte noch Hunderte Meter vor sich, ehe wir einander von Angesicht zu Angesicht gegenüberstehen würden, denn der Schwarm um mich her war riesig und dichtgedrängt: Jeder Einzelne, der in einem Viertelsatz auftrat, um in meinem Manuskript eine Viertelgeste zu vollziehen, war dort, durchscheinend, aber vollständig, wie ein Tiefseefisch, wie eine Larve in lauwarmem Wasser ... Noch lange Minuten sollten vergehen, bis sein Atem in meine Lungen dringen und die Photonen, die gegen meine Haut schlugen, mich auf seine Netzhäute malen sollten, und dennoch war er gleichsam bereits vor mir, wir hatten uns gleichsam zeitlebens von Angesicht zu Angesicht gegenübergestanden, wie du dich morgens im Spiegel betrachtest und einen Augenblick lang niemanden siehst, und dann erscheint von fernher auch deine Gestalt, und dann fällt sie zeitlich mit deinen Bewegungen zusammen, linkisch und wenig überzeugend, wobei auch sie nicht an den großen Betrug glaubt und versucht, ihre Herzschläge, die auf der rechten Seite ihrer Brust ertönen, und das Muttermal links vom Adamsapfel zu verbergen, das auf deiner Haut, aufschlussreich und anklagend, links steht ... versucht dich vergessen zu lassen, dass sie mit der rechten Hälfte deines Hirns denkt, redet und rechnet und dass sie Raum, Musik und Dichtung mit der linken wahrnimmt. Dass in ihrem Genom die DNS-Spirale linksdrehend ist und die Aminosäuren rechtsdrehend sind, während in deinem Genom alles umgekehrt ist. Dass sie eine Fremde ist, ein Gespenst aus einer anderen Welt, dass die Unterschiede zwischen euch sonderbarer sind als die zwischen Mann und Frau, zwischen Verbrecher und Heiligem, zwischen den Toten und den Lebenden. Dass ihr wie zwei Handschuhe seid, identisch und trotzdem unmöglich über dieselbe Hand zu ziehen. Dass ihr nur dann identisch werden könntet, wenn einer von euch, vom Heiligen Geist unversehens erhöht, sich lotrecht zum Raum und zur Zeit seiner Welt erheben könnte und in der vierten Dimension kreise. Die Symmetrie blieb das verstörendste Trugbild der Welt, die tiefgründigste Hexerei unseres Geistes. Sie schuf allüberall Schmetterlinge, Schmetterlinge mit gleichartigen und unähnlichen Flügeln. Jeder Spiegel war ein Schmetterling, seine Glaskante war der Körper, und die beiden Welten – jede virtuell für die je andere, denn die Wirklichkeit ist nicht die einfachste Größe, sondern das komplexeste Konstrukt des Geistes – waren die mannigfarbigen, quer über die Welt ausgespannten Flügel. Die Gehirnhälften waren ein Schmetterling, zerfurcht und unter die Schädeldecke gepfercht, der sie aber einst zertrümmern und siegesgewiss seine Schwingen ausbreiten würde. Weib und Mann stellten gemeinsam einen zärtlichen und verführerischen Schmetterling dar, beiderseits unserer virtuellen Menschheit. Gut und Böse waren Schmetterlinge, geschieden durch die Symmetrieachse eines Schwerts, so scharf, dass seine Schneide sich unentwegt selbst durchschnitt. Die Menschenseele ist das Kind der Symmetrie, dieser Hexerei, die gleich dem süßen Fleisch des Lotosstängels, gleich dem Soma, gleich den Wassern des Lethe-Flusses uns selig lächeln und das Nichts vergessen macht. Victor kam langsam aus der Tiefe des Spiegels auf mich zu, und als die letzten Dazwischenstehenden zur Seite wichen, standen wir einander unverhofft gegenüber, von Angesicht zu Angesicht.

Und plötzlich spürte Victor in seinem ganzen Wesen einen überwältigenden Schmerz, als hätten seine erschlafften, durch einen phantastischen psychischen Kataklysmus atrophierten Nerven sich unvermittelt zu einer Million weißer, betauter Rosen aufgetan. Oh, unerhörte Seligkeit des Leidens! Als wären ihm, der blind war, solange er denken konnte, jäh die Augen aufgerissen worden, und als hätte eine Kaskade reinen, inbrünstigen, heroinweißen Lichts ihm das Gehirn augenblicklich gefrieren lassen. Der Anblick seines Bruders, den er bis dahin nur *per speculum in aenigmate* betrachtet hatte und den er jetzt von Angesicht zu Angesicht gewahrte, hatte ihm das Herz ausgewrungen. Victor wusste nicht, was die Wasserkörner waren, die sich in seinem Augenwinkel bildeten, verstand nicht das Zittern seiner Lippen und die quälende Wärme im Brustkorb, begriff nicht, warum er jetzt tiefer und schneller atmen musste. Adrenalinwellen, die seine Nebennieren bis dahin nie abgesondert hatten, ließen ihn schluchzen, laut auflachen, selig in der grenzenlosen Qual reinen Leidens. Sichtbar durch sein durchscheinendes Fleisch, wurden nun über dem demantenen Zwerchfell die höheren Chakren seines himmlischen Körpers angeregt, die bis dahin verkümmert und frostig gewesen waren: Anāhata, Sitz der Gefühle, zart zwischen den Schulterblättern glimmend, Viśuddha, mit sechzehn Perlen- und Feuerzungen die Halswirbel erleuchtend und zwischen den Brauen den Blick auf das Blitzen seiner blauen Iris freigebend, Ājñā mit den Feuern, die zu den drei Dimensionen des Raums und des Geistes, des animalischen Pols unserer magischen Symmetrie, emporstreben.

Ich selbst, gebannt und erstarrt wie der Schmetterling, welcher der Spinne in die Augen sieht, wie das Opfer, das seinen Henker anblickt, verwandelte mich langsam. Die Chakren, die mir stets abgesprochen worden waren, gingen mir unter dem Zwerchfell heiß aus dem Leim, am vegetabilischen Pol des Seins, im zeitlosen Reich der endlosen Zeit: Mūlādhāra, die ums Kreuzbein geringelte Schlange, die mit ihren vier Lichtern das männliche Lingam und die süße Yoni zwischen den Schenkeln der Jungfrauen anregt; Svādhiṣṭhāna, Königin von Nieren und Harnblase, Stätte von Willen und Lebenskraft; Manipūra, die Blume mit zehn Blütenblättern im Sonnengeflecht, die Gebieterin unseres inneren Labyrinths von Eingeweiden und Sekretionsorganen. Jetzt fühlte ich, wie alle drei mir unterm Zwerchfell brannten, mir den Leib mit Grausamkeit, Kraft und Verlangen füllten, unfassbare, von mir noch nie erlebte Empfindungen.

Jetzt erst waren wir beide vollständig und zwischen den Zigtausenden Blütenblättern unserer Welt fähig, gemeinsam zu errichten – zu offenbaren? zu beschwören? wiederzuerinnern? zu erträumen? schlicht und einfach zu leben, wie wir es seit je gelebt haben und ewig leben werden? – den mystischen, unirdischen, ultragöttlichen Sahasrāra, den Diamanten einer Diamantwelt, blendend blitzend oberhalb unserer Symmetrie raumzeitlicher Larven, uns, quer zu unserer Welt verlaufend, in die Tiefe der wahren Welt erhöhend, der wir gleich Segelschiffen entsprungen sind, um die hauchdünne Membran des Alls zu durchstoßen. Sahasrāra war kein Ding, das strahlte, es war ein Riss im Teppich, im Gewebe des Gaukelwerks, durch den das blendende Licht aus dem Jenseits einbrach. Es war die nicht anzuschauende, aus dem Humus unseres Hirns aufsteigende Blüte, deren höchste Anspannung zuletzt die unendlich dicke Mauer der Wirklichkeit durchstößt.

Victor sah mich mit tränengebadetem Gesicht an. Dreiunddreißig Jahre waren seitdem vergangen. Er knöpfte langsam seine Jacke auf und holte aus der rechten Brusttasche die Baraka hervor: das zerknitterte und fleckige Schwarzweißfoto aus der Tiefe einer unmöglichen Kindheit. Er hielt es mir hoch vor die Augen, und da war Mutter, mich in den Armen haltend, in der elenden Einrichtung des Kämmerchens in der Silistra-Straße, und ich, im Alter von anderthalb Jahren, mit einem tief über die Ohren gezogenen Mützchen; ich lächelte und streckte irgendjemandem die Händchen entgegen, der nicht auf dem Foto zu sehen war, denn es war entzweigerissen, seine Silbernitratbeschichtung war geplatzt, und die Zacken an den Rändern, wie die einer Briefmarke, waren aschgrau und geknickt. Und ich habe aus der Herzgegend die andere Hälfte des Fotos herausgeholt, diejenige, die so lange Zeit in Mutters scharlachroter Handtasche gelegen hatte, zusammen mit meinen Zöpfchen aus der Kindheit, und habe sie demjenigen gezeigt, der vor mir stand, jenseits der trüben Oberfläche des Spiegels, und dann hat er sich zum ersten Mal selbst gesehen, in den Armen unseres Vaters: selig lachend und die Händchen jemandem entgegenstreckend, der nicht auf jener Hälfte des Fotos war. Und dann näherten wir, unendlich langsam, zögernd und gleichsam eine ungeheure Abstoßungskraft überwindend, die Hälften einander an. Als sie schließlich passgenau an der mittleren Abrisskante zusammengeklebt waren, scharte sich das Volk des BUCHES um uns, um das Wunder besser sehen zu können.

Maria hatte ihrem Mann zwei begnadete Knaben geboren. Sie war unbeschreiblich schön, wenn sie beide stillte, sie auf dem Schoß hielt und mit dem sanften, rehbraunen Licht ihrer Augen erhellte. Die splitternackten Kinder, denn der Sommer hatte gesegnete Wärme gebracht und die Rosenlorbeerbäume im Hof regelrecht verrückt werden lassen mit ihrem Duft, spielten mit den Händchen des je anderen, sahen einander immerzu in die Augen und lachten schallend wie Gnome. Sie fassten wieder an die Brust mit der Knospe von der Farbe der Rosenlorbeerblüten, an deren Spitze immer ein gleißender Tropfen Milch austrat. Niemand konnte Mircișor von Victoraș unterscheiden. Jedes Grübchen am Ellbogen, jede Falte am Bäuchlein, jeder Riss an den Lippen sah gleich aus. Ihre riesigen Augen strahlten auf dieselbe Art, ihre Stimmen, kaum dass sie angefangen hatten, Wörter miteinander zu verknüpfen, verknüpften sie auf dieselbe Weise. Nur Maria kannte sie und verwechselte sie nie, denn es genügte, dass sie die Augen schloss und ihnen mit ihren durchsichtigen Fingern über den Scheitel strich, um mit Gewissheit zu wissen, welcher die Sonne und welcher der Mond war. Sie zog sie um, koste sie, machte sich jeden Tag mit ihnen zu schaffen, sogar wenn sie in ihren ewigen Ragouts rührte, sogar wenn sie Stöße von Wäsche bügelte; führte sie am Händchen hinaus, damit sie linkisch durch den mit Ziegelsteinen gepflasterten Hof tapsten, zeigte ihnen den Pfau und die Pfauin, schützte sie vor dem Hund Gioni, hieß sie an den Blumen schnuppern. Welch ein tiefer sommerlicher Himmel sich über der Vorstadt wölbte, wie jungfräulich und wundervoll war die Welt! Und Mutter, die Göttin jenes U-förmigen Tempels, die vor mürrischer Menschlichkeit sprudelte, erhob sich dort, unter ihnen, durchstrahlt von Jugend und Glück. Sie war von neuem Schmetterlingin, sie hatte von neuem zwei gewaltige, über die Welt gebreitete Schwingen, Mircea und Victor, ihre kleinen Wunderjungen, wie es andere auf der Welt nicht gab. Und wenn Vater abends nach Hause kam, nach Motorschmiere riechend, ein Junge auch er, mit zurückgestrichenen und mit Walnussöl eingefetteten Haaren, spielten sie lange gemeinsam, und er sang ihnen vor in seiner Banater Aussprache. Dann aßen sie beim Licht einer fahlen, von Zeitungspapier umhüllten Glühbirne, und sie legten sich alle ins selbe Bett schlafen, mit Mircișor (oder vielleicht Victoraș) neben Mutter, und Victoraș (oder vielleicht Mircișor) neben Vater, und das Licht wurde ausgeknipst, und die Hunde bellten in der Ferne, die ganze Nacht lang.

Und Mircea und Victor sahen sich von Angesicht zu Angesicht an inmitten des Alls, umgeben von allen, die jemals in dieser Welt gelebt hatten, und wussten, dass sie an jenen Tagen, jenen verzauberten Tagen, Sahasrāra gewesen waren, der einzige den Menschen, Engeln und Göttern gegebene Sahasrāra, wie ein Diamantendiadem auf unsere Scheitel gesetzt, der uns erleuchtet und erlöst, uns aus einer kaum erahnten Welt die wahre, reine und schrankenlose Glückseligkeit bringt. Und die uralte, aus jener Welt herausgeschnittene Fotografie, Zeugin der Welt und Weg dahin, gleißte plötzlich mit zerstörender Kraft auf, zerschmolz alles um sich, verflüchtigte alle Scheingestalten des soeben zu Ende gehenden Buches, schlug das Kristallgebäude in Scherben, zersprengte die Erde, die Sternbilder und die ultrafernen Galaxien, hob das Gefüge von Zeit, Raum und Ursächlichkeit auf, so dass die Rückseite des Teppichs, nur Bewusstsein und nur Licht, hervorbrach und wieder da einzog, wo sie immer gewesen war, dort, wo wir keine Augen gehabt hatten zu sehen und keine Ohren zu hören, nicht außerhalb, sondern innerhalb, nicht um den Schädel, sondern in seinem Innern, in einer dichten Welt, in einem dichten Licht, das brennt blendend, blendend, blendend ...

Ende des dritten Bandes

ENDE DES BUCHES